U0923825

明詞話全編

鄧子勉 編

鳳凰出版社

梅鼎祚詞話

梅鼎祚(一五四九—一六一八),字禹金,宣城(今安徽)人。性不善經生業,以古學自任,詩文博雅。申時行欲薦於朝,辭不赴。搆天逸閣,著述其中。所著有《梅禹金集》,編輯有《歷代文紀》、《漢魏八代詩乘》、《古樂苑》、《唐樂苑》、《青泥蓮花記》等。《青泥蓮花記》十三卷,有萬曆庚子自序,又有萬曆壬寅題識。録古今倡女之可取者,分記禪、記玄、記忠、記義、記孝、記節、記從七類,又附外編,分記藻、記用、記豪、記遇、記戒五類。自謂寓維風於諧末,奏大雅於曲終。此據《續修四庫全書》影印明萬曆三十年鹿角山房刻本《青泥蓮花記》録詞話七十二則。

采用書目：《太平樂府》、《唐宋詞選》、《古今詞話》、《林下詞談》、《花草粹編》、《柳屯田樂章》、《張子野詞》、《東坡詞》、《淮海詞》、《山谷詞》、《東堂詞》、《友古居士詞》、《梅溪詞》、《升庵詞品》、《誠齋樂府》、《碧山樂府》。（《青泥蓮花記》）

二

任杜娘：吴越，杜一作社。宋初陶穀奉使吴越，頗自矜重。當事者遣倡任杜娘詐飾民間女求逸犬，至館以誘穀。穀惑焉，為作《春光好》詞曰：「好姻緣，惡姻緣，只淂郵亭一夜眠，別神仙。琵琶撥盡相思調，知音少，待得鸞膠續斷絃，是何年。」且贈以厚資。已穀入謝，王因重宴，使樂妓歌其詞。穀知見欺，乃痛飲，數月而歸。杜娘竟落髮為尼，以所得資剏仁王院居之。《巢雲（當作「雲巢」，下同）編》○《野雪鍛排雜説》：陶尚書穀使江南，解逅驛女秦弱蘭，犯謹獨之戒，或以為曹翰者。沈叡達遼《巢雲編》獨以為陶使吴越，惑娼任杜娘，此倡亦不凡矣。叡達，杭人，所聞當不謬。今城中吴山自有仁工院，建於近年。○《江南野録》：曹翰使唐，嚴重，韓熙載謀使宫妓，以紅絲標枕引弄花猫誘之，僞曰娼家，翰因命至，且撰《春光好》遺之。○《南唐近事》、《冷齋詩話》、《玉壺清話》並作陶事。（同前書卷一下）

三

王朝雲宋：朝雲者，姓王氏，錢塘名妓也。蘇子瞻宦錢塘，絶愛幸之，納為常侍。朝雲初不識字，既事子瞻，遂學書，巖有楷法。子瞻貶惠州，贈之詩，有引云：「世謂白樂天有《鸗駱馬放楊枝》詞，嘉其至老病，不忍去也。然夢得有詩云：『春盡絮飛留不得，隨風好去落誰家。』亦云『病與樂天相伴住，春隨樊子一時歸』，則是樊素竟去也。余家有數妾，四五年相繼辭去，獨朝雲者隨余南遷，因讀樂天集，戲作此詩。朝雲姓王氏，錢塘人，嘗有子，曰幹兒，未朞而夭。」云：「不似楊枝別樂天，恰如通德伴伶玄。阿奴絡秀不同老，天女維摩總解禪。經卷藥爐新活計，舞衫歌扇舊因緣。丹成逐我三山去，不作陽臺雲雨仙。」蓋紹聖元年十一月也。三年七月卒，子瞻自為《誌銘》云：「東坡先生侍妾曰朝雲，字子霞，姓王氏，錢塘人。敏而好義，事先生二十有三年，忠敬若一。紹聖三年七月壬辰卒於惠州，年三十四，八月庚申葬之豐湖之上栖禪山寺之東南。生子遯，未朞而夭。蓋常從比丘尼義冲學佛法，亦粗識大意，且死，誦《金剛經》四句偈以絶。銘曰：浮屠是瞻，伽藍是依。如汝宿心，惟佛之歸。」又和前韵云：「苗而不秀豈其天，不使童烏與我玄。駐景恨無千歲藥，贈行惟有小乘禪。傷心一念償前債，彈指三生斷後緣。歸卧竹根無遠近，夜深勤禮塔中仙。」又作詠梅《西江月》以寓意云：「玉骨那愁瘴霧，冰肌自有仙風。海仙時過探芳叢，倒掛綠毛么鳳。素面翻嫌粉涴，洗粧不褪殘紅。高情已逐曉雲空，不與梨花同夢。」見《東坡續集》、《冷齋夜話》〇按王宗稷《東坡先生年譜》云：「熙寧七年甲寅，先生任杭州通判，是年納侍妾朝雲。事先生二十有三年，紹聖三年丙子卒於惠州，年三十四，是為癸卯生。來事先生，方十二」云。以譜考之，則所為妓者，亦本樂籍之女耳，不得遽言名妓也。（同前）

四 東坡一帖云：「王十六秀才遺拍板一串，意余有歌人，不知其無也。然亦有用陪傅大士唱《金剛經》耳。」字畫奇逸，如欲飛動，魯直以小楷書其下：「此拍板以遺朝雲，使歌公《滿庭芳》，亦不惡也，然朝雲今為惠州土矣。」《惠州志》：有朝雲墓，守墓者百餘家，至今清明奠饋，如祀先祖。《奮曝偶談》（同前）

五 子瞻在惠州，與朝雲閒坐。時青女初至，落木蕭蕭，悽然有悲秋之意。命朝雲把大白，唱「花褪殘紅」，朝雲歌喉將囀，淚滿衣襟，子瞻詰其故，荅曰：「奴所不能歌，是『枝上柳綿吹又少，天涯何處無芳草』也。」子瞻翻然大咲曰：「是吾正悲秋，而汝又傷春矣。」遂罷。朝雲不久抱疾而亡，子瞻終身不復聽此詞。《林下詞談》（同前）

六　朝雲者，東坡侍妾也。嘗令就秦少游乞詞，少游作《南歌子》贈之，云：「靄靄迷春態，溶溶媚曉光。不應容易下巫陽，秖恐翰林前世是襄王。　暫為清歌駐，還因暮雨忙。瞥然歸去斷人腸，空使蘭臺公子賦高唐。」《藝苑雌黄》（同前）

七　秦少游伎：秦少游嘗惓一姝，臨别，誓閨户相待。後有毁之者，少游作詞寄曰：「風起雲間，鴈横天末，嚴城畫角，梅花三奏。塞草西風，凍雲籠月，窓外曉寒輕透。人去香猶在，狐衾長閑餘綉。恨與宵長，一夜薰爐，添盡香獸。　前事空勞回首，雖夢斷春歸，相思依舊。湘瑟聲沉，庾梅信斷，誰念畫眉人瘦。一句難忘處，怎忍辜、耳邊輕呪。任人攀折，可憐又學，章臺楊柳。」姝見「任攀折」之句，遂削髮為尼。《詞話》（同前）

八　倡仙李定記唐蔡夫人《法駕導引曲》：陳東靖康間嘗飲於京師酒樓，有倡打坐而歌者，東不顧。乃去，倚欄獨立，歌《望江南》詞，音調清越。東不覺傾聽，視其衣服皆故弊，時以手揭衣爬搔，肌膚綽約如雪。乃復呼使前再歌之，其詞曰：「闌干曲，紅颺綉簾旌。花嫩不禁纖手捻，被風吹去意還驚，眉黛蹙山青。　鏗鐵板，閒引步虚聲。塵世無人知此曲，却騎黄鶴上瑶京，風冷月華清。」東問何人製，曰：「上清蔡真人詞也。」歌罷，得數錢。亟遣僕追之，已失矣。《夷堅志》、《廬山紀事》（同前書卷二）

九　張珍奴純陽記載永全：宣和中，洞賓遊吳興，見一妓張珍奴，色華美，性澹素。雖落風塵，每夕沐浴更衣，炷香告天，求脱去甚切。洞賓作一士訪之，珍奴見其風神秀異，殊敬，盡歡，自飄然而去。明日又至，如是往來月餘，終不及亂。張珍奴曰：「荷君眷顧甚久，獨不留一宿，罄枕席之娱，豈妾鄙陋，不足以奉君子耶？」士曰：「不然，人貴心相知，何必如是哉？且汝每夜告天，實何所求？」珍曰：「失身於此，又將何為？但自念奴入是門中，妄施粉黛，以假為真，歌謳艷曲，以悲為樂，本是一團臭膿皮袋，借僞飾以惑人，每每悔歎。世之愚夫不自尊貴，過我門者，覩我如花，情牽意惹，留戀不捨，非但喪財，多致身殞。妾雖假容交歡，覺罪愈重，惟昕夕告天，早期了脱。」士曰：「汝志如此，何不學道？」珍曰：「陷於此地，何從得師？」士曰：「吾為汝師，可乎？」珍即拜扣，士曰：「再來乃可。」遂去。珍日夜望不至，深自悵恨，因書曰：「逢師許多時，不説些兒個。安得仍前相對坐，懊恨韶光空自過，直到如今悶損我。」筆未竟，士忽來，見所書，續其韻曰：「道無巧妙，與你方兒一個。子後午前定息坐，夾脊雙關崐崘過。恁時得氣力，思量我。」珍大喜，士乃以太陰煉形丹法與之。珍自是神氣裕然，若大開悟，不知密有所傳尤多，珍亦不以告人。臨别，作《步蟾宫》云：「坎離坤兑分子午，須認取、自家宗祖。地雷震動山頭雨，要洗濯、黄芽出土。捉得金精牢固閉，煉庚申、要生龍虎。待他問汝甚人傳，但説道、先生姓吕。」珍方悟是吕先生，即佯狂，丐於市，投荒地，密修其訣，逾三年，尸解而去。上陽子《悟真篇注》〇男子修仙曰煉氣，女人修仙曰煉形。（同前）

一〇　陳懿：莆田蔡伸，宣和甲辰自彭城倅檄燕山，取道莫關，見所謂陳懿者於州治之籌邊閣，誠不負所聞。明年歸，則陳已入道。因崔守呼至，即席贈《小重山》詞云：「流水桃花小洞天，壺中春不老，勝塵寰。霞衣鶴氅並桃冠，新裝好風韻，愈飄然。　功行滿，三千嬰兒并姹女，鍊成丹。劉郎曾約共昇仙，十箇月，養箇小金壇。」《友古居士詞》（同前）

一一　里娘：史達祖《漢宮春》詞序云：「友人與里娘雅有舊，分別去，則黄冠矣，托子寄情。」「花隔東垣，詠燕臺秀句，結帶謀歡。匆匆舊盟，有限飛夢重闗。南塘夜月，照湘琴、别鶴孤鸞。天便遣，清愁易長，春衣常恁香寒。　唐昌故宫何許，頓剪霞裁霧，擺落塵緣。一聲步虚，婉婉雲駐仙壇。凄凉故里，想香車、不到人間。羞再見，東陽帶眼，教人依舊思凡」。《梅溪詞》（同前）

一二　吴女盈盈：魏人王山，能為詩，標韻清卓。因省試下第，薄游東海。值吴女盈盈者來，年方十六，善歌舞，尤工彈箏，容豔甚冶，詞翰情思，翹翹出羣。少年子争登其門，不惜金帛。盈遴選佳偶，乃許一笑。府守田龍圖使侍宴，山預其列，相得於樽俎之間。從之忻處累月，山告歸，盈垂泣悲啼，不能自止。明年，寄《傷春曲》示山，其詞曰：「芳菲時節，花壓枝折，蜂蝶掩闌檻光發。一旦碎花魂，葬花骨，蜂兮蝶兮何不來，空使雕闌對寒月。」山作長歌荅之，云「東風豔豔桃李容，花園春入屠酥濃。龍腦透縷鮫綃紅，鴛鴦十二羅芙蓉。盈盈初見十五六，眉試青膏鬢垂緑。道字不正嬌滿懷，學得襄陽大隄曲。阿母偏憐掌上看，自此風流難管束。鶯啄含桃未嚥時，便念郎詩風動竹。日高一丈緑窓曉，啼鳥壓花新睡短。膩雲纖指掩還偏，半被可憐留翠晚。淡黄衫袖仙衣輕，紅玉闌干粉粧淺。酒痕落腮梅忍寒，春羞入目波横灩。一縷未消山枕紅，斜睇整衣移步嬾。才如韓壽潘安亞，擲果偷香心暗嫁。小花静院酒闌珊，别有私言銀炬下。簾旌浪皺金泥額，六尺牙床羅帳窄。釵横啼笑兩不分，歷盡風期肢一搦。若教飛上九天歌，一聲自可傾人國。嬌多必是春工與，有能動人情幾許。前年按舞使君筵，卧起忍羞頭不舉。鳳凰簫冷曲成遲，癡醉桃花遇風雨。阿盈阿盈聽我言，勸君休向陽臺住。一生已有楚王憐，宋玉多才惟解賦。洛陽無限青樓女，袖攏紅牙金鳳縷。春衫粉面誰家郎，只把黄金買歌舞。就中薄倖五陵兒，一日憐新棄如土。雲零雨落正堪悲，空入他人夢來去。浣花溪上海棠灣，薛濤朱户皆金環。韋臯筆逸玳瑁落，張祜盞滑琉璃乾。壓倒念奴價百倍，興來奇怪生毫端。醉目見紙聊一掃，落花飛雪已漫漫。夢得見之為改觀，樂天更敢尋常看。花間不肯下翠幕，竟日烜赫羅琱鞍。掃眉塗粉至七十，老大始頂菖蒲冠。（壽七十始頂菖蒲冠，學謝自然上升之術。）至今愁人錦江口，秋蛩露草孤墳寒。盈盈大雅真可惜，爾生此後不可得。滿天風月獨倚欄，醉忻濃雲呼佚墨。久之不可予心憶，高城去天無幾尺。斜陽衝山雲半紅，遠水無風天一碧。望目空遥沉翠翼，銀河易闊天南北。瘦盡休文帶眼移，忍向小樓清淚滴。」又明年，山適淄川，遇王通判於邸舍，出盈盈札，欲偕游東山，紙尾一詞云：「枝上差差緑，林中蔌蔌紅。已嘆芳菲盡，安能罇俎空。君不見銅駝茂草長安東，金鑣玉勒雪花驄。二十年前乃俠少，纍纍昨日成衰翁。幾時滿飲流霞鍾，共君倒在夕陽中。」時方初夏，山已病，不克赴其約。秋中，又如山東，盈已死。王通判謂山曰：「子去後，盈若平居，醉卧，夢紅裳美人手執一紙書，告曰：『玉女命汝掌奏牘。』及覺，泣以白母云：『予不復久居人間矣，他日可訪我於東山。』遂嗚咽流涕，其夕即卒。」王命山作句弔之，山立賦三章，其一云：「炬花紅死臥初醒，一枕孤清病客清。海上有山同大夢，人中無路可長生。乾坤意入憑闌大，風月人歸似古清。漢殿香消春寂寂，夕陽無語下西城。」其二云：「絃絶秦箏鏡掩塵，細腰休舞鳳皇茵。一枝濃豔埋香土，萬顆珍珠滴繡巾。行雨不歸魂夢斷，落花難伴綺羅春。漢王甲帳當年意，縱有芳魂不是真。」其三云：「小巷朱橋花又春，洞房何事不歸雲。二年中過曾携手，今日重來忽見墳。香魄已非天上去，鳳簫猶似月中聞。縱然却入襄王夢，會向陽臺憶使君。」後五年，山游奉符，與同志登岱嶽，至絶頂玉女池，追思故昔盈盈之夢，徘徊池側，心思神會，因題於石曰：「浮世繁華一夢休，登臨因憶昔年游。人歸依舊野花咲，玉冷幾經墳樹秋。風月過情須感慨，江山多恨即遲留。如今縱擬誇才思，事往情多特地愁。」又曰：「柳枝黄盡杏花新，山翠無非昔日春。花色笑春渾似醉，寂寥唯少賞花人。憶昔閑粧淡苧衣，一枝紅拂牡丹微。無端不入襄王夢，為雨為雲各處飛。」山歸，就次，遂夢游日觀峰北，見石上大字，筆跡同盈書，一詩曰：「絳闕珠宫鎖亂霞，長生未曉棄繁華。斷無方朔人間信，遠阻麻姑洞裏家。累劫遥翻滄海水，深春難謝碧桃花。紫臺樹隱瑶池闊，鳳小龍嬌日又斜。」讀畢，忽寤。是夕，昏醉，惘惘間有女子來召，至一溪洞門，碧衣短鬟出邀。入宫中，一女子玉冠黄帔，衣絳綃裳，睟容。山趨拜，女遽起止之，揖升階。少選，盈與一女偕至，微笑曰：「『為雨為雲各處飛』，何乃尤人如此也？」命進酒，各有賦咏。夜既深，二女曰：「盈盈雅故，便可就臥。」聞鷄唱起，復置酒，珍重語别。山辭決，怳然出洞，但蒼崖古木，非向所歷，感愴而返。王山《筆奩録》、《夷堅支志》（同前）

一三　張紅紅：大曆中，有才人張紅紅者，本與其父歌於衢路丐食。過將軍韋青所居，在昭國坊南門裏，青於街牖中聞其歌者，喉音嘹喨，仍有眉首，即納為姬。其父舍於後户，優給之，乃自傳其藝，穎悟絶倫，嘗有樂工自撰歌，即《古長命西河女》也，加減其節奏，頗有新聲。未進聞，先侑歌於青。青召紅紅於屏風後聽之。紅紅乃以小豆數合記其拍，樂工歌罷，青入問紅紅如何，云：「已得矣。」青出云：「有女弟子久曾歌此，非新曲也。」即令隔屏風歌之，一聲不失，樂工大驚異，遂請相見，欽伏不已。再云：「此曲先有一聲不穩，今已正矣。」尋達上聽，翊日，召入宜春院，寵澤隆異，宫中號記曲娘子，尋為才人。一日，内史奏韋青卒，上告紅紅，乃上前嗚咽，奏云：「妾本風塵丐者，一旦老父死有所歸，致身入内，皆自韋青，妾不忍忘其恩。」乃一慟而絶。上嘉歎之，即贈昭儀也。《樂府雜録》。（同前書卷三）

一四 台妓嚴蘂《雪舟脞説》名蘂奴：天台營妓嚴蘂，字幼芳，善琴奕，歌舞絲竹，書畫色藝冠一時，間作詩詞，有新語，頗通古今。善逢迎，四方聞其名，有不遠千里而登門者。唐與正守台日，酒邊嘗命賦紅白桃花，即成《如夢令》云：「道是梨花不是，道是杏花不是。白白與紅紅，别是東風情味。曾記，曾記，人在武陵微醉。」與正賞之雙縑。又七夕，郡齋開宴，坐有謝元卿者，豪士也，夙聞其名，因命之賦詞，以己之姓為韵，酒方行而已成《鵲橋仙》云：「碧梧初出，桂花纔吐，池上水花微謝。穿針人在合歡樓，正月露玉盤高瀉。蛛忙鵲懶，耕慵織倦，空做古今佳話。人間剛道隔年期，怕天上方纔隔夜。」元卿為之心醉，留其家半載，盡客囊橐餽贈之而歸。其後朱晦庵以使節行部至台，欲摭與正之罪，遂指其嘗與蘂為濫，繫獄月餘。蘂雖備箠楚，而一語不及唐，然猶不免受杖，移籍紹興。

且復就越，置獄鞠之，久不得其情，獄吏因好言誘之曰：「汝何不早認，亦不過杖罪，況已經斷罪，不重科，何為受此辛苦邪？」蘂答曰：「身為賤伎，縱是與太守有濫，科亦不至死罪。然是非真僞，豈可妄言以汙士大夫？雖死，不可誣也。」其辭既堅，於是再痛杖之，仍繫於獄，兩月之間，一再受杖，委頓幾死，然聲價愈騰，至徹阜陵之聽。未幾，朱公改除，而岳霖商卿為憲，因賀朔之際，憐其無辜，猝命之作詞自陳。蘂略不構思，即口占《卜筭子》云：「不是愛風塵，似被前緣誤。花落花開自有時，總賴東君主。　去也終須去，住也如何住。若得山花插滿頭，莫問奴婦處。」即日判令從良，繼而宗室近屬納為小婦，以終身焉。《夷堅志》亦嘗略載其事，而不能詳，余蓋得之天台故家云。《齊東野語》

◎周密《齊東野語》云：朱晦庵按唐仲友事，或云呂伯恭嘗與仲友同書，會有隙，朱主呂，故抑唐，是不然也。蓋唐平時恃才，輕晦庵，而陳同父頗為朱所進，與唐每不相下。同父游台，嘗狎籍妓，屬唐為脱籍，許之，偶郡集，唐語妓云：「汝果欲從陳官人邪？」妓謝，唐云：「汝須能忍饑受凍乃可。」妓聞大恚。自是踈至妓家，無復前之奉承矣。陳知為唐所賣，亟往見朱，朱問：「近日小唐云何？」荅曰：「唐謂公尚不識字，如何作監司？」朱銜之，遂以部内有寃獄乞再巡按。既至台，適唐出迎，少稽，朱蓋以陳言為信，立索郡印，付以次官，乃摭唐罪具奏，而唐亦作奏馳上。時唐鄉相王淮當軸，既進呈，上問王，王奏：「此秀才争閑氣耳。」遂兩平其事。詳見周平園、王季海《日記》。而朱門諸賢所著《年譜》、《道統》，乃以季海右唐而并斥之，非公論也。其説聞之陳伯玉貳卿，蓋親得之婺之諸呂云。（同前）

一五　張建封妾盼盼　一云姓許：盼盼，姓關氏，張建封節制武寧，門下客皆詞人名士，至於歌舞姝必求知書者。盼盼，乃徐府奇色也。初納之燕子樓，三日樂不輟，後別搆新樓貯寵之。公薨，盼盼感恩，誓不他適，或有問荅，皆以詩，有《燕子樓集》三百首，白樂天有和燕子樓詩，其序云：徐州張尚書有愛妓盼盼，善歌舞，雅多風態。予為校書郎，時遊淮泗間，張尚書宴予，酒酣，出盼盼佐歡，予因贈詩，落句云：「醉嬌勝不得，風嫋牡丹花。」一歡而去，爾後絶不復知，兹一紀矣。昨日司勳員外郎張仲素繪之訪余，因吟新詩，有燕子樓詩三首，辭甚婉麗，詰其由，乃盼盼所作也。繪之從事武寧累年，頗知盼盼始末，云張尚書既殁鼓城，有張氏舊第，中有小樓，名燕子，盼盼念舊，愛而不嫁，居是樓十餘年，於今尚在。盼詩有云：「樓上殘燈伴曉霜，獨眠人起合歡床。相思一夜情多少，地角天涯不是長。」又云：「北邙松栢鎖愁烟，燕子樓中思悄然。自埋劒履歌塵散，紅袖香銷已十年。」又云：「適看鴻鴈岳陽廻，又覩玄禽逼社來。瑶瑟玉簫無意緒，任從蛛網任從灰。」余嘗愛其新作，乃和之云：「滿窓明月滿簾霜，被冷燈殘拂卧床。燕子樓中寒月夜，秋來秖為一人長。」又云：「鈿帶羅衫色似烟，幾廻欲起即潸然。自從不舞霓裳袖，疊在空箱一十年。」又云：「今春有客洛陽回，曾到尚書墓上來。見説白楊堪作柱，争教紅粉不成灰。」又贈之絶句云：「黄金不惜買蛾眉，揀得如花三四枝。歌舞教成心力盡，一朝身去不相隨。」後仲素以余詩示盼盼，乃反覆讀之，泣曰：「自公薨背，妾非不能死，恐百載之後，人以我公重色，有從死之妾，是玷我公清範也，所以偷生爾。」乃和白公詩云：「自守空樓歛恨眉，形同春後牡丹枝。舍人不會人深意，訝道泉臺不去隨。」盼盼得詩後，往往旬日不食而卒，但吟詩云：「兒童不識冲天物，謾把青泥污雪毫。」《白氏長慶集》及《麗情集》〇黄金一首，白集題云「傷張僕射諸伎」。「三四」一作「四五」，「已十年」一作「一十年」，「一十年」白集作「十一年」。〇《粧樓記》曰：徐州張尚書妓女多涉獵經史，人有借其書者，往往粉指痕跡印於青編。〇東坡夜登燕子樓夢盼盼作《永遇樂》詞云：明月如霜，好風如水，清景無限。曲港跳魚，圓荷瀉露，寂寞無人見。紞如五鼓，錚然一葉，黯黯夢雲驚斷。夜茫茫，重尋無覓處，覺來小園行遍。天涯倦客，山中歸路，望斷故園心眼。燕子樓空，佳人何在，空鎖樓中燕。古今如夢，何曾夢覺，但有舊歡新怨。異時對、南樓夜景，為徐浩歎。〇秦少游《調笑令》並詩詠盼盼，詩曰：「百尺樓高燕子飛，樓上美人顰翠眉。將軍一去音容遠，只有年年舊燕歸。」「春風昨夜來深院，春色依然人不見。只餘明月照孤眠，回望舊恩空戀戀。」曲子曰：「戀戀，樓中燕。燕子樓空春日晚，將軍一去音容遠，空鎖樓中深怨。春風重到人不見，十二欄干倚遍。」〇毛澤民《調笑令》詠盼云：「武寧節度客最賢，後車摛藻争春妍。曲眉豐頰亦能賦，惠中秀外誰争憐。」「花嬌葉困春相逼，燕子樓頭作寒食。月明空照合歡牀，霓裳舞罷看無力。」「無力，倚瑶瑟。罷舞霓裳今幾日，雪殘雨小春寒逼，鈿暈羅衫烟色。簾前歸燕看人立，却趂落花飛入。」〇陳薦彦升《燕子樓》詩：僕射新阡狐兔游，侍兒猶住水邊頭。風清玉簟慵欹枕，月好珠簾懶上鈎。寒夢覺來滄海闊，新詩吟罷紫蘭秋。樂天才思如春雨，斷送殘花一夕休。〇薩天錫《彭城》詩云：雪白楊花撲馬頭，行人春盡過徐州。夜深一片城頭月，曾照張家燕子樓。（同前書卷四）

一六　崔徽：崔徽，河中府倡也。裴敬中以興元幕使蒲州，與徽相從累月。敬中使還，崔以不得從為恨，因而成疾。後東川幕府白知退歸，徽對鏡寫真，謂知退曰：「為妾語敬中，崔徽一旦不及畫中人，且為郎死矣。」發狂疾卒。《麗情集》〇一云有丘夏，善寫人形，知退為徽致夏，果得絶筆。元微之歌略曰：「崔徽本不是倡家，教歌按舞倡家長。使君知有不自由，坐在頭時立在掌。有客有客名丘夏，善寫容儀得姿把。為徽持此謝敬中，以死報郎為□□。」〇秦少游《調笑令》詩：「蒲中有女號崔徽，輕似南山翡翠兒。使君當日最寵愛，坐中對客常擁持。一見裴郎心似醉，夜解羅衣與門吏。西門寺裏樂未央，樂府至今歌翡翠。」曲子曰：「翡翠，好容止，誰使傭奴輕點綴，裴郎一見心如醉，笑裏偷傳深意。羅衣深夜與門吏，暗結城西幽會。」〇毛澤民詠云：「珠樹陰中翡翠兒，莫論生小被雞欺。鸛鵲橋高蕩春思，秋瓶盼碧雙琉璃。御酥作肌花作骨，燕釵横玉雲堆髮。使梁年少斷腸人，淩波襪冷重城月。」「城月，冷羅襪，郎睡不知鸞帳揭。香凄翠被燈明滅花困釵横時節。河橋楊柳催行色，愁黛有人描得。」〇《冷齋夜話》載洪思禹詠崔徽頭子《千秋歲》詞云：「半身屏外，睡覺唇紅退。春思亂，芳心碎。空餘簪髻玉，不見流蘇帶。誰與問，今人秀整誰宜對。湘浦曾同會，手褰輕羅蓋。疑是夢，今猶在。十分春易盡，一點情難改。多少事，却隨恨遠連雲海。」(同前)

一七　《義倡傳》鍾將之撰：義倡者，長沙人也，不知其姓氏。家世倡籍，善謳，尤喜秦少游樂府，得一篇，輒手筆口詠，不置久之。少游坐鈎黨南遷，道長沙，訪潭士風俗妓籍中可與言者，或言倡，遂往焉。少游初以潭去京數千里，其俗山獠夷陋，雖聞倡名，意甚易之。及見，觀其姿容既美，而所居復瀟灑可人，意以為非唯自湖外來所未有，雖京洛間亦不易得。坐語間，顧見几上文一編，就視之，目曰《秦學士詞》，因取竟閱，皆已平日所作者，環視無他文。少游竊怪之，故問曰：「秦學士，何人也，若何自得其詞之多？」倡不知其少游也，即具道所以，少游曰：「能歌乎？」曰：「素所習也。」少游愈益怪，曰：「樂府名家，無慮數百，若何獨愛此乎？不惟愛之，而又習之、歌之，若素愛秦學士者，彼秦學士亦嘗遇若乎？」曰：「妾僻陋在此，彼秦學士，京師貴人也，焉得至此？籍令至此，豈顧妾哉？」少游乃戲曰：「若愛秦學士，徒悦其詞爾，若使親見容貌，未必然也。」倡嘆曰：「嗟乎！使得見秦學士，雖為之妾御，死復何恨！」少游察其語誠，因謂曰：「若欲見秦學士，即我是也，以朝命貶出，因道而來此爾。」倡大驚，色若不懌者。稍稍引退，入謂母媪。有頃，媪出，設位坐少游於堂，倡冠帔立階下，北面拜，少游起且避，媪掖之坐，以受拜已。且張筵飲，虚左席，示不敢抗。母子左右侍觴酒一行，率歌少游一闋以侑之，卒飲，甚懽，比夜乃罷。止少游宿，衾枕席褥必躬設，夜分寢定，倡乃寢。先平明起，飾冠帔，奉沃匜，立帳外以待。少游感其意，為留數日，倡不敢以燕惰見，愈加敬禮。將別，囑曰：「妾不肖之身幸侍左右，今學士以王命不可久留，妾又不敢從行，恐重以為累，唯誓潔身以報。他日北歸，幸一過妾，妾願畢矣。」少游許之。一別數年，少游竟死於藤。倡雖處風塵中，為人婉娩有氣節，既與少游約，因閉門謝客，獨與媪處。官府有召，辭不獲，然後往，誓不以此身負少游也。一日，晝寢寤驚，泣曰：「吾自與秦學士別，未嘗見夢，今夢來別，非吉兆也，秦其死乎？」亟遣僕順途覘之，數日得報，秦果死矣。乃謂媪曰：「吾昔以此身許秦學士，今不可以死故背之。」遂衰服以赴，行數百里，遇於旅館。將入，門者禦焉，告之故而後入，臨其喪，拊棺，繞之三週，舉聲一慟而絕。左右驚救，已死矣。湖南人至今傳之，以為奇事。京口人鍾將之，常州校官，以聞於郡守李次山結，既為作傳，又系贊曰：「倡慕少游之才而卒踐其言，以身事之而歸死焉，不以存亡間，可謂義倡矣！世之言倡者，徒曰下流不足道，嗚呼！今夫士之潔其身以許人，能不負其死而不愧於倡者幾人哉！倡雖處賤，而節義若此。然其處朝廷，處鄉里，處親識僚友之際，而士君子其稱者，乃有媿焉。則倡之義，豈可薄邪？詩曰：『采葑采菲，無以下體。』」余聞李使君結言其先大父往持節湖湘間，至長沙，聞倡之事而嘆異之，惜其姓氏之不傳云。」復書長句於後曰：「洞庭之南瀟湘浦，佳人娟娟隔秋渚。門前冠蓋但如雲，玉貌當年誰為主。風流學士淮海英，今作多情斷腸句。流傳往往過湖嶺，未見誰知身已赴。舉首却在天一方，直北中原數千里。自憐容華能幾時，相見河清不可俟。北來遷客古藤州，渡湘直弔長沙傅。天涯流落行路難，邂逅乃慰平生慕。蘭堂置酒羅餚珍，明燭燒膏為延佇。清歌宛轉繞梁塵，博山空濛散烟霧。雕床斗帳芙蓉褥，上有鴛鴦合歡被。紅顔深夜承宴娱，玉笋清晨奉巾履。匆匆不盡新知樂，惟有此身為君許。但説恩情有重來，何期不别歲將暮。午枕孤眠魂夢驚，夢君來别如平生。與君已别復何别，此别無乃非吉徵。萬里海風掀雪浪，魂招不歸竟長往。効死君前君不知，向來宿約期無爽。君不見二妃追舜號蒼梧，恨染湘竹終不枯。無情湘水自東注，至今斑竹盈江隅。屈原《九歌》豈不好，煎膠續絃千古無。我今試作《義倡傳》，尚使風期後來見。」《夷堅志》〇《容齋隨筆》云：《夷堅己志》載潭州義倡事，謂秦少游南遷過潭，與之往來，後倡竟為秦死。常州教授鍾將之得其説於李結次山，為作傳，予反復思之，定無此事，當時失於審訂，然悔之不及矣。秦將赴杭倅，時有妾邊朝華，既而以妨其學道割愛去之，未幾罹黨禍，豈復眷戀一倡女哉？予記國史所書温益知潭州，當紹聖中，逐臣在其巡内，若范忠宣、劉仲馮、韓川原伯、吕希純子進、吕陶元鈞，皆為所侵，因鄒公南遷過潭，暮投宿村寺，益即時遣州都監將數卒夜出城，逼使登舟，竟凌風絶江去，幾於覆舟。以是觀之，豈肯容少游款昵累日，此不待辨而明，《己志》之失著矣。〇少游及蘇、黄時雖流竄，所在欽遲，恐不得概疑潭事也。《古今詞話》載黄一事云：涪翁過瀘，帥留府，會有官妓盼盼，性頗聰慧，帥嘗寵之，涪翁贈《浣溪沙》曰：「脚上鞋兒四寸羅，唇邊朱麝一樱多，見人無語但回波。料得有心憐宋玉，祇因無奈楚襄何，今生有分向伊麽。」盼盼拜謝涪翁，瀘帥令唱詞侑觴，盼盼唱《惜春容》云：「少年看花雙鬢緑，走馬章臺管弦逐。而今老更惜花深，終日看花看不足。生中美女顔如玉，為我一歌《金縷曲》。歸時壓得帽簷欹，頭上春風紅蔌蔌。」涪翁大喜，醉飲而别。《浣溪沙》乃少游詞，苕溪漁隱云：《詞話》以古人好詞易甲為乙，仍隨其詞牽合為説，不足信也。按《喜春容》特唱耳，非其所撰，故不入「記藻」，然又一盼盼矣。（同前書卷五）

一八　《王幼玉記》淇上李師尹撰：王生名真姬，字仙才，小字幼玉，本京師人。隨父流落於衡州，女弟女兄三人，皆為名娼，而其顔色歌舞角於倫輩之上，羣妓亦不敢與之争高下。幼玉又出於弟兄之上，所與往還，皆衣冠士大夫，捨此，雖巨商富賈不能動其意。夏公酉夏賢良名噩，字公酉。遊衡陽郡，侯開宴，召之，公酉曰：「聞衡陽有歌妓名王幼玉，妙歌舞，美顔色，孰是也？」郡侯張郎中紀乃命幼玉出拜，公酉見之，嗟吁，曰：「使汝居東西二京，未必在名妓之下，反居於此，其名不得聞於天下。」因命左右取箋，為詩贈幼玉曰：「真宰無私心，萬物逞殊形。嗟爾蘭蕙質，遠離幽谷清。風雲暗助秀，雨露濡其泠。一朝居上苑，桃李讓芳馨。」由是益有光。但幼玉暇日常幽豔愁寂，含花未吐，人或詢之，則曰：「此道非吾志也。」人詢其故，則曰：「今之或工，或商，或農，或賈，或道，皆適，欲以自養，惟我儔塗脂傅粉，巧言令色，待人至以取其財，我思之，媿赧無限。逼父母姊娣，莫得脱此從良人，入則事舅姑，主祭祀，俾人回指曰：『彼人婦也，死有埋骨之地。』」會東都人柳富，字潤卿，果豪俊之士，幼玉一見，曰：「兹我夫也。」富亦有意室之，然富方倦游，凡於風前月下，執手戀戀，兩不相捨。既久，其妹竊知之，一日，詬富以語曰：「子若復為嚮時事，吾不捨子，即訟子於官府。」富從是不復往。一日，遇幼玉江上，幼玉泣曰：「遇非我造也，君宜以理推之，異時幸有終身之約，無為今日之恨。」相飲於江上，幼玉云：「吾之骨，異日當附子之先隴。」復謂富曰：「我平生所知，離而復合者甚衆，雖言愛勤勤，不過取其財帛，未嘗以身許之也。我髮委地，寶之若玉，他人無敢窺覘，於子無所惜。」乃自解鬟，剪一縷以遺富，富感悦深，至去又羈，思不得會，併為恨，因而伏枕。幼玉日夜懷思，遣人侍病，既愈，富為長歌贈之云……富因久遊，親促其歸，幼玉潛往別，共飲野店中。玉曰：「子有清才，我有麗艷，才色相得，誓不相捨，自然之理。我之心，子之意，卜諸神明，結之松筠久矣，子必異日有瀟湘之遊，我亦待君之來。」於是二人共盟，焚香，致其灰於酒中，共飲之。是夕，同宿江上。翌日，富作詞別幼玉，名《醉高樓》，詞曰：「人間最苦，最苦是分離。伊愛我，我憐伊，青草岸頭人獨立，畫船東去櫓聲遲。楚天低，回望處，兩依依。後會也知俱有願，未知何日是佳期。心下事，亂如絲。好天良夜還虚過，辜負我，兩心知。願伊家，衷腸在，一雙飛。」富唱其曲以沽酒，音調辭意悲惋，不能終曲，乃飲酒，相與大慟，富乃登舟。富至都下，以親年老，家又多故，不得如約，但對鏡灑涕。會有客自衡陽來，出幼玉書，但言幼玉多卧病。富遽開其書，疾讀，書尾有二句云：「春蠶到死絲方盡，蠟燭成灰淚始乾。」富大傷感，遺書以見其意，云：「憶昔瀟湘之逢，令人愴然。嘗欲拏舟泛江一往，以復前盟，叙舊契，副子之望，適吾之樂。因親老族重，心為事奪。傾風結想，徒自蕭然。風月佳時，文酒勝處，他人怡怡，我獨惚惚，如覺自失。憑酒自釋，酒醒情愈傍偟，幾無生意。古之兩有情者，或一如意，一不如意，則求合也易。今子與吾兩不如意，則求偶也難，君更待焉，事不易，知當如所願。不然，天理人事，果不諧，則天外神姬、海中仙客，猶能相遇，吾二人獨不得遂，豈非命也？子宜勉强飲食，無使真元耗散，自殘其體，則子不見我，我何望焉？子有詩二句，吾為子終其篇云：『臨流對月暗悲酸，瘦立東風自怯寒。湘水佳人方告疾，帝都才子亦非安。春蠶到死絲方盡，蠟燭成灰淚始乾。萬里雲山無路盡，虚勞魂夢過湘灘。』」一日，殘陽沉西，疎簾不捲，富獨立庭幃，見有半面出於屏間，富視之，乃幼玉也。玉曰：「吾以思君得疾，今已化去，欲得一見，故有是行。我以平生無惡，不陷幽獄，後日當生兗州西門張遂家，復為女子。彼家賣餅，君子不忘昔日之舊，因有事相過，幸見我焉。我雖不省前世事，然君之情當如是，我有遺物在侍兒處，君求之以為驗，千萬珍重。」忽不見，富驚愕，但終歎惋。異日有過客自衡陽來，言幼玉已死，聞未死前囑其侍兒曰：「我不得見郎，死亦不安，郎平日愛我手髮眉眼，他皆不可寄，附我今剪髮一縷、手指甲數箇，郎來訪我，子與之。」後數日，幼玉果死。議曰：今之娼去就狥利，其他不能動心。求蕭女、霍生事，未嘗聞也。今幼玉之愛柳郎，一何厚耶！有情者觀之，莫不愴然。善諧和音律者，廣以為曲，俾行於世，使係於牙齒之間，則幼玉雖死不死也。《青瑣高議》（節録自同前）

一九　陶師兒：淳熙初，行都角妓陶師兒與蕩子王生狎甚，相眷戀，為惡姥所間，不盡綢繆。一日，王生拉師兒遊西湖，唯一婢一僕隨之。尋常遊湖者逼暮歸，是日王生與師兒有密誓，特故盤桓，比夜達岸，則城門鎖，不可入矣。王生謂僕曰：「月色甚佳，清泛不可再乎？」市酒殽，復遊湖中，迤邐更闌，舉舟倦寢。舟泊净慈寺藕花深處，王生、師兒相抱投入水中，舟人驚，救不及，死。都人作「長橋月，短橋月」以歌之。其所乘舟竟為棄物，經年無敢登者。居無何，值禁烟節序，士女闐沓，舟發如蟻。有妙年者，方外人也，登豐樂樓，目擊畫舫紛紜，起夷猶之興，欲買舟一遊。會日已停午，雖蓮舫漁艇亦無泊岸者，止則棄舟在焉。人有以王、陶事告者，士人笑曰：「大佳，大佳，正欲得此。」即具杯饌入舟，遍遊西湖，曲盡歡而歸。自是人皆喜談，争求售之，殆無虛日，其價反倍於他舟。《西湖志》（同前）

二〇 愛卿傳：羅愛愛，嘉興名娼也。色貌才藝獨步一時，而又性識通敏，工於詩詞，是以人皆敬而慕之，稱為愛卿。佳篇麗什，傳播人口，風流之士咸修飾以求狎，懵學之輩自視闕然，郡中名士嘗以季夏望日會於鴛湖凌虛閣避暑，翫月賦詩，愛卿先成四首，坐間皆閣筆，詩曰：「畫閣東頭納晚涼，紅蓮不似白蓮香。一輪明月天如水，何處吹簫引鳳凰。」「月出天邊水在湖，微瀾倒浸玉浮圖。寒簾欲共嫦娥語，肯教霓裳一曲無。」「手弄雙頭茉莉枝，曲終不覺鬢雲欹。珮環響處飛仙過，願借青鸞一隻騎。」「曲曲闌干正正屏，六銖衣薄懶來憑。夜深風路凉如許，身在瑶臺第一層。」同郡有趙氏子者，第六，亦簪纓族。父亡，母在家，資巨萬，慕其才色，以銀五百兩聘焉。愛卿入門，婦道甚修，家法甚整，擇言而發，非禮不行，趙子嬖而重之。聘之二年，趙子有父黨為吏部尚書者，以書自大都召之，許受以江南一官。趙子欲往，則恐貽母妻之憂；不往，則又恐失功名之會。躊躕未决，愛卿謂之曰：「妾聞男子生而桑弧蓬矢以射四方，丈夫壯而立身揚名以顯父母，豈可以恩情之篤而誤功名之期乎？

君母在堂，温清之奉，甘旨之供，妾任其責有餘矣。但年高多病，而君有萬里之行，李令伯所謂『事陛下之日多，報劉之日少』，君宜常以此為念。望太行之孤雲，撫西山之落日，不可不早歸爾。」趙子遂卜大都之行，置酒酌别於中堂，酒三行，愛卿請趙子捧觴為太夫人壽，自製《齊天樂》一闋以侑之，詞曰：「恩情莫把功名誤，離筵又歌《金縷》。白髮慈親，紅顔幼婦，君去有誰為主。流年幾許，况悶悶愁愁，風風雨雨。鳳折鸞分，未知何日更相聚。蒙君再三分付，向堂前侍奉，休辭辛苦。萬里皇恩，五花官誥，要待封妻拜母。君須聽取，怕日薄西山，易生愁阻。早促回程，彩衣相對舞。」歌罷，坐中皆垂淚。趙子乘醉解纜而行，至都，而尚書以疾廢，無所投托，遷延旅館，久不能歸。太夫人以憶子之故，遂得重疾，伏枕在床，愛卿事之甚謹，湯藥必親嘗，饘粥必親進，求神禮佛以逭其災，虚詞詭説以寬其意。沉眠數月，因遂不起，一旦呼愛卿而告之曰：「吾子以功名之故，遠赴京都，遂絶音耗。吾又不幸感疾，新婦事我至矣。今而命殂，無以相報，但願吾子早歸，新婦異日有子有孫，皆如新婦之孝敬，皇天有知，必不相負。」言訖而歿，愛卿哀毁如禮，親造棺槨，置墳壠，葬之於白苧林。既葬，旦夕哭於靈几前，悲傷過度，為之瘦瘠。至正十六年，張士誠陷平江，十七年，達達丞相檄苗軍帥楊完者為江浙參政，拒之於嘉興，不戢軍士，大掠居民。趙子之家為劉萬户者所據，見愛卿之姿色，欲逼納之，愛卿紿之以甘言，接之以好容，沐浴入閣，以羅巾自縊而死。萬户聞而趨救之，已無及矣。即以繡褥裹尸，葬之於後圃銀杏樹下。未幾而張士誠通款於浙省，王參政為所害，麾下皆星散。趙子始間關海道，由太倉登岸，至嘉興，則人民城郭皆已非矣。投其故宅，荒廢無人居，但見鼠竄於梁，梟鳴於樹，蒼苔碧草，掩暎階庭而已。求其貲産，皆已蕩然，尋其母妻，不復可有。惟中堂巋然獨存，乃灑掃而息焉。明日，行至於東門外，至紅橋側，遇舊使老蒼頭於路，呼而問之，具述其詳。則母已辭堂，妻亦没矣。遂引趙至白苧林其母葬處，指其墳壠而告之曰：「此皆六娘子之所經理也。」指其松栢而告之曰：「此皆六娘子之所植也，太夫人以郎君不歸，感念成疾。娘子奉之至矣，不幸而死，遂葬於此。娘子身被衰麻，手扶棺槨，親自負土，號哭墓下葬之。三月而苗軍入城，宅舍被占，劉萬户者欲以非禮犯之，娘子不從，遂以羅巾自縊，就於後圃葬之矣。」趙子大傷感，即歸至銀杏樹下發掘之，顔貌如生，肌膚不改，趙子抱其尸而大慟，絶而復甦者再。乃沐以香湯，被以華服，買棺而附葬於母墳之側，哭之曰：「娘子平日聰明才慧，流輩莫及。今雖死矣，豈可混同凡人，使絶靈響？九原有知，願賜一見，雖顯晦殊途，人皆忌憚，而恩情切至，實所不疑。」於是出則禱於墓下，歸則哭於圃中。將及一旬，月晦之夕，趙子獨坐中堂，寢而不能寐，忽聞暗中哭聲，初遠漸近，覺其有異，急起視之，曰：「倘是六娘子靈，何吝一見而叙舊也？」即聞之曰：「妾即羅氏也，感君憂念，雖處幽冥，實所惻愴，是以今夕與君知聞爾。」言訖，如有人形冉冉而至，五六步許，即可辨其狀貌，果愛卿也。淡粧素服，一如其舊，惟以羅巾擁其項。見趙子，施禮畢，泣而歌《沁園春》一闋，其所自製也，詞曰：「一别三年，一日三秋，君何不歸？記尊姑老病，親供藥餌，高墳埋葬，親曳麻衣。夜卜燈花，晨占鵲喜，雨打梨花晝掩扉。誰知道、把恩情永隔，書信全稀。干戈滿目交揮，奈命薄、時乖履禍機。向銷金帳底，猿驚鶴怨，香羅巾下，玉碎花飛。要學三貞，須拚一死，免被傍人話是非。君相念，筭除非畫裏，得見崔徽。」每歌一句，則悲數聲，悽愴怨咽，殆不成腔。趙子延之入室，謝其奉母之孝，營墳之勞，殺身之節，感愧不已。乃收淚而自叙曰：「妾本娼流，素非良族，山鷄野鶩，家莫能馴。路柳墻花，人皆可折，惟知倚門而獻笑，豈解舉案以齊眉。令色巧言，迎新送舊。東家食而西家宿，久習遺風；張郎婦而李郎妻，本無定性。幸蒙君子，求為室家，即便棄其舊染之污，革其前事之失，操持井臼，採掇蘋蘩。脩祀祖之儀，篤奉姑之道。事以禮，葬以禮，無愧於心；歌於斯，哭於斯，未嘗窺户。豈料旻天不弔，大患來臨。毒手老拳交争於四境，長鎗大劒耀武於三軍。既據李崧之居，又奪韓翃之婦。良人萬里，賤妾一身。豈不知偷生之可安，忍辱之耐久？而乃甘心玉碎，決意珠沉，若飛蛾之撲燈，似赤子之入井。乃己之自取，非人之不容。蓋所以媿乎為人妻妾而棄主背夫，受人爵禄而忘君負國者也。」趙子慰撫良久，因問太夫人安在，曰：「尊姑在世無罪，聞已受生於人間矣。」趙子曰：「然則君何以獨墮鬼録？」對曰：「妾之死也，冥司以妾貞烈，令往無錫州宋家，托為男子。妾以與君情緣之重，必欲伺君一見，以叙幽抱，故遅之歲月爾。今既見君矣，明日即往生也。君如不棄舊情，可到彼家見訪，當以一笑為約。」遂與趙子入室，歡會款若平生。鷄鳴，叙别，下階數步，復回顧，拭淚云：「趙郎珍重，從今永别矣。」因哽咽竚立，天色漸明，歘然而逝，不復可覩，但空堂杳然，寒燈半滅而已。趙子起而促裝，逕往無錫，尋宋氏之居而問焉，則果得一男子，懷姙二十月矣。然自降生之後，至今哭不輟聲，趙子具述其事，而願見之，果一笑而哭止。其家遂名之曰羅生。趙子求為親屬，自此往來餽遺書問不絶云。《剪燈新話》〇隋時已有羅愛愛《閨思》詩云：「幾當孤月夜，遥望七香車。羅帶因腰綬，金釵逐鬢斜。」《彤管遺編》諸刻乃併入此羅愛愛詩，大誤。

二一　劉盼春：劉盼春者，汴梁樂工劉鳴高女。年十八，初定情於汴人周恭，兩情甚篤，而恭父嚴禁之，不令往來，絶不通者凡半載，盼春杜門以待。有雲間富商賚金帛往，母必欲奪其志，固不應，加之箠楚，恭聞之，致書使且從母命，其略云：「縱遠鶯朋燕友，難禁蝶使蜂媒。既居月户雲牕，莫吝雨期雲會。暫時依彼，將就瓦全。終日違他，恐防玉碎。」因綴以詞曰：「阻佳期，盼佳期，欲寄鸞箋雁字稀，新詞和淚題。怕分離，又分離。無限相思訴與誰，此情風月知。」蓋《長相思》調也。盼春得詞，咲曰：「妾豈常人比哉？既委身於子，可他適耶？」居數日，復逼之，投繯而死。及火其尸，餘燼悉焚，而所佩香囊獨鮮好，取而發之，中藏所得恭詞簡一紙，宛然如故，衆皆驚異。事在宣德七年，周藩誠齋為傳奇曰《香囊怨》，且自序以表其節焉。傳奇載書尚繁。（同前）

二二　王蘭卿：關中歌兒王蘭卿，侍煖泉張子，張子死，乃飲藥死。渼陂王太史九思聞而異之，為詞傳焉：《南吕·一枝花》：「飛騰鸞鳳林，脱離烟花巷。玉琢成清氣質，鐵打就烈心腸。貞女無雙，堪寫在青編上。我這里閣著筆細忖量，他有那燕子樓許盼盼聲名，他不比普救寺崔鶯鶯的勾當。」《梁州》：「他曾學孟光女齊眉舉案，他勝似劉盼春守志香囊。誰言紅粉多虚誑，也不用山盟海誓，又何須剪髮爇香。幾分毒藥，三寸靈咽，美甘甘滿口沙糖。䌷落了軀髏髏一枕黄粱，做一對鬼魂兒夜月下携手同行，變一箇連枝樹暮雨中盤根並長，化一雙玉蝴蝶春風前接翅飛揚。比量細想，風流自古多魔瘴。不是咱虚褒奬，恰便以忠臣與良將，節凛冰霜。」《駡玉郎》：「蕙蘭心性花模樣，當日箇正嬌小，與才郎，紅顏實有白頭望。誰想道，老景難，緣分短，斯文喪。」《感皇恩》：「呀，也待要獨守孤孀，又則怕蝶惡蜂狂。道不如棄青春，歸緑野，葬黄壤，相伴著風清月朗，道有箇地久天長。為則為我逢郎，想則想郎愛我，願則願死隨郎。」《採茶歌》：「釵斷了金鳳皇，被散了錦鴛央。吉丁當，帶脱了玉螳螂。流水煖泉圍故里，寒鴉衰柳噪斜陽。」《尾聲》：「想著他情如鳳友，心中想命比鴻毛藥裏亡，稱兩意須教共穴葬。這一箇貞心的女娘，不負了畫眉張敞。留與那萬古千秋教人做話兒講。」見王渼陂《碧山樂府》○嘗記正德中陝西盩厔縣一倡死節，康太史海亦為傳奇，余初有之，久逸去，待覓再補。（同前）

二三　鄱陽小鬟：《吹劍録》亦載○《西溪叢語》范有寄綿臙脂詩。范文正公守鄱陽，郡創慶朔堂，而妓籍中有小鬟尚幼，公頗屬意。既去，以詩寄魏介曰：「慶朔堂前花自栽，便移官去未曾開。年年長有別離恨，已托春風幹當來。」介因鬻以惠公，今郡中有石刻。《魏泰詩話》○泰在宋，好撰僞書，如《碧雲騢》，詆名先都官聖命，誣構賢士大夫，即范文正不免，則此事亦未必范有之。姜叔明論司馬温公席上《西江月》詞所謂「寶髻鬆鬆綰就」者，此宣和間耻温公獨為君子，托為之詞。然《青箱》、《東皋》又有温公《阮郎歸》、《錦堂春》，若張忠定、韓魏公、曹脩古、吴縠甫、文丞相，諸公並有賦咏，寄情不淺。即都官有《花娘歌》、《翡翠詞》，《侯鯖録》載之云「謹厚者亦復為之」，吴處淳曰：「文章絶古，不害其為邪；文章豔麗，不害其為正。」世或見人文章鋪陳仁義道德，便謂正人，若言及花草月露，便謂邪人，亦不盡然也。（同前書卷七）

二四　江淮官妓：柳耆卿嘗在江淮，睠一官妓，臨別，以杜門為期。既來京師，日久未還，妓有異圖，耆卿聞之怏怏。會宋儒林往江淮，柳因作《擊梧桐》詞以寄之，曰「香靨深深，姿姿媚媚，雅格奇容天與。自識伊來，便好看伊，會得妖嬈心素。臨岐再約同歡，定是都把，平生相許。又恐恩情，易破難成，未免千般思慮。近日書來，寒喧而已，苦設切切言語。便忍得，聽人教當，擬把前言輕負。見説蘭臺宋玉，多才多藝善詞賦。試與問、朝朝暮暮，行雲何處去。」妓得此詞，遂負媿，竭産泛舟來輦下，終身從耆卿焉。《古今詞話》及《柳屯田樂章》(同前)

二五 陳直方妾稽：陳直方之妾，本錢塘妓人也，丐新詞於蘇子瞻，子瞻因直方新喪正室，而錢塘人好唱「陌上花緩緩」曲，乃用其事以戲之，其詞則《江神子》也，詞曰：「玉人家在鳳凰山，水雲間，掩門關。門外行人，立馬看弓彎。十里春風誰指似，斜日映，繡簾班。多情好事與君還，憫新鰥，拭餘潸。明月空江，香霧雲鬟。陌上花開看盡也，聞舊曲，破朱顔。」(同前)

二六 鄭容高瑩：《蘂蘭集》云贈潤守許仲塗。東坡自錢塘被召，過潤州，林子中作郡守，有會，坐中營妓出牒，鄭容求落籍，高瑩求從良，子中坐呈東坡，東坡索筆作《減字木蘭花》書牒後云：「鄭莊好客，容我樓前先墮幘。落筆生風，籍籍聲名不負公。高山白早，瑩骨冰肌那解老。從此南徐，良夜清風月滿湖。」時用「鄭容落籍，高瑩從良」八字於句端也。《東臯雜録》(同前)

二七 張英英：宋陳后山寄曹州晁大夫詩云：「墮絮隨風化作塵，黄樓桃李不成春。只今容有名駒子，困倚闌干一欠伸。」自注云：「周昉畫美人，有背立欠伸者最為妍絶，東坡所賦麗人行也。」任天社云：「此篇言徐州風物。」後山嘗有詞並序云：「晁大夫增餙披雲，初欲壓黄樓，而張、馬二子，皆當年樽下世所謂英英、盼盼者。盼卒英嫁，而盼之子瑩頗有家風，而曹妓未有顯者，黄樓不可勝也。」作

《南鄉子》以歌之曰：「風絮落東鄰，點綴繁枝旋化塵。關鎖玉樓巢燕子，冥冥，桃李摧殘不見春。流轉到如今，翡翠生兒翠作衾。花樣腰身官樣立，婷婷，困倚闌干一欠伸。」蓋前云「風絮」以屬英，「塵化」以屬昐，「名駒子」以屬瑩之母馬氏也。《菊坡叢話》及《詩林廣記》（同前）

二八　岳楚雲：周美成在姑蘇，與營妓岳楚雲相戀。後從京師過吴，則岳已從人久矣。因飲於太守蔡巒子高坐上，見其妹，作《點絳唇》詞寄之，云：「遼鶴西歸，故人多少傷心事。短書不寄，魚浪空千里。　憑仗桃根，説與相思意。愁何際，舊時衣袂，猶有東風淚。」楚雲讀之，感泣者累日。《夷堅支志》（同前）

二九　《西閣寄梅記》馬瓊瓊：朱端朝，字廷之，宋南渡後肄業上庠。與妓馬瓊瓊者往來久之，情愛稠密，馬屢以終身之託為言，朱雖口從而心不許之，蓋以妻性嚴謹，不敢主盟，非薄倖也。端朝文華富贍，瓊瓊知其非白屋久居之人，遂傾心，凡百費用，皆瓊瓊給之。秋試高中，捷報之來，瓊瓊喜而勞之。端朝乃淬勵省業，以决春闈之勝。既而到省愜意，翌日揭榜，果中優等，及廷對之策，失之大訐，遂寘下甲。初注授南昌尉，瓊瓊力致懇曰：「妾風塵卑賤之人，荷君未遽棄去，今幸榮登仕版，行將雲泥隔絶，無復奉承枕席。妾之一身終淪棄矣，誠可憐憫，欲望君與謀脱籍之計，永執箕帚。然固知君内政謹嚴，妾當小心伏事，無敢唐突，萬一脱此業緣，受賜於君，誠不淺淺耳。且妾之箱篋稍充，若與力圖去籍，試為不難。」端朝曰：「去籍之計，固可主張，但恐不能與家人相處，使其無妬忌之態，朝端為計，亦不至今日。盛意既濃，阻之則近無情，從之則虞有辱。然既出汝中心，即容與調護，先入數語，使其和同柔順，庶彼此得以相安，否則，端朝之計無所施矣。」一夕，端朝因間謂其妻曰：「我久居學舍，雖近得一小官，外人誠有助焉。且我家貧，急於干禄，豈得待數年之闕？我所得一官，實出妓子馬瓊瓊之賜。今彼欲傾箱篋求託於我，仍謀去籍，彼亦能小心迎合人意，脱彼於風塵之間，此亦仁人之恩也。」其妻曰：「君意已决，亦復何辭？」端朝喜謂瓊瓊曰：「初畏家人不從，吾言試一叩之，乃忻然相許。」端朝於是宛轉求託，而瓊瓊花籍亦得脱去。瓊遂搬囊槖，與端朝俱歸在家。既至門，其正室一見如故，端朝自是得瓊瓊所携，而家遂稍豐，因整理一區，中闢二閣，以東西扁名。東閣正室居之，乃令瓊瓊處於西閣，後止有東西閣相通同處。倏經三載，闕期已滿，迓吏前至，端朝以路遠俸薄，不肯携累，乃單騎赴任。將行，置酒與東西閣相宴，因祝曰：「凡此去，或有家信來往，東閣西閣不能別書，止混同一緘，復書亦如之。」言畢，端朝獨之南昌。在路登涉稍艱，既到南昌，參州交印，謁廟、受賀、復禮，人事方畢，而廵警繼至。倏經半載，乃得家信，止東閣有書，而西閣無之。端朝亦不介意，復書，中但諭及東閣寬容之意，仍指西閣奉承之勤。書至，竟不及見，且曰：「縣尉之行也，嘗曰作書回字當與二閣共之，今乃不獲覩，此何意也？」東閣聞言頗嫉之，欲去而未可。西閣乃密遣一僕，厚給裹足，授以書，祝之曰：「勿令東閣孺人知之。」及書至南昌，端朝開緘，絶無一字，止見雪梅扇面而已。因反覆觀玩，及於後寫一詞，名《減字木蘭花》云：「雪梅妬色，雪把梅花相抑勒。梅性温柔，雪壓梅花怎起頭。　芳心欲訴，全仗東君來作主。傳與東君，早與梅花作主人。」端朝詳詞中之意，則知西閣為東閣摧挫可知矣。自是坐卧不安，日夜思欲休官賦歸去來之計，蓋以僥倖一官，皆西閣之力，不忘本也。後竟以尋醫為名，而棄官歸來。既至家，而東西二閣相與出迎，深怪其未及書考，忽作歸計，叩之，不荅。既而端朝置酒，會二閣而言曰：「我僥倖一官，羈迷千里，所望二閣在家和順相容，使我居官少安。昨日見西閣所寄梅扇，後書《減字木蘭花》一首，讀之，使人不遑寢食，吾安得而不歸哉？」東閣乃曰：「君今仕矣，且與妾判斷。此事據西閣詞中所説，梅花孰是？」端朝曰：「此非口舌所能剖判，當取紙筆來，書其是非曲直。」遂作《浣溪沙》一闋以示二閣云：「梅正開時雪正狂，兩般幽韻孰優長，且宜持酒細端詳。　梅比雪花多一出，雪如梅蘂少些香，花公非是不思量。」自後二閣歡會如初，端朝亦不復出仕矣。（同前書卷八）

三〇　蘇小娟：郎仁寶《七備類稿》云：蘇小小有二：一南齊人，一宋人，即《武林紀事》者。一作小娟，抄者之誤。至引遺山詞題宋蘇小小所寄詩，小娟音拗足證鑿矣。田叔禾《西湖志》從小娟，然宋實有蘇小小詠《減字木蘭花》者，郎未之引，此似足證。蘇小娟，錢唐名娼也，俊麗工詩。其姊盼奴與太學生趙不敏甚洽，久之，不敏日益貧，盼周給之，使篤於業，遂捷南省。得官，授襄陽府司户，盼奴未落籍，不得偕老。不敏赴官三載，想念成疾而卒。有禄俸餘貲，囑其弟趙院判均分之，一以膳院判，一以送盼奴。且言盼奴有妹小娟，俊雅能吟，可謀致之，佳偶也。院判如言，至錢塘，託宗人倅錢唐者召盼奴，其家云：「盼奴一月前死矣，小娟亦為盼奴所歡以於潛官絹誣攀繫府獄。」倅從獄中召小娟出，詰之曰：「汝誘商人官絹百疋，何以償之？」小娟叩頭言：「此亡姊盼奴事，乞賜周旋，豈惟小娟感荷更生，盼奴亦蒙恩泉下也。」倅喜其辭宛順，因問：「汝識襄陽趙司户否？」小娟曰：「趙君司户未仕時，與姊盼奴交好，後中科授官去，盼奴相思，致疾而死。」倅曰：「趙司户亦謝世矣，遣人附一緘及餽物一罨，外有其弟院判一緘付爾開之。」小娟自謂不識院判何人，及折書，惟一詩云：「當時名妓鎮東吴，不好黄金只好書。借問錢塘蘇小小，風流還似大蘇無。」小娟得詩默然，倅索和之，小娟以不能辭，倅强之，且曰：「不和，即償官絹。」小娟不得已，索紙援筆書云：「君住襄江妾住吴，無情人寄有情書。當年若也來相訪，還有於潛絹也無。」倅大喜，盡以所寄物與之，免其償絹，且為脱籍，歸院判，偕老也。《武林紀事》

蘇小小《減字木蘭花》附：「别離情緒，萬里關山如底數。遣妾傷悲，未必即家知不知。自從君去，數盡殘冬春又暮。音信全乖，等到花開不見來。」（同前）

三一 江柳：湘人陳詵登第，授岳陽教官，踰墻與妓江柳狎，頗為人所知。時孟之經守岳，聞其故。一日，公燕，江柳不侍，呼至，杖之，文其眉鬢間以「陳詵」二字，仍押隸辰州。妓之父母詣學宫咎詵云：「自岳去辰八百里，且求資糧。」陳且泣且悔，罄其所有及俸資衣物得千緡，以六百贈柳，餘付監押吏卒，令善視，且以詞餞别云：「鬢邊一點似飛鴉，休把翠鈿遮。二年三載，千攔百就，今日天涯。楊花又逐東風去，隨分入人家。要不思量，除非酒醒，休照菱花。」柳將行，會陸雲西以荆湖制司幹官霑覈至岳，與陳有故，將至，陳先出迎，以情告陸，陸即取空名制幹劄填陳姓名，檄入制幙。既而並行，陸入，即開宴，陸曰：「聞籍中有江柳者善謳，誰是也？」孟即呼至，柳花鈿隱眉間所文，飲間，陸越語孟曰：「能以柳見予否？」孟曰：「唯命。」陸咲曰：「君尚不能容一陳教，豈能與我？」孟因叙詵之過，陸嘆慨，既而終席，陸呼柳，問其事。柳出詵送别詞，陸大嗟賞，而再登席，陸舉詞示孟，且誚之曰：「君試目此作，可謂不知人矣。今制司檄詵入幕，將若之何？」孟求解於陸，并召詵同宴。明日，列薦詵，且除柳名，遂將詵如江陵，見之闔公秋壑，俾充幕僚。詵不特洗一時之辱，且有倖進之喜，至今巴陵傳為佳話焉。《山房隨筆》（同前）

三二　聶勝瓊：詞選聶在前宋，誤此。　李之問儀曹解長安幕，詣京師，改秩都下。聶勝瓊，名倡也，質性慧黠，公見而喜之。李將行，勝瓊送别，餞飲於蓮花樓，唱一詞，末句曰：「無計留春住，奈何無計隨君去。」李復留，經月，為細君督歸甚切，遂飲别。不旬日，聶作一詞以寄李云：「玉慘花愁出鳳城，蓮花樓下柳青青。　樽前一唱《陽關》後，别箇人人第五程。　尋好夢，夢難成，况誰知我此時情。枕前淚共芭蕉雨，隔箇窗兒滴到明。」蓋寓調《鷓鴣天》也。之問在中路得之，藏於篋間，抵家，為其妻所得，因問之，具以實告。妻喜其語句清健，遂出粧奩，資夫取歸。瓊至，即棄冠櫛，損其粧飾，委曲以事主母，終身和悦，無少間隙焉。（同前）

三三　楚娘：楚娘，名妓也，以姿學自負，作《遊春》、《桂花》詩誇耀於人，《遊春》詩曰：「破曉尋春緩轡行，滿城桃李鬬芳英。桃紅李白皆麄鄙，争似冰肌瑩眼明。」《桂花》詩曰：「丹桂迎風蓓蕾開，摘來斜插竟相偎。清香不與羣芳並，仙種原從月裡來。」三山林茂叔與楚娘厚，因官建昌，携楚回家。其妻李氏稍不能容，楚題詞於壁以寓意云：「去年梅雪天，千里人歸遠。今歲梅雪天，千里人追怨。　鐵石作心腸，鐵石剛猶軟。江海比君恩，江海深猶淺。」李氏見詞，乃曰：「人非木石，胡不能容？」遂長衾大被，三人共寢，聞者以詩嘲之。《□堂集》有嘲詩，甚俚，不録。（同前）

三四 閫府妓：有士人訪一妓女，在閫府侍宴，候稍久，遂賦一詞寄之云：「春風捏就腰兒細，繫滴粉裙兒不起。從來只向掌中看，怎忍在、炬花影裡。　酒紅應是鉛華褪，暗蹙損眉峰雙翠。夜深沾緉綉鞋兒，靠那箇、屏風立地。」詞至，為閫帥所見，喜其詞語清麗，明日呼士來，竟以此妓與之。《瑞桂堂暇録》（同前）

三五 劉婆惜：劉婆惜，樂人，李四之妻也，江右與楊春秀同時，頗通文墨，滑稽歌舞迥出其流，時貴多重之。先與撫州常推官之子三舍者交好，苦其夫間阻，一日偕宵遁，事覺，決杖，劉負愧，將之廣海居焉。道經贛州，時有全普庵撥里，字子仁，由禮部尚書，值天下多故，選用除贛州監郡。平昔守官清廉，文章政事，敭歷臺省，但未免耽於花酒。每日公餘，即與士夫酣歌賦詩，帽上常喜簪花，否則，或果或葉亦簪一枝。一日，劉之廣海，過贛，謁全公，全曰：「刑餘之婦，無足與也。」劉謂閽者曰：「妾欲之廣海，誓不復還。久聞尚書清譽，獲一見而逝，死無憾也。」全哀其志而與進焉。時賓朋滿座，全帽上簪青梅一枝行酒，全口占《清江引》曲云：「青青子兒枝上結。」令賓朋續之，衆未有對者，劉歛袵進前曰：「能容妾一辭乎？」全曰：「可。」劉應聲曰：「青青子兒枝上結，引惹人攀折。其中全子仁，就裏滋味别。只為你酸留意兒，難棄舍。」全大稱賞，由是顧寵無間，納為側室。後兵興，全死節，劉克守婦道，善終於家。《青樓集》（同前）

三五 蘇小小南齊：蘇小小，錢塘名倡也，蓋南齊時人。西陵在錢塘江之西，故古辭云：「妾乘油壁車，郎騎青驄馬。何處結同心，西陵松栢下。」《樂府廣題》〇小小墓，一云江干，一云湖曲。李賀《蘇小小墓》

詩：「幽蘭露，如啼眼。無物結同心，烟花不堪剪。草如茵，松如蓋。風為裳，水為佩。油壁車，久相待。冷翠燭，勞光彩。西陵下，風吹雨。」張祜題云：「漠漠窮塵地，蕭蕭古樹林。臉濃花自發，眉恨柳長深。夜月人何待，春風鳥自吟。不知誰共穴，徒願結同心。」然並不言何地也。元張光弼詩：「香骨沉埋縣治前，西陵魂夢隔風煙。好花好月年年在，潮落潮生更可憐。」注云：「墳在嘉興縣前。」宋司馬才仲在洛陽，晝寢，夢一美姝搴帷而歌曰：「妾本錢塘江上住，花落花開，不管流年度。燕子啣將春色去，紗窗幾陣黄梅雨。」才仲愛其詞，因詢曲名，云是《黄金縷》。後五年，才仲以蘇子瞻薦應制舉中等，遂為錢塘幕官，為秦少章道其事，少章為續其後詞云：「斜插犀梳雲半吐，檀板輕敲，唱徹《黄金縷》。望斷行雲無覓處，夜凉明月生南浦。」頃之，復夢美姝迎咲曰：「夙願諧矣。」遂與同寢，贈以詩曰：「長天空闊鴈來盡，深院落花鶯更多。發策決科君自爾，求田問舍我如何。」才仲曰：「少年登第，何勸吾退？」曰：「如命何！」自是每夕必來。才仲為同宷談之，咸曰：「公廨後有蘇小小墓，得無妖乎？」不逾年，而才仲得疾。所乘遊舫艤泊河塘，柁工遽見才仲携一麗人登舟，即前喏，聲斷，火起舟尾，倉忙走報，其家則才仲死矣。《春渚紀聞》弘治初，于京兆景瞻自南都歸杭，邀馬浩瀾遊西湖，泊舟第三橋，景瞻曰：「不到西湖二十年矣，山川如故，風景不殊，子當賦之。」浩瀾詩云：「畫舫秋風湖上來，水涵天碧净無埃。一雙鸂鶒忽飛下，千朵芙蓉相映開。鳥似彩鸞窺寶鏡，花如仙子步瑶臺。風光堪賞還堪賦，其奈江南庾信哀。」翌日，浩瀾復與王天璧遊湖，天璧善箕仙術，浩瀾請召之，箕動，問仙何名，書云：「有事即問，問畢告名。」浩瀾曰：「『捧瑶觴，南國佳人，一雙玉手。』此句久未有對。」即書云：「趺寶座，西方大士，丈六金身。」箕運如飛，復成一律云：「此地曾經歌舞來，風流回首即塵埃。王孫芳草為誰緑，寒食梨花無主開。郎去排雲叫閶闔，妾今行雨在陽臺。衷情訴與遼東鶴，松栢西陵正可哀。」錢唐蘇小小和馬先生昨日湖橋首倡。二公相顧，莫測所以。《蓉塘詩話》（同前書卷九）

三七　吳二娘：吳二娘，杭州名妓也。有《長相思》一詞云：「深花枝，淺花枝，深淺花枝相間時。花枝難似伊。　巫山高，巫山低，莫雨瀟瀟郎不歸。空房獨守時。」楊太史升庵云：白樂天詩：「吳娘暮雨瀟瀟曲，自別江南久不聞。」自注：「吳二娘歌詞有『暮雨瀟瀟即不歸』之句，絶妙。」《詞選》以為樂天，誤矣。○按《詞選》前云：「深畫眉，淺畫眉，蟬鬢鬅鬙雲滿衣。陽臺行雨歸。」（同前）

三八　胡楚、龍靚：杭妓胡楚、龍靚，皆有詩名，胡贈所歡詩云：「不見當時丁令威，年來到處是相思。若將幽恨同芳草，却恐青青有盡時。」張子野老於杭，多為官妓作詞，而不及靚，靚獻詩曰：「天與羣芳十樣葩，獨憐顔色不堪誇。牡丹芍藥人題徧，自分身如鼓子花。」子野於是為作《望江南》詞云：「青樓宴，靚女薦瑶杯。一曲白雲江月滿，際天拖練夜潮來，人物誤瑶臺。　醺醺酒，拂拂上雙腮。媚臉已非朱淡粉，香紅全勝雪籠梅，標格外塵埃。」（同前書卷十二）

三九　青幕子婦：往時青幕之子婦，妓也，善為詩詞。同府以詞挑之，妓荅曰：「清詞麗句，永叔子瞻曾獨步。似恁文章，寫得出來當甚强。」《後山詩話》○《減字木蘭花》前半也。（同前）

四〇　尹温儀：《復齋漫録》：姑蘇妓蘇瓊，行九，蔡元長過蘇，聞瓊能詞，命即席為之，請韵，以「九」字云。成都妓尹温儀，本良家女，後以零替，失身妓籍。蔡相帥成都，酷愛之。尹告蔡乞除樂籍，蔡戲曰：「若樽前成一小闋，便可除免。」尹曰：「乞腔調。」蔡答以《西江月》，尹又乞嚴韻，蔡曰：「汝排行十九，用【九】字。」即便應聲云：「韓愈文章蓋世，謝安才貌風流。良辰開宴在西樓，敢勸一杯芳酒。記得南宫高過，弟兄争占鰲頭。一門玉殿御香浮，名在甲科第九。」蓋取蔡第九人，弟元度第十一人也。「才貌」《漫録》作「情性」，「開宴」作「美景」，「争」作「都」，「一門」作「金爐」。（同前）

四一　成都郭帥席上賦《木蘭花慢》：「浣花溪上風光主，燕夕桃源開幕府。商嵓本是作霖人，也使閑花沾雨露。　父兄世業傳儒素，何事失身非類侶。若蒙化筆一吹嘘，免使飄零飛綉户。」（同前）

四二　陳鳳儀成都妓：送蔣龍圖《一落索》一作送人《玉連環》：「蜀江春色濃如霧，擁雙旌歸去。海棠也似别君難，一點點，啼紅雨。　此去馬蹄何處，沙堤新路。禁林賜宴賞花時，還憶着，西樓否。」《唐宋詞選》〇「憶着」一作「記得」。（同前）

四三　合生詩詞：散樂妓，洪惠英。江浙間路岐女有慧黠，知文墨，能於席上指物題詠，應命輒成者，謂之合生。其滑稽含戯諷者謂之喬合生，蓋京都遺風也。張安國守臨川，王宣子解廬陵郡印，歸次撫，安國置酒郡齋，招郡士陳漢卿參會。適散樂一伎言學作詩，漢卿語之曰：「太守呼為五馬，今日兩州使君對席，遂成十馬，汝體此意作八句。」妓凝立良久，即高吟曰：「同是天邊侍從臣，江頭相遇轉情親。瑩如臨汝無瑕玉，宛作廬陵有脚春。五馬今朝成十馬，兩人前日壓千人。便看飛詔催歸去，共坐中書秉化鈞。」安國為之嗟賞竟日，賞以萬錢。予守會稽，有歌諸宫調女子洪惠英，正唱詞次，忽停鼓白曰：「惠英有述懷小曲，願容舉似。」乃歌曰：「梅花似雪，剛被雪來相挫折。雪裏梅花，無限精神總屬他。 梅花無語，只有東君來作主。傳語東君，且與梅花作主人。」歌畢，再拜云：「梅者，惠英自喻，非敢僭擬名花，姑以借喻。雪者，指亡賴惡少也。」官奴因言其人到府一月，而遭惡子困擾者至四五，故情見乎詞，在流輩中誠不易得。洪邁《夷堅志》〇《西閣寄梅記》《木蘭花》詞與此全同，所謂「予守會稽」者，即邁也，自其親值，不應有誤。（同前）

四四 吴淑姬：湖州吴秀才女，慧而能詩詞，貌美家貧，為富氏子所據。或投郡訴其姦淫，王龜齡為太守，逮繫司理，欲既伏罪，且受徒刑，郡僚相與諸理院觀之，乃其（當作具）酒，引使至席，風格傾一座。遂命脱枷侍飲，諭之曰：「知汝能長短句，宜以一章自咏，當宛轉白待制，為汝解脱。不然，危矣。」女即請題，時冬末雪消，春日且至，令道此景作長短句。女捉筆立成《長相思》曰：「烟霏霏，雨霏霏，雪向梅花枝上堆。春從何處回。 醉眼開，睡眼開，疏影横斜安在哉。從教塞管催。」諸客賞歎，為之盡歡。明日以告王公，言其寃，王淳直，不疑人欺，亟使釋放。其後無人肯禮娶，周介卿石之子買以為妾，名曰淑姬。王三恕時為司户，攝正理，治此獄，小詞藏其處。《夷堅支志》《惜分飛》送别：「岸柳依依拖金縷，是我朝來别處。惟有多情絮，故來衣上留人住。 兩眼啼紅空彈與，未見桃花又去。一片征帆舉，斷腸遥指苕溪路。」《小重山》春愁：「謝了荼蘼春事休，無多花片子，綴枝頭。庭槐影碎被風揉，鶯雖老，聲尚帶嬌羞。 子（筆者按：此字當為衍文）獨自倚粧樓，一川烟草浪，襯雲浮。不如歸去下簾鈎，心兒山，難着許多愁。」《祝英臺近》：「粉痕銷，音信斷，好夢又無據。病酒無聊，欹枕聽寒雨。斷腸曲曲屏山，温温沉水，盡是舊看承人處。 久離阻，誰念一點芳

心，閒愁知幾許。偷照菱花，清瘦自羞覷。可堪梅子黄時，楊花飛盡，亂鶯鬧催春歸去。」並《唐宋詞選》（同前）

四五　樂琬：施酒監贈杭妓樂琬《卜筭子》詞云：「相逢情便深，恨不相逢早。識盡千千萬萬人，終不似，伊家好。　別你登長道，轉更添煩惱。柳外朱樓獨倚闌，滿目圍芳草。」琬答施云：「相思似海深，舊事如天遠。淚滴千千萬萬行，更使人，愁腸斷。　要見無因見，拚了終難拚。若是前生未有緣，待重結，來生願。」《古今詞話》（同前）

四六　某邑妓：某邑宰因預借違旨遭按，而歸某府，府將乃宰公之故舊，因留連而燕飲之。有妓惠黠，得宰罷官之由，時方仲秋，忽歌《漁家傲》「十月小春梅蘂綻」，宰曰：「何太早耶？」荅曰：「乃先借也。」宰大慚。《行都紀事》（同前）

四七　平江伎：嘉定間，平江一伎女送太守《賀新郎》詞曰：「春色元無主，荷東君、著意看承，等閒分付。多少無情風浪，又那更蝶欺蜂妬。筭燕雀、眼前無數。縱使簾櫳能愛護，到如今已是成遲暮。芳草碧，遮歸路。　看看做到難言處，怕見仙郎，旌旗輕易，歌襦袴。月滿西樓絃索静，雲蔽崑城閬府。便任他、一帆輕舉。獨倚闌干愁碎慘，玉容淚眼如紅雨。去與住，兩難訴。」《豹隱紀談》（同前）

四八　都下妓：此本歐公送貢父詞。有時相，本寒生，及登台位，嘗以措大自負。生日，都下有一妓易《朝中措》數字為壽，曰：「屏山欄檻倚晴空，山色有無中。手種庭前桃李，元作「亭前楊柳」。別來幾度春風。文章宰相，元作『太守』。揮毫萬字，一飲千鍾。行樂不須元作『直須』。年少，目前看取仙翁元作『衰翁』。」時相憐其善改易，又愛《朝中措》之名，厚賞之。（同前）

四九 僧兒：廣漢營妓小名僧兒，秀外惠中，善填詞。戴姓者，忘其名，兩作漢守，寵之。既而得請玉局之祠以歸，僧兒作《滿庭芳》見意云：「團菊包金，叢蘭減翠，畫成秋暮風烟。使君歸去，千里共潸然。兩度朱轓鴈水，全勝得、陶侃當年。如何見、一時盛事，都在送行篇。　愁煩，梳洗嬾。尋思陪宴，花月湖邊。有多少、風流往事縈牽。聞道霓旌羽駕，看看是、玉局神仙。應相許，冲雲破霧，一到洞中天。」《漁隱叢話》（同前）

五〇 趙方卿：成都官妓趙才（前作方）卿性黠慧，詩詞敏速。帥府與都鈐帥會飲，命才卿佐酒作詞，應命立就《燕歸梁》云：「細柳營中有亞夫，華宴簇名姝。雅歌長許佐投壺，無一日，不歡娛。　漢皇拓境思名將，捧飛詔，欲登途。從前密約盡成虛，空贏得，泪流珠。」都鈐大賞其才，以飲器數百星遺之，帥亦賞歎焉。（同前）

五一 翁客妓《花草稡編》作放翁妓：翁客自蜀挾一妓歸，蓄之別室，率數日一往。偶以病少疎，妓疑之，翁作詞自解，妓即韻荅以《踏莎行》云：「說盟說誓，說情說意，動便春愁滿紙。多應念得脫空經，是那個先生教底。　不茶不飯，不言不語，一味供他憔悴。相思已是不曾閒，又那得工夫呪你。」《齊東野語》：蜀倡能文，蓋薛濤之遺風。或謗翁挾蜀尼歸，即此也。（同前）

五二 蜀妓：《送行市橋柳》：「欲寄意，渾無所有，折盡市橋官柳。看君着上征衫，又相將、放船楚

江口。後會不知何日又，是男兒，休要鎮長相守。苟富貴，無相忘，若相忘，有如此酒。」《齊東埜語》（同前）

五三　李秀蘭：錢唐有官妓名秀蘭，蘇子瞻為賦《賀新涼》者，當非此也。《減字木蘭花》：「自從君去，曉夜縈牽腸斷處。綠逼香堦，過夏經秋鴈又來。　相伊那里，應也情懷愁不止。縹緲書沉，直至如今没信音。」（同前）

五四　京師妓：京師妓賦《瑞鷓鴣》詞憶舊云：「昔時曾從漢梁王，濯錦江邊醉幾場。拂石坐來衫袖冷，踏花歸去馬蹄香。　當初酒醆寧辭醉，今日愁來不易當。暗想舊遊渾似夢，芙蓉城下水茫茫。」（同前）

五五　梁園秀：梁園秀，姓劉氏，行第四。歌舞談謔，為當代稱首。喜親文墨，作字楷媚。間吟小詩亦佳，所製樂府如《小梁州》、《青歌兒》、《紅衫兒》、《抝塼兒》、《寨兒令》等，世所共唱之。又善隱語，其夫從小喬，樂藝亦超絶。（同前）

五六　張怡雲：張怡雲，能詩詞，善談咲，藝絶流輩，名重京師。趙松雪、商正叔、高房山皆為寫怡雲圖以贈，諸名公題詩殆遍，姚牧庵、閻静軒每於其家小酌。一日，過鐘樓街，偶史中丞。中丞下道，咲而問曰：「二先生所往，可容侍行否？」姚云：「中丞上馬。」史於是屏騶從，速其歸攜酒饌，因與造海子上之居。姚與閻呼曰：「怡雲，今日有佳客，此乃中丞史公子也，我輩當為爾作主人。」張便取酒先壽史，且歌「雲間貴公子，玉骨秀横秋」《水調》歌一闋，史甚喜。有頃，酒饌至，史取銀二定酬歌。席終，左右欲徹酒器皆金玉者，史云：「休將去，留待二先生來此受用。」姚偶言「暮秋時」三字，閻曰：「怡雲，續而歌之。」張應聲作《小婦孩兒》，且歌且續曰：「暮秋時，菊殘猶有傲霜枝，西風了却黃花事。」貴人曰：「且止。」遂不成章，張之才亦敏矣。並《青樓集》（同前）

五七 珠簾秀：盧疎齋摯別歌者珠簾秀以《落梅風》曲云：「纔歡悅，早間別，痛煞煞好難割捨。畫船兒載將春去也，空留下半江明月。」珠簾秀答前曲云：「山無數，烟萬縷，憔悴殺玉堂人物。倚蓬窗一身兒活受苦，恨不得隨大江東去。」《太平樂府》 珠簾秀姓朱氏，行第四，雜劇為當今獨步，駕頭、花旦、軟末泥等悉造其妙。胡紫山宣慰嘗以《沉醉東風》曲贈云：「錦織江邊翠竹，絨穿海上明珠。月澹時，風清處，都隔斷落紅塵土。一片閒情任卷舒，桂盡朝雲暮雨。」馮海粟待制亦贈以《鷓鴣天》云：「憑倚東風遠映樓，流鶯窺面燕低頭。蝦鬚瘦影纖纖織，龜背香紋細細浮。 紅霧斂，彩雲收，海霞為帶月為鈎。夜來捲盡西山雨，不著人間半點愁。」蓋朱背微僂，馮故以「簾鈎」寓意，至今後輩有以朱娘娘稱之者。《青樓集》（同前）

五八 劉燕歌：劉燕歌善歌舞，齊參議還山東，劉賦《太常引》以餞云：「故人別我出陽關，無計鎖雕鞍。今古離難，倩誰畫、蛾眉遠山。 一尊別酒，一聲杜宇，寂寞又春殘。明月小樓閒，第一夜、相思淚彈。」至今膾炙人口。（同前）

五九 張玉蓮：張玉蓮，人多呼為張四媽。舊曲其音不傳者，皆能尋腔依詞唱之。絲竹咸精，蒱博盡解，笑談亹亹，文雅彬彬，南北今詞即席成賦，審音知律，時無比焉。往來其門，率富貴公子。

積家豐厚，喜延款士夫，復揮金如土，無少暫惜。愛林經歷，嘗以側室置之，後再占樂籍，班彥功與之甚狎，班司儒秩滿北上，張作小詞《折桂令》贈之，末句云：「朝夕思君，泪點成斑。」亦自可喜。又有一聯云：「側耳聽門前過馬，和淚看簾外飛花。」尤為膾炙人口。有女倩嬌、粉兒數人，皆藝殊絶，後以從良散去。余近年見之崑山，年餘六十矣，兩鬢始鰲，容色尚潤，風流談謔，不減少年時也。（同前）

六〇　一分兒：一分兒，姓王氏，京師角妓也。歌舞絶倫，聰慧無比。一日，丁指揮會才人劉士昌、程繼善等於江鄉園小飲，王氏佐樽。時有小姬歌《菊花會》南吕曲云：「紅葉落火龍褪甲，青松枯怪蟒張牙。」丁曰：「此《沉醉東風》首句也，王氏可足成之。」王應聲曰：「紅葉落火龍褪甲，青松枯怪蟒張牙。可詠題，堪描畫。喜觥籌席上交雜，荅剌蘇頻斟入禮厮麻，不醉呵休扶上馬。」一座歎賞，由是聲價愈重焉。並《青樓集》（同前）

六一　琵琶伎：大明律，有官吏挾伎飲酒之條，然宣德三楊公猶及用之。嘗聞與其一，兵官會飲，文定倡為酒令，各誦詩一句，以「月」字在下而四分時令，畢，文定指席中侍妓曰：「不可謂秦無人，汝輩有能者乎？」一伎遽成小詞，捧琵琶歌曰：「到春來，梨花院落溶溶月。文定句到夏來，舞低楊柳樓心月。文敏句到秋來，金鈴犬吠梧桐月。兵官句到冬來，清香暗度梅稍月。文貞句呀！好也月，總不如俺尋常一樣窗前月。」諸公劇飲，需醉而去。《近峰聞略》（同前）

六二　秦弱蘭：宋初，朝廷遣陶穀使江南，以假書為名，實使覘之。丞相李穀以書抵韓熙載，云五柳公驕甚，其善待之。穀至，果如李所言。熙載曰：「陶奉使實非端介者，其守可隳。」因令宿留，俟寫六朝書畢。館治半年，熙載密遣歌兒秦弱蘭，詐為驛卒之女，敝衣竹釵，擁帚灑掃。穀見之而喜，遂犯謹獨之戒，乃作《風光好》一闋以贈之，曰：「好姻緣，惡因緣，祇得驛亭一夜眠，別神仙。琵琶撥盡相思調，知音少，待得鸞膠續斷絃，是何年。」後數日，李主宴於澄心堂，命玻瓈巨鍾滿酌之，陶毅然不顧，乃出弱蘭，於席歌前闋以侑之，穀大慚而飲，倒載吐茵，尚未許罷。後大為李主所薄。逮歸京師，「鸞膠」之曲已喧布，由是卒不得大用。《南唐遺事》○《冷齋夜話》亦載，「別神仙」作「奈何天」。（同前書卷十三）

六三 楊臺柳：文潞公以樞密直學士知成都，公年未四十。成都風俗喜行樂，公多燕集。有飛語至京師，御史何聖從謁告歸，上遣伺察之。何將至，潞公亦為之動。幕客李少愚謂公曰：「聖從之來，無足念，少愚與聖從同郡。」因迎見於漢州，命酒設樂。有營伎善舞，聖從狎，問其姓，妓曰姓楊，聖從曰：「所謂楊臺柳者。」少愚即取伎項帕羅，題詩曰：「蜀國佳人號細腰，東臺御史惜妖嬈。從今喚作楊臺柳，舞盡春風萬萬條。」命其伎作《柳枝詞》歌之，聖從為之霑醉。後數日，聖從至成都，頗嚴重。一日，潞公大作樂以讌聖從，迎其伎雜府伎中，歌少愚之詩以侑觴，聖從每為之醉。聖從還朝，潞公之謗乃息。李康靖《見聞録》○《焦氏類林》「李」作「張」，誤。張少愚乃隱士俞也。○《西谿叢語》：陳德潤云：一貴人知成都日，朝廷遣御史何郯入蜀按事。貴人徧召幕客，詢何人與御史密者，或云有賢良某人，延之，令出界候迎，兼携名娼王宫花往。候其宴狎，出家姬以佐酒，王善舞，何公醉，喜題其項帕云：「按徹《梁州》更《六么》，西臺御史惜妖嬈。從今改作王宫柳，舞盡春風萬萬條。」至成都，此娼出迎，遂不復措手而歸。按此特姚寬不欲顯彦博名耳。而王宫花名與前異，一事也。（同前）

六四　楚楚：柳耆卿與孫相何為布衣交。孫知杭，門禁甚嚴，耆卿欲見之，不得，作《望海潮》曰：「東南形勝，三吴都會，錢唐自古繁華。烟柳畫橋，風簾翠幙，參差十萬人家。雲樹繞堤沙。怒濤捲霜雪，天塹無涯。市列珠璣，户盈羅綺，競豪奢。　重湖疊巘清佳，有三秋桂子，十里荷花。羌管弄晴，菱歌泛夜，嬉嬉釣叟蓮娃。千騎擁高牙，乘醉聽簫鼓，吟賞烟霞。異日圖將好景，歸去鳳池誇。」往謁名妓楚楚，曰：「欲見孫相，恨無門路，若因府會，願借朱唇歌於孫之前，若問誰為此詞，但説柳七。」中秋夜會，楚宛轉歌之，孫即日迎耆預坐。（同前）

六五　楊皎：張才翁風韻不羈，初任臨卭，秋官張公庠待之不厚。會有白鶴之遊，郡守率屬官同往，才翁不顧客，語官妓楊皎曰：「老子到彼，必有詩詞，可速寄來。」公庠既到白鶴，便留題曰：「初眠官柳未成陰，馬上聊為擁鼻吟。遠宦情懷銷壯志，好花時節負歸心。別離長恨人南北，會合休論酒淺深。欲把春愁閑抖擻，亂山高處一登臨。」皎録寄才翁，才翁增减作《雨中花》曰：「萬縷青青，初眠官柳，向人猶未成陰。據征鞍無語，擁鼻微吟。遠宦情懷誰問，空勞壯志銷凝。好花時節，山城留滯，又負歸心。　別離萬里，飄蓬無定，曾念會合難憑。相聚裡，莫辭金醆，酒淺還深。欲把春愁抖擻，春愁轉更難禁。亂山高處，憑闌垂袖，聊寄登臨。」公庠再坐，皎歌於公庠之側，公庠怪問之，皎前禀曰：「張司理恰寄來，令皎歌之，以獻台座。」公庠遂青顧才翁尤厚。（同前）

六六 王鈇妾：宋紹興中，王鈇帥番禺，有狼籍聲。朝廷除司諫韓璜提刑廣東，令往廉按。鈇憂甚，廢寢食，有妾，故錢唐娼也，問：「主公何憂？」鈇告之故，妾曰：「不足憂也。璜即韓九，字叔夏，舊遊妾家，最歡。須其來，强邀之飲，妾當有以敗其守也。」已而璜至，鈇郊迎，不見，入城乃見，岸然不交一談。次日，報謁，鈇宿治具於别館，茶罷，邀遊郡圃，不許，固請，乃可。至别館，水陸畢陳，妓樂大作。璜踧踖不安，鈇麾去伎樂，陰命諸妓淡粧，詐作姬，侍迎入後堂。劇飲，酒半，妾於簾内歌璜昔日所贈之詞，璜聞之心動，狂不自制，曰：「汝乃在斯耶？」即欲見之，妾隔簾，故邀其滿引，至再至三，終不肯出。璜心益急，妾曰：「司諫曩在妾家最善舞，今日能為妾舞一曲，當即出也。」璜醉甚，不知所以，即索舞衫，塗抹粉墨，踉蹡而起，忽跌于地。鈇亟命索轎，諸妓扶掖登船，昏然醉寢。五更酒醒，覺衣衫拘絆，索燭覽鏡，羞愧無以自容。即解船還臺，不敢復有所問。此聲流播，旋遭彈劾，而鈇迄善罷。《鶴林玉露》（同前）

六七 李師師：東京角妓李師師，住金線巷，色藝冠絶。徽宗自政和後多微行，乘小轎子，數内臣導從。置行幸局，局中以帝出日謂之有排當。次日未還，則傳旨稱瘡痍，不坐朝。嘗往來師師家，甚被寵昵，祕書省正字曹輔以疏諫微行，編管郴州。靖康之亂，師師南徙，有人遇之於湖湘間，衰老憔悴，無復向時風態。劉屏山詩云：「輦轂繁華事可傷，師師垂老過湖湘。縷金檀板今無色，一曲當年動帝王。」《宋史》○《宣和遺事》○《遺事》載師師舊壻武功郎賈奕《南鄉子》詞云：「閑步小樓前，見箇佳人貌類仙。暗想聖情渾似夢，追歡，執手蘭房恣意（脱『憐』字）。一夜説盟言，滿掬沉檀噴瑞烟。報道早朝歸去晚，回鑾，留下鮫綃(當為綃)當宿錢。」奕由此貶瓊州。宣和六年,册師師為李明妃,改金綫巷為小御街。又云:樊樓乃豐樂樓之異名,上有御座,徽宗時與師師宴飲於此。金兵至,李明妃廢為庶人,流落湖湘,為商人所得。《甕天脞語》:山東巨寇宋江將圖歸順,潛入東京,訪李師師,酒後書《念奴嬌》詞云:「天南地北,問乾坤何處,可容狂客。借得山東烟水寨,來買鳳城春色。翠袖圍香,絳綃籠雪,一笑千金值,神仙體態,薄倖如何消得。想盧葉灘頭,蓼花汀畔,皓月空凝碧。六六鴈行連八九,只等金鷄消息。義膽包天,忠肝蓋地,四海無人識。離愁萬種,醉鄉一夜頭白。」〇《水滸傳》亦引江事。(同前)

六八　同前:李師師,京都名妓也。見寵於宋徽宗,而私與周邦彦美成昵甚。一日,正與宴洽,而報上遽至,周狼狽匿床下。上於坐中出新橘食之,周遂潛為度曲,以詠其事。異日,師師歌之,上知而大怒,出周外任,師師往餞之,及歸,離索未解,淚光尚瑩瑩也。上適至,因問之,李不敢隱,具以狀對,後遂復周官云。《蕙圃拾英録》(同前)

六九　《刻周少隱存集序》:余少修郡乘,至宋周少隱忤相檜,卒以宦貧,晏如也,蓋雅重其操介云。顧少隱平生多纂述,集卷七十,今散見《武林》、《西岳志》、《梁谿漫志》與《宣城總集》、《宛陵羣英》者堇千百之什一,詩話録置《學海》中,而詞不少概見。歲戊子,余在金陵,得宋詩餘百家,悉録本,則少隱之《竹坡老人詞》、吴丞相《履齋詞》儼然存也。是冬歸,而益裒兩公前所堇存者各為集,丞相集以授其孫伯敬,而少隱久無胤,余小子為刻以傳。集詩文三之,詞五之,《石壁》、《琴溪》、《煙霞》數篇頗取法少陵之《白沙》、《石櫃》,而文少羸。詩話誠不必超彼代而上之,曲證旁引,譏彈笑粲間有可憙焉。論者以其詞特斟酌於蘇長公、柳三變，頓欲躋淮海之堂，即其言稍泰，然大較詞著已。余獨怪比來操觚之士傅耳翹舌，輒一切弁髦宋人，要其人有淹誦多通，殆庶幾窮五車之載，舉三篋之亡，至其升降所乘，隆汙從世，雖聖知無能相襲也，烏得一時據空洞之腹而貌少之？舊乘稱少隱居陵陽山南，少隱《和霽巖詩》亦自稱家霽巖之趾。霽巖者，即俚稱山門，瞿硎先生被鹿裘自隱，桓宣武命伏滔銘而還。是其地距余家一舍止半，凡歲三四往，荒煙殘照，危石蒼莽，高風姚遠，俛仰莫即，撫遺文而寄慨，廼愈信言之不可以已爾。余於少隱詞猶廻環不休，抑何其能宛孌而致柔曼乎？其介如石，而甘貧如飴者，又何人耶？夫固以操行及文詞若少隱者，足傳矣！集成於萬曆己丑夏六月，越明年庚寅春三月刻成。（《鹿裘石室集》卷二）

七〇　《長命縷記序》：凡天下喫井水處，無不唱章臺傳奇者，而勝樂道人方自以宮調之未盡合也，音韻之未盡叶也，意過沉而辭傷繁也。是時道人年三十餘爾，又三十餘年而《長命縷記》出，抑何其齒之宿、才之新乎？調皈宮矣，而位署得所，無羼牙衡決之失；韵諧音矣，無因重，無强押，猶一串之珠纍纍而不絶，若九連環圓轉而無端。意不必使老嫗都解，而不必傲士大夫。以所不知詞，未嘗不藻繢滿前，而善為增減，兼參雅俗，遂一洗醲鹽赤醬、厚肉肥皮之近累，故以此為臺上之歌，清和怨適，聆者潤耳，即以此為帳中之秘，鮮韶宛篤，覽者驚魂。夫曲，本諸情，而聲以傳諸譜者也。聞道人之言曰：「填南詞，必須吴士；唱南詞，必須吴兒。」曩游吴，自度曲而工審音深，為伯龍、伯起所慨伏，道人亦謂梁之鴻皀屈於用長、張之精省巧於用短，然終推重此兩人也。問爾時某某何如，曰：

「才矣。」問詞隱何如？曰：「法矣。」問章北《寶劍》何如，曰：「龜兹王迺嬴也。」長江者，非天所以限南北耶？昔人稱《荆》、《劉》、《拜》、《殺》何如，曰：「《拜月》尚已，餘以其時為之，詞乎哉？」道人之持論固若此。（同前書卷四）

七一　《壽太倉王相公七秩》：經星清朗，三象正太符之階；化日舒長，九圍躋仁壽之域。蓋聖佐動關，聖聽暨福禄之攸同；惟帝臣簡在，帝衷諒神明其默佑。無疆稱慶，有赫具瞻。恭惟太師老相公閣下：良弼賚箕，真人誕昴。稡累朝之威覊英爽，出賛予一人；罄大海之沆瀣渺瀰，特王兹百谷。開誠廣益，本正直率。歸平康同寅協共，載清净守以寧壹。當曩時七鬯之任，猶稽應卜於庚横；念今日羽翼之功，豈待借籌於商皓？雖睿主自知，建國本以長以賢；必大人為能，格君心克明克類。不形聲色，措宗社於泰山磐石之安；但竭絲毫，置我躬於喜風怒霆之會。在四方遥聞其風采，祝履素以考祥；即九廟俯鑒其貞忠，啓乾宸之獨眷。惟恐去朝廷，一日兩命使而召還；尚懷愛親舍，餘年三上書而請養。衮衣在侍，振斯舞綵鶴鳴；珍饌分供，異彼聞笳魚躍。合始終而節備，衆咸謂處實賔名；兼家國而道存，吾更慕因忠成孝。體猶龍之妙德，時見時潛；垂詒燕之丕謨，文孫文子。襲圖書於户牖依然，映東壁載踐蓬山；紹鼎鼐為箕裘宛爾，魁南宫薦升槐府。粤旦樹元勳於王室，宜拜後之有魯公；若尹格一德於皇天，迺嗣前以相伊陟。誠極古今之盛事，實協中外之輿情。乘四牡方詠皇華，趨里表謙謙之美；奉朋尊以介眉壽，登堂承衎衎之歡。金虎司期，踰中元而生上相；玉雞應瑞，遡仙胄而衍玄宗。滄浪先主治雲林，奁列龜臺丹簡；桐栢且嬉游塵界，仍歈緱嶺瑶笙。

積閥閱以酬庸二十四考，歷混沌而中處萬八千齡。曰老而傳，俾爾昌，俾爾熾；從心所欲，右中矩，左中規。八景飛輿，翮其陸行之真侶；七旬賜杖，允矣熙朝之羽儀。鼎祚等夙講通家，繆參侍坐。懷鉛握槧，繪天地者難為工；捧蚌酌蠃，飲江河焉咸自足。拜手而恭酬康爵，良謝雲腴；揚眉而竊効拊瓴，共宣霞唱。尚願公用錫純嘏，冀厥邦永孚於休。其詞曰：「綰日眉龐，望雲心赤。整乾坤，更開闢。急流早泛五湖舟，微垣猶正中台席。願留公，畢公高，召公奭。王謝江東風似昔，韋杜城南天近尺，鳳沼鸞坡燦奎璧。傳家七葉珥貂蟬，行年七袠神姑射。調千秋，酒百榼，雙瞳碧。」右調《千秋歲》。（同前書卷十七）

七二《大中丞徐公平羌奏凱詔拜少司馬兼賜恩廕》：聖武誕宣，天眷特厪。西顧睿謀密賛，師貞總握中權。蓋雖耀德不觀兵，先王雅訓；而必明刑以弼教，哲佐鴻謨。自臻不世之奇，宜應非常之賞。台垣交朗，井絡騰輝。恭惟師相大司馬華翁徐老先生閣下：大德不官，沈幾先物。南方文學魁多士，蚤擅菁華；北斗人倫別九流，咸皈藻鑑。偶分藩於侯服，泰岱為四嶽之宗；再肅紀於神皐，京兆稱三輔之長。歷剔滋久，聲實具昭。緣彼冉駹，本不毛之鬼國；眇兹簇長，敢反噬於我疆。素恃性如犬羊，終焉匪茹；漸薦食同蛇豕，蠢爾即讐。始尚山藪務藏，庶內汙而含垢；寧知瘫疽必潰，致姑息以養姦。迺兹方叔之壯猷，中丞是陟；式沛周王之赫怒，下土用孚。授鉞登壇，君不制將於閫外；陳圖立表，虜已在吾之目中。爰振旅於徂冬，殆順時而行殺；輒奏功於仲夏，詎淹日以老師。號令則山嶽不移，士知信勇；呼吸則風雲猝變，兵貴速神。萬里洮江，信投鞭其可斷；千尋雪嶺，將積甲與俱齊。兼之東擊西糜，破三窟以盡追狡兔；抑且舍逆取順，開一面而不誡前禽。遽使羊卜烏言之區，日臨月照；殲厥鹿駴鯨吞之衆，煙滅灰飛。振古尠聞，於今為烈。粤若吴公伐蜀，八戰八克，笑地險之空懸；更傳諸葛渡瀘，七縱七擒，喜天威之遠届。在始雖落落難合，而終則巍巍有成。桓顧心猶謙讓未皇，臣何力也；論功在發蹤指示，帝曰都哉。其丕嘉匡國豐勛，式親被康侯晉錫。桓桓司馬崇班，首出於庶僚；矯矯荀龍餘慶，永延於孫子。況乎難兄難弟，鵞叢與梟繹争鳴；暨以聞禮聞詩，麐趾共鳳毛錯采。是蓋合萬邦而為憲，文武兼資；行當參七政以調鈞，經綸翳賴。某不佞樗材末植，苴蜀後生。敬遡霓旌，每切維桑之慮；捷飛露布，新乘破竹之機。幸因執事名鄉，遂獲恭逢盛事。拜戟門而高懸大纛，擬挂旆於天山；搦管城而薄獻微詞，冀勒銘於燕石。其詞曰：「捷書飛報交川道，北極回西笑。千官環珮紫宸趨，喜色六宫春曉。玉帳功成，金城謀定，整頓乾坤了。五花雙鳳銜天詔，萬里軍容耀。拜超司馬詰戎兵，帶礪山河永保。臺階平陟，雲臺首畫，歌頌歸元老。」右調《御街行》。（同前）

孫繼皐詞話

孫繼皐（一五五〇—一六一〇），字以德，號柏潭，無錫（今江蘇）人。萬曆甲戌殿試第一，歷吏部侍郎。以諫孝安太后山陵事忤旨罷歸，卒後追贈禮部尚書。所著有《柏潭集》、《宗伯集》。此據影印文淵閣《四庫全書》本《宗伯集》録詞話三則。

一

《又贈周公移守蘇州叙》：蘇財賦當天下半，以十五六年旱潦之所寬假，而一朝見攫括，椎骨及髓，閭左安所托命？懼又階之厲也。夫緩急，公所操也，波流茅靡俗之壞，比郡然矣，而蘇為甚。毋論襄驕好奢所從來久，彼其摇筆填詞，轉喉諧聲，調笑譏切，優孟之態，雖文士不耻為焉，流風相嬗，家濡而户染，蓋有識者不憂亂民而憂澆俗，斯其慮遠矣。（節録自《宗伯集》卷三）

二 《送陸生還吴生能吹簫，度新聲》： 豈為風塵説劍難，薄遊無意戀長安。 天垂碧野孤亭出，路入青山獨馬看。 酒傍柳花江店晚，潮翻雲樹海門寒。 春歸度盡相思曲，紫玉聲中夜月殘。（同前書卷十）

三 《四月十二日秦太學邀同趙吏部飲衍澤堂達旦坐有陳李二姬堂為余故讀書處》： 城中何年赤虹起，秦氏一門被金紫。 甲第雲連兩河峙，風流更見諸公子。 我是金門老太史，亦有南宫少進士。 予告同辭天上薇，得閒且采山中芷。 秦君高堂繡文梓，秦君張筵列錦綺。 折簡相招意獨勤，未曾下車先倒屣。 銀壺貯酒琥珀漿，玉盤行鱠金絲鯉。 半酣解却羅衣起，起視當堦明月光。 似聞薌澤氤氳至，忽報美人離葯房。 緑珠碧玉誇雙艷，翠袖紅裙一樣裝。 夜如何其夜未央，合尊促坐醉不妨。 低鬟淺笑初成目，小口新詞欲斷腸。 一曲鶯聲慢，再曲梁塵亂。 三曲天星墜如雨，鵾鷄不聞日已旦。 主人無用獨留髠，深杯在手業無算。 童僕不嗔但顧笑，昨日客來今日散。 日出易暮暮易晨，誰將緑鬢駐青春。 請思牕下同君讀，轉眼今為十載陳。（同前）

馮皋謨詞話

馮皋謨，字明卿，一作禹卿，號養白，人稱豐陽先生，海鹽（今浙江）人。嘉靖庚戌進士，授刑部郎，歷廣東左參議，分守惠，擢福建左參政，歸，後臺臣數以邊才薦，卒於家。所著有《豐陽集》、《居閒録》、《白鶴園漫稿》。此據《四庫全書存目叢書》影印明天啓二年馮振宗刻本《豐陽先生集》録詞話一則。

一　《書仲父詩社卷後》：吾家仲父翁年望八，幸健，婆娑行，壯夫不如。里有剎院三，宏敞，擄水濵，其徒多持戒修行，間能操弄楮墨，好延禮賢豪長者、里文學高賢、騷人韻客，厭苦囂煩，則每就其徒嬉遊散慮，以為勝地。仲父亦追隨其間，久之，情好投洽，為旬日一會。會則擷園蔬，沽村釀，酒酣，擊缶，時或歌吟寄思，僊僊乎甚適。二三緇流雜出梵語問之，仲父倚席聽之，又從而和焉。諸在座舉酒屬曰：「翁老矣，好吟不倦，請推之曰社長。」吾仲父實不敢當長也，比會，必盡日驩譃，言旋言歸，歌響互荅，至溪橋分袂為常。嗚呼！兹會亦甚雅矣，通江李子摸寫，其似繪以圖，各賦詩為仲父贈，吾仲父所見，推諸君，與諸君所嘉愛，仲父披圖宛然，洵足把翫也。里中兒醵金錢為會，割鮮烹肥，饜飽漿肉，此養物爾。諸君獨以詩詞矜高，且長吾家仲父翁，有杖出，斯出義又何厚哉！仲父雅不欲以詩自名，顧從諸君子清歌樂飲，曰可六七斗而醉二三，斯亦壯哉！壽徵也，某不肖，敢不拜手，一述其事并以謝諸君子？（《豐陽先生集》卷十二）

李萬實詞話

李萬實（一五一〇—一五四四），字少虛，一作若虛，號一吾，南豐（今江西）人。嘉靖甲辰進士，授行人司，擢刑科給事中。疏論權璫，改南垣，為廣東僉事，移浙江憲使。乞歸，家居二十餘年，講明良知之學。所著有《崇質堂集》二十卷，此據《四庫全書存目叢書》影印清康熙四十年李長祚刻本録詞話三則。

一 《賀周二守受獎》：伏以鶴唳九皐，清響上聞於層漢；驥騰千里，霜蹄暫展於一隅。惟實大則聲宏，斯望隆而譽集。恭惟大邦伯合川周公閣下：衡嶽降祥，濂溪浴秀。豪傑之生有自，山水之助居多。同地同宗仰止，獲前脩之益；不學不慮良知，紗心法之傳。出潔净精微之緒餘，魁江漢荆湘之多士。一麾出守，蜀人興來暮之謡；貳駕轉臨，盱士仰先聲之化。守廉静而帑不儲，磬懸在室；理糾紛而獄囹滯，庭可張羅。政務近民而不近名，事求同理而不同俗。循吏規模迥别，真儒作用如斯。泮水改流，郡士慶辟雍之再見；輿梁興廢，豐民樂王政之有成。至誠斯動，衆志咸孚。積久而彰，頌聲大作。兹者廵院舉覲風之典，旌書先屬郡之良。褒以美詞，將之禮幣。雖當官盡職，君子無求；然獲上治民，聖人不廢。信公論之不泯，喜吾道之足行。萬實夙投氣味，况屬子民。知善政而弗揚，有同愔啞；覩盛事而不樂，夫豈人情。是因屬吏之乞言，代致輿情之報德。俚語同口碑之頌，用播四封；蕪詞効樂府之聲，聊資一噱。詞曰：「曉空寒暎姑山秀，郡城絃誦聞清晝。黄堂風裊篆烟微，燕寢香凝垂紫綬。匝地棠陰覆，冰霜不改三春茂。濟寬嚴，慈母神君，循吏今無又。直指廵行瞻斧繡，激揚臧否憑敷奏。旌書忽報下盱城，賢聲一日馳江右。玉斝傾醇酎，金花斜壓玄黄縐。漫騰歡，星馳薦剡，難借河中寇。」右調《歸朝歡》。（《崇質堂集》卷十二）

二《送郡侯張公入覲》：伏以山英孕靈秀，國士無雙吏。政右循良，治平第一。二千石之選，古難其人；四百里之氓，今恊於道。順帝之則，伊誰之功。恭惟太府張老先生鈞座：中州藩屏，治世鳳麟。約以覲身易簡，體乾坤之象；誠能動物渾龎，率軒昊之真。醉瓊苑之晴霞，聲聞於遠；沛桐鄉之霖雨，兆足以行。歷三郡而赤子去思，處十年而蒼生失望。雖東山偃蹇之志，視世如遺；而親藩師牧之宗，非公不可。竭來無愠，盱黎樂育於二天；出治有方，郡務咸熙夫庶績。長者規模自異，真儒作用如斯。澄清何似，梧桐凉月浸冰壺；惠愛可徵，桑柘東風嘘蔀屋。振德薰陶之下，文治聿興；芟夷崇蘊之餘，豪奸屏迹。飲泉知世味，守廉不顧甑中塵；凋斧解盤根，簡獄誰葋囹內草。濟成都之威信，於詠有光；視漁陽之豐盈，於堪為烈。三載肆大行之化，辟公適展覲之期。馬首望長安，便覺眼中日近；葵心傾魏闕，仰瞻冀北天高。戀戀群孫，悵熊轅之莫挽；皇皇屬吏，知鶚薦之有憑。實幸附末光，許聆至教。潔麻姑之水，假瀑布以布輿情；致齊東之詞，效樂章以章民隱。未攄鄙曲，尚丐荒存。詞曰：「寒色上梧桐，亭皐葉下。斷霞淺碧明如畫。江漢朝宗，趂此星言夙駕。覩朱旛畫戟，人爭訝。　三載政成，四封俗化。萬口誰呼寇君借。此行去也，不見潁川黃霸。超資陟要，傳聲價。」右調《感皇恩》（同前）

三　《贈黃先生歸田》：伏以風光被桃李，宮墻融育物之和；雨意茁根荄，機橐紗及時之澤。土膏方動，春飲欲歸。惟我黃師止庵先生丈下：好樣孕名邦之秀，完才傳太學之聲。業擅四詩，師友淵源有自；日迷五色，春秋科目偶遺。體中平之無妄，簡夷不作風波；遡太上之至龐，真率盡頽城府。教術反同而變異，道行由浙以及江。中土儒紳，經業重光安定；南方豪傑，斗山再仰昌黎。弛學宮之夏，楚教有成勳；廣造物之甄，陶材無遺鑄。敬孚而民莫敢慢，實勝而士不忍欺。是惟率性而行，罔恤與人無忤；鏟彩韜華，不競春光早暮。泊紛澹麗從，交世論媸妍。念功成而身退，遯肥不悔其初；覺今是而昨非，艮止善藏其用。家興翩翩，苜蓿寧如蓴膾；歸懷灑灑，菁莪咏入菊松。訊前踸之征夫，慰候門之稚子。言旋言邁，載欣載奔。實等斷金意密，晨星切夢得之憂；執贄恩覃，夜雪深定夫之慕。先生之高遂矣，小子抑何述焉。睇望依依，出自東門傳別竽；離忱惻惻，効颦樂府寫心聲。情浮有制之詞，陋貢專文之藪。圖宣我鬱，遑恤其他。詞曰：「燕子風輕春欲暮，落英點點郵亭。一尊相對萬峰青。遊絲牽別緒，啼鳥不堪聽。　斗山迢遞東南隔，送窮雙眼還醒。止庵後夜憶談經。松風呼壁鎛，纖月點疎櫺。」右調《臨江仙》。（同前）

石英中詞話

石英中，字子珍，上海人。嘉靖壬午舉人，癸未進士，官刑部主事。著有《石比部集》八卷，今存明萬曆間刻本《石比部集》，殘存卷五至卷八，見於《四庫全書存目叢書》中，此據以録詞話一則。

一

《書去松録後序》：《北澗去松録》繫去松者録焉：文八，詩詞十有五，書二十有七，疏議二。澗理松五載，其去也，改都不改官，士夫多為之不平者。廼昌諸文，曲而核；廼聲諸詩，婉而深；廼通諸書，直而中。凡皆以鳴其不平也。合是三者，則又有驚。有惜有述，有怨有慰，有祝而諫之。出北澗者，氣和義正，惟臣道之謀，不自貪其功，以怒於人人。其疏議，一崇陸宣公之祀，一言吾松利病。夫黜邪崇正，興利去弊，君子事也，當官者鮮加之。意北澗去吾松而猶力為之，嗚呼！讀是録者，可以觀北澗矣。（《石比部集》卷八）

顧憲成詞話

顧憲成(一五五〇—一六一二),字叔時,無錫(今江蘇)人。萬曆庚辰進士,補驗封主事。大計上疏,語侵執政,謫桂陽州判官。歷考功員外郎,遷文選郎中。忤帝意,削籍歸,卒。崇楨初贈吏部右侍郎,謚端文。憲成有志聖學,暨削籍里居,益覃精研光一,以程朱為宗,學者稱涇陽先生,又稱東林先生。所著有《涇臯藏稿》、《顧端文集》、《大學通考》、《大學質言》、《涇臯寤言寐言》、《清夢録》、《小心齋劄記》、《東林商語》、《顧涇陽遺書》、《顧端文語要》等。此據影印文淵閣《四庫全書》本《涇臯藏稿》録詞話一則。

一　《覩事激衷恭陳當今第一切務懇乞聖明特賜省納以端政本以回人心事疏》：臣嘗妄謂明興二百餘年矣，西漢之經術，東漢之節義，唐之詩詞，宋之理學，並彬彬稱隆，而獨言官之氣稍不振，天下多故，危言讜論，往往出於他曹，無論其遠。（節録自《涇皋藏稿》卷一）

湯顯祖詞話

湯顯祖（一五五〇—一六一六），字若士，一字義仍，號海若、清遠道人，臨川（今江西）人。少善屬文，有時名。萬曆辛丑進士，授南京太常博士，遷禮部主事。謫徐聞典史，稍遷遂昌知縣，上計京師，奪官，家居二十年卒。著有《玉茗堂集》、《五侯鯖字海》、《續虞初志》、《臨川四夢》等，又評有《花間集》等。此據内閣文庫藏明刊朱墨套印本《花間集》和《續修四庫叢書》影印明天啓刻本《玉茗堂全集》録詞話二百三則。

一

自三百篇降而騷賦，騷賦不便入樂，降而古樂府；古樂府不入俗，降而以絶句為樂府；絶句少宛轉，則又降而詞，故宋人遂以為詞者，詩之餘也。迺北地李獻吉之言曰：「詩至唐，古調亡矣，然自有唐調可歌詠，猶足被管絃。宋人主理不主調，於是唐調亦亡。」嘗考唐調所始，必以李太白《菩薩蠻》、《憶秦娥》及楊用修所傳其《清平樂》為開山，而陶弘景之《寒夜怨》、梁武帝之《江南弄》、陸瓊之《飲酒樂》、隋煬帝之《望江南》，又為太白開山。若唐宣宗所稱「牡丹帶露珍珠顆」《菩薩蠻》一闋，又不知何時何許人，而其為《花間集》之先聲，蓋可知已。《花間集》久失其傳，正德初楊用修遊昭覺寺，寺故孟氏宣華宮故址，始得其本，行於南方。《詩餘》流徧人間，棗梨充棟，而譏評賞鑒之者亦復稱是，不若留心《花間》者之寥寥也。余於《牡丹亭》之夢之暇，結習不忘，試取而點次之，評騭之，期世之有志風雅者，與《詩餘》互賞，而唐調之反，而樂府，而騷賦，而三百篇也，詩其不亡也夫！詩其不亡也夫！　萬曆乙卯春日，清遠道人湯顯祖題於玉茗堂。（《花間集》）

二　温庭筠《菩薩蠻》「小山重疊金明滅」：十四首，而李翰林一首為詞家鼻祖，以生不同時，不得列入。今讀之，李如藐姑仙子，已脱盡人間煙火氣；温如芙蕖浴碧，楊柳挹青，意中之意，言外之言，無不巧雋而妙入，珠璧相耀，正自不妨並美。（同前書卷一）

三　温庭筠《菩薩蠻》「杏花含露團香雪」：碧紗如煙隔窗語，得畫家三昧，此更覺微遠。（同前）

四　温庭筠《菩薩蠻》「鳳凰相對盤金縷」：眼前景妙，會心人不知。（鳳凰相對盤金縷，牡丹一夜經微雨。）（同前）

五　温庭筠《菩薩蠻》「滿宮明月梨花白」：興語似李賀，結語似李白，中間平調而已。（同前）

六　温庭筠《菩薩蠻》「寶函鈿雀金鸂鶒」：旁：「沉香」、「芳草」句，皆詩中畫。（同前）

七　温庭筠《菩薩蠻》「夜來皓月纔當午」：十五（當作四）調中，如「團」字、「留」字、「知」字、「冷」字，皆一字法；如「惹夢」、如「香雪」，皆二字法；如「當山額」、如「金壓臉」，皆三字法。四五字、六七字皆有法，解人當自知之，不能悉記。又：可思。（卧時留薄粧）（同前）

八　温庭筠《更漏子》「星斗稀」：「簾外曉鶯殘月」，玅矣，而「楊柳曉風殘月」更過之，宋詩遠不及唐，而詞多不讓，其故殆不可解。（同前）

九　温庭筠《更漏子》「相見稀」：口頭語，平衍不俗，亦是填詞當家。（同前）

一〇　温庭筠《更漏子》「背江樓」：句好。（兩行征雁分）（同前）

一一　温庭筠《歸國遥》「香玉」：芙蓉脂膩緑雲鬟，故覺釵頭玉亦香。（同前）

一二　温庭筠《酒泉子》「花映柳條」：《酒泉子》强半用三字句最易。（同前）

一三　温庭筠《酒泉子》「楚女不歸」：坌四調中纖詞麗語，轉摺自如，能品也。（同前）

一四　温庭筠《定西番》「漢使昔年離别」：「月徘徊」是「香稻啄殘鸚鵡粒」句法。（同前）

一五　温庭筠《定西番》「海燕欲飛調羽」：不知愁思在誰家。（樓上月明，三五鏁窓中。）（同前）

一六　温庭筠《楊柳枝》「織錦機邊鶯語頻」：《楊柳枝》，唐劉禹錫、白樂天而下凡數十首，然惟詠史詠物，比諷隱含，方能各極其玅，如「飛入空墻不見人」、「隨風好去入誰家」、「萬樹千條各自垂」等什，皆感物寫懷，言不盡意，真託詠之名匠也，此中三五卒章，真堪方駕劉、白。（同前）

一七　温庭筠《南歌子》「手裏金鸚鵡」：短調中能尖新，而轉換自覺雋永可思，腐句腐字，一毫用不

着。（同前）

一八　温庭筠《南歌子》「撲蘂添黄子」：「撲蘂」、「呵花」四字，從未經人道過。（同前）

一九　温庭筠《河瀆神》「河上望叢祠」：二詞頗無深致，亦復千古並傳。《柏梁》、《金谷》、《蘭亭》帶挈中乘人不少，上駟之寃，亦下駟之幸耶？ 閣筆為之一濾。（同前）

二〇　温庭筠《女冠子》「含嬌含笑」：「宿翠殘紅窈窕」，新裝初試，當更嫵媚撩人，情語不當為登徒子見也。（同前）

二一　温庭筠《清平樂》「上陽春晚」：《清平樂》亦創自太白，見呂鵬《遏雲集》，凡四首。黄玉林以二首無清逸氣韻，促促删去，殊惱人，此二詞不知應作何去取。（同前）

二二　温庭筠《夢江南》「千萬恨」：風華情致，六朝人之長短句也。（同前）

二三　温庭筠《夢江南》「梳洗罷」：「朝朝江上望，錯認幾人船」同一結想。（同前）

二四　温庭筠《河傳》「江畔」：三詞俱少輕倩，似不宜於十七八女孩見之紅牙拍歌，又無關西大漢執鐵板氣概，恐無當也。（同前）

二五　温庭筠《荷葉盃》「一點露珠凝冷波」：唐人多緣題起詞，如《荷葉盃》，佳題也，此公桉題矣，詞短而無深味。韋相儘多佳句，而又與題茫然，令人不無遺恨。（同前）

二六　皇甫嵩《天仙子》「晴野鷺鷥飛一隻」：余有詩云「推窓歷歷數晴峰」，恍與此合。（同前）

二七　皇甫嵩《浪淘沙》「灘頭細草接疎林」：桑田滄海，一語破盡。紅顏變白髮，美少年化為鷄皮，

老翁感慨繫之矣。(同前)

二八 皇甫嵩《摘得新》「酌一巵」：「自是尋春去較遲」，情癡之感，亦負心之痛也。《摘得新》者，自不落風雨之後。(同前)

二九 皇甫嵩《摘得新》「摘得新」：敲醒世人蕉夢，急當着眼。(同前)

三〇 皇甫嵩《夢江南》「蘭燼落」：好景多在閒時，風雨蕭蕭何害？(同前)

三一 皇甫嵩《採蓮子》「菡萏香蓮十頃陂」：人情中語，體貼工緻，不減覿面見之。(同前)

三二 韋莊《浣溪沙》「欲上鞦韆四體慵」：亦湊韻。(擬交人，送又心忪。)(同前)

三三 韋莊《浣溪沙》「惆悵夢餘山月斜」：以「暗想」句問起，越見下二句形容快絶。(同前)

三四 韋莊《浣溪沙》「緑樹藏鶯鶯正啼」：痛飲真吾師。(滿身蘭麝醉如泥)(同前)

三五 韋莊《浣溪沙》「夜夜相思更漏殘」：「想君」、「憶來」二句皆意中意、言外言也，水中着鹽，甘苦自知。(同前)

三六 韋莊《菩薩蠻》「紅樓別夜堪惆悵」：詞本《菩薩蠻》，而語近《江南弄》、《夢江南》等，亦作者之變風也。(同前)

三七 韋莊《菩薩蠻》「人人盡説江南好」：江南好只如此。(春水碧於天，畫船聽雨眠。)(同前)

三八 韋莊《菩薩蠻》「勸君今夜須沉醉」：一起一結，直寫曠達之思，與郭璞《遊仙》、阮籍《述懷》，將無同調。(同前)

三九　韋莊《菩薩蠻》「洛陽城裏春光好」：可憐，可憐，使我心惻。（洛陽才子他鄉老）（同前）

四〇　韋莊《歸國遥》「春欲暮」：還不是解語花，不問也得。（同前）

四一　韋莊《歸國遥》「春欲晚」：好光景。（睡覺緑鬟風亂）（同前）

四二　韋莊《應天長》「緑槐陰裏黄鶯語」：唐人西邊之州：伊、梁、甘、石、渭、氐，《六州歌頭》本鼓吹曲也。以古興亡事寔之，音調悲壯，聞之使人慷慨，古宋人大祀大恤皆用之。國朝則用《應天長》，然非此艷體也。（同前）

四三　韋莊《荷葉盃》「記得那年花下」：情景逼真，自與尋常艷語不同。　又：慘。（如今俱是異鄉人，相見更無因。）（同前）

四四　韋莊《清平樂》「野花芳草」：坡老詠琴，已脱風幡之案。「風觸鳴琴」是風是琴，須更轉一解。（同前）

四五　韋莊《清平樂》「鶯啼殘月」：情與時會，倍覺其慘。　又：如此想頭，幾轉《法華》。（同前）

四六　韋莊《謁金門》「春漏促」：情不知所起，一往而深，「閒抱琵琶尋舊曲」，直是無聊之思。（同前）

四七　韋莊《江城子》「恩重嬌多情易傷」：全篇摹畫樂境，而不覺其流連狼藉，言簡而旨遠矣。（同前）

四八　韋莊《河傳》「何處」：「清淮月映」句感慨一時，涕淚千古。（同前）

四九　韋莊《天仙子》「深夜歸來長酩酊」：有此和法，便不覺其酒氣，雖爛醉如泥，受用矣。（同前）

五〇　韋莊《天仙子》「夢覺雲屏依舊空」：以上四種俱佳絶，卒章何率意乃爾，豈强努（當作弩）之末，江淹才盡耶？（同前）

五一　韋莊《天仙子》「金似衣裳玉似身」：旁：無此結句，確乎當删。（劉阮不歸春日曛）（同前）

五二　韋莊《喜遷鶯》「街鼓動」：讀張道陵傳，每恨白日鬼話，便頭痛欲睡；二詞，亦復類此。（同前）

五三　韋莊《訴衷情》「碧沼紅芳烟雨静」：此詞在成都作，蜀之伎女至今有花翹之飾，名曰翹花兒云。（同前）

五四　韋莊《女冠子》「四月十七」：直抒情緒，怨而不怒，騷雅之遺也。但嫌與題義少遠，類今日之博士家言。（同前）

五五　韋莊《酒泉子》「月落星沉」：不做美的子規，故當夜半啼血。（同前書卷二）

五六　韋莊《木蘭花》「獨上小樓春欲暮」：與「夢中不織路」、「打起黄鶯兒」，可並不朽。（同前）

五七　韋莊《小重山》「一閉昭陽春又春」：向作「新揾舊啼痕」，語更超遠。又：「宫殿欲黄昏」，何等凄絶，宫詞中訬句也。（同前）

五八　薛昭藴《浣溪沙》「紅蓼渡頭秋正雨」：天空飛鳥，水落石出，凡境皆然。（同前）

五九　薛昭藴《浣溪沙》「握手河橋柳似金」：俗筆。（同前）

六〇　薛昭藴《浣溪沙》「簾下三間出寺墻」：「瞥見」都易錯過，耐得思量，定不折本。（同前）

六一　薛昭藴《浣溪沙》「傾國傾城恨有餘」：與「只今惟有《西江月》」諸篇同一悽惋。（同前）

六二　薛昭藴《喜遷鶯》「殘蟾落」：句不呆。（杏苑雪初晴）（同前）

六三　薛昭藴《喜遷鶯》「清明節」：此獨脱套，覺腐氣俱銷。又：似惜錦障泥。（馬驕泥軟錦連錢）（同前）

六四　薛昭藴《小重山》「春到長門春草青」：「愁極」作「愁起」、「繞階」作「繞宫」，非是，合行舊本。（同前）

六五　薛昭藴《離别難》「寶馬曉鞴彫鞍」：咽心之别愈慘，難説之情轉迫，「平生無淚落，不灑别離間」，應是好看話。（同前）

六六　薛昭藴《醉公子》「慢綰青絲髮」：昔西王母宴羣仙，戴研光帽簪花舞，「光研」二字本此。（同前）

六七　薛昭藴《女冠子》「求仙去也」：雋雅不及韋相，而直叙道情，翻覺當行，次首恨有俗句。（同前）

六八　薛昭藴《女冠子》「雲羅霧縠」：歷祖中數目句子。（同前）

六九　牛嶠：公，成都人，為孟蜀學士，世以為牛給事者，誤也。公尚有「紫陌青門」《酒泉子》一調，亦甚佳，集中何獨遺之？（同前）

七〇　牛嶠《楊柳枝》「解凍風來陌上青」：《楊枝》、《柳枝》、《楊柳枝》，總以物託興，前人無甚分析，

但極詠物之致，而能抒作者懷，能下讀者淚，斯其至矣。「舞送行人」等句正是使人悲惋。（同前）

七一 牛嶠《女冠子》「錦江烟水」：六朝麗句。（綉帶芙蓉，帳金釵芍。）又：好結句。（柳暗鶯啼處，認郎家。）（同前）

七二 牛嶠《女冠子》「星冠霞帔」：前後麗情多屬《玉臺》艷體，忽插入道家語氣，豈為題目張本耶？（同前）

七三 牛嶠《感恩多》「兩條紅粉淚」：起語一問一答，便有無限委婉。（同前）

七四 牛嶠《應天長》「玉樓春望晴烟滅」：峭壁孤松，寒潭秋月，庶足此二詞之高潔。（同前）

七五 牛嶠《更漏子》「春夜闌」：女媧補不到天，有離恨天，世間缺陷事不少，天也管不得許多。（同前）

七六 牛嶠《望江怨》「東風急」：「一庭疎雨濕春愁」、「馬嘶殘雨春蕪濕」，皆集中秀句，「濕」字俱下得天然。（同前）

七七 牛嶠《菩薩蠻》「玉釵風動春幡急」：填詞白描，須看微致。若全篇平衍，幾同嚼臘矣。（同前）

七八 牛嶠《菩薩蠻》「緑雲鬢上飛金雀」：「芳艸生兮萋萋，王孫歸兮不歸」，問他何益？（同前）

七九 牛嶠《酒泉子》「記得去年」：遠山眉，落眉妝，石華袖，古語新裁，令人遠想。（同前）

八〇 牛嶠《玉樓春》「春入横塘摇淺浪」：隽調中時下隽句，讀之甘芳浹齒。（同前）

八一 牛嶠《江城子》「鵁鶄飛起郡城東」：起句率意。（同前）

八二　張泌：此公與徐鉉、湯悦、潘祐俱南唐人，有文名。而祐好以詩諫，有詞云：「寒山四面，桃李不須誇爛熳，已失了東風一半。」蓋諷其地之侵削也，集中獨載張詞，詞亦有幸不幸耶？（同前）

八三　張泌《浣溪沙》「馬上凝情憶舊遊」：第三個年頭自有知者，杏花明月知我憐，未必笑我。（同前）

八四　張泌《浣溪沙》「依約殘眉理舊黄」：鎖得住的，還不是愁？人言愁，我始欲愁，只為鎖他不住。（同前）

八五　張泌《臨江仙》「烟收湘渚秋江静」：詞氣委婉，不即不離，水仙之雅調也。（同前）

八六　張泌《河傳》「渺莽」：可憐《河傳》高調。（同前）

八七　張泌《酒泉子》「春雨打窓」：託景懷人，如怨如慕，何減《摽梅》諸什。（同前）

八八　張泌《生查子》「相見稀」：信筆而往，無一浮漫，非止口頭禪也。（同前）

八九　張泌《楊柳枝》「膩粉瓊粧透碧紗」：此《柳枝》之變體也，「紅腮」一語自見巧思。（同前）

九〇　張泌《南歌子》「柳色遮樓暗」：有韻致。（柳色遮樓暗）（同前）

九一　張泌《江城子》「碧闌干外小中庭」：「無一事」，不消匀面；「匀面了，没心情」，連匀面也是多的。（同前）

九二　張泌《江城子》「浣花溪上見卿卿」：黄叔暘云：唐詞多無换頭，如此詞自是兩首，故重押兩「情」字、兩「明」字，合作一首者，誤矣。又：應是眼波明。（臉波秋水明）（同前）

九三　張泌《胡蝶兒》「胡蝶兒」：嫵媚。（阿嬌初著淡黄衣）（同前）

九四　毛文錫《虞美人》「鴛鴦對浴銀塘暖」：唐人舊曲云「帳中草草軍情變」，宋黄載亦云「楚歌聲起霸圖休」，似專虞姬發論。二詞雖芬芳襲人，何以命意逈隔？（同前）

九五　毛文錫《虞美人》「寶檀金縷鴛鴦枕」：富麗。（寶檀金縷鴛鴦枕）（同前）

九六　毛文錫《喜遷鶯》「芳春景」：竟依題發揮，不必從道籙司掛印耶？（同前）

九七　毛文錫《西溪子》「昨夜西溪遊賞」：有興。（同前）

九八　毛文錫《接賢賓》「香韉鏤襜五色驄」：以蒲梢渥洼之餘芬攙入詞料，亦自無寒酸氣味。（同前）

九九　毛文錫《甘州遍》「春光好」：麗藻沿於六朝，然一種霸氣，已開宋、元間九宫三調門户。（同前）

一〇〇　毛文錫《紗窗恨》「雙雙蝶」：「咂」字尖，「穩」字妥，他無可喜句。（同前）

一〇一　毛文錫《柳含烟》「河橋柳」：《柳枝》之外詠柳之種類極多，今南詞中亦盡有佳句，若追先進，當從始音。（同前）

一〇二　毛文錫《醉花間》「休相問」：創語奇聳，不嫌高調。（同前）

一〇三　毛文錫《戀情深》「滴滴銅壺寒漏咽」：皇帝記里鼓之制，故樂府有鼓吹曲，《建初録》云：列於殿庭者名鼓吹，此殆其遺響乎？（同前）

一〇四　毛文錫《訴衷情》「鴛鴦交頸綉衣輕」：「無定河邊空閨夢」理，不止尋常閨怨。（同前）

一〇五　毛文錫《臨江仙》「暮蟬聲盡落斜陽」：「一自《高唐賦》成後，楚天雲雨盡堪疑」，信然。（同前）

一〇六　牛希濟《臨江仙》「峭碧參差十二峰」：休文語麗而思深，名高八詠，照暎千古，似此七詞亦儘有頡頏休文處。（同前）

一〇七　牛希濟《臨江仙》「渭闕宫城秦樹凋」：七調獨此不稱。（同前）

一〇八　牛希濟《臨江仙》「素洛春光瀲灩平」：洛神寫照，正在阿睹中；驚鴻游龍，數語已為描畫。（同前）

一〇九　牛希濟《臨江仙》「洞庭波浪颭晴天」：「吟」字下得竗，便覺全句有神。（同前）

一一〇　牛希濟《中興樂》「池塘暖碧浸晴暉」：「池塘暖碧浸晴暉」，又有「春雲」、「柳絮」，已具四難之半，那得更生他想。（同前）

一一一　歐陽炯：毛文錫、鹿虔扆、韓琮、閻選與此公皆蜀人，事孟後主，有五鬼之號，皆工小詞，並見《花間集》，今集中獨遺韓琮，殊不可解。（同前書卷三）

一一二　歐陽炯《三字令》「春欲盡」：逐句三字，轉而不窘，不坌，不崛頭，亦是老手。（同前）

一一三　歐陽炯《南鄉子》「畫舸停橈」：短詞之難，難於起得不自然，結得不悠遠。諸起句無一重復，而結語皆有餘思，允稱合作。（同前）

一一四　歐陽炯《獻衷心》「見好花顏色」：畫家七十二色，中有檀色，淺赭所合，婦女暈眉色似之，唐人詩詞慣喜用此，此其一也。又：《南方草木狀》：點以燕檀。（滿衣猶自染檀紅）（同前）

一一五　歐陽炯《賀明朝》「憶昔花間初識面」：無甚雕巧，只是鋪排妥當，自無村粧羞澁態。（同前）

一一六　歐陽炯《鳳樓春》「鳳髻緑雲叢」：「海棠零落，鶯語殘紅」，好景真，良易過。風雨憂愁各半，念之使人惘然。（同前）

一一七　和凝《小重山》「正是神京爛漫時」：貧病愁，人所不堪，而宜於詩詞；烏紗帽，人所艷稱，而反不宜。可見富貴也有用不着處。（同前）

一一八　和凝《臨江仙》「披袍窣地紅宫錦」：二作精工宕麗，足分温、韋半席。（同前）

一一九　和凝《山花子》「鶯錦蟬縠馥麝臍」：唐韋固妻為盜刃所刺，以翠靨之，女粧遂有靨飾，集中亦不一而足，然温飛卿「繡衫遮咲靨」，音叶，此則音琰。（同前）

一二〇　和凝《天仙子》「柳色披衫金縷鳳」：劉改之别妾赴試，作《天仙子》，語俗而情真，世多傳之，遇此不免小巫。（同前）

一二一　和凝《採桑子》「蝤蠐領上訶梨子」：二語飄空出奇。（競學樗蒲賭荔枝，春思翻教阿母疑。）（同前）

一二二　和凝《楊柳枝》「瑟瑟羅裙金縷腰」：「醉來」句但覺具妙，詩詞中此類極多，如李白「兩髻入秋浦」等，若一一索解，幾同説夢。（同前）

一二三　顧夐《虞美人》「曉鶯啼破相思夢」：虞美人草一出褒斜谷中，狀如鷄冠花，葉相對。一出雅州名山縣，唱《虞美人》曲，應拍而舞，故《酉陽雜俎》云舞草，蓋謂此。（同前）

一二四　顧夐《虞美人》「翠屏閑掩垂珠箔」：情多為累，悔之晚矣，情宜有，不宜多，多情自然多悔。（同前）

一二五　顧夐《虞美人》「少年豔質勝瓊英」：雜出別調，絶非木情，今人作有韻之文，全用散法，而收以韻脚數語，為本文張本，大都類是。（同前）

一二六　顧夐《河傳》「燕颺」：凡屬《河傳》題，高華秀美，良不易得，此三調真絶唱也，以俟羊、何，張舍人、孫少監之外，指不三屈。（同前）

一二七　顧夐《甘州子》「一爐龍麝錦帷傍」：「刁斗」句，無聊之想。（同前）

一二八　顧夐《甘州子》「紅鑪深夜醉調笙」：首章與此結皆雋句也，小語致巧，此其一斑。（同前）

一二九　顧夐《玉樓春》「月皎露華窓影細」：後二章調尤秀媚可人，而合之，足稱全璧。（同前）

一三〇　顧夐《浣溪沙》「紅藕香寒翠渚平」：舊前作「天際頌，枕上夢，兩牽情」，後作「小窓深，孫燭背，淚縱横」，語亦簡至。（同前）

一三一　顧夐《浣溪沙》「惆悵經年別謝娘」：歷祖唾餘，宋人名什。（同前）

一三二　顧夐《浣溪沙》「雲澹風高葉亂飛」：此公遺詞，動必數章，雖中間鋪叙成文，不如人之句雕字琢，而了無窮大酸氣，即使瑕瑜不掩，自是大家。（同前）

一三三　顧敻《酒泉子》「小檻日斜」：填詞平仄斷句皆定數，而詞人語意所到時有參差，古詩亦有此法，而詞中尤多。即此詞中字之多少、句之長短，更換不一，豈專恃歌者上下縱横取協耶？此本無關大數，然亦不可不知，故為拈出。（同前）

一三四　顧敻《遐方怨》「簾影細」：亦選體中句法。（同前）

一三五　顧敻《獻衷心》「繡鴛鴦帳暖」：以下三詞頗無佳句，但開曲藻濫觴耳，昔人謂詩情不似曲情多，其流之弊，唐人先已作俑。（同前）

一三六　顧敻《訴衷情》「永夜拋人何處去」：要到換心田地與他，也未必好。（同前）

一三七　顧敻《荷葉盃》「春盡小庭花落」：《荷葉盃》又一變法，終是作者負題。（同前）

一三八　顧敻《荷葉盃》「記得那時相見」：好形容。（同前）

一三九　顧敻《荷葉盃》「一去又乖期信」：手拈裙帶，盡得嬌癡。（同前）

一四〇　顧敻《臨江仙》「碧染長空池似鏡」：頌酒賡色，務裁艷語，世取乎儒冠而胡服也。（同前）

一四一　顧敻《醉公子》「漠漠秋雲澹」：《醉公子》即公子醉也，其詞意四換，又稱四換頭爾，後變風漸與題遠。（同前）

一四二　孫光憲《浣溪沙》「蓼岸風多橘柚香」：王弇州稱「歸來休放燭花紅，問君還有幾多愁」，直是詞手，假如此等調，亦僅隔一黍耳。（同前）

一四三　孫光憲《浣溪沙》「攬鏡無言淚欲流」：「不耐風」、「濕春愁」，皆集中創見之秀句也。（同前）

一四四　孫光憲《浣溪沙》「風遞殘香出繡簾」：《樂府遺音》：詞壇麗藻，「好書不厭百回讀」，如此數詞，亦應爾爾。（同前）

一四五　孫光憲《河傳》「太平天子」：素性詠古，感慨之下自有無限煙波。（同前）

一四六　孫光憲《菩薩蠻》「月華如水籠香砌」：公，蜀之資州人，事荆南氏，為從事，有文學，名《北夢瑣言》，公所著也。（同前）

一四七　孫光憲《菩薩蠻》「小庭花落無人掃」：「老」字、「擡」字、「曉」字俱下得紗，三詞本佳，而得此三字，更覺生色。（同前）

一四八　孫光憲《河瀆神》「汾水碧依依」：原題本旨，直書祠廟中事，自無借燈定影習氣。（同前）

一四九　孫光憲《虞美人》「紅窓寂寂無人語」：《益州方物圖贊》：「虞」作「娱」，集中諸調都不及虞姬事，想以此故。（同前）

一五〇　孫光憲《後庭花》「景陽鍾動宫鶯囀」：「輕飈」一作「鮮飈」。（同前）

一五一　孫光憲《生查子》「暖日策花驄」：六朝風華而稍參差之，即是詞也，唐詞間出選詩體，去古猶未河漢。（同前）

一五二　孫光憲《酒泉子》「空磧無邊」：三疊文之《弔古戰場文》也，再讀，不禁酸鼻。（同前）

一五三　孫光憲《清平樂》「等閒無語」：徘徊而不忘，思婉戀而不激，慎詞中之有風雅者。（同前）

一五四 孫光憲《更漏子》「今夜期」：至得情深江海，自不至腸斷東西，其不然者命也，數也，人非木石，那得無情？世間負心人，真木石之不若耶？（同前）

一五五 孫光憲《風流子》「茅舍槿籬溪曲」：田家樂耶？麗人行耶？青樓曲耶？詞人藻，美人容，都在尺幅中矣。（同前書卷四）

一五六 孫光憲《定西番》「雞禄山前遊騎」：吳子華云「無人知道外邊寒」，謝疊山「玉人歌吹未曾歸」，可見深宫之暖，不知邊塞之寒，玉人之娱，不知蠶婦之苦。至裴交泰下第詞云「南宫漏短北宫長」，真一字一血。（同前）

一五七 孫光憲《竹枝》「門前春水」：元時和楊廉夫《竹枝》詞者五十餘人，佳篇不可多得，徐延徽有云：「賸抛萬斛臙脂水，瀉向銀河一色秋。」卓乎無媿唐人。（同前）

一五八 孫光憲《上行盃》「草草離亭鞍馬」：「黯然銷魂者，唯别而已矣」，江淹賦所未暢，尚思廣之，此詞殊覺小草。（同前）

一五九 孫光憲《謁金門》「留不得」：滿帆風吹，不上離人小舡，今南調中最膾炙人口，只此數語，已足該括之矣。（同前）

一六〇 孫光憲《楊柳枝》「閶門風暖落花乾」：曾記一詞云：「春江一曲柳千條，十五年前舊板橋。曾與情人橋上别，更無消息到今朝。」小説以為劉禹錫作，而劉集不載，並此志之。（同前）

一六一 孫光憲《楊柳枝》「有池有榭即濛濛」：拙而蠢。（浸潤翻成長養功）（同前）

一六二　孫光憲《望梅花》「數枝開與短牆平」：「自去何郎無好詠」，「雪萼紅附相映」：當得一好字起不？（同前）

一六三　孫光憲《漁歌子》「泛流螢」：竟奪了張志和、張季膺坐位，忒覺狠些。（同前）

一六四　魏承班《菩薩蠻》「羅衣隱約金泥畫」：顫一作汎。（聲顫覷人嬌）（同前）

一六五　魏承班《滿宫花》「雪霏霏」：好個《滿宫花》，只此平調，殊未快人心目。（同前）

一六六　魏承班《玉樓春》「寂寂畫堂梁上燕」：此題集中凡二見，皆無一敗筆，才故相匹，抑此題之足恣其揮灑耶？（同前）

一六七　魏承班《訴衷情》「春深花簇小樓臺」：東坡得意處是四脚棊盤，著一味黑子，若「山枕印紅腮」句，得意之情景可思。（同前）

一六八　魏承班《訴衷情》「春情滿眼臉紅綃」：「楊柳索春饒」，黄山谷詞也。「一汀煙柳索春饒」，張小山詞也。古人慣用「饒」字。（同前）

一六九　魏承班《漁歌子》「柳如眉」：只此容易别時，常種人畢世莫解之恨，那得草草。（同前）

一七〇　鹿虔扆《臨江仙》「金鏁重門荒苑静」：「曲終人不見，江上數峰青」，似有神助，以此方之，可為勍敵。（同前）

一七一　鹿虔扆《思越人》「翠屏欹」：結語酸楚，江文通、潘安仁悼亡詩，不過如此。（同前）

一七二　閻選《虞美人》「粉融紅膩蓮房綻」：盡一作儘，儘字更有深會。（同前）

一七三　閻選《虞美人》「楚腰蠐領團香玉」：笑微顰（詞中作頻），一作笑和顰，反覺覆而無情。（同前）

一七四　閻選《臨江仙》「十二高峰天外寒」：非深於行役者不能為此言，即以《水仙調》當《行路難》可也。（同前）

一七五　閻選《八拍蠻》「雲鏁嫩黃烟柳細」：仄聲七言絶句，唐人以入樂府，謂之《阿那曲》，宋人謂之《鷄叫子》。平聲絶句以入樂府者，非《楊柳枝》、《竹枝》，即《八拍蠻》也。（同前）

一七六　閻選《河傳》「秋雨」：三句皆重疊字，大奇，大奇，宋李易安《聲聲慢》用十重疊字起，而以「點點滴滴」四結之，蓋用其法而青於藍者。（同前）

一七七　尹鶚《醉公子》「暮煙籠蘚砌」：一年幾見月當頭，「歸來月滿身」，良非易事，世上也有會得醉的公子。（同前）

一七八　毛熙震《浣溪沙》「花榭香紅煙景迷」：七首中麗字名句，巧韻纖詞，故自相逼，然氣韻和平，猶然中土之音也。北曲以鄭、衛之淫為梨園教坊之習，然猶古摠章，北里之韻，而近者海鹽、崑山一意纖靡，北曲亦失其傳，反雅從先，能無三嘆。（同前）

一七九　毛熙震《浣溪沙》「雲薄羅裙綬帶長」：裙一作裾。（同前）

一八〇　毛熙震《臨江仙》「南齊天子寵嬋娟」：長短句盛於宋人，然往往有曲詩曲論之弊，非詞之本色也。此等漫衍無情，亦復不能免此。（同前）

一八一　毛熙震《女冠子》「碧桃紅杏」：「香暖」、「蟬鬢」四語俱絶對，而「薰」字、「行」字、「低含」、「澹拂」尤見精工。（同前）

一八二　毛熙震《河滿子》「寂寞芳菲暗度」：「河」一作何。（同前）

一八三　毛熙震《河滿子》「無語殘粧澹薄」：艷麗，亦復温文，更不易得。若徒事鋪排，即中調厭人，況長調乎？（同前）

一八四　毛熙震《後庭花》「鶯啼燕語芳菲節」：黦字，詩詞中不多見，即集中惟韋莊《應天長》「淚沾紅袖黦」一語，語本周處《風土記》：梅雨沾衣服皆敗黦，皆黑而有文者。（同前）

一八五　毛熙震《酒泉子》「閒卧綉幃」：「手抵着牙腮，慢慢地想」，知從此處番案，覺兩兩尖新。（同前）

一八六　毛熙震《菩薩蠻》「梨花滿院飄香雪」：西域諸國婦人編髮垂髻，飾以褵花，如中國塑佛像瓔珞之飾，曲名取此。（同前）

一八七　李珣：公，蜀之梓州人。事王宗衍，有詞名《瓊瑶集》，其妹事王衍為昭儀，亦有詞藻。（同前）

一八八　李珣《浣溪沙》「訪舊傷離欲斷魂」：「鏤香塵」句妙，然鏤塵二字出《關尹子》，李易安「清露晨流，新桐初引」，乃《世説》全文。詞雖小技，亦須多讀書者，方許為之。（同前）

一八九　李珣《漁歌子》「柳垂絲」：《漁歌子》即《漁家傲》也，老不如漁，良媿其言。（同前）

一九〇　李珣《巫山一段雲》「有客經巫峽」：「迴」字應作「回」。（同前）

一九一　李珣《巫山一段雲》「古廟依青嶂」：客子常畏人，酸語，不減楚些。（同前）

一九二　李珣《臨江仙》「簾捲池心小閣虚」：不了語作結，亦自有法。（同前）

一九三　李珣《南鄉子》「蘭橈舉」：這般染法，亦畫家七十二色之最上乘也，墨子當此，定無素絲之悲。（同前）

一九四　李珣《南鄉子》「雲帶雨」：颿底一樽，馬頭千里，亦自有榮辱，如此睡，仿佛華夷千日矣。（同前）

一九五　李珣《南鄉子》「相見處」：輕弓短箭，獨擅所長，故十調皆有超語。（同前）

一九六　李珣《酒泉子》「秋月嬋娟」：一意空翻到底，而點綴古雅，殊不强人意，似富於才而貧於學者。（同前）

一九七　李珣《菩薩蠻》「迴塘風起波紋細」：《菩薩蠻》集中最多，而佳者亦不少，以此殿之，不幾貂續？（同前）

一九八　李珣《河傳》「去去」：宋紹興中，杭都酒肆有道人攜烏衣椎髻女子，買斗酒獨飲，女子歌以侑之，歌詞非人世語。或記之，以問一道士，道士曰：「此赤城韓夫人作《法駕導引》也。」即法曲之腔，詞所從來，諸如此類，變而浸失其傳者不少矣，故以記之末簡。（同前）

一九九　《宜黄縣戲神清源師廟記》：人生而有情，思歡怒愁，感於幽微，流乎嘯歌，形諸動摇，或一迷而盡，或積日而不能自休。蓋自鳳凰鳥獸以至巴渝夷鬼，無不能舞能歌，以靈機自相轉活，而況吾人？奇哉！清源師，演古先神聖八能千唱之節，而為此道，初止爨弄參鶻，後稍為末泥三姑旦等雜劇傳奇，長者折至半百，短者折才四耳。生天生地，生鬼生神，極人物之萬途，攢古今之千變。一勾欄之上，幾色目之中，無不紆徐煥眩，頓挫徘徊，恍然如見千秋之人，發夢中之事，使天下之人無故而喜，無故而悲。或語或嘿，或鼓或疲，或端冕而聽，或側弁而咍，或闞觀而笑，或市湧而排，乃至貴倨弛傲，貧嗇爭施，瞽者欲玩，聾者欲聽，啞者欲嘆，跛者欲起，無情者可使有情，無聲者可使有聲。寂可使諠，諠可使寂，饑可使飽，醉可使醒，行可以留，臥可以興，鄙者欲艷，頑者欲靈。可以合君臣之節，可以浹父子之恩，可以增長幼之睦，可以動夫婦之歡，可以發賓友之儀，可以釋怨毒之結，可以已愁憒之疾，可以渾庸鄙之好。然則斯道也，孝子以事其親，敬長而娛死；仁人以此奉其尊，享帝而事鬼。老者以此終，少者以此長。外户可以不閉，嗜欲可以少營。人有此聲，家有此道，疫癘不作，天下和平，豈非以人情之大竇為名教之至樂也哉？予聞清源，西川灌口神也，為人美好，以遊戲而得道，流此教於人間，訖無祠。子弟開呵，時一醪之，唱囉哩嗹而已，予每為恨。諸生誦法孔子，所在有祠，佛老氏弟子各有其祠，清源師號為得道，弟子盈天下，不減二氏，而無祠者，豈非非樂之徒以其道為戲相詬病耶？此道有南北，南則崑山之；次為海鹽，吴浙音也，其體局静，好以拍為之節。江以西弋陽，其節以鼓，其調諠。至嘉靖而弋陽之調絶，變為樂平，為徽青陽。我宜黄譚大司馬綸聞而惡之，自喜得治兵於浙，以浙人歸，教其鄉子弟能為海鹽聲。大司馬死二十餘年矣，食其技者殆千餘人，聚而諗於予曰：「吾屬以此養老，長幼長世，而清源祖師無祠，不可。」予問：「倘以大司馬從祀乎？」曰：「不敢，止以田、竇二將軍配食也。」予額之，而進諸弟子，語之曰：汝知所以為清源祖師之道乎？一汝神，端而虛，擇良師妙侶，博解其詞，而通領其意。動則觀天地人鬼世器之變，靜則思之絕父母骨肉之累，忘寢與食，少者守精魂以修容，長者食恬淡以修聲。為旦者常自作女想，為男者常欲如其人。其奏之也，抗之入青雲，抑之如絕絲，圓好如珠環，不竭如清泉，微妙之極。乃至有聞而無聲，目擊而道存，使舞蹈者不知情之所自來，賞嘆者不知神之所自止，若觀幻人者之欲殺偃師，而奏《咸池》者之無怠也。若然者，乃可為清源祖師之弟子，進於道矣，諸生旦其勉之，無令大司馬長嘆於夜臺，曰：「奈何我死而此道絕也。」迺為序之以記。（《玉茗堂全集·文集》卷七）

二〇〇 《答呂姜山》：寄吳中曲論良是，唱曲當知，作曲不盡當知也，此語大可軒渠。凡文以意趣神色為主，四者到時，或有麗詞俊音可用，爾時能一一顧九宮四聲否？如必按字摸聲，即有窒滯迸拽之苦，恐不能成句矣。弟雖郡住一歲，不再謁有司，異地同心，惟與兒輩時作磻溪之想。（同前書「尺牘」卷四）

二〇一 《與陸景鄴》：僕少讀西山《正宗》，因好為古文詩，未知其法。弱冠始讀《文選》，輒以六朝情寄聲色為好，亦無從受其法也。規模步趨，久而思路若有通焉。年已三十四十矣，前以數不第，展轉頓挫，氣力已減，乃求為南署郎，得稍讀二氏之書，從方外遊。因取六大家文更讀之，宋文則漢文也。氣骨代隆，而精氣滿勁，行其法而通其機，一也。則益好而規模步趨之，思路益若有通焉，亦已五十矣。學道無成，而學為文；學文無成，而學詩賦；學詩賦無成，而學小詞；學小詞無成，且轉而學道，猶未能忘情於所習也。思顧彦昇托契之咏，子美同遊之思，謂四方之大，必有曠然此路，精其法而深其機者，庶幾及老而得窺其制作。發鄙質所未逮，則亦足以滿志而無恨矣。既自俛循孟子論友鄉國之士，裁得以鄉國士相友。或未敢與論天下之士論詩書行事也，僕即有所通其鄉而已耳。偶一憒憒欲出於其鄉，承下風於四方之殊才，而疵賤已久，羸蹷日增，行路之難，今世為甚。安得四出而望見其人？其人又安肯坐而為某來者？日者忽拜良書，大雅之辱，爛焉千言，大抵引重彌至，猝而受之，面泚發赤，已復驚喜。（同前）

二〇二 《答凌初成》：不佞生非吴越通，智意短陋，加以舉業之耗，道學之牽，不得一意横絶流暢於文賦律吕之事，獨以單慧涉獵，妄意誦記操作，層積有窺，如暗中索路，闖入堂序，忽然霤先得自轉折，始知上自葛天下至胡元，皆是歌曲。曲者，句字轉聲而已，葛天短而胡元長，時勢使然。總之偶方奇圓，節數隨異，四六之言，二字而節，五言三、七言四，歌詩者自然而然，乃至唱曲三言四言，一字一節，故為緩音，以舒上下長句，使然而自然也。獨想休文聲病浮切，發乎曠聰。伯琦四聲無入，通乎朔響，安詩填詞，率履無越。不佞少而習之，衰而未融，乃辱足下流賞，重以大製五種，緩隱濃淡，大合家門。至於才情爛熳陸離，嘆時道古，可咲可悲，定時名手。不佞《牡丹亭記》大受吕玉繩改竄，云便吴歌，不佞啞然咲曰：昔有人嫌摩詰之冬景芭蕉，割蕉加梅，冬則冬矣，然非王摩詰冬景也。其中駘蕩淫夷，轉在筆墨之外耳。若夫北地之於文，猶新都之於曲，餘子何道哉？（同前）

二〇三 《答費學卿》：春雪淋灕，擁爐微咲，而良書適來，亹亹千言，推奬過至。憶僕幼從徐子弼先生遊，而辰忘年。於惟審因，能研弄模寫，長便習之。弱冠過敬亭梅禹金，見賞，謂文賦可通於時。律多累氣，因學為律，粗以紀遊歷，寄贈言懷，無與北地諸君接逐之意，北地諸君亦何足接逐也？寄示二詞，緜麗可愛。制義典雅圓昶，小有異同，知不為訝也。公子翩翩，十舍而遥，無緣一携手，如何？（同前書卷五）

無瑕道人詞話

無瑕道人，姓名不詳。此據内閣文庫藏明刊朱墨套印本湯顯祖評《花間集》録跋文一則。

一　余自幼讀經讀史，至仁人孝子有被讒謗者，為之扼腕，輒欲手刃之而後稱快焉。迺戊申秋，梁谿肆毒，爰及於余。余是以廢舉業，忘寢食，不復欲居人間世矣，搢紳同袍力解之弗得。忽一友出袖中二小書授余曰：「旦暮玩閲之，吟詠之，牢騷不平之氣庶幾稍什其一二。」余視之，則楊升庵、湯海若兩先生所批選《草堂詩餘》、《花間集》也，於是散發披襟，遍歷吴、楚、閩、粤間，登山涉水，臨風對月，靡不以此二書相校讐。始知宇宙之精英，人情之機巧，包括殆盡，而可興可觀、可群可怨，寧獨在風雅乎？ 嗟嗟！ 風雅而下，一變為排律，再變為樂府、為彈詞，若元人之《會真》、《琵琶》、《幽閨》、《秀（當作繡）襦》，非樂府中所稱膾炙人口者？ 然亦不過摭拾二書之緒餘云爾，烏足羨哉！ 烏足羨哉！ 時萬曆歲庚申菊月，苕上無瑕道人書於貝錦齋中。（《花間集》）

陳宗漢詞話

陳宗漢，字文訓，號西渠子。里貫不詳。嘉靖間為南京國子監監丞。此據南京圖書館藏明嘉靖間閩沙陳鍾秀校刊本《精選名賢詞話草堂詩餘》録序文一則。

一　《草堂詩餘序》：《草堂詩餘》，詩之餘也。説者疵其慢耍俚俗，流連光景，故其弊也，致使語言顛復，首尾混淆。西渠子曰：詩訖三百，是後流為二十有四：賦、頌、銘、贊、文、誄、箴、詩、行、詠、吟、題、怨、歎、章、篇、操、引、謡、謳、歌、曲、詞、調，皆其六義之餘，而古人作之，豈贅也耶？《南陔》、《白華》、《華黍》，有聲無詞，音之至也。周漢而下，古樂府補樂歌，節以調應，詞以樂定，題號雖不同，所以宣暢其一唱而三歎，詩餘樂府，蓋相為表裏者也。卜子夏云：「雖小道，必有可觀。」其在兹乎？吕峰子偕其外君子仙洲，方將極意於詩者也，因予言，遂録以序之，梓而達諸天下也。時嘉靖十七年戊戌仲冬月哉生明，南京國子監監丞陳宗漢書。

趙南星詞話

趙南星（一五五〇—一六二七），字夢白，號儕鶴，高邑（今河南）人。萬曆甲戌進士，授汝寧府判官。乞歸，再起考功郎，主京察，與政府忤，削籍歸。光宗立，起左都御史，改吏部尚書。魏忠賢矯旨奪爵，戍代州卒。崇禎初贈太子太保，追謚忠毅。所著有《趙忠毅公詩文集》、《學庸正説》、《史韻》、《離騷經訂詁》。此據《四庫禁燬書叢刊》影印明崇禎十一年澂景文等刻本《趙忠毅公詩文集》録詞話一則。

一

《刻花草稡編序》：天地間皆文也，散於星辰、風雨、雷電、山川、草木、鳥獸、蟲魚，而人耳得之成聲，目得之成色，思之於心，宣之於口，書之於筆。其高者以為三百篇，其次以為漢魏，其次以為唐人世所傳之詩，又其次以為宋詞、元曲，皆有興會極則知其解者。元曲猶三百篇也，而况其上者乎？《花間集》、《草堂詩餘》，朗陵陳晦伯少之乃取野史小説所載以增益之，名曰《花草稡編》，即未可盡，然亦可謂富矣。余司理汝南，時數過晦伯，晦伯頽然長者，平生惟讀書，日辨色起，手一編，至暮即寢不燭。專纂輯鉤攷，不甚著作，絶不詩。酒腸甚大，遇敵輒呼巨觥，不為令，又不喜歌曲，是以所取詞不必工，且有出韻者。今年夏，余流覽一過，稍有所點定。吴昌期見而媺焉，曰是刻諸朗陵未廣也，請余序，將令其子貞復之江南翻刻之，余輒書以付之。今林下多讀書者，或亦有涉乎此以消永日云爾。（《趙忠毅公詩文集》卷七）

胡應麟詞話

胡應麟(一五五一——一六〇二),字元瑞,更字明瑞,號石羊生,又號少室山人,蘭溪(浙江)人。萬曆丙子舉人,以依附王世貞得名。先後購經史子集四萬餘卷,手抄集録凡十之三,築室曰二酉山房,旦夕坐卧其間。所著有《少室山房類稿》、《六經疑義》、《少室山房筆叢》、《甲乙剩言》、《七言律範》、《詩藪》等。《少室山房筆叢》為其生平考據雜説,徵引典籍,極為宏富。《詩藪》十八卷,凡内編六卷,分古今體各三卷;外編六卷,自周至元,以時代為次;雜編六卷,分遺逸、閏餘各三卷,皆其評詩之語,大抵奉王世貞《藝苑卮言》為律令而敷衍其説。此據《廣雅叢書》本《少室山房筆叢》、《續金華叢書》本《少室山房類藁》、早稻田大學藏明刻《廣百川學海》本《甲乙剩言》、《續修四庫全書》影印明刻本《詩藪》録詞話一百六則。

一友人云：嘉靖中籍没分宜，有《晏元獻集》一部，二十餘帙，鈔本也。主其事者亦博雅之士，當時深欲借鈔，慮生謗議，遂止。余聞，深為惜之。因記里中有元人《育嬰圖》摹本，載元獻跋語幾七百言，其文甚莊雅，而書法殊有晉、唐風。世但名元獻詩詞，罕知其文翰者。（《少室山房筆叢》卷三「經籍會通三」）

二　蕃馬胡兒：唐人好畫蕃馬於屏，《花間詞》云「細草平沙蕃馬小」是也。又曲名《涼州》、《伊州》，其後卒有禄山吐蕃之亂，宋人愛圖鳴骹胡兒，卒有金、元之禍。元曲有「入破」、「急煞」之名，未幾而亂。凡一代氣運盛衰，率有先兆，用修之説未為無理，第所引三事殊不類。《花間》詞出晚唐，其時禄山已誅，吐蕃垂絶矣。宋圖鳴骹胡兒諸畫譜無灼灼者，是圖不盛行於宋可知。入破乃唐曲調，非元人也，已嘗論之。《詩話總龜》「雅什門」載柳彦塗《塞上》云「鳴髇直上幾千尺」云云，楊作「鳴骹」，又作「一千丈」，並誤。第云好事者畫為圖，蓋亦宋初一時事，以金、元為應，亦遠矣。（同前書卷五「丹鉛新録一」）

三　古詩後人妄改：古人詩句，不知其用意用事，妄改一字，便不佳。孟蜀牛嶠《楊柳枝》詞：「吴王宫裏色偏深，一簇煙條萬縷金。不忿錢唐蘇小小，引郎松下結同心。」案：古樂府《小小歌》有云：「妾乘油壁車，郎乘青驄馬。何處結同心，西陵松栢下。」牛詩用此意詠柳而貶松，唐人所謂尊題格也，後人改「松」下作「枝」下，語意索然矣。用修此意自佳，然不如「枝」字本色，一涉「松」字，便着議論，知樂府體者可與語。（同前書卷六「丹鉛新録二」）

四　闞山一點：杜詩「闞山同一點」，「點」字絶妙，東坡亦極愛之，作《洞仙歌》云「一點明月窺人」，用其語也；《赤壁賦》云「山高月小」，用其意也。今書坊本改「點」作「照」，語意索然。且「闞山同一照」，小兒亦能之，何必杜公也？ 載《草堂詩餘》，註可證。　案：《草堂詩餘》蘇子瞻《洞仙歌》云：「冰肌玉骨，自清凉無汗。水殿風來暗香滿。繡簾開、一點明月窺人，人未寢，欹枕釵橫鬢亂。　起來攜素手，庭户無聲，時見疎星渡河漢。試問夜如何，夜已三更，金波淡、玉繩低轉。但屈指西風幾時來，又不道、流年暗中偷换。」杜詩非「點」字，余已詳辨《詩藪》中，第楊引坡詞「一點明月窺人」乃「繡簾開一點」，「點」字句絶者，讀本詞，楊之誤，不辨自明。（同前）

五　古今字號之同尤有奇者，並識之：號浮休之張，前有文成，後有芸叟。唐張鷟、宋張舜民並號浮休子，見史。……花蕚之李，前尚正，後子大。唐李尚正兄弟三人、宋李洪五人，俱有《花蕚集》。封花蕊之徐，前衍母，後昶妃。俱為蜀人，見郎瑛《類稿》。或云後花蕊費姓，俟攷。（節録自同前書卷十八「史書佔畢」六・雜篇下」）

六　月黄昏：林和靖《梅》詩：「疎影横斜水清淺，暗香浮動月黄昏。」《葦航紀談》云：「黄昏」以對「清淺」，乃兩字，非一字也。「月黄昏」謂夜深香動，月為之黄而昏。　疎影横斜於水清淺之處，暗香浮動於月黄昏之時，二語於梅之真趣自曲盡，故宋人一代尚之，然其格卑，其調澁，其語苦，未足大方也。仲言「含霜映雪，却月凌風」二十字韻度天然，亘千年咏梅亡及者，六朝人可易忽哉？ 用修似亦有此見，第此解黄昏引宋人，謬。　麟案：二句全出唐人，林易二字，然實勝之。又：午後陰氣用事，而花敷蕊散香，凡花皆然，不獨梅也。坡詩：「只恐夜深花睡去，高燒銀燭照紅妝。」宋人梔子花詞：「惱人惟是夜深時。」亦是此理。　花之香於晚者，惟梅、蓮、茉莉為甚，若蘭蕙之屬則不然矣。「高燒銀燭照紅妝」自言花色，非言香也，且海棠，世謂無香，而楊引之以證花之香於夜者，尤可絕倒。　坡詩題海棠也，次句言香霧，雖不主海棠言，亦詩之病。詩家不必深忌，亦不可不知。（同前書卷十九「藝林學山一・詩話上」）

七　唐詩人鄭仲賢：余弟姚安太守未庵慥，字用能，酒邊誦一絶句云：「亭亭畫舸繫春潭，只待行人酒半酣。不管煙波與風雨，載將離恨過江南。」兄以為何人詩，余曰：「按《宋文鑑》，是張文潛詩也。」未庵取《草堂詩餘》周美成《尉遲杯》注云：「唐鄭仲賢詩。」余因歎唐之詩人姓名隱而不傳者何限，或文潛愛而書之，遂以為文潛作耳。　按唐詩人並無所謂鄭仲賢者，恐《草堂》注誤，此詩亦類文潛，當是其作，俟續攷之。（同前書卷二十「藝林學山二」）

八　草堂：昔宋人選塡詞曰《草堂詩餘》，其曰草堂者，太白詩名《草堂集》，見鄭樵書目。太白本蜀人，而草堂在蜀，懷故國之意也。曰詩餘者，《憶秦娥》、《菩薩蠻》二首為詩之餘，而百代辭曲之祖也。今士林多傳其書而昧其名。故於余所著《詞品》首著之云。　此用修《詞品》中第一誤處。蜀草堂始自子美，李於杜年行俱先，詎肯以其草堂名集？　蓋楊以李為蜀人，故附會其説，靡所不至。夫《草堂》所選太白止二首，余嘗疑非其作，餘率宋人之製，安得盡繫於李之草堂哉？二詞非太白作，余詳辯於「莊嶽委談」。李集名《草堂》，見《唐藝文志》，當自他有取義。（同前書卷二十一「藝林學山三・《詞品》」）

九　又：詩聖如杜子美，而填詞若《菩薩鬘》、《憶秦娥》者，集中絶無云云。《菩薩鬘》起宣宗世，杜何緣預知其調？楊硬遣太白承當，故娓娓不已，且波及少陵，一小詞，累二鉅公，可笑。（同前）

一〇　詞名多取詩句：詞名多取詩句，如《蝶戀花》則取梁元帝「翻堦蛺蝶戀花情」，《滿庭芳》則取吴融「滿庭芳草易黄昏」，《點絳唇》則取江淹「白雪凝瓊貌，明珠點絳唇」，《鷓鴣天》則取鄭嵎「春遊鷄鹿塞，家在鷓鴣天」，《惜餘春》則取太白賦語，《浣溪沙》則取少陵詩意，《青玉案》則取《四愁詩》語。《菩薩蠻》，西域婦髻也。《蘇幕遮》，西域婦帽也。《尉遲盃》，尉遲敬德飲酒必用大杯，故以名曲。《蘭陵王》，每入陣必先，故歌其勇。《生查子》，「查」，古「槎」字，張騫乘槎事也。《西江月》，衛萬詩「只今惟有西江月，曾照吴王宫裏人」之句也。《瀟湘逢故人》，柳渾詩句也。《粉蝶兒》，毛澤民辭「粉蝶兒共花同活」句也，餘皆類推，不能悉載。　詞名如《點絳唇》、《青玉案》等或若有所言，餘率偶合，豈必盡自詩中哉！如「滿庭芳草易黄昏」，唐人本形容凄寂，詞名《滿庭芳》豈應出此？《生查子》如用修解，意義殊不通，可一笑也。　用修謂「查」即古「槎」字，故凡遇此字，輒附會之。夫古字固有通用者，詎容盡爾？詞名「生查」，即歸博望藥名山查，亦可乘耶？「只今惟有西江月」一作太白，今執為衛萬，恐未然。

《菩薩蠻》，古西域女蠻國，其人皆危髻金冠，瓔珞被體，謂之菩薩蠻，非專指婦髻也。且浮屠未有婦人為菩薩者，女蠻國亦未必皆婦人。唐宣宗時來貢，因寫其事，取此名。而後人以詞始太白，絶無謂，詳見《别編》「女蠻國」者，蓋以妝飾類婦人，故名女蠻，使果皆女子，何能萬里入貢唐朝乎？　蘭陵王者，北齊高長恭破周師，勇冠三軍，故時人寫之為《蘭陵入陣曲》，見本傳、《通鑑》甚明。用修解似在影響間，王長公謂楊博於稗史，忽於正史，信然哉！尉遲敬德大杯，考本傳及唐雜説，俱未見所出，豈誤憶元人雜劇《功臣燕》耶？並識以俟博考。（同前）

一一 上江虹：唐人《冥音録》曲名《上江虹》，即《滿江紅》云云。《冥音録》今見《太平廣記》中，古今樂府多有名同曲異者，如唐人《清平調》與宋人《清平樂》迥不同。太白《清平樂》蓋五代人僞作，因李有《清平調》，故贗（當作贋）作此詞傳之。至宋人《黄鶯兒》、《桂枝香》、《二郎神》、《高陽臺》、《好事近》、《醉花陰》、《八聲甘州》之類，與元人毫無相似。若《菩薩蠻》、《西江月》、《一剪梅》、《鷓鴣天》，元人雖用，悉不可按腔，況《冥音》所載一字偶同者乎？（同前）

一二 十三樓：《漢書》：「五城十二樓，仙人居也。」詩家多用之，東坡詞：「遊人都上十三樓，不羨竹西歌吹古揚州。」用杜牧詩「婷婷嫋嫋十三餘」之句也。永樂中，晏振之《金陵春夕》詩：「花月春江十四樓。」人多不知其事。蓋洪武中，建來賓、重譯、清江、石城、鶴鳴、醉仙、樂民、集賢、謳歌、鼓腹、輕煙、淡粉、梅妍、柳翠十四樓於南京，以處官妓，蓋時未禁縉紳用妓也。按坡「遊人都上十三樓」，或其地自有此樓名，坡直用之，如緑衣公言之類，非故事也。「婷婷嫋嫋」之句，杜牧本咏婦人於樓，何與？楊以「十三餘」即為十三樓，大可笑。「十四樓」語近出，足為詩家新料，並識之。（同前）

一三 辛稼軒：辛稼軒詞「泛菊盃深，吹梅角暖」，蓋用易安「染柳煙輕，吹梅笛怨」也。然稼軒改數字更工，不妨襲用，不然，豈盜狐白裘手邪？辛、李皆南渡前後人，相去不遠，又二人皆詞手，安得謂辛剽李語耶？（同前）

一四　孫洙，字巨源，嘗注杜詩，今注中「洙曰」是也。元豐間為翰林學士，與李太尉往來尤數。嘗飲李氏，時新納妾，會中使宣召，促行，因作詞投李云云，或傳以為孫覿，非也。余按：孫覿，字仲益，與周平原同時。所著《内簡尺牘》、《鴻慶集》皆行世，余並有之。注杜詩者，王洙叔原，今序載杜集中，謂孫洙，誤。唐亦有進士王洙字學源，見《東陽夜怪録》。《拊掌録》云：「孫巨源内翰從劉貢父求墨，而吏送達孫莘老中丞，巨源以求而未得讓劉，劉曰：『已嘗送君矣。』已而知莘老誤留也。以其皆姓孫而為舘職，故吏輩莫得而別焉。劉曰：『何不取其髯為別？』吏曰：『皆髯，莫能分也。』劉曰：『既皆髯，何不以身之大小為別？』於是館中以莘老為大髯孫學士，巨源為小髯孫學士。」按漢杜欽、杜鄴並字子夏，而欽盲，人呼為盲子夏，欽因故製小冠冠之，人遂呼小冠杜子夏。而鄴呼大冠，酷類此云。余戲謂巨源生前之墨既為莘老所留，死後之詞復為原叔所奪，何一姓一名觸處不利耶？聞者大笑。（同前）

一五　真丹：王半山和俞秀老禪思詞曰：「茫然不肯住林間，有處即追攀。將他死語圖度，怎得離真丹。　漿水價，匹如閒，也須還。何如直截，踢倒軍持，贏取溈山。」此詞意勸秀老純歸於禪，住山不出遊也。真丹，即震旦也。軍持，取水瓶也，行脚之具。踢倒軍持，勸其勿事行脚也。溈山和尚欲謀住山，曰：「此山名骨山，和尚是肉人，骨肉不相離。」言人不當離山也，皆用佛書語。「漿水價」，「也須還」，則用《列子》五漿先饋事。此皆用靈祐和尚賭溈山踢倒軍持事，出處甚明，楊語皆臆度也，今録左方：司馬頭陀自湖南來，謂丈曰：「頃在湖南，尋得一山，名大溈，是一千五百人善知識所居之處。」丈曰：「老僧住得否？」陀曰：「非和尚所居。」丈曰：「何也？」陀曰：「和尚是骨人，彼是肉山，設居徒不盈千。」丈曰：「吾衆中莫有人住得否？」陀曰：「待歷觀之時，華林覺為第一座。」丈令侍者請至，問曰：「此人如何？」陀請謦欬一聲，行數步，陀曰：「不可。」丈又令喚師，師時為典座，一見乃曰：「此正是溈山主人也。」丈是夜召師入室，囑曰：「吾化緣在此溈山勝境，汝當居之，嗣續吾宗，廣度後學。」而華林聞之曰：「某甲忝居上首，典座何得住持？」丈曰：「若能對衆下得一語出格，當與住持。」即指凈瓶問曰：「不得喚作凈瓶，汝喚作甚麼？」林曰：「不可喚作木楔也。」丈乃問師，師踢倒凈瓶便出，笑曰：「第一座輸却山子也。」右見《五燈會元》「溈山靈祐禪師下」，用修所解並誤。惟骨山肉人語見前，本意自謂百丈不當住溈山耳，楊云骨肉不相離，亦誤會也。又以骨人為骨山，肉山為肉人，總之，皆出處未真，影撰之語。（同前）

一六 日蘳：《南史》王晞詩：「日蘳當歸去，魚鳥見留連。」俗本改「蘳」為「暮」，淺矣。孟蜀牛嶠詞：「日蘳天空波浪急」，正用晞語。此語宋人已用，如「魚鳥留連，不覺日暮」之類，今改為「蘳」，未詳。昔蘇長公詩：「身行萬里半天下，僧卧一庵初白頭。」魯直與文潛語：「定以『白』為『日』字。」張後語蘇，蘇笑曰：「黄九要改作『日』字，也無奈他何。」用修謂哉！（同前）

一七 紇石烈子仁：元將紇石烈子仁《上平南》詞云：「蠆鋒摇，螳臂振，舊盟寒。恃洞庭彭蠡狂瀾。天兵小試，萬蹄一飲楚江乾。捷書飛上九重天，春滿長安。舜山川，周禮樂，唐日月，漢衣冠。洗五州妖氣關山。已平全蜀，風行何用一泥丸。有人傳喜，日邊都護先還。」此亦黠虜也，天欲戕我中國人，乃生此種，反指中國為妖氣耶？非我皇明一迅掃之，天柱折而地維陷矣。此金將詞，載《齊東野語》，曰元將，何也？當在張浚用兵符離時，故有首三句。紇石烈姓，金最多，元將此姓絶少。子仁破宋兵，大書史鑑，楊誤乃爾。王長公謂用修詳於稗史，而忽於正史，覺稗史亦未詳也。（同前）

一八　東坡《醉翁操》「琅然，清圜」云云。蘇詞，金石刻載《甲秀堂帖》，曰：「琅然，清圓。」非「躅」字也。楊解「躅」字為明潔之義，不知琴譜有疊躅，謂二指後先齊下也。坡詞必用「躅」字，亦當出此，楊所解失之。（同前）

一九　鬧裝：京師鬧裝帶，其名始於唐，樂天詩：「貴主冠浮動，親王帶鬧裝。」薛田詩：「九苞綰就佳人髻，三鬧裝成子弟韉。」曲有「角帶鬧黄鞓」，今作「傲」，非也。按樂天《寄翰林學士》詩：「貴主冠浮動，親王轡鬧裝。」白集及《文獻通考》俱同。《通考》「翰林院類」引此詩。非「帶」字也。薛田詩：「九苞綰就佳人髻，三鬧裝成子弟韉。」正用樂天語，「韉」與「轡」互證自明。楊因近有鬧裝帶之名，遂改白詩「轡」字為「帶」以附會之，又改元調「傲黄」為鬧黄，噫！亦大横矣。傲黄，蓋顔色之名，如楊説，則裝可鬧，黄亦可鬧，帶可鬧裝，鞓亦鬧裝耶？鬧裝帶，余遊燕日嘗見於東市中，合衆寶雜綴而成，故曰鬧裝。白詩之轡，薛詩之韉，蓋皆此類。（同前）

二〇　《醉公子》：唐人《醉公子》詞云：「門外猧兒吠，知是蕭郎至。剗韈下香堦，冤家今夜醉。扶得入羅帷，不肯脱羅衣。醉則從他醉，還勝獨睡時。」唐詞多緣題所賦，《臨江仙》則言水仙，《女冠子》

則述道情，《河瀆神》則詠祠廟，《巫山一段雲》則狀巫峽，如此詞題曰《醉公子》，即詠公子醉也。按諸詞所詠固即詞名，然詞家亦間如此，不盡泥也。 如《菩薩蠻》稱唐世諸調之祖，昔人制作最衆，乃無一曲與詞名相合，他可類推。 近世論樂府必欲求合本事，青蓮而下咸罹訕譏。 余謂樂府之題，即詞曲之名也，其聲調，即詞曲之音節也。 今不按《醉公子》之腔而但詠公子之醉，不按《河瀆神》之腔而但賦河瀆之神，可以為二曲否乎？ 考宋人填詞絶唱，如「流水孤邨」、「曉風殘月」等篇，皆與詞名了不相關涉。而王晉卿《人月圓》、謝無逸《漁家傲》殊碌碌亡聞，則樂府所重在調不在題，斷可見矣。 右說詳載《詩藪·論樂府》卷中，以詞尤易見，故因楊語漫發之。（同前）

二一 《擣練子》：李後主《擣練子》云：「深院静，小庭空，斷續聲隨斷續風。無奈夜深人不寐，數聲和月到簾櫳。」詞名《擣練子》，即詠擣練，乃唐詞本調也。（同前）

二二 《人月圓》：王晉卿詞：「小桃枝上春來早，初試羅衣。年年此夜，華燈盛照，人月圓時。」《人月圓》即詠人月圓，猶是唐人餘意。（同前）

二三 《乾荷葉》：劉秉忠《乾荷葉》曲云：「乾荷葉，色蒼蒼。老柄風摇蕩」云云，此秉忠自度曲，亦唐人餘意也。 按此類余嘗疑其先有調而後命名，非先命名而後製曲也。 如《憶秦娥》本自名《秦樓月》，乃曲中有此三字，摘以為名，與《醉公子》等，覺微不類。他如唐莊宗《如夢令》、毛澤民《粉蝶兒》皆然。 又宋人得舊詞，不知曲名，因摘末四句名之，曰《魚遊春水》，後遂相沿。 又蘇長公《百字令》以末有「酹江月」語，易名《酹江月》云。 又一說論今曲謂《黄鶯兒》、《素帶兒》亦詠鶯詠帶者，尤非

曲名，與詞不同，鶯以喻聲，帶以寓情耳。（同前）

二四　《鷓鴣天》：唐鄭嵎詩：「春遊鷄鹿塞，家在鷓鴣天。」詞名《鷓鴣天》本此。「鷓鴣天」本寓意思歸意，故曰「家在鷓鴣天」，今以曲名始此，則「鷄鹿塞」又入何調耶？《黄鶯兒》、《水底魚》、《鬭鵪鶉》、《混江龍》等又本何人詩耶？（同前）

二五　六幺：古之六博，即今骰子也。《晉・謝艾傳》：梟者，邀也，六博得邀者勝，是知梟即骰子之幺也。曲名有《六幺序》，義取六博之采。　六博者，投六箸，行六碁。古詩「仙人攬六博」，其時未有骰子也。骰子當在魏、晉間，與握槊相先後。古云起自陳思，不必盡然，疑漢以前未有也。六朝盛習摴蒱，以五木行之，其采曰盧、曰雉、曰犍、曰梟，其制如銀杏仁，僅二面。程氏《演繁露》考訂最為精詳，儼然六朝遺制在目。其彩初無幺二三四五六等稱，今乃以梟為幺，實所未諭。且五木止用木五枚，故曰五木，詎得六采之幺耶？《晉書》謝艾無傳，附見張重華傳中。古投於制不可知，今制未有以幺為勝者，顧所植何如耳，非若盧雉類有定程也。《演繁露》曰：經之梟名甚多，鄧艾曰：「六博得梟者勝。」此艾因牙上有梟，安衆之言耳。　麟按：《演繁露》論盧雉最為精詳，獨梟不審何采，考六代諸人擲五木，但呼盧而梟之勝敵，獨見艾傳，未足徵也。「鄧」當作「謝」，程誤。　《碧雞漫志》云：《六幺》，一名《緑腰》。元微之《琵琶歌》云：「逡巡彈得《六幺》徹，霜刀破竹無殘節。」沈亞之《歌者乘記》云「合韻奏《（脱緑字）腰》」，又《誌盧金蘭墓》云：「為《緑腰》、《玉樹》之舞。」《唐史・吐蕃傳》云：「奏《涼州》、《胡渭》、《録要》雜曲。」段安節《琵琶録》云：「《緑腰》，本《録要》也，樂工進曲，上令録其要者。」白樂天《楊柳枝》詞云：「《六幺》《水調》家家唱，白雪梅花處處吹。」又《聽歌》六絶句内《樂世》一篇云：「管急絃繁拍漸稠，《緑腰》宛轉曲終頭。試知《樂世》聲聲樂，老病人軀未免愁。」注云：「《樂世》一名《六幺》。」王建宫詞云：「琵琶先抹《六幺》頭。」故知唐人以「腰」作「幺」，惟樂天與王建耳。或云此曲指（當作拍）無過六字者，故曰《六幺》。至樂天又獨謂之《樂世》，他書不見也。《青箱雜記》云：「曲有《六幺》者，即《霓裳羽衣》之曲。」按《霓裳羽衣曲》乃宫調，與此曲了不相關。士大夫論議，嘗思誦之未詳，卒然而發，事與理違，幸有正之者，不過如聚訟耳。若無人攻擊，後世隨以嘖嘖，或遺禍於天下，樂曲不足道也。　按此説，則《六幺》本《緑腰》之譌，篇末數言恍若預為楊發者，録之。（同前書卷二十二「藝林學山四」）

二六　《小梁州》：賈逵曰：梁米出於蜀漢，香美逾於諸梁，號曰竹根黄，梁州得名以此。秦地之西，燉煌之間，亦産梁米。土沃類蜀，故號《小梁州》，曲名有《小梁州》，為西音也。　梁州本邊境，唐人寫其意為絶句歌之，故號《小梁州》。凡稱小曲名中，例有此字，今必求出處，以梁米當之，則《小伊州》豈亦稻名耶？（同前）

二七　《玄真子》，唐張志和撰。志和，吾婺人，行誼甚高卓，自號煙波釣徒。所著有《太易》等書，及西塞山詩詞一二尚見襍説中。蓋高才遠識，而嚼然塵墟之表者。即此書雖不越《莊》、《列》餘言，而恢譎跌宕，想見其人，非元次山、皮襲美下也。説者以唐一代無史才，以余較，觀三百年子書亦寥寥焉。昌黎《原道》諸作名理偉然，出秦、漢諸儒上，至堯以是傳之舜數十言，直接之孟軻氏，然子書體一變矣。自餘浮猥瑣尾，亡論西京，求《潛夫》、《中論》，比不易得，子有別才，非耶？（同前書卷二十八「九流緒論中」）

二八　《香奩集》，沈存中、尤延之並以和凝作，凝少日為此詩，後貴盛，故嫁名韓偓，又不欲自没，故於他文中見之。今其詞與韓不類，蓋或然也。方氏《律髓》以偓同時吴融有此題為譌，不知此正凝假託之故。不然，胡以弗託之温、韋諸子而託之偓？葉少藴以為韓熙載，則姓與事皆近之。總之，俱五代耳，葉以不當見《唐志》為疑，此不然，《唐志》如羅隱、韋莊、劉昭、禹真，皆五代人也。（同前書卷三十二「四部正譌下」）

二九　《諾臯記》有三説，《西溪叢語》據巫臯事以駁晁氏，非也。《抱朴子》：諾臯，蓋六甲神名之類。必三説備乃盡之，詳見陶氏《説郛》。吴曾《能改齋漫録》云：按姚寬《西溪叢語》云：段成式《酉陽雜俎》有《諾臯記》，又有《支諾臯》，意義難解。《春秋左氏傳》：「襄公八年秋，齊侯伐我北鄙，中行獻子時伐齊，夢與厲公戰，弗勝，公以戈擊之，首墜於前，跪而戴之，奉之以走，見梗陽人巫臯。他日見於道，與之言同，巫曰：『今若有事於東方，則可以逞。』獻子許諾。」疑此事也。晁伯道《談助》云：「《靈奇祕要辟兵法》：正月上寅日，禹步取寄生木三寸，呪曰：『諾臯敢告日月震雷，令人無敢見我，我為大帝使者，急急如律令。』仍斷取五寸陰乾，百日為簪，置髻中，可以隱形。」晁説非也。以上皆《叢語》。余以《叢語》未盡得之，蓋段氏所載皆鬼神事，雖獻子所夢有巫名臯，而獻子諾之，亦自可證。然葛洪《抱朴子·内篇》載《遁甲中經》曰：「往山林中，當以左手取青龍上草，折半置天蓬星下，歷明堂，入太陰中。禹步而行，三呪曰：『諸臯，太陰將星。見甲者以為束薪，不見甲者以為非人。』持草自蔽而行到六癸下，閉氣而住，人鬼不能見也。」以是知諸臯乃太陰之名，太陰者，乃隱形之神。晁説非無所本，合三書而觀之，可也。　右具載《説郛》，字句多脱落者，因考姚氏《叢語》及他書節而録之，三書惟《叢語》今有刻本，而不見端臨《通考》。《通考》有姚氏《殘語》六卷，然亦此書也。今《殘語》不復傳，僅見類書所引一二云。　按前吴曾《漫録》解諸臯之義最為明了，惟「支諸臯」不知何義，考《酉陽雜俎》諸目止有《諸臯記》上下二卷，所載事極詭誕，殊無所謂「支諸臯」者，續考陶九成《説郛》所採《酉陽續俎》乃有「支諸臯」之目，又有「支動」、「支植」二目，因悟「支」者，干支之支，蓋《雜俎》「諸臯記」之外更出此條，猶今類書者，以甲乙丙丁、乾兑離巽等分配，此則借干支之支以别於前目之諸臯耳，支動、支植者，《雜俎》有《廣動植》四卷，此則為支動及支植，觸類伸之，「支諸臯」之義益明矣。

洪景盧《夷堅志》有甲之癸二百卷，又有支甲至支癸一百卷，三甲至三癸一百卷，四甲至四癸二十卷，所謂支甲、支癸者，即支諸臯之支。洪、段好奇相類，故門目亦倣之。　近王長公作長短句，以舊無此調，因自謂《小諸臯》云。（同前書卷三十五「二酉綴遺上」）

三〇　元周密記泉南人林外在上庠日，獨遊西湖旗亭飲焉，將去，題壁間曰：「藥爐丹竈舊生涯，白雲深處是我家。江城戀酒不歸去，老却碧桃無限花。」都下遂傳其家神仙至云。《庚溪詩話》謂臨安鄖壁間一紙云云，不著名氏，以為必神仙語，彼不知為外詩也。陶宗儀書又云：龍川藍喬，宋時舉進士，不第，隱霍山。嘗吹鐵笛賦詩云：「太乙峰前是我家，滿牀書史作生涯。春深戀酒不歸去，老却碧桃無限花。」一日飛昇而去。詩與林外異數字耳，即外可知。舉外一事言之，可以盡槩其餘矣。右何子元《餘冬序録》所記，本一詩而參錯不同乃爾，然皆不如《西溪叢語》之實也，《叢語》云：「太乙峰前是我家，滿牀書籍舊生涯。春城戀酒不歸去，老却碧桃無限花。」此作磐艮翁詩，終南人，父信，本軍職，終文思副使，以廕補借職，元豐中監青州臨淄酒税。或以此詩題酒樓，皆云是神仙作也，據此言之，蓋本艮翁作，或題於酒樓，不知者以為仙詩。陶宗儀、藍喬之説蓋又因人題艮翁作，誤以為仙，故又訛為藍喬，而又有飛昇之説也。周密林外之説又因外有「飛梁壓水」詞而訛為此詩，夫以一詩而紀録參差，四見載籍，他可勝道哉！（同前書卷三十七「二酉綴遺下」）

三一　「飛梁壓水，虹影澄清曉。橘里漁村半煙草。嘆今來古往，物換人非，天地裏、惟有江山不老。　雨巾風帽。四海誰知我，一劍横空幾番過。按玉龍，嘶未斷，月冷波寒，歸去也、林屋洞門無鎖。認雲屏煙障是吾廬，任滿地蒼苔，年年不掃。」右宋人林外題垂虹橋詞，當時皆謂神仙，惟高宗讀之，知為閩中人作，訪之，果外所題。則前詩非外明甚，蓋因事相近而訛也。高宗知外閩人者，以叶韻得之，又蘇長公嘲李伯時畫亦類此。（同前）

三二　《齊東埜語》云：向嘗於貴家觀降仙，扣其姓名，不答，忽作薛稷體大書一詩云：「星袍玉帶落邊塵，幾見東風作好春。因過江南省宗廟，眼前誰是舊京人。」捧箕者大驚，知為淵聖降也。《野語》又云：衆士人為七夕之飲，有僧法辨善五星，每以八煞為説。酒邊一士致仙，扣試事，忽箕動，大書文章伯降，士怪之，漫云：「姑置此。」且求一七夕新詞，復請韻，士指辨云：「以八煞為韻。」意欲困之，忽運箕如飛，大書《鵲橋仙》一闋云：「鸞輿初駕，牛車齊發，隱隱鵲橋咿軋。尤雲殢雨正歡濃，但只怕、來朝初八。霞垂彩幔，月明銀燭，馥郁香噴金鴨。年年此際一相逢，未審是、甚時結煞。」亦警敏可喜，録之。又鬼詩：「雨滴空堦曉，無心換夕香。井梧花落盡，一半在銀牀。舊日聞簫處，高樓當月宫。梨花寒食夜，深閉翠微中。」二首，楊用修極稱之。（同前）

三三　今塑畫觀音像無不作婦人者，蓋菩薩相端妍靚麗，文殊、普賢悉爾，不特觀世音也。至冠飾以婦人之服，則前此未聞。考《宣和畫譜》，唐、宋名手寫觀音像極多，俱不云婦人服，李廌、董逌畫跋所載諸觀音像亦然，則婦人之像當自近代始。蓋因大士有化身之説，而閨閣多崇奉者，展轉流傳，遂致稱謂皆譌，若塑像，勢不能久，前代無從證訂。然《太平廣記》載一仕宦妻為神攝，因作觀音像，其妻尋夢一僧救之，得甦，則唐以前塑像固不作婦人也。楊用修《詞品》記壽涯禪師《詠魚籃觀音》云：「深願弘慈無縫罅，乘時走入衆生界。窈窕丰姿都没賽。提魚賣，堪笑馬郎來納敗。清泠露濕金襴壞，茜裙不把珠瓔蓋。特地掀來呈捏怪。牽人愛，還盡許多菩薩債。」據此，則宋、元間觀音像亦有作婦人者，然是變相，未必如近時稱謂可笑也。今世女子多崇事魚籃觀音，蓋前代已有此像矣。又宋人小説載南渡甄龍友《題觀世音像》云：「巧笑倩兮，美目盼兮，彼美人兮，西方之人兮。」則宋時所塑大士像或已譌為婦人，而觀世音之稱婦人亦當起於宋世。元僧讕陋無識，遂以為妙莊王女，可一笑也。今觀世音像率作婦人，故人間顯迹夢兆無復男子相者，俗遂真以觀世音為婦人，不知夢生於心，兆徵於目，心目注瞻，皆非男相，則恍惚示現，自當女身。余考《法苑珠林》「宣驗」、「冥祥」等記觀世音顯迹六朝至衆，其相或菩薩，或沙門，或道流，絶無一作婦人者。使當時崇事類今婦人像，則顯迹繁夥若斯，詎容無一示現耶？唐世亦然，蓋誤起於宋無疑。因類識數條，以祛世俗之惑。（同前書卷四十「莊嶽委談上」）

三四　今世繪八仙為圖，不知起自何代，蓋由杜陵有《飲中八仙歌》，世俗不解何物語，遂以道家者流當之，要之起自元世王重陽教盛行，以鍾離為正陽，洞賓為純陽，何仙姑為純陽弟子，肴緣附會以成此目。嘗觀前代書史若《七賢過關》、《四皓奕棋》等圖淺誕不根者甚衆，獨無聞此，可知也。考其出處，亦各有所本。張果在諸人最先進，明皇時顯迹甚著，葉法善以為混沌初分，白蝙蝠精鍾離權、吕巖，俱唐中晚人。鍾有二絶，吕有一律，見唐諸選中。藍采和亦唐人，有《踏踏歌》，見沈汾《續神仙傳》，以常衣藍袍，故名。韓湘，文公姪孫，昌黎實贈以詩，賈島亦有詩寄湘，皆不言其道術，獨《酉陽雜俎》記文公吏侍日，偶江淮一族子訪之，自云善幻，文公令試其技，頃刻開異花，有「雲横秦嶺」一聯，乃録文公舊作，非預兆，且非湘也。何仙姑見純陽文，宋人雜説以為不飲食無漏，而徐神翁，宣和間海陵人，見《三仙傳》頗詳。其餘姓氏間有相同，然不可深考，總之，不足深辯。近閲元人慶壽詞，有鍾、吕、二韓等八人，信知起自元世人也。（同前）

三五　元詞有曹國舅，考諸仙傳，曹姓無外戚，而諸史曹姓外戚無得仙者。據俗傳，為宋人，檢《宋史》，惟曹佾為后弟，見重於時，年七十卒，初不云得仙。詞又有跛者李孔目，蓋即圖中跛足拄杖者，尤荒唐，然必合此，乃得八人之數。考諸傳記，惟《神仙通鑑》有劉跛子，而非李姓，與詞語殊不相蒙。

未審元人何據，大都委巷之談耳。劉跛子事出《冷齋夜話》，雖詭異，然不曰仙，《仙鑑》何以引之？韓湘說尤不一，并鍾離亦無定論，詳下條。（同前）

三六 世所盛傳張仙像，張弓挾彈，若貴遊公子，以為即梓潼之神、文昌之宿。然梓潼自有像，氅衣紗帽，與張仙殊不類。且道家言梓潼出處，謂文昌尚近之，祈嗣絕無干也。偶閱陸文裕《金臺紀聞》云：「張仙像，是蜀王孟昶挾彈圖，初花蘂夫人入宋宫，念其故主，偶攜此圖，遂懸於壁，謹祀之。一日，太祖幸而見之，詰焉，花蘂詭答曰：『此蜀中張仙神也，祀之，能令人有子。』非實有所謂張仙也。」余案：《紀聞》以此說得之蜀中一士夫，或類近實，蓋以張弓為張仙，挾彈為誕子，而梓潼之神本蜀人，且張姓因謬相傳，今又以梓潼化身傳文昌耳。王長公《勘書圖跋》云：宋初，諸降王中獨孟昶有天人相，見於花蘂夫人所供，其童子為玄喆，武士為趙廷，隱當時進御者，以勝國故，不敢具其實，故目為文皇耳。然則孟昶之像一譌而為梓潼，又再譌而為太宗，皆可笑也。孟昶嘗刻石經於蜀，又有與花蘂納凉詞，世但知李重光，昶文雅殊不減也。唐末名畫皆入蜀，故應屢見於圖。世又謂張星之神為張仙，按《酉陽雜俎》：天翁姓張，名堅。又曰姓張名表，則天與日與星皆張姓，宜海内張姓獨多也，聞者莫不絕倒。竈神亦姓張名單，字子郭，見《雜俎》。梓潼神姓張名惡子，見《太平廣記》。（同前）

三七 今骰子六面二十一點，正與唐同。或笑骰子既方，安得無六面者？是不知外國骰子有四面，而無幺六者，見洪氏譜。又有二面者，古五木皆骰子類也。但今骰子幺四皆緋，《宣室志》：張某所見物二十一眼，中止四眼，閃爍如火，則第四為緋耳，幺不爾也。又今骰子製甚小，大者不過三數分，無至寸者。而唐人骰子凡四點，當加緋者，或嵌相思子其中。温庭筠詩云：「玲瓏骰子安紅豆，入骨相思知也無。」相思子，即今紅豆，并四枚，嵌一面，則唐骰子將近方寸矣。（同前）

三八　今俗以新娶男稱新郎，女稱新婦，又婦之事公姑者例呼新婦。案新婦之稱，蓋六代已然，而唐最為通行，見諸小説稗官家，不可勝舉，然自主翁姑言，非主新嫁也。新郎君，唐人自稱新獲第者，不聞主新娶者言。惟宋世詞有《賀新郎》，或當起於此時。大抵國朝世俗稱謂，率循習宋、元世近故也。娘子已見六朝祖珽傳，又唐初有娘子軍。（同前）

三九　世所盛行宋元調曲，咸以昉於唐末。然實陳、隋始之，蓋齊、梁月露之體，矜華角麗，固已兆端。至陳、隋二主，並富才情，俱湎聲色。所為長短歌行，率宋人詞中語也。煬之《春江》、《玉樹》等篇尤近，至《望江南》諸闋，唐、宋、元人沿襲，至今詞曲濫觴，實始斯際。自文皇以鴻裁碩藻撥六朝餘習，而力反之，子昂、太白相望並興，逮少陵氏作，出經入史，剗絶淫靡，有唐三百年之詩遂屹然羽翼商、周，驅駕漢、魏，藉令非數君子砥柱其間，則《花間》、《草堂》將踵接於武德、開元之世，詎宋、元而後顯哉？　蓋六朝、五代一也，障其瀾而上，則詩盛而為唐，襲其流而下，則詞盛而為宋。余因是知陳、李、少陵厥功於藝苑甚偉，而歐陽、王、蘇、黄、秦諸君子弗能弗為三嘆而致惜也。宋諸君自秦外不稱當行，然扶衰反正之責在焉，而亦屬意斯道，故他無譏也。（同前書卷四十一「莊嶽委談下」）

四〇　六朝、五季始若不侔，而末極相類。陳、隋二主，固魯、衛之政，乃南唐、孟蜀二後主於詞曲皆致工。蜀則韋莊，在彔前。唐則馮、韓諸人唱酬煜世，並宋、元濫觴也。（同前）

四一　今詩餘名《望江南》外，《菩薩蠻》、《憶秦娥》稱最古，以《草堂》二詞出太白也。近世文人學士或以為實，然余謂太白在當時，直以風雅自任，即近體盛行，七言律鄙不肯為，寧屑事此？且二詞雖工麗，而氣衰颯，於太白超然之致，不啻穹壤。藉令真出青蓮，必不作如是語。詳其意調，絕類温方城輩，蓋晚唐人詞嫁名太白，若懷素草書李赤《姑熟》、《耳原》二詞嫁名太白有故。《草堂》詞，宋末人編，青蓮詩亦稱《草堂集》，後世以二詞出唐人，而無名氏，故僞題太白以冠斯編也。楊用修《詞品》又有《清平樂》詞二闋，尤淺俚，俱贋作也。（同前）

四二　菩薩蠻之名，當起於晚唐世。案《杜陽雜編》云：大中初，女蠻國貢雙龍犀明霞錦，其國人危鬟（當作髻）金冠，瓔珞被體，故謂之菩薩蠻。當時倡優遂製《菩薩蠻》曲，文士亦往往效其詞。《南部新書》亦載此事，則太白之世，唐尚未有斯題，何得預製其曲耶？　又《北夢瑣言》云：宣宗愛唱《菩薩蠻》詞，令狐相國假温飛卿新撰密進之，戒以勿泄，而遽言於人，由是疎之。案：大中即宣宗年號，此詞新播，故人君喜歌之。余屢疑近飛卿，至是釋然，自信具隻眼也。即《草堂》稱太白詞。（同前）

四三　傳奇之名，不知起自何代。陶宗儀謂唐為傳奇，宋為戲諢，元為雜劇，非也。唐所謂傳奇，自是小説書名，裴鉶所撰，中如《藍橋》等記，詩詞家至今用之，然什九妖妄，寓言也。裴，晚唐人，高駢幕客，以駢好神仙，故撰此以惑之。其書頗事藻繪，而體氣俳弱，蓋晚唐文類爾。然中絕無歌曲樂府，若今所謂戲劇者，何得以傳奇為唐名？　或以中事迹相類，後人取為戲劇張本，因展轉為此稱，不可知。范文正記岳陽樓，宋人譏曰傳奇體，則固以為文也。（同前）

四四　今世俗搬演戲文，蓋元人雜劇之變，而元人雜劇之類戲文者，又金人詞説之變也。襍劇自唐、宋、金、元迄明皆有之，獨戲文，《西廂》作祖，《西廂》出金董解元，然實絃唱小戲之類，至元王、關所撰，乃可登場搬演。高氏一變而為南曲，承平日久，作者迭興，古昔所謂雜劇、院本幾於盡廢，僅教坊中存什二三耳。諸野史稗官紀載率不能詳，薦紳先生置而弗論。暇嘗綜核諸家，頗得其槩，漫識於後，好事雅流或亡譏焉。（同前）

四五　優伶戲文，自優孟抵掌孫叔實（當作敖）始濫觴，漢宦者傅脂粉侍中，亦後世裝旦之漸也。魏陳思傅粉墨堆髻，胡舞，誦俳優小説，雖假以逞其豪俊爽邁之氣，然當時優家者流妝束，因可概見，而後世所為副净等色有自來矣。唐制如《霓裳》等舞，度數至多，而名號妝束不可深考。《樂府雜録》：開元中黄幡綽、張野狐善弄參軍，參軍即後世副净也。見《輟耕録》范傳康、上官唐卿、吕敬遷三人弄假婦人，假婦人，即後世裝旦也。至後唐莊宗自傅粉墨，稱李天下，大率與近世同。特所搬演，多是襍劇短套，非必如近日戲文也。觀安節《樂府襍録》稱假婦人，則知唐時無旦名也。（同前）

四六　《樂府雜録》云：蘇中郎（疑作「郎中」，下同），後周士人。蘇葩，嗜酒落魄，自號中郎。每有歌場，輒入獨舞。今為戲者著緋戴帽，面正赤，蓋狀其醉也。又有踏揺娘、羊頭渾脱、九頭獅子、弄白馬，益錢，以至尋撞、跳丸、吐火、吞刀、旋槃、筋斗，悉屬此部。又《教坊記》云：「《踏揺娘》者，北齊有人姓蘇，鮑鼻，實不仕，而自號為郎中。嗜飲酗酒，每醉輒毆其妻，妻銜悲，訴於鄰里，時人弄之。丈夫著婦人衣，徐步入場，行歌，每一疊，旁人齊聲和之云：『踏揺，和來，踏揺娘苦，和來。』以其且步且歌，故謂之踏摇；以其稱冤，故言苦。及其夫至，則作毆鬭之狀，以為笑樂，今則婦人為之。」案：此二事絶類，豈本一事耶？然《雜録》又有《踏摇娘》等，不可深曉。觀此，唐世所謂優伶雜劇、妝服節套大略可見，宋之雜劇蓋亦若斯。元院本但有詞無曲，故詞第屬之歌人，此類以供戲弄而已。至元人曲調大興，凡諸雜劇皆名曲寓焉，而教坊名妓亦多習之，清歌妙舞，悉隸是中，唐、宋諸詞殆於盡廢。又一變而贍縟，遂為南之戲文，而唐、宋所謂雜劇，至元而流為院本。今教坊尚遺習，僅足一笑云。梨園字面見《樂府雜録》。（同前）

四七　《武林舊事》所記社會甚夥，以雜劇為緋緑社，唱贈（當作賺）為遏雲社，耍詞為同文社，清樂為清音社，小説為雄辯社，影戲為繪革社，撮弄為雲機社，吟叫為律華社，右八種皆駢集一處者。然當時唱賺之外又有吟叫，耍詞之外又有小説，不知何以别之。撮弄，蓋元人院本所從出也。今自戲文外，惟小説、影戲，社會尚有之。（同前）

四八　《西廂記》雖出唐人《鶯鶯傳》，實本金董解元，董曲今尚行世，精工巧麗，備極才情。而字字本色，言言古意，當是古今傳奇鼻祖，金人一代文獻盡此矣。然其曲，乃優人絃索彈唱者，非搬演雜劇也。（同前）

四九　王實甫、關漢卿大槩同時，第不詳元何帝代，要皆世祖時人。陶氏《輟耕録》云：「大名王和卿，滑稽挑達，播四方。中統初，燕市有一蝴蝶，其大異常，王賦《醉中天》云：『掙破莊周夢，兩翅駕東風。三百處名園，一采一箇空。難道風流種，諕殺尋芳蜜蠭。輕輕的飛動，賣花人搧過橋東。』由是名益著。同時關漢卿，亦高才風流人。王嘗以譏謔加之，關極意酬答，終不能勝。王忽坐逝，鼻垂雙涕尺餘，人皆歎駭。關來唁，詢其由，衆對此玉筯也，關曰：『是嗓耳，何玉筯為？』衆大笑曰：『若被王和卿輕薄半世，死後方還得一籌耳。』凡六畜勞傷，鼻中流膿，則謂之嗓也。」觀此，關之為人可見。王所賦詞亦佳，又以滑稽挑達與關善，得非即所謂實甫者，以先關卒，故《西廂記》未成而關續之耶？此事理極易推，惜無他據。（同前）

五〇　元曲傳於今者，崔、蔡二家外，散套間得三數佳篇，如王長公所稱「暗想當年，羅帕上、把新詩寫」，沈深逸宕，而字字本色，真妙絶古今矣。「百歲光陰」意勝，覺筋骨稍露。「長空萬里」辭勝，覺肌肉太豐，俱讓一籌也。（同前）

五一　漢文、唐詩、宋詞、元曲，雖愈趨愈下，要為各極其工。然勝國詩文絶不足言，而虞、楊、范、揭輩皆烜赫史書，至樂府絶出古今，如王、關諸子，亡論生平履歷，即字里若存若亡，故知詞曲，游藝之末途，非不朽之前著也。（同前）

五二　涵虚子記元詞手百八十餘中，能旁及詩文者，貫雲石、高則誠二三子耳，自餘馬致遠輩，樂府外，他伎倆不展一籌，信天授有定也。滕玉霄、元好問、薩天錫、趙子昂、馮海粟、盧疎齋、姚牧庵輩，皆文亡有及詞耳。（同前）

五三　高則誠在勝國詞人中似能以詩文見者，徒以傳奇故并没之。同時盧摯處道，亦東甌人，樂府聲價政與高埒，而製作弗傳。世遂以盧為文士而高為詞人，信有幸有不幸也。元文人以詞名者：趙

子昂、貫雲石、楊廉夫，皆浙東西人。元詞手與中原抗衡，惟越而已。（同前）

五四 高詩律尚散見元人選中，如《題岳墳》、《采蓮曲》等篇，雖格不甚超，要非傳奇中語。文則《烏寶》一傳，見《輟耕録》。小詞若《琵琶》諸引，亦多近宋。蓋勝國才士涉學者。（同前）

五五 近時左祖《琵琶》者，或至品王、關上，余以《琵琶》雖極天工人巧，終是傳奇一家語。當今家喻户習，故易於動人。異時俗尚懸殊，戲劇一變，後世徒據紙上以文義摸索之，不幾於齊東下里乎？《西廂》雖饒本色，然才情逸發處，自是盧、駱豔歌，温、韋麗句，恐將來永傳，竟在彼不在此。金董解元，世幾不聞，而《花間》、《草堂》入口膾炙，是其驗也。或謂戲曲無可廢理，夫唐、宋優伶所習，今絶不省何狀元，北戲自《西廂》外，亦殊少傳者矣。（同前）

五六 王實父「晚風寒峭」詞末句：「不想跳龍門，到來學騙馬。」今俗説但以騙為竊盜之義，而實非也。程泰之《演繁露》所載甚明，實父蓋用其意，今録於後云：嘗見藥肆鬻脚藥者，榜曰騙馬丹。歸檢字書，其音為匹轉，且曰：「躍而上馬已。」又見唐人武懿宗將兵遇敵而遁，人為之語曰：「長弓度短箭，蜀馬臨堦騙。」言蜀馬既已短小，而又臨堦為高，乃能躍上，始悟騙之為義。《通典》曰：武舉，制土木馬於里閭間，教人習騙。以上俱《繁露》説。據此，則騙本非盜竊之義，與今俗説全不同。實父用之於詞者，緣張瑜牆摟崔，故以「騙馬」對「龍門」，皆主跳躍之意，益見措意之工。程所引唐人譏武懿宗語，乃張元一所作，見孟啟（當作棨）《本事詩》，又《東京夢華録》載百戲中有騙馬等戲，字義悉與前同，乃知宋元間騙字音義如此，今率以為盜竊，舉世一辭，殊可笑也。今《琵琶》戲中有用此字者，俗流

妄增。(同前)

五七　自《花間》、《草堂》之流也,而極於《西廂》、《琵琶》;自《玄怪》、《樹萱》之流也,而極於《剪燈》、《秉燭》。然《西廂》、《琵琶》雖詞場最下伎倆,在厥體中要為絶到(當作倒),若今所傳《新》、《餘》二話,則鄙陋之甚者也。二書驟讀之,類村學究小知聲律者,不足當大雅一噱。夷考其人,實皆國朝名士手筆。《新話》則瞿廣文宗吉,《餘話》則李方伯昌祺也。瞿,國初錢塘人,所著詩集、《詩話》今傳,格律卑弱亡論,而才情縹緲,工語絶多。詞尤婉縟,今詩詞附見《新話》者,乃無復字句可觀。李詩律殊精詣,宣、成間亶稱作手,今《皇明風雅》所選十數篇,氣骨錚錚,儕流罕及,而詩見《餘話》者亦絶不足言。昔唐人嘗以南柯得名,黄粱擅譽,二書律之,慚沮甚矣。嶺南詩人孫蕡有《朝雲集》,句亦此類。(同前)

五八　始余讀李方伯近體而善之,以同時曾子啟不能過,既復閱瞿詩詞,每疑《新》、《餘話》非二君筆,及讀《孤樹裒談》,得李不入鄉賢事。又《西湖志餘》云:宗吉嘗著《剪燈新話》一編,粉飾閨情,假託冥報,雖屬情妖麗、遊戲翰墨之間,而勸百諷一,間有可采,《秋香亭記》乃其自寓。桂孟平有《題〈新話〉歌》,始知信二君作,蓋一時遊戲筆端,不復經意耳。田叔禾所摘瞿語西湖詞及妓鞋等曲,皆多工語。又和楊廉夫眉翠黛色云:「恨從張敞毫端起,春向梁鴻案上生。」殊不減勝國也。(同前)

五九　《七修彙(當作類)藁》云:《剪燈新話》,乃楊廉夫所著,惟後《秋香亭記》則瞿宗吉撰也,其詞氣不類可知。《香匳集》鄙褻者,非廉夫,乃韓致光詩。三者非欲借重於人,則一時刊誤,惜至今未有知者。案：瞿是編與所著《詩話》語絶類，特加以俳諧。又詩詞不工，為生平蛇足耳。楊廉夫以文名元末，今其遺集皆崛强怪奇，筆端寧當有此？都緣此老耽嗜聲色，故好事遂舉歸之。郎曲儒不辨詩文面目，無怪其然，第或致悞後世，若《龍城録》，至今以為柳也。《香匳》是和魯公嫁名韓渥，楊自有《續匳》等作，遠出其后，郎説尤誤。（同前）

六〇　楊用修《詞品》云：《甕天脞語》載宋江潛至李師師家，題一詞於壁云：「天南地北，問乾坤何處，可容狂客。借得山東煙水寨，來買鳳城春色。翠袖圍香，鮫綃籠玉，一笑千金值。神仙體態，薄倖如何銷得。　想蘆葉灘頭，蓼花汀畔，皓月空凝碧。六六雁行連八九，只待金雞消息。義膽包天，忠肝蓋地，四海無人識。閒愁萬種，醉鄉一夜頭白。」小辭盛於宋，而劇賊亦工如此。案：此即《水滸》詞，楊謂《甕天》，或有别據，第以江嘗入洛，則太憒憒也。（同前）

六一　《友人分惠秋海棠一本爛漫檻中自綴小詞命雙鬟霓裳歌以送酒醉中賦贈並命玉素和之》：小徑移紅藥，閑亭閉緑蘿。神飛天姥夢，興逐雪兒歌。冶色矜眉黛，流光惜鬢皤。不須賡子夜，風露帝城多。（《少室山房類藁》卷四十一）

六二　《楊思悦邀集涵碧亭遇雨作》：良辰饒勝集，箕踞百花潭。逸調飛《金縷》，新詞度玉簪。雷聲高棟入，電影曲臺含。河朔元吾黨，寧辭十日淹。（同前）

六三　《後重九舟過姑蘇再泊葑門訪周文學懋修夜集坐有善歌者即令歌懋修所製新詞余醉憩齋頭達旦登舟為别》：喬木吴閶帶淺莎，子雲亭下即烟波。那知九日黄花艷，重聽千秋白雪歌。霜色乍

侵羅袂冷，月光偏向玳筵多。亦知古寺寒山近，愁絶鐘聲夜半過。（同前書卷六十一）

六四　《贈吴美成》：崇蘭滿室坐飛香，十二樓頭白玉堂。自是宣和詞賦手，莫將年少詑周郎。（同前書卷七十五）

六五　《素軒吟稿序》：素軒先生詩一卷，古體若干首，五七言律絶若干首，洎詩餘若干首。邦相明府既以屬不佞校之矣，則復命不佞為之叙。素軒先生者，邦相尊人封繕部公也。先生少習舉子業，稍不售，輒棄去，築丈室龍沙，上命曰素軒。朝夕卧其中，取古今名能詩家語恣讀之，凡境有所會，情有所鍾，遇有所觸，以至牢騷愁怨，燕遊賞適，寄憶酬贈，一一而鳴之於詩。既邦相成進士，先生沐貤封膺，寵命顯重矣。而其好為吟，顧愈益甚，時時出遊西山南浦間，分樵青牧子半席，驟而遇之一翁，蒼顔野服，跨蹇驢，執鞭策，作推敲狀。童子操几杖其後，大類深山窮谷有道者，不知其貴人父也。先生質力材具，於詩故足躋上乘，方極軌，而其大旨要在陶寫性靈，標舉興象，以自愉快，不欲以矯峻刻、厲自見，故其為詩冲和恬泊，優遊雅適，宛然太古康衢，甪里之遺。即偉詞奇句，時出間發，而卒歸之用意忠厚。其於詩家者流，蓋粹乎根，極情性之正，非世稱述文人墨客可比迹上下也。明詩之盛，盛於弘、正，李、何一倡，諸君子從而和之，聲調未舒，異者輒議其後。嘉靖中，李于鱗氏出，而獻吉復尊。至王長公勃興江左，遂操百代風雅柄。次公繼起，齊驅競爽。一時周旋中原、肩荷大業者亡慮數家，而嘉、隆之際，幾軼唐、漢，若邦相，其最著者也。邦相雅善兩王先生，顧以其餘謬推轂不佞，不佞既素習邦相，而於其來令吾邑也，益相與提挈為不朽計。恒意其文辭得於天挺獨詣，乃今而得之素軒先生。夫江出岷嶺，其始濫觴，河流之發崑崙，涉者可褰裳渡，及其排砥柱，絶吕梁，滙為洞庭、彭蠡、雲夢之澤，浩渼澒洞，滔滔日夜，以赴之乎尾閭之壑，而後江河之大觀斯極。迺以窮其源，則謂非出岷嶺、崑崙不可。故夫讀詩者，讀素軒先生，而邦相槩可見矣。先生於詞尤工，是歲以邦相迎養來蘭，不佞獲以通家子謁庭下，不閲月，輒促駕曰：「吾以返初服也，詎以吾一人故旦夕曠子百里任？吾得歸卧故素軒中足矣。」既抵家，則以一奚囊貯詩若詞，謂邦相善為而翁論，次付之梓，庶幾俟他日揚子雲者，毋令而翁今世藉而爵位重，而後世復藉而文辭以重也，蓋先生所為自期待者如此。（同前書卷八十一）

六六《黄説仲詩草序》：越山川環麗甲天下，錢塘、富春、四明、三竺、南北二雁，幽奇靚峭，薄海外内罕與倫。迺天台尤以靈蹟著，石梁亘空，瀑流盼道，赤城之標高揭萬尋。曩讀晉孫綽先生賦，輒豪興勃勃，如神遊金庭玉壺，與二仙姝目成霞外者，亟思拉同好偕往，庶幾晨、肇之一遇而難其人。丙戌計偕晤李大將軍，劇談天台黄君説仲不容口，心翩翩慕嚮之。明年扁舟淮汭，謁世叔通侯，則説仲儼然在焉。把余臂，懽劇欲狂。中夜造膝，款言縷覼，洞肝腹已，袖出是編進余，曰：「不佞寤寐吾子三十年於此矣，惟是不腆敝帚，不敢有所隱也，敢悉索以累下執事。」余受讀卒業而三嘆，赤城之郊磅礴鬱葱之氣，至説仲而彬彬盡洩也。説仲，故天台世家，蚤歲才情蔚起，與蔡儀制稚含、王黄門永叔結詞盟東海上，而厥先宗伯公綰實從世叔王父文成公遊，世叔以勳胄仗鉞，登壇龍門，嵳峩一代，景附説仲，首居戎幕，為上賓，操觚授簡而外，元戎喜怒，一切置若罔聞也者。獨棲丈室，坐蒲團如苦行頭陀，浹旬足不履户閾。童子鑽穴聚窺，第聞喉吻間隱隱囁嚅聲，兩手伸縮往來，據棐几作推敲狀，時而掀髯，時而拄頰，得句，踉蹡起，探赫蹏掌，許録之，句累成篇，篇累成卷，卷累成帙，帙成則世叔趣為剞劂行諸世。説仲用是愈益自信，發舒瀝思，覃精亡虚日，亡論魯連却秦、馮驩振辞、毛遂激楚，古岩處畸流，往往有以殊勛奮記室者。而説仲規圖大業，迴睨諸人，漠如也。今總萃其生平詩歌為什亡慮千數計，為卷亡慮十數計，左提右掣，大都得之世叔為多。選體之夷曠雍容，長短句之輕新婉達，合作置鹿門、輞川、嘉州集，夐不易辨。五七言律絶，亭亭獨上，百尺無枝，朗抱冲襟，汎洗塵俗，清者大歷，旨者元和，淳者咸通，質者長慶；司空、皇甫、姚、鄭復生，説仲無忝孟季鄉先達載式之輩。宋渡南，號巨擘，較説仲才或少贏，以格藐乎卑、瞠乎後矣。始説仲名籍郡諸生中，棄去佔俾弗習，習詩歌，詩歌成而佔俾廢。迺余嶔崎濩落，放情宇宙，胥國能家，武失之，今頭顱業俱種種，而邂逅合並，窮途得微，赤城之靈果有意吾兩人者之為兹山主耶？吾鄉黄初平煉藥處去天台僅僅數百里，旦夕曳敝青鞋，入飛流懸瀑中，覓晨、肇曩時遺蹟，胡麻之粒，庶幾一載遇焉。即身後不朽名付諸蝸沫，區區人間世雞肋，其何足以攖之？説仲亟從余歸矣，二仙姝振衣霞外，遲余與説仲久。（同前書卷八十二）

六七　歐陽修：歐陽氏之史五代也，當時尊之，謂出太史公上，歷宋至元，無弗以上接班書，餘子弗論也。迺本朝楊用修列之司馬家奴，王元美擬之下里學究，胡毁礐懸殊至於斯極哉？余嘗以西京而下，史有别才，運會所鍾，時有獨造。故文之高下雖以世殊，而作者遞興主盟不乏，自春秋以迄勝國，概一代而置之，無文弗可也。若夫漢之史，晉之書，唐之詩，宋之詞，元之曲，則皆代專其至，運會所鍾，無論後人踵作不過緒餘，即以馬、班而造史於唐，李、杜而掞詩於宋，吾知有竭力而亡全能矣。迺至陳壽、范曄之才，不過三國、六朝中人之上者，其於昌黎、河東、廬陵、眉山兄弟不同日語審也，迺昌黎《中書》二傳，真足頡頏司馬，而意欲自開堂奧，盡削陳言，故太史之文不以馳驟於順宗，而以戲劇於《毛穎》，他可推已。河東《段氏逸事》體法孟堅，餘率已調。眉山家世序、論、表、策，其所偏精，而紀傳之文寥寥絶響。獨歐陽究心史學，摹勒馬、班，《五代》一書差存勸戒，而以曄《書》壽《志》較之，猶將瞠乎塵後，是固時代所壓，未易超然，要亦史有别才，難於兼美也。不然，謂數君子之才而出陳、范二子下，可乎？司馬君實嘗謂唐三百年，鉅公間出，遂無一人足與陳壽、范曄伍，而寧知歷宋迨明，而二書之懸揭自若也。吾故以西京而下，史有别才，而運會所鍾，時有獨造也，善乎李獻吉之言！史曰：古史筆形神湧出，覽者躍如，《五代》雖成一家言，而無是也，此歐史之定品也。（同前書卷九十八「史論」）

六八　《讀夷堅志》（五則之四）：談者率以《廣記》五百卷所輯上自三皇，下迄五季，宜靈怪充斥簡編，而洪以一人耳目，一代見聞，逐千載而角之，其誕曼亡徵，固勢所必至也。今閲此書紀載，不僅止語怪一端，凡禨祥、夢卜、璅褻之譚隨遇輒録，以逮詩詞謔浪，稍供一笑，靡不成書。其卷帙易盈而速就，職此故也。然取數至四百餘，亡論靈怪不足徵，即叢談傳會，不啻什之五六，惜無從起而質之。（同前書卷一百四）

六九　《題駱賓王〈帝京〉〈疇昔篇〉後》：汪司馬伯玉嘗謂余三代而下有才子，有文人，有學士，有作者，才子、文人、學士代有之，作者非屈之騷，司馬之文賦，杜、李之五言，白、甫之律絶，莫能當。唐以後無作者矣，惟秦、柳之詞，王、關之曲耳，因及吾郡駱生曰：「若賓王二長歌前無古人，後無來哲，蓋亦庶幾作者也。」余有味其言而志之。（同前書卷一百六）

七〇　《題陳同父〈水龍吟〉後二則》：陳同父絶不能詩，今集存者僅二絶一長歌，知其未嘗事聲律也。集末載詩餘數十闋，而《草堂》所選《水龍吟》詞，特佳甚，而集不存，古今製作佳者不必傳，傳者不必佳，大都有幸不幸耶。　又：此懷所懽，作者殊足情致，與同父他詞不類。周公謹《野語》載陳嘗狎一妓，欲娶之，蘄落籍於唐與正，唐以言間妓好，遂弗終，陳因是大憾。搆唐朱元晦，卒起嚴蕊之獄，此詞之作，豈即其時耶？　所狎妓或即蕊，故與正不肯為落籍耶？　今紫陽集載論劾與正封事幾萬言，所謂「行首嚴蕊，稍以色稱」，紫陽筆也。　蕊亦能詞，見《野語》甚詳。　以一婦人色致諸名士紛紛聚訟，為千古口舌端，令人噴飯不已。（同前）

七一　《跋吴下名流〈江南春詩〉》：卷首王禄之「江左名流」四大篆，《江南春》畫意一帖，題文太史，而行書三詩於後。　王次公過江右，訪余齋頭，偶閲此卷，謂文太史書及吏部篆皆真蹟，畫則贋本也。文壽承小草二，文休承小楷二，甚工。　王禄之行草二，彭孔嘉行楷二，周公瑕行草二，精極，蓋初年得意書也。　袁魯望行草二，袁為兩瑯琊媚家，覩此，知臨池非長，存之，如見次公耳。　諸詩大類宋人長短句，然則謂《江南春》詞，可也；　詩，不可也。（同前書卷一百八）

七二《跋閻次平江潮圖》：卷首「觀潮圖」三篆字，李文正題，末書長歌，似未至吾越者。余謂枚叔以揚子為錢塘，亦未至吾越之故。或太子吴人，歷轆欺以其方耳。而至今談者紛紛，謂曲江即具區，而廣陵揚州，揚則越分野屬焉，胡紆繞不情至於兹？極為枚生計者，患文筆未工耳，豈以地分遠近為瑕疵耶？此詩詞三昧，故屢為揭之。是卷也，而遇枚生，操筆再賦一通，當令吴太子氣雄萬夫，豈直霍然起色已哉？（同前書卷一百九）

七三《與大學士趙公論東西二虜書》：長君至自燕中甫解裝，則大教發焉。盥誦載三，泠然金石之音從天而墜，而二録緗縹互暎，又恍然紬石渠之秘而披芸閣之編也。……頃窮邊小醜戕賊主帥，負固重城，奮螳臂以觸天朝。而日本兇渠，陸梁島嶼，襲奪我藩邦，狙伺我甸服，東西二方亦孔亟矣。執事聲色不動，簡命元戎，授以方略，不逾旬月，叛黨肅清，父子纍纍組繫闕下，一時伏鑕。迺比者又聞平壤大剋，羣倭鼠奔，封豕長蛇，旦夕殄戮。即公旦徂征，山甫薄伐，僅此繼見；裴中令之平淮，范參知之懾夏，皆下風矣。不佞以通家世誼，竊覩末光，陰受太平之賜，慶幸曷勝？自惟迂謬狂疎，生彌寸樹，惟是佔僤呻吟，贏二十載於古鐃歌鼓吹等曲，竊覩一斑，將追倣韓愈氏。作為詩詞，以鋪張武功，揚詡聖德，且俾天下後世采録民風、參稽野乘者備知。（節録自同前書卷一百十五）

七四《報王承父山人》：歐楨伯比一書所論《詩藪》諸篇，與足下見推意大合。昔楊子雲草《太玄》，俗物揶揄滿路，逮百年之後，桓君山賞識，則子雲者人與骨已久腐矣。僕書未殺青，王次公從篋中胠得，輒狂呌擊節稱善。後書成，小有異同，而長公遂以為奇絶無兩，所獎誘咸出過情，兹承父、楨伯諸君又遞相印可，所遭視子雲奚翅什倍？愧淺陋不足當，或致貽賞音之憾於來世耳。足下別我十載間，著迹（當作述）更復幾種，剞劂更復幾編。僕嘗謂足下崛起孤島，自當為一代布衣之雄，唐之二孟非不矯矯，然鹿門才偏，東野才僻，並似非足下伍，至近時孫、謝之流，眇無足論。若八面受敵，一瀉千里，成佛受記，不傍他人，竟當屬之足下。第古今辭章軌筏具在，屈騷馬史非必其才，夐絶大要，天地間有此杼軸，其人適當運會，假以發之，杼軸既彰，猶規矩既設，後之欲為方圓，即公輸、墨翟安能外此？故以少陵、太白之雄，不免憲章魏、晉者，寧其材視曹、劉、鮑、謝弗如也，下至近世秦、柳之詞，關、鄭之曲，卑卑小技，不可不曰自開堂奥，其才顧賢於李、杜耶？足下倔强自負，顧生平製作，脱離今人可耳，何嘗能躍出古人？若才力錚錚，破的飲羽，則古人復興，亦無能多難，足下政不必拘拘所見也。（節録自同前書卷一百十六）

七五　《與祝鳴皐文學》：今年夏，溽暑蒸人，頭岑岑若五石甕，恨不與足下解衣散髮，牛飲河朔之間。憶爾時長安中伏天，偕足下過某勳戚貴人家，惟敬仲、修思、伯子、鳴裕、卿少、承謙之輩咸集高堂，十仞八窗洞開，層冰嵯峨，如雪山離立左右前後，客坐其中，儼入洞庭點蒼間，大甆盤盈六尺，一貯甘泉，浮碧桃朱李，一滿貯青門瓜，五色鮮華瑩徹，不啻瑪瑙水晶。平頭奴運七輪扇，凉颸滿庭，令人心骨俱冽。酒酣興發，龍陽君振袂起，歌高氏《小梁州》詞，胡姬年十五吹紫玉簫相逐，清音泠泠，上屬雲漢。俄洗醆更席，俯臨大渠，樓臺倒影，金碧洸漾，芙蕖菡萏，矜妍競笑，應接不遑。既則明月出於花間，飛星流於木末，琴瑟笙敔交搆遞作，恍忽遊廣寒，聆鈞天，迄今追思此樂，懵然殆如隔世事

矣。(同前)

七六　李長卿：李長卿嘗言自古大篇名什，銷没沉湮，令人搜募不得。至於學究所攻，如《千家詩》及巷里村詞，如《吕蒙正》、《蘇秦》、《劉知遠》之類，雖窮邊瘴海，莫不誦讀唱演，我不知其何所感格，一至於此。余謂天下多凡眼俗耳，惟近於凡俗，則行之必遠，此亦勢也。故我輩捉筆，得與《千家》、《蘇》、《劉》傳奇争上下，便足千秋矣，不覺相對大笑。(《甲乙剩言》)

七七　曰風，曰雅，曰頌，三代之音也。曰歌，曰行，曰吟，曰操，曰辭，曰曲，曰謡，曰諺，兩漢之音也。曰律，曰排律，曰絶句，唐人之音也。詩至於唐而格備，至於絶而體窮。故宋人不得不變而之詞，元人不得不變而之曲。詞勝而詩亡矣，曲勝而詞亦亡矣。明不致工於作，而致工於述；不求多於專門，而求多於具體，所以度越元、宋，苞綜漢、唐也。(《詩藪·内編》卷一)

七八　三百篇薦郊廟，被絃歌，詩即樂府，樂府即詩，猶兵寓於農，未嘗二也。詩亡樂廢，屈、宋代興，《九歌》等篇以侑樂，《九章》等作以抒情，途轍漸兆。至漢《郊祀十九章》、《古詩十九首》不相為用，詩與樂府門類始分，然厥體未甚遠也。如「青青園中葵」，曷異古風？「盈盈樓上女」，靡非樂府？魏文兄弟崛起建安，擬則前規，多從樂府，唱酬新什。更創五言，節奏既殊，格調夐别，自是有專工古詩者，有偏長樂府者。梁、陳而下，樂府、古詩變而律絶，唐人李、杜、高、岑，名為樂府，實則歌行。張籍、王建，卑淺相矜；長吉、庭筠，怪麗不典。唐末、五代，復變詩餘。宋人之詞，元人之曲，製作紛紛，皆曰樂府，不知古樂府其亡久矣。(同前)

七九　樂府之體，古今凡三變：漢、魏古詞，一變也；唐人絶句，一變也；宋、元詞曲，一變也。六朝聲偶，變唐之漸乎？五季詩餘，變宋之漸乎？（同前）

八〇　唐歌曲如《水調歌》、《凉州》、《伊州》之類，止用五七言絶。近體間有採者，亦截作絶。歌至五七言古，全不入樂矣。（同前）

八一　四言不能不變而五言，古風不能不變而近體，勢也，亦時也。然詩至於律，已屬俳優，況小詞艷曲乎？宋人不能越唐而漢，而以詞自名，宋所以弗振也。元人不能越宋而唐，而以曲自喜，元所以弗永也。（同前書卷二）

八二　樂府《水調歌頭》五疊，《伊州歌》三疊，皆韻格高遠，是盛唐諸公得意作，惜名姓不可深考。（同前書卷六）

八三　後唐牛嶠《柳枝詞》云：「吴王宫裏色偏深，一簇柔條萬縷金。不憤錢塘蘇小小，引郎枝下結同心。」「橋北橋南千萬條，恨伊張緒不相饒。金羈白馬臨風望，認得羊家静婉腰。」五代人詩，亦尚有唐樂府遺韻。（同前）

八四　初唐《水調》等歌，不甚類六朝語，而風格高華，似遠而實近。中唐《竹枝》等歌，頗效法六朝語，而辭旨凡陋，似合而實離。（同前）

八五　高宗《行幸錢塘》五言古，宏壯和平，大有魏、晉遺意，今併録於此，云：「六龍轉淮海，萬騎臨吴津。王者本無外，駕言蘇遠民。瞻彼草木秀，感此瘡痍新。登堂望稽山，懷哉大禹勤。」又石刻一

聯「秋深清見底，雨過碧連空」，亦佳。又《漁父詞》三章，見《説郛》。（同前書「外編」卷五）

八六　少游極為眉山所重，而詩名殊不藹藹，當由詞筆掩之。然「雨砌墮危芳，風軒納飛絮」，實近三謝，宋人一代所無。諸古體尚有宗六朝處，惜不盡合蘇、黄、陳間，故難自拔也。（同前）

八七　王禹玉好用貴重字，人目為至寶丹；秦少游好用艷麗字，世以為小石調，絶是天生的對。然二君各有佳處，毋用為嫌。（同前）

八八　南唐中主、後主皆有文，後主一目重瞳子，樂府為宋人一代開山祖。蓋温、韋雖藻麗，而氣頗傷促，意不勝辭，至此君方是當行作家，清便宛轉，詞家王、孟。其詩今存者四首，附《鼓吹》末，與晚唐七言律不類，大概是其詞耳。凡詞人以所長入詩者，其七言律，非平韻《玉樓春》，即襯字《鷓鴣天》也。後主兄弘茂，弟從謙，各能詩。（同前書「雜篇」卷四）

八九　孟後主昶，世以荒淫不道，然實留心文藝，嘗與花蕊夫人納凉作詞，云：「冰肌玉骨清無汗，水殿風來暗香滿。簾開明月獨窺人，欹枕釵横鬢雲亂。起來瓊户啓無聲，時見疎星渡河漢。屈指西風幾時來，只恐流年暗中换。」按，昶詞，蘇長公《洞仙歌》全穩（當作隱）括之。元人《琵琶記》、《新篁池閣》亦出此，而《花間集》不載。近吴興補刻復遺之，因録此。昶又嘗書石刻《五經》。當唐末，海内名畫士咸入益州，昶子玄寶甫齔，誦萬言，七歲卒。先是，王蜀主衍，亦能文。見《蜀檮杌》等書。吴越後主亦能詩，見《後山詩話》。（同前）

九〇　錢忠懿王俶，亦能詩，《汝帖》載其七言一律云：「廊廡□□（一作『依稀』）翠幙遮，禁林深處絶喧譁。界開日影憐窓紙，穿破笞痕惡笋芽。西第晚宜供露茗，小池寒欲結冰花。謝公未是深沉量，猶把輸贏局上誇。」詩不能大佳。然五代時李重光最有文，詩律亦僅爾爾。此載石刻中，又將湮没，故録。又《後山詩話》記其「金鳳欲飛遭制搦」一詞，是俶不但能詩，並解長短句也。至宋而錢惟演輩，子孫咸以文鳴矣。（同前）

九一 五代諸後主，南唐、孟蜀各以詞翰聞，吴、越雖不甚表著，即帖中可窺一斑，皆遠勝創業者。又王蜀後主衍亦能詩詞，所輯有《煙花集》。又李後主弟從謹、兄弘茂並知名，見《南唐書》、《蜀檮杌》等録。（同前）

九二 後唐莊宗，世知其勇略，及俳優戲劇而已，然實於文藝留心者。史稱其幼好學，通《春秋》大義，又嘗手抄《春秋》，曰：「我於十指上得天下。」見《高季興傳》中。五代《優伶傳》云：「莊宗知音，能度曲，至今汾晉間，往往能歌其聲。」樂府所傳《如夢令》一詞，殊不在李王父子下。第以沙陀能此，尤不易云。（同前）

九三 孫光憲《竹枝詞》云：「門前春水白蘋花，岸上無人小艇斜。商女經過江欲暮，散抛殘食飼神鴉。」《柳枝詞》云：「閶門風暖落花乾，飛徧江城雪不寒。獨有晚來臨水驛，遊人多凭赤欄杆。」二詩見郭氏《樂府》，《品彙》已收之。按《三楚新録》云：「光憲，蜀人，高氏辟為書記，表章文檄皆出其手。最好聚書，以兵革難致，每發使諸道，必重價募得之，蓄書至萬餘卷。然自負史才，以藩服，恒鬱鬱。每吟昔人詩曰：『一生不得文章力，百口空為飽暖家。』」《品彙》取其詩入唐，亦未當。如曰凡五代悉

係之唐，則王仁裕等皆不得遺，必仕宦唐世，或撰述聲名已著唐時者，乃可。光憲《北夢瑣言》尚傳。（同前）

九四 翁宏，字大舉，桂嶺人，寓居韶、賀間。《中秋月》云：「寒侵萬國土，冷浸四維根。」《送人》云：「萬木殘秋裏，孤舟半夜猿。」《曉月》云：「漏光殘井甃，缺影背山椒。」《塞上》云：「風高弓力滿，霜重角聲枯。」又《宮詞》：「落花人獨立，微雨燕雙飛」，最佳。二句或以爲晏叔原作，見《郡閣雅談》。（同前）

九五 馮廷巳相南唐，以詞顯，今傳，見《花間集》。嘗有句云：「鴛瓦數行曉日，龍旂百尺春風。」（同前）

九六 牛嶠仕王蜀，《柳枝詞》二首，見《樂府》，頗工。（同前）

九七 歐陽炯《花間集》今尚傳，自温庭筠、皇甫松外，皆五代人也。韋莊等已見外，薛昭藴、牛濟、毛文錫、魏承班、鹿虔扆、毛熙震、李洵、閻選、顧敻、尹鶚凡十人，其集世多有，不具論。其詞評騭，别編頗詳之。（同前）

九八 晁補之在六君子中獨不以詩名，而詩特工，詞亦可喜。又世絶不名其書，今諸《枯樹賦》有其跋，字畫雄放，信名下士也。秦少游當時自以詩文重，今被樂府家推作渠帥，世遂寡稱。（同前書卷五）

九九 宋諸人詩掩於文者，宋景文、蘇明允、曾子固、晁無咎；掩於詞者，秦太虚、張子野、賀方回、康與之；掩於書者，石延年、蔡君謨；掩於畫者，王晉卿、文與可；掩於儒者，朱仲晦、吕伯恭；掩於佛者，晁文元、饒德操；掩於學者，徐鼎臣、劉原父；掩於行者，徐仲車、魏仲先；掩於勳者，寇平仲、韓稚圭；掩於節者，胡邦衡、文信國；掩於奸者，丁朱厓、蔡持正；掩於佞者，夏文莊、曾子宣；掩於兄者，王平甫；掩於弟者，蘇才翁；掩於詼者，陳亞；掩於謔者，劉邠；掩於誕者，惠洪；掩於顛者，米芾。諸人皆實有篇章，非漫指者。（同前）

一〇〇　惠洪《詩話》譏蘇明允、曾子固皆不能詩，然明允「晚歲登門最不才」一篇，典實豪宕，實佳作也。子固如方氏《律髓》所收「明月滿街流水遠，華燈入望衆星高」，足為佳句，方氏舍之，而取「金地夜寒消美酒，玉人春困倚東風」及「風吹玉漏穿花急，人倚朱闌送目勞」二聯，此皆詞耳。然則謂二君不能詩，豈公論哉！（同前）

一〇一　蔡松年，字伯堅，文詞清麗，尤工樂府，與吴激齊名，號吴蔡體，有集行世。子珪，字正甫，亦能詩。有《南北史志》等書十餘種。（同前書卷六）

一〇二　吴激，字彦高，建州人，米元章壻也。工詩能文，字畫俊逸，尤精樂府，造語清婉。有《東山集》十卷。《通考》又有詞一卷。（同前）

一〇三　趙可，字獻之，高平人。詩歌樂府尤工，號玉峰散人，有集。（同前）

一〇四　《庚溪詩話》載陳相之使虜，於燕山驛壁間得一詞云：「書劍憶遊梁，當時事，底處不堪傷。念蘭楫嫩漪，向吴南浦，杏花微雨，窺宋東墻。禁城外，燕隨青步障，絲惹紫遊韁。曲水古今，禁烟前後，緑楊樓閣，芳草池塘。　回首斷人腸，流年去如電，雙鬢如霜。欲遺當年遺恨，頻近清商。聽出塞琵琶，風沙淅瀝，寄書鴻鴈，烟月微茫。不似海門潮信，猶到潯陽。」右詞乃《風流子》，必中原士大夫淪異域者所作，惜其後不題名氏，其寓旨有足悲者。（同前）

一〇五　洪景盧云：「先公在燕山，赴北人張總侍御家，出侍兒佐酒，中一人意狀摧抑可憐，叩其故，乃宣和殿小宫姬也。坐客翰林學士吴激賦長短句紀之，聞者抨涕。其詞曰：『南朝千古傷心事，還唱《後庭花》。舊時王、謝堂前燕子，飛向誰家？　恍然相遇，仙姿勝雪，宫髻堆鴉。江州司馬，青衫淚濕，同在天涯。』」此詞載《容齋隨筆》，佳作也，《玉林詞選》亦采之。激為米元章壻，能書及詩文，金史有傳。按，芾有壻段拂，字去塵，米喜其名字與己合，以子妻之。激字彦高，米之壻激，不知亦有取義否耶？（同前）

一〇六　道宗后蕭氏，工詩，善談論，自製歌詞，尤善琵琶。（同前）

鄧伯羔詞話

鄧伯羔，字儒孝，常州（今江蘇）人。布衣，與胡應麟有交往。所著有《藝彀》、《中有録》、《論世編》、《古易詮》、《今易詮》。《藝彀》三卷補三卷，援據經籍考証，頗為詳贍，雖多本舊文，亦頗自出新意。此據影印文淵閣《四庫全書》本録詞話三則。

一　顧龍山樂府：邑有顧龍山，山有御製樂府碑：「望東南，隱隱神壇。獨跨征車，信步登山。」此下縣志直謂高皇帝自為之，府志《南畿志》謂詞臣續之，此以詞臣續之為是：「他日偷閑，花鳥娱情，山水相看。」大哉！皇言曷宜有此？（《藝彀》卷中）

二　林君復詩：林君復雖稱能詩，能在一詩，一詩雖佳，佳在兩句，兩句雖工，工在二字。其詠梅花詩：「疎影橫斜水清淺，暗香浮動月黄昏。」乃唐人江為詩「竹影橫斜水清淺，桂香浮動月黄昏」也，更「竹」為「疎」，更「桂」為「暗」，移以詠梅花，遂為千古絶唱。（同前書卷下）

三 惹：《丹鉛總録》舉王維詩「楊花惹暮春」，李賀詩「古竹老稍惹碧雲」，温庭筠「暖香惹夢鴛鴦錦」，孫元憲「六宫眉黛惹春愁」，以為用「惹」字凡四，皆妙獨不徵。及賈至「春日偏能惹恨長」，詎此惹未為妙邪？不得詩旨，弇州之譏是也。（同前）

江盈科詞話

江盈科(一五五二—一六〇五),字進之,號緑蘿山人,常德桃源(今湖南)人。操行純篤,推遺田以與兄弟,授徒自給。萬曆壬辰進士,知長洲縣,擢吏部主事,官至四川提學副使。著《雪濤閣集》、《皇明十六種小傳》、《雪濤閣四小書》(即《談叢》、《聞紀》、《諧史》、《詩評》)。此據上海古籍出版社影印《説郛續》本《雪濤詩評》、《閨秀詩評》,北京圖書館出版社出版《中國詩話珍本叢書》影印排印本《雪濤小書》、上海古籍出版社出版《雪濤小説》之《聞紀》和《諧史》録詞話九則,又據《續修四庫全書》影印明萬曆三十七年袁叔度書種堂刻本《錦帆集》録序文一則。

一 王西樓者，武弁也，而以樂府擅名。余觀其所擬樂府，未嘗強摸，《君馬黃》、《雉子斑》等篇，皆就眼前時事命題，特筆氣爽快，發揮可喜。如擬婦人騎馬云：「露玉笋，綵韁軟把。襯金蓮，寶鐙輕踏。裙拖翡翠妙，扇掩泥金畫。似比昭君，只少面琵琶。天寶年間若有他，却不把三郎愛殺。」擬睡鞋云：「新紅染鞋三寸整，不落地，能乾净。燈前換晚粧，被裏鈎春興。幾番間，把醉人兒蹬踢醒。」擬罵雞云：「雞兒失了，童子休焦。那炊爨的好助他一把火燒，烹調的送他一握胡椒，乾乾净净的吃了。損得終朝報曉，直睡到日頭高。」然則此等制作，未免俚俗。而才（當作材）料取諸眼前，句調得諸口頭，朗誦一過，殊足解頤。其視匠心學古、艱難苦澁者，真不啻啖哀家梨也。即此推之，詩可例已。（《雪濤詩評》）

二 朱希真：希真，小字秋娘，嫁為商人徐必用妻，能詩。警悟：「世事短如春夢，人情薄似秋雲。不須計較苦勞心，萬事元來由命。幸遇三杯酒美，況逢一朵花新。片時歡笑且相親，明日陰晴未定。」警世：「日日深杯酒滿，朝朝小圃花開。自歌自舞自開懷，且喜無拘無礙。青史幾番春夢，紅塵多少奇才。不須計較與安排，領取而今見在。」讀其詞，達於義命，非復婦人所能道。（《閨秀詩評》）

三 嚴蘂：字幼芳，天台營妓。唐太守仲友命賦紅白桃花，即調《如夢令》一闋。紅白桃花詞：「道是梨花不是，道是杏花不是。白白與紅紅，别是東風情味。曾記，曾記，人在武陵微醉。」都是眼前字，襯貼婉轉有致。（同前）

四 翁客妓：妓歸翁客，因以名之，此其閨門調弄之詞也。答翁客詞：「説盟説誓，説情説意，動便春愁滿紙。多應念得脱空經，是那箇先生教的。不茶不飯，不言不語，一味供他憔悴。相思已是不曾閑，又那得工夫呪你。」口頭語組織成詞，暢於衆耳，此詞家當行也。（同前）

五 鄭奎妻：四時詞：「春風吹花落紅雪，楊柳陰濃啼百舌。東家蝴蝶西家飛，前歲櫻桃今歲結。鞦韆蹴罷鬢鬖髿，粉汗凝香沁緑紗。侍女亦知心内事，銀瓶汲水煮新茶。」其二：「芭蕉葉展青鸞尾，萱草花含金鳳嘴。一雙乳燕出雕梁，數點新荷浮緑水。困人天氣日長時，針線慵拈午漏遲。起向石榴陰畔立，戲將梅子打鶯兒。」其三云：「鐵馬聲喧風力緊，雪窗夢破鴛鴦冷。玉爐燒麝有餘香，羅扇撲螢無定影。洞簫一曲是誰家，河漢西流月半斜。要染纖纖紅指甲，金盆夜擣鳳仙花。」其四云：「山茶未放梅先吐，風動簾旌雪花舞。金盤月冷瘦狻猊，繡幙圍春護鸚鵡。倩人呵筆畫雙眉，脂水凝寒上臉遲。粧罷扶頭重照鏡，鳳釵斜壓瑞香枝。」《惜花春起早》：「胭脂曉破湘桃萼，露重荼蘼香雪落。媚紫濃遮刺繡窓，嬌紅斜映鞦韆索。轆轤驚夢急起來，梳雲未暇臨妝臺。笑呼侍女秉明燭，先照海棠開未開。」《愛月夜眠遲》：「香車（一作肌）半嚲金釵卸，寂寂重門深鎖夜。素魄初離碧海端，清光已透珠簾罅。徘徊不語倚闌干，參横斗轉風露寒。小娃低語喚歸寢，猶傍薔薇架後看。」《掬水月在手》：「銀塘水滿蟾光吐，姮娥夜夜馮夷府。蕩漾明珠若可捫，分明兔頴（一作影）如堪數。美人自挹濯春葱，忽訝冰輪在掌中。女伴臨流笑相語，指尖擎出廣寒宫。」《弄花香滿衣》：「鈴聲響處東風急，紅紫叢邊久凝立。素手扳條怕刺傷，金蓮移步嫌苔濕。幽芳擷罷掩蘭堂，馥郁餘香滿繡牀。蜂蝶紛紛入窓户，飛來飛去繞衣裳。」右八詠，體不甚古，而濃郁光麗，時露風韻，蓋女子中錦心繡口者。（同前）

六 皇風：漢高祖《大風》一歌，帝王之盛概也。武帝《秋風》一詞，詞人之高標也。若唐太宗、明皇、文宗等，皆以帝王兼詩人之致。我朝如太祖皇帝，真漢高祖之流乎，觀其《詠菊》曰：「百花發，我未發。我若發，都駭殺。要與西風戰一場，遍身披着黄金甲。」《詠雪竹》曰：「雪壓竹枝低，雖低不着泥。一朝紅日出，依舊與天齊。」凡若此類，所謂帝王之概，不可强侔。宣廟之詩絶似漢武，篇章頗多，不能具述，即如《餞學士黄淮古風》有云：「十載相違不相見，霜髩蕭蕭秋滿面。」此二語，何其清曠出塵，含無窮之味。懿文太子幼時《題半邊月》云：「誰將玉指甲，掐作青天痕。影落江湖裏，蛟龍不敢吞。」讖兆固云非吉，然首二語劈空道出，豈是凡吻？建文皇帝晚歸京師，其詩云：「流落天涯四十秋，歸來不覺雪盈頭。乾坤有恨家何在，江漢無情水自流。長樂宫中雲影暗，昭陽殿裏雨聲愁。新蒲細柳年年緑，野老吞聲哭未休。」語語凄清，讀之使人欲淚。此其於天位固不終，但以詩論，却是情景兩到，真詩人也。武廟微行，遇一婦人汲水，乃口占一詞云：「汲水上南坡，紅裙映碧波。雖然不似俺宫娥，野花偏豔目，村酒醉人多。」亦自風騷可喜。由斯以觀，賦性不羣者，開口便能驚人，區區學究，呻吟模擬，終不能逮。（《雪濤小書·詩評》）

七 尚意：正德末年，内官之黨布列藩省，往來道路，殆無停軌。王西樓作樂府詞譏之曰：「喇叭嗩哪，曲兒小，腔兒大。」「眼見他吹翻了這家，吹傷了那家。」蓋言百姓答應夫役，以致困窮，存其詞，可

以觀世。（同前）

八 吴郡唐寅，字子畏，有逸才。中南京解元，罹横語坐廢。至閩，詣九仙祈夢，夢神示「中吕」二字，莫知其指。一日，過山中書舍，壁間揭東坡《滿庭芳》下有「中吕」字，子畏誦之，至「百年强半，來日苦無多」之句，默然，後年五十二，果卒。（《聞紀》）

九 國朝有陳全者，金陵人，負俊才，性好煙花，持數千金，皆費於平康市。一日，浪遊，誤入禁地，為中貴所執，將畀巡城，全跪曰：「小人是陳全，祈公公見饒。」中貴素聞全名，乃曰：「聞陳全善取笑，可作一字笑，能令我笑，方纔放你。」全曰：「屁。」中貴曰：「此何説？」全曰：「放也，由公公，不放也，由公公。」中貴笑不自制，因放之。又見妓洗浴，因全至，披紗裙避花陰下，全執之，妓曰：「陳先生善為詞，可就此境作一詞。」全遂口占曰：「蘭湯浴罷香肌濕，恰被蕭郎巧覻。偏嗔月色明，偷向花陰立。有情的悄東風，把羅裙兒輕揭起。」他詞類此者尚多。及全病革將死，鴇子皆慰全曰：「我家受公厚恩，待百歲後，儘力塋葬，仍為立碑。」全答曰：「好，好，這碑就交在身上。」蓋世名鴇子為龜，龜，載碑者也。（《諧史》）

一〇 《錦帆集序》（桃源友弟江盈科進之撰）：錦帆涇者，吴王當日所載，樓舡簫鼓，與其美人西施行樂歌舞之地也。閲今千百年，霸業烟消，美人黄土，而錦帆之水，宛然如舊，姑蘇吴治實踞其上，此水抱邑治如環。乙未之歲，余友中郎袁君來宰吴，殫力圖民，昕夕拮據，憔悴之衆賴以頓蘇。踰明年，君以過勞成疾，上書乞歸，凡七請乃得解政去。君性超悟，深於名理，才敏玅，嫺於詞賦。第一行作吏都，成廢閣間，或觸景起興，感事攄辭，有所題詠撰著，越二年亦遂成帙。其行也，友人方子公稍稍裒次，付諸梓。問題於君，君自摽曰《錦帆集》。蓋不佞嘗詣吴署謁君，君指此水驕余曰：「是錦帆涇也，吴王霸業之餘，我乃得撫而有之，不亦快哉！」而其實君鞅掌簿書，飡沐幾廢，勞與余等，余因嘆曰：同一錦帆涇耳，當吴王之時，滿舩簫皷；及吴令之身，兩部鞭箠。吴王用之，紅妹緑娥，左歌右絃；吴令御之，疲民瘵黎，朝拊暮煦。昔何以樂，今何以苦，丈夫七尺相肖，胡所遭苦樂頓異乃爾！雖然，人生有涯，苦樂有窮，惟山水為無盡。操有窮之具，遊無盡之間，而能與之俱不朽者，其唯文章乎？君詩詞暨雜著載在茲編者，大端機自己出，思從底抽。摭景眼前，運精象外，取而讀之，言言字字無不欲飛，真令人手舞足蹈而不覺者。嗟嗟！後霸業而盡者，此水乎？與此水而俱無盡者，茲集乎？夫君齒最少，異日名山之業，未可涯涘，乃錦帆獨託茲集以傳，倘亦吴王有知，乞靈中郎之筆，不靳西施為君捧研而令摛藻見奇有如是耶？余所菘治百花洲在其前，而余日沾沾刑名間，不能有所題詠撰著，俾此地託以傳也，則百花洲之遭，不逮茲涇遠甚，假使西施有靈，問江郎夢中之筆安在，不佞無辭置對矣。萬曆已酉嘉平月朔（《錦帆集》）

于若瀛詞話

于若瀛（一五五二—一六一〇），字文若，號子步，晚號念東，濟寧（今山東）人。萬曆癸未進士，除户部主事，為鳳陽推官，兵部職方主事，歷官陝西巡撫。卒贈副都御史，崇禎十五年賜謚襄敏。有《弗告堂集》二十六卷，此據《四庫禁燬書叢刊》影印明萬曆間刻本録詞話一則。

一

《靳將軍擬譜詩餘題辭》：靳大壯詩餘如幽籟薄林，清響散杪，又如落英點砌，芬媚窺簾，蓋其寄懷寫況已獨富乎財情，命象鎔篇自胳合乎譜調。然長吟變化無垠，短韻旨趣自足。遇幽思閨情既爾温夷，至登覽吊古亦復開朗。雖詞雄横槊，身已致於青雲；神敝紓箋，志未酬於白首。使遊於聞山陽之笛而凄其歸鴻，聽河内之琴而哀唳矣。爾其抽身百戰，投老一廛，家無膏腴之田，匣有干將之劍，翩翩俠色，時時逼人，顧械口韜鈐，刻心鉛槧，裒集得百五十餘首，無調不備，無韻不諧，語其蘊藉，大略可睹。雖未能身登玉堂，述帝王之統會，亦可謂詞振金聲，入唐、宋之廊廡者矣。（《弗告堂集》卷二十二）

楊金詞話

楊金，當塗（今安徽）人。嘉靖戊戌進士，知嚴州府。於嘉靖三十三年刻《草堂詩餘》二卷，此據國家圖書館藏嘉靖刊本録序文一則。

一

《重刻草堂詩餘序》：古太師陳民風以考俗，而里巷之歌謡皆得以昭華於異代。説者謂有章曲者曰歌，無章曲曰謡，而注韓詩者亦云，以是考之，則曲調非後來之變也，《擊壤》其濫觴乎？至《陽春》，則其流演矣，君子謂風雅同出而異用，是故豳風不亦雅，而大小雅之變則曰風，非無雅也。雅不用而風存也，風變而為騷賦，入漢魏則流為五言，五言，其唐體之祖乎。蓋再變而曲調成，猶黄鐘之再變而有子聲，變半聲之入調焉耳，非有出於樂之外也。詩餘，曲而盡，婉而成章，其調成而曲備者乎？好古者可以考風而知化矣。唐多逸，宋多典，亦多詞人，學士之所操弄，而愛君憂國之意，又每托於婦人女子之詞，則其不能自已之情，真有足以感動人者，其志亦可采矣。其大約皆本詩之六義，豈曰取其辭而已乎？間有豔辭，亦並存之，盡其變也。變極則反，反而正，不有待於時耶？夫聲詩，古樂之餘耳，詩餘，又其支流也。若遡流窮源，以求所謂考中宣風者，則不在詩餘之例。舊集分為上下卷，今仍之，刻於睦之郡齋。時嘉靖甲寅春日當塗楊金識。

郭正域詞話

郭正域（一五五四—一六一二），字美命，號明龍，江夏（今湖北）人。萬曆癸未進士，改庶吉士，授編修。歷南京祭酒，入為詹事，掌翰林院，陞禮部右侍郎。卒謚文毅。所著有《黄離草》、《批點考工記》、《明典禮志》、《韓文杜律》、《十三經補注》等。此據《四庫禁燬書叢刊》影印明萬曆四十年史記事刻本《合併黄離草》録詞話一則。

一《魏九立詩序》：古之善教者，必以《詩》始之乎？舞勺舞象，宵雅肄三而進之乎？樂德樂語，樂舞鹿鳴，髦士王人改容，而問道自博依安，絃鳥獸草木，而逮事父事君，清明象天，廣大象地，《詩》之為教大矣。以陶性情，以廣倫類，以明忠孝，以格神明，夫非徒資笑傲而窮耳目之欲也。吾友魏九立氏，高才博學，直方而大，不吐不茹，秉鐸於蜀，其教士一本於先聖先王六德六藝，以其餘力，寄之篇什，有致有韻，有調有情，駸駸騷選矣。夫微獨發抒其慨慷磊落，與蛾嵋劍閣、金纏玉壘爭雄比峻哉！王者之迹熄而詩亡，詩亡而樂府興，樂府亡而詞曲與近體並馳騖於宇宙才人之口。然詞曲可咏歌，而近體不被歌絃，岐而二之，呻吟佔嗶，老師學究以博進取，而比物連類、温柔敦厚之旨微矣。夫《易》上下經、大小象皆用韻語，《書》有皇極敷言明良，喜起《五子之歌》，是《詩》之為教，下以迪萌隸，上以諷九五，《禮》有《樂記》，紀其義而亡其聲，然六律六同之聲，或硍或緩，或肆或散，或歛或贏，或節或行，或筰或欝，或甄或石，□是也。抗如墜，如槀木，如貫珠，而忘微噍殺，嘽諧慢易，奮末廣賁，寬裕肉好，順成和動，內比於肺腸喉舌，外調於金石土木，無所不叶，而情性度數、民風政事可概見矣。夫《詩》以言志，而教成於樂，夫蜀不有中和樂職乎？魏君試以語多士，其孰宜歌頌乎？其孰宜歌大小雅乎？其孰宜歌風乎？以君所為詩，使二三子永言而賡和之，必有合矣。三川文物之地，洋洋乎盡美善，而各得其所矣。（《合併黄離草》卷十八）

張大復詞話

張大復（一五五四—一六三〇），字元長，崑山（今江蘇）人。與歸有光同時，萬曆年間在世。少英邁絶倫，父維翰授以經史漢魏唐宋諸家故學，父殁，哀毁，兩目喪明。著《梅花草堂集》、《梅花草堂集筆談》、《崑山人物傳》、《聞雁齋筆談》等，《梅花草堂筆談》十四卷《二談》六卷，為其梅花草堂諸集中之一種，乃喪明以後追憶而作也。所記皆同社酬答之語，間及鄉里瑣事。此據《四庫全書存目叢書》影印明崇禎三年刻清順治十二年補修本《梅花草堂筆談》和影印明萬曆三十三年顧孟兆等刻本《聞雁齋筆談》、《續修四庫全書》影印明崇禎刻本《梅花草堂集》録詞話十則。

一　夢：汝寧蘇商巖，從其父司訓公議居崑五年，與予輩遊甚密。好作詩寫字，兼通畫竹法。既別數年，音問時至，嘗寄予《隔江遥望圖》以通其意。又嘗作七言律悼先子，每感其情，至時念之。今夜夢商巖來訪，神情如昨，若有所待者。俄一僧至，演作天魔狀，高唱蘇子瞻「大江東去」詞後，又吟一絶云：「佛印燒猪待子瞻，子瞻猶伴曉雲眠。醒時吃酒醉時唱，勘破人間棒與禪。」（《梅花草堂筆談》卷一）

二　梁伯龍：梁伯龍風流自賞，修髯美姿容，身長八尺，為一時詞家所宗。豔歌清引，傳播戚里間。白金文綺，異香名馬，奇技淫巧之贈，絡繹於道。每傳柑、禊飲、競渡、穿針、落帽，一切諸會，羅列絲竹，極其華整，歌兒舞女不見伯龍，自以為不祥，人有輕千里來者。而曲房眉黛，亦足自雄快，一時佳麗人也。獨詩文不敵古人，駢瞻而已。今日得刻稿於其從孫雪士，雖不盡讀，覽其品目，多勝游名侶，居然不俗。中有甲寅二詩，亦多傷感之致，摘附於此：「晉世銅駝荆棘滿，石家金谷水雲屯。白頭空作江南賦，青草誰招塞北魂。」「此日燕歸空有樹，當年鹿去已無臺。憑高一望千山暮，零落浮雲天際來。」（同前書卷五）

三　辛稼軒：昔時見閣本《辛稼軒集》，用真行篆隸襍書之，鐫刻遒潤，類名手新落墨者。或云稼軒自為之，凡二本，而詩餘得半。中有寄調《賀新郎》詠水仙花二闋，予愛其婉麗，吟咏累日，今十有七年矣。夜檢《合璧事類》，再吟數過，併録於此：「雲卧衣裳冷，看瀟然風前月下，水邊幽影。羅襪塵生凌波步，湯沐烟波萬頃。愛一點嬌紅成暈，不記相逢曾解佩，甚多情為我香成陣。待和淚，揾殘粉。靈均千古懷沙恨，恨當時忿忿，忘把此花題品。烟雨凄迷僝僽損，翠被遥遥誰整。謾寫入

瑶琴幽憤。弦斷招魂無人賦，但金杯的礫銀臺潤。愁滯酒，又還醒。」（同前書卷十）

四　崑腔：魏良輔，别號尚泉，居太倉之南關，能諧聲律，轉音若絲。張小泉、季敬坡、戴梅川、包郎郎之屬，争師事之惟肖。而良輔自謂不如户侯過雲適，每有得，必往咨焉，過稱善，乃行，不，即反覆數交勿厭。時吾鄉有陸九疇者，亦善轉音，願與良輔角，既登壇，即願出良輔下。梁伯龍聞，起而效之，考訂元劇，自翻新調，作《江東白苧》、《浣紗》諸曲。又與鄭思笠精研音理，唐小虞、陳楳泉五七輩雜轉之，金石鏗（一作鏗）然，譜傳，藩邸戚畹，金紫熠爚之家而取聲必宗伯龍氏，謂之崑腔。張進士新勿善也，乃取良輔校本，出青於藍。偕趙瞻雲、雷敷民，與其叔小泉翁踏月郵亭，往來唱和，號南馬頭曲。其實禀律於梁，而自以其意稍為均節崑腔之用，勿能易也。其後茂仁、靖甫兄弟皆能入室，間常為門下客解説其意。茂仁有陳元瑜，靖甫有謝含之，為一時登壇之彦。李季膺則受之思笠號稱嫡派。（同前書卷十二）

五　梁雪士：梁雪士性癖躭歌，至忘病瘦，為人辨韵，不免取憎，故是道中人好勝應爾。雪士既病，與予坐城南角，歌春歸一闋，再喘再喑，竟作《廣陵散》。藤花村右，欲名西州門矣。（同前書卷十二）

六　記濟上看月：己亥五月十二日夜，舟次濟寧。夾岸皆楊柳，月掛柳端，萬里空碧。與邃之徙倚紗牕下，戒童子不張燭，命樂工操長笛奏之，其聲欲沉欲浮，欲飛欲止，因憶宋人詞云：「虚欄轉月，餘韻尚悠揚。」則宛如目前光景，若另在一世界者。是時月光如畫，風氣如秋，濃陰如幙，山色如黛如烟，村犬如豹，櫓聲滑滑如江南，水味如虎丘茶，煙如縷。童子鼻息如雷，吾兩人俊語如河决海立，萬珠噴薄，幽語如鬼。遂之故不善談，爾時目開心豁，意思活活欲舞。余謂遂之：「此景不應虛擲。」余自吳之燕，自燕歸吳，游殆四月，所過不下七千餘里，其會心者，惟今夕與前者涿州道上耳。過涿州之日，簷聲潺潺，擁衾愁卧，時聞鐘磬聲，或曰此碧霞宫香客也。糜後之市上，士女駢集，余馬幾不得行。亟出市門外，則疊騎聯鞍，結束妖麗，每百十人為一聚，持幡捧鑪，鳴金擊柝，以萬萬計。而道旁巫師佛媪，乞兒歌郎，啞女孿子，獻天堂希有之福利，以祈半菽者。鼠竄蝟起，多於黄土之茅。一帶幽香，陣陣撲人鼻孔間，麥風毛雨，寒沁肌骨，遂捨輿走沙上，忘其身之為我也。因作二詩問之，恨下語酸薄，如學究設席，不堪咀嚼耳。書館清閒，嘗令遂之書扇頭，將以遺顧孟兆，不果。（《聞雁齋筆談》卷二）

七 夢：汝寧蘇霜岩，從其父司訓公議居崑五年，與余輩遊甚密。好作詩寫字，兼通畫竹法。既别數年，音問時至。嘗寄余《隔江遥望圖》以通其意，又嘗作七言律悼先子，每感其情至，時念之。今夜夢霜岩來訪，神情如昨，若有所待者。俄一僧至，演作天魔狀，高唱蘇子瞻「大江東去」詞後，又吟一絶云：「佛印燒猪待子瞻，子瞻猶伴曉雲眠。醒時吃酒醉時唱，勘破人間捧與禪。」（同前）

八 讀《酒經》：數朵薔薇，嬝嬝欲笑，遇雨便止。几上移蕙一本，香氣濃遠。舉酒五酌，頹然竟醉，命兒子快讀《酒經》一過，并書中郎所作醉鄉《調笑引》於末。吾觀畫工寫生，大都於梅花節着水仙，蓋其臭味則有然矣。（同前書卷三）

九 《艷詞引》：世無窮途道喪，分别興之，所到不妨嘔出驚人心，故不然也。須隨場作戲，開眼便覺天地潤。撾鼓非狂，林卧不知寒暑，更上牀空，箅老驥自壯，何關唾壺？蓮花不染，曾出泥下。是以維摩榻伴，天女解禪；摩登室中，慶喜證法。即腐即奇，非花非幻。漫露净丑之脚，恣逞兒女之歡。看他布袋猢猻，東跳西勃；始知門前田地，水緑山清。當場傀儡，還我為之；大地衆生，從渠笑罵。詞共一百二十首。（同前書卷六）

一〇《濟上看月記》：己亥五月十二日夜，舟次濟寧，夾岸皆楊柳，月掛柳端，萬里空碧。予與邃之，徙倚紗牕下，戒童子不張燭，命樂工操長笛奏之。其聲欲沉欲浮，欲飛欲止，因憶宋人詞云：「虚欄轉月，餘韻尚悠揚。」則宛如目前光景，若另在一世界者。是時月光如晝，風氣如秋，濃陰如幙，山色如黛如烟，村犬如豹，櫓聲滑滑如江南，水味如虎丘茶，烟如縷，童子鼻息如雷，吾兩人俊語如河决海立，萬珠噴薄，幽語如鬼。邃之故不善談，爾時目開心豁，意思活活欲舞，予謂邃之：「此景不應虚擲。」予自吴之燕，自燕歸吴，游殆四月，所過不下七千餘里，其會心者，惟今夕與前者涿州道上耳。過涿州之日，簷聲潺潺，擁衾愁卧，時聞鐘磬聲，或曰：「此碧霞宫香客也。」往覘之，市上士女駢集，予馬幾不得行。亟出市門外，則疊騎聯鞍，結束妖麗，每百十人為一聚，持幡捧爐，鳴金擊柝，以萬萬計。而道旁巫師、佛媪、乞兒、歌郎、啞女、孿子，獻天堂希有之福利，以祈半菽者。鼠竄蝟起，多於黄土之茅，一帶幽香陣陣，撲人鼻孔間。麥風毛雨，寒沁肌骨，遂捨輿走沙上，忘其身之為我也。因作二詩，問之，恨下語酸薄如學究，設席不堪咀嚼耳。書館清閒，嘗令邃之書扇頭，將以遺顧僧孺，不果。（《梅花草堂集》卷四）

吴默輯詞話

吴默（一五五四—一六四〇），字因之，吴江（今江蘇）人。文學為時所推重，尤工制舉義。萬曆壬辰會試第一，歷官太僕寺卿。編《翰林詩法》，萬曆庚子自序云：「因以暇日，搜羅宋明兩代詞臣詩議，及前代名家要語，集為法則，以便來學。」所據為《翰苑詩議》、《金鍼集》、《嚴滄浪詩評》、《木天禁語》、《詩教》、《詩家一指》、《詩學禁臠》、《沙中金集》、《詩教指南集》。此據内閣文庫藏明書林泗泉余彰德刊《新鐫吴會元增定翰林詩法》録詞話二則。

一　宋真西山曰：古者雅頌陳於閑燕，二南用之房中，所以閑邪僻而養中正也。衞武公作《抑戒》以自儆，卒為時賢相（當作君）。以楚靈王之無道，一聞祈招愔愔之語，凛（當作懔）焉為之弗寧。詩之感人也如此，於後斯義浸亡。凡日接其君之耳者，樂府之新聲，梨園之法曲而已，其不蕩心而溺志者，幾希。（《新鐫吴會元增定翰林詩法》卷一「翰苑詩議」）

二　詩病：東坡詞云：「杜鵑聲裡斜陽暮」。既曰斜陽，又云暮，是重意，亦病也。（同前書卷十「詩教指南集」）

巢玉庵詞話

巢玉庵，毘陵（今江蘇常州）人。行蹟不詳，嘉靖時在世。有《嘉賓心令》，此據上海古籍出版社影印《説郛續》本録詞話一則。

一　佳人十八：兑　佳人頭五名，才子前三名。酵酢飲二杯。秦弱蘭：「好因緣，惡因緣，秖借郵亭一夜眠。别神僊。琵琶撥盡相思調，知音少。待得鸞膠續斷絃，是何年。」（《嘉賓心令》）

簡紹芳詞話

簡紹芳，字西嶼，號西塋山人。里貫行蹟不詳，嘉靖間在世。編有《楊升庵年譜》。此據《四庫未收書輯刊》影印明嘉靖二十八年蜀藩刻本朱讓栩《長春競辰藁》録序文一則。

一　《長春競辰餘藁序》：蜀成王殿下《長春競辰餘藁》，寔睿藻之子册也。升庵楊太史以示簡紹芳，恭受卒業，乃稽首颺言曰：「逸豫之音多靡，讙愉之詞鮮工。」固也，今銀潢朱邸，開國天府，安富尊榮，蔑尚矣。而侈弗登諸心，怠弗措諸體，游藝苑，窮理窟，搜奇抉隱，掇祕討元。雲翰揮灑，日無漏晷。故賸章脱簡，鑿金玉而罔遺屑，擬宫詞百韻，宋元樂府數十闋，皆托永巷，籌景光，推情素，形遇與。摸寫造物，興寄塵表，涵育靈哲，以資咏歌者也先。王平八風，制九歌，定七音，以奉五聲。使人平心和德，協成其化者，此其意歟？抑聞謹二宫之度，而餘無美豔之御服，既綴之衣，而重緝揮金之篚，緣綺麗之情，為恭儉之德，推聲教之妙，著身政之實。是故動天地，感鬼神，賛皇猷而化天下，豈唯暉賁岷峨、潤濯江漢而已哉？北海東平工書，能賦，特流詞小技耳。視斯廣哉，熙熙乎者，殆覩龍光企鳳彩，邈乎不可及也已。嘉靖戊申中元日西壘山人簡紹芳熏沐稽首拜書。（《長春競辰餘藁》）

徐師曾詞話

徐師曾，字伯魯，號魯庵，吴江（今江蘇）人。能為詩古文，長博學，兼通陰陽律曆、醫卜篆籀之説，嘉靖間舉鄉試，以親老歸。嘉靖癸丑進士，選庶吉士，歷官吏科給事中。移疾歸里，闢書舍南湖上，講誦如諸生。萬曆初起禮科左給事中，力辭不出，益研究經學。著《禮記集註》、《周易演義》、《文體明辨》、《大明文鈔》、《宦學見聞》、《小學史斷》等。《文體明辨》八十四卷，取明初吴訥《文章辨體》而損益之。此據《四庫全書存目叢書》影印明萬曆間建陽游榕銅活字印本《文體明辯》録詞話三則。

一　大明朱承爵曰：詩詞雖同一機杼，而詞家意象亦或與詩略有不同。句欲敏，字欲捷，長篇須曲折三致意，而氣自流貫乃得。（《文體明辨》卷首「論詩餘」）

二　大明王世貞曰：詞者，樂府之變也。一語之豔，令人魂絶；一字之工，令人色飛。乃為貴耳。至於慷慨磊落，縱横豪爽，抑亦其次，不作可耳，作則寧為大雅罪人，勿儒冠而胡服也。（同前）

三　按詩餘者，古樂府之流别，而後世歌曲之濫觴也。蓋自樂府散亡，聲律乖闕，唐李白氏始作《清平調》、《憶秦娥》、《菩薩蠻》諸詞，時因效之。厥後行衛尉少卿趙崇祚輯為《化（當作花）間集》，凡五百闋，此近代倚聲填詞之祖也。宋初創製漸多，至周待制邦彦領大晟府樂，比切聲調，十二律各有篇目。柳屯田永增至二百餘調，一時文士復相擬作，富至六十餘種，可謂極盛，然去樂府遠矣。故陸游云：「詩至晚唐五季，氣格卑陋，千人一律，而長短句獨精巧高麗，後世莫及，此事之不可曉者。」蓋傷之也，然觀秦少游觀之詞，傳播人間雖遠，方女子亦知膾炙，至有好而至死者，則其感人因可想見，殆不可謂俗體而廢之也。第作者既多，中間不無昧於音節，如蘇長公軾者，人猶以鐵綽板唱「大江東去」譏之，他復何言哉！由是詩餘復不行，而金元人始為套數，曲有南北二體，九宫三調其去樂府抑又遠矣。近時何良俊以謂詩亡而後有樂府，樂府闕而後有詩餘，詩餘廢而後有歌曲，真知言哉！要之，樂府、詩餘同被管絃，特樂府以皦逕揚厲為工，詩餘以婉麗流暢為美，此其不同耳。然詩餘謂之填詞，則調有定格，字有定數，韻有定聲，至於句之長短，雖可損益，然亦不當率意而為之。譬諸醫家加減古方，不過因其方而稍更之，一或太過，則本方之意失矣。此《太和正音》及今《圖譜》之所為作也。然正音定擬四聲，失之拘泥，《圖譜》圈别黑白，又易謬誤，故今採諸調，直以平仄作譜列之於前，而録詞其後，若句有長短，復以各體别之，其可平可仄，亦通三句，但所録僅三百二十餘調，似爲未盡，然以備考，則庶幾矣。至論其詞，則有婉約者，有豪放者。婉約者欲其辭情醖藉，豪放者欲其氣象恢弘，蓋雖各因其質，而詞貴感人，要當以婉約爲正，否則雖極精工，終乖本色，非有識之所取也，學者詳之。（同前書附録卷三）

陳棐詞話

陳棐，字汝忠，號文岡，鄢陵（今河南）人。嘉靖乙未進士，任禮科給事中，陞寧夏巡撫，都御史，官至甘肅巡撫。有《陳文岡先生文集》二十卷，此據《四庫全書存目叢書》影印明萬曆九年陳心文刻本録詞話四則。

一　《〈喜遷鶯〉賀馮雨山邑侯朝覲獎勵》：有序，代人作。伏以心馳北闕，臨諸侯述職之期；政著南河，兆賢令陟明之慶。花縣紀儲蓄之績，蘭臺頒獎勵之儀。喜溢縉紳，懽騰閭里。恭惟某官：荆楚人豪，湖湘間氣。標致並黄山之爽秀，文瀾驚赤壁之波濤。庠之彦也，聲名齊雙鳳之亭；國之禎兮，手段展六鰲之釣。玉斧早寒乎蟾桂，和鈴小試乎牛刀。居官得要，曰清曰慎曰勤；從政希賢，曰藝曰達曰果。不剛不柔，優優敷政；可嘉可樂，顯顯宜民。甘棠垂蔭，仁恩廣被於一同；桃李敷榮，培植良由於多術。鼎新文廟，益振武城之絃歌；創濬泊河，茂長池陽之禾黍。秀麥應張堪之瑞，嘉禾呈周代之祥。催科匪拙，際萬寶之告成；處置得宜，令千倉之皆滿。損下非所以益上，在官實欲以資民。奚啻斯土之神君，可比昔時之循吏。是以嘉貺下彤弓之美，康侯膺蕃馬之錫。豈曰大賚之常，真是懋功之賞，震驚百里，珎重十朋。郎星耀彩，且當拱極之宵；鳧舄飛雲，正爾□天之日。製錦才優，尚期補衮。烹鮮理得，猶望調□。吾黨愛莫助之，我侯自此升矣。某等快覩鴻休，情深燕賀。謹裁短綺，用綴蕪詞。詞曰：「節逢春小，喜鄢陵、倉廩充盈，人民熙皡。霹靂雄才，經綸偉器，試聽那、頌聲滿道。見如今，綵幣稠疊，銀花照耀。獎我這，古潁龔黃，南陽杜召。　消息好，一時大展天池翅，定千里、雲垂海嶠。桃綻河陽，柳垂彭澤，已有昔人才調。芳名北泊流長，公事西湖都了。願此行，奏向天朝，身居上考。」（《陳文岡先生文集》卷九）

二　又《水龍吟》有序：恭惟某官：黃甲遺才，青雲偉器。資稟毓江山秀麗，中和由學問充融。為親捧毛義之檄，操割效洛陽之刃。初啓鵬程於泊水，暫棲鸞枳於鄢城。善政善教，霖雨兼化雨以洪施；宜民宜人，郎星映德星而聚耀。力致百廢之悉舉，尤慮九年之未儲。乃積乃倉，既優既渥。是以憲臺馳獎，僚幕騰懽。美學道愛人之力，追緋衣銀魚之錫。上裁綺帳，下索蕪詞。走素承教愛，幸捷鄉科。媿乏陽春白雪之音，昕寫蛩鳴螽躍之意。詞曰：「陽春有脚到鄢來，二年餘、暫借經綸手。北野桑麻，滿城絃誦，忽然易舊。單父名高，蒲城政美，古人與偶。羡雲程萬里，功名本是真儒事，君才有。况負着文章山斗，對槐庭、垂簾清晝。人盡説、父母賢明，皷舞殺、黄童白叟。花裏鳴琴，棠陰聽頌，習池尋友。待來春報政了，定遷喬，直做到、金章紫綬。」（同前）

三 《〈慶清朝〉賀張近川邑侯獎勵》有序，代人作：伏以花縣絃歌，百里異神君之政；柏臺檄奬，十朋嘉循吏之功。動喜色於霜威，良以陽春有脚；播寵光於星宰，固知冰鑑無私。賀舉縉紳，懽騰士庶。恭諗某官：江海鍾英，吴松儲隽。秀並九峰峻系，清投三泖精華。池近書聲，雲影天光湛璧；泉開文脉，一泓五色流香。惟人傑産於地靈，故賢出應能昌國。玉斧取蟾宫之桂，劒光射牛斗之墟。釣學任公，鰲横海上；才過陸子，龍起雲間。鵬運天池，六月暫息泊水；鳬飛仙舄，千年又自南來。品濟政事以文學，竹間和韻；御繁嚻以簡静，花裏鳴琴。革吏弊而案牘自裁，擊民兇而猾奸盡伏。藻明，則員選得素器之士；城陴繕，則董工簡新任之僚。由其復牖垂名，探淵源於世學；故能兩岐秀麥，獲治效於家傳。是以撫臺下旌淑之章，黌舍主懋功之賞。美擬華衮，榮比彤弓。某以林下疎庸，深仰江東政蹟。侯有翰之高也，興每動於思鱸。余固潁之人焉，心恒切於借寇。兩年簪盍，郎星垂映於德星；指日喬遷，甘雨大施為霖雨。我侯自此升矣，吾黨愛莫助之。統表微忱，用述奇事。謹裁綺帳，强綴蕪詞。詞曰：「碧海蛟翔，青雲鶚薦，起東南萬丈文光。簾垂清晝，喜鄢陵、日轉甘棠。報道臺邊奬檄，雄名茂實相當。奇絶處，花紅耀，皷吹喧堂。　憶故國，張家庭院，舊有清忠賜篆，御墨猶香。他後來、經綸勳業，彝鼎難忘。願仰前人餘韻，賢聲千古更同芳。雙泊水，滔滔東去，名與流長。」（同前）

四　《水調歌頭》贈郭菊埜政成旋汴》有序：伏以爵拜佩宸，雲裏遥分乎使竹；旆臨花縣，春陰廣被乎甘棠。取兩月振作之功，成千載絃歌之治。縉紳交慶，黎庶騰懽。恭惟某官：質稟二儀清淑；粹鍾六詔山川。學究先天，衍聖賢衣鉢；才超後進，吐翰墨珠璣。溟海鵬摶，早擊滇池之水；雲霄蟾步，高攀月窟之香。乃校藝南宫，遂觀光北闕。萬里壯遊，歷覽上追。司馬兩都妙賦，辭華直擬班生。顧清白以傳家，志忠赤而報國。分符天部，朝命□膺。捧檄日邊，郡僚興賛。見風流之丰劍，羡豪傑以專城。李相在澶，已著公輔之量；吕公作判，預占鈞軸之資。令行捕盗，白波盡捲於粱封；望重攝邑，朱紱屈臨於鄢境。六事修而克備，百廢舉以無遺。號令始下，而精采自加；整頓方施，而規模即立。教化大行，再見漢時之黄霸；貧窮得賑，獨追潁士之韓韶。河堤築而瑞麥有秋，甘霖沛而誠禱輒應。允矣斯民父母，果哉兹土神君。士元非百里才，胡可久留乎驥足？子游豈一邑宰，但宜暫借乎牛刀。我公旋旆之有期，吾黨攀轅之無既。走竊領芳譽，幸接光容。汾陽真有裔，喜瞻單騎之餘風；林宗何如人，每歎折巾而效慕。兹當送别，情切挽留。聊綴詞章，用伸情素。詞曰：「春風五馬使，攝篆洎河濱。共喜陽春有脚，到處一番新。堤上連雲秀麥，郊外隨車甘雨，德澤滿鄢人。瘡痍隨手去，風俗即時淳。　聽稱説，明决處，總如神。果是推情問事，照膽鏡無塵。為甚烏臺移取，促使鹿車早駕，父老卧廻輪。願存鄢土念，旌旆復南廵。」(同前)

馮從吾詞話

馮從吾（一五五六—一六二七），字仲好，號少墟，長安（今陝西西安）人。萬曆己丑進士，選庶吉士，改御史。以上疏言事廷杖，歷遷左副都御史，以争紅丸挺擊事乞歸，起工部尚書，以疾辭，後竟削奪，請告歸，尋起原官。又削籍，歸家居講學，天啟初起大理寺少卿。謚恭定。所著有《少墟文集》、《元儒攷略》、《少墟語録》。此據影印文淵閣《四庫全書》本《少墟集》和《知服齋叢書》本《元儒攷略》録詞話二則。

一　士戒：余至不肖，諸生不不（疑衍一「不」字）肖余而從之遊，余愧無能為助也，聊述數語以戒諸生，知諸生必不其然，第不如此，不足以效忠告耳。儻中有不率者，諸生當先鳴鼓攻余訓導不嚴之罪。……一、毋撰造詞曲雜劇及歌謠對聯，譏評時事，傾陷同袍。……一、毋唱詞作戲，博奕清譚。

（節録自《少墟集》卷六「語録」）

二　程瑁，字君用，號悦古，涇陽人。隱居不仕。弱冠即以古學自力，討論六籍，雖祁寒暑雨，造次顛沛，未嘗少輟。嘗主盟三原學古書院，遠近從學者百餘人，循循然，樂教不勌。嘗誡諸子曰：「人性本善，習之易流。古聖賢皆以驕惰為戒，況凡民乎？」集《家戒》一卷以遺子孫，著述有《遼史》三卷、《異端辨》二卷、《雲陽志》二卷，樂府、文集傳於世，攷《雍大記》、《通志》俱載，《一統志》闕。（《元儒攷略》卷四）

董其昌詞話

董其昌（一五五六——一六三七），字玄宰，號思白，華亭（今上海）人。萬曆己丑進士，改庶吉士，授編修，皇長子出閣，充講官。坐失執政意，出為湖廣副使，移疾歸，起故官，督湖廣學政。光宗立，詔為太常少卿。天啓二年擢本寺卿，擢禮部右侍郎，拜南京禮部尚書。政在閹豎，乃深自引遠，踰年，請告歸，詔加太子太保致仕。卒贈太子太傅。福王時謚文敏。其昌天才俊逸，少負重名，書法超越諸家，獨探神妙，人擬之米芾、趙孟頫。著《容臺文集》、《學科考略》、《畫禪室隨筆》、《筠軒清秘録》等，《筠軒清秘録》三卷，舊本題董其昌撰，是書皆論玉石銅磁諸古器，及法書名畫之類。此據《四庫全書存目叢書》影印明崇禎三年董庭刻本《容臺文集》及《别集》、影印文淵閣《四庫全書》本《畫禪室隨筆》、書目文獻出版社出版《明代書目題跋叢刊》影印本《玄賞齋書目》、《學海類編》本

《筠軒清秘録》録詞話十七則。

一　《蘇黄題跋序》：蘇門四友，惟山谷學不純，師東坡事之，隱然敵國。文章氣節之外，戒行精潔，平生辠過，比於露坐科頭者，衹小豔詞耳，此真東坡之所畏也。其為文倣《蘭亭叙》，題跋書畫，寥落短篇，出於劉義慶《世説》。雖偏師取奇，皆超出情量，動中肯綮。而廣川之藻，長睿之博，顧不無遜席焉，亦得坡公薰染力耳。當宣和時，黨禁蘇、黄，及其翰墨，凡書畫有兩公題跋者，以為不祥之物，裁割都盡，乃以進御，蓋論世者興嗟焉。豈知五百年後小璣片玉盡享連城，如侍御楊公裒成此集也耶？山谷嘗為子弟言：「士生於世，可百不為，惟不可俗，俗便不可醫也。臨大節而不可奪者，不俗也。」宋人之以為不祥也，俗也。侍御公之結集也，醫俗也。世有不俗者，定不作書畫觀矣。（《容臺文集》卷一）

二　《江南春題詞》：《莊》與《騷》，皆楚人之作也，能讀《莊》者可以讀《騷》，所謂寓言十九者，非耶？梁昭明序陶徵君集，而少其《閑情》一賦，彼真以溱洧為淫風，而《九歌》之解珮捐珥，為《周秦行紀》之儷也，固矣。吏部徐大冶為舍人時，和倪瓚《江南春》之詞，每韻八首，又廣之為四時，而夏秋冬各八，雖文生於情，而意若有託，非僅僅《比紅》詩、《香奩集》等者，且窄韻奇語疊出不枯，如渡瀘之師七縱猶擒，如桃源之路再入不誤，先時和者皆自廢矣。豈非「蒹葭」、「白露」獨寫伊人之懷，鐵心百腸不掩廣平之藻者乎？大冶之佐天官之業，亦可知矣。余既為補圖，復為此弁之。大冶家世中吳而居於楚，其所得於《莊》、《騷》者多也。（同前書卷三）

三　東坡云：詩人有寫物之工：「桑之未落，其葉沃若。」他木不可以當此。林逋《梅花》詩：「疎影橫斜水清淺，暗香浮動月黄昏。」決非桃李詩。皮日休《白蓮》詩：「無情有恨何人見，月冷風清欲墮時。」此必非紅蓮詩。裴璘《詠白牡丹》詩：「長安豪貴惜春殘，争賞先開紫牡丹。别有玉杯承露冷，無人起就月中看。」（《容臺别集》卷一「題跋・雜紀」）

四　王介甫金陵懷古詞，東坡於壁上觀之，歎曰：「此老，狐精也。」其推服如此。米元章又稱荆公書絶似五代楊少師。蘇之詞，米之書，皆横絶千古，獨不敢傲介甫，此公若不作宰相，豈至掩其長耶？（同前）

五　右李後主詞，刻於《淳熙秘閣續帖》者，後主傳撥鐙法七字，世人罕能得之。其詞淒惋，真亡國之音也。然在詞場中，猶不失作南面王，當得衙官周美成、秦少游輩耳。（同前書卷二「題跋・書品」）

六　東坡「大江東去」詞舊名《念奴嬌》，又改為《百字令》，後即名《赤壁詞》。余以胡浩然、宋謙甫櫽括二賦，皆於賦外旁出二十餘字，故限字為此，於字無出入，於腔不無出入也。然次闋可為東坡傳神，東坡取忌不在口在筆，文與可嘗規其作詩，詩獄之後，喜為詩益甚，前賦以曹孟德比時宰，故曰：時宰欲殺之，時宰已矣。賦自千古常新耳。（同前）

七　東坡此詞次闋自傷不如周瑜之遇主，子美一飯不忘君同意。（同前）

八　白香山《琵琶行》以自寫羈臣怨士之緒，以彼曠懷，深信禪悦，豈為淪落摩登伽女濕青衫之淚也。山谷故是白太傅後身，所作艷詞，與《琵琶行》同致，猶為禪德所訶，謂不止墮驢胎馬腹，此書殆是未見秀鐵面時所作耶？原是吾鄉朱司成所藏，山谷他書學醉素，獨此規摹章草，以行書意寫流艷語，正似香山以無情人落有情癡也。（同前）

九　東坡書歸去來詞與契順，山谷所謂彭澤千載人、東坡百世士令之，則雙美也。（同前書卷三「題跋・書品」）

一〇　余以丙申秋奉使長沙，浮江歸，道出齊安。時余門下徐暘華為黃岡令，請余大書東坡此詞，曰：「且勒之赤壁。」余乘利風解纜後，作《小赤壁》詩，為吾松赤壁解嘲已。余兩被朝命，皆在黃、武間，覽古懷賢，知當在坡公舊題詩處也，因書此詞識之。（同前）

一一　余書坡公「大江」詞，即以其筆法書之。米元章謂東坡畫字，趙子固又云：「偃筆之病誤我蘇公。」然山谷有云：「子瞻書為今代第一，挾以文章妙天下，忠義貫日月之氣，自非書家所能争長也。」（同前）

一二　《書琵琶行題後》：白香山深於禪理，以無心道人作此有情癡語，幾所謂木人見花鳥者耶？山谷為小詞，而秀鐵訶之，謂不止落驢胎馬腹，則慧業綺語，猶當懺悔耳。余書此歌，用米襄陽楷法，兼撥鐙，意欲與艷詞相稱乃安，得大珠小珠落研池也。（《畫禪室隨筆》卷一）

一三　《跋仲方雲卿畫》：傳稱西蜀黄筌畫兼衆體之妙，名走一時。而江南徐熙後出，作水墨畫，神氣若湧，別有生意。筌恐其軋己，稍有瑕疵。至於張僧繇畫，閻立本以為虛得名，固知古今相傾，不獨文人爾爾。吾郡顧仲方、莫雲卿二君皆工山水畫，仲方專門名家，蓋已有歲矣。雲卿一出，而南北頓漸，遂分二宗。然雲卿題仲方小景，目以神逸，乃仲方向余斂衽，雲卿畫不置，有如其以詩詞相標譽者。俯仰間見二君意氣，可薄古人耳。（同前書卷二）

一四 東坡讀金陵懷古詞於壁間，知為介甫所作，嘆曰：「老狐精能許！」以羈怨之士，終不能損價於論文。所謂文章天下至公，當其不合，父不能諛子，其論之定者，雖東坡無如荆公何。太白曰：「崔灝題詩在上頭。」東坡題廬山瀑布曰：「不與徐凝洗惡詩。」太白閣筆於崔灝，東坡操戈於徐凝，豈有恩怨哉？（同前書卷三「評詩」）

一五 《中州樂府》。（《玄賞齋書目》卷七「金人集」）

一六 《尊前集》。《花間集》。《唐宋諸賢絶妙》。《詞選》。《弁陽老人絶妙詞選》。《花庵絶妙詞選》。《中興以來絶妙詞選》。《草堂詩餘》。《續草堂詩餘》。《元人草堂詩餘》。《古今詞》。黄萬載《梅苑》。張炎《詞源》。《詩餘圖譜》。《詩餘畫譜》。《晏珠玉詞》。晏幾道《小山詞》。張先《子野詞》。周美成《片玉詞》。陳師道《後山詞》。《東坡樂府》。《秦淮海長短句》。《黄山谷詞》。柳永《樂章集》。沈端節《克齋詞》。侯寘《孏窟詞》。黄公度《知稼翁詞》。吴潛《履齋詩餘》。洪咨夔《平齋詞》。張榘《芸窗詞》。趙子昂《松雪詞》。蔣捷《竹山詞》。張埜《古山樂府》。劉因《静修詞》。林正大《風雅遺

音》。許棐《梅屋詩餘》。劉青田《寫情集》。《桂州詞》。朱淑真《斷腸詞》。（同前書「詩餘」）

一七 先秦、兩漢詩文具備，晉人清談、書法，六朝四六，唐人詩、小説，宋人詩餘，元人畫與南北劇，皆是獨立一代。（《[illegible]軒清秘録》卷上）

《新鋟訂正評注便讀草堂詩餘》詞話

《新鋟訂正評注便讀草堂詩餘》七卷，卷端下題：「秣陵思白董其昌評訂、古閩心藥曾六德參釋」，卷一至三為春景類、卷四為夏景類、卷五為秋景類、卷六為冬景類。而卷七為增補，卷端題作「草堂詩餘附録」，並云：「附録者，皆詞苑之絶筆，惜《詩餘》未及選也，今以數調增入，裨為作者之式，以便準繩焉。」其中評語有互見於明刊署名其他人評批的《草堂詩餘》中，卷端題作董其昌評訂，而序却云「吾年友李君梧芳業暇時，分門取類，仍加評釋」，亦是託名。此據國家圖書館藏明萬曆壬寅喬木山堂刊本録詞話二百二十三則。

一 《草堂詩餘引》：嘗謂天運有四時：曰春，曰夏，曰秋，曰冬，而古之文人墨士莫不感時起興，觀物興心，對景賦詩焉。若春有芳草之遊，夏有緑荷之賞，秋有黄花之飲，冬有白雪之詠，皆其事也。少游秦公、耆卿梅（當作柳）公輩非一人，其長短調四時之辭本各隨時而賦焉。但後世剞劂者多失其類，散亂混淆，遂使作者之意不明矣，良可惜哉！吾年友李君梧芳業暇時，分門取類，仍加評釋，付諸梓而行之天下。予展舉讀之，其分類也明，其評論也當，後之有志於學詞者先之圖譜以審其韻，後之評釋以繹其義，則不患學詞之無其助云。時萬曆壬寅歲孟冬月吉日喬山書舍梓。（《新鋟訂正評注便讀草堂詩餘》）

二 胡浩然《喜遷鶯》「譙門殘月」：雙溪老人云：浩然此詞先記節叙，次叙述宴賞未歸，應時納祐，尤有歸宿。（同前書卷一）

三 賀方回《臨江仙》「巧剪合歡羅勝子」：首以羅勝子、釵頭、綵燕就為立春日之故事，而不以景物鋪叙，又是一家文法，後以人情客意結之。（同前）

四 李漢老《小重山》「誰勸東風臘裏來」：《青帝賦》：震宫初動，木德惟行，龍女戒旦，鳳歷司春。綵燕，立春日用，青鞋，遊春日用之點綴，可矣。（同前）

五 向伯恭《鷓鴣天》「紫禁烟花一萬重」：此詞富麗，寫盡上元景象，末寓感慨之意。（同前）

六 張林甫《燭影摇紅》「雙闕中天」：此見燈燭管絃之盛，光陰迅速如夢，追及往事，寧不傷懷？（同前）

七 李漢老《女冠子》「帝城三五」：吴臺今古繁華地，偏愛元宵燈火戲。春前臘後未開晴，已向街頭

作燈市。（同前）

八　康伯可《寶鼎現》「夕陽西下暮靄紅」：春回璧月華燈夜，人在蓬壺閬苑中。　又：古詞云：「御樓烟煖，對鰲山綵結。簫鼓向晚，鳳輦初回宮闕。千門燈火，九街風月。」（同前）

九　康伯可《漢宮春》「雲海沉沉」：花庵詞客云：此詞伯可在慈寧殿元宵被旨作。（同前）

一〇　周美成《解語花》「風銷焰蠟」：燈月交輝，佳人歌舞，才子遊玩，亦一時之勝。　又：用蘇味道詩「暗塵隨馬去，明月逐人來」，詞意古雅。（同前）

一一　胡浩然《傳言玉女》「一夜東風」：「笙歌聲拂長春地，星月光回不夜天」，可為此評。（同前）

一二　胡浩然《萬年歡》「燈月交光」：以上元日燈燭之景，因見才子佳人遊樂，以動蕩其心，而形於其曲。（同前）

一三　謝無逸《玉樓春》「弄晴數點梨梢雨」：天時人事，俱見此事，露桃真（當為嗔）、風柳妬，尤新奇有味。（同前）

一四　趙德麟《蝶戀花》「欲減羅衣寒未去」：布景生情，至於啼痕，方見人子思親意。　又：善安排，詞中絶律。（同前）

一五　葉少蘊《醉蓬萊》「問春風何事」不忍別春之意溢於言外。　又：曲水流觴，引山陰蘭亭中樂事。（同前）

一六　秦少游《風流子》「東君吹碧草」：觸景傷懷，言言新巧，不步人間溪徑，詞令上品也。（同前）

一七　劉改之《水調歌頭》「春事能幾許」：此言春光易邁，人生幾何？恣飲高歌，良有以也。（同前）

一八　張東父《驀山溪》「青梅如豆」：模寫春半之景宛在目中，而詞藻爛然，人人快睹。（同前）

一九　黄山谷《驀山溪》「鴛鴦翡翠」：山谷此詞有感而作，夗鴦翡翠，言其止則相偶，飛則為雙，性馴故也。（同前）

二〇　王元澤《眼兒媚》「楊柳絲絲弄輕柔」：新奇高妙，善於詞曲者。（同前）

二一　秦少游《眼兒媚》「樓上黄昏杏花寒」：對春景寥落而有所思，故作此詞。（同前）

二二　趙德麟《清平樂》「春風依舊」：對景傷春，而言「斷送一生」句，最為悲切。（同前）

二三　李後主《阮郎歸》「東風吹水日銜山」：李後主著作頗多，而此尤為傑出者。（同前）

二四　秦少游《柳梢青》「岸草平沙」：對景物而思故人有如此者。（同前）

二五　宋子京《玉樓春》「東城漸覺風光好」：詞中「緑楊」、「紅杏」二句，果擅騷壇，子野稱之不虚也。（同前）

二六　秦少游《千秋歲》「柳邊沙外」：此搜紅拾翠之詞，誦者莫不嘖嘖，余香留齒頰矣。（同前）

二七　王元澤《倦尋芳》「露晞向曉」：此以棠錦榆錢、嬌鶯倦燕點出無限風光，又以落花流水動幽思結之，何等有味。（同前）

二八　阮逸女《魚遊春水》「秦樓東風裏」：唐人詞調，嚼徵含宫，泛商流羽，為大雅元音，非今之險句

聱牙以為正者比。（同前）

二九 張子野《燕春臺》「麗日千門」：春景之繁華，人間之富麗，俱見此詞。（同前）

三〇 周美成《浣溪紗》「小院閒牕春色深」：寫出貴婦心情，在此數語。（同前）

三一 宋子京《玉漏遲》「杏花飄禁苑」：此詞意在禁苑中作，方有此語，非郊野之景色。（同前）

三二 秦少游《如夢令》「門外緑陰千頃」：據所見所聞，而春意滿腔矣，《陽春曲》詞云：「門掩映，人寂静，風弄一枝花影。」（同前）

三三 晏同叔《玉樓春》「緑楊芳草長亭路」：此亦春閨之情，非謂婦人語，可乎？傳正所答叔原是也。（同前）

三四 阮逸女《花心動》「仙苑春濃小桃開」：花庵詞客云：阮逸女工於文詞，惟此曲傳於世。（同前）

三五 周美成《瑞龍吟》「章臺路」：唐人作宮詞，或賦事，或抒怨，或寓諷刺。或其人負才抱志，不得於君，流落無聊，故託以自况耳。（同前）

三六 秦少游《海棠春》「流鶯窓外啼聲巧」：古詩：「半欲天明半采（當作未）明，醉聞花氣睡聞鶯。」亦此意也。（同前）

三七 柳耆卿《西江月》「鳳額繡簾高捲」：此詞啓語亦頗是富麗，末結殊覺淡弱無味。（同前書卷二）

三八　胡浩然《春霽》「遲日融和乍雨歇」：此能收天下春歸之肺腑者，不然，何其吐辭宏大典雅乃爾？（同前）

三九　周美成《大酺》「對宿煙收」：鋪叙春雨之景象，意思極到。（同前）

四〇　李元膺《洞僊歌》「廉纖細雨」：此以春雨懨懨為助人愁悶似也，較之不管滴碎故鄉心愁人耳，詞意尤勝。（同前）

四一　蘇子瞻《行香子》「北望平川」：形容晚景，宛如畫圖在目中，詞令上品也。（同前）

四二　歐陽永叔《浣溪紗》「湖上朱橋響畫輪」：融景賦詩，古人胸次，何等活潑潑地。（同前）

四三　黄山谷《水調歌頭》「瑶草一何碧」：山谷老胸次悠然，真與造化同遊衍，故其發為辭華，俊逸清新乃爾。（同前）

四四　辛幼安《鷓鴣天》「著意尋春懶便回」：詞淺意深，可謂素位而行，不役役於非望之福者。（同前）

四五　劉改之《賀新郎》「睡覺啼鶯曉」：此詞綴拾許多故事，見西湖之勝甲於天下，歌舞無休，坡老作守，酣遊於此，人嘲之曰：「十里荷花了公事。」或云：「非是公事湖中了，聞説官閑事也無。」（同前）

四六　黄魯直《踏莎行》「臨水夭桃」：人生有幾韶光，倒盡金樽拚醉眠，正此意。（同前）

四七　葉道卿《鳳凰閣》「遍園林緑暗」：因天時而傷人事，是作得之。（同前）

四八　周美成《玲瓏四犯》「穠桃夭李」：周君滿腔子都是春意，故能吐詞寫景到此。（同前）

四九　康伯可《憶秦娥》「春寂寞」：風落花殘，春寒服薄，閨閣憂思有不堪處。（同前）

五〇　賀方回《望湘人》「厭鶯聲到枕」：此等詞章，優柔婉麗，意味無窮，風骨内含，精芒外隱，如清廟朱絃，一唱三歎。（同前）

五一　僧皎如晦《高陽臺》「紅入桃腮」：前段見春光之易老，次段言春遊之可樂，不知尋樂，而役役於虚名薄利，則戚耳。（同前）

五二　晁叔用《玉蝴蝶》「目斷江南」：詞末數語，無限幽思。（同前）

五三　周美成《西平樂》「穉柳蘇晴」：前段綴景練詞，後段傷今思古。縱横變化，曲中宫商，用之詞華，可與王、李、柳、秦並驅中原矣。（同前）

五四　蘇養直《倦尋芳》「獸鐶半掩」：三月鶯花，最是閑情，夜對銀缸，形影相吊，甚有不堪。（同前）

五五　張子野《浣溪沙》「樓倚江邊百尺高」：張三影詞洞徹閨怨，方能摹寫到此。（同前）

五六　周美成《滿江紅》「晝日移陰攬衣起」：鑄意宏深，脩詞奇婉，所謂氣靡屈、賈，目知曾、劉墻者。（同前）

五七　秦少游《桃源憶故人》「碧紗影弄東風曉」：此等詞調，清新俊逸，誦之自爽人口。（同前）

五八　周美成《晝錦堂》「雨洗桃花」：花褪絮殘新燕語，春事闌珊矣。（同前）

五九　何籀《宴清都》「細草沿堦軟」：創用四個「遠」字作一句，何等奇巧。（同前）

六〇　秦少游《阮郎歸》「春風吹雨遶殘枝」：以春風雨晴布景，宛如時光在目者，棋應劫句，見有所思而遲之也。（同前）

六一　寇平仲《踏莎行》「小徑紅稀」：此以緑戰紅酣、藏鶯飛燕點出三月景。（同前）

六二　蘇養直《小重山》「西園風暖落花時」：花落鶯啼，自是一番愁况。（同前）

六三　何籀《點絳脣》「鶯踏花翻」：前布閨情之中景，後寫閨中之情。善形容婦人聲口。（同前）

六四　張子野《歸朝歡》「聲轉轆轤聞露井」：此詞洞徹閨怨，瞭然在目。（同前）

六五　秦少游《浣溪沙》「青杏園林煮酒香」：上寫出春景在目，下描來閨情如見。　又：薄裳初試，有意味。　又：容光消瘦，真堪憐也。　又：丘文莊云：「眼前語致口頭語，便是詩家絶妙詞。」誠然也。（同前）

六六　孫夫人《南鄉子》「曉日壓重簷」：詞意高妙，蓋顛之倒之，心有所思，而不專於女工也，惟其不捲簾，所以楊花滿院。（同前）

六七　孫夫人《燭影摇紅》「乳燕穿簾」：孫夫人此詞備道出閨中情思，且句句情切，不襲陳語，亦女中奇子也。（同前）

六八　徐師川《卜算子》「胸中千種愁」：《古愁吟》：「來時何速去得遲，半在胸中半在眉。」與此同意。（同前）

六九　沈公述《念奴嬌》「杏花過雨」：此見春光明媚，未見有別離之恨。（同前）

七〇　趙德麟《錦堂春》「樓上縈簾弱絮」：此詞多有獨到之語。（同前）

七一　秦少游《畫堂春》「東風吹柳日初長」：少游敏思捷才，人謂其頃刻開花果爾。（同前）

七二　辛幼安《念奴嬌》「野棠花落」：時值清明，九十春光過了。太平自是動人幽恨。（同前）

七三　陳同甫《水龍吟》「鬧花深處」：柳緑花紅，鶯啼燕語，春光自是可人。（同前）

七四　趙德麟《蝶戀花》「捲絮風頭寒欲盡」：前段因春之恨，次段人事之恨。（同前）

七五　錢思公《玉樓春》「城上風光鶯語亂」：此詞極其凄婉，且惜韶光易老，朱顔暗換，要解愁腸，惟有芳罇而已。（同前）

七六　柳耆卿《鬬百花》「煦色韶光明媚」：以春景華麗中剔出恨來。（同前）

七七　韋端已《謁金門》「春雨足」：倚遍闌干，無由消千里之恨。（同前）

七八　周美成《憶舊遊》「記愁横淺黛」：前言「墜花」、「寒螿」，點秋宵景況。何以謂之春恨？後段又有「新燕」、「東風」句，意者二段錯簡乎？不應乃爾。（同前書卷三）

七九　周美成《丹鳳吟》「迤邐春光」：春有盡而恨無盡，詞令中不多得者。（同前）

八〇　秦處度《卜筭子》「春透水波明」：古今美女多於翠樓凝妝刺繡，故云。（同前）

八一　李景《浣溪沙》「一曲新詞酒一盃」：「燕歸來」、「花落去」，雖出自口頭話，而意趣雅潔。（同前）

八二　張仲宗《蘭陵王》「捲珠箔」：春光最可人，亦最愁人，細嚼此辭可見。（同前）

八三　周美成《漁家傲》「幾日輕陰寒惻惻」：踏青而有故國之思，舉杯而有可人之勸，向恨春歸，而今消之耳。（同前）

八四　賀方回《薄倖》「淡粧多態更滴滴」：凡閨中之詞，在於淡而不厭，哀而不傷，於是作得之。（同前）

八五　易彦祥《蓦山溪》「海棠枝上」：前段是春光明媚，可以適情。後段乃乘時遊衍，而以歌舞以結之，善鋪叙。（同前）

八六　魯仲逸《惜餘春慢》「弄月餘花」：描寫婦人無限幽思，寄之筆舌，真風流人豪也。（同前）

八七　歐陽永叔《瑞鶴仙》「臉霞紅印枕」：永叔此詞模寫傷春之懷，委婉清新，可以奏之絲竹，不減唐人風致。（同前）

八八　秦少游《蝶戀花》「鐘送黄昏鷄報曉」：用口頭話平平鋪叙，自有一種閑雅，包括世態人情殆盡。（同前）

八九　吴彦高《青衫濕》「南朝千古傷心地」：懷往事之可悲，思今日之奇遇。（同前）

九〇　李後主《蝶戀花》（當為《虞美人》）「春花秋月何時了」：山谷羡後主此詞，荆公云，未若「細雨夢回鷄塞遠，小樓吹徹玉笙寒」，尤為高妙。（同前）

九一　俞克成《蝶戀花》「夢斷池塘驚乍曉」：此樣詞調如駕輕車，就熟路，無纖毫窒礙，一氣滚來，妙，妙。（同前）

九二 歐陽永叔《浪淘沙》「把酒祝東風」：此二句與老杜「明年此會知誰健」意同。（同前）

九三 蘇東坡《蝶戀花》「春事闌珊芳草歇」：當鳥啼花落之時，自能動人離思之苦，况夢回月落，其情尤有不堪者。（同前）

九四 秦少游《江城子》「西城楊柳弄春柔」：「碧野朱橋」，正是離别之處。「飛絮落花」，言其景。「春江」二句，言其情也。（同前）

九五 康伯可《喜遷鶯》「臘殘春早」：按康與之此詞，語意盡佳，惜此媚竈之語，蓋為檜相作耳。（同前）

九六 晁無咎《摸魚兒》「買陂塘」：晁無咎詞真能道急流勇退之意，真西山極愛賞之。（同前）

九七 周美成《玉樓春》「桃溪不作從容住」：作天台詞，以劉、阮事實入講最為得體。（同前）

九八 歐陽修《朝中措》「平山闌檻倚晴空」：「欲吊文章太守，仍歌楊柳春風。休言萬事轉頭空，未轉頭時皆夢。」末句感慨之意見於言外。（同前）

九九 蘇東坡《哨遍》「為米折腰」：坡老心慕淵明，此詞故為之隱括，所謂惟豪傑而後識豪傑者也，胸次磊落如此，二公蓋有無入不自得者，曠世所稀見也。（同前）

一〇〇 歐陽永叔《玉樓春》「妖冶風情天與措」：雞即鳴，則東方白矣，雖有迷花戀酒之情，不能久留，故用一愁字，最巧。（同前）

一〇一 周美成《虞美人》「落花已作風前舞」：前狀風，後寫情，清新典雅，其味無窮。（同前）

一〇二 周美成《蘇幕遮》「隴雲沉」：詞鋒銛利，筆力縱橫，才華當出沈、謝之右。（同前）

一〇三 秦少游《水龍吟》「小樓連苑横空」：少游才捷人，謂其頃刻開花，如此詞按景鋪叙，亦婉曲有余味也。（同前）

一〇四 宋豐之《小重山》「花樣妖嬈柳樣柔」：此詞風情雅致，曲盡佳人之態，末寫留戀意，猶妙。（同前）

一〇五 黄魯直《浣溪沙》「堤上遊人逐畫船」：高人胸次，超脱隨在，皆樂境，於此可見矣。（同前）

一〇六 黄山谷《西江月》「斷送一生惟有」：本旨勸酒，而通篇不露本來面目，造鳳樓手也。（同前）

一〇七 史邦卿《雙雙燕》「過春社了」：此詞形容燕子棲簷入幕，輕飛巧語，掠水銜泥，其態度盡之矣。

一〇八 章質夫《水龍吟》「燕忙鶯懶芳殘」：此言楊花散亂輕盈，乘風帶雨，滚地撲人，糁徑穿簾，輕薄悠揚之態，盡於詞内見之。又：玉林詞話云：質夫「傍珠簾散漫」數語形容盡之矣。（同前）

一〇九 周美成《水龍吟》「素肌應怯餘寒」：喻梨花清潔之姿，羣花無比，詩人所詠「一枝帶雨冰肌冷，幾樹含風雪色新」之句，最為切當。（同前）

一一〇 周美成《蘭陵王》「柳陰直」：古人所謂「絲絲能係别離情」，正此意。（同前）

一一一 李易安《武陵春》「風住塵香花已盡」：物是人非，覩物寧不傷感？（同前）

一一二 周美成《如夢令》「池上春歸何處」：二句俱有意致。（同前）

一一三　周美成《如夢令》「花落鶯啼春暮」：詞語佳麗。

一一四　李易安《怨王孫》「夢斷漏悄」：此詞形容春暮，語意俱到。（同前）

一一五　李易安《浣溪沙》「樓上晴天碧四垂」：鳥啼花落，九十春光去矣。

一一六　李世英《蝶戀花》「遥夜亭皋閒信步」：景物依稀，人心憔悴，盡於詞意中見之。（同前）

一一七　僧皎如晦《卜算子》「有意送春歸」：送春之詞，此作至矣。（同前）

一一八　張子野《天仙子》「水調數聲持酒聽」：按張子野作樂府詞，有三中三影，果奇拔，為騷壇絶倡，至今誦之，快耳賞心。（同前）

一一九　周美成《法曲獻仙音》「蟬咽凉柯」：前段以初夏景物，有困人之意，後段則致思感歎之辭也。（同前書卷四）

一二〇　葉夢得《賀新郎》「睡起流鶯語」：即初夏之景，寫出一篇心事，令人誦之，塵鞅頓釋。（同前）

一二一　王和甫《瀟湘逢故人慢》「薰風微動」：即初夏之景，以適幽閑之趣。（同前）

一二二　康伯可《大聖樂》「千朵奇峰」：素位而行，不以功名富貴累其心者，而後能為此言。（同前）

一二三　蘇東坡《阮郎歸》「緑槐高柳咽新蟬」：新蟬小荷，皆初夏之景，但榴花在五月，而四月亦或有之，詞令上乘也。（同前）

一二四　曾純甫《阮郎歸》「柳陰庭館」：言言點景，有敲金戛玉聲。（同前）

一二五　蔣子雲《小重山》「花過園休清蔭濃」：以竹初落籜，荷已翻風，描出初夏景象，何等精當。（同前）

一二六　蘇子瞻《南柯子》「山與歌眉斂」：蘇公之詞，非寫景物而已，且引古人以涉時事，遠見近聞皆到，豈淺衷薄識者所能道耶？（同前）

一二七　劉方叔《賀新郎》「翠葆搖新竹」：懸艾泛蒲，浴蘭門草，係縷競渡，皆端午日事，至今從之。（同前）

一二八　柳耆卿《訴衷情近》「景闌晝永」：對首夏清和之景，嗟我懷人，自不能遐置也。（同前）

一二九　周美成《浣溪沙》「日射欹紅蠟蒂香」：長夏天氣，困人憂思，最切。（同前）

一三〇　周美成《浣溪沙》「翠葆參差竹徑成」：竹團翠蓋，荷跳明珠，燕舞春風，魚吹細浪，美景可人，宛然在目睫矣。（同前）

一三一　柳耆卿《過澗歇》「淮楚曠望極千里」：當夏日之可畏，而有散發披襟、吟風弄月之懷，傑出塵寰者。（同前）

一三二　周美成《過秦樓》「水浴清蟾」：月明夜寂，自有一種清況。嗟我懷人，不能成寐，亦本然事。（同前）

一三三　趙文鼎《賀新郎》「晝永重簾捲」：此詞點景寓懷，一筆寫成，無少牽强，而曲中空（疑作宫）商，可入絲竹者也。（同前）

一三四 僧仲殊《念奴嬌》「故園避暑」：當茂林修竹之下，脱巾露頂，一觴一詠，撫景題詩，得其自然之樂，長嘯於天地間，何必會飲於河朔也？（同前）

一三五 周美成《柳梢青》「有箇人人」：以海棠喻佳人，借楊貴妃事。（同前）

一三六 蘇東坡《滿庭芳》「香靉雕盤」：種種風流情緒，且以當時諸公奇語織成一篇詞曲，字字句句見之真，如佳人歌舞於目中。（同前）

一三七 周美成《解連環》「怨懷難託」：懷古傷今，言言雅練，若周君，可謂善形容閨中之情者。（同前）

一三八 孫夫人《風中柳》「銷減芳容」：「不為傍人羞不起，為郎憔悴却羞郎」，可為此評。（同前）

一三九 蘇東坡《虞美人》「波深（聲）拍枕長淮曉」離情無限，故淚多於酒，與「離愁漸遠漸無窮，迢迢不斷如春水」同意。（同前）

一四〇 蘇東坡《八聲甘州》「有情風萬里捲潮來」：坡公之詞輕清瀟灑，如蓮花出池，亭亭净植，無半點塵俗氣。（同前）

一四一 宋謙父《驀山溪》「壺山居士」：有此安貧樂道，有無入而不自得之趣。（同前）

一四二 晏叔原《鷓鴣天》「綵袖慇勤捧玉鍾」：晁氏謂叔原不襲人語，自成一家，議論最當。（同前）

一四三 柳耆卿《望海潮》「東南形勝」：錢塘邑，今屬杭州，有西湖水、蘇公堤，桂子荷花，極其富麗，士大夫嘗遊樂品題其間。（同前）

一四四　黄山谷《瑞鶴仙》「環滁皆山也」：此詞隱括《醉翁亭記》，並包無遺，妙，妙。（同前）

一四五　蘇子瞻《水調歌頭》「落日繡簾捲」：坡老「山色有無中」句，本永叔説來，形容山態最妙。或以為永叔短視，甚謬，甚謬。（同前）

一四六　秦少游《鵲橋仙》「纖雲弄巧」：按：七夕歌以雙星會少别多為恨，獨少游此詞謂「兩情若是久長時」二句，化陳腐，最能醒人心目。（同前書卷五）

一四七　謝勉仲《鵲橋仙》「鈎簾借月」：「鵲橋一别西風隔，天上人間總是愁」，可為此評。（同前）

一四八　謝幼槃《醉蓬萊》「望晴峰染黛」：古詩「此夜若無月，一年虚度秋」，又「殷勤莫負今宵賞，一落西山又隔年」，此確言也。（同前）

一四九　蘇東坡《念奴嬌》「憑高眺遠」：坡公襟懷寥廓，與上下同流，故其詞吐清雅飄逸，至今誦之，令人翩翩然有羽化登仙之態。（同前）

一五〇　晁無咎《洞仙歌》「青烟冪處」：此詞布盡秋光，前後照應如織錦然，真天孫手也。（同前）

一五一　韓無咎《水調歌頭》「今日我重九」：此詞古雅豪邁，誦之，頓覺爽朗，蓋不羈之才，有養之士也。（同前）

一五二　僧仲殊《南柯子》「十里青山遠潮平」：值秋景之凄凉，天涯遊子自是不堪。（同前）

一五三　范希文《御街行》「紛紛墜葉飄香砌」：《古愁吟》：「來時何速去何遲，半在胸中半在眉。門掩落花春去後，窗涵明月酒醒時。」亦此意。（同前）

一五四 柳耆卿《爪茉莉》「每到秋來」：構意宏深，措詞剴切，柳不在周、秦、歐、黃下也。（同前）

一五五 柳耆卿《十二時》「晚晴初淡烟籠月」：客舍本自凄凉，秋宵聞見，倍增感慨。又：親身經歷，故能道恁真切。（同前）

一五六 柳耆卿《戚氏》「晚秋天一霎微雨」：《秋雨吟》「點點不離楊柳外，聲聲只在芭蕉裏」也，不管滴破故鄉心，愁人耳。（同前）

一五七 范元卿《念奴嬌》「玉樓絳氣」：俗言月中有玉兔、金蟇、素娥、丹桂之説，甚謬。惟朱子云：「月中黑處，乃天地山河之影，其空處，海水影也。」斯言足以破千古之疑。（同前）

一五八 魯逸仲《晝錦堂》「風悲畫角」：描出旅思凄凉，令人興起故鄉之想。又：「故國梅花」以下數句最有味。（同前）

一五九 辛幼安《鷓鴣天》「枕簟溪堂冷欲秋」：「欹枕静聞庭葉落，倚節閑看白雲飛」，亦是此意。（同前）

一六〇 范希文《漁家傲》「塞下秋來風景異」：曲盡秋塞之情，誦之令人興悲。

一六一 李後主《浣溪沙》「菡萏香銷翠葉殘」：布景生思，因思得句，可人處不在多言。（同前）

一六二 周美成《解蹀躞》「候館丹楓」：秋景蕭條，兼之旅邸寂寞，天時人事有難於其為情者。（同前）

一六三 秦少游《滿庭芳》「碧水澄秋」：因觀景物而思故人，傷往事。又：詞調灑落，托意高

遠，佳制也。（同前）

一六四 周美成《塞垣春》「暮色分平野」：述深秋之情，寫悲秋之懷，婉曲有味。（同前）

一六五 周美成《風流子》「楓林凋晚葉」：歌聲、秋色、秋聲，入耳觸目，多能動人愁思。（同前）

一六六 康伯可《金菊對芙蓉》「梧葉飄黄」：描寫秋景，宛在目中，幽閨之怨，溢於言外。（同前）

一六七 周美成《西園竹》「浮雲護月未放滿」：有光風霽月之胸懷，有偎紅倚翠之態度，妙！妙！（同前）

一六八 柳耆卿《碧芙蓉》「夜雨滴空堦」：寫素懷幽怨無出於此，蛩聲夜闌，愈見怨意。（同前）

一六九 秦少遊《菩薩蠻》「金風蔌蔌驚黄葉」：聞風聲、雁聲、砧聲，足以動秋閨之思。（同前）

一七〇 沈公述《望海潮》「山光凝翠」：首叙并州之形勝，次追往哲之風流，賀詞又是一格。（同前）

一七一 朱希真《秋霽》「壬戌之秋」：此詞僅有百餘言，以坡老《前赤壁賦》包括殆盡，妙！妙！（同前）

一七二 晁無咎《八州甘聲》「謂東坡未老賦歸來」：晁氏和東坡此詞，典雅俊逸，舌學邯鄲步者。（同前）

一七三 張于湖《念奴嬌》「洞庭青草」：此以秋景即事為詞意，言洞庭水光與心鏡相似，澄徹廣大，至於「萬象為賓客」句，更奇絶。（同前）

一七四 万俟雅言《長相思》「短長亭」：詞客極贊雅言之調矣，不必更評。（同前）

一七五　劉改之《唐多令》「蘆葉滿汀洲」：劉公重遊武昌鶴樓，慨江山之如故而人物非昔，故作此詞。（同前）

一七六　范希文《蘇幙遮》「碧雲天」：「鄉魂」、「旅思」處以下數句，詞意宛切。（同前）

一七七　周美成《紅林檎近》「風雪驚初霽」：叙冬初景，須以「青女傳霜信」、「小春梅蘂綻」等語為佳，此以風雪奈冷言似太早。（同前書卷六）

一七八　柳耆卿《望梅》「小寒時節」：形容梅處，極其精鍊，大家手筆也。又：以桃李比小人，以梅花比君子。（同前）

一七九　周美成《南鄉子》「晨色動粧樓」：狀冬日之曉，即事書懷。（同前）

一八〇　賀方回《浣溪沙》「鶩外紅銷一縷霞」：摹寫冬月晚景，妙入三昧。（同前）

一八一　林少瞻《少年遊》「霽霞初散」：描畫出曉行風景，宛如親身經歷。（同前）

一八二　黄叔暘《菩薩蠻》「南山未解松梢雪」：鍾臺云：此詞小令皆載冬景類，因選遺失，故今並附之。（同前）

一八三　康伯可《滿庭芳》「霜幕風簾」：引東坡詞云：「香霧噀人驚，半破清泉流。面怯初嘗，吴姬三日手猶香。」（同前）

一八四　周美成《早梅芳》「花竹深房櫳」：發揮冬景，而感歎之意溢於言外。（同前）

一八五　徐昌圖《木蘭花令》「沈檀烟起盤紅霧」：以梅枝柳絮點冬景，可謂善形容者，「旋炙銀笙」，

見寒之極處，「酒病對寒冰」，又何寂寞也。（同前）

一八六　秦少游《如夢令》「冬夜月明如水」：「風寒侵夜枕，霜凍怯晨征。」正此意。（同前）

一八七　蘇子瞻《西江月》「玉骨那愁瘴霧」：多少不知，見聰明。（同前）

一八八　晁叔用《漢宮春》「瀟灑江梅」：此詞詠梅，不讓「暗香」、「疏影」之句，所謂湖（當作湘）妃瑟、秦女簫，自是動人音律。（同前）

一八九　柳耆卿《望遠行》「長空降瑞」：此以雪中之景，景中之人吐言，詞令上乘也。（同前）

一九〇　周美成《女冠子》「同雲密布」：此詞全以唐人詩句演成一篇，絕妙。（同前）

一九一　孫夫人《清平樂》「悠悠颺颺」：形容飛雪之態極到，且不露本來面目，妙手！妙手！（同前）

一九二　張安國《憶秦娥》「雲垂幕」：此謂雪中瓊玖之遍千林，鸞鶴之滿空也。（同前）

一九三　張安國《念奴嬌》「朔風吹雨」：前段因雪而興吟詠，次段以血而吐心事，「家在楚尾吴頭」以下數句，身安心樂，何有於顧盼哉！（同前）

一九四　柳耆卿《玉女摇仙佩》「飛瓊伴侣」：前段以仙姬喻佳人，見天香國色之難覯。次段以古人方才子，見男才女貌之相宜。（同前）

一九五　孫巨源《菩薩蠻》「樓頭尚有三通鼓」：此見别離之苦隨在堪悲。（同前）

一九六　朱希真《滿路花》「簾烘淚雨乾」：摹寫風情，此詞頗為詳悉。（同前）

一九七　康伯可《江城梅花引》「娟娟霜月冷侵門」：句句是閨中之情，惟「斷魂」與「睡不穩」句，見情傷極矣。為花憔悴，是自喻之辭。（同前）

一九八　宋謙甫《賀新郎》「步自雪堂」：詞中不過百餘字，曲盡賦中之意。（同前）

一九九　辛幼安《千秋歲》「塞垣秋草」：祝壽之詞，人皆以松鶴立意，此以郭汾陽富貴壽考結之，猶新巧。（同前）

二〇〇　辛幼安《賀新郎》「瑞氣籠清曉」：詞調叶律，戛玉敲金。又：玉樹瓊林相掩映，形容夫婦之美。（同前）

二〇一　胡浩然《滿庭芳》「瀟灑佳人」：詞句鏗鏘，情意周匝，當吉筵歌出，令人快耳賞心。又：頌詞無以復加矣。（同前）

二〇二　胡浩然《送我入門來》「荼壘安扉」：以古今賢愚、富貴、福壽、才容點綴，妙巧，誦之敬服。（同前）

二〇三　温庭筠《定西番》「漢使昔年離別」：攀柳折梅，皆所以寫離別之思，末二句聞笛見月，傷之也。（同前書卷七）

二〇四　歐陽炯《三字令》「春欲盡」：《三字令》一詞曲盡春閨之思，乃自張子野語中翻來，憶別云：「眼中淚，心中事，意中人。」（同前）

二〇五　陸放翁《戀繡衾》「不惜貂裘換釣篷」：放翁泛釣艇，載筆牀茶竈，自號煙波釣徒，此詞云有

泥塗軒冕意。（同前）

二〇六 趙獻之《鳳棲梧》「霜樹重重青嶂小」：「翠色有無眉淡掃」指佳人言，故因謝公東山事實之，此正秋意的妙思。（同前）

二〇七 歐陽烱《賀聖朝》「憶昔花前相見後」：「來語人前先醒□，嬌羞猶怕海棠知」意思。（同前）

二〇八 夏桂洲《壽仙翁》「渠莎凝香」：□冕佳句，正如大將軍正正之旗，堂堂之陣。（同前）

二〇九 劉伯温《淡黄柳》「江城夜寂」：「白髮參軍」、「青衫司馬」二句用得恰好。（同前）

二一〇 黨世傑《感皇恩》「碧玉撚柔條」：此詞體帖停當，比喻切實，周美成口吻。（同前）

二一一 晏叔原《兩同心》「楚鄉春晚」：詞中巧聯詞語，衒是春谷中魏紫姚黄培作一處。（同前）

二一二 周美成《四園竹》「浮雲護月未放滿」：周美成秋怨一詞，意則切切，辭則愴愴，昭君彈琵琶，不過爾爾。（同前）

二一三 晏同叔《拂霓裳》「樂秋天」：金谷中春花，璇空裏秋月。（同前）

二一四 夏桂洲《玉帶花》「昔日」：此寄友一詞，曲盡款曲，末後得「樽酒相逢□前我，□壯士君為少年。樽酒相逢十載後，君為壯士我白首」之意。（同前）

二一五 柳耆卿《夏雲峰》「宴堂深軒楹」：寫夏景殆盡，末念及越娥，分明是即景懷人之意。（同前）

二一六 瞿佑《東風第一枝》「寶髻蟠鴉」：詠折梅圖，摹寫殆盡，且虚飄飄，如瓶花水月，詞家最勝之作。（同前）

二一七　蔡伯堅《月華清》「樓倚明河」：此憶遠詞，得「蒹葭蒼蒼，白露為霜。所謂伊人，在水一（脱『方』字）」之體。（同前）

二一八　梁寅《晝夜樂》「稜陵猶憶豪華地」：寫盡金陵風景，一段感慨之意，自是令人悲愴。（同前）

二一九　張宗瑞《疎簾淡月》「梧桐雨細」：「一分秋，一分憔悴」，好巧語。（同前）

二二〇　蔣捷《金盞子》「練月縈窓夢乍醒」：鶼，比翼鳥也，借鸞且比翼，惜人生離別之意。

又：「愁斷」好巧句，却從「門外疊嶂重峰，不隔愁路」語脱換來的。（同前）

二二一　尹煥《霓裳中序第一》「青顰粲素靨」：「冷香清到骨」句妙。（同前）

二二二　高仲常《小梅花》「蒿火目」：此寫貧也樂處，有邵子安窩之趣、諸葛亮隆中之樂，真泥塗軒冕者。（同前）

二二三　傅按察《緑頭鴨》「静中看」：自是快目。

趙統詞話

趙統，字伯一，臨潼（今陝西）人。嘉靖乙未進士，官至户部郎中。罷歸，被誣繫獄，幾二十年，日以著述為事。積稿二竹麓，所傳有《驪山集》、《杜律意註》等書。此據《四庫全書存目叢書》影印明萬曆三十一年楊光訓刻本《驪山集》録詞話二則。

一　白翎雀：元人言白翎雀，不知為何鳥，何以名元樂。胡蒙溪《塈談》收入會稽張憲歌詞一首，謂為今傳筝調《海青拏天鵝》是也，曾聽筝搊此聲，然亦未識海東青鳥象。又於張歌中細尋「摩訶不作兜勒聲」一句亦不能訓。漢張騫使西域傳，稱傳得馬上横吹胡樂《摩訶》、《兜勒》二曲，但倣胡音，注以漢字耳。亦未得其所譯摩訶、兜勒如華言何等語義也。若據張歌文勢，則《摩訶》為曲，而《兜勒》

為音譜，然既並言為二曲，不可單以兜勒為聲也。若以為誇新聲而不屑奏《摩訶》，則「兜勒聲」三字又無着落。若以摩訶為譜為器，又難以稱曲，若以四字為一曲而誤分，渠亦何據分用？且二曲為李延年廣為二十八解，已云失傳，特傳疑至今，詩人拾而裝點歌詞爾，表之以俟知音。(《驪山集》卷十三)

二 《古人善善之詩》：謝四溟摘前人稱人之詩，歷叙李太白稱崔灝、子美稱孟浩然、韓退之稱賈島、杜牧之稱張佑、姚合稱張籍、賈島稱施肩吾、張籍稱朱餘慶、鄭谷稱高蟾、楊敬之稱項斯，凡九出，謂古人之善善，慨今人之不盡然，亦可以見謝之嘉善矣。其所摘詩不及也，唐詩人之相稱者，殆不止此。如宋人「張三影」、「趙倚樓」者，要皆善善，而其相非者更不少惜，謝言不及也。非之之謂毁，譽之之謂譽，毁譽之在三代，亦或已不直矣乎？孔子蓋傷之也，譽人於所試，故以天譽堯，亦如子貢之以日月譽孔子也。此亦或三代之遺直乎？秦漢而下，異世稱君，且為不情，而況稱人？至唐詩人猶餘古意，如太白稱屈平「詞賦懸日月」，如退之稱「李杜文章在，光燄萬丈長」者，言之也無難色，而聞之者無異辭，是或足謂之善善乎？然太白之稱日月，非有襲於子貢，退之之光燄，亦非必從日月中所出退色也。論詩好尋人本祖，嘲人蹈襲，曲為之説，皆非善善者心乎？過此則稱善者，多自相標榜爾，適所以來人之非毁，蓋譽者毁之，對一譽而妒忌百出，將亂之以毁，不至於没人之善不已也。昔者孔子之賊鄉愿也，夫誰曰不可，是之謂公，非若孟子之鳩許行而豚楊墨，斯過矣。大凡人非有大養者，鮮有公心；而無公心者，不足以聽公是公非，況其所與是非者又未必全善而顯惡也。出入依違，何以自定？而况於論詩文乎？以一言賛大善，一字定公非，人將駴之，轉生異議，更移毁譽，故曰一人毁之而有餘，大之則激成詔獄，小之則分别格派，以敗文教，其禍慘矣。夫大抵善善長而不苟，是之謂君子，因之以重四溟。（同前書卷十四）

吴昭明輯詞話

吴昭明，字白玄。里貫行蹟不詳。編《五車霏玉》，汪道昆增訂，又有汪道昆序，稱姻弟。按汪氏字伯玉，歙縣（今安徽）人，嘉靖丁未進士，官至兵部左侍郎。則吴氏嘉靖時在世。《五車霏玉》三十四卷，為類書。此據尊經閣文庫藏明刊本録詞話七則。

一　唱《陽關》：客别唱《陽關》：「渭城朝雨浥輕塵，客舍青青柳色春。勸君更盡一盃酒，西出陽關無故人。」（《五車霏玉》卷九「人事部·間别」）

二　薛瓊瓊：開元宫妓第一手，清明，令妓踏青，狂生崔懷寶欲見而得之，作詞曰：「平生無所願，願作樂中箏。得近玉人纖手指，呀羅裙上放光明。」（筆者按：末句脱：「便死也為榮。」）崔後為河南司録，瓊瓊彈箏，為吏所詰，明皇收付（當作赴）闕，因以贈之。（同前書卷十「人物部·伎女」）

三　贈束綾：冠萊公有善歌者，至庭，公獨酌，令歌數闋，贈束綵（當綾），侍兒蒨桃作二詩，呈曰：「一束（當作曲）清歌一束綾，美人猶自意嫌輕。不知織女寒窗下，幾度抛梭織得成。」（同前）

四　《石水》、《流泉》、《陽春》諸調，《風入松》、《烏夜啼》：俱琴曲名。（同前書卷十五「音樂部·琴」）

五　莫打鴨：吕士隆知宣州，好笞官妓，適杭州一妓到，士隆喜之。一日，群（當作郡）妓有過，士隆欲笞之，妓曰：「不敢辭，但恐杭妓不安。」士隆捨之，梅聖俞作《莫打鴨》詩戲之曰：「莫打鴨，打鴨驚鴛鴦。鴛鴦新向池中浴，不比孤洲老鴰鶬。」（同前書卷二十五「鳥類總載」）

六　韓翃（當作翃，下同）將妓柳氏歸，置都下，三歲不迓，寄詩云：「章臺柳，章臺柳，昔日青青今在否？縱使長條似舊垂，也應攀折他人手。」答曰：「楊柳枝，芳菲節，所恨年年贈離別。一葉隨風忽報秋，縱使君來豈堪折。」柳氏後為番將沙叱利所劫，翃殆不勝情，虞候許俊曰：「當為足下立致之。」乃造沙叱利第，伺其出，大呼曰：「將軍中惡，召夫人。」僕侍辟易，遂挾柳氏以至，事聞朝廷，招（當作詔）柳氏還翃。《異聞録》（同前書卷三十二「木部·楊柳」）

七　妙解音律：樂人王令言妙解音律，大業末，煬帝將幸江都，令言子當從。忽於户外彈胡琵琶，作翻調《安公子》曲。令言時卧室中，聞之大驚，蹶然而起曰：「變，變。」急呼其子，問曰：「此曲興自早晚。」其子言：「頃來有之。」令言歔欷流涕，謂其子曰：「汝慎無從行，帝必不返。」子問其故，令言曰：「此曲宫聲，往而不返。宫者，君也，是以知之。」帝果於曲（當作江）都遇害。（同前書卷三十三「雜記部·雜記」）

王荔輯詞話

王荔，字子巖，號青屏，高陽（今河北）人。有詩名，嘉靖壬午舉人。官至青州府推官，不阿上官意，上官惡之，作詩以自白，數年投劾歸。編《正音擿言》四卷，其玄孫允嘉注，以等韻分二十二部，有崇禎戊辰李國槽引言。此據東京大學綜合圖書館藏明刊本録詞話三則。

一　唐明皇與葉法善遊月宫，回過潞州城上，以玉笛奏曲，旬餘，潞州奏八月望夜有天樂臨城，並獲金錢。後帝自蜀回，月夜登樓，故貴妃侍者紅桃歌妃所製《凉州》，上御玉笛倚曲，吹罷，相視掩泣。臺即漸臺。（《正音擿言》卷一「黄鶴樓頭，玉笛弄錢」）

二 清對濁，美對嘉。服玉對飡霞，緑肥對紅瘦，屋桶對檐牙。吹畫角，捲蘆笳。煖燕對寒鴉，乾爐烹白雪，坤鼎煉丹砂。有像有形皆有□，無聲無臭更無涯。屋滿雲山，長疑縹渺真仙境；簾□風月，不是尋常百姓家。［釋］美，好也，甘也。嘉，善也，又褒也，喜也。後魏李預每羡古人飡玉之法，乃探問藍田，得玉環璧雜器百餘為屑，日服之。相如賦注：春食，朝霞者；日始出，赤氣也。杜：晨霞朝可飡。李易安：緑肥紅瘦。……（節録自同前書卷四）

三 陶穀，字季寔，邠州人也。為翰林學士，使江南，下視江左。韓熙載命妓秦弱蘭詐為驛卒女，每日掃地，陶悦之，與狎，因與一詞名《風光好》：「好姻緣，惡姻緣，只得郵亭一夜眠，别神仙。琵琶撥盡相思調，知音少，待得鸞膠續斷絃，是何年。」李主開宴，令弱蘭歌此詞，陶大沮，即日北歸。得黨太尉家姬，一日置（當作值）雪，陶取雪水煎團茶，曰：「黨家應不識此？」姬曰：「彼麤人也，但能於銷金帳下飲羊羔美酒耳。」陶慚之。（同前「黨尉麤豪，餘帳籠香斟美酒；陶生清致，銀鐺融雪煮團茶」）

李鶚翀詞話

李鶚翀（一五五七—一六三〇），字如一，後以字行，别字貫之，江陰（今江蘇）人。諸生，多識古文奇字，早棄舉業，喜讀書，見異書，破産以收之。所著有《洹詞記事抄》一卷附《明良記》四卷，又有《江陰李氏得月樓書目摘録》。此據書目文獻出版社出版《明代書目題跋叢刊》影印本《江陰李氏得月樓書目摘録》録詞話一則。

一

《東坡詞樂府》三本，宋板。（《江陰李氏得月樓書目摘録》）

江應曉詞話

江應曉，字覺卿，學者稱山城先生，歙（今安徽）人。嘉靖末官涪州州判。躭吟咏，厭苦簿書，歸，就駐蹕山麓築室，博覽羣籍。所著有《對問編》、《罍罍集》。《對問編》八卷，所載天文、地理、人物、雜事，分條立説，此據《四庫全書存目叢書》影印明萬曆間刻本《對問編》録詞話一則。

一　汪大有：竊怪文丞相讀王昭儀《滿江紅》歎曰：「惜也，夫人少商量矣。」蓋以荆聶望之，為其得近君側也。汪大有以琴事元祖，得以為所欲為。文相相與往來於燕者頻且密，何不以望昭儀者望之？《西湖志餘》：元祖聞大有善琴，召入侍，鼓一再行，駸駸乎漸離之志而無便可乘也，已得文相之心矣。不然，孫供奉尚識擊朱三，矧大有耶？（《對問編》卷七）

李之用詞話

李之用，黄岡（今湖北）人。嘉靖甲子舉人，萬曆庚辰進士，知邵武府，官至副使。編著《詩家全體》，輯古近諸正變委原之體，刊布學宫下吏，篇味字研，區分派析，衍詩家之旁支，濬詞流之别潤。此據内閣文庫藏明萬曆刻本録詞話三則。

一　全體之編，本為詩家偶作，今併及辭賦、歌謡、詞調者，蓋諸體皆詩之變，顔之推云歌謡賦頌，出於詩者也。（《詩家全體》「凡例」）

二　詞調之作，固是小技，亦詩學之一變，故唐宋小調亦分小中長三調，各録數種，俾覩詩體者，庶得

其全云。（同前）

三　小調：李太白《菩薩蠻》等二十五首。中調：范希文《蘇幕遮》等十首。長調：王晉卿《燭影摇紅》等九首。（同前書補卷十四）

林章詞話

林章（一五五七？—），本名春元，字初文，福清（今福建）人。萬曆癸酉舉人，時年十七。嘗走塞上，從戚繼光游。後挈家寓金陵，性好公正，發憤，坐事繫獄三年，走燕京。萬曆初復抗疏請止礦税，兼陳行鹽之策，駁日本和議之非，爲忌者所中，下獄，憤懣，暴病卒。此據《續修四庫全書》影印明天啓四年刻崇禎印本《林初文詩文全集》録詞話二則。

一

《沈開府之任閩中序》題金陵贈别圖代送：晉謝公起官，因江左之雅望；周樊侯出祖，動山東之永懷。蓋大臣身繫重輕，則鎬方有六月之咏；而故人情關離合，則渭城有三疊之歌。况我中丞公學貫天人，名傾朝野。五百年夏隣商佐，叶龍虎之昌期；二十載越水吴山，抱煙霞之佳致。爾其東甌明而鯨波播於湯谷，南門暗而狼火接於黎峰。非尚父之鷹揚，六弢誰識？雖武侯之龍臥，三顧何辭？是以上恩奮而束纁，下雖能而結綬。九重丹詔，有心教彩鳳銜來；一片白雲，無意向青山飛出。一拜而丞三輔，再拜而帥八閩。楊麾開漢帝之關，不羡營屯細柳；建節臨越王之島，應看弓挂扶桑。於時月會中春，日回上苑。金城外三山二水，天列丹青；玉帳前百草千花，地鋪錦繡。嚶嚶黄鳥，若懷我以好音；渺渺緑波，似送君之行色。某等或忝弟兄，有壎篪同堂之好；或叨左右，有舟檝共川之情。誦采芑之章，感四騏之既駕；聽折柳之曲，悵一杯之未傾。是以掇瑶芳，張瑶席，陳蘭籍，捧桂漿。倚題鳳之臺，綴離情於月露；假圖麟之筆，染别意於煙雲。劒舞一行，南斗吐虹霓之影；鐃歌三闋，東風喧梅柳之聲。儼戎服之登舟，李膺非遠；慨中流之擊楫，祖逖何遥？豈曰大夫，乃登高而作賦；言念君子，聊釃酒以臨江。（《林初文集》）

二　《斷腸辭序》：夫所以戀生忘死，棄故取新，賣君友，嫁怨讐，枳首岐舌，靦然人世者，無情故也。夫情，人所生也；男女之際，情所起也。予觀《斷腸辭》，攸攸乎思深哉！野而信，悃而有懷，置之中谷，有蓷「氓之蚩蚩」諸篇中，風何淳也。嗟夫！「悲莫悲兮生别離，樂莫樂兮新相知」，此兩語，屈子所以入江也。余每歌之，則浪浪霑襟。讀《斷腸辭》而無感焉者，是無胥氏之民也。（同前）

胡爌詞話

胡爌，字覲南，號闇翁，廬陵（今江西）人。年十三為諸生，事王時槐，傳良知之學。肆力群經，旁及訓詁詞章，以窮理格物為先。著《拾遺録》、《家規輯要》。《拾遺録》不分卷，書成，時年逾已七十。自序云生窮鄉，無所師承，日欲求其所未見，廣其所未聞，一字必辨其譌，一句必求其當，一事必究其原，總十三經與子史百家，手繙日哦，抄撮數十萬言。是書雜考訓詁，分六類。此據《豫章叢書》本録詞話一則。

一　徐淵子為趨（一作越）教，答項平甫云：「正恐異時，風舞雩之流；不無或者，月離畢之問。」或答洪舜俞云：「魯直大名有皎潔江梅之句，少游下蔡無丁東佩玉之詞。」（《拾遺録》「儷考」）

勞堪輯詞話

勞堪，字道亭，德化（今江西）人。嘉靖乙卯舉人，嘉靖丙辰進士，歷任廣東僉事副都御史、都察院副都御史、承宣布政司左布政使等。著《詩林伐柯》、《武夷山志》、《明憲章類編》、《史編始事》、《詞海遺珠》等。《詞海遺珠》四卷，雜採金石文字以及詩詞雜文，多删節原文，餖飣割裂。此據《四庫全書存目叢書》影印明萬曆四年盧整、吴邦刻本《詞海遺珠》録詞話八則。

一

燕山驛壁間無名氏詞云：「書劍憶遊梁，當時事、底處不堪傷。念蘭檝嫩漪，向吴南浦，杏花微雨，窺宋東墻。禁城外，燕隨青步障，絲惹紫遊韁。曲水古今，禁煙前後，緑楊樓閣，芳草池塘，回首斷人腸。流年去如電，雙髮如霜。欲遺當年遺恨，頻近清觴。聽出塞琵琶，風沙淅瀝，寄書鴻鴈，煙月微茫。不似海門潮信，猶到潯陽。」(《詞海遺珠》卷二)

二　臨潼驪山之温湯，有石刻元人一詞曰：「三郎年少客，風流夢、繡嶺蠱瑶環。漸浴酒發春，海棠睡暖。咲波生媚，荔子漿寒。況此際、曲江人不見，偃月事無端。羯鼓三聲，打開蜀道，《霓裳》一曲，舞破潼關。馬嵬西去路，愁來無會處，但淚滿關山。空有香囊遺恨，錦襪傳看。玉笛聲沉，樓頭月下，金釵信杳，天上人間。幾度秋風渭水，落葉長安。」《丹鉛總録》云其石今已磨為別刻。(同前)

三　博陵郝仙女廟壁題《喜遷鶯》詞：「汀洲蘋滿，記翠籠采采，相將鄰媛。蒼渚煙生，金支光爛，人在霧綃鮫館。小鬟頓成雲散，羅襪凌波，不見翠鸞遠。但清溪如鏡，野花留靨。情睠，驚變現。身後神功，緣就吴蠶繭。漢女菱歌，湘妃瑶瑟，春動倚雲層殿。彤車載花一色，醉盡碧桃清宴。故山晚，嘆流年一笑，人間飛電。」(同前書卷三)

四　秦觀醉横州祝姓家詞：「喚起一聲人悄，衾冷夢寒牕曉。瘴雨過，海棠開，春色又添多少。社甕釀成微笑，半破椰瓢共舀。覺傾倒，急投牀，醉鄉廣大人間小。」(同前)

五　廖明略《瑶池燕》詞：「飛花成陣，春心困。寸寸，別腸多少愁悶，無人問。偷啼自揾，殘粧粉。抱瑶琴，尋出新韻，玉纖趁。南風未解幽慍。低雲鬟，眉峰斂暈，嬌和恨。」(同前書卷四)

六　陳東靖康中飲京師酒樓，有倡打坐而歌其詞曰：「闌干曲，紅颺繡簾旌。花嫩不禁纖手捻，被風吹去意還驚，眉黛蹙山青。鏗鐵板，閒引步虛聲。塵世無人知此曲，却騎黄鶴上瑶京，露冷月華

清。」問詞孰為之，曰：「上清蔡真人也。」言訖，下樓，追之，已失。（同前）

七　馮延巳詞：「銅壺滴漏初晝，高閣鷄鳴半空。催啓五門金鏁，猶垂三殿簾櫳。階前御柳傳呼，仗下宫花散紅。鴛鴦瓦數行曉日，鸞鳳旗百尺春風。侍臣蹈舞重拜，聖壽南山永同。」（同前）

八　黄庭堅撮《醉翁亭記》《瑞鶴僊》云：「環滁皆山也，望蔚然深秀，琅琊山也。山行六七里，有翼然泉上，醉翁亭也。翁之意（當作樂）也，得之心寓之酒也。更野芳佳木，風高石出，景無窮也。游也，山殽野簌，酒洌香泉沸，觥籌也，太守醉也。諠譁衆賓歡也，况宴酣之樂，非絲非竹，太守樂其樂也。問當時太守謂誰，醉翁是也。」（同前）

陳德文詞話

陳德文，號石陽山人，吉州（今江西）人。嘉靖中以順天府尹行部永平，館於夷齊廟，公事餘閒，隨筆紀載，以永平為古孤竹國，故以《孤竹賓談》名其所著，此據《四庫全書存目叢書》影印明嘉靖二十八年蘇繼等刻藍印本《孤竹賓談》録詞話一則。

一

宋時，君臣之間猶有官府一體之意，詞臣賦詠，往往達入禁庭，伶人被諸管絃，多經進覽。子瞻以詩諷説，風聞於朝，逮赴臺官，幾陷大辟。謫黄之後，作中秋賞月詞，又傳致禁中，神宗覽之，至「只恐瓊樓玉宇，高處不勝寒」，曰：「蘇軾終是愛君。」遂有賜環之意，親降手勑，量移汝州。曰：「蘇軾黜居思咎，閲歲滋深，人才實難，不忍或棄。夫君之於臣，猶父之於子，長養生成，匡直糾正，恩之為雨露，教之為雪霜，如化工着物而不留，則予奪何往而非義？軾於神宗，雖謂之遇合可也。漢、唐黨禍，禁錮終身，歿不還葬故鄉，其亦異乎宋矣。（《孤竹賓談》卷二）

佚名輯《煙霞小説》詞話

《煙霞小説》十三種二十三卷，前有范欽嘉靖己未題辭，云頃過吴訪陸貽孫，見抄本小説十餘種，總名《煙霞》。陸貽孫，蘇州（今江蘇）人，行蹟不詳。是書仿曾慥《類説》之例，删取稗官襍記，凡十二種。此據《四庫全書存目叢書》影印明萬曆十八年刻本《煙霞小説》録詞話五則。

一　宋末人戲作破題古曲題云：「看看月上蒲萄架，那人應是不來也。最苦是一雙鳳枕，閒在繡幃下。」破云：「時至人未至，君子不能無疑心。物偶人未偶，君子不能無感心。」吴歌題云：「月子彎彎照幾州，幾家歡樂幾家愁。幾家夫婦同羅帳，幾家漂散在他州。」破云：「運於上者，無遠近之殊，形於下者，有悲歡之異。」小曲題云：「媽媽只要光光鏝，我苦何曾管。雪下去，送官賣酒輪番，幾曾得免？怎容懶？有客教奴伴。」破云：「吾親狗利而忘義，既不能以憂人之憂；吾身狗公而忘私，又强欲以樂人之樂。」（《猥談》）

二　今人間用樂皆苟簡錯亂，其初歌曲絲竹，大率金、元之舊略存，十七宫調亦且不備，只十一調中填輳而已。雖曰不敢以望雅部，然俗部大槩高於雅部，不啻數律。今之俗部尤極高，而就其律中，又初無定，一時高下，隨工任意移易。此病歌與絲音為最。蓋視金、元製腔之時，又失之矣。自國初來，公私尚用優伶供事，數十年來，所謂南戲盛行，更為無端，於是聲樂大亂。南戲出於宣和之後、南渡之際，謂之温州雜劇。予見舊牒，其時有趙閎夫榜禁，頗述名目，如《趙真女蔡二郎》等，亦不甚多。以後日增，今遍滿四方，轉轉改益，又不如舊，而歌唱愈繆，極厭觀聽，蓋已略無音律腔調。音者，七音；律者，十二律吕；腔者，章句字數，長短高下，淡徐抑揚之節，各有部位。調者，舊八十四調，後七七宫調，今十一調。正宫不可為中吕之類，此四者無一不具。愚人蠢工狗意更變，妄名餘姚腔、海鹽腔、弋陽腔、崑山腔之類，變易喉舌，趂逐抑揚，杜撰百端，真胡説耳。若以被之管絃，必至失笑，而昧士傾喜之，互為自謾爾。（同前）

三　生、净、旦、末等名，有謂反其事而稱，又或託之唐莊宗，皆繆云也。此本金、元闤闠談吐，所謂鶻伶聲嗽，今所謂市語也。生即男子，旦曰粧旦色，净曰净兒，末曰末尼，孤乃官人，即其土音，何義理

之有？《太和譜》略言之，詞曲中用土語何限，亦有聚為書者，一覽可知。（同前）

四 長洲陸世明，俊材藻思，聲稱藉甚。舉於鄉，赴省試，下第歸。過臨清鈔關，錯認為商，令納税，陸即書一絶呈主事云：「獻策金門苦未收，歸心日夜水東流。扁舟載得愁千斛，聞説君王不税愁。」主事見詩驚愧，亟迎入款，贈甚厚。金陵一妓能詩，善鼓琴，以月琴自號。世明過其家，口占《點絳唇》贈之云：「三尺冰絃，夜深彈破青天竅。意中人杳，只有清光到。雲雨無緣，總是相思調。愁懷抱，嫦娥心照，訴與他知道。」妓求室中春聯，即援筆書云：「半窗花影人初起，一曲桐音月正中。」妓讃誦不已，徐言「中」字恐不如「高」字，世明欣然易之。（《説聽》）

五 從祖兄次孫家閶門下塘，有琴川吴氏僦其旁，室居焉。其女美，而知書解詞曲，雅好樓居倚闌吟眺，甚適也。既而徙上塘，過期不遇，憂思成疾死。死後五年，次孫延崑山虞秀才廷臯教子，館於此樓。一旦，戲謂虞曰：「此吴家小娘子所居，餘香猶在也。今君孤眠長夜，得無憐而至乎？」虞年少子，聞之恍然。迨夜，入房，則此女在燈下，遂神迷心蕩，相與綢繆，自是無夕不至。後雖白晝嘗見其在旁，久而病瘵，日甚。其父亦授徒他處，亟來叩之，不言，固問，始吐實云：「陸次孫害我。」父驚惋，具舟遣歸，女已在舟中矣。歸而坐卧相隨，妻雖同牀，弗能間。未幾，竟死，寔己酉三月某日也。翟永齡滑稽多端，天池季父嘗記之矣。近聞無錫鄒氏有字光大者，連年生女，俱召翟燕飲，翟作詩戲之云：「去歲相招云弄瓦，今年弄瓦又相招。寄詩上覆鄒光大，令正原來是瓦窑。」（同前）

朱國禎詞話

朱國禎（一五五八—一六三二），字文寧，號虬庵居士，烏程（今浙江）人。萬曆己丑進士，累官禮部尚書、文淵閣大學士。魏忠賢竊柄，國禎佐首輔，後引疾去，卒贈謚文肅。著《明史概》、《大政記》、《湧幢小品》等。《湧幢小品》三十二卷，是書襍記見聞，間有考證。初名曰《希洪小品》，蓋欲仿《容齋隨筆》，後改今名。此據《續修四庫全書》影印明天啟二年刻本録詞話六則。

一　詞讖：李旻以成化庚子解元，癸卯冬將赴春闈，友人鎖懋堅者送之，賦正宮《謁金門》詞云：「人艤畫船，馬鞁上錦韉，催赴瓊林宴。塞鴻聲裏暮秋天，緑酒金杯勸。　留意方深，離情漸遠，到京

廷中選。今秋是解元，來春是狀元，拜舞在金鑾殿。」已而昱果魁天下。（《湧幢小品》卷七）

二 役鬼：王弼，字良輔，秦州人。游學延安北，遂為龍沙宣慰司奏差。龍沙，即世謂察罕腦兒者也。弼以剛正忤上官去，隱於醫。至正二年，吉巫王萬里與從子尚賢賣卜龍沙市。冬十一月，弼往謁焉，忿其語侵坐，折辱之，萬里恚甚，驅鬼物懼弼。弼夜坐讀《金縢》篇，忽聞窗外悲嘯聲，啟户視之，空庭月明，無有也。翼日，晝哭於門，且稱冤。弼召視鬼者，厭之，弗能勝。弼乃祝曰：「豈予藥殺爾邪？苟非予，當白爾冤。」鬼曰：「兒閲人多，惟翁可託，故來訴翁，非有他也。翁若果白兒冤，宜集壽俊十人為之徵。」弼曰：「可。」人既集，鬼曰：「兒，周氏女也，居大同豐州之黑河。父和卿，母張氏。生時月在庚，故小字為月西。年十六，母疾，父召王萬里占之，因識其人。母死百有五日，當重紀至元三年秋九月丙辰，父醉卧，兄樵未還，兒偶步牆陰。萬里以兒所生時日禁咒之，兒昏迷瞪視，不能語。萬里負至柳林，反接於樹。先剃其髮，纏以綵絲；次穴胸割心，若肝暨眼、舌、耳、鼻、爪、指之屬。粉而為丸，納諸匏中。復束紙作人形，以呪劫制。使為奴，稍怠，舉鍼刺之，蹙額而長號。昨以翁見辱，乃遣報翁，兒心弗忍也，翁倘憐之，勿使銜冤九泉，兒誓與翁結為父子。在坐諸父慎毋洩，洩則禍將及。」言訖，哭愈悲，弼共十人者皆灑涕。……自是三鬼留弼家，晝相隨行，夜同弼卧起，雖不見形，其聲琅然。弼因從容問曰：「衞門當有神，爾曷從入？」月西曰：「無之，但見繪像懸户上耳。」曰：「吾欲爇象泉賜爾，何如？」曰：「無所用也。」曰：「爾之精氣能久存於世乎？」曰：「數至則散矣。」二僧見弼，一華衣，一衣弊服，華衣者居右，月西曰：「爾為某惡行，萌某邪心，尚敢據人上乎？彼服雖弊，終為端人耳。」命易其位，僧失色起去。頑童善歌，遇弼飲，則唱《漢東山》及他樂府為壽，弼連以酒酹地，頑童輒醉，應對皆失倫，客戲以醯代之，頑童怒曰：「幾蜇吾喉吻，何物小子，惡劇至此？」嘵嘵然，數其陰事不止，客慚而遁。月西尤號黠慧，時與弼諸子相謔，言辭多滑稽。諸子或理屈，向有聲處擊之。月西大笑曰：「鬼無形，兄何必然，徒見其不知也。」凡八閱月，始寂寂無聞。洪武四年，有司異其能，薦入京司，賜衣一襲，遣歸。（節録自同前書卷十九）

三 關雲長：蹇理庵達嚴事雲長，每事必告。居皖，夢侯語之為我公祖，已守平陽，解在部中。後起總督薊遼，稅璫高淮張甚，禱更力，陰得濟其請，内帑亦然。累世信卜，叩之奇驗，嘗與聯和至百韻，後為一小令來贈，末云：「再揮戈薊北，重整舊江山。」果驗。（同前書卷二十）

四 秋蟾詩：范秋蟾者，台州塘下戴氏妻也。琴棊書畫，靡不所精，尤工音律。一日，其夫與客同賦詩弔泰不華，未就，秋蟾出一律曰：「江頭沙磧正交舟，江上人懷百戰憂。力屈杲卿生罵賊，功成諸葛死封侯。波濤洶洶鯨横海，天地寥寥鶴怨秋。若使臨危圖苟免，讀書端為丈夫羞。」時戴與方谷珍婚，張士誠遣能詩妓女十餘來覘，谷珍送至戴與秋蟾角藝，無所軒輊。及其行也，秋蟾又製一新詞，被之管絃送之，凡十章，張妓大服。後戴將敗，婦女皆淫泆，為桑間之音。一日，忽童謡曰：「塘下戴，好種菜。菜開花，好種茶。茶結子，好種柿。柿蔕烏，摘箇大姑，摘箇小姑。」已而洪武末年，戴之家竟籍没，惟出嫁二女在。此其先讖云。（同前書卷二十二）

五 紀夢：陳恭介有年，未卒之先月餘，嘗自作紀夢云：萬曆丁酉十二月十八日之辰，余卧畏天樓之從吾齋，夢徘徊一山館中。已而吳灤州敬夫、倪博士章偕至，余曰：「此中儘有佳處。」吳曰：「適來舟，故在，試共一遊。」遂相攜入舟中，舟無榜人，亦無僕從，漸能自移。有頃，轉入山口，峰巒聳拔。山椒一老桂，盤根樛枝，下臨清澗，飛花飄灑，芳香襲人。逡巡稍前，遙望前山中，房舍甚都，相與歎賞。倏忽已至，艤舟而登，白石鱗次，涓泉出石間，若微雨新過狀。徐步入舍，明廠軒揭，四無窗几，寂不見一人。循除久之，忽老僕自外來，詣前報曰：「館罷矣。」余第頷之。又回指偉衣冠數人，自舟而陸，若相就者。二友曰：「此吾輩適來泛舟路也。」遂欠伸而寤，惟見窗際月影朣朦而已。念昔嘉靖丙辰，南宮被放，與吳、倪同舟東歸。中間區區聚散亡論已，即二友化為異物，不啻一紀。而頃刻之夢，堪為惘然。若老僕之言，莫可致詰，豈余病侵尋預為捐館兆耶？枕上漫成二調紀之。夫人生霄壤所，白晝明目而爭於善敗之場者，千古一夢也，勝紀乎哉，又爽然自失已。其二調云：「山之幽，鬱盤丹桂臨清流。臨清流，花泉溶漾，馥襲蘭舟。箇中秋思空淹留，覺來窗外寒蟾浮。寒蟾浮，同遊安在，千古悠悠。」「人翩翩，朅來攜手穿雲泉。穿雲泉，依稀玉宇，不見神仙。箇中微明胡來前，瞥然孤覺成高眠。成高眠，萬緣如夢，何在何捐。」蓋寄《憶秦娥》云。明年正月既望，環恭介宅而居者，丙夜，聞車馬雜沓聲，竊窺之，見籠火隱隱，不下數十，度驄馬橋而來，上下橋址間，呼聲甚徹。雞再號，始返。呼復如之，輒訝：「何物官人，迺爾深夜過訪？」詰朝走問，則屬烏有。越數日，恭介卒。（同前書卷二十三）

六　獨孤吹笛：李舟，越人。好事，嘗得村舍煙竹，截為笛，堅如鐵石，以遺李謩。謩吹笛，天下第一。《逸使（當作史）》：暮，開元中吹笛第一部，近代無比。自教坊請假，至越州，公私更醼，以觀其妙。時州客舉進士者十人，皆有資業，乃醵二千文，同會鏡湖，欲邀李生湖上吹之，想其風韻，敬之如神。以費多人少，遂相約各召一客。會中有一人，以日晚方記，不遑他請。其鄰居有獨孤生者，年老，久處田野，人事不知，茅屋數間，嘗呼為獨孤丈。至是，遂以應命。到會所，澄波萬頃，景物皆奇。李生拂笛，漸移舟於湖心。時輕雲蒙籠，微風拂浪，波瀾陡起。李生捧笛，其聲始發之後，昏曀齊開，水木森然。髣髴如有鬼神之來，坐客皆更贊詠之，以為鈞天之樂不如也。獨孤生乃無一言，會者皆怒，李生以為輕已，意甚忿之。良久，又静思作一曲，更加妙絶，無不賞駭，獨孤生又無言。鄰居召至者甚慚悔，白於衆曰：「獨孤村落幽處，城廓稀至，音樂之類，率所不通。」會客同誚責之，獨孤生不答，但微笑而已。李生曰：「公如是，是輕薄為？復是好手？」獨孤生乃徐曰：「公安知僕不會也？」坐客皆為李生改容謝之，獨孤生曰：「公試吹《涼州》。」至曲終，獨孤生曰：「公亦甚能妙，然聲調雜夷樂，得無有龜茲之侶乎？」李生大駭，起拜曰：「丈人神絶，某亦不自知，本師實龜茲人也。」又曰：「第十三疊誤入《水調》，足下知之乎？」李生曰：「某頑蒙，實不覺。」獨孤生乃取吹之。李生更有一笛，拂拭以進，獨孤視之曰：「此都不堪取執者，籠通耳。」乃換之，曰：「此至入破，必裂，得無恡惜否？」李生曰：「不敢。」遂吹，聲發入雲，四座震慄。李生蹙踖不敢動，至第十三疊，揭示謬誤之處，敬伏將拜。及入破，笛遂敗裂，不復終曲，李生再拜，衆皆帖息，乃散。明旦，李生並會客皆往候之，至則唯茅舍尚存，獨孤生不見矣。越人知者皆訪之，竟不知其所之。（同前書卷二十九）

曹于汴詞話

曹于汴(一五五八—一六三四),字自梁,號貞予,平陽安邑(今山西)人。萬曆壬辰登進士第,授淮安府推官,擢給事中。光宗立,起太常少卿。熹宗立,遷左僉都御史。崇禎初拜左都御史,謝事歸。卒贈太子太保。所著有《仰節堂集》、《補正孝經本義》。此據影印文淵閣《四庫全書》本《仰節堂集》録詞話一則。

一 《公餘漫興跋》:夫意動而為言,言成聲而為詩,詩以抒性靈、洩積臆也,故曰詩可以觀。乃有標新闘異,抽黄對白,俯仰流光荏苒,情竇敲推,幾失常度性情,因而成苦,是亦不可以已耶? 汴素承乏淮陰,其於督撫褚公為屬吏,讀公所為詩及詞若干首,大都忠愛孝節之念,隨感而發於以匡時動衆，其意油如也，公之性情可觀矣。夫詩家若以沈約、杜甫為孔子逐聲咻響，銖兩而較之，曰：此為詩，此非詩，其論當自有在，乃所願學不在此。謂作詩，若公之忠愛孝節可以法已。夫論詩若聽言，其言端方而醇愨，此其人何如也？其言綺麗而浮靡，其人又何如也？故立言者蘄於不失其為人，聽言者蘄於得其人，通乎？是可以論公詩矣。（《仰節堂集》卷三）

何鏜詞話

何鏜，字振卿，號賓巖，處州衛（今浙江）人。嘉靖丁未進士，官至江西提學僉事。編著有《修攘通考》、《古今遊名山記》、《高奇往事》、《括蒼彙紀》等。《高奇往事》十卷，何氏萬曆己卯《題辭》云：山居多暇，時時散帙，遇所會心事，輒以片楮剳記，久之盈笥，以高苑、奇林二類，類各五目，共得十卷，名曰《高奇往事》。此據内閣文庫藏明萬曆間刻本録詞話一則。又據《四部叢刊》影印明刊本劉基《太師誠意伯劉文成公集》録序文一則。

一　西凉州俗好音樂，製《凉州》新曲，開元中，列上獻之，顧而問之，寧王進曰：「此曲雖嘉，臣有聞焉，夫音者，始之於宫，散之於商，成之於角、徵、羽，莫不根抵橐籥於宫、商也，宫離而少，商徵亂而加暴。臣聞宫，君也；商，臣也。宫不勝，則君勢卑；商有餘，則臣下僭；君卑則畏下，臣僭則犯上。蓋行之於音律，播之於歌詠，見之於人事，臣恐一日播越之禍，悖亂之患，莫不由斯曲也。」上聞之，默然。及安禄山之亂，華夏鼎沸，以知寧王知音之妙也。（卷八「奇林·奇識」）

二　《重刻誠意伯劉公文集序》：青田文成劉公文集，故有《翊運録》一卷、《覆瓿集》十四卷、《郁離子》四卷、《寫情集》二卷、《犁眉公集》二卷、《春秋明經》二卷，國初嘗梓行，而郡人翰林學士王公景章為之序，正德中郡守莆田林公刻，置公里第。嘉靖中，余友人縉雲樊文叔乃類編之，刻於真定。今侍御虬峰謝公按部栝蒼，脩謁先生祠堂，討論遺文，得里第本，病其漶漫舛錯，乃命郡守建安陳公依真定本翻摹授梓，余為校正若干字，梓成，屬為序。序曰：先生生在栝蒼萬山中九盤之巔，所謂深山大澤，用物弘而取精多者也。然當五百之昌，期輔真人，以肇造籌帷帳，而垂勳烈，昭昭乎若揭日月行天中，可不謂見之行事哉？何以文為？夫古昔聖賢備具道德仁義之懿，施於政教，被及萬彙，其禮樂章程莫非文也。惟窮而在下者，不獲有所張設，乃不得已而托之言，以寄其憂憤康濟之懷，俟之後世。或起而帥行之，斯聖賢所為文辭也。愚讀文成先生集，多處窮憂世之深慨，而深幸其遇聖神而興起也。嘗槩其集有六善焉：一曰窮經以明義，二曰寓言以徵用，三曰遵養以俟時，四曰憂世以舒抱，五曰知命以樂全，六曰遭逢之無間。夫華夷峻防，一王大法，胡主中國，幾變於夷，聖經明義，千載或湮焉。《春秋》成而亂賊懼，此義不由，學者倚席不講之過也，此窮經以明義也。胡運式微，務為陵替，撫狡寇而引非族，言之者抵釁起弊，末由痛心，荼毒於是乎！卮言《郁離》，比類旁通，故三閭澤畔之吟，《離騷》惓惓之意也，此寓言以徵用也。豪傑颷起，四海糜沸，而時事倒置，寵賂肆章，駢驥服箱，夷羊在牧，乃先生憤世疾邪？每形歌什，抑意諧玄託，稱覆瓿莘野，時辜於納溝，扣角放歌於夜旦，由斯義矣，此遵養以俟時也。祈招式誦，冀訛王心，里巷謳吟，觀風是采；詩餘寄興，取類寫情，或亦有鑒吾衷乎？此憂世以舒抱也。至於垂老見幾，引身高逝，璆琳戛擊，以和天倪，於是乎稱名犁眉，比跡赤松，保厥終始，斯為金德，此知命以樂全也。攷之已事，隆準大度，忍心葅醢留侯，色舉明哲，乃彰藏弓。請苑百世，而下有餘悲焉。高皇以來，世懋延賞，丁寧天語，焜燁龍章，具在《翊運篇》中。即魚水交驩，秬卣申錫，又何以過？此遭逢之無間也。或者曰：「青田文章掩於功業。」又曰：「勳華並茂，無眥偏長。」而不知是非，先生所急也；其不得已而言者，先生之憂也；其應時績效者，先生之幸也。《記》曰：「天下有道，則行有枝葉；天下無道，則辭有枝葉。」觀於先生之言行，亦若是而已。余往宦游江右，至高安，稽求先生為丞時事，謂從異人受秘書，乃棄官，歸青田山中，覽識天命，所在而起，故天民所抱持達，可行於天下而後行之，類如是，文辭云乎哉！先生所編，又有《多能鄙事》若干卷，方行人間，其占諗象緯諸書，先生啓手足，時命其子獻諸朝，具在金匱石室，靡可得窺云。時隆慶六載歲在玄黓涒灘陽月上浣，同郡後學何鏜頓首拜手謹叙。（《太師誠意伯劉文成公集》）

季德甫詞話

季德甫，字仲修，太倉（今江蘇）人。嘉靖甲辰進士，任袁州知府，歷按察使。此據《四庫全書存目叢書》影印明萬曆間刻本《冰玉堂綴逸稿》附録詞話一則。

一

《生陳公墓志銘》：公諱如綸，字德宣，别號午江，人尊稱之午江先生……所著有《四書易講議》、《策考》各二卷，《冰玉堂稿》十卷，《蘭舟漫稿》、《遊閩稿》、《二餘詞》各一卷，藏於家。公没，而家人不戒於火，稿盡亡。謙亨稍從人間緝得一二成編，題曰《冰玉堂綴逸稿》。（節録自《冰玉堂綴逸稿》「附録」）

陳繼儒著輯詞話

陳繼儒（一五五八——一六三九），字仲醇，别字眉公，松江華亭（今上海）人。少工文，與董其昌齊名，工詩善畫，重然諾，饒智勇。三吴名下士争欲得為師友，未三十棄諸生，築室東佘山，以著述為事，短翰小詞，皆極風致。四方縉紳及山人遊客過從無虚日，下至野店僧寮悉縣其畫像，崇禎中公卿交薦，皆以疾辭，年八十餘卒。輯刊《寶顔堂秘笈》，著述頗豐，有《眉公全集》以及《建文史待》、《邵康節外紀》、《逸民史》、《讀書鏡》、《書畫史》、《虎薈》、《偃曝談餘》、《巖棲幽事》、《古今韻史》、《古今奇聞》、《福壽全書》、《狂夫之言》、《銷夏部》、《辟寒部》、《珍珠船》、《羣碎録》等等。多為雜採經史百家、野史小説之言編纂而成，評品歷史人物，議論事件，或附以己見。本詞話所據諸書有：《寶顔堂秘笈》本《辟寒部》、《珍珠船》、《銷夏》、《妮古録》、《偃曝談餘》、《筆記》，内閣文庫藏明崇禎刊《新鐫陳眉公先生十種藏書》本《太平清話》、《巖棲幽事》、《讀書鏡》和明天啟元年刊《古今奇聞》，早稻田大學藏明刊《廣百川學海》本《羣碎録》，《學海類編》本《佘山詩話》，《四庫未收書輯刊》影印明末刻本《捷用雲箋》，《四庫全書存目叢書》影印明申申閣刻本《文奇豹斑》，《續修四庫全書》影印明萬曆四十三年史兆斗刻本《陳眉公集》，《四庫禁燬書叢刊》影印明崇禎間刻本《白石樵真稿》、影印明崇禎間刻本《晚香堂集》、影印明末刻貢修齡《斗酒堂集》之評語，以上共録詞話七十九則。又據内閣文庫藏明爾如堂校刻本《鐫蘇黄風流小品》、《續修四庫全書》影印明末刻本《秋水庵花影集》、明末毛氏汲古閣刻《文苑英華》本萬惟檀《詩餘圖譜》、《四部叢刊續編》本影印明崇禎刊《白雪齋選訂樂府吴騷合編》各録序文一則。

一

楊鐵崖云：吾未七十休官，在九峰三泖間，殆且二十年。優游光景，過於樂天。有李五峰、張句曲、周易癡、錢思復為唱和友，桃葉、柳枝、瓊花、翠羽為歌畝伎，第池臺花月主者，乏晉公耳。然東諸侯如李越州、張吴興、韓松江、鍾海鹽，聲伎高讌，余未嘗不居其右席，則池臺主者，未嘗乏也。風日好時，駕春水宅先生舫名，赴吴越間，好事者招致，效昔人水仙舫故事，蕩漾湖光島（當作鳥）翠，望之者呼銕龍仙伯，顧未知香山老人有此無也。客有小海生，賀余為江山風月福人，且貌公老像，以八字字之，又賦詩其上曰：「二十四考中書令，二百六字太師銜。不如八字神仙福，風月湖山一擔擔。天年直至九十九，先生四世祖楊佛子，年九十九。好景長如三月三。先生嘗自言遇憂不憂，遇病不病，遇喪亂不喪亂，胸中四時長是春也，故自號嬉春道人，名其所居窩曰春不老，有《嬉春》小樂章一百篇。小素小蠻休比似，柳枝桃葉尚宜男。先生八十，精力不衰，璠翠尚有弄瓦弄璋之嬉。」（《太平清話》卷上）

二 陶南村云：會波村，在松江城北三十里，其西九山離立，若幽人冠帶拱揖狀。一水並九山，南過村外，以入於海。溝塍畎澮，隱翳竹樹間，春時桃花盛開，雞犬之聲相聞，有武陵風概。隱者停雲子居焉，一舟時放中流，或投竿，或彈琴，或呼酒獨酌，或哦詠陶、謝、韋、柳詩，殆將與功名相忘。嘗坐余舟中作茗供，襟抱清曠，不覺度成《溪山好》一曲，主人即譜入中吕調，命洞簫吹之，與童子櫂歌相答，極鷗波縹緲之思。（同前）

三 楊鐵崖云：往年與大癡道人扁舟東西泖間，或乘興步（當作涉）海，抵小金山，道人出所製小鐵笛，令余吹洞庭曲，道人自歌，小海和之。不知風作水横，舟楫揮舞，魚龍悲嘯也。道人已仙去，余猶墮風塵澒洞中，便若此，竟與世相隔，今將盡棄人間事，追遊洞庭耳。（同前）

四 知聲而不知音者，禽獸是也；知音而不知樂者，衆庶是也。惟君子而後知樂。空同子曰：聲言直，音言曲，樂言律。直者，單而粗者也；音者，方而丈（當作文）者也；律者，比而諧者也。如啄啄呼雞，落落呼猪，咄咄呼馬驢，苗呼猫，鷽呼雀，呼之則應者，知聲也。人人能謡，如今里巷之詞曲，不學而能之，疾徐高下皆中板眼，所謂知音也。及問其出某吕某律，孰宫孰商，則不知也。故曰惟君子而後知樂。（同前）

五　何元朗極精詞譜，家有女樂一部。（同前書卷下）

六　黄魯直登荆州亭，柱間有詞曰：「簾捲曲欄獨倚，江展暮天無際。淚眼不曾晴。家在吴頭楚尾。數點梅花亂委，撲漉沙鷗驚起。詩句欲成時，没入蒼烟叢裏。」蓋女鬼詞也，「淚眼不曾晴」五字甚奇。（同前）

七　稼軒辛敏公，少與黨懷英同師蔡伯堅，筮仕決以蓍。懷英得坎，因留事金。稼軒得離，遂南歸。紹興末，屢立戰功。嘗作《九議》暨《美芹十論》上之，皆切中時務。累官兵部侍郎樞密都承旨。晚年解綬歸鉛山縣南二里許，有稼軒書院，而分水嶺下，厥墓在焉。《稼軒長短句》，凡十二卷。黨懷英累遷翰林學士承旨，善屬文，尤工篆籀，當時稱為第一。今可見者，闕里「杏壇」二大字，岱祠碑額、魯兩先生祠碑、東昌府學三絶碑。（同前）

八　嚴幼芳，天台營妓，賦紅白桃花，調《如夢令》云：「道是梨花不是，道是杏花不是。白白與紅紅，别是東風情味。曾記，（脱一「曾記」），人在武陵微醉。」此女不特天韻韶秀，即其不肯證唐仲友一事，至今俠骨猶香，宜其徹阜陵之聽也。（同前）

九　先秦兩漢，詩文具備。晉，清談書法。六朝，四六。唐，詩、小説。宋，詩餘。元，畫與南北劇。（同前）

一〇　牡丹須著以翠樓金屋，玉砌雕廊，白鼻猧兒，紫絲步障，丹青團扇，紺緑鼎彝，才子書，素練以飛觴，美人拭紅綃而度曲，不然，乃措大賞花耳。（《巖棲幽事》）

一一　四時之景，莫如初夏。余嘗夜飲歸，作增減字《浣溪沙》云：「梓樹花香月伴明，棹歌歸去蟪蛄鳴。曲曲柳彎茅屋矮，挂魚罾。　笑指吾廬何處是，一池荷葉小橋橫。燈火紙牕修竹裏，讀書聲。」（同前）

一二　胡忠簡貶謫，李彌遠（當作遜）贈以十事，其最警策者曰：「名節之士，猶未及道，宜更進步。」又曰：「有天命，有君命，不擇地而安。」又曰：「子厚居柳築愚溪，東坡居惠築鶴觀，若將終身焉。」夫萬里投荒，孤身禦瘴，人生至此，那復可堪？今聖朝寬大，被謫命則討差而歸，聞除書則投袂而出，此亦士大夫不幸中之幸也，然古人則反有以此鍛鍊一生者。」黄魯直《答劉文學》詩云：「人鮓甕中危萬死，鬼門關外更千岑。問君底事向前去，要試平生鐵石心。」王定國嶺外歸，出歌者勸東坡酒，歌兒曰柔奴，姓宇文氏，眉目娟麗，家世住京歸，定國南歸，坡問柔：「廣南風土，應是不好。」柔對曰：「此心安處，便是吾鄉。」夫山谷天生鐵漢，若柔奴，兒女子，乃能如是，使覊人遷客聞此言，真可謂「炎海變清凉」也。（《讀書鏡》卷三）

一三　李德裕《平泉山居》戒子孫云：「吾百年之後，為權勢所奪，則以先人所命，泣而告之，此吾志也。」後經世變，餘胤竟不能守，花卉蕪絶，怪石名品，俱為洛城有力取去。記所云者，祇足貽達人笑。范文正公在杭州時，子弟以公有退志，乘間請治第洛陽，樹園圃，以為逸老地。公曰：「人苟有道義之樂，形骸可外，况吾屋乎？　吾今年踰六十，來日無幾，乃謀治第樹圃，顧何時而居乎？　吾之所患，在位高而難退，不患退而無居也。　居固易得，西都士大夫園林相望，為主人者莫得常遊，而誰獨障吾遊者，豈有諸已而後為樂耶？」張叔夏過錢塘西湖慶樂園，賦《高陽臺》詞，序云：「慶承園，韓平原之南園，戊寅歲過之，但有碑石在荆榛中耳。」詞云：「古木迷鴉，虚堂起燕，歡遊轉眼驚心。南圃東窓，酸風掃盡芳塵。鬢貂飛入平原草，最可憐渾是秋陰。夜沉沉，不信歸魂，不到花深。　吹簫踏葉幽尋去，任船依斷石，袖裹寒雲。老桂懸香，珊瑚碎擊無聲。故園已是愁如許，撫殘碑，又却傷今。更關情，秋水人家，斜照西林。」嘻！讀叔夏詞，要知有園者，仍未嘗有園。讀文正語，要知無園者，仍未嘗無園。如李衛公平泉癡淚，正不必如霰矣。故王珣舍虎丘為院、王維舍輞川為寺，真可謂具身後眼者。（同前）

一四　王太尉問眉子云：「汝叔澄名士，何以不相推重？」眉子曰：「何有名士，終日妄語？」黄廷（當庭）堅魯直作艷語，人争傳之，秀鐵面呵之曰：「翰墨之妙，甘施於此乎？」魯直笑曰：「又當置我於馬腹中耶？」秀曰：「汝以艷語動天下人婬心，不止馬腹，正恐生泥犁中耳。」夫我黨戒口頭妄語易，戒筆頭艷語難。直至兩處皆刊削得去，方是打成一片的三緘人也。（同前）

一五　寇萊公鎮北門，有善歌者至庭，公取金鍾獨酌，令歌數闋，贈之束綵。侍兒倩桃自内窺之，為詩呈公，云：「夜冷衣單手屢呵，幽牕軋軋度寒梭。臘天日短不盈尺，何似妖姬一曲歌。」（《辟寒部》卷一）

一六　康伯可冬景詞云：「霜幕風簾，閑齋小户，素蟾初上雕龍。玉盃醽醁，還與可人同。古鼎沉煙篆細，玉筍破、橙橘香濃。梳粧懶，脂輕粉薄，約略淡眉峰。　清新，歌幾許，低隨慢唱，語笑相供。

道文書針線，今夜休攻。莫厭蘭膏更繼，明朝又、紛冗匆匆。酩酊也，冠兒未卸，先把被兒烘。」（同前）

一七 劉叔安，名鎮，號隨如。元夕《慶春澤》一首，入《草堂》選。又有《阮郎歸》云：「寒陰漠漠夜來霜，階庭風葉黃。歸鴉數點帶斜陽，誰家砧杵忙。燈弄幌，月侵廊，熏籠添寶香。小屏低枕怯更長，和雲入醉鄉。」亦清麗可誦。（同前）

一八 張仲宗《夜遊宫》辭云：「半吐寒梅未拆，雙魚洗、冰澌初結。户外明簾風任揭，擁紅鑪，灑窗間稷雪。　此日去年時節，這心事有人懽説。斗帳重熏鴛被疊，酒微醺，管燈花，今夜別。」雙魚洗，盥手之器，見《博古圖》。稷雪，霰也，形如米粒，能穿瓦透窗，見《毛詩疏》。（同前）

一九 淳熙七年十二月二十八日，南内遣御藥并後苑官管押進奉兩宫守歲合則劇，金銀錢、消夜歲軸果兒、錦曆、鍾馗、爆仗、糕兒、法酒、春牛、花朵等，就奏知太上，元日欲先詣宫朝賀，然後還内引見大金使人，太上不許，傳語官家至日可先引見使人訖，却行到宫禮。正月元日，上坐紫宸殿，引見使人訖，即率皇后、皇太子、太子妃至德壽宫行朝賀禮，進呈畫本人使面貌、姓名及館伴問答。是歲太上聖壽七十有五，舊歲欲行慶壽禮，太上不許，至是，方密進黄金酒器二千兩，上侍太上於欏木堂香閣内説話，宣唤棋待詔并小説人孫奇等十四人，下棋兩局，各賜銀絹，供泛索訖，官家恭請太上、太后來就南内排當。初二日，早進膳訖，遣太子到宫恭迎兩殿，并只用轎兒，禁衛簇擁入内，官家親王殿門恭迎，親扶太上降輦，至損齋，進茶訖，至清燕殿看書畫玩器。約午初刻，後苑供進酥酒十色熬煮。

午正三刻，就凌虛閣排當，三盞後，至萼緑華堂看梅，上進銀三萬兩、會子十萬貫，太上云：「宮中無用錢處，不須得。」再三奏請，止受三分之一。未初刻，雪大下，正是臈前，太上甚喜，謂官家云：「今年正欠些雪，可謂及時，却甚好，但恐長安有貧者。」上奏云：「已令有司比去歲倍數支散。」太上亦命提舉官於本宮支犒官會照朝廷之數。命近侍進酒，官裏上壽，近臣獻詞云：「紫皇高宴僊臺，雙成戲擊瓊苞碎。何人為把，銀河水剪，甲兵都洗。玉樣乾坤，八荒同色，了無塵翳。喜冰消太液，煖融鳷鵲。端門曉，班初退。聖主憂民深意，轉鴻鈞、滿天和氣。太平有象，三宮二聖，萬年千歲。雙玉盃深，五雲樓廻（當作迥），不妨頻醉。看來不是飛花，片片是、豐年瑞。」太上大喜，賜鍍金酒器二百兩、細色段疋、復古殿香羔法酒，太后命本宮歌板色歌此曲進酒，太上盡醉。至更深，宣轎兒入便門，上親扶升輦還宮。（同前書卷二）

二〇　十月二十二日，孝宗皇帝會慶聖節。至日，車駕過宮太上外殿起居，簪花拜舞進壽酒，太上回賜。次至太后殿行禮，乃從太上至後苑梅坡看早梅、浣溪亭看小春海棠。午初，至載忻堂排當，官裏換素帽，太后賜官裏女樂二十人，上再拜謝恩。教坊都管王喜等進新製會慶萬年《薄媚》曲破，對舞，並賜銀絹，太上以白玉桃盃賜上御酒，云：「學取老爺年紀，早早還京。」上飲酒，再拜謝恩，三盃後，官家换背兒，免拜，皇后换團冠背兒，太子免繫裹。再坐，本宮御侍六人並陞郡夫人，就賜誥，謝恩，照例支散目子錢，太上又賜官裏玉酒器十件、壘珠嵌寶器一千兩，尅絲作金龍裝花軟套閤子一副。侍宴官吳郡王以下各賜金盤盞、段疋、薔薇露、酒、香、茶等。是日，官裏大醉。申牌後，宣道遥子入便

門，升輦還内。（同前）

二一　朱希真，名敦儒，博物洽聞，東都名士也。天資曠遠，有神仙風致。《鷓鴣天》冬景云：「檢盡曆頭冬又殘，愛他風雪耐他寒。拖條竹杖家家酒，上個籃輿處處山。添老大，轉癡頑，謝天教我老年閒。道人還了鴛鴦債，紙帳梅花醉夢間。」（同前）

二二　開封孫惟信，嘗大雪登廬山，至絶頂，盡得景物之詳。嘗撰《廬阜紀遊》一卷，惟信能詩詞。有官棄去不仕，自號花翁，遊江淮間，人多愛之。（筆者按：此又見於卷四，略異。）（同前）

二三　小紅，順陽公青衣也，有色藝。順陽公之請老，姜堯章詣之。一日，授簡徵新聲，堯章製《暗香》、《疎影》兩曲，公使二妓肄習之，音節清婉。堯章歸吴興，公尋以小紅贈之。其夕大雪，過垂虹，賦詩曰：「自趁新詞韻最嬌，小紅低唱我吹簫。曲終過盡松陵路，回首煙波十里橋。」堯章每喜自度曲，吹洞簫，小紅輒歌而和之。（同前書卷三）

二四　王山農以小詞約蘇養直赴溪堂，雪夜，蘇報云：「今某已裝酒上船，來日若晴，須有月。若溪堂聞人横笛聲，即我至矣。」所謂「月滿前村，莫掩溪門，恐有扁舟乘興人」也。（同前書卷四）

二五　唐明皇嘗有所教舞象，禄山亂，據咸陽，出舞象，令左右教之拜舞，象皆弩（當作怒）目不動，禄山怒，盡殺之。昭宗時嘗養一猴，頗訓，賜以緋衣，號孫供奉，每朝會，皆隨班起居。後朱温纂位，取此猴，令殿下起居，猴望殿上，見全忠，徑趨其所，跳躍奮擲，温令殺之。此象此猴而知逆順，識向背，義哉！又明皇嘗令教舞馬四百蹄，目之為李家驕，其曲謂之《傾杯樂》，奮首鼓尾，無不應節。禄山亂，散落人間，田承嗣得之。一日，軍中大饗，馬聞樂而舞，承嗣以為妖，殺之，馬不知主，輕用其技於賊，竟不免於殺，其視猴與象，雖殺，懸矣。（《古今奇聞》卷三十八）

二六　中秋請旅客：庭有嘉月，坐無雜賓。勸君此夜，須盡醉，陽關之外，少故人也。　陽關：古人出行每唱《陽關三疊》曲以餞之。（《捷用雲箋》卷四）

二七　寄情妓書集曲牌名：《菊花新》處輕別《虞美人》，今已《小桃紅》，無日不《望江南》也。每《憶多嬌》，淚珠兒滚作《江兒水》，不知《好姐姐》，曾為《倘秀才》《意難忘》否？昨《上小樓》，見《鴈兒落》不見《一封書》，曷勝《節節高》之恨，何日與卿解《香羅帶》《脱布衫》，從《銷金帳》裏《快活三》一場，直至《五更轉》乎？儂欲返舟撥棹，待《鵲橋仙》會合之後，更與卿共《江頭金桂》。　情妓復亦用曲牌名：自《金蕉葉》落後，送郎往《小梁州》，今芍藥花已開矣。妾近來《繡帶兒》寬褪，《傍粧臺》更《懶畫眉》，《剔銀燈》夜坐，不安得不《駡玉郎》，不作《思歸引》也。妾見《粉蝶兒》繞繞，《黄鶯兒》關關，覺《哭相思》，安得我郎趂《一江風》，棹《夜行船》歸來，作《調笑令》，而同賞《錦堂月》乎？不然恐憔悴《一枝花》，冷落《三學士》矣，敬復。（同前書卷六）

二八　《江南春辭》「紫燕初來抽玉筍」、「春風蹴起蘆根筍」：全篇叙春色，結句寓感慨，含清拔於綺繪，孕神俊於莊嚴。（《斗酒堂集》「詞」）

二九　失調名「馬蹄踏月生清影」：句句體貼，起句更清□。（同前）

三〇　失調名「微微紋縠」：寫景思宛，弔古情深。（同前）

三一　中酒有曰惡，李後主詩：「酒惡時拈花蘂嗔（當作嗅）。」蓋鄉語也，又曰倒壺。（《羣碎録》）

三二　牛嶠《楊柳枝》詞：「吴王宫裏色偏深，一簇煙條萬縷金。不忿錢塘蘇小小，引郎松下結同心。」按古樂府《小小歌》有云：「妾乘油壁車，郎跨青驄馬。何處結同心，西陵松柏下。」牛詩用此意咏柳而貶松，唐人所謂尊題格也。後人改「松」作「枝」，語意索然矣。（《佘山詩話》卷下）

三三　蝶粉蜂黄，《道藏》言：「蝶交則粉退，蜂交則黄退。」故周美成詞「蝶粉蜂黄都退了」，用此而説者以為宫粧，誤矣。（《文奇豹斑》卷四「文史上」）

三四　《阿濫堆》、《蘇幕遮》，俱曲名。《阿濫堆》，山鳥也，明皇采其聲為曲。蘇幕遮，胡服。（同前）

三五　晉桓伊善笛，撰《折楊柳》、《落梅花》，尤盡巧妙。《阿彈廻》，亦曲名。（同前）

三六　清商曲有《子夜》，即《白紵》。在吴歌為《白紵》，在雅歌為《子夜》。（同前）

三七　關中人謂「好」為「鹽」，故隋曲有《踈勒鹽》，唐曲有《突厥鹽》、《阿鵲鹽》，薛道衡《昔昔鹽》，皆言好也。樂府有魏俞、吴俞、矛俞、努俞，俞，美也。（同前）

三八　莊宗雅好音律，凡用軍前後隊伍皆自撰詞，使揭聲而嗚唱，至入於陣，不問勝負，馬頭纔轉，衆樂齊舉，故人忘其死，亦用兵之一奇也。（《珍珠船》卷一）

三九　六月一日，上幸華清宫，是貴妃生日。上命小部音樂，小部者，梨園法部所置，凡三十人，皆十五歲以下。於長生殿奏新曲，未名，會南海進荔枝，因名《荔枝香》。（同前書卷三）

四〇　上令宫妓佩七寶瓔珞，舞《霓裳羽衣曲》，曲終，珠翠可掃。（同前）

四一　灼灼，錦城官妓也。善舞《柘枝》，能歌《水調》。相府筵中，與河東人坐接，神通目授，如故相識，自此不復面矣。灼灼以軟綃多聚紅淚，密寄河東人。《麗情集》（同前書卷四）

四二　盧申之名祖臯，邛州人。有《蒲江辭》一卷，樂章甚工，字字可入律吕。《洞仙歌》詠茉莉云：「玉肌翠袖，較似酴醿瘦。幾度熏醒夜牕酒，問炎州、何許清凉，塵不到、冰花剪就。　晚來庭户悄，暗數流光，細拾芳英黯回首。念日暮江東，偏為魂銷人易老，幽韻清標似舊。正簟紋如水帳如烟，更奈問，月明露濃時候。」（《銷夏》卷一）

四三　《洞仙歌・夏夜》，蘇子瞻作：「冰肌玉骨，自清凉無汗。水殿風來暗香滿，繡簾開，一點明月窺人，人未寢，欹枕釵横鬢亂。　起來携素手，庭户無聲，時見疎星渡河漢。試問夜如何，夜已三更，金波淡，玉繩低轉。但屈指西風幾時來，又不道、流年暗中偷换。」東坡自序云：「僕七歲時，見眉州老尼姓朱，忘其名，年九十餘，自言嘗隨其師入蜀主孟昶宫中。一日，大熱，主與花蕊夫人夜起，避暑摩訶池上，作一詞，朱具能記之。今四十年，朱已死久矣。人無知此詞者，獨記其首兩句，暇日尋味，豈《洞仙歌令》乎？乃為足之云。（同前）

四四　《賀新郎・夏景》，蘇東坡作：「乳燕飛華屋，悄無人、槐（一作桐）陰轉午，晚凉新浴。手弄生綃白團扇，扇手一時似玉。漸困倚孤眠清熟，簾外誰來推繡户？枉教人夢斷瑶臺曲。又却是、風敲竹。　石榴半吐紅巾蹙，待浮花浪蕊都盡，伴君幽獨。穠豔一枝細看取，芳心千里似束。又恐被秋風驚緑。若待得君來，向此花前對酒，不忍觸。共粉淚，兩簌簌。」《詞話》云：蘇子瞻守錢塘，有官妓秀蘭天性黠慧，善於應對。湖中有宴會，羣妓畢至，惟秀蘭不來，遣人督之，須臾方至。子瞻問其故，具以髮結沐浴，不覺困睡，忽有人叩門，聲急，起而問之，乃樂管（當作營）將催督也，非敢怠忽，謹以實告，子瞻亦恕之。坐中倅車屬意於蘭，見其晚來，恚恨未已，責之曰：「必有他事，以此晚至。」秀蘭力辨，不能止倅之怒。是時，榴花盛開，秀蘭以一枝藉手告倅，其怒愈甚，秀蘭收淚無言。子瞻作《賀新涼》以解之，其怒始息。皆紀目前事，蓋取其沐浴新涼，曲名《賀新涼》也，後人不知之，誤為《賀新郎》，蓋不得子瞻之意也。（同前）

四五 劉光祖，字德修，號後溪，蜀之簡州人。有《鶴林文集》，小辭附焉。其《醉落魄》云：「春風開者，一時還共春風謝。柳條送我今槐夏，不飲香醪，孤負人生也。曲塘泉細幽琴寫，胡牀滑簟應無價。日遲睡起簾鈎挂，何不躡與，花竹秀而野。」（同前書卷二）

四六 淳熙十一年六月初一日，車駕過宫，太上命提舉傳旨，盛暑，請官家免拜。至内殿起居，太上令小内待扶掖免拜，謝恩。太后處亦免拜。太上邀官裏便背見（當作兒）至冷泉堂，進早膳訖。太上宣諭云：「今歲比常年熱甚。」上起答云：「伏中正要如此。」太上云：「今日且留在此納涼，到晚去。」或三省有緊切文字，不妨就幄次進呈。」上領聖旨，遂同至飛來峰，看放水簾。時荷花盛開，太上指池心云：「此種五花同幹，近伯圭自湖州進來，前此未見也。」堂前假山修竹古松，不見日色，全無暑氣。後苑小厮兒三十人，打息氣唱《道情》，太上云：「此是張掄所撰鼓子詞。」後苑進沆瀣漿雪浸白酒，上起奏曰：「此物恐不宜多喫。」太上曰：「不妨，反覺爽快。」上曰：「畢竟傷脾。」太上首肯。因閑説宣和間，公公每遇三伏，多在碧玉壺及風泉館、萬荷莊等處納凉，此處凉甚。每次侍宴，雖極暑中，亦着衲襖兒也。命小内侍宣張婉容至清心堂撫琴，並令棊童下棊，及令内侍投壺賭賽利物則劇，官家進水晶提壺連索兒，可盛白酒二斗。白玉雙蓮盃柈碾玉香脱兒一套六箇，大金盆一面，盛七寶水戲。並宣押趙喜等教舞水族，又進太皇后白玉香珀扇柄兒四把、龍涎香數珠佩帶五十副、真珠香囊等物，直至酉初還内。（同前）

四七　王逐客作夏景《雨中花》詞云：「百尺清泉聲陸續，映瀟灑、碧梧翠竹。面千步廻廊，重重簾幙，小枕欹寒玉。　試展鮫綃看畫軸，見一片瀟湘凝緑。待玉漏穿花，銀河垂地，月上欄干曲。」《温叟詩話》云：余嘗觀此詞不用浮瓜沉李之事，而天然有塵外凉思，其詞語非觸熱者之所知。（同前）

四八　《天仙子·水閣》，沈會宗云：「景物因人成勝概，滿目更無塵可礙。等閑簾幙小闌干，衣未解，心先快，明月清風如有待。　誰信門前車馬隘，别是人間閑世界。坐中無物不清凉，山一帶，水一派，流水白雲長自在。」（同前）

四九　東坡與蔡景繁書云：臨皋南畔，竟添屋三間，虚敞便夏。蒙賜不淺，胸山臨海石室，信如所諭。前軾嘗攜家一游，時家有胡琴婢，就室中作護（一作濩）索《凉州》，凜然有冰車鐵馬之聲。婢去久矣，因公復起一念，果若遊此，當有新篇，果爾者，亦當破戒奉和也。（同前）

五〇　淳熙三年五月二十一日天申節，先十日，駕詣德壽宫進香，并進奉銀五萬兩、絹三千疋、錢五萬貫、度牒一百道、緑匣二百箇，上簽云：「臣御名謹進。」令幕士安頓寢殿前，候閤長到宫，移入殿上，并鋪放進奉七寶金銀器皿等。十二日，皇后到宫進香，排日皇太子、太子妃并大内職典等進香，至日卯時，駕率皇后、太子、太子妃、文武百官并詣宫上壽，駕至小次，降輦，太上遣本宫提舉官傳旨，減拜行禮，上回奏：「上感聖恩，容臣依禮上壽。」太上再命減十拜，俟太上升殿，皇帝起居拜舞如儀，率皇后百官上酒。樂作，衛士山呼，駕興，入幄次少歇。樂人再排立，殿上降簾，太上再坐，太后率皇后、太子妃上壽，六宫次第起居，禮畢，退。上侍太上過寢殿，進早膳，太上令宣喚吴郡王等官前來伴話。上侍太上同往射廳，看百戲，依例宣賜。再入幄次少歇，上遣閤長奏知太上，午時三刻恭請赴坐，駕赴德壽殿排當，皇帝已下並簪花侍宴，至第三盞，太上遣内侍請官家免花帽束帶，卸上蓋衣，官裏回奏上感聖恩。又免皇后大冠、皇太子穿靴，並謝恩訖。太上泛賜皇太子壘金篋寶盤盞、紫羅紫紗，南北内互賜承應人目子錢，主管禁衛官率禁衛等人於殿門謝恩。又入次少歇，約一刻，再請太上至樂堂再坐，教坊大使回正德進新製《萬歲興龍樂曲破》對舞，各賜銀絹有差。又移燕清華看蟠松，宫嬪五十人皆仙妝，奏清樂，進酒，并衙前呈新藝。約至五盞，太上賜官裏御書《急就章》并《金剛經》，官家亦進御書真草《千文》，太上看了甚喜，云：「大哥近來筆力甚進。」上起謝。同皇太子步至蟠松下看御書詩。再入，太上宣索翡翠鸚鵡盃，宫裏與皇后，親捧盃進酒，太上曰：「此是宣和間外國進到，今以賜皇帝。」上謝恩，時太上、官家並已七八分醉，遂再服上蓋，率皇后、太子謝恩，宣平輦近裏升輦，太上宣諭知省云：「官家已醉，可一路小心照管。」知省等領旨，還内來。早上，遣知省至宫，恭問二聖起居，并奏欲親到宫謝恩，太上就令提舉往問興居，並免到宫禮。（同前）

五一　王晉卿駙馬不獨妙擅山水，其作樂府長短句及碑版書極佳，山谷稱其如蕃錦。（《妮古録》卷三）

五二　山谷有《酺池寺書堂》詩云：「桃李無言一弄風，黄麗（當作鸝）唯見緑怱怱。人言九事八為律，倘有江船吾欲東。」人言九事八為律者，主父偃上書，言九事，其八為律令，一事諫伐匈奴。又《桃花》詩云：「湯沐冰肌照春色，海牛押壓字改簾風不開。真言紅塵無路入，猶傍蜂鬚蝶翅來。」按《漢武故事》曰：「上起神屋，以珠為簾箔，代珀拂之。」東坡詞云：「銀蒜押簾。」此山谷改「壓簾」作「押簾」之意也。（《偃曝談餘》）

五三　嚴幼芳，天台營妓。賦紅白桃花，調《如夢令》云：「道是梨花不是，道是杏花不是。白白與紅紅，别是東風情味。曾記，曾記，人在武陵微醉。」此女不特天韻韶秀，即其不肯證唐仲友一事，至今俠骨猶香，宜其徹阜陵之聽也。（《筆記》卷一）

五四　張三影墓，在卞山多寶寺其西園故地，在南門外，牟存叟端午所居，子野詩名《安六（當作陸）集》。（同前書卷二）

五五　題跋，文章家之短兵。鉢底有獰龍靸鞋，脚下有劣虎，非筆具神通者未暇辦此。董逌黄長睿以辨博勝，陸放翁、洪覺範以韻致勝，皆不解書畫。雖批駁萬狀，而痛癢尚隔一層。惟蘇、黄乃具天眼耳。余嘗見盧山寶書卷後有李龍眠所畫山谷及蘇氏兄弟像，山谷骨面遒立，故蠕言微動，皆有規檢，類其為人。東坡散髯而喜氣博掬，使智者愚賢不肖皆可近。黄如秀鐵面，非法不言。蘇如灰袋道士，張口如箕，而五藏悉露，此神仙中之文人，非文人中之神仙也。蘇、黄之妙，最妙於題跋，其次尺牘，其次詞，題跋鮮有合刻者，今之自侍御楊公始。若更取蘇、黄之詞而並行之，或焚小宗香，手書數行，或攝取雲摻於紗籠間，緩歌一二十闋，使後世知元祐碑中有此風流黨人，亦足為童、蔡一洗眼也。故並識題跋之後而請之。白石樵陳繼儒題。（《鐫蘇黄風流小品》）

五六　《序吴騷初集》：夫世間一切色相，儔有能離情者乎？顧情一耳。正用之，為忠憤，為激烈，為幽宛；而抑之，為憂思，為不平，為枯槁憔悴。至於纚纚一腔，難以自已，遂暢之為詩歌，為騷賦，而風雅與三閭諸篇並重於世。昔史遷之傳三閭也，悲其值而大其志，謂足以兼國風、小雅，而班固氏亦美之曰弘博麗雅，為詞賦宗，此皆窺見平情而深乎其味者，然情寧獨平哉？佳人幽客好事多磨，繾綣縈懷，撫時觸景，聯牀同調，兩地吊天，我輩鍾情，豈同槁木故竅發於靈而響呈其籟？代不乏矣。漢以歌，唐以詩，宋以詞，迨勝國而宣於曲，迄今盛焉。總之，以風雅為宗，而憤激幽情、錦心慧口相伯仲也。南國謳唫，不減江臯諷咏；三吴丰韻，類延晉代風流。詞本於騷，而地别於楚，故因弁其騷曰吴。嗟嗟！今樂府濫觴極矣，自有兹帙也，洛陽紙貴，收盡陽春，冰玉蛟螭，刻成天巧，豈非造物之情至此而一暢耶？世不乏有情人，而知吴騷之足尚也。旹萬曆甲寅秋日清懶居士書於尚白齋中。（《白雪齋選訂樂府吴騷合編》）

五七　《詩餘圖譜序》：詩祖三百篇、《離騷》，特文之餘也；詞，詩之餘也；曲，又詞之餘耳。詩文發乎情，止乎禮義，若旁溢而為詞，所謂提不定，撩不住，謔浪游戲，幾不知其所終。故晏元獻公未嘗作婦人語點入詞中，而蘇眉山遂欲一洗綢繆宛轉之度及香澤綺羅之態，然銅將軍鐵綽板、教坊雷大使舞袖，終非本色，故晁補之獨推秦七、黄九與張三影、柳三變為當行家詞，蓋難言哉！曹縣萬子馨先生，詩壇之渠帥也。其所撰詩文幾與身等，藏副名山，不盡行，而先行其《詩餘圖譜》，有白有黑，有黑白之半，按圖而填之，倚聲而調之，抑揚老嫩，發端後殿，與中閒過度頓挫之法，種種畢具，其痛快者可以助黄衫豪客之叵羅，其纖濃者可以約紫綃侍兒之紈扇。詞如夜光明月，《圖譜》如翡翠百寶盤珠璣陸離流走，而終不能跳擲於寶盤外，法令森嚴，其誰敢干之？萬先生有功於詞家如此。子馨嘗為曲陽令，早賦歸來，當事者速之出山，屈為松郡幕參軍，夙夜在公，稍暇，即焚香讀書，拈詩詞如故。既不必望以晏叔原之小謹，又非筆墨勸淫犯繡（當作秀）鐵面佛法所訶戒，發乎情，止乎禮義，其得詞之中聲正聲者乎？昔東坡守杭，見毛澤民詞，謂坐客曰：「郡僚有詞人，不及知，某之罪也。」折簡追還，留數月，毛法曹繇此知名。今禹修郡大夫待子馨亦復如是，不可謂不遇矣。故題《圖譜》後，知世上有澤民，則必有東坡賞鑒者出，古今人豈甚相遠哉！八十一翁陳繼儒頓首撰。（《詩餘圖譜》）

五八　《秋水庵花影集叙》：峰泖間久無閒人矣。自眉道人開徑東佘之陽，施子野從泖上築墓西佘之陰，簾櫳窈窕，花竹參差，遠近始有褰裳而遊者。余不設藩垣，聽人往來，如簷燕，如隙中野馬。而子野嚴扃鐍，以病辭，中酒辭。顧閣上嘈嘈，數聞絃索度曲聲，則子野所自製詞也。客唐突不得入，横折花枝，呵詈委道旁而去，而子野默默笑自如。子野好日出酣眠，而能讀書至夜半，未嘗作低迷欠伸態。好與人轟飲惡戰，而能數月持酒戒甚堅。好治經術，工古今文，而能旁通星緯、輿地與二氏、九流之書。掉弄而為樂府詩餘，跌宕馳騁，凡古今當行家，意崛強未肯下。嘗謂余曰：「子老矣，請時時過我，俯首拍掌而和之。暇則為我題數行，傳海内，海内故有天耳，人當為施郎點頭耳。」夫曲者，謂其曲盡人情也。詩人人可學，而詞曲非才子決不能。子野才太俊，情太痴，膽太大，手太辣，腸太柔，心太巧，舌太纖。抓搔痛癢，描寫笑啼，太逼真，太曲折。當其志敞意得，摇筆如風雨，强半為旁人掣去。或寫素屏紈扇，或題郵壁旗亭，或流播於紅綃麗人、黄衣豪客之口，而猶未睹子野之大全也。今《花影集》一出，上至王公名士，下至馬卒牛童，以及鷄林象胥之屬，皆咄咄吁駭，想望子野何如人。購善本，换新聲，擲餅金斛珠當不吝惜，豈特為「三夢」、《四聲猿》之畏友而已乎？昔山谷遇秀鐵面道人，訶其筆墨勸淫，恐墜犂舌，故其叙晏叔原集云：「妙年美士，近知酒色之娱；苦節臞儒，晚悟裙裾之樂。鼓之舞之，皆叔原罪也。」子野學道，請以山谷為戒。子野曰：「吾樂府詩餘，非平章風月，則約束鶯花，艷語麗情，十不得一，况謔浪俱是文章，演唱亦是説法，秀道人見之，即使木人歌、石兒舞可也。雖然，此集既行，願將風流罪過，向古佛發露，懺悔一番。敢問眉先生新創苕帚庵，其義云何？」余曰：有沙彌請法，佛教之誦，「苕帚」二字，誦「苕」則失「帚」，誦「帚」則失「苕」，誦至三年，忽然上口，遂爾大悟。子野能捨無始來才子習氣，作苕帚庵三年鈍人乎？便不落綺語債矣。子野稽首曰：「懺悔竟。」（《秋水庵花影集》）

五九　右余所撰北曲，每於花影月陰時自歌自飲，梁伯龍云：「老子見之，當低首攢眉，不獨唤醒俗兒醉夢也。」（《陳眉公集》卷四）

六〇《題顧仲方詞序》：顧仲方先生以雕龍繡虎之才，爲鳳閣侍從，長安諸薦紳咸束錦交先生。片言片楮，往往爲寶。時因杯酒間忽動鄉國之想，乃請作《江南春》樂府，使一片燕塵頓豁。而身游於小桃弱柳隊中，至於詠物閨情，各抒才韻，繪擬所至，生氣湊合，可以奪化工之權，結思人之涕。蓋出其餘膏剩腹，便能鼓吹詞場，遞傳千古，譜風流者。舍仲方，吾誰與歸？吾謂此曲，當以司空圖松枝筆、李廷珪豹囊墨，及薛濤五色雲錦箋，各書數通，以佐花月。而又令緑珠、雪兒從步絲幛後，醉拍紫玉板唱之，則一字一絹，可也。（同前書卷八）

六一《題筆花樓詞序》代：詞家獨元人升堂，沿及國朝，則楊用修、祝允明庶幾攝齋廊廡，若近代諸家，非不有白雪聲，然核古實則乏才情，工藻繢則鮮本色，非字懸千金、胸富五車，未易語此。今仲方先生此詞，皆從長安風沙煙塵中以綺語破愁思羇況，故片言落人間，賈者紙爲貴，歌兒舌爲燥也。昔人有云：「不恨吾不見古人，但恨古人不見我。」惜哉！仲方之生也晚。藉令馬東籬、關漢卿諸名家與公角逐而赴詞壇，未知鹿死誰手。（同前。按此又見載於卷十一《筆花樓新聲題詞》）

六二《蘇門六君子文粹序》：古今第一好士者，無如蘇子瞻長公、子由少公。當時稱蘇門四學士者，黄、秦、張、晁也。黄云：「東坡文章妙一世，乃謂效庭堅體，正如退之效孟郊、盧仝耳。」蘇云：「讀魯直詩，如見魯仲連、李太白，使人不敢譚鄙事。」兩公互相引重，聲價亦相當，魯直何嘗以弟子禮薦乎？即文潛，少公客，非長公客也。少游、無咎游長公門久，皆先文潛殁。其後教人作文，必以理爲主，士子載酒問奇者甚衆，則居然一蘇門先覺矣。履常學奥行卓，不肯遊傅欽之、章子厚之門，長公待之絶席，欲參諸門弟子間，履常曰：「吾此一瓣香，敬上曾南豐。」長公亦未之强也。李方叔，三世喪不葬，雖其文有飛砂走石之才、錦衣玉食之氣，而世鮮物色之者，長公不忍以履常之高介，例責方叔之孤貧，贈之上賜玉鼻騂，贈之帛，作詩以勸四方風義者。不數年，盡累世之二十餘柩歸窆華山下。及其躁於求薦，則正言告之曰：「進退之際，不甚慎静，於定命不能有毫髮增益，而於道德有丘山之損矣。」蓋長公非獨憐才，又酷知人情之死生痛癢，非獨酷知人死生痛癢，又能相勉於道而不務相引於利，若稍有伐異之心，則陳履常皈依南豐者，將移兵相攻。李方叔之求薦者，將唯唯俯從不暇，而敢似教似諫，攖健少年之鼻息乎？獨長公不必履常之出門下，而後謂之吾黨，亦不必方叔之介介如履常而後謂之名流，磨礱追琢，畢竟使兩君子與四學士齊名並轡於廣大教化之中，其成就後學乃如此。此履常之願為越境以見，方叔直走許、汝間，相地卜兆以授其子，豈特舉哀行服之文潛而已哉？少公每勸兄簡言斷客，而長公出自性生，雖投荒涉險，而終不悔。若孫莘（當作莘）老、畢公叔、劉貢父兄弟，畏友也；米元章、王晉卿、文與可、李公麟，詩畫友也；張子野、廖明略，詞賦友也；陳伯修，患難友也。其他如曇秀訬總之句、仲殊之曲、惠聰之琴，皆誘掖而獎借之，駸駸坂則價增十倍，登龍門則名附千秋，蘇門六子之外，不知其幾名家矣。惜其集或以避黨禁而毁，或以遇兵燹歲久而亡。胡仲修具擇法眼，其購訪海内藏書之家而續行之，可乎？則請先質諸牧齋太史氏。白石山七十七老人陳繼儒叙（《白石樵真稿》卷一）

六三　《祭常熟趙叔度》嗚呼！曩兄期我，信信宿宿。何以留連？虞山之麓。何以供養？香清茶熟。爾時書院，冠蓋雲逐。我謝令君，退守空谷。今乘素車，乃拊兄哭。遺言在耳，遺容在目。松影泉聲，傷心感觸。嗚呼痛哉！余憶庚子，授經瑯琊。兄亦避諠，寄迹外家。一見驩然，兩心則遐。我實兄瑜，兄不我瑕。始而論文，賞嘆靡已。深造之言，心精詞綺。嚼徵含商，飲羽没矢。吐涕咲談，可拾青紫。既而論事，如石投水。抵掌古今，洞徹骨髓。屈指交游，推見清穢。奇岸磊珂，偉哉男子！久而論心，幾忘爾汝。為人急難，靡憚風雨。泣血相明，義格神鬼。惠鼎布諾，懸於片語。吴閶客歲，夜談扁舟。鐘殘霜冷，兄不得留。豈期此別，遂訣千秋。嗚呼傷哉！人生實浮。恭惟少宰，手摩豺虎。投荒召還，有讒帝所。忠憤填胷，百無一吐。未了之事，待兄而補。何天奪之，氣竭三鼓。猶賴伯季，振其遺餘。衛寡及孤，泣血漣如。城有故廬，篋有藏書。清白家風，亶惟菑畬。嗚呼傷哉！乾坤草露，勳業荷珠。古來賢聖，誰其久居？况此末世，對面九疑。煎若鼎沸，戰若劫棋。皤皤黄髮，蒿目攢眉。疇如兄哉，神馬尻輿。（同前書卷八）

六四　《張聖清傳》張聖清，諱積源，上海龍華人，按察使七澤公之仲子也。君生秀慧，弱不勝衣，十齡誦《詩》、《騷》，十二嫺經術。神阿熊令君、淇園楊侍御試而器之，補諸生高等。舉體無凡，寄倩不近，望見者如鷺拳秋水，鶴唳寥天，莫得喻其意也。七澤公以秋官出守姑蔑，尋憲粤西，壬子入賀，挈君北行，俾游國學，以便往來省覲。母徐淑人患中蒲，君稱藥量水，揣色聽聲，惟恐跬步離左右。禱醫，得虎頭人語，躬延顧叟，三劑而瘳。禮諸伯叔如父，撫季弟孤侄，暱如良友，巧如導師。見緇素負隱匿，不急為嘸讓，涕泣引諌，密祈改絃。七澤公廉於官，君鮮餘鏹。客有以緩急告者，以法書名畫售者，强半質貸應之，否則惘，常累日。性度淹雅，能與物無忤，而德矩湛然。絶不見縱情誕節，亦不聞以雌黄堅白鳴。至於謁長吏，游大人，華裾細馬，追飛逐走，於少年之塲，君非特堅塞耳輪，且不欲安之眉睫上矣。嘗借余手批《南》、《北史》為丹鉛塗乙，不輕放一字，其他摘録異書不勝紀。搆竹安齋，又搆兩隱軒，因詠《雨中三友》，詠《閒中好》。其詩清真娟秀，倣陶、白，詞亦不減柳七娘（當作郎）。規造一舟，名自在天，凡釣竿詩卷，薰籠隱囊，以至罍洗管絃之屬畢具。客至，命酌清酒一觴，枯碁一局，醉則命侍兒迦陵弄新聲，君按牙以紫簫和之，渺渺度烟際而去。七澤公有小舟曰載石，父子常相尾出游。而君獨時時入東佘訪余，揚搉典墳，討論桂木，申旦徹夜，彼我忘疲。辛酉適越，次皂林，遇舟子争道，篙穿君頰，旁墮二齒，君嘆曰：「此宿業，勿創之。」投謁雲棲塔，受殺戒，過十八澗，買瘦藤，磊砢多奇，數之正得十八節，遂名杖為十八澗。挾此復游草蕩中央，夾山漾而歸。時七澤公移家龍華故里，君築室三楹，嚴事栴檀古先生像，一似浮圖法。俄匝歲，困肺疾。嗽嗑嗑，喘不續吁，迦陵宛轉抱掖者百端，請代請殉。君不起，歿於樂無知齋中。有遺令曰《肯休録》。録云：「擇婿勿太急，立後勿太早，經營兩親壽藏勿太遲，家産半贍宗人，半作善事，生平玩好分贈親知，而笠杖杯筯則以遺眉道人為訣。」眉道人捧次，哭失聲，兒曹驚怪數年來不彈此泪久矣。嗚呼，痛哉！君事七澤公有至行，又有苦心，槖耻而不使見窘容，神憊而不使見病態，情深而不使見悼亡詩，一痛也；跕跋名塲，三戰三北，雖瓦注功名，而微抱牛衣貂裘之感，二痛也；詩文吾見其進，未見其止，不瞰名，不市交，推重於吾曹，而遺賞於通都大邑，三痛也；中郎有女，伯道無兒，四痛也；聞廣寧破，岸幘絞衣，彎弧學射於山下，氣吞并州徤俠兒，而不意命脆蛛絲，蜕同蜩甲，五痛也。君嘗戲謂我洞曉聲律類戴顒，若遇宋文，當給聲伎一部。好鼓枻垂綸，類張志和，若遇唐玄宗，當賜樵青釣童。今釣童無恙，而樵青化為彩雲，隨風颺去，吾豈復有意人世哉！君蓋指白下姬幽妍也，幽妍，予別有傳，傳成，書一通，并焚君柩前諾。乃載拜，三酹酒，灑泣而後行。（同前書卷九）

六五　《題晚香堂蘇帖後》陸務觀云：成都中和勝相院有刻《蘇帖》一卷，皆蘇仲虎鑒定，精審，無一可疑者。又有成都西樓下汪聖錫所刻《東坡法帖》三十卷，擇其尤奇逸者為一編，號《東坡書髓》，嘉泰三年癸亥九月重裝。自務觀去此，又已四百餘年矣，成都吾不及至，常訪之宦遊於其地者，不復能悉其有無存亡，為之浩歎。吾自少喜長公書，丙辰閒居，偶檢篋中數十年所積，屬衲友蓮儒、古冰蕉幻及兒曹夢蓮等手摹之，始於中秋，刻成於陽生日，共得二十八卷。若《豐樂亭》、《表忠觀》、《醉翁亭》、《羅池記》及《滿庭芳》等類字太大，《金剛經》字太多，別有《醉翁亭》草書字太贋，皆不入選。初長公在元豐間，以謝表被逮，中使自彭城舟中遣吏追攝公遺書，老幼驚且恚，搜其書悉毀之。宣和間，禁蘇氏學，手跡零散，甚則東坡《易傳》學者私記之曰毘陵先生而不敢名。至紹興中，詔求蘇公書，常州報恩寺老僧告之郡守，有公所寫堂壁，脱而龕之以獻。高宗大喜，賜度牒，其韓平原《閱古堂》壁後亦移入秘書省之著作庭。公當時翰墨禁省已不常有，何況今日？然以余耳目之外，或為神物所呵護，或為世家所收藏，不論石刻真蹟，得鈎摹見寄，使長公翰墨之氣不至毫髮稍遺，亦藝林一大快事也。敬為之拈瓣香以請。（同前書卷十七）

六六《題温飛卿卷》温飛卿，本名岐，宰相彥博裔。好為側艷弦吹之音，《湖陰曲》已刻《金荃集》中。此卷是其手筆，有字學，又有字性，直與顔平原抗行。當時温、李齊名，《法書苑》載義山，不載飛卿，幸不幸如此。善卷汪先生携此見示，始知老米晚年一變宿習，蓋發脉於温飛卿也。（同前）

六七《跋王文肅公帖》太原王文肅公解相印歸，絶不與賓從子孫談立朝事跡，手自移花接菓，翻古帖，摹書數行。此册乃少年寫香艷詞，摘《草堂》、《花間》殆徧，書法遒邁，俱從《黄庭》發脉來。王烟客購得之，焚香展玩，吴光啓更鍥石傳於人間，正如宋璟鐵石心腸作《梅花賦》，大有風味。乃知蘇、黄好弄小詞，亦此意也。（同前）

六八《題花朝唱和詩》唐伯虎咏落花詩，至「五更風雨葬西施」之句，不覺短氣。今吾策、存入兩君賦花朝詩，又清又綺，又香又艷，宜以碧玉簫、白玉笙、紅玉板屬紅兒、雪兒和歌於錦糢糊步幛中，花神有靈，應分霞觴餘瀝犒兩君。余山中與子野有花朝會，子野有樂府，可與此册並傳。（同前書卷十八）

六九《題施子野夜雨曲》昔有令人作水賦，以千字為限，止得七百，恚曰：「何不於水之前後左右生發？」此文家三昧也。此詞頗窺其旨，不須字字訓詁，自然語語生動。子野曾於秋梧雨館令小童以單箏度之，文既悽然，聲復哀怨，遂覺窗外瀟瀟，點點是淚。（同前書卷十九「題詞曲」）

七〇《惜花詞》春江花月夜，最能愁殺人，況一旦粉憔脂冷，如虞姬起舞，緑珠墮樓，妃子葬馬嵬，時有不黯然悽斷者耶？倘於老紅粉飛、殘香銷歇處，提羯鼓唱子野詞，可以招月魄之不歸，吊芳魂

之無主矣。（同前）

七一　《夢花詞》從來文人借花事作文章，每每吹影鏤塵，而要非本色。如子野此詞曲寫柔情，刺心入骨，及觀其叙跋，夫豈流連惑溺者哉？人謂子野為墮花業，余謂子野為證花果。（同前）

七二　《楊花詞》古人謂絲不如竹，竹不如肉，以為漸近自然。袁中郎《虎丘記》云：「比至夜深，簫板亦不復用。□夫登場，四座屏息，音若細髮，響徹雲際。每度一字，幾盡一刻。飛鳥為之徘徊，壯士聽而下淚矣。」余謂子野楊花詞每於聲音句字外別有神韻，政須付若輩歌之，區區俳場伎倆，未足傳其妙致也。（同前）

七三　《旅懷曲》吾松弦索幾絶統，近來諸名家始稍稍起廢，然不久便散逸。樂天詩有曰：「歌舞教成心力倦。」蓋此事亦大費心力。只宜付散人逸叟，以閒中日月，搜討逸事，庶幾有成耳。子野避地空山，絶跡城市，日撰新聲，令宗工名手商榷番（疑作審）度，著為絃索，興滅繼絶，時率諸童過余頑仙廬。絲竹嘈嘈，隨風飄揚，村姑里叟皆負子憑肩而聽，亦山林快事也。始余開徑東佘，得奇石，戲名曰絃索坪。每月底花下，有狎客携紅裙，坐此吹洞簫、彈琵琶，適子野塹土西佘，得石平直，小童六人，恰好盈坐，子野請於余，欲乞此名名之，余曰：「子但遺我一鐵笛，我便當以此名為贈。」蓋余有童子善吹笛，而子野諸童善絃索，各得其所應有也。（同前）

七四　《情詞》道人也説風情話，正王辰玉所謂「豪杰簿上寫相思，神仙眼裏滴紅血」也。從來有根器人，每於粉黛叢中認取本來面目，不知者便以為火宅矣。（同前）

七五　《題筆花樓新聲》詞家，獨元人升堂，沿及國朝，則楊用修、祝允明庶幾攝齊廊廡。若近代諸家，非不有白雪聲，然核古寔則乏才情，工藻繪則鮮本色，非字懸千金、胸富五車，未易語此。今仲方先生此詞皆從長安沙烟塵中，以綺語破愁思羈况，故片言落人間，賈者紙為貴，歌兒舌為燥也。惜哉！仲方之生也晚，籍令馬東籬、關漢卿諸君與公角逐而赴詞場，未知鹿死誰手？（同前）

七六　《題李丹記》吾家希夷嘗攬鏡掀髯笑曰：「非帝則仙。」趙輔國問徑山欽禪師：「弟子欲出家，得否？」欽喝云：「出家乃大丈夫事，豈將相所能為？」説者謂具帝王福，然後可證神仙果。余謂不然，漢武帝何人也，西王母且以骨濁胎濁呵之，則下此將相又可知矣。當時東方一歲星，日在殿廷中嘲侮調笑，武帝眼中不識，而乃從文成、五利輩索長生不死之術，非濁而何？今真人列仙無日不遊行人間，而士大夫為黄白兒女所愚，未嘗學生，先學造死，轉蜣丸與屠羊肆，豈不相去萬萬哉！浙東有英雄，曰海日先生，夙具靈根，最堅道念，嘗以建言出部曹，又以神明宰名邑。一旦挂冠神武，逍遥山水間，每見冠劒車騎貴人，輒障面避去，有以學道至者，為聚頭磕膝，經月彌旬，室中所置，惟經案藥爐、一衲一瓢，與二氏之書而已。痛憫一切羣生沉五慾，昧三生，痴如赴火之蛾，危似嚙藤之鼠，滅没出現，非凡□思路所能窺，非文士筆端所能狀，覺蓮界之净土遥，桃源之谿徑淺，醉鄉睡鄉之日月促，徐天池《四聲》、湯義仍《四夢》又無論矣，其傳奇中之《南華經》哉！先生令合肥，數夢左思放授以至道，因於虎林創祠立碑以報之，清虚恬淡，裴湛輩中人也。雖托寓言，寔亦自道。若使大風飄

颺，吹入碧落紫虚，即雙成、飛瓊且將洗耳拍手以聽，古有「天上無憂，人間可憐」之曲，庶幾與此譜並傳矣。（同前）

七七《書雲間詩雋》　雲間詩俱散佚不傳，間有刻者。佑君張啟少負風流，老躭吟咏，借栖黌宫，老於青衫。有孫得雋，先公而卒，君瑕璩之璞，工山水篆隸，刻《蘇長公外紀》，强項不少下，詩骨亦如之。希周孟養夫，傲骨骫髒，野逸自適，嘗從袁竣陽、章鹿苑西游秦、晉，詩與書皆矯健。賓之宋懋觀，久客燕邸，其詩雋朗，文度趙、左，詩畫雅淡。明之宋懋晉，畫贍於詩。幼君蔡懋孝，美髯多酒態。季常葉之，經歲薦，愚公許身孝廉，並終博士師。好稱詩，瞿彌陸釋麟、聖清張積源、子野施紹莘，皆韵士，詩詞秀麗異常，翩翩無豪貴習氣，享年不若季常、希周，而俱傷伯道，人甚念之。（同前書卷二十一）

七八《書楊侍御刻蘇黄題跋》　題跋，文章家之短兵也。鉢底有獰龍鞁鞋，脚下有劣虎，非筆具神通者未易辨此。董逌、黄長睿以辨博勝，陸放翁、洪覺範以韻致勝，皆不解書畫。雖批駁萬狀，而痛癢尚隔一層，惟蘇、黄乃具天眼耳。余嘗見廬山寶卷書，後有李龍眠所畫山谷及蘇氏兄弟像，山谷骨面道立，故蠕言微動，皆有規檢，類其為人。東坡故髯，而喜氣搏掬，使智愚賢不肖皆可近。黄如秀鐵面，非法不言；蘇如灰袋道士，張口如箕，而五臟悉露。此神仙中之文人，非文人中之神仙也。蘇、黄之妙，最妙於題跋，其次尺牘，其次詞、題跋，鮮有合刻者。合之自侍御修齡楊公始，若更取蘇、黄之詞而合行之，或焚小宗香，手書數行，或攝取雲操，兩侍兒于紗籠間緩十闋，使後世知元祐碑中

有此風流黨人，亦足為童、蔡輩一洗眼也。故並識題跋之後而請之。（同前書卷二十二）

七九　《又答杜弢武》兩鎮數十年，伏台臺世世金湯，戎索在手，馴習犬馬蛇虎於尺組之上，國家不至蹂踐如遼左者，秋毫皆臺下功。今尋樂賜閒，婆娑膝下，爍千秋之景光，探三教之秘奥，古來忠臣孝子為洞天第一列仙，則元老與台臺之謂矣。不腆壽言，謹如遠命，試前奏而薦之，度必掀髯微咲，沃葡萄酒數十斗耳。新集精麗遒迥，字字可傳，雖張樂洞庭，譜曲閬苑，殆無以過。明公真詞壜之飛將，物外之異人哉！嘆服，嘆服。胡女遠道，恐不能挾之而東，若有善絃索者，得一二小雛，置之梅花古松之下，對客度曲，亦是山林奇話，而未敢必也。（同前書「尺牘」卷三）

八〇　《荅米友石》東坡云：「有人經患難，死中得活，抵三十年修行。」此言良有味，明公寔允蹈之。讀尊撰正宮調，正可付紫綃黄衫歌之，唤人間無限醉夢兒，共證阿羅漢果。追鋒雖且晚自天而下，不妨借樂府説法也。竊聞革卦後繼之以震，震卦後繼之以艮，艮者，止也。今聖主乘乾，清時開泰，以停為調，以艮處震，而天下永永太平矣，其俟明公乎？眉生詩畫如天女散花手、黄姑織錦機，冉冉從七夕入山來，大是奇特。但弟草衣蕙帶，無能為輕重。而思翁以老謝，以暑辭，永明師所謂木人見花鳥也，一咲，一咲。（同前書「尺牘」卷四）

八一　《花蕊夫人宫詞叙》：昔徐匡章納女於蜀後主孟昶，昶喜其輕翾，賜號花蕊夫人，又改慧妃。陳無已以夫人姓費，誤也。宋太祖遣王全斌、曹彬等伐蜀，詔八下作司，度右掖門南臨水，為昶治大第一區以待昶。凡出師六十六日，昶啣璧歸宋。夫人遂侍掖庭，太祖幸之，晉王諫不聽，從獵園中，射死焉。此一事頗類范蠡沉西施於五湖，而正史不載，則《鐵圍山叢談》好奇之過耳。李希顔奉詔料理蜀民，秦民，楚民，三家所獻書，得一敝紙，出花蕊手書《宫詞》，郭祥口誦數篇於王荆公，故王禹玉輩争相傳寫，行於人間。其詩清而綺，香而艷，真班婕妤、徐淑妃之流亞乎？宋祖召夫人陳詩，誦其亡國之作云：「君王城上豎降旗，妾在深宫那得知。十四萬人齊解甲，更無一箇是男兒。」可謂巧於解嘲矣。蜀僻在西裔，其俗富而喜遨，城上環植芙蓉幾四十里，號曰錦城。夾江兩岸，亭榭與名花相錯。後昶御龍舟，召夫人避暑摩訶池上，夜起作《玉樓春》調。最好房中容成之術，多抹良家女以充後宫，一切國事，付之卷簾使王昭遠與其子玄喆。昭遠手揮鐵如意，領二三萬雕面惡少年以當宋師。玄喆，乳臭兒耳，又輦愛姬伶人樂器守劍門之口。昶且與内尚書教坊小婦打毬走馬，鬬草採蓮，魚龍競渡，鸚鵡誦詩，而宋兵已入夔州矣。此非西蜀無男兒，由昶所狎皆婦人故也。後昶亡，其母李氏不哭亦不食，曰：「汝不能死社稷，何用生為？」此母皎皎錚錚，差强人意。若使夫人嚙一劍以報昶，豈非粉黛中真男兒哉！花蕊同時，南漢有盧瓊仙，南唐有蕭孃，及保義黄氏，皆歌舞妍姣，書伎絶倫，兵燹紛紛，詩翰不少見。獨花蕊夫人宫詞，無一字不傳人口，女郎之幸不幸乃如此。陳亢侯刻之山陰，非獨拈出花蕊才情，且垂戒宫中有風流天子，未有不基禍兆亂者，殷鑒不遠，尚當以二南為正。（《晚香堂集》卷一）

八二　《題湯臨川〈牡丹亭〉記》：吾朝楊用修長於論詞，而不嫺於造曲。徐天池《四聲猿》能排突元人，長於北而又不長于南。獨湯臨川最稱當行本色，以《花間》、《蘭畹》之餘彩，捌為《牡丹亭》，則翻空轉換極矣。一經王山陰批評，撥動髑髏之根塵，提出傀儡之啼笑，關漢卿、高則誠曾遇如此知音否？張新建相國嘗語臨川云：「以君之辨才，握麈而登皋比，何渠出濂洛關閩下？而逗漏於碧簫紅牙隊間，將無為青青子衿所笑。」臨川曰：「某與吾師終日共講學，而人不解也。師講性，某講情。」張公無以應，夫乾坤首載乎《易》，鄭、衛不删於《詩》，非情也乎哉？不若臨川老人括男女之思而托之於夢，夢覺索夢，夢不可得，則至人與愚人同矣。情覺索情，情不可得，則太上與吾輩同矣。化夢還覺，化情歸性，雖善談名理者，其孰能與於斯？張長公、次公曰：「善，不作此觀，大丈夫七尺腰領，畢竟罨殺五慾甕中。」臨川有靈，未免叫屈。（同前書卷十）

八三 《題顧仲方樂府》：顧仲方先生以雕龍綉虎之才為鳳閣侍從，長安諸薦紳咸束錦交先生。時因杯酒間，動鄉國之想，乃作《江南春》樂府，使一片燕塵頓豁。而身游於小桃弱柳隊中，繪擬所至，生氣凑合，可以奪化工之權，結思人之涕，吾謂此曲當以司空圖松枝筆、李廷珪豹囊墨，及薛濤五色雲錦箋，各書數通，以佐花月，而又令緑珠、雪兒從步絲障後醉拍紫玉板唱之，則一字一絹，可也。（同前）

郝敬詞話

郝敬（一五五八—一六三九），字仲輿，號楚望，京山（今屬湖北）人。萬曆己丑進士，歷官縉雲、永嘉二縣知縣，擢禮科給事中，遷户科，尋謫宜興縣丞。終於江陰縣知縣。著有《周易正解》、《尚書辨解》、《毛詩原解》、《周禮完解》、《史記瑣瑣》、《小山草》、《山草堂集》、《藝圃傖談》等。《藝圃傖談》四卷，見《山草堂集》中，論古詩、辭賦、樂府、唐詩等。此據齊魯書社出版《全明詩話》本録詞話七則。

一

古詩變新聲，則有漢、魏、六朝樂府、清商等曲，由質而變俚也。近體變古，則有宋、元小詞，由文而變纖巧也。（《藝圃傖談》卷一「古詩」）

二　詩，樂章也。凡詩皆可唱嘆，以比絲竹，皆可裁截，以入鼓吹。蓋樂本音，詩亦音也。八音生於器，詩歌生於肉。樂無詩不成章，器無人聲不成響，故風、雅、頌之詩皆可被之管絃，惟頌專為郊廟祭祀作，風、雅雖不為樂作，亦可合樂。即今北詞南腔，改頭換尾皆合。故漢《鐃歌》雜鼓吹，後世樂府用其目，變其詞，無所不合，各有腔調活套轉移，不必其詞之同也。（同前書卷二「樂府」）

三　自漢有鼓吹《鐃歌》，晉以後襲其音節，為清商、吴聲、西曲等辭。宋以後縉紳贈答，至廟朝雅樂悉效之，靡曼成風。論者動稱樂府古歌曲，為詩家第一派，豈不謬乎？唐近體名為矯正，其實又甚焉，偏尚聲偶，宋、元遂流為小詞。習尚所趨，要之，濫觴自漢樂府始矣。（同前）

四　唐人五言絶句佳者多，但落淫情艷語，效樂府體，便覺俚俗。今人反謂古雅，是宋、元小詞之濫觴也。（同前書卷三「唐體」）

五　唐人尚聲偶，温柔之意雖微，而猶存敦厚。宋人聲偶益趨奇險，時復雜以諧謔譏刺，輕薄佻巧之習流濫不止，淫為詩餘小詞，下與教坊雜弄為伍，秖供優人賣笑之資，鄭聲之淫，於斯為甚。（同前）

六　文章肇自六經，盛於子史，精鑿於唐、宋以下。詩肇於三百，盛於漢、魏，艷麗於六朝與唐。唐體肇自武德，盛於開元、天寶，晶瑩於大曆以下，自聲偶興而艷麗熾。元、宋小詞濫觴於唐，唐焉能復古乎？既學為唐，又道古，如衣絺綌而講裘褐也。近體自是一代絶技，雕金琢玉，不得復問商彝周鼎矣。（同前）

七 杜甫、李白詩，佳者與性情合，多得之樸直，使兒童婦女可觀可興。昔人謂眼前景致口頭語，便是詩家絕妙辭，必求言外之言，象外之象。雕巧過甚，流為艷冶諧謔，是宋、元小詞之濫觴耳。

（同前）

黄嘉惠著輯詞話

黄嘉惠，字長吉，自稱西湖寓客，海陽（今廣東）人。行蹟不詳。編《蘇黄風流小品》，集録蘇、黄二人題跋、尺牘、小詞，採録劉辰翁、楊慎、王世貞、陳霆等人評點，並附己之評語，刻於眉頭。此據内閣文庫藏明爾如堂校刻本《鐫蘇黄風流小品》録詞話一百則。

一 小序：大官醖法，材非不貴美，有時清酤白水，足以適趣而標韻也。故昔人一丘一壑，自謂過之，不必與川澤争多。冷香夕豔，偏足以留人盼而挑人腸，不必歷年穠、飽霜雪而後獲顧者興嗟也，彼或羸者意氣而風致稍短，此或劣者骨力而韻獨勝，比之典籍，氣骨則吕不韋、劉安、班、馬、屈、宋是已，風韻則晉之陶、謝，唐之韋、孟，宋之蘇、黄是已，劉義慶而後單辭可使色飛，片語足使絶倒。寓名理於短章，寄至道於雜俎。余尤於蘇、黄二公服膺焉。然二公之風流，皆在小品，從來無拈出者。自王聖俞吏部刻有小品，而僅取什之二三，楊修齡侍御畢舉，而止於題跋。陳眉公徵君謂二公之最妙在題跋、在尺牘、在小詞，當合之另行，余因取而併採諸評隽，雅者附之，每手一篇，真所謂寐得之醒，慍得之喜者，今人往往於經史欠伸，棄暇晷於《齊諧》《虞初》焉，吾請以是集進矣。西湖寓客黄嘉惠長吉甫撰。

二　《水龍吟》「楚山脩竹如雲」：黄嘉惠曰：此詞數句耳，足與馬融《長笛賦》並傳，其琢語清遠，馬似不及。（《東坡小詞》卷一）

三　《水龍吟》「似花還似非花」：劉辰翁曰：夢隨風萬里，俱寫楊花紛蕩之神。（同前）

四　《滿庭芳》「香靉雕盤」：楊慎曰：賦句奇險。（同前）

五　《水調歌頭》「安石在東海」：劉辰翁曰：語具麗態，彌覺疎達。（同前）

六　《水調歌頭》「明月幾時有」：楊慎曰：豪爽跌宕，氣力與「大江東去」相敵。

七　《滿江紅》「江漢西來高樓下」：黄嘉惠曰：憶古撫懷，無限凄冷意，與「大江東去」相似。（同前）

八　《念奴嬌》「大江東去」：楊慎曰：昔人謂當令關西漢銅牙鐵板唱「大江東去」，自是一家，甚不讓「曉風殘月」。（同前）

九　《雨中花慢》「今歲花時」：黄輝曰：前半妙絶，惜後稍率易。（同前）

一〇　《木蘭花》「霜餘已失長淮闊」：黄嘉惠曰：起二語古崛。（同前）

一一 《西江月》「小院朱欄幾曲」：楊慎曰：句句似白香山。（同前）

一二 《西江月》「聞道雙銜鳳帶」：黄嘉惠曰：與前篇俊不可言。（同前）

一三 《西江月》「玉骨那愁瘴霧」：劉辰翁曰：不必有所指託，即梅花固自。（同前）

一四 《西江月》「照野瀰瀰淺浪」：楊慎曰：寫春曉，何等清麗不儉。（同前）

一五 《臨江仙》「一別都門三改火」：達語多情。（同前）

一六 《漁家傲》「一曲陽關情幾許」：楊慎曰：只是多韻。（同前）

一七 《鷓鴣天》「笑撚紅牙嚲翠翹」：劉辰翁曰：自是李益、韓就輩絶句。（同前）

一八 《定風波》「莫聽穿林打葉聲」：趣致飛來。（同前）

一九 《南鄉子》「霜降水痕收」：楊慎曰：又翻子美語，轉韻。（同前）

二〇 《南鄉子》「裙帶石榴紅」：王世貞曰：小調當行語。（同前）

二一 《南鄉子》「寒玉細凝膚」：陳霆曰：括成俊句自佳。（同前）

二二 《南歌子》「日出西山雨」：陳霆曰：與「無花無酒」句並勝。（同前）

二三 《南歌子》「師唱誰家曲」：黄嘉惠曰：此所謂游戲三味。（同前）

二四 《好事近》「湖上雨晴時」：王世貞曰：數句耳，自有蕭然之致。（同前）

二五 《望江南》「春未老」：□□□曰□□雨中□□樹句□詩詞各□自當家。（同前）

二六 《卜算子》「蜀客到江南」：劉辰翁曰：吴蜀語，出杜詩，非公杜撰。（同前）

二七　《瑞鷓鴣》「碧山影裏小紅旗」：黄嘉惠曰：韻甚。（同前）

二八　《十拍子》「白酒新開九醞」：劉辰翁曰：風流跌蕩。（同前）

二九　《清平樂》「清淮濁汴」：陳霆曰：渾雅如盛唐人，詩入詞，自有筋。（同前）

三〇　《虞美人》「波聲拍枕長淮曉」：黄嘉惠曰：「霧與離愁共滿缸」出此。（同前書卷二）

三一　《行香子》「清夜無塵」：陳霆曰：達語，自不類。（同前）

三二　《點絳唇》「月轉烏啼」：楊慎曰：渾似少游。（同前）

三三　《蝶戀花》「花褪殘紅青杏了」：劉辰翁曰：寒食春遊之日，不堪多誦，能惱人懷。（同前）

三四　《蝶戀花》「燈火錢塘三五夜」：陳霆曰：冷淡中出此麗想。（同前）

三五　《蝶戀花》「春事闌珊芳草歇」：黄嘉惠曰：淡致，正是小詞勝境。（同前）

三六　《蝶戀花》「別酒勸君君一醉」：劉辰翁曰：風流浪宕之甚。（同前）

三七　《洞仙歌》「冰肌玉骨」：陳霆曰：今為梨園常談，遂擅□□致。（同前）

三八　《如夢令》「水垢何曾相受」：黄嘉惠曰：絶似贊頌甘語。（同前）

三九　《如夢令》「城上層樓疊巘」：楊慎曰：二句欲勝盛弘之矣。（城上層樓疊巘，城下清淮古汴。）（同前）

四〇　《減字木蘭花》「春庭月午」：陳霆曰：輕俊，足分七郎紅牙。（同前）

四一　《浣溪沙》「傅粉郎君又粉奴」：楊慎曰：似韓君平律句。（同前）

四二　《浣溪沙》「菊暗荷枯一夜霜」：黄嘉惠曰：俊語。（同前）

四三　《浣溪沙》「薮薮衣巾落棗花」：楊慎曰：寫村落圖，字字逼真。（同前）

四四　《浣溪沙》「桃李溪邊駐畫輪」：王世貞曰：麗語中自函淡致。（同前）

四五　《浣溪沙》「門外東風雪灑裾」：陳霆曰：杜少陵耶？陸魯望耶？勿作詞讀。（同前）

四六　《菩薩蠻》「娟娟缺月西南落」：劉辰翁曰：洪音促節。（同前）

四七　《行香子》「北望平川」：黄嘉惠曰：繁畫似得之《醉翁亭記》。（同前）

四八　《江神子》「老夫聊發少年狂」：劉辰翁曰：從子□鄴西記中入詞，尤工。（同前）

四九　《江神子》「黄昏猶是雨纖纖」：此首殊勝前作，《草堂》未收。（同前）

五〇　《謁金門》「秋池閣」：黄嘉惠曰：似絶句中本□。（同前）

五一　《醉落魄》「醉醒醒醉」：楊慎曰：情深韻勝。（同前）

五二　《無愁可解》「光景百年」：黄嘉惠曰：入理愈妙。（同前）

五三　《哨遍》「為米折腰」：劉辰翁曰：只增減數句，渾似坡翁，另出新意，所以耐讀。（同前）

五四　《宴桃源》「天氣把人僝僽」：陳霆曰：起句駘蕩。（《山谷小詞》卷一）

五五　《浣溪沙》「飛鵲臺前暈翠蛾」：劉辰翁曰：鐵骨人語，柔曼如此。（同前）

五六　《菩薩蠻》「半煙半雨溪橋畔」：陳霆曰：字字畫境。（同前）

五七　《菩薩蠻》「輕風裊斷沈烟炷」：楊慎曰：風情絶似秦、柳。（同前）

五八　《減字木蘭花》「使君那裏」：黄嘉惠曰：題目便韻。（同前）

五九　《減字木蘭花》「濃陰驟雨」：黄嘉惠曰：閲此等詞，足見涪翁興復不淺。（同前）

六〇　《減字木蘭花》「旋揎玉指」：劉辰翁曰：「愁黛不須多」一語足敵易安。（同前）

六一　《採桑子》「投荒萬里無歸路」：陳霆曰：何等情事，入詞極妙。（同前）

六二　《謁金門》「山又水」：黄嘉惠曰：淺淡語，入詞甚妙。（同前）

六三　《清平樂》「春歸何處」：黄嘉惠曰：結語淺淡中致語。（同前）

六四　《阮郎歸》「烹茶留客駐彫鞍」：陳霆曰：此詞入之少游集中，無只字可辨。（同前）

六五　《阮郎歸》「摘山初製小龍團」：劉辰翁曰：「餘清撓夜眠」，得茶之風神，幽甚。（同前）

六六　《畫堂春》「東風吹柳日初長」：黄嘉惠曰：深情□□□之□□尤奇。（同前）

六七　《浪淘沙》「憶昔謫巴蠻」：陳霆曰：此等詩詞，自是蘇、黄妙境。（同前）

六八　《西江月》「斷送一生唯有」：劉辰翁曰：曠達特甚。（同前）

六九　《西江月》「龍焙頭綱春早」：黄嘉惠曰：妙句。（松風蟹眼新湯）（同前）

七〇　《西江月》「宋玉短牆東畔」：黄嘉惠曰：似東坡句。（同前）

七一　《南歌子》「槐緑低窗暗」：黄嘉惠曰：其風情宛麗，何減柳七郎？（同前）

七二　《南歌子》「詩有淵明語」：黄嘉惠曰：語甚崛。（同前）

七三　《鼓笛令》「酒闌命友閒為戲」：陳霆曰：韻殺。（同前）

七四《鷓鴣天》「塞雁初來秋影寒」：劉辰翁曰：從杜詩翻出，亦不厭。（同前）

七五《鷓鴣天》「紫菊黃花風露寒」：陳霆曰：數首結語皆是蘇、黃妙境。（同前）

七六《留春令》「江南一雁橫秋水」：黃嘉惠曰：小詞最勝地。（同前）

七七《木蘭花令》「庾郎三九常安樂」：劉辰翁曰：起甚跌宕。（同前）

七八《木蘭花令》「風開冰面魚紋皺」：楊慎曰：芳豔而幽，小詞中李長吉。（同前）

七九《木蘭花令》「新年何許春光漏」：黃嘉惠曰：句似晚唐詩。（小院閒門風日透）（同前）

八〇《木蘭花令》「可憐翡翠隨雞走」：陳霆曰：既杜「樂極傷頭白」意入詞，尤妙。（枕膩儘相容，只是老人難再少。）（同前）

八一《鵲橋仙》「朱樓彩舫」：劉辰翁曰：小詞如：「春意鬧，如兩眉常鬬，如癡牛騃女。」下字愈險愈佳。（同前書卷二）

八二《南鄉子》「臥稻雨餘收」：劉辰翁曰：如太白「手把菊花枝，調笑二千石。」風流挑達，為韻更高。（同前）

八三《南鄉子》「諸將説封侯」：劉辰翁曰：結語放達可愛。（同前）

八四《醉落魄》「陶陶兀兀，罇前是我華胥國」：劉辰翁曰：似癡似誕，趣甚勝。（同前）

八五《醉落魄》「陶陶兀兀，醉鄉路遠歸不得」：黃嘉惠曰：數闋甚豪達。（同前）

八六《步蟾宫》「蟲兒真箇惡靈利」：陳霆曰：二句似為董解元作誦，入絃索調尤合。（蟲兒真箇惡

靈利，惱亂得，道人眼起。）（同前）

八七　《河傳》「心情老嬾」：黄嘉惠曰：趣絶。（同前）

八八　《定風波》「歌舞闌珊退晚粧」：黄嘉惠曰：「玉人」句風流雅麗，自出白香山手。（同前）

八九　《漁家傲》「踏破草鞋參到老」：陳霆曰：此等遊戲三昧語，非蘇、黄不能得。（同前）

九〇　《漁家傲》「憶昔藥山生一虎」：楊慎曰：似諢似禪。（同前）

九一　《品令》「鳳舞團團餅」：陳霆曰：公茶詞皆工，此闋獨幽清淡遠，為茶傳神。（同前）

九二　《兩同心》「巧笑眉顰」：黄嘉惠曰：王廷陳「曲終仍自叙，家世本西秦」，語調具似。（同前）

九三　《憶帝京》「銀燭生花如紅豆」：陳霆曰：□「曉風殘月」風致不淺。（恨啼鳥，轆轤聲曉，柳岸微涼吹殘酒。）（同前）

九四　《憶帝京》「薄粧小靨閒情素」：楊慎曰：「一段驚沙去」，琵琶俊語也。（同前）

九五　《望遠行》「自見來」：劉辰翁曰：風流放涎（當作誕）。（同前）

九六　《驀山溪》「鴛鴦翡翠」：黄嘉惠曰：好句駃人。（同前）

九七　《驀山溪》「山明水秀」：陳霆曰：此淵明之詠荆軻，恬淡中有氣節在。（同前）

九八　《滿庭芳》「北苑龍團」：楊慎曰：茶詞中妙想勝語。（同前）

九九　《滿庭芳》「脩竹濃青」：黄嘉惠曰：琢句凖。（同前）

一〇〇　《逍遥樂》「春意漸歸芳草」：黄嘉惠曰：俊語。（同前）

范允臨詞話

范允臨（一五五八—一六四一），字長倩，松江華亭（今上海）人，居吴縣（今江蘇蘇州）。萬曆乙未進士，授南京兵部主事，改工部，歷郎中，以按察僉事提學雲南，遷福建布政司參議。有《輸寥館集》八卷，此據《四庫禁燬書叢刊》影印清初刻本録詞話一則。

一

《〈珎珠衫〉傳奇題詞》：自古幽歡密愛，握雨携雲，莫不芳譜詞林，艷傳雅曲。或情鍾才韻，或誓指河山，或私締紅牽，或夙窺青瑣。然皆香閨弱質，玉體元紅，合以稚交，聯繇冥契。文君以琴心而奔司馬，賈午以窗眼而竊韓香。小玉以十字而識李郎，崔徽以解圍而適君瑞。初雖枕薦花宵，竟則眉齊玉案。以亂始能以正終，人情固所恰合，天道亦或佑焉。未有狙儈愚氓，江湖估客，生非疇侣之交，夙寡鸞鳳之契。固乃縱淫心於良匹，逞狡毒於閨貞。佳耦思從一而終，狂且必百計而亂，如幔亭歌客所傳《珎珠衫》者，珠衫為陳喜、三巧兒私相贈遺事，三巧兒者，蔣興哥之耦也。陳與蔣兩人皆巨商，各有室家，俱稱嫵婉。蔣行貨於粤東，陳行貨於襄鄧。蔣則新婚惜别，睠顧幃房，夢繞鴛鴦之水。陳則遠客忘歸，浪遊海角，魂牽蛺蝶之花。三巧兒樓頭凝睇，朝朝錯認幾人船。陳喜哥簾外游韁，一顧頓迷傾國色，遂搆薛婆奇計，挑開三巧芳心。褻語勾人，惱亂蜂狂蝶浪；暗衾潛入，混同濁雨蠻雲。可憐白璧無瑕，竟被青蠅亂點，嗟乎？人孰無婦而乃侵之？出爾反爾，寧可捫心清夜，致使珠衫跡露。棄妻竟罹沈寃，無奈天道好還，彼婦互成奇媾，是相贈，反為相既。淫人適以自淫，此固市井狎邪汙人，齒頰不足道也，豈若遺珠解珮、義合情聯、始亂終婚、作千古風流話柄者比耶？幔亭歌客傳此，非以宣淫導慾，寔欲警世閑邪？使夫知者不為，為者知懼。今而後始信殺人之父者，人亦殺其父；淫人之妻者，人亦淫其妻。天網之不可越，他耦之不可亂，若此能無履朝歌而廻轍、覩人豕而驚心者乎？此所謂《款乃》、《漁歌》，曲終奏雅，《子虚》詞賦歸正道而論之者也。孔子删詩，不去鄭衛，幔亭毋乃近之乎？（《輸寥館集》卷三）

薛應旂詞話

薛應旂，字仲常，號方山，武進（今江蘇）人。嘉靖乙未進士，知慈溪縣。歷浙江提學副使，官至陝西按察司副使。編著有《宋元資治通鑑》、《方山薛先生全集》、《考亭淵源録》、《四書人物考》、《高士傳》、《薛子庸語》、《甲子曾紀》、《憲章録》、《薛方山紀述》等。此據《續修四庫全書》影印明嘉靖刻本《方山薛先生全集》和《四庫全書存目叢書》影印明嘉靖三十三年東吴書林刻本《方山先生文録》録詞話二則。

一 《玉堂餘興引》代鍾石先生作：自風雅湮而古詩亡，樂經燔而諸調作，詞也者，固六義之餘而樂府之流也。比聲成音，亦自與政相通，而能使人興起。謂今之樂猶古之樂，非邪？桂洲公自諫院詞林進秩宗，以登元相，文章禮樂，鼓鑄陶鈞，固已達之上下矣。乃復感事述情，發玄摛藻，而辭於是乎形焉，故曰《玉堂餘興》云。鉛山令某將刻以傳，屬余引之簡端，余取而讀之，見其和平慷慨，藴藉敷揚，而忠愛懇惻之誠，協恭勸勉之義，蓋渢渢乎溢於言表。而考衷協度，該物著倫，又非特寄興焉而已也。乃若其中羑涇野之為有道，美後渠之不通政府，則公之好尚又因是而益昭矣。昔漢武帝命司馬相如、李延年輩采新聲，諧音律，下樂官掌記，今觀其所陳，未免矯誕𠹭雜，其視此何如哉？乃知是刻雖公之餘藝，固亦可傳也已。（《方山薛先生全集》卷三，又見《方山文録》卷九。）

二　《題蓬壺清曉册》：無錫三徑楊公，余太舅行義先生之婿，於余為姑丈行也。雅志高尚，不屑人間事，有竊比老彭之意。徧游名山大川，庶幾與異人一遇焉者久矣。今年秋，乃攜是册訪余於太虛園林，余取而覽焉，盡一時名勝所歌咏，大率皆五遊六著之類也。余嘗觀秦始皇三十六年，使博士為仙真人詩，游行天下，令樂人歌之，自是漢、晉以降，昇仙飛龍之篇、鳳臺蕭史之吟、霓裳羽衣之曲、輕舉步虛之詞，諸如此類，相繼並作，卒之迷軒轅之駕，返盧敖之舟。悠悠何往，不越白頭名利之交；咄咄誰嗟，徒興玄運盛衰之感，蓋自昔而已然矣。三徑公既躭玄學，更好斯文，所與游者，固藝林詞圃之極選也。眲籛之精旨，曾於斯册間有得乎否邪？余退居林下，垂二十年矣，封藤奇牒，蓋嘗偏窺，而一無所得。既乃收視返聽，冥栖默注，竟於舊學而怳然悟焉。《易》謂天地之大德曰生，仲尼謂仁者壽，要之，合德於天地者，斯與天地同久，而凡百物之有仁者，斯能生生而不窮也。此固吾先師之口訣，吾黨日習之，而不知察焉者也。三徑公明年八十，而余亦七十三矣，衞武公年九十有五，猶作《抑戒》之詩以自警，余敢秘斯訣而爲文士漫漶之談以壽公乎？敬題册端以復。（同前書卷四）

曹忭詞話

曹忭，字子誠，江陵（今湖北）人。嘉靖辛丑進士，選庶吉士，河南道監察御史，以御史巡按江西，累官雲南巡撫。至性孝友，内外無間。此據《續修四庫全書》影印明嘉靖二十五年刻本《桂洲詩集》録序文一則。

一

《桂洲詩集叙》河南道監察御史南郡江陵曹忭譔：嘉靖乙巳秋，上詔行人賫勑，起元輔桂洲先生夏公於家，道出武林，小子忭昔濫翰館，維時公首承明德，播錫教典，乃今忭以職事役兹土，獲稱門下，謁公舟中，辭已，公過，念往義，乃以平日詩賦若干卷，授錢塘田子汝成，汝成，公在南宫時故吏也，文學受知於公，俾加校讐，因以示忭，得卒業焉。會侍御楊子九澤以戊戌進士屬公廷閲，同事浙中，忭因與謀被諸梓，且忘僭陋，序篇端曰：詩之為道一，而風雅頌之義殊致，三者同出於詩，而雅頌之篇難工，何也？朝廷宗廟，非夸詞麗語所可矜長；功德盛美，非纖章游韻得為蔓衍。自漢以來，學士大夫之詩大氐沿風，而所謂雅頌者或幾息矣。陸士衡曰：「詩緣情而綺靡。」是特稍窺風人一斑而已。綺靡之云，豈所施諸雅頌宜爾邪？士衡生當偏造，既不廣於所見，而時傳篇章，則曹、劉、嵇、左諸子所為，率愁思怨鬱與留連光景句耳。是故得詞而蔽於一，蒙今而遺諸古，槩以綺靡談詩，是惡足盡詩之道哉？唐人應制大禮諸篇，説者附之雅頌，乃其嚴整優厚，不失尊大之體，然代止數篇，未稱滿愜。李、杜號大家，宜其富矣，而名位罔顯。張説、武元衡輩顯矣，而典禮之作尤不多見，雅頌之音寡傳，此可推而知也。宋詩別為一種，茲未易論。明興，作者輩出，自弘治、正德來，時稱極盛。皇上麗正，乃有公云。初公在諫垣，上議郊典，結知明主，繼晉學士，侍經幄，遂得展竭平生之學，陳謨闡道，啓沃本源，上益知公可當大授。爰自宗伯簡登秘閣，論思代言，無一不克協聖心，翕副羣望。故常從容豫暇，游藝文翰。今集中詩無慮數萬餘言，而大禮之什幾半。蓋自日侍黼座，和答宸章之外，凡時巡扈蹕、應制書事、紀賜感述、典章館閣，為類非一，一準之雅頌，是故典則以崧體，正大以孚極，鋪張以載實，詳密以著事，俊朗以昭式，婉曲以輸藎。上泝有漢，及於唐、宋，宰相中以才名稱後世者，未有若是其兼美者也。雅頌而下，茲其遺響也乎？蓋公天才敏玅，超悟玄旨，雖在上前，萬言立就，每進一篇，九重必再三鑒賞，非夫精誠孚合而才足以發之，安能有此？忭聞之空同李氏嘗貽公書，謂公詩超入化境，便可北跨殷、何，南凌徐、顧，此其廿年之前，名家者流已深歎服，使空同而在，讀今際遇聖明諸篇，又不知當作何語，援雅頌而擊節也。忭又聞之，毛詩一經，即三代之史，宜多指雅頌云云。公遊覽贈答賦咏諸作，具風人之義者不少，而中興一時偉烈，則前之篇什且備，雖謂公詩為今上一朝之史，可也。忭故特標雅頌，著公極界，所以冠絶唐、宋詩人者如此。公奏議若干卷，詩餘若干卷，其富視前代名相皆所未嘗有，已刻布海内，傳誦久矣。是集之刻，固不可後。集外復有《賜閒堂稿》十卷，公壬寅歸田時作，今俱刻杭郡，繼自今所得，當以類附。要之，皆公緒餘。而其不朽之大者，則自有鐘鼎勳業在，非小子忭所能窺也。謹序。（《桂洲詩集》）

蔣孝詞話

蔣孝，字維忠，毗陵（今江蘇常州）人。嘉靖甲辰進士，為九江榷使，官户部主事。才情綺麗，頗任俠氣。編有《南九宫十三調曲譜》，此據臺灣學生書局出版《善本戲曲叢刊》影印明嘉靖己酉三徑草堂刻本《舊編南九宫譜》録自序一則。

一 《南小令宫調譜序》：《九宫十三調》者，南詞譜也。國風鄭、衛之變，而南宫北里，競為靡曼。開元、天寶之間，妙選梨園法曲，温、李之徒始著《金荃》等集。至宋，則歐、蘇大儒每每留意聲律，而行家所推詞手，獨云黄九秦七，是則聲樂之難久矣。完顔之世，有董解元者以北曲擅場，騷人墨客，一時宗尚。類能抒思發聲，下至優倡賤工，亦皆通曉其義。於是樂府之家有門户，有體式，有格勢，有劇科，有聲調，有引序，作者非是莫宗，歌者非是不取，以故音韻之學行於中州。南人善為艷詞，如「花底黄鸝」等曲，皆與古昔媲美。然崇尚源流，不如北詞之盛。故人各以耳目所見，妄有述作。遂使宫徵乖誤，不能比諸管絃，而諧聲依永之義遠矣。余當鉛槧之暇，因思大雅不作，而樂之所生皆由人心。古之聲詩，即今之歌曲也。昔二南、國風出於民俗歌謡，而《南風》、《擊壤》之咏，實彰《韶濩》之治，是烏可以下里淫艷廢哉？適陳氏、白氏出其所藏《九宫》、《十三調》二譜，余遂輯南人所度曲數十家，其調與譜合及樂府所載南小令者彙成一書，以備詞林之闕。嗚呼！世無倫、曠，則古樂之興廢不可知。苟得其人，則由粗及精，固可以上求聲氣之元，又安知不有神解心悟，因木鐸而得黄鐘者耶？是集也，余實有俟於陳採，以充清廟明堂之薦。彼訾以為慆湮心耳之具者，斯下矣！嘉靖歲在己酉冬十月既望，毘陵蔣孝著。（《舊編南九宫譜》）

趙宧光詞話

趙宧光(一五五九—一六二五),字凡夫,吴縣(今江蘇)人。讀書稽古,精於篆書。與婦陸卿子隱於寒山,足不入城市。當事慕其名,多造門求見者,宧光亦不下山報謁。隱居寒山之陽,因以為號。所著有《寒山漫草》、《凡夫雜著》、《風雅合詮》、《語孟敷言》、《九經演義》、《談經彙草》、《説文長箋》、《悉曇經傳》、《寒山志》等。《寒山帚談》二卷,自所撰《説文長箋》中而析出而别行者,此據影印文淵閣《四庫全書》本録詞話一則。

一 詩人論云:詩直詞曲,詞可奪詩乎?不可也。繪曲文直,繪能奪文乎?不能也。故曰弄筆逞妍，謂之畫字是也。時俗人尚曲，毋論矣。吾家承旨自謂深於此道，惟右軍是遵，右軍何常有此忸怩巧弄乎？智永雖有一分俗氣，俗故書家大忌也，比之忸怩，尚當末減。格調（《寒山帚談》附「拾遺」）

葉向高輯詞話

葉向高（一五五九—一六二七），字進卿，號臺山，福清（今福建）人。萬曆癸未進士，選庶吉士，累官吏部尚書，建極殿大學士，引病歸。光宗立，召還。崇禎初贈太師，謚文忠。所著有《蒼霞草》、《小草篇》、《玉堂綱鑑》、《福廬山志》、《説類》等。《説類》六十二卷，有葉氏序，云在留曹日，偶得一書，皆唐宋小説，凡數十種，摘其可廣聞見供談資者録而存之，間以示同里林茂槐，林氏稍加增汰，定為六十餘卷。故是書或又作林茂槐編。按林茂槐，字穉虚，福清人。萬曆乙未進士，授梧州推官，官至吏部郎中。此據東洋文庫藏明刊《説類》録詞話二十九則。

一　今人家閨房，遇春秋社日，不作組紃，謂之忌作。故周美成《秋蘂香》詞：「乳鴨池塘水暖，風緊柳花迎面。午粧粉指印窗眼，曲理長眉翠淺。　聞知社日停針線，採新燕。寶釵落枕夢春遠，簾影參差滿院。」予見張籍吴楚詞云：「庭前春鳥啄林聲，紅夾羅襦縫未成。今朝社日停針線，起向朱櫻樹下行。」乃知唐時已有此忌，循習至今也。《墨莊漫録》（《説類》卷二「歲時部・閏」）

二　胡忠簡既以乞斬秦檜，掇新州之禍，直聲振天壤，一時士大夫畏罪箝舌，莫敢與立談，獨王盧溪詩而送之，今二篇刊集中，曰：「囊封初上九重關，是日清都虎豹閒。百辟動容觀奏牘，幾人回首愧朝班。名高北斗星辰上，身墮南州瘴海間。豈待它年公議出，漢庭行召賈生還。」「大厦元非一木支，欲將獨力拄傾危。癡兒不了官中事，男子要為天下奇。當日姦諛皆膽落，平生忠義只心知。端能飽喫新州飯，在處江山足護持。」於是有以聞於朝者，檜益怒，坐以謗訕，流夜郎，時年七十。既而檜死，盧溪因讀韓文公《猛虎行》，復作詩寓意曰：「夜讀文公猛虎詩，云何虎死忽悲啼。人生未省向來事，虎死方羞前所為。昨日猶能食熊豹，今朝無計奈狐狸。我曾道汝不了事，唤作癡兒果是癡。」蓋復前説也。尋許自便，孝宗初政，召對痦合，詔曰：「王廷珪粹然耆儒，凜有直節。頃以言語文字牴牾權臣，流落排擯，殆踰二紀。召對便殿，敷奏詳華，可特改左承奉郎，除國子監主簿。」廷珪不留，乞祠官去。　乾道六年再召對便殿，上又留之，不可，乃詔復禄以祝釐。後告老，終於家，壽九十三。其再召也，廟堂欲予一子官，既而不果，識者謂以忠得壽，而澤不及嗣，天人報施猶若少偏。時又有朝士陳剛中、三山寓公張仲宗亦以作啓與詞為餞而得罪，檜之怨忠簡，蓋流移不少置也。《桯史》（同前書卷七「宰相部·權姦」)

三　王安國性亮直，嫉惡太甚。王荆公初為參知政事，閒日因閲讀晏元獻公小詞，而笑曰：「為宰相而作小詞，可乎？」平甫曰：「彼亦偶然自喜而為爾，顧其事業，豈止如是耶？」時吕惠卿為館職，亦在座，遽曰：「為政，必先放鄭聲，況自為之乎？」平甫正色曰：「放鄭聲，不若遠佞人。」吕大以為議己，自是尤與平甫相失也。《東軒筆録》(同前書卷九「臣道部·剛正」)

四　劉秘監几，字伯壽，磊落有氣節。善飲酒，洞曉音律。知保州，方春，大集賓客飲。至夜分，忽告外有卒謀為變者，几不問，益令折花勸坐，客盡戴，益酒行。密令人分捕，有頃，皆擒至。几遂極飲達旦，人皆服之，號戴花劉使。几本進士，元豐間换文資，以中大夫致仕。居洛中，率騎牛，挾女奴五七輩，載酒持被囊，藉地傾壺引滿，旋度新聲，自為辭，使女奴共歌之，醉則就卧不去，雖暴露不顧也。嘗召至京師議大樂，旦以朝服趨局，暮則易布裘徒步市廛(當作廛)間，或娼優所集處，率以為常，神宗亦不之責。其自度曲有《戴花正音集》行於世，人少有得其聲者。《石林燕語》(同前書卷十三「歌樂部·知音律」)

五　程公衡，字子平，沙隨先生之父也，知音律。宣和閒，市井競唱韻令，程曰：「五聲皆往而不返，不祥也。」後二帝播遷。建炎初，唱《柳葉曲》，程又曰：「當有姓劉人作亂。」後數年，僞齊竊據中原，此説載之沙隨家集中。《游宦紀聞》(同前)

六　高郵人桑景舒，性知音，聽百物之聲，悉能占其災福。尤善樂律，舊傳有虞美人草，聞人作《虞美人》曲，則枝葉皆動，他曲不然，景舒試之，誠如所傳，乃詳其曲聲，曰：皆吴音也。他日取琴，試用吴音製一曲，對草鼓之，枝葉亦動，乃謂之《虞美人操》，其聲調與《虞美人》曲全不相近，始知一聲相似者，而草輒應之，與《虞美人》曲無異者，律法同管也，其知者臻妙如此。景舒，進士及第，終於州縣官。今《虞美人操》盛行於江湖（當作吴）間，人亦莫知其如何為吴音。《夢溪筆談》（同前）

七　《柘枝》舊曲，遍數極多，如《羯鼓録》所謂《渾脱解》之類，今無復此遍。寇萊公好《柘枝舞》，會客，必舞《柘枝》，每舞必盡日，時謂之「柘枝顛」。今鳳翔有一老尼，猶萊公時《柘枝》妓，云當時《柘枝》尚有數十遍，今日所舞《柘枝》，比當時十不得二三，老尼尚能歌其曲，好事者往往傳之。《夢溪筆談》（同前「歌樂部·柘枝曲」）

八　海州士人李慎言：嘗夢至一處，水殿中觀宫女戲毬，山陽蔡繩為之傳，叙其事甚詳。有《抛毬曲》十餘闋，詞皆清麗，今獨記兩闋：「侍燕黄昏曉未休，玉堦夜色月如流。朝來自覺承恩醉，笑倩傍人拾繡毬。」「堪恨隋家幾帝王？舞裀揉盡繡鴛鴦。如今重到抛毬處，才是金爐舊日香。」《夢溪筆談》（同前「歌樂部·抛毬曲」）

九　盧氏雜記：韓皐謂嵇康琴曲有《廣陵散》者，以王陵、毌丘儉輩皆自廣陵，散言魏散亡自廣陵始，故名其曲曰《廣陵散》。以予考之，散自是曲名，如操、弄、摻、淡、序、引之類，故潘岳《笙賦》：「輟張女之哀彈，流廣陵之名散。」又應璩與劉孔才書云：「聽廣陵之清散。」知散為曲名明矣。或者康借此名以諫諷時事，散取曲名廣陵，乃其所命相附為義耳。《夢溪筆談》（同前「歌樂部·廣陵散」）

一〇　舊傳《陽關》三疊，然今世歌者每句再疊而已，若通一首言之，又是四疊，皆非是。或每句三唱，以應三疊之説，則叢然無復節奏。余在密州，有文勛長官以事至密，自云得古本《陽關》，其聲宛轉凄斷，不類，乃知唐本三疊蓋如此。及在黄州，偶得樂天《對酒》云：「相逢且莫推辭醉，聽唱《陽關》第四聲。」注：「第四聲：『勸君更盡一杯酒』。」以此驗之，若一句再疊，則此句為第五聲，今為第四聲，則第一句不疊，審矣。《東坡志林》（同前「歌樂部・陽關三疊」）

一一　子瞻嘗自言平生有三不如人，謂著碁，喫酒，唱曲也。然三者亦何用如人，子瞻之詞雖工，而多不入腔，正以不能唱曲耳。《墨客揮犀》（同前「歌樂部・三不如」）

一二　錢思公雖生長富貴，而少所嗜好。在西洛時，嘗語僚屬言：「平生惟好讀書，坐則讀經史，卧則讀小説，上厠則閱小辭，蓋未嘗頃刻釋卷也。」謝希深亦言：「宋公垂同在史院，每走厠，必挾書以往，諷誦之聲琅然聞於遠近，其篤學如此。」余因謂希深曰：「余平生所作文章多在三上，乃馬上、枕上、厠上也。」蓋惟此，尤可以屬思爾。《歸田録》（同前書卷十六「文事部二・好學」）

一三　優詞樂語，前輩以為文章餘事，然鮮能得體。王安中履道，政和六年天寧節，集英殿宴，作教坊致語，其誦聖德云：「蓋五帝，其臣莫及自致太平。凡三代，受命之符畢彰殊應。」又云：「歌太平既醉之詩，賴一人之有慶；得久視長生之道，參萬歲以成純。」可謂妙語也。至放小兒隊詞云：「戢戢兩髦，已對襄城之問；翩翩羣舞，却從沂水之歸。」放女童詞云：「奏閬圃之雲謡，已瞻天而獻祝；曳廣寒之霓袖，將偶月以言歸。」益更工麗而切當矣。履道之掌内制，可謂稱職。凡樂語不必典雅，惟語時近俳，乃妙。履道天軍節宴小兒致語云：「五百里采，五百里衛，外并有截之區；八千歲春，八千歲秋，共上無疆之壽。」又正旦宴小兒致語云：「君子有酒多且旨，得盡羣心。化國之日舒以長，對揚萬壽。」孫近叔詣宣和春宴女童致語云：「黛耜載耕於帝籍，廣十千維耦之疆；青圭往祓於高禖，兆則百斯男之慶。」皆為得體，然未若東坡元祐秋宴教坊致語云：「南極呈祥，候秋分而老人見；西夷慕義，涉流沙而天馬來。」又春宴致語云：「稍寬中昃之憂，一均湛露之澤。方將麴蘖羣賢，而惡旨酒；鼓吹六藝，而放鄭聲。雖白雪陽春，莫致天顏之一笑；而獻芹負日，各盡野人之寸心。」則又不可跂及矣。樂語中有俳諧之言一兩聯，則令人於進趨誦詠之間，尤覺可觀而警絶，如石懋敏若外州天寧節錫宴云：「飛碧篆之爐煙，薫為和氣；動紅鱗之酒面，起作風波。」何得之外州？上元云：「五雲縹緲，出危嶠於靈鼇；九陌熒煌，下繁星於陸海。暗塵隨馬，素月流天。如熙熙登春臺，舉欣欣有喜色。」孫仲益和州送交代云：「渭城朝雨，寄别恨於垂楊；南浦春波，渺愁心於碧草。」皆為人所膾炙也。《墨莊漫録》（同前書卷十七「文事部三・樂語」）

一四　《新五代史》書：唐昭宗幸華州，登齊雲樓，西北顧望京師，作《菩薩蠻》辭三章，其卒章曰：「野煙生碧樹，陌上行人去。安得有英雄？迎歸大内中。」今此辭墨本猶在陝州一佛寺中，紙札甚草草，予頃年過陝，曾一見之，後人題跋多盈巨軸矣。《夢溪筆談》（同前書卷十九「文事部五・帝王詩」）

一五　（陳）亞與章郇公同年友善，郇公當軸，將用之，而為言者所抑，亞作藥名《生查子》陳情獻之，曰：「朝廷數擢賢，旋占凌霄路。自是鬱陶人，險難無移處。　也知没藥療孤寒，食薄何相悞。大幅紙連粘，甘草歸田賦。」亞又別成藥名《生查子》閨情三首，其一曰：「相思意已深，白紙書難足。字字苦參商，故要檳郎讀。　分明記得約當歸，遠至櫻桃熟。何事菊花時，猶未回鄉曲。」其二曰：「小院雨其凉，石竹生風砌。罷扇儘從容，半下紗厨睡。　起來閑坐北亭中，滴盡真珠淚。為念壻辛懃，去折蟾宫桂。」其三曰：「浪蕩去未來，躑躅花頻換。可惜石榴裙，蘭麝香銷半。　琵琶閑抱理相思，必撥朱弦斷。擬續斷來弦，待這冤家看。」亞又自為亞字謎曰：「若教有口便啞，且要無心為惡。中間全没肚腸，外面强生稜角。」此雖一時俳諧之詞，然所寄興亦有深意。亞又別有詩百餘首，號《澄源集》，有《歲旦示知己》云：「收寒歸地底，表（當作衰）老向人間。」又《與友人郊遊》云：「馬嘶曾到寺，犬吠乍行村。」《送歸化宰王秘丞赴闕》云：「吏辭如賀日，民送似迎時。」《懷舊隱》云：「排聯花品曾非僭，愛惜苔錢不是慳。」亦自成一家體格。《青箱雜記》（同前「文事部五・滑稽詩」）

一六　陸放翁宿驛中，見題壁云：「玉堦蟋蟀鬧清夜，金井梧桐辭故枝。一枕凄凉眠不得，呼燈起作感秋詩。」放翁詢之，驛卒女也，遂納儒妾。方餘半載，夫人逐之，妾賦《卜筭子》云：「只知眉上愁，不識愁來路。窓外有芭蕉，陣陣黄昏雨。　曉起理殘粧，整頓教愁去。不合畫春山，依舊留愁住。」（眉批：如此婦人而見妬，真是可傷。）《隨隱漫録》（同前「文事部五・女人詩」）

一七　孫何帥錢塘，柳耆卿作《望江（當作海）潮》詞贈之云：「東南形勝，三吴都會，錢塘自古繁華。煙柳畫橋，風簾翠幙，参差十萬人家。雲樹遶隄沙，怒濤卷霜雪，天塹無涯。市列珠璣，户盈羅綺，競豪奢。　重湖疊巘清佳，有三秋桂子，十里荷花。羌管弄晴，菱歌泛夜，嬉嬉酌（當作釣）叟蓮娃。千騎擁高牙，乘醉聽笙歌，吟賞煙霞。異日圖將好景，歸去鳳池誇。」此詞流播，金主亮聞歌，欣然有慕於「三秋桂子，十里荷花」，遂起投鞭渡江之志。近時謝處厚詩云：「誰把杭州曲子謳，荷花十里桂三秋。那知草木無情物，牽動長江萬里愁。」余謂此詞雖牽動長江之愁，然卒為金主送死之媒，未足恨也。至於花艷桂香，粧點湖山之清麗，使士夫流連於歌舞嬉遊之樂，遂忘中原，是則深可恨耳。因和其詩云：「殺胡快劍是清謳，牛渚依然一片秋。却恨荷花留玉輦，竟忘煙柳汴宮愁。」《鶴林玉露》（同前「文事部五·詞」）

一八　楊東山言：道藏經云：「蝶交則粉退，蜂交則黃退。」周美成詞云「蝶粉蜂黃渾退了」，正用此也，而說者以為宮粧，且以「退」為「褪」，誤矣。余因歎曰：區區小詞，讀書不博者尚不能得其旨，況古人之文章，而可臆見妄解乎？《鶴林玉露》（同前）

一九　襄樊之圍，食子爨骸。權奸方怙權妬賢，沉溺酒色，論功周、召，粉飾太平。楊僉判有《一剪梅》詞云：「襄樊四載弄干戈，不見漁歌，不見樵歌。試問如今事若何？金也消磨，穀也消磨。柘枝不用舞婆娑，醜也能多，惡也能多。朱門日日買朱娥，軍事如何？民事如何？」《隨隱漫録》（同前書卷二十二「武功部·掩敗」）

二〇　初張丞相召自荆湖，劉跛子與客飲市橋，客聞車馬過甚都，起觀之，跛子挽其衣，使且飲，作詩曰：「遷客湖湘召赴京，車蹄迎迓一何榮。争如與子市橋飲，且免人間寵辱驚。」陳瑩中甚愛之，作長短句贈之，其略曰：「槁木形骸，浮雲身世，一年兩到京華。又還乘興，閑看洛陽花。說甚姚黃魏紫，春歸後，終委泥沙。忘言處，花開花謝，都不似，我生涯。」予政和改元見於興國寺，以詩戲之曰：「相逢一拐大梁間，妙語時時見一斑。我欲從公蓬島去，爛雲堆裡見青山。」予姻家許中復大夫宜人、蕭（當作趙）參政槩之孫女云：「我十許歲時，見劉跛子來覓酒喫，笑語終日而去，計其壽，百四十五年許。嘗館於京師新門張婆店三十年，日坐相國寺東廊邸中，人無有識者。」《冷齋夜話》（同前書卷二十八「人物部・異人」）

二一 歐公閒居汝陰時，二妓甚潁，文公歌詞盡記之，筵上戲約他年當來作守。後數年，公自維揚果移汝陰，其人已不復見矣。視事之明日，飲同官湖上，種黃楊樹子，有詩留芳亭云：「柳絮已將春去，海棠應恨我來遲。」後三十年，東坡作守，見詩笑曰：「杜牧之『綠葉成陰』之句耶？」《侯鯖録》（同前書卷二十九「婦人部・倡伎」）

二二 東坡在黃岡，每用官妓侑觴，郡妓持紙乞歌詞，不違其意而予之。有李琦者獨未蒙賜，一日有請，坡乘醉書：「東坡五載黃州住，何事無言贈李琦？」後句未續，移時乃以「却是城南杜工部，海棠雖好不吟詩」足之，獎飾乃出諸人右，其人自此聲價增重，殆類子美詩中黃四娘。《清波雜志》（同前）

二三 安世高者，安息國王之嫡子也。為沙門漢，桓帝建和初至長安，靈帝末關中大亂，謂人曰：「我有道伴在江南，當往省之。」人曰：「宦游乎？沙門乎？」曰：「以嗔故為神，然吾亦往廣州償債耳。」世高舟次廬山邶（一作宫）亭湖廟下，廟甚靈，能分風送往來之舟。世高舟人捧牲，請福，神輒降，曰：「舟有沙門，乃不俱來也。」世高聞之，為至廟下，神復語曰：「我果以多嗔至此業，今家此湖千里，皆所轄，以雖嗔而好施，故多寶玩，以縑千疋黄白物付君，為建佛寺，為冥福，今洪州大安寺是也。」秦少游南遷，宿廟下，登岸縱望久之，歸卧舟中，聞風聲，側枕微視，波月縱横，追繹昔常宿雲老惜竹軒，見西湖月色如此，遂夢美人，自言維摩詰散花天女也，以維摩詰像來求贊，少游愛其畫，默念曰：「非道子不能作此。」天女以詩戲少游曰：「不知水宿分風浦，何似秋眠惜竹軒。聞道詩詞妙天下，廬山對眼可無言。」少游夢中題其像曰：「竺儀華夢，瘴面囚首，口雖不言，十分似九。天竺覆大千，作獅子吼，不如博取妙喜，如陶家手。」予過雷州天寧，與戒禪夜話，問少游字畫，戒出此傳，為示少游筆蹟。《冷齋夜話》（同前書卷三十「身體部・夢」）

二四　宣和二年，睦寇方臘起幫源，浙西震恐，士大夫相與犇竄。闗注子東在錢塘避地，攜家於無錫之梁溪。明年，臘就擒，離散之家悉還桑梓。子東以貧甚，未能歸，乃僑寓於毗陵郡崇安寺古柏院中。一日，忽夢臨水有軒，主人延客，可年五十，儀觀甚偉，玄衣而美鬚髯，揖坐，使兩女子以銅盃酌酒，謂子東曰：「自來歌曲新聲先奏天曹，然後散落人間，他日東南休兵，有樂府曰《太平樂》，汝先聽其聲。」遂使兩女子舞，主人抵掌而為之節，已而恍然而覺，猶能記其五拍。子東因詩記云：「玄衣仙子從雙鬟，緩節長歌一解顔。滿引銅盃効鯨吸，低回紅袖作弓彎。舞留月殿春風冷，樂奏鈞天曉夢還。行聽新聲《太平樂》，先傳五拍到人間。」後四年，子東始歸杭州，而先廬已焚於兵火，因寄家菩提寺，復夢前美髯者，腰一長笛，手披書册，舉以示子東，紙白如玉，小朱欄界，間行似譜，有其聲而無其詞，笑謂子東曰：「將有待也，往時在梁溪曾按《太平樂》，尚能記其聲否乎？」子東因為之歌，美髯者援腰間笛，復作一弄，亦能記其聲，蓋是重頭小令，已而遂覺。其後又夢至一處，榜曰廣寒宫，宫門兩夾（一作「夾兩」）池水，瑩凈無波，地無纖草，仰視嵬峩若洞府，然門鑰不啟。或有告之者，曰：「但曳鈴索，呼月姊，則門開矣。」子東從其言，試曳鈴索，果有應者。乃引入，至堂宇，見二仙子，皆眉目疎秀，端莊靚麗，冠青瑶冠，衣彩霞衣，似錦非錦，似繡非繡，因問引者曰：「此謂誰？」曰：「月姊也。」乃引子東升堂，皆再拜。月姊因問：「往時梁漢（當作溪）曾令雙鬟歌舞，傳《太平樂》，尚能記否？又遣紫髯翁吹新聲，亦能記否？」子東曰：「悉記之。」因為歌之，月姊喜見顔面，復出一紙書以示子東，曰：「亦新詞也。」姊歌之，其聲宛轉，似樂府《昆明池》。子東因欲强記之，姊有難色，顧視手中紙，化為碧，字皆滅跡矣。因揖而退，乃覺，時已夜闌矣。獨記其一句云「深誠杳隔無疑」，亦不知為何等語也。前後三夢，後多忘其聲，惟紫髯翁笛聲尚在，乃倚其聲而為之詞，名曰《桂華明》，云：「縹緲神清開洞府，遇廣寒宫女。問我雙鬟梁溪舞，還記得、當時否。碧玉詞章教仙女，為按歌宫羽。皓月滿窗人何處，聲永（一作未）斷、瑶臺路。」子東嘗自為予言之。《墨莊漫録》（同前）

二五 鄧中齊（當作齋）先生諱剡，字光薦，宋丞相信國公客也。宋亡，以義行著。其所賦《鷓鴣詞》，有曰：「行不得也哥哥，瘦妻弱子羸牸馱。天長地濶多網羅，南音漸少北語多。飛不起，可奈何，行不得也哥哥。」其意可見。其所贊文丞相像有曰：「目煌煌兮疎星曉寒，氣英英兮晴雷殷山。頭碎柱兮璧完，血化碧兮心丹。嗚呼！孰謂斯人不在世間。」《遂昌雜録》（同前書卷三十一「人事部·忠義」）

二六　文潞公帥成都，有飛語至，朝庭遣御史何郯，因謁告，俾伺察之，潞公亦為之動。徧詢幕客，孰與御史密者，得張俞字少愚者，使迎於漢州，且携營妓名王宫花者往，僞作家姬，舞以佐酒，御史醉中取其領巾題詩云：「按徹《梁州》更《六么》，西臺御史惜妖嬈。從今改作王公柳，舞盡春風萬萬條。」至成都府，此妓出迎，遂不復措手而歸。《清波雜志》（同前「人事部一・智計」）

二七　樞相張公昪，字杲卿，陽翟人。大中祥符八年蔡齊下及第，仕亦晚達。皇祐中，自潤州解官，時已六十餘，語三命僧化成，曰：「運限恰好，去未得。」未幾，除侍御史，知雜事，不十年作樞相。退歸陽翟，生計不豐，短氈輕絺，翛然自適。乃結庵於嵩陽紫虚谷，每旦晨起焚香，讀《華嚴》，庵中無長物，荻簾紙帳，布被革履而已。年八十餘，自撰《滿江紅》一首，聞者莫不慕其曠達，詞曰：「無利無名，無榮無辱，無煩無惱。夜燈前、獨歌獨酌，獨吟獨笑。况值群山初雪滿，又兼明月交光好。便假饒百歲擬如何？從他老。　知富貴，誰能保？知功業，何時了？算簞瓢金玉，所争多少？一瞬光陰何足道，但思行樂常不早。待春來攜酒殢東風，眠芳草。」《青箱雜記》（同前書卷三十三「人事部三・恬退」）

二八　劉貢父知長安，妓有茶嬌者，以色慧稱，貢父惑之，事傳一時。貢父被召造朝，茶遠送之，貢父為夜宴痛飲，有別詩曰：「畫堂銀燭徹宵明，白玉佳人唱《渭城》。唱盡一盃須起舞，關河風月不勝情。」至闕，永叔直出道者院去城四十五里迎貢父，貢父適病酒未起，永叔曰：「何故未起？」貢父曰：「自長安路中親識留飲，頗為酒病。」永叔戲之曰：「貢父非獨酒能病人，茶亦能病人多矣。」《過庭録》（同前書卷三十八「人事部八・嘲戲」）

二九　張子韶對策有「桂子飄香」之語，趙明誠妻李氏嘲之曰：「露花倒影柳三變，桂子飄香張九成。」《老學庵筆記》（同前「人事部八・巧對」）

楊儀輯詞話

楊儀，字夢羽，常熟（今江蘇）人。嘉靖丙戌進士，官至山東按察司副使。所著有《螭頭密語》、《高坡異纂》、《驪珠隨録》、《雪𤗼譚異》、《古虞文録》、《文章表録》等，所輯《雪𤗼譚異》，有楊氏引言，云正德、嘉靖間，數見邑中怪事，始嘆古人紀載，未必皆妄。居燕邸，文字交流多名流佳士，遂録成，以代掃雪，一矜僵卧人耳。其書所録有小説、語怪、野史、筆記、格言、訓語，篇幅皆短小。此據内閣文庫藏明刊何衎藏板録詞話十九則。

一　太常博士瓦全先生王公，名澡，字身甫，有落梅小詞：「踐（當作疎）明瘦直，不受東皇□（當作識）。紹興（當作「留與」）伴春，終肯千紅底。怎着得、夜色何處笛，曉風無奈力。若在壽陽宫院，一點點，有人惜。」劉公㶚夫焚（當作愛）之已，附此詞於後村集詩話中，予亦僭附之拙藁。雖然，先生文行表表，一詞固何足為先生軒輊也。予少即登門，以先公同生丙戌且相友善之故，遂辱撰先公墓銘鋕（當作誌），中有「文不逮岳，而岳强以銘」之語，當知前輩獎掖後進有如此也。（《深雪偶談》）

二 「一盤消夜江南果，喫栗看書只清座，罪過梅花料理我。一年心事，半生牢苦（當作落），盡向今宵過。此身本是山中箇，纔出山來使帶差，年（當作手）種青松應是大。縛茅深處，抱琴歸去，又是明年話。」此薛泳沂叔客中守歲詞也，沂叔久客江湖，瀕老懷歸，遂賦此詞。晚於溪上小築扁水竹居，迄就窆焉。其所為詩如《新堤小泛》「柳斷橋方出，煙深寺欲浮」、《早秋歸興》「歸心如病葉，一片落江城」、《鎮江逢尹惟曉》「欲説事都忘，相看心自知」，皆去唐人思致不遠。（同前）

三 應次蘧，字正子，嗜酒跋傾（當作「踈曠」），嘗自賞其梅詞云：「雪意嬌春，臘前粧點春風面。粉痕冰片，一笑重相見。倚竹偎松，誰道羅浮遠？寒更轉，楚騷為伴，韻逸香篝暖。」語意細潤，似不類其為人。別去二十餘年，一見傾倒，予戲謂正子：「君他文未必盡傳，異時容以梅闋責予刊藁否乎？」正子起謝且喜，以語之他友。後不知其蹤跡何在，殆亡久矣。予雖戲言，顧不謂之然諾，況何可藏項斯善也。（同前）

四 吾鄉許左之、右之二公兄弟落筆皆不凡，左之公一夕寓飲妓坊，醉，欲狎之，妓蜜（當作密）有所懽在矣，公捷筆賦詞而起云：「誰知花有主，誤入花深處。放置下，酒盃乾，便歸去。」又代他妓小詞：「憶你當初，惜我不去。傷我如今，留你不住。」去客聽此，戀戀踰時，妓迄後謝。如「月在柳梢頭，人約黄昏後」一詞，正歐陽居士所作，要之，前輩多一時美翰，要不容以浮薄議左之公也。因思唐多才妓，有《贈新第士人》絶句：「從此不知蘭麝貴，夜來新惹桂枝香。」殊有風味。使從假倩，當不傳載矣。二許公紹興間同歲籍學，前二詞蓋休澣日漫游酒邊作也。（同前）

五 孟淑卿，姑蘇人，訓導澄之女。有才辨，工詩，自以配不得志，號曰荆山居士。嘗論宋朱淑貞（當作真）詩曰：「作詩須脱胎化質，僧詩無香火氣乃佳。女子鉛粉亦然，朱生故有俗病，李易安可與語耳。」為士林所稱。然性疎朗，不忌客，世以此病之。篇什甚富，零落已多，最傳者數篇。《悼亡》詩云：「斑斑羅袖濕啼痕，深恨無香使返魂。荳蔻花開人不見，一簾明月伴黄昏。」又《春歸》云：「落盡棠梨水拍堤，凄凄（當作『萋萋』）芳草望中迷。無情最是枝頭鳥，不管人愁只管啼。」又《長信秋詞》末韻云：「君意一如秋節序，不教芳草得長春。」冬詞末韻云：「雙蛾争似庭前柳，臘盡春來又放舒。」真欲與文姬羽仙輩争長。（《異林》）

六 破題：宋末人戲作破題古曲題云：「看看月上葡萄架，那人應是不來也。最苦是，一雙鳳枕，閒在繡幃下。」破云：「時至人未至，君子不能無疑心。物偶人未偶，君子不能無感心。」吴歌題云：「月子彎彎照九州，幾家歡樂幾家愁。幾家夫婦同羅帳，幾家飄散在他州。」破云：「運於上者，無遠近之殊；形於下者，有悲歡之異。」小曲題云：「媽媽只要光光鋟，我苦何曾管。雪下去送官，買酒輪番，幾曾得免。怎容懶，有客教奴伴。」破云：「吾親狗利而忘義，既不能以憂人之憂，吾身狗公而忘私，又强欲以樂人之樂。」（《猥談》）

七 歌曲：今人間用樂皆苟簡錯亂，其初歌曲絲竹，大率金、元之舊，略存十七，宫調亦且不備，只十一調中填輳而已，雖曰不敢以望雅部，然俗部大槩較差，雅部不啻數律，今之俗部尤極高，而就其聲察之，初無定，一時高下，隨工任意移易此病歌與絃音為最，蓋視金、元制腔之時，又失之矣。自國初來，公私尚用優伶供事，數十年來，所謂南戲盛行，更為無端，於是聲樂大亂。南戲出於宣和之後，南渡之際，謂之温州雜劇。予見舊牒，其時有趙閎夫榜禁，頗述名目，如《趙真（當作貞）女蔡二郎》等，亦不甚多，以後日增，今遍四方，轉轉改益，又不如舊，而歌唱俞繆，極厭觀聽，蓋已略無音律腔調。音者，七音。律者，十二律吕。腔者，章句字數，長短高下，疾徐抑揚之節，各有部位調者，舊八十四調，後七七宫調，今十一調，正宫不可為中吕之類，此四者無一不具。愚人蠢工狥意更變，妄名餘姚腔、海鹽腔、弋陽腔、崑山腔之類，變易喉舌，趂逐抑揚，杜撰百端，真胡説耳。若以被之管絃，必至失笑而昧，士傾喜之，互為自謾爾。（同前）

八 土語：生、浄、旦、末等名，有謂反其事而稱，又或託之唐莊宗，皆謬云也。此本金、元闤闠談吐，所謂鶻伶聲嗽，今所謂市語也。生即男子，旦曰粧旦色，浄曰浄兒，末曰末尼，孤乃官人，即其土音，何義理之有？《太和譜》略言之。詞曲中用土語何限，亦有聚為書者，一覽可知。（同前）

九 太學服膺齋上舍鄭文，秀州人，其妻寄以《憶秦娥》云：「花深深，一勾羅襪行花陰。行花陰，閒將梅帶，細結同心。日邊消息空流淚，畫眉樓上愁登臨。愁登臨，海棠開後，望到如今。」此詞為同舍見者傳播，酒樓妓館皆歌之，以為歐陽永叔詞，非也。（《古杭雜記》）

一〇　婺州劉鼎臣赴省試，臨行，妻作詞名《鷓鴣天》云：「金屋無人夜剪繒，寶釵翻過齒痕輕。臨行執手殷勤送，襯取蕭郎兩鬢青。　聽囑付，好看成，千金不抵此時情。明年宴罷瓊林晚，酒面微紅相映明。」（同前）

一一　易祓，字彦章，潭州人，以優校為前廊。久不歸，其妻作《一剪梅》詞寄云：「染淚修書寄彦章，貪做前廊，忘卻回廊。功名成遂不還鄉，石做心腸，鐵做心腸。　紅日三竿懶畫粧，虚度韶光，瘦損容光。（一本前有不知）何日得成雙？羞對鴛鴦，懶對鴛鴦。」（同前）

一二　三山蕭軫登第，榜下娶再婚之婦，同舍張任國以《柳梢青》詞戲之曰：「掛起招牌，一聲喝采，舊店新開。熟事孩兒，家懷老子，畢竟招財。　當初合下安排，又不豪門買獃。自古道、正身替代，見任添差。」（同前）

一三　理宗朝嘗欲舉行推回畝田之令，有言而未行。至賈似道當國，卒行之。有人作詩曰：「三分天下二分亡，猶把山川寸寸量。縱使一坵添一畝，也應不似舊封疆。」又有作《沁園春》詞云：「道過江南，泥牆粉壁，右具在前。述何縣何鄉里，住何人地，佃何人田。氣象蕭條，生靈憔悴，經界從來未必然。惟何甚，為官為己，不把人憐。　思量幾許山川，况土地分張又百年。西蜀巉巖，雲迷鳥道，兩淮清野，日警狼烟。宰相弄權，姦人罔上，誰念干戈未息肩？掌大地，何須經理，萬取千焉？」（同前）

一四　蜀人文及翁登第後，期集遊西湖，一同年戲之曰：「西蜀有此景否？」及翁即席賦《賀新郎》

云：「一勺西湖水，渡江來（一本後有百年歌舞）、百年酣醉。回首洛陽花世界，烟渺黍離之地。更不復、新亭墮淚。簇樂紅粧摇畫舫，問中流擊楫何人是？千古恨，幾時洗？余生自負澄清志，更有誰、蟠溪未遇，傅巖未起？國事如今誰倚仗，衣帶一江而已。便都道、江神堪恃。借問孤山林處士，但掉頭笑指梅花蕊。天下事，可知矣。」（同前）

一五 州少年多善歌樂府，其傳皆出於澉川楊氏，當康惠公存時，節俠風流，善音律，與武林阿里海涯之子雲石交善，雲石翩翩公子，無論所製樂府散套，駿逸為當行之冠，即歌聲高引，可徹雲漢。而康惠獨得其傳，今雜劇中有《豫讓吞炭》、《霍光鬼諫》、《敬德不伏老》，皆康惠自製，以寓祖父之意，第去其著作姓名耳。其後長公國材、次公少中，復與鮮于去矜交好，去矜亦樂府擅場，以故，楊氏家僮千指，無有不善南北歌調者，由是州人往往得其家法，以能歌名於浙右云。（《樂郊私語》）

一六 吴越王妃每歲歸臨安，王以書遺妃云：「陌上花開，可緩緩歸矣。」吴人用其語為歌，含思宛轉，聽之凄然。蘇子瞻為之易其詞，蓋《清平調》也，詞云：「陌上花開蝴蝶飛，江山猶是昔人非。遺民幾度垂垂老，遊女長歌緩緩歸。」「陌上山花無數開，路人争看翠軿來。若為留得堂堂去，且更從教緩緩回。」「生前富貴草頭露，身後風流陌上花。已作遲遲君去魯，猶歌緩緩妾回家。」（《委巷叢談》）

一七 西湖雖有山泉，而大旱之歲，亦嘗龜坼。宋嘉熙庚子，西湖水涸，茂草生焉，官司祈雨無應，李霜涯戲作一詞云：「平湖千頃生芳草，芙蓉不照紅顛倒。東坡道，波光瀲灎晴偏好。」邏者廉捕之，遁，不知所往。（同前）

一八　宋時行都節序皆有休假，惟七夕百司皆入局，不準假。有時相古樸，問堂吏云：「七夕不作假，有何典故？」吏應云：「七夕古今無假。」時相但唯唯，不知其有所侮也。蓋用柳詞七夕《二郎神》云：「須知此景，古今無價。」（同前）

一九　晉天福中，浙中兒童市井皆以趙字為語助，如云得，則曰趙得，云可，則曰趙可，通國無不皆然。及晉末趙延壽貴盛，浙人謂必應讖。後延壽為北虜所執，而謡言益盛。後宋祖受禪，錢氏納土，浙中皆屬趙矣。淳熙十四年，都城市人謡曰：「汝亦不來我家，我亦不來汝家。」流傳遠近，莫詳其說。或以為紹熙二三年兩宫隔絶之兆。嘉泰三年，杭人唱歌云：「東君去，花無主。」朝廷禁之，未幾，景獻太子薨。賈似道當國，時臨安謡云：「滿頭青，都是假。這回來，不作耍。」其時京師女粧競尚假玉，因以假為賈，喻似道專權。而景炎丙子之亂，非復庚申之役也。似道遭貶，時人題壁云：「去年秋，今年秋，湖上人家樂復憂。西湖依舊流。吴循州，賈循州，十五年間一轉頭。人生放下休。」此語視雷州寇司户之句，尤警。吴循州，謂履齋之貶，乃賈擠之也。（同前）

鱅溪逸史《彙選歷代名賢詞府全集》詞話

《彙選歷代名賢詞府全集》九卷，卷端下題「鱅溪逸史選編，一得山人點校」，書末有一得山人嘉靖丁巳跋，鱅溪逸史其人名姓不詳。羅振常題識云：「《歷代名賢詞府》九卷，附元周德清《中原音韻》一卷，明嘉、萬間刊本。題鱅溪逸史編，不著姓字，蓋明時坊間纂録，以《草堂詩餘》為底本而加以增輯者，觀其以劉龍洲為明人，淺陋可知。自來詞目及藏書目皆未見著録，殆以坊刻斥之也。顧其所輯既多，所據又皆舊本，今日名家詞集脱逸者多矣，以此等選本校之補之，必非無裨。」此據上海圖書館藏明刊本録詞話十二則。

一

詩餘始南北朝，盛於唐、宋，而極於金、元，國朝雖崇尚古雅，而餘波所及，亦不乏人。舊本編止於唐、宋，其雅調猶或不能無逸，今蒐輯金、元、國朝所傳，併唐、宋編所逸，合得千幾百首，嚴加汰選，所存僅若干首，合併舊本成編。（《彙選歷代名賢詞府全集》「叙略」）

二　舊本以時景分調，檢閱為艱，今所編以小令、中調、長調分為之類，每闋盡揭作者之意為題，各卷首列諸調之次為目録，以便觀者。（同前）

三　詩詞多有省言襯字，間入方言，不分句讀，一時恐難暢誦。今用圈依韻，點為讀，遇字省□□□出之。（同前）

四　舊本前賢所選，不復去取，但於註中所附舊調，盡為揭出。（同前）

五　舊本已經方塘公圈取，今不敢湮没，每遇舊本各闋，題首有以陰陽點識别之。（同前）

六　舊本箋註欠純，今悉削去，其有詞話可玩者，間或刊入。（同前）

七　所編不分新舊集，但以各調目録中註以新舊若干調字分别之。（同前）

八　卷首總揭英賢序次，當朝之下，以見名筆相承之緒，然年代先後，不暇詳察，名號殊稱，因人習熟，觀者當自辨之。（同前）

九　長短句名曰曲，取其曲盡人情，惟婉轉嫵媚為善，不以豪壯語為尚，如岳武穆、文文山、汪文節公、謝疊山諸公之作，則又忠義所發，感激人心，不可以常例編也，為别集。（同前）

一〇　所編之中，有近體、集句、迴文及譜名文成調，寄情北樂府者，皆文匠心思之巧，今蒐輯，可得若干首，為附集。（同前）

一一　國朝名公之筆尚多，特以僻處山林，不得閲選，兹略蒐所聞，計得二百餘首，合併舊本成編。湖海天寬，俊傑何限，尚當遍求，以漸附入，故另有補遺一集以俟。（同前）

一二　詞多轉喉叶音，平仄用韻，視詩較寬，然自有法，非浪語也。今附周德清《音韻》一帖於後，庶幾便考叶。（同前）

汪惟穌詞話

《彙選歷代名賢詞府全集》九卷，卷端下題「鱅溪逸史選編，一得山人點校」，書末有一得山人嘉靖丁巳跋，據跋後所刻之印章知一得山人名汪惟穌，里貫行蹟不詳。此據上海圖書館藏明刊本録跋文一則。

一

《詞府全集後跋》：是集之編，其愛禮存羊之遺意歟？詩亡而有樂府，樂府闕而有詩餘，詩餘廢而為歌曲，大抵創自盛朝，廢於叔世。兹蓋興革之大較也，方今天下治平，制尚純雅，海内宗工，依韻比賦，下陋歌曲，上追三百，遡詩餘、樂府之流，以藹《康衢》《擊壤》之歌者，或於□編有賴也。故曰是集之編，其愛禮存羊之遺意□（當作歟）。所編有小令，有中調，有長調，備體製也。有别□(當作集),崇忠賢也;有附集,挹流波也;有補遺,俟後賢也;有音韻,使考索也。餘詳叙略,兹不復贅,敢儹續貂,以與同志者勉。嘉靖丁巳中秋日,一得山人拜書於聚奎精舍。

袁宗道詞話

袁宗道（一五六〇——一六〇〇），字伯修，公安（今湖北）人。萬曆丙戌會元，選庶吉士，授編修，歷中允、洗馬、右庶子。年四十有一卒，以光宗東宫舊學贈禮部侍郎。在翰苑，力排俗學，於唐好香山集，於宋好眉山詩文，嘗名其齋曰白蘇。公安詩文一派，實自宗道發之。有《白蘇齋類集》，此據《續修四庫全書》影印明刻本録詞話一則

一

《答王衷白太史》：吾二人心神契合，起念共知，出語同賞，有如形影跬步同之，古人所稱膠漆，方吾二人，尚未親切也。吾兄行矣，與蕭玄圃、趙準臺、黄慎軒諸公相往還，尚有老成典刑之意。乃今諸兄先後分飛，弟雖居城市，何異孤島？十數日中，與顧、黄諸公一晤談外，其餘率皆杜門下楗，

閉眼跏趺日也。前兩得兄書及和詞等，篝朗誦一過，兩腋翩翩，真如籠鳥覩秋隼破雲而飛。一月前聞泰山迸裂里許，正愁兄遊屐相值，不意窮幽極勝，跋扈飛揚，向我賣弄如此。雖然，楚中名山甚多，弟明歲且歸，左挈中郎，右挈小修，狂談浪謔，比吾兄此樂當百倍，彼時兄當更羨我也。弟戴星幾一月矣，數時又有未了制辭，須要完結。朝而戴星，夜而篝燈，伏枕安眠，僅得二更。此時方匆匆撰寫，無半刻暇。而温君下顧云：「有便郵。」信腕信筆，竟不知作何語，兄以意會之可也。又二舍弟新刻甚可觀，今奉寄一部，知兄讀此，又添數日喜歡也。（《白蘇齋類集》卷十六）

徐復祚詞話

徐復祚（一五六〇？—），字陽初，別署陽初子、三家村老，常熟（今江蘇）人。工樂府，撰傳奇《一文錢》、《紅梨記》，以及《花當閣叢談》等，崇禎初年尚在世。《花當閣叢談》又名《三家村老委談》，八卷，多論戲曲。此據《借月山房彙抄》本《花當閣叢談》和臺灣新興書局出版《筆記小説大觀》影印抄本《三家村老委談》録詞話三則。

一　馮太守：衡州太守馮正伯名冠，邑人。少善彈琵琶，歌金、元曲。五上公車，未常挾筴，惟挾《琵琶記》而已。　郙老曰：余友秦四麟為博士弟子，亦善歌金、元曲，無論酒間，興到輒引曼聲，即獨處一室而嗚嗚不絶口。學使者行部至矣，所挾而入行笥者，唯《琵琶》、《西廂》二傳。或規之：「君不

虞試耶？」公笑曰：「吾患曲不善耳，奚患文不佳也。」其風流如此。（《花當閣叢談》卷三）

二　邨老又曰：文士之見厄於世主，楊修、沈約、鮑昭、薛道衡輩固自不乏，然不過忌其形己之短耳。臣子與君父争見才技，其中禍不無所自，然未有摘其無心之語指為有托之辭，深文巧詆，索瘢洗垢，横被惡名，必欲甘心之，如錢侍御「無邊有主」云云者。昔蘇子瞻《無鹽》諸咏，李定、舒亶輩指為謗訕朝政，而《咏檜》一詩，王珪直以為不臣，欲服上刑，非宋裕陵神聖，寧有免法？吁，可畏哉！近王弇州作《卮言》，作《别集》，湯臨川作《紫簫記》，亦紛紛不免於豬嘴闢，乃知古人制作必藏名山大川，有以也。余小子何足比數？然亦每以作詞見嫉於人，夫余所作者，詞曲，金、元小伎耳，上之不能博高名，次復不能圖顯利，拾文人唾棄之餘，供酒間謔浪之具，不過無聊之計，假此以磨歲月耳，何關世事？安所□□而亦煩李定諸人毒吻耶？庚戌成《紅梨》，後遂燒却筆研，既而閲《楚紀》，當肅皇帝幸楚，胡孝思纘宗為一律紀事，其落句云：「穆天八駿空飛電，湘竹英皇淚不磨。」刻之石，後以他事坐罷，家居者數載矣。嘗朴一貪令王聯，其人為户部主事，以不職免，殺人下獄，當死，乃指「穆天」、「湘竹」為怨望咒詛，奏之，捕下獄，論死，孝思時將八十矣，子不怖懼，取錦衣獄中柱械之類八為詩紀之，名《制獄八景》，衆争咎，掣其筆曰：「君正坐詩至此耳，尚何吾伊為？」孝思澹然吟不輟，曰：「坐詩當死，今不作詩，得免死耶？」人服孝思意氣。因思死生禍福，不宰之譏慝，亦寧關乎口語？固自有天公主之，迺復理鉛槧，為《投梭》記謝幼輿折齒事，又作《梧桐雨》記玉環馬嵬事，而紛紛復如故，未幾其人死，遂絶無議者。（同前「錢侍御」）

三　三張　三張，吴人也。長伯起，名□□（當作「鳳翼」），次幼于名獻翼（筆者按：以上六字原空缺，據《三家村老委談》卷二補），季叔貽名燕翼。伯起□□□□□□□□□□□□古詩文辭及八法以文徵仲□□□□□□出乃兼有之，每伯起造，待詔未嘗不倒屣出迓，把臂促膝，盡爾汝之分，且恒自喜以得及伯起，復恨其晚。伯起有《處實堂集》，著述甚富，詩宗老杜、王摩詰，然不求甚似。晚喜為樂府新聲，天下之愛伯起新聲甚於古文辭，樂府有《陽春堂六傳》，而世所最行者，則唐《李藥師》、《紅拂記》也。甲子以《易》薦京兆，試南宫，輒報罷。迨庚辰，以母老，不復應公車辟。然絶足不入公府，雖兩臺使者若監司郡邑大夫旌旄日及門去，未嘗以一刺報也，吴人以此重之。王弇州常稱伯起才無所不際，騁其靡麗，可以蹈籍六季而鼓吹三都，騁其辨，可以走儀、秦，役犀首，騁其弔詭，可以與莊、列、鄒、慎具賔主，高者醉月露，下者亦不失雄帥烟花，蓋實録云。伯起善度曲，自晨至夕，口嗚嗚不已。吴中舊曲師太倉魏良輔，伯起出而一變之，至今宗焉。常與仲郎演《琵琶記》，父中郎，子趙氏，觀者填門，夷然不屑意也。（節録自同前書卷四）

沈津輯詞話

沈津，慈谿（今浙江）人。嘉靖壬子舉人，嘉靖中官含山縣教諭，知縣。編《百家類纂》四十卷，是書所録上自周、秦諸子，下逮於明，分儒家類、道家類、法家類、墨家類、兵家類等，抄録其書於其門類中，於隆慶元年編成。此據東洋文庫藏朝鮮覆刻明刊本録詞話一則。

一 聲音章：聲音為萬物生數之原，有聲則有物，有物則有生。有有生而無聲者，有有聲而無物者，皆非有數之物也。如風水之聲，則因物者也，是物非有也。如禽蟲之聲，則自然之聲也。琴瑟鐘皷之聲，非自然之聲也。人之語言哀哭歡笑之聲，則自然者也。歌曲之吹彈時，非自然者也。必有自然之聲，然後見化工之神，非自然之聲，雖能感人，亦非造化之神。故聖人製禮作樂，用律吕之聲音，而其為數，亦求之自然者，不以人為以雜之也。是以有律吕而生五行之數，不以五行而為律吕也。八音之造，皆自然之音也。故足以動物，不知音，以為數之所生，非也。數因其聲音之制而生者也，文字之初，亦取諸此也。（《百家類纂》卷十九盛若林《玉華子》）

朱曰藩詞話

朱曰藩，字子價，號射陂，寶應（今江蘇）人。嘉靖甲辰進士，歷南京兵、刑二部，知九江府，有惠政，卒於官。著《山帶閣集》、《盛時泰茶事彙輯》（一名《茶藪》）、《七言律細》等。此據《四庫全書存目叢書》影印明萬曆間刻本《山帶閣集》録詞話一則。

一

《張南湖先生詩集序》：吁！《三百篇》以來，聲音之道變也，極矣，是故國風散而《離騷》興，《離騷》歇而五言作，五言極而六朝麗，六朝工而唐律盛，唐律慢而宋詞填，宋詞度而元曲靡。是故魏、晉以還，歷代制作，秖郊廟讌饗樂章稍存雅則，自餘閨情宮怨之什棼如矣。然美人託詠於顯王，宓妃取諭於賢臣，使其哀音柔弄，果足以達誠所天。一旦聆之，為之泫然回心焉，是故亦諷諫之一端也，可盡少哉！吾郡南湖張先生，弱冠作無題詩及香奩雜詩數十首，一時盛傳，以為淮海才子。乃去年秋先生嗣子惟一刻先生全集成，持過涇上，以序見屬。集自弘治辛酉迄嘉靖庚子，編年分類，凡四卷，各以其時長短句附諸後。予讀之竟，歎曰：先生直才子哉！先生固詩人之雄也。昔元稹之歌詞，宮中傳誦，號為元才子。及觀《長慶集》，其可傳者，殆不止是。先生以奇才卓識，不獲早售於時，優游田廬，輟耕之暇，紓寫心曲，聊復爾尔。乃其集入楚後詩，格更奇，辭更古，旨趣更沈著，方將超西崑之畛域，闖少陵之堂室，電激猋騰，軒豁一世，惜當日傳者徒見其杜德機而止尔。然予聞新安有程方岳旦者，奇士也，與先生善，每醉後歌先生詩，曰：「野性素於時事薄，羈懷翻共酒杯親。」又曰：「黄金易鑄爐中像，白玉難開璞裏心。」輒為之泣下不能已，吁！若程公者，何邪？非有感於託諷之深如此邪？此固可以占先生才情之妙矣。或問先生長短句，予曰：《詩餘圖譜》備矣，先生從王西樓遊，早傳斯技之旨。每填一篇，必求合某宮某調，弟幾聲，其聲出入弟幾犯，務俾抗墜閒美，合作而出，故能獨步於絶響之後，稱再來少游。予每欲擇其詞之精者，合少游詞成一帙，以遺鄉人，為詞學指南。弟多事，來未遑耳。先生名綖，字世文，別號南湖。起家武昌倅，擢守尤州，在兩郡咸有惠政，其詳具載顧按察所作《墓志》中，予不文，勉荅惟一之意如此。（《山帶閣集》卷二十八。筆者按：《張南湖先生詩集》〔《續修四庫全書》本〕此序末有「嘉靖壬子仲春吉」一句。而汲古閣刊《詞苑英華》本《南湖詩餘》序末作「嘉靖壬子仲春吉，同郡射陂朱曰藩撰」。）

唐錡詞話

唐錡，字池南，晉寧（今雲南）人。嘉靖丙戌進士，知定遠縣，授御史，巡按湖廣，轉河南按察司僉事，以忤權要歸。此據《續修四庫全書》影印明嘉靖刻本《升庵長短句》録序文一則。

一　《升庵長短句序》：夫人情動於中而有言，言發於外而為聲，聲比乎節而成音。孰非心也？心之感物，情有七焉；言之宣情，聲有五焉；音之和聲，律有六焉。雖其舒慘廉厲，唯嘽正變之感不同，然皆性也，皆出於自然也。是故非氣弗昌，豪宕超逸，昌其氣者也。非材弗達，精深宏博，達其材者也。非興弗融，春容順適，融乎興者也。三者具而後可以言詩矣。升庵太史之寓南中也，池南子嘗過之，既覿其輝而覽其芳矣。太史不以池南子之愚且闇也，授以近稿，池南子函歸，雖歷吴、楚、韓、衛、燕、趙、秦、晉之間十餘年，弗暇，則已暇，必玩誦。有知己友輒出示，知己友嗜之，無異池南子之嗜也。則相與評曰：太史之詩，殆所謂昌其氣、達其材、融乎其興者乎？所謂本乎性、發乎情，止乎禮義，而出於自然者乎？古不暇論，即今所稱李空同、何大復、鄭少谷、徐迪功、薛西原、孫太初，七子頡旿，未知優劣，然則太史固當世之雄也。池南子病歸，伏枕席者阻門户，出門户者阻舟車，池涵一水，雲掩千山，迂廻百里，倏忽三年，以太史者懸懸也，太史亦不以池南子之迂且疎也，客便輒通刺，并以長短句投之，池南子恍如太史之神交而默契也，讀之盡，且曰：金元部曲，淫哇妖豔，其溺人也久，乃有黄鍾大吕希世之音乎？其思冲冲，其情隱隱，其調間遠悲壯，而使人有奮厲沉窣之心，其寄意於花鳥江山，烟雲景候，旅况閨情，無怨怒不平，而有拳拳思闕之念，捋平其氣，斂其材，忘於興而□□□然者，亦不知其所以然矣。其晉魏以上古樂府、《離騷》之流，風雅之變乎？□知太史之雄也。雖然，代言紀事，史職也；典則謹嚴，史體也。摛雅振頌，發揚鴻烈，銘之金石，載之旂常，奚不可者？顧乃孤吟苦調，嘯咏咨嗟於窮荒寂寞之濵者，謂之何哉？抑聞太史每語人曰：「池南子，池南子是能知詩者，吾差有取焉。」嗟！予奚足以副教哉！遂詮次為長短句序。嘉靖庚子仲冬長至日，晉寧池南唐锜。

高攀龍詞話

高攀龍（一五六二—一六二六），字存之，號景逸，又號雲從，無錫（今江蘇）人。年二十五聞顧憲成講學，始志於學。萬曆十七年成進士，授行人司行人。熹宗立，起光禄丞，進少卿官，至左都御史。為魏忠賢所惡，削籍歸，被逮赴水死。崇禎初贈太子少保、兵部尚書，謚忠憲。所著有《高子遺書》、《正蒙釋》、《朱子節要》、《易簡説》、《周易孔義》、《古本大學》、《春秋孔義》等。此據影印文淵閣《四庫全書》本《高子遺書》録詞話二則。

一

《儕鶴趙先生小傳》：先生磊落英邁，卓然物表，了無蓋藏，渾無涯際。臨事直心自遂，矢志報國。嘗見其於銓曹孜孜矻矻，繫念海内賢人君子，推轂還除，蓋無虚日。機要所關，身不得為，必倡率同志為之，激以名節，無不感奮。以功郎司。癸巳内計，所訪必擇其人，所聞必考其自。先生有姻親為公論不容，客謂先生何以處之，先生頻顣曰：「此官在長安，暫耳；此身在鄉井，常也。異日作何面目相向？」客曰：「君愛其親，誰不愛其親者？」先生即謝曰：「然此國事也。」於是先生黜其姻，而冢宰一人在吏部者黜首揆，一弟在太常者黜當路，私人無一得免，國論大快，謂二百年計典絶調。而政府恚甚，尋謀逐先生。先生歸，築一室郊坰，擁書閉户，非其人不與見也。性善飲酒，為小詞，多寓憂世之懷，酒酣，令人歌而和之，慷慨徘徊，不能自已。先生敏慧天植，見人望形而别其臧否，聞言而悉其底裏，積數十年後無不驗者。題覆章奏，破小人陰私，洞徹其肺腑，故當世疾之如仇。今年六十，健壯如少年。而先生則素閑養生之道，能以呼吸使其氣轆轆周身如環，嘗曰：「服食之法，草不如木，木不如禽，禽不如獸，獸不如人，人不如己。」人者，乳之類，己謂攝養也。（《高子遺書》卷十）

二　《南京光禄寺少卿涇陽顧先生行狀》：先生諱憲成，字叔時，别號涇陽先生。生而沉毅，迥異常兒。……又曰：是多行不韙，計畫無之，聊借以蓋醜而脱計網也。斯四者亦誠有之，而不可不求其故也。明興二百餘年，西漢之經術，東漢之節義，唐之詩詞，宋之理學，並彬彬稱隆，而獨言官之氣稍不振，天下多故，危言讜論往往出於他曹，即如我皇上蒞祚，故相張居正用事，數年之内，言官有相率讚頌耳，保留耳，祈禱耳，吴、趙、鄒、沈、王、艾之儔，何寥寥也。（節録自同前書卷十一）

祁承㸁詞話

祁承㸁（一五六二—一六二八），字爾光，號夷度、曠翁，山陰（今浙江紹興）人。萬曆甲辰進士，官至江西布政司參政。性喜蓄書，勤於抄校，藏書至十萬餘卷。所著有《諸史藝文抄》、《兩浙著作考》、《牧津》、《明徵信叢録》、《澹生堂藏書目》、《澹生堂藏書訓約》、《國朝徵信叢録》、《澹生堂餘苑》。此據書目文獻出版社出版《明代書目題跋叢刊》影印本《澹生堂藏書目》録所載詞曲集。

一

《草堂詩餘》，二册，六卷。《花間集》，二册，十二卷。《正續草堂詩餘三集》，六册，十三卷。朱淑真《斷腸詞》，一册，一卷。《環翠堂樂府》。王渼陂《碧山樂府》。《楊夫人樂府》，一册，三卷。《樂府指迷》二卷，張玉田，《續秘笈》本。《碧雞漫志》，一卷，宋王灼。楊升庵《詞品》二册，四卷，又越刻本。《唐宋元明酒調（當為詞）》一卷，周履靖，《夷門廣牘》本。《弇州詞評》一卷。（**節録自《澹生堂藏書目》卷十二「餘集類·豔詩附詞曲」**）

皇甫汸詞話

皇甫汸（一四九八—一五八三），字子循，號百泉山人，長洲（今江蘇蘇州）人。嘉靖己丑進士，官至雲南按察司僉事。著有《司勳集》、《解頤新語》、《百泉子緒論》等。《解頤新語》八卷，為説詩之語，分八門，曰叙論、述事、考證、詮藻、矜賞、遺誤、譏評、雜記。自稱匡鼎説詩，人為解頤，陸賈造語，帝每稱善，故竊比於二子。此據影印文淵閣《四庫全書》本《皇甫司勳集》和齊魯書社出版《全明詩話》本《解頤新語》以及上海古籍出版社影印《明詞彙刊》本《桂洲集》録詞話五則。

一 《錢侍御集序》：余弱齡嗜詩，究心作者，間有占綴，不敢謂握靈蛇而得珠，至所譏評，實若操龍淵以議劄。嘗著《解頤新語》以示梗槩焉，以故，宰相石公有《熊峰集》，介谿嚴公有《鈐山堂集》，許中丞有《少華山人集》，吴文部有《玉涵堂集》，皆屬余選次而題其端。若但請叙以傳者，陳后岡集、戴秋官集、龔温州集、王巖潭、黄五嶽諸集，殆二十家云。末學謭識，聞桀犬以吠聲，覩遼豕而駭色，奚足與言詩哉？姑熟海山錢侍御者，童時誦詩，即能成咏。思若神來，語同夙搆，以大父命改授《尚書》，竟以此取高第，然詩固其所好也。擢第時，貴溪夏公方在政府，甚愛其才，有所作，每示君，賡和之，輒加嗟賞。將引署玉堂，期儷金艧業，以資拜遂安令，公深惜之。在任三載，以最被徵拜為南臺監察御史，摛藻兩都，持憲三輔，所寓有詩。製錦之鄉，鳴琴而流咏；避驄之地，緩轡以成章。故潘岳河陽之什，頓掩前輝；堯藩江南之篇，殷堯藩為侍御，有江南詩。無慙後躅。倦情亮組，托跡融舟，擇勝探遊，寄興恬曠。其為詩也，語取暢心，不由雕刻，占惟信口，奚假深湛？遂能微款人情，妙臻物理，婦人女子皆通其義，兒童厮卒並習其辭。使羈客緘愁，非關見鴈；征夫下泣，何待聞猿。萎華喻好於香風，芙蓉比妍於秋水。無意求工，自然追雅矣。尚論古人，若光羲之真率，居易之冲淡，太白之敏捷，浪仙之縱放，才足兼之，人罕能及焉。仲子寧以鴻臚典客，予告家居，侍綵之餘，殺青唯亟。乞余删次，併為之序，總五七言、古風、歌行、近體絶句凡若干首，詩餘、雜著附焉，勒為幾卷。昔大歷才子仲文錢起，字仲文。獨秀，與劉長卿、郎士元齊名，今集中如「落霞暉寶刹，寒月映晴峰」、「月瀉湘江水，花明楚岫雲」、「湖聯疑跨海，山擁類環滁」、「獨憐遊客興，猶逐野雲飛」、「月寒暗度飛鴻影，山静遥聞落木聲」、「共嗟江水流難返，且喜山雲斷復連」、「思入蛾眉殘月皎，夢迴牛渚逝波寒」、「贈君惟

有燕臺菊，願佩餘香到遠天」、「野寺苦空僧更少，莫教寒色上禪衣」，傳諸其人，奚忝厥祖者哉？（《皇甫司勳集》卷三十七）

二 元微之云：《詩》迄於周，《離騷》迄於楚，是後詩之流為二十四：賦、銘、頌、贊、誄、箴、詩、行、詠、吟、題、怨、歌（當作歎）、章、篇、操、引、繇（筆者按：元氏原文無此類，引録中缺「文」一類，下同）、謡、謳、歌、曲、詞、調，皆六義之餘。由操而下八名：引、繇、謡、謳、歌、曲、詞、調，皆起於郊祭、軍賓、吉凶、苦樂之際，審聲以度詞，審調以節唱，句度長短之數，聲律平上之差，莫不由之準度而又區別。其在琴瑟者，為操、引；採民甿者，為謳、謡；備曲度者，總為之新曲詞調，斯皆由樂以定詞，非選詞以配樂也。由詩而下九名：行、詠、吟、題、怨、歎、章、篇，皆屬事而作，雖題號不同，悉謂之詩可也。後之審樂者，往往採取其詞，度為新曲，蓋選詞以配樂，非由樂以定詞也。纂撰者，盡編為樂府。（《解頤新語》卷三「考證」）

三 樂府則郊廟、燕射、鼓吹、横吹，樂則有雅樂、凱樂、散樂、俳樂，舞則有文舞、武舞、雅舞、雜舞，又鞞鐸、羽籥、巾帔、干旄、白紵、皇人之舞，歌則有倚歌、雜歌、豔歌、踏歌、相和之歌，曲則有琴曲、舞曲、文曲、清商之曲，調則有平調、側調、清調、商調、楚調、瑟調，聲則有正聲、送聲、間絃、契注。《樂録》云：古曰章，今曰解。解有多少，當是先詩而後聲。詩序（當作叙）事，聲成文，必使志盡於詩，音盡於曲，諸調曲皆有辭有聲。而大曲又有豔，有趨，有亂，豔在曲之前，趨與亂在曲之後。（同前）

四 按：隋曲有《疎勒鹽》，唐曲有《突厥鹽》《阿鵲鹽》，關中人謂好為鹽，施肩吾詩：「顛狂楚客歌

成雪，媚軟（一作賴）吴娘笑是齷。」《昔昔鹽》亦此意也。樂府有魏俞、吴俞、劍俞、矛俞、弩俞。俞，善也。（同前）

五 戊戌之秋，汸承蹇出理楚黄，時桂洲元相贈之以詞。并以内閣所録一篇眎之曰：吴匠氏善梓，爾歸，其謀諸，且為我紀之。乃郡守王公儀樂任其事，汸也校而刊焉。夫詞，固樂府之流而聲歌之餘也。是故詠物之詞婉，攬景之詞麗，述情之詞豔，諷事之詞莊，不以博極而該，不以研思而工，故綴文之士猶或病諸，而鴻筆鉅卿所不棄而弗為者也。若公之宏博載於紬史，嘉藻發於賡歌，典則陳於講幄，愷直形於疏奏。觀兹篇者，合公應制，扈畢諸集，宣金石，被管絃，乃知天之生公將以鳴盛世，緯國華，不徒詞人之甲乙而已，梓諸吴，吴之人詠而興焉。首被雅化，是故陳公蕙采風我土，遂樂董其成云。是歲冬十月既望，後學皇甫汸謹識。（《桂洲集》）

許學夷詞話

許學夷（一五六三—一六三三），字伯清，先世汴梁人，居江陰（今屬江蘇）人。性疎略，不治邊幅，不理生産，杜門絶軌，惟文史是紬。作《詩源辯體》，歷四十年，凡十二易稿乃成。前有崇禎五年自序，謂詩有源流，體有正變。自三百篇下至五季，一百六十九人，並無名氏共詩四千四百七十五首，以盡歷代之變，名曰詩源辯體，而宋、元、明别為論次。先以體分，又以調相附，詳其音切，正其訛謬。此據《續修四庫全書》影印明崇禎十五年陳學所刻本録詞話五則。

一 夢得七言絶有《竹枝詞》，其源出於六朝《子夜》等歌，而格與調則子美也。黄山谷云：「劉夢得

《竹枝》九章詞意高妙，元和間誠可獨步。道風俗而不俚，追古昔而不愧，比之子美《夔州歌》，所謂同工而異曲也。」按：今之《吴歌》，又是《竹枝》之流。（《詩源辯體》卷二十九）

二　庭筠七言古聲調婉媚，盡入詩餘。與李商隱上源於李賀，下流至韓偓諸體。如「家臨長信往來道」一篇，本集作《春曉曲》，而詩餘作《玉樓春》，蓋其語本相近而調又相合，編者遂採入詩餘耳。其他略摘以見，如「四方傾動烟塵起，猶在濃團夢魂裏。後主荒宫有曉鶯，飛來只隔西江水」、「為君裁破合歡被，星斗迢迢共千里。象尺薰鑪未覺秋，碧池已有新蓮子」、「迴嚬笑語西牕客，星斗寥寥波脉脉。不逐秦王捲象床，滿樓明月梨花白」、「玉墀暗接崑崙井，井上無人金索冷。畫壁陰森九子堂，階前細月鋪花影」、「百舌問花花不語，低迴似恨横塘雨。峰争粉蕊蝶分香，不似垂楊惜金縷」等句，皆詩餘之調也。（同前書卷三十）

三　袁中郎論詩，於《雪濤閣》、《涉江詩》、《小修詩》、《同適稿》諸叙洎諸尺牘，其説為多。其論騷、雅之變，至於歐、蘇，無甚乖謬。至論國朝諸公，惡其法古。於汪、王論詩，謂為雜毒入人，故一入正格，即為詆斥；稍就偏奇，無不稱賞。於吴中極貶昌穀、元美，而進吴文定、王文恪、沈石田、唐伯虎諸人，以是壓服千古，難矣。予嘗謂漢、魏、唐人自創立則長，倣古人則短；國朝人倣古人則長，自創立則短。論者謂漢、魏不能為三百，唐人不能為漢、魏，李、杜諸公無古樂府，既不識通變之道。謂國朝人多法古人，不能自創自立，此又論高而見淺，志遠而識疏耳。胡元瑞云：詩至於唐而格備，至於絶而體窮。故宋人不得不變而之詞，元人不得不變而之曲。明不致工於作，而致工於述；不求多於專

門，而求多於具體云。此論千古不易。（同前書卷三十五）

四 吴敏德《文章辯體》，首古歌謡，次古賦，次樂府、古詩、歌行，次文章諸體四十六名，外集則連珠、判、律賦、律詩、排律、絶句、聯句、雜體、詞曲句、賦，一遵祝氏。文則述其源流，辯其體製，參前人之説而總裁之，多有可宗。詩，道聽塗説，而實無一斑之見。首卷以荀卿諸詩附入，略不識詩之面目。四言，謂淵明突過建安，退之《元和聖德詩》膾炙人口，其論出於宋人。淵明雖本風、雅，而自為一源，退之則有韻之文耳。且以樂府、古詩、歌行入正集，以律詩、排律、絶句入外集，又為大謬。中論排律，以老杜《贈韋左丞》為法，則於古、律之體且不能辨，尚足與言詩乎？《贈韋左丞》即「紈袴不餓死」，乃古詩雜用律體，詳見盛唐總論第二則。（同前書卷三十六）

五 吴復序云：「詩先性情，而後體格。嘗承教曰：認詩如認人，人之認聲與貌，易也，認性，難也，認神，又難也。」予謂《國風》體製既定，故專論性情，即所謂認性認神也。學漢、魏而下，不先體製而先性情，所以去古日遠耳。然第一卷及餘數十篇性情猶正，餘則因題詠事，又未可言性情也。其《續奩》自序云：「陶元亮賦《閒情》，出礬御之辭，不害其為處士節。余賦韓偓《續奩》，亦作娟麗語，又何損吾鐵石心也？法雲道人勸魯直勿作艷歌小辭，魯直曰：『空中語耳，不致坐此墜落惡道。』余於《續奩》亦曰『空中語耳』。不料為萬口播傳，兵火後龍洲生章琬尚能口記，又付之市肆梓而行之。因書此以識吾過。時道林法師在座，余合十曰：『若墮惡道，請師懺悔。』」觀此，則淫艷者雖焚而終自悔，蓋其性本然耳。（同前書「後集纂要」卷一）

李春熙詞話

李春熙（一五六三—一六二〇），字皞如，號泰階，自稱桃源山人，建寧（今福建）人。萬曆戊戌進士，授太平推官，改肇慶推官，遷刑部主事，以執法論奏藩邸事謫彰德，稍遷南京户部郎中，乞終養歸。著有《玄居集》、《道聽録》等。此據《續修四庫全書》影印清抄本《道聽録》録詞話三則。

一

王西樓者，高郵千户侯也。著有樂府題睡鞋云：「新紅軟鞋三寸，正不落地能乾净。燈前換晚妝，被裡勾春興。幾番間，把醉人兒蹬踢醒。」康對山醉中歌之，改「醉人兒」作「老生兒」以為戲，非公作也。又途中遇少媍騎驢云：「露玉笋，絲韁款把。見金蓮，寶鐙輕踏。裙拖翡翠花紗，扇掩泥金畫。比昭

君、只少面琵琶。天寳年間若有他，却不把三郎愛殺。」此老風致，觀此可想見也。（《道聽録》卷一）

二　武宗咏汲婦云：「汲水上南坂，紅裙映碧波。雖然不似我宫娥，野花偏艷目，村酒醉人多。」信口小令，詞情超逸，聖本生知，觀此，益信矣。一傳「碧波」下有「我這裡停驂，雖覷着，他那裡冷眼，偷睃樓下然。」（同前書卷二）

三　《琵琶》、《西廂》二記，乃梨園詞曲之祖，常見李中麓《寶劍記》，序云：「永嘉高明則成初編《琵琶》，時坐高樓中，每夜秉二絳炬於前，詐云神助，以冀其傳。曲成自歌，疊足為節，樓板至有足痕。」而未盡其顛末。近見徐士範叙此記云：「金時高東嘉為其友王四作，王四績學不仕，高勸之應舉，及登第，入贅不花太師，棄其妾，高以此諷之。取義琵琶者，以此二字上有四王；托名伯喈者，以常附董卓。元人謂不花為牛不花，與董俱為太師云。張廣才，自况也。聖祖微時，常喜之。及得位，逮王四，寘之法。」河間玉峰長公序《西記》云：「自元微之作《會真記》，後金時董解元作傳奇，元王實甫作記，斷自『草橋驚夢』，從此以後，乃關漢卿所續，極力模擬，終覺鈞銖。」言之甚詳，必有所考。（同前書卷四）

趙琦美著輯詞話

趙琦美（一五六三—一六二四），字元度，原名開美，字如白，又字仲朗，號清常道人，爲定宇之子。直隸常熟（今屬江蘇）人。少入國子監，萬曆三十八年任太常寺典簿，終刑部郎中。博學强識，酷嗜藏書，脈望館爲其儲書處。編著有《洪武聖政記》、《僞吴雜記》、《容臺小草》、《鐵網珊瑚》、《脈望館書目》、《和禪詩》等。此據影印文淵閣《四庫全書》本《趙氏鐵網珊瑚》録詞話三十則。又據《涵芬樓秘笈》本《脈望館書目》録所載詞曲集。

一　蘇東坡《楚頌帖》：吾來陽羨，船入荆溪，意思豁然，如愜平生之欲，逝將歸老，殆是前緣。王逸少云：「我卒當以樂死。」殆非虚言。吾性好種植，能手自接果木，尤好栽橘。陽羨在洞庭上，柑橘栽至易得，當買一小園，種柑橘三百本。屈原作楚頌，吾園若成，當作一亭，名之曰楚頌。元豐七年十月二日書。

蘇文忠公以元豐七年量移汝海，四月離黄州，五月訪文定公於筠，七八月之交留連金陵，度九月間抵宜興，而十月二日寫此帖。聞通真觀側郭知訓提舉宅，即公所館，不知凡留幾日也。已而至泗州，過歲除。八年正月四日乃行，道中上書乞歸常州。三月六日在南京，被旨從所請。回次維揚，有《歸宜興留題竹西》三絶，蓋五月一日也。同孟震遊常州僧舍，又有「湛湛清池五月寒」之句。而謝表云今月二十二日到常州訖，疑即五月也。是月復朝奉郎，起守文登，《次韻賈耘老》云：「東來六月井無水，假看古堰横轟牛。」七月二十五日與杜介遇於潤之金山，贈以古詩，皆赴登時所作。其冬到郡，五日而召，自此出入侍從，以及南還。逮靖國辛巳北歸，竟薨於常。集中班班可考，種橘之約，遂墮渺茫矣。此帖今藏寓客董伯捄家，董氏世為東秦名儒，曾祖暨大父在高皇時繼掌外制，士林榮之。伯捄亦篤學嗜古，能濟其美者也。公熙寧中倅杭，沿檄常、潤間，賦詩云：「蕙泉山下土如濡，陽羨溪頭米勝珠。」又有：「買田欲老，地偏俗儉」之語，卜居權輿於此。元祐八年五月十九日任禮部尚書，辨御史黄慶基論買田事云：「責黄州日，買得宜興姓曹人一契田段，因其争訟無理，轉運司已差官斷遣，不欲與小人争利，許其將原價收贖。」今公孫曾猶食此田，豈曹氏理屈不復可贖耶？抑當時所置不止此也？《菩薩蠻》：「買田陽羨吾將老，從初只為溪山好。來往一虚舟，聊從造物遊。有書仍嬾著，且謾歌歸去。筋力不辭詩，要須風雨時。」《滿庭芳》并序：予居黄五年，將赴臨汝，作《滿庭芳》一篇别黄州。既至南都，蒙恩放歸陽羨，復作一篇：「歸去來兮，清溪無底，上有千仞嵯峨。畫樓東畔，天遠夕陽多。老去君恩未報，空回首、彈鋏悲歌。船頭轉，長風萬里，歸馬駐平坡。　無何，何處是，銀潢盡處，天女停梭。問何事人間，久戲風波。顧謂同來稚子，應爛汝、腰下長柯。青衫破，羣仙笑我，千縷掛煙蓑。」右詞作於元豐八年初許自便之時，公雖以五月到常州，尋赴登守，未必再至陽羨也。軍中謂壯士馳駿馬下峻坂為注坡，其云「船頭轉，長風萬里，歸馬駐平坡」，蓋喻歸興之快如此，印本誤以「注」為「駐」耳。今邑中大族邵氏園臨水，有天遠堂，最為奇觀，取名於此詞云。主簿朱冠卿。（《趙氏鐵網珊瑚》卷三）

二　東坡《琴操帖》：瑯琊幽谷，山水奇麗，泉鳴空澗，若中音會。醉翁喜之，把酒臨聽，輒欣然忘歸。既去十餘年，而好奇之士沈遵聞之往遊，以琴寫其聲，曰《醉翁操》，節奏疎宕，音旨華暢，知琴者以為絕倫。然有其聲而無其辭，翁雖為作歌，而與琴聲不合。又作楚辭作《醉翁引》，好事者亦倚其辭以製其曲，雖粗合韻度，而琴聲為詞所繩約，非天成也。後三十餘年，翁既捐館舍，遵亦殁久矣。有廬山玉澗道人崔閑，特妙於琴，恨此曲之無辭，乃譜其聲，而請於東坡居士為補之云：「琅然，清圜，誰彈。響空山，無言，惟翁醉中知其天。月明風露娟娟，人未眠，荷蕢過山前，曰有心也哉此賢。醉翁嘯詠，聲和流泉。醉翁去後，空有朝吟夜怨。山有時而童巔，水有時而回川，惟翁無歲年。翁今為飛仙，此意在人間，試聽徽外三兩絃。」二水同器，有不相入；二琴同手，有不相應。今沈君信手彈琴，而與泉合；居士縱筆作詩，而與琴會。此必有真同者矣。本覺法真禪師，沈君之子也，故書以寄之，願師宴坐静室，自以為琴，而以學者為琴工，有能不謀而同、三令無際者，願師取之。元祐七年四月廿四日蘇軾書。「荷蕢過山前，曰有心也哉此賢」，志士仁人，愛國愛民之心，千古一轍也，故曰「思翁無歲年」，又曰「此意在人間」，蘇公可謂不孤後學矣。紹熙壬□□（按空缺二字《六藝之一録》卷三百四十二載作「辰常」）州尹江陵項安世書。予嘗得坡翁此紙，紙尾八印爛然，莫知為何人所藏也。一日，偶閱虞邵庵文集，至《李梅亭續類藁序》謂梅亭為宋中書舍人、直學士院、寶章閣待制臨川李公劉，字公甫，而備述其入蜀，歷守崇、眉，進總漕事，并總蜀帥、成都守、本路憲、四川、都大、賣茶、買馬等司，凡八印。且謂公平日所得圖書，輒以八印識之，予因出此紙，視其印文皆合，乃知嘗為李公所藏無疑。邵庵又言公圖書近時或散失，民間猶及見什伯於一二，安知此紙非及見者耶？然《類藁序》，邵庵為其孫積而作，去公未遠，且其子孫知「好文事」，已有散失」之語，而予乃欲聚而得之，不亦愚耶？坡翁翰墨，尚俟博雅君子品評，未暇論。予特喜知其所自出，而猶有可歎息者在，故題之。成化庚子二月壬戌寬書。東坡書師法顔魯公，其行書類楊凝式《維摩經》書，吾友原博書又宗坡翁，策勳翰墨間，則太師真傳在鹿塲居士矣。此《醉翁操》曾經李梅亭八印所識，知為至寶。第細翫其轉折之間，滯而不勁，不能無鐵石之疑。然其紙似嘗入水，豈為蛟龍所吞吐而然？與大雅云「雖無老成人，尚有典刑」，此豈特典刑而已？庚子年五月丙午崑山陸釴題。（同前書卷四）

三　革頃與德麟遊，聞元祐諸公言行之緒餘，及玆朅來臨漳，路鈐趙昌叔相與款厚，因出示山谷道人與其先府丹陽君往來書帖及詩詞，想見前修風流餘韻。而貴公子樂善喜文之高致也。丹陽君，德麟之兄，而昌叔，德麟猶子也。然則好事，喜賓客，蓋有家範云。温革叔皮父。光風轉蕙，泛崇蘭些，此山谷先生小楷氣象。石湖居士題。《漢武故事》曰：上起神屋，以珠為簾箔，玳瑁押之。東坡詞云「銀蒜押簾」，此山谷改「壓簾」作「押簾」之自來也。温叔皮字畫亦蒼老，嘗為尚書郎。著《瑣碎録》。建袁立儒書。《酺池寺書堂詩》云「人言九事八為律」，立儒讀《主父偃傳》：上書言九事，其八事為律令，一事諫伐匈奴。併識卷後。溪翁續得山谷題《前定録》等八詩，「小黠大癡螳捕蟬」二篇居其中，遺趙景道者。小字送李北牖者，大字余兼而有之，於好古博雅，不曰徒費光陰矣。寶祐甲寅中秋日書。（節録自同前「山谷詩三帖」）

四　後湖先生以《清江曲》見賞於東坡，今觀此詩帖，蓋有得於東坡者。東坡嘗謂延州菜季子、張子房皆不死，嶺南之人亦言東坡不死，後湖真不死矣。德友久從之遊，恬於仕進，其文氣老而益健，有以夫。乾道戊子冬至後二日，莆田陳稚書。（同前「跋周德友所藏養直帖」）

五　《跋蘇養直詞翰》：慥頃嘗編集本朝名士《百家詩選》，仍為傳引，載其出處，蘇養直亦與焉。庠，字養直，京口人。初以病目自號眚翁，後徙居丹陽之後湖，更號後湖病民。其父堅，字伯固，有詩名。養直少而穎發，下語輒驚人。嘗作《清江引》，東坡筆之，且曰：「此詩載太白集中，誰復疑其非也？乃吾宗養直所作。」平生不事科舉，安貧守道，沈酣詩酒，寄傲江湖間。雅遊故人皆一時名士，徐師川尤厚善。紹興初薦於上，召赴行在所，丁寧敦遣，養直高卧不肯起，縉紳益欽重焉。養直事佛甚謹，深契禪説，清虚恬淡，又得養生之術。三年前盛夏追凉，方與客對棋，有衣褐者持謁云羅浮山道人江觀潮，未及起迎，道人直就坐，旁若無人。養直驚愕，問所從來，答曰羅浮黄真人，以君不好世人之好，氣母已成，令某持丹度公，可服之，袖中出一小合藥，黄色而膏融，養直遲疑間，道人曰：「此丹非金非石，乃真氣煉成，疑即且止，俟有急服之。」出門徑去，俄頃不見。養直以丹置佛室，後與客飲，醉後食密雪和龍腦，一夕暴下而卒。所親記道人之言，亟取丹，視其堅如石，磨以飲之，即甦。自是康强異常，齒落者復生，鬚白者再黑，眼枯者更明。紹興十七年歲旦日，與家人酌别，且告辭隣里。二日，東方未明，披衣曳杖出門，行步如飛，妻孥僅挽其衣，則已逝矣。黄真人者，石晉時為惠州太守，天福中棄官入羅浮山，今居水簾洞，人不得見。養直命畫工齋潔暝想，以其意為黄真人像，畫畢，則宛然江道人也。識者以為姓江，而以夏來，即黄真人矣，以是知養直之亡，豈道家所謂尸解者乎？前此盡裒所為詩以屬薌林向伯恭，慥嘗見其詞翰巨軸，士大夫多作跋尾，慥亦題詩云：「元祐文章絶代無，為盟主者眉山蘇。舊聞宗匠為詩匠，今見東湖説後湖。寂寞香山老居士，浩蕩煙波古釣徒。瀾翻翰墨驚人眼，一段清冰在玉壺。」徐師川，號東湖居士。今覽德友所藏墨蹟數軸，因書傳引附於卷後。紹興癸酉歲初伏日，温陵曾慥。（同前）

六　近覽鏡，白鬚漸多，戲作《滿江紅》長短句，繡江先生拜參上馬，敢録呈醜，幸乞一笑。鮮于樞頓首：詩酒名場，人都羡、紫髯如戟。今已矣，星星滿頷，不堪重摘。衰老自知來有漸，窮愁誰道尋無迹。笑劉郎，辛苦覓仙方，終何益。　東逝水，西飛日。年易失，時難得。賴此身健在，寸陰須惜。生死百年朝有暮，盛衰一理今猶昔。問人間，誰是魯陽戈，杯中物。（同前書卷五「元人諸帖」）

七　新詞藁：《瑞鶴仙》：癸卯歲爲先生壽：「轆轤秋又轉，記旋草新詞，江頭憑雁。乘槎上銀漢，想車塵纔踏，東華紅輭。何時賜見，漏聲移、凉宫夜半。問蓴鱸、今幾西風，未覺歲華遲晚。一片，丹心白髮，滴露研朱，雅陪清燕。班回柳院，蒲團底，小禪觀。望罘罳明月，初圓午夜，應共嬋娟茂苑。願年年、玉兔長生，聳秋井幹。」《沁園春》：冰漕鑿方泉，賓客請以名齋，邀賦此解：「澄碧西湖，輭紅南陌，銀河地穿。見華星浮影，仙碁局静，清風行處，瑞玉圭寒。斜谷山深，望春樓遠，無此峥嶸小渭川。一泓地，解不波不涸，獨障狂瀾。　老蘇而後坡仙繼，菊井嘉名相與傳。試摩挲勁石，無令角折，丁寧明月，莫涴規圓。謾結鷗盟，那知魚樂，心止中流别有天。無塵夜，聽吾伊正在，秋水闌干。」《玉漏遲》：瓜涇度中秋夕賦：「雁邊風訊小，飛瓊望杳，碧雲先晚。露冷闌干，定怯藕絲冰腕。净洗浮空片玉，勝花影、春燈相亂。秦鏡滿，素娥未肯，分秋一半。　每圓處、即良宵，甚此夕偏饒，對歌臨怨。共一嬋娟，幾許霧屏雲縵。孤兔凄凉照水，曉風起、銀河西轉。摩淚眼，瑶臺夢回人遠。」《古香慢》：自度腔，夷則商，犯無射宫，賦滄浪看桂：「怨娥墜柳，離佩摇茞，霜訊南圃。謾憶橋扉，倚竹袖寒日暮。還問月中遊，夢飛過、金風翠羽。把殘雲剩水萬頃，暗熏冷麝凄苦。　漸浩渺、凌山高處，秋澹無光，殘照誰主。露粟侵肌，夜約羽林輕誤。剪碎惜秋心，更腸斷、珠塵蘚路。怕重陽，又催近、滿城細雨。」《齊天樂慢》：毗陵兩别駕招飲丁園，索賦：「竹深不放斜陽入，横披澹墨林沼。斷莽平煙，殘荷剩水，宜得秋深纔好。正著酒寒，輕弄花春小。障錦西風，半圍歌袖半吟草。　獨遊清興易嬾，景饒人未勝，樂事長少。柳下停車，尊前岸幘，同撫雲根一笑。秋香未老，漸風雨西城，暗欺客帽。背川移舟，亂鴉溪樹曉，看荒亭旋掃。」《思嘉客·賦閏中秋》：「丹桂花開第二番，東籬展却宴期寬。人間寶鏡離還合，海上仙查去復還。分不盡，半凉天，可憐閒剩此嬋娟。青娥未隔三秋夢，贏得今宵又倚闌。」《蘇武慢·賦芙蓉》文英百拜：「藻國凄迷，麴瀾澄映，怨入粉煙藍霧。香籠麝水，膩漲紅波，一鏡萬粧争妬。湘女歸魂，珮環玉冷無聲，凝情誰愬。又江空月墮，凌波塵起，繡鴛愁舞。還暗憶、鈿合蘭橈，絲牽瓊腕，見葯更憐心苦。玲瓏翠穀，輕薄冰綃，穩稱錦雲留住。生怕哀□（一作蟬），暗驚秋被紅衰，啼珠零露。能去聲西風老盡，趂東風嫁與。」《八聲甘州·和施知言姑蘇臺韻》：「步晴霞倒影，洗閒愁、深栢灩風漪。望越來清淺，吴歈杳靄，江雁初飛。輦路凌空，粉冷濯妝池。歌舞煙霄頂，樂景沉暉。別是新紅闌檻，對女牆山色，碧淡宫眉。問姑餘遊鹿，應笑古臺非。有誰招、扁舟漁隱，但賦情、西子却題詩。閒風閒月，闇消磨盡，浪打鷗磯。」自度腔，高平《探芳新》賦元日能仁寺薄遊：「九街頭，正軟塵潤酥，雪消殘溜。禊賞祇園，花豔雲陰籠晝。層梯峭，空麝散，擁凌波，縈翠袖。歎年端，連環轉，爛漫遊人如繡。腸斷迴廊竚久，便寫意濺波，傳愁蹙岫。漸没飄鴻，空惹閒情春瘦。椒栢香，乾醉醒，怕西牕，人散後。暮寒深，遲迴處，自攀庭柳。」自度腔，小石《江南春》賦張葯翁杜衡山莊：「風響牙籤，雲昏古研，芳銘猶在棠笏。秋牀聽雨，妙謝庭、春草吟筆，城市喧鳴轍。清溪上、小山秀潔，便向此、搜松訪石，葺屋營花，紅塵遠避風月。瞿塘路，隨漢節。記羽扇綸巾，氣凌諸葛。青天萬里，料謾憶、蓴絲鱸雪。車馬没休歇，榮辱事、醉歌耳熱。天與此翁，芳芷嘉名，紉蘭佩兮璚玦。」《水龍吟·賦惠泉山》：「艷陽不到青山，淡煙冷翠成秋苑。吳娃點黛，江妃擁髻，空濛遮斷。樹密藏溪，草深迷市，峭雲一片。二十年舊夢，輕鷗素約，霜絲亂，朱顏變。龍吻春霏玉濺，煮銀瓶、羊腸車轉。臨泉照影，清寒沁骨，客塵都浣。鴻漸重來，夜深華表，露零鶴怨。把閒愁換與，樓前晚色，棹滄浪遠。」姜石帚以盆蓮百餘本移置中庭，讌客同賞，賦《拜星月》文英百拜：「絳雪生涼，碧霞籠夜，小立中庭蕪地。昨夢西湖，老扁舟身世。歎飄蕩，暫賞吟花，酌露尊俎，冷玉紅香罍洗。眼眩魂迷，古陶洲千里。翠參差、澹月平芳砌。甎花滉、細浪魚鱗起。霧盎洗障青羅，洗湘娥春膩。蕩蘭煙，麝馥濃浸酒。吹不散、繡屋重門閉。怕便綠減西風，泣秋檠燭淚一作外。」過西湖先賢堂，傷今感昔，泫然出涕，賦《西平樂》文英：「岸壓郵亭，路攲華表，堤樹舊色依依。紅索新晴，翠陰寒食，天涯客又重歸。歎廢綠平煙帶苑，幽渚塵香蕩晚，當時燕子，無言對立斜暉。追念唫風賞月，十載事、夢惹綠楊絲。畫船為市，夭粧艷水，日落雲沉，人換春移。誰更與、苔根洗石，菊井招魂。謾省隨車載酒，立馬臨花，猶認嫣紅傍路枝。歌斷讌闌，榮華露草，零落山丘，過此西湖，恨擬西州，羊曇淚落沾衣。」《丁香結·賦小春海棠》：「香嫋紅霏，影高銀燭，曾縱夜遊濃醉。正錦溫瓊膩，被燕蹋、暖雪驚翻庭砌。馬嘶人散後，秋風換、故園夢裏。吳霜融曉，陡頓闌動偷春花意。還似，海霧冷仙山，喚覺環兒半睡。淺薄朱唇，嬌羞艷色，自傷時背。簾外挂淡月，向立秋千地。懷春情不斷，猶帶相思舊字。」《花犯·郭希道送水仙索賦》：「小娉婷，清鉛素靨，蜂黃暗偷暈。翠翹攲鬢，昨夜冷中庭，月下相認。睡濃更苦淒風緊，驚回心未穩。送曉色、一壺葱蒨，纔知花夢準。湘妃化作此幽芳，凌波路，古岸雲沙遺恨。

臨砌影，寒香亂、湅梅藏韻。熏爐畔、旋移傍枕，還又見、玉人垂紺鬒。料喚賞、清華池畹，臺栢須滿引。」友人泛湖，命樂工以箏、笙、琵琶、方響迭奏，賦《還京樂》，文英：「宴蘭溆，促奏絲縈筦裂飛繁響。似漢宮人去，夜深獨語，胡沙淒哽。對雁斜玫柱，瓊瓊弄月臨秋影。風吹遠，河漢去裹，天風飄冷。　泛清商竟，轉銅壺敲漏，瑶牀二八青娥，環珮再整。菱歌四碧無聲，變須臾、翠翳紅暝。歎梨園、今調絶音希，愁深未醒。桂檝輕如翼，歸霞時點青鏡。」（同前書卷七）

八　《送瞿慧夫上青龍鎮學官詩序》：予每讀句曲外史所詠《送瞿博士上青龍學官詩》，愛其華婉新麗，飄然有仙氣，欲口占效之，輒困，譬學為頌，不之魯不工。是時予猶未識瞿君也。至見其人，魁岸温偉，風致皦然，愕曰：「是稱其詩之情者也。」益慕與之遊。居頃之，行日，與遊者及校官大夫士共為飲餞，則屬余為贈言。語云：「送人以其軒，不如送以言。」言不可已也。先聖王設為庠序之教，以厚民性，以修人倫，以正國俗，其仁溥矣，猶以為未足。又為校室□以所謂家有塾，其制也。夫民散處田廬，遠於國中，而不與入□學，則為置塾以徧教之，故其人雖不身與禮樂文藝之事，固已習聞其論，而孝弟忠信之節皆以素講而力行，奇衺之行、異端之言不入於耳目。當是時，聖人之教洋溢乎宇内，此頌聲所由作，而君子所以屢致意焉也。　今青龍學宫不特為塾，庶幾庠序之重，蓋千室之聚，四民之處，秀材生焉，卿士安焉，於今與州縣並稱慧。　夫往為之師，宜盡心焉。録朱子以來其師弟子扶樹大教，修孔子之道，人之仰之如日月，出與俱出，入與俱入，令家誦户蓄，其書誠得師為論。　繹朱子之説，使曉然覺寤，功必倍矣。　吾前舟過青龍河，見夫屋在北林中，有美衣冠三四人徐行過柳下，為將入者，余憶之曰：「何巨家。」以今言則其學宫也。聞學宫有唐宋石刻，諸詩詞悉如外史所詠，此可遊也，慧夫何遲遲。至正四年十二月十九日永嘉李孝光季和序。（同前「竹林陳氏雜帖」）

九　應庚頓首再拜復孺學士兄長文席，應庚初六日辱所惠書，即訪便答謝，而連雨，弗果，非敢略耳。《甘州》之寄，尤見不鄙。此時方塊坐南牖，三復來教，所謂况味彼此同也。謾爾倚歌奉報，不過抒其鬱鬱，附有近作一二首同上，一笑。夏至必能錦還，又圖晤盡，兹草草不宣：「折蘭難寄，還渺汀蒲煙，思共依依。甚簷花聽斷，騷章歌罷，此意誰知。滿眼孤村流水，腸斷去年時。過端陽日，重問歸期。　同是天涯羇旅，歎湘靈鼓瑟，笑我全非。九江風雨外，有客澹忘歸。正目渺騫情愁予，又吴潮吹上竹枝詞。西牕夜、待剪燈深坐，却話相思。」　水檻對雨：「緋榴開滿，露井竹映琅玕瑩。幔卷方池，雨微微、落飛簷影。荷蓋擎萬柄，明粧靚浪，破魚吹鏡。　翠禽並舞，梅風乍起，桃笙微帶新潤。瀟湘舊夢，唤我緑蓑歸興。憑遍闌干，暗自人□，夕陽移下清景。」　次韻雲西午日酒邊作：「連日雨陰天氣凉，大喜午日散晴陽。弱雲紛披薄崑阜，新水汎溢映瀟湘。山中草頭充藥裹，江上酒思愛茶香。回首天涯一懷古，楚人何用我哀傷。」　復孺先生用仲參幕贊《西江月》韻作詞見教，讀之情誼藹然，數語之間，而三十餘年交情世故曲折備盡，三復降歎，僭爾步韻以謝，尚冀改正。友弟錢應庚再拜：「往事俄驚如夢，白頭追感前時。半生辛苦為吟詩，詞筆輸君工致。　世變俱成老大，年來更覺衰遲。通家欲結歲寒期，未必天工無意。」　僕一節從軍吴秀間，近始謁告還家。首辱素翁老師叙勞兵後閒懷，既又調奉草碧詞見遺，以識會合之意，情文悃款，溢於言表，惠至渥也。

輒依芳韻，庸寫下忱，為先施之期謝云：「儒冠不解明韜略，底處是生涯，雲門約。無端寄跡兵戈，蕙帳荒寒怨秋鶴。歲暮且歸來，情如昨。　故人幾度傳心，曾煩手削。門外見仙槎，須停泊。老來歲月無何，乞與刀圭九還藥。三島景長春，尋真樂。」眷晚生邵亨貞頓首九拜。　南金契兄始託交時，與僕俱未弱冠，今乃百年過半矣。暮景相從之樂，世故牽掣，迨今未遂。兵後避地溪濱，復得旦暮握手，慨前跡之易陳，預後期之可擬，不能已於言也。敬借前韻，述懷如左，契弟邵亨貞再拜：「歲寒歸計曾商略，富貴與神仙，辜前約。儒冠已負平生，不羨揚州去騎鶴。蓬鬢老風霜，心如昨。　惟應郢上高才，風斤慣削。相見問行藏，重評泊。無情最是桑榆，那得昌陽引年藥。山水有清音，同行樂。」柔兆涒灘子月十日，書於小溪吟屋。　亂後乍見故人，情文浹甚，老來共談往事，心緒茫然，再賡春草之詞，以索寒梅之笑：「亂離避世無方略，何處可尋幽，須期約。桃源只在人間，争得身輕跨寥鶴。空憶舊歡遊，成今昨。　自憐兵後多愁，吟肩頓削。老病有孤舟，難安泊。殘年但願相依，爾汝忘形縱狂藥。白首待時清，應無樂。」子月既望壬辰，友弟亨貞書於小溪吟屋，實南至前之五日也。　復孺先生自軍中回，予伯氏□□以識會合之喜，因次韻，幸覽之，友弟錢應庚再拜：「折衝尊俎談兵略，還記五湖船，煙波約。東鄰有客歸來，應訝山翁瘦如鶴。問訊舊玄都，今非昨。　當年錦里依稀，青山似削。天地一蘧廬，從栖泊。西園長記前遊，乘興重來，看闌藥。」白首友於情同憂樂。　再韻以謝復孺友兄長，亂後叙舊，不覺重形於言，他日時平，出此楮觀之，當不忘此時之□□，應庚又拜：「故人胸次藏三略，鷗鷺小溪邊，重尋約。千門兵火蕭條，回首華亭有歸鶴。城郭是耶非，傷前昨。　相逢謾説新詩，多君郢削。隨分一枝安，甘依泊。書囊再覩雄文，帷幄忠言，似良藥。」攜手問何時承平，樂子月長，至前書於貞溪一枝安所。　久不見復翁，已劇懷想，近到蒨水北山訪南金，獲覩所寄《臺城路》佳詞，愈重其瞻企，因用韻。留舍親書，或可達左右，欲翁見賤子惓惓之情耳。東郭姻末錢抱素稽首拜呈：「碧雲深凝遥天暮，經年鴈書沈影。雨散梅魂，風醒草夢，還見春回鄉井。花明柳暝，念賈篋香空，謝池詩冷。流水斜陽，舊家那是舊風景。　懷思横泖雅趣，故人吟嘯裏，得意酬領。譜綴臺城，緘傳蒨水，肯把俊遊重省。憑高倚迥，縱老興猶濃，不堪馳騁。隔斷相思，浦潮波萬頃。」　《春草碧》小詞併求斤正：「客牕閒理清商譜，彈到斷腸聲，傷今古。自憐素髮無多，猶記紋疏夜深語。空剩舊時煙，迷南浦。　梨花燕子清明，誰家院宇。没箇好懷情，杯慵舉。天涯行李蕭蕭，還是新老羈旅。那更落花，深紅如雨。」至正乙未春仲十又一日。　寒食後，雨軒獨坐，因讀復孺先生《臺城路》佳詞，草草次韻，以紀一時情景。久不奉謝，殊負吾故人也，併冀恕宥，錢應庚拜：「一庭芳草閒春晝，疎疎弄簾花影。鼓子風喧，苔痕雨濕，還聽蛙聲鳴井。沈吟坐暝，正綺席杯空，蕙爐煙冷。老去無情，好春不減舊芳景。　天涯誰念倦旅，閉門風雨意，獨自禁領。南浦歌長，西堂夢遠，往事不堪追省。滄浪望迥，記那日歸舟，此懷猶騁。莫倚危樓，亂紅愁萬頃。」乙未清明后二日，書於武塘寓舍。（節録自同前書卷九「貞溪諸名勝詞翰」）

一〇　巫峽雲濤石屏志：按夔州，水經巫峽，乃杜宇所鑿，以通江水，峽有三，曰西，曰巫，曰歸，袤七百里。兩岸沓嶂，連崖隱天日。至夏水漲，沿泝阻絶，舟人朝發白帝，暮抵江陵，歷一千二百里，雖萬犇馬不踰其疾也。春冬時，素湍緑濤，涵暉倒景，絶巘懸崖，飛灑瀑布，稱為奇觀。予生未入蜀，徒於志籍慕其形勝之奇，且吴江謝某氏出石屏一，具文，有峰十二，雲影蔽虧如輕練，厓根怪石如犬牙，石罅濺波如馬駛。余因命之曰巫峽雲濤。某既受命，遂謁海内名人作籀文，書石之顔，無幾何日，又以志文請於予。予因有所感也，林中有地，峽外無天，此唐詩人語。今全蜀形勝，越在化外，梯航隔截，峽之所開者四千餘里，雲濤盪激，人虎相半。予雖老，弔古之心，尚思見時平。案山經，勘水志，登岷峨，訪所謂巫山十二，浮薄青雲杪者，直造陽雲顛，尋宋玉所賦之像。回舟泊瞿塘口，觀像馬𡾰，釃酒江流，歌坡仙灩澦辭，某者亦能從予否？果爾歸，視屏文，不在峽矣。至正乙巳春三月十日，會稽抱遺老人楊維禎在雲間小蓬臺，試郭玘墨書。《踏莎行》賦巫峽雲濤：「雪練横空，箭波崩岫，女媧不補蒼冥漏。何年鑿破白雲根，銀河倒瀉驚雷吼。羅帶分香，瓊纖擎酒，鎖魂桃葉煙江口。當時樓上倚闌人，如今恰似青山瘦。」吴興王國器。「煙外斜陽，雲中遠岫，翠眉輕補臙脂漏。見《南朝侍兒録》。迴波都是斷腸聲，斷腸更聽哀猿吼。暮雨凝愁，朝雲滯酒，餘懷遠寄湓江口。世間木石本無情，如何也似離人瘦。」七月之望，曉起試筆，用前韻同賦，蘇大年。……《記巫峽雲濤石屏後》：右吴江謝氏家藏石屏一，文為十二峰，雲氣水勢浮薄，鐵厓楊先生名曰巫峽雲濤，并為志。吾友高彬氏以軸之縹者謁予，言予嘗得耳目之所睹，記有所謂川石屏者，潔若素練，左右木兩章，枝榦參錯，木身微紺，一二采石坡陀際水右，映帶遠岫，若在天外，絶類洪谷子筆。客曰：凡吾所見，有若董北苑、僧巨然、陸道士者。嘻！扶輿清淑之氣被於物，盤礴鬱積，猶足以為文，况形人而備萬物之理，獨不能自文乎？蜀故多美石，九州之名山川，寓形若此類者衆矣，惟其不為賞鑒者所采，往往不世見。是石也，遇其人而又假諸文以傳，玆非其幸與？石韞山川之文，以之而凝巫陽、終南、廬阜，可也。或者以為若董、若巨、若陸者，人假物乎？物假人乎？必有能辨之者。會稽縣文學吳興錢震記。字士修。（節録自同前「謝氏石屏」）

一　一「曉風吹醒蓬窗夢，驚心斷魂潮尾。深髩蕭蕭，秋煙黯黯，殘月漸看西墜。披衣乍起，對萬頃蒼茫，半空飛露，曙色纔分，巫山隱隱埽晴翠。行舟此際競發，歎還吴適楚，盡趨名利。投老襟懷，思鄉情緒，慵賦天涯羈旅。鷗汀雁渚，記仿佛當年，遍經行處。今日披圖，舊遊如夢裏。」余嘗放舟武昌，泛赤壁磯，登黄鶴樓，上巫峽，涉瞿塘之險，於楚江晨夕飽覽奇勝，回首又廿年餘矣。今披此圖，恍若夢寐，追想舊遊，姑譜《齊天樂》詞以寓所慨云。歲癸酉十月望日，夢庵識。（同前書卷十一「燕龍圖《楚江秋曉卷》」）

一二《臺城路》：「黄陵廟下瀟湘浦，依稀少年羈旅。夢澤風生，渚宫花落，收盡峽雲巫雨。長天帶水，正日出三竿，客船猶艤。四望蒼蒼，秋光都在白蘋渚。流年暗驚易度，向畫中空見，舊遊如許。鼓瑟人遥，紉蘭事往，誰折芳馨寄與。消魂凝竚，待收拾閑情，寫成新句。心與鴻飛，空江煙浪裏。」去年秋，友人謝彦起氏為孟敷陳孝廉索賦楚江秋曉詞，久未能成，今日偶過許瀾伯讀書房，時夏雨初霽，軒窗朗澈，因援筆賦此，留瀾伯，歸諸孟敷，殊愧不工也。洪武廿八年孟夏十有一日吴人王燧。（同前書卷十一「燕龍圖《楚江秋曉卷》」）

一三 《氏州第一》調題《楚江秋曉圖》後：「秋色翻霞，開曉閃閃，金烏已動江渚。細感靴紋，平鋪練帶，帆轟船移長水。商旅蟬聯，到認有、南冠行李。卉服巴人，蠻琛洞客，沸來蜂蟻。總翠繁陰交杞梓，應坡坂、豫章風起。寫韻軒楹，祛蚊府靖，玉宇雲綃裏。想燕生、情思喜，蒼涼景、輕摹筆底。一片齊紈，便流芳、千年畫史。」楓江老漁。（同前書卷十一「燕龍圖《楚江秋曉卷》」）

一四 夜雨欲霽，曉煙既泮，則其狀類此。余蓋戲為瀟湘寫千變萬化不可名神奇之趣，非古今畫家者流也。惟是京口翟伯壽，余生平至友，昨豪奪余自秘著色袖卷，盟於天，而後不復力取歸。往歲挂冠神武門，居京口舊廬，以白雪詞寄之，世所謂《念奴嬌》也：「洞天晝永，正中和時候，涼颸初起。羽扇綸巾雲流處，水繞山重雲委。好雨新晴，綺霞明麗，全是丹青戲。豪攘橫卷，誓天應解深秘。留滯字學書林，折腰緣為米，無機涉世。投組歸來欣自肆，目仰雲霄醒醉。論少卑之，家聲接武，月旦評吾子。憑高臨望，桂輪徒共千里。」昨與吴傅朋蜀冷金箋上戲作一幅，比與達功相遇，知亦為此郎奪，因追省此詞，跋於小卷後。舊曾寫寄蔡天任，以《白雪》易其名，舊名可謂惡甚。懶拙道人元暉。（同前書卷十一「米元暉《瀟湘圖》」）

一五 「萬里江天杳靄，一村煙樹微茫。只欠孤篷聽雨，恍如身在瀟湘。淡淡晴山橫霧，茫茫遠水平沙。安得綠簑青笠，往來泛宅浮家。」淳熙辛丑仲夏梁溪尤袤觀於秋浦，予讀賈誼度湘水賦，其言造托湘流之意，悲矣！恨未身到也。今觀米公橫卷，而弔原思賈，使人興懷，愧無健筆以賦也。淳熙辛丑三月上巳日，建袁説友起巖父書於池陽清静寮。（同前「米元暉《瀟湘圖》」）

一六　揚補之《四梅卷》：「漸近青春，試尋紅瑞，經年疎隔。小立風前，恍然初見，情如相識。為伊只欲顛狂，猶自把、芳心愛惜。傳語東君，乞憐愁寂，不須要勒。」「嫩蕊商量，無窮幽思，如對新粧。粉面微紅，檀唇羞啓，忍笑含香。休將春色包藏，抵死地、教人斷腸。莫待開殘，却隨明月，走上回廊。」「粉牆斜搭，被伊勾引，不忘時霎。一夜幽香，惱人無寐，可堪開帀。曉來起看芳叢，只怕裏、危梢欲壓。折向膽缾，移歸芸閣，休薰金鴨。」「目斷南枝，幾回吟繞，長怨開遲。雨浥風欺，雪侵霜妬，却恨離披。欲調商鼎如期，可奈向、騷人自悲。賴有豪端，幻成冰彩，長似芳時。」范端伯要予畫梅四枝，一未開，一欲開，一盛開，一將殘，仍各賦詞一首。畫可信筆，詞難命意，却之不從，勉狥其請，予舊有《柳梢青》十首，亦因梅所作。今再用此聲調，蓋近時喜唱此曲故也。端伯，奕世勳臣之家，了無膏粱氣味。而胸次灑落，筆端敏捷，觀其好尚如許，不問可知其人也。要須亦作四篇，共誇此畫，庶幾衰朽之人，託以俱不泯爾。乾道元年七夕前一日癸丑，丁丑人揚無咎補之書於豫章武寧僧舍。　追和前韻：「懊恨春初，飄零月下，輕離輕隔。重醞梨雲，乍舒椒眼，羞人曾識。已堪索笑巡簷，早準備、憐憐惜惜。莫是溪橋，攙先開却，試馳金勒。」右未開。「姑射論量，漸消冰雪，重試梳粧。欲吐芳心，還羞素臉，猶吝清香。此情到底難藏，悄脉脉、相思寸腸。月轉更深，凌寒等待，更倚西廊。」右欲開。「翠苔輕搭，南枝逗暖，乍收微霎。亂播繁花，快張華宴，繞花千帀。玉堂無限風流，但只欠、些兒雪壓。任選一枝，折歸相伴，繡屏花鴨。」右盛開。「瓊散殘枝，點牕款款，度竹遲遲。欲訴芳情，笛中曾聽，畫裏重披。春移別樹相期，漸老去、何須苦悲。人日酣春，臉霞漬曉，須記當時。」右將殘。補之詞翰稱妙一代，此卷尤佳，其《柳梢青》四詞可以想像當時風致，勉强續貂，以貽好事。丹丘柯九思書於雲容閣，至正元年冬十有一月日南至也。（同前書卷十一）

一七 揚補之《墨梅圖》：「傲雪凌霜，愛他梅蕊，攙借春光。步繞西湖，興餘東閣，可奈詩腸。娟娟月轉迴廊，悄無處、安排暗香。一夜相思，幾枝疎影，落在寒牕。」「雪艷煙痕，又邀春色，來到芳樽。憶昨年時，月移清影，人立黄昏。一番幽思誰論，但永夜、空迷夢魂。繞遍江南，繚牆深院，水郭山村。」「茅舍疎籬，半飄殘雪，斜卧低枝。可更相宜，煙藏修竹，月在寒溪。亭亭佇立移時，判瘦損、無妨為伊。誰賦才情，畫成幽思，寫入新詩。」「月墮霜飛，隔牕疎瘦，微見横枝。不道寒香，解隨羌管，吹到簾幃。箇中風味誰知，睡乍起、烏雲任攲。嚼蕊挼英，淺顰低笑，酒半醒時。」「月轉牆東，幾枝寒影，一點香風。清不成眠，醉憑詩興，起繞珍叢。平生秖箇情鍾，漸老矣、無愁可供。最是難忘，倚樓人在，横笛聲（脱『中』字）。」「玉骨冰肌，為誰偏好，特地相宜。一段風流，廣平休賦，和靖無詩。倚牕睡起春遲，困無力、菱花笑窺。嚼蕊吹香，眉心點字，鬢畔簪時。」「為愛冰姿，畫看不足，吟看不足。已恨春殘，可堪雪裏，飛英相逐。秖應標格孤高，似羞對、妖紅媚緑。藏白收香，放他桃李，漫山麄俗。」「水曲山傍，寒梢冷蕊，隱映修篁。細細吹香，疎疎沉影，惱斷回腸。為誰駐馬横塘，漫立盡、煙村夕陽。空裊吟鞭，幾多詩句，不入思量。」「天賦風流，想時宜稱，着處清幽。雪月光中，煙溪影裏，松竹梢頭。生憎人在高樓，羌篴怨、驚催夢秋。不道明朝，半隨風雨，半逐波流。」「屋角牆隅，占寬閒地，種兩三株。淡月微雲，嫩寒清曉，香徹庭除。羣芳欲比何如，膠儒豈、膏粱共途。因事順心，為花修史，須紀中書。」右《柳梢青》十首，平生與梅有緣，既畫之，又賦之，自樂如此，不知觀者以為如何也。然老境對花，時一歌之，豈欲投他人耳目？非知音者，不可以示也。無咎。　余數年前因康節庵作墨梅，曾題長句曰：「逃禪祖花光，何其韻致之清麗；閑庵紹逃禪，何其蕭散之布置。回觀玉面而鼠須，已自工夫欠精緻。枝枝例作鹿角曲，生意由來端若爾。第傳正印有由自，捨此的傳皆妄耳。僧定花工枝則粗，夢良意到花則未。女中却有鮑夫人，能守師繩不輕墜。可憐聞名未識面，更有江西畢公濟。季衡醜俗惡札祖，弊到雪篷濫觴矣。所謂二王無臣法，多少東鄰效西子。此中有秘豈莫傳，要以眼力求其旨。枝分三疊墨濃淡，花有正背多般蕊。須分七出蒂則三，點眼名椒梢鼠尾。夫君已自悟筌蹄，曾説偈言吾亦贅。誰家屏障得君畫，更以吾詩疏其底。」此詩之作，謂學梅江西止爾，初不知禹功之能也。今觀悟悦賢師所藏，徐禹功之作，蓋於諸人之外，最得逃禪之體者。惜於前未聞，知後人吟更清，豈可少之？然禹功不自標名氏，第曰辛酉人，不知淳熙前辛酉，或是慶元後辛酉也。逃禪生於紹聖之丁丑，没於乾道之己丑。禹功云得之面授，受之法，其淳熙辛丑人，及逃禪之終，已年八十八歲。其何五六十年間，愛尚如予，未之知若人哉！　區區古今人物，名氏不得彰聞者有矣。片紙尺縉，儻未敗腐，知音者存，於是重加三歎。慧辯清對，茶罷，短燭未殘，為書此。寶祐丁巳孟夏甲子，趙孟堅子固書於善住方丈之西室。　自識禹功所畫，其年冬，又識江右譚季蕭花頭畫，如鮑安人亦工枝梢，不清暢耳，遠勝劉夢良也。劉有名，流落江湖間，禹功、季蕭得罕聞，雖予前曾以詩述逃禪宗派，未及二君，世間有藝學，不得聞於人者，何既哉？丁丑冬望日，子固又記。「牆角孤根，株身纖小，嬌羞無力。蟹眼微紅，粉容未露，不禁春色。待東君汩没芳姿，漸迤邐、檀心未折。緩步回廊，黄昏月淡，那時相得。」至正戊子冬，孟竹莊梅已蓓蕾，因賦《柳梢青》詞，而明遠適來，索予作，故寫梅就書之。竹莊人吴瓘瑩之。「籬根玉瘦兩三枝，為繞吟香夜不歸。安得密林千畝月，仰眠吹笛看花飛。」滄齋高儀父。「面目冰霜，逃禪正派，只讓花光。怪底徐卿，為渠描貌，縈損柔腸。有誰步屧長廊，更折竹、聲中吹細香。酒半醒時，雪晴寒夜，月上西牕。」貞居。墨戲之作，蓋士大夫詞翰之餘，適一時之興趣，與夫評畫之流大有寥廓。梅與竹，自石室先生、花光大士發揚妙用，時所崇尚者衆。逃禪老人變黑為白，自成一家，後人雖云祖述，巧以形似，流連忘返，漸近評畫。寫生務求逼真，嘗觀陳簡齋《墨梅》詩云：「意足不求顔色似，前身相馬九方皋。」此真知畫者也。歷百年後，唯彝齋先生有題已作云：「逃禪一派流入浙西，唯趙子固繼而嗣之。」又題云：「試欲自由，又從法度，及守繩規，齟齬無取。」武林唐明遠持子固梅求聯，子固題識，詩中備詳家數，信乎古人之作，命意豈苟然哉？吾鄉達竹莊人得逃禪鼎中一臠，咀之嚼之，壓之飫之，深有所得。寫竹外一枝，索拙作，繼和，余自弱歲遊於硯池，嗜好成癖，至老無倦。年入從心，極力不能追古人驥尾之萬一，自笑東鄰之效顰醜矣。莊子曰：「朝菌不知晦朔，蟪蛄不知春秋，豈可執冰寒而語夏蟲者哉？」後之覽者，得無誚焉。至正八年冬十月，梅花道人吴鎮仲圭。「逃禪親授寫梅法，二百年來徐禹功。竹外一枝清絕處，孤山風雪夜濛濛。」余之作梅，聊自吟嘯，豈在悦人心目？適明遠求作，寫一枝以贈之。今置之禹功卷後，何堪依附？古人且云欲道其出處，而圭翁已自序之，何用贅疣？故一詩以後題之。吴瓘瑩之。（同前）

一八　大德六年十一月望日，為錢德鈞作，子昂。後一日德鈞持此圖見示，則已裝成軸矣。一時信手塗抹，乃過辱珍重如此，極令人慙愧。子昂題。……《菩薩蠻》：「當年圖畫知何處，如今身向滄洲住。吾亦愛吾廬，芸牕幾卷書。青山天際小，目送飛鴻杳。試問釣魚船，蘆花淺水邊。」學子陸祖允敬題。（節録自同前書卷十二「水村圖」）

一九　予遊淮水，來吴，會客於季道陸翰林之宇下，近十年，知其别墅在淞江之南、汾湖之東，欲往來，未能。每思寬閒寂寞之濱，得與鱸鄉蟹舍隣接，庶城市委巷偪仄之懷有所託以紓焉。季道悉予志，為卜築於其别墅之傍，至則聚書其中以自怡悦。屋前流水清澈鑒毛髮，居人類汲以飲。時有鷗鳥舞而下，若相忘於江湖，可取以玩也。異時子昂趙集賢為作《水村圖》，林樾蔭乎茅屋，略彴横乎荒灣，秋風鴻鴈夕陽，網罟短棹延緣葦間，不聞拏音。迹其意匠，圖寫於大德壬寅，迄延祐甲寅，十有四年。景物處所宛然，不異於今所居，事固有不相期而相符若是者。季道泛舟往來吾廬，手叢書一編，筆牀茶竈之風流故在，明月之夜，共載以遊。撫清絶之區，得詠歌之趣，或能追皮、陸清事，可乎？噫！余老矣，方將卷書學釣，容與於煙波之上，而為之歌曰：「舟摇摇兮風嫋嫋兮，波鱗鱗兮鷗翩翩兮，扣舷漁歌兮孰知其他兮。」歌已，遂書為《水村隱居記》。延祐乙卯季夏望日，通川錢重鼎記。

「四野漫漫水接天，孤村林木似凝煙。莫言此地無車馬，自是高人遠市塵。」學生哲理臺謹書。「草草三間屋，愛竹旋添栽。碧紗窗户，眼前都是翠雲堆。一月山翁不出，連雪水村清泠，木落遠山開。惟有平安信，留得伴寒梅。　唤家童，開門看，有誰來。客來一笑，清話煮茗更傳杯。有客只愁無酒，有酒又愁無客，酒熟且徘徊。明日人間事，天自有安排。」「汾湖新卜築，適與此詞同。如今不是畫，真在水村中。」延祐丙辰十一月十有一日，郭麟孫題。（同前「水村隱居記」）

二〇　「長愛秦郎絶妙詞，荒凉暗合輞川詩。斜陽萬點寒鴉處，流水孤村又一奇。」丙午清明羅志仁題。（同前「水村圖賦」）

二一　「吴中水為鄉，人與鳧鷖共居處。年年黄梅少時雨，農不田疇占洲渚。鄉風用鋤不用犁，築塍踏車兒女妻。農家辛苦亦復樂，高低兩頭黄犢角。自愛茅簷暖，莫厭社酒薄，擊鼓賽神卜東作。飯牛何必歌，漁蓑尚可著。十年種樹樹滿村，明年養蠶蠶百箔。」延祐丙辰偶賦此，十月七日訪湖天學士，遂到水村先生寓居，煙水蒼茫間，適與此詩相似，俾書，龔璛。「寒煙漠漠鎖荒村，日暮帆歸浦漵昏。颯颯秋風鳴老樹，娟娟流水繞柴門。平沙雁起聲如寂，斷岸罾懸影若翻。要問先生得真趣，玩圖嘿默復何言。」真定門生王鈞謹題。「翰林妙寫溪村趣，茅屋知何處。溪翁想像住溪灣，一笑如今家在畫圖間。　西風門掩蘆花漵，聊與漁家伍。人間不信有張翰，剪取吴淞空向卷中看。」延祐丁巳中秋日，德鈞携此卷，俾書小詞，為題《虞美人》一闋。湯彌昌師言。（同前「水村歌」）

二二　《依緑軒記》：季道為甫里賢子孫，予久客其門，束書相隨於分湖，予居其第宅東，偏池上駕屋亢爽，扁「依緑」，俾二三子於焉澄懷滌慮，誦詩讀書。暇日倚闌俯瞰，魚行鏡中無遯形，天寒水落，石嶄然離列，其涯可坐而釣，其流清澈滉瀁，非斷港絶潢，居然有濠濮之想。予嘗獨立蒼茫，欲窮水脉之所自來，第見短蓬拂蘆葦叢，往來煙波之上，若鳧鷺然，悠悠乎不知其所之。中秋雨歇，夕陽依依，季道謂予曰：「此距分湖數里，子能共載以遊否？」遂呼輕舟泛中流，雲破月出，水月上下輝燭，照徹肝膽，徘徊者久之。東望檇李，渺然有無間。分湖水之半舒舒焉，西南向趨第宅之傍，不為湖所吞而資其所潤，故其積停者得以為沼，為沚，演迤於闌檻之下而不去，岐而東西以逝者，其為澤？抑為川乎？然觀水有術，必觀其瀾者，非耶？二三子睇流動而得其固有之智，詠淪漪而得其自然之文，因盈科而後進，悟成章而達，未必不為藏修遊息之一助，某水某山，童子釣遊，云乎哉！予老學落，不工於文，祇紀其勝，為季道言之，曰：「子之言不虛。」其書為記。延祐二年正月望日，通川錢重鼎記。《小重山》：「楊柳絲絲兩岸風，前村溪路遠，小橋通。人家依約水西東，舟一葉，移過葦花叢。清景迥涵空，好山清未了，暮雲重。是誰驚起幾征鴻，天然趣却在，畫圖中。」合肥東從周。……《祝英臺近》：「染秋雲，圖澤國，野趣入遊戲。能事何須，五日畫一水。重重楊柳陂塘，茅茨籬落，艫鄉外、西風漁計。晚煙霽，有客乘扁舟，延緣度疎葦。欲訪幽居，宛在碧溪尾。浩然目送飛鴻，醉歌款乃，溪光裏，亂山横翠。」湯彌昌敬題。（節録自同前）

二三　王叔明畫《憶秦娥》詞意：余觀《邵氏聞見録》，宋南渡後，汴京故老呼妓於廢圃中飲，歌太白《秦樓月》一闋，坐中皆悲感，莫能仰視。良由此詞乃北方懷古，故遺老易垂泣也。余亦嘗填《憶秦娥》一闋，以道南方懷古之意：「花如雪，東風夜埽蘇堤月。蘇堤月，香鎖南國，幾迴圓缺。錢唐江上潮聲歇，江邊楊柳誰攀折。誰攀折，西陵渡口，古今離別。」自太白創此曲之後，繼踵者甚衆，不過花間月下男女悲歡之情，就中能道者，惟有：「花蹊側，秦樓夜訪金釵客。金釵客，江梅風韻，海棠顔色。尊前醉倒君休惜，不成去後空相憶。空相憶，山長水遠，幾時來得。」自完顔洽中土，其歌曲皆淫哇喋㜸之音，能歌《憶秦娥》者甚少。有能歌者求余畫，故為畫此詞之意。王蒙。（同前書卷十三）

二四 「樓據吴山，背倚高寒，塵飛不到。越山相對，老月騰輝。羣動息、獨坐清分沆瀣，更滿聽潮聲澎湃。醉裏詩成神鬼泣，景蒼凉、又在新詩外。疎籟引，浩歌快。憑誰妙筆能圖繪，羨中郎、前身摩詰，宛然心會。拈出清宵無限意，半幅溪藤光快。方信有、人間仙界。雲淡天低奇絶處，笑僧殊未識丹青在。留此軸，誇千載。」廬陵李震敬題。（同前「高尚書《夜山圖》」）

二五 高尚書，字彦敬，西域人。早仕省郎，有能名，出為江浙省左右司郎中。能畫山水詩，甚有唐人意度，作樂府，止記得兩句，曰：「吴山青，越山青，兩岸青山相送迎。」又記得絶句曰：「無限飛紅隨馬足，春光更比路人忙。」其作山水，人家多有之，珍藏什襲，其價甚高，為大元能畫者第一。青山白雲，甚有遠致。業儒，瀟灑，戴包巾，著長袍，為刑部尚書。其言：「子不得證父，妻不得證夫，奴不得訐主，此乃綱常正道也。」至今著為令格，真乃國家養成，傳之千古。今見青山白雲一軸，士熙晚生後輩，延祐四年封贈尚書，士熙實當筆，後為浙東廉使。其子名桓，為紹興路同知。以尚書文集請予作序，催取，為南臺侍御行急，不曾作得序文。高同知今在何處，其人病弱，不能世其家，可歎也哉：「吴山重疊粉團高，有客晨興灑墨毫。百兩真珠難買得，越峰壓倒湧金濤。」中奉大夫、江南諸道行御史臺侍御史，東平王士熙頓首謹題。（同前「高房山畫」）

二六 黄大癡畫卷：此是僕數年前寓平江光孝寺，陸明本將佳紙二幅，用大陀石硯、郭忠厚墨，一時信手作之。此紙未畢，已為好事者取去，今復為世長所得。至正四年十月來溪上，足其意。時年七十有六，是歲十一月哉生明識。「青山不趁江流去，數點翠收林際雨。漁屋遠糢糊，煙村半有無。大癡飛醉墨，秋與天争碧。浄洗綺羅塵，一巢棲亂雲。」調寄《菩薩蠻》，筠庵王國器題。（同前書卷十四）

二七 倪雲林倣高房山山水：無錫王容溪先生嘗賦《如夢令》云：「林上一溪春水，林下數峰嵐翠。中有隱居人，茅屋數間而已。無事，無事，石上坐看雲起。」高房山嘗繪之為圖。貞居詩曰：「歌此芙蓉窈窕章，山陰茅宇日凄凉。不是筆端天與巧，誰割雲山與侍郎。」今已亡矣。予戲用其意為圖贈仲冕，辛亥春，倪瓚。余謝病將還小隴，謁梁侍郎、顧先生祠，就宿寶雲禪舍。是夕，王仲冕相與論心，久之而去。明日，過冕，見先友倪幼霞所畫，且獲觀王容溪、張貞居二公詩詞，還冕，徵賦，芃村亦為長短句一闋，衰憊之餘，一時清興，殊灑然也：「簷聳數株松子，村繞一灣芃米。鷗外逈聞雞，望望雲山煙水。多此，多此，酒進玉盤雙鯉。」梧溪老人王逢，時年六十有五。（同前）

二八　王叔明《聽雨樓圖卷》：聽雨樓，玉雪坡篆。　至正廿五年四月廿七日，黄鶴山人王叔明於盧生聽雨樓中畫。生名恒，字士恒，時東海雲林生同在此樓。……「少年聽雨歌樓上，銀燭昏羅帳。壯年聽雨客舟中，天闊雲低，斷雁叫西風。　而今聽雨僧廬下，鬢已星星也。悲歡離合總無情，一任空階點滴到天明。」右竹山先生所賦之詞，予偶獲觀此卷，因舉是詞，成甫俾書卷末。夫聽雨，一也，而詞中所云不同如此。蓋同者，耳也；不同者，心也。心之所發，情也；情之遇於景、接於物，其感有不同。成甫中年人，有樓聽雨，吾意其與在僧廬之下者同其情。成甫乃曰：「吾聽雨，吾知在吾之樓而已。」遂書。竹山姓蔣，名捷，字勝慾，義興人。卷中諸先輩之先輩，詞之腔，《虞美人》也。韓奕。（節録自同前書卷十五）

二九　韓奕，字公望，吴之良醫也。好與名僧遊，所云蔣竹山者，則義興蔣氏也，以宋詞名世。其清新雅麗，雖周美成、張玉田不能過焉。（同前「聽雨樓諸賢記」）

三〇　王彦强《破牕風雨卷》：破牕風雨，古田。……破牕風雨敬為性初徵君賦：「潤逼疎櫺，寒侵芳袂，梨花寂寞重門閉。檢書剪燭話巴山，秋池回首人千里。　記得彭城，逍遥堂裏，樹林夢破簷聲碎。林鳩呼我出華胥，恍然枕石聽流水。」右《踏莎行》，吴興王國器。「簷宿吴雲，風經楚袂，門深不似春宵閉。碧疏吹霤濕燈花，客鄉無夢尋珂里。　剪韭吟邊，聽潮浪裏，江懸漏杳歸心碎。相思鳩外緑簑寒，一簾蕉響秋如水。」吴興張翼用前韻。《破牕風雨記》：大名劉聘君遭世難，走楚越間，居無室宇，所至即浮屠老子之宫而假寓焉。每風雨連夕，鐙牕獨坐，韋編相對，誦讀之聲琅然與風雨相協，瀟瀟湝湝，若環珮之鏘、絲竹之沸，發乎簷牙，接於人耳。於以見君之學之勤，而志之有志也。翰林直學士汪公叔志過而賢之，名其所寓曰破牕風雨，而謁記於薊人李繹。繹知君者也，為言曰：卑宫惡室，人之所惡，所不處也。而君於牖户之間，研覃經籍，如居層軒高棟，然則其志可尚矣。凄風苦雨，人之所厭，所不願也。而君於陰晦之時，吟詠篇章，如遇光風霽月。然則其守，又可嘉矣。抑聞昔人有以席為門，而處窮厄者終能佐明主以定天下，君之志，其斯之志歟？又聞有大雪僵卧而不干人者，終能配往哲以垂令名，君之守，其斯之守歟？由是窮而能達，嗇而能豐，鄉也蓬室環堵以栖遲，今則朱門大第以容與，豈非耽學篤志之驗、窮經稽古之力耶？坐有客作而前曰：「子之言足以復劉君矣。」遂書以遺之。君名易，字性初，今寓吴興，魏之貴宦仍以君之祖父為稱首云。至正二十有三年龍集癸卯冬十二月朔旦記。……「草帶殘編，荷衣斷袂，破牕風雨深深閉。江南倦客正思家，燈花摇夢來鄉里。翠竹簷前，碧蕉叢裏，秋聲鬭合愁心碎。不教潘鬢總成霜，也應有淚如鉛水。」金絅和《踏莎行》。（節録自同前）

三一 《寫情集》一本。《審齋樂府》一本。《碧仙新稿》一本。《元板太平樂》府三本，又四本。《蓮詞》二本。《百家詞》四本。《海野老人詞》一本。《碧山樂府》一本。《套數詞選》一本。《立齋詞》一本。《花間集》一本。《南峰樂府》等三書一本。《詞林選勝》三本。《詩餘謾記》一本。《玉川詞》一本。《詞選》一本。《名賢詞府》二本。《張小山小令》一本。《南唐二主長短句》一本。《東坡詞》一本。《李易安詞》一本。《樂府雅詞》四本。

《絶妙好詞》一本。《滑稽餘韻》一本。《續草堂詩餘》一本。《金縷》等集一本。《章堂餘意》一本。《可雪遺稿》一本。《蚓竅清娱》一本。《王舜耕詞》三本。《草堂餘(當脱「意」字)》一本。《王西樓樂府》一本。《聽雨齋小詞》一本。《石門樂府》一本。《辛稼軒詞》一本。《中州樂府》一本。《唐詞記》三本。《填詞》一本。《風雅遺音》一本。《雲莊樂府》一本。《太平樂府》。《精選樂府》、《月香小詞》共一本。《梨雪寄傲》一本。《新詞樂府》一本。《秋碧樂府》一本。《詩餘圖譜》四本。胡元(當脱「任」字)《草堂詩餘》一本。《花草粹編》六本。《詞調元龜》六本。《詞林萬選》一本。《張子野詞》一本。《晁氏琴起外編》一本。《姑溪詞》一本。《柳屯田樂章集》一本。《餘清集》一本。《花間雅什》一本。《樂府遺音》一本。《存齋樂府遺音》一本。《雲林清賞》一本。《梅苑》二本。《山堂詞稿》四本。《草堂詩餘續集》四本。《升庵詞品》一本。《詞林萬選》一本。(《脈望館書目》「詞類・集」)

吴承恩詞話

吴承恩，字汝忠，號射陽山人，淮安山陽（今江蘇）人。失志科場，嘉靖中歲貢生，仕長興縣丞。所著有《射陽先生存藁》、《禹鼎志》、《西遊記》。又編《花草新編》五卷，存上海圖書館，藍格抄本，缺卷一、卷二，有朱墨筆批校，此據以録詞話三十一則。

一　毛文錫《接賢賓》「香韉鏤襜五花驄」：唐詩「遺却珊瑚鞭，白馬驕不行」。（《花草新編》卷三「中調」）

二　鄧光薦《唐多令》「雨過水明霞」：鄧中齋光薦，宋室遺民，耻居元代，故其詞凄凉掩抑，有身世之悲。（同前）

三 陸務觀《釵頭鳳》「紅酥手」：滕，音滕，囊也。黄縢酒，蓋宫醖。唐司空圖題休休亭楹云：「休休，莫莫莫。」放翁初娶唐氏，甚相得，而唐弗獲於其姑，竟至離絶，蓋人倫之變也。唐後改適宗子士程，嘗以春日出遊，相遇於沈氏園，唐以語趙，遣致肴酒，翁悵然久之，因賦此詞。晚歲復賦四絶云：「夢斷香銷四十年，沈園柳老不飛綿。此身行作稽山土，猶弔遺蹤一悵然。」「城上斜陽畫角哀，沈園無復舊池臺。傷心橋下春波緑，曾是驚鴻照影來。」「路近城南已怕行，沈家園裏更傷情。香穿客袖梅花在，緑蘸寺橋春水生。」「城南小陌又逢春，只見梅花不見人。玉骨久成泉下土，墨痕猶鎖壁間塵。」蓋終身不能忘云，詳見《齊東野語》。（同前）

四 盧女郎《蝶戀花》「蜀道青天烟靄翳」：宋天聖中，蜀路泥溪驛有女郎盧氏隨父往漢州作縣令，替歸，作此詞題於驛壁，其序略云：「登山臨水，不廢於謳吟；易羽移商，聊舒於羈思。」後之覽者，無以婦人竊弄翰墨為罪云。（同前）

五 賀方回《青玉案》「凌波不過横塘路」：方回本右列，以薦得换文資，其長短句盛為前輩所賞。黄山谷詩云：「解道江南腸斷句，只今惟有賀方回。」人可知矣，此詞末後三言六義中比也。（同前）

六 無名氏《青玉案》「年年社日停針線」：唐張籍吴楚歌辭：「今朝社日停針線，起向朱櫻樹下行。」（同前）

七 晁無咎《下水船》「上客驪駒至」：《復齋漫録》云：元豐己未廖明略、晁無咎同登科，明略有所歡田氏，殊麗也。一日，明略約無咎晨遊田館，田遽起，對鏡理髮，且盼且語，草草粧掠，以與客對。無

咎礙於明略有意，莫能傳也，遂賦詞云。此詞一段麗情，描寫殆盡。（同前）

八　于國寶《風入松》「一春長費買花錢」：太學生于國寶題此詞於酒家屏上，上皇見而賞之，謂殘酒酸氣，為改「重扶殘醉」，遂釋褐。（同前）

九　孫巨源《河滿子》「悵望浮生急景」：盧綸詩：「黄葉無風自落，秋雲不雨空陰。」李賀詩：「天若有情天亦老。」（同前）

一〇　柳耆卿《憶帝京》「薄衾小枕凉天氣」：孟東野《悼幼子》詩云：「負我十年恩，欠爾千行淚。」（同前）

一一　周美成《紅林檎近》「蹙繡圈金」：洪野處《夷堅志》極賞此詞，方之柳七，更覺風措也。唐詩：「密約臨行怯」。（同前）

一二　柳耆卿《尾犯》「夜雨滴空堦」：陰鏗詩：「夜雨滴空堦」。（同前書卷四「長調」）

一三　周美成《六么令》「快風收雨」：梁武帝《襄陽歌》「大堤諸女兒，花豔驚郎目。」（同前）

一四　崔清獻《水調歌頭》「萬里雲間戍」：宋崔清獻公與之當寧宗朝，久帥蜀部，著績宣勞多矣。歲晚思歸，作此見志。其經制金人，丹心炯炯，自方充國貞，無媿也。（同前）

一五　元遺山《水調歌頭》「牛羊散平野」：此詞始言漢高，終及石勒，興亡之感，巨細一揆也。（同前）

一六　柳耆卿《塞孤》「一聲雞」：唐賈島詩：「主人燈下别，羸馬月中行。」（同前）

一七　李易安《聲聲慢》「尋尋覓覓」：易安此詞首起十四疊字，超然筆墨蹊徑之外，豈特閨幃，士林中不多見也。（同前）

一八　柳耆卿《八聲甘州》「對瀟瀟暮雨灑江天」：《侯鯖録》載東坡語：世云言柳耆卿曲俗，非也，如《八聲甘州》云：「霜風凄緊，關河冷落，殘照當樓。」此語於詩句，不減唐人高處。（同前）

一九　東坡《念奴嬌》「大江東去」：諸葛亮《黄牛廟記》云：「怪石穿空，驚濤拍岸。」東坡此詞膾炙今古，元人選十二曲，此為第一。但兩闋不過百字，而「江」字、「人」字俱三見，「故」字、「國」字、「千」字、「一」字、「如」字、「多」字俱兩見。因以「物」、「壁」與「雪」、「傑」同押，俱非律令。蓋公信筆長驅，不暇點檢，如《赤壁賦》云「一葉扁舟」，又云「一葦所如」，所謂柳下惠則可者，非坡儔，不宜爾也。（同前）

二〇　謝勉仲《石州慢》「日脚斜明」：「暖」疑作「晚」。（暖來微雨）　又：「凝」疑作「魂」。（回首一銷凝）（同前）

二一　李漢老《念奴嬌》「素光練净」：唐崔魯《華清宫》詩：「横玉叫雲天似水，滿空霜逐一聲飛。」（同前）

二二　蔣勝欲《金盞子》「練月縈窓夢乍醒」：自「猶記」至「芳汗」中有誤處，小字該是韻脚。（猶記杳櫳煖，銀燭下、纖影卸佩鸞。春渦暈，紅豆小，鶯衣嫩，珠痕澹印芳汗。）（同前書卷五「長調」）

二三　柳耆卿《雨霖鈴》「寒蟬凄切」：元人選詞，此居十大曲之一。（同前）

二四　馬莊父《歸朝歡》「聽得提壺沽美酒」：李長吉詩：「小槽酒滴真珠紅。」（同前）

二五　柳耆卿《歸朝歡》「别岸扁舟三兩隻」：南塘（當作唐）韓熙載詩：「不如歸去來，江南有人憶。」（同前）

二六　蔣勝欲《齊天樂》「銀蟾飛到觚稜外」：「侍迎」句落一字。（侍迎鑾）又：「虔」字誤，該是韻脚。（萬里發虔）（同前）

二七　周美成《風流子》「新緑小池塘」：樂府：「盤龍明鏡餉秦嘉，辟惡生香寄韓壽。」（同前）

二八　辛棄疾《賀新郎》「鳳尾龍香撥」：元微之《連昌宫詞》：「夜半月高絃素鳴，賀老琵琶定場屋。」（同前）

二九　辛棄疾《賀新郎》「緑樹聽啼鴂」：詩：「燕燕于飛，參差其羽。之子於歸，遠送於野。」鄭氏云：「燕燕，送歸妾也。」（同前）

三〇　晁無咎《摸魚兒》「買陂塘」：花庵詞客：晁無咎《摸魚兒》真能道急流勇退之意，真西山極愛賞之。（同前）

三一　張仲舉《六州歌頭》「孤山歲晚」：「苔」上落一字。（苔枝上）（同前）

顧起元著輯詞話

顧起元（一五六五—一六二八），字太初，一作璘初、鄰初，號遯園居士，江寧（今江蘇南京）人。萬曆二十六年會試第一人，殿試一甲三名。由編修累官國子監祭酒、吏部左侍郎兼翰林院侍讀學士。退居遯園，七征不起。居家絶跡公府，學識淵博，著作精核，卒謚文莊。所著有《寒松齋稿》、《歸鴻館稿》、《武陵稿》、《嬾真草堂集》、《熱庵日録》、《金陵古金石考》、《説略》、《客座贅語》、《顧氏小史》等。《客座贅語》十卷，萬曆丁巳自序云頃年多愁多病，客之常在座者，知生平好訪求桑梓間故事，則争語往跡近聞以相娱，時命侍者筆之，既成帙，因命之曰《客座贅語》。是書所記皆南京故實及諸襍事，可補志乘之闕，亦多神怪瑣屑之語。《説略》三十卷，雜採説部，所採大抵多出自本書，不由販鬻。此據《續修四庫全書》影印明萬曆四十六年刻本《客座贅語》、早稻田大學藏明萬曆癸丑刻本《説略》、《四庫禁毁書叢刊補編》影印明萬曆四十六年刻本《嬾真草堂集》録詞話四十八則。

一　陳公善謔録：陳鐸為指揮，善詞曲，又善謔。常居京師，戲作月令，惟記其二月下云：「是月也，壁蝨出溝中。臭氣上騰，妓韡化為鞋。」最善形容，「化為鞋」，更可笑也。（《客座贅語》卷三）

二　大樂：余兩典南雍，三奉丁祭，見所奏樂舞頗詳，諸器實無有不奏者，俗言琴瑟之類皆徒設，殊不然也。第所奏音律多弗克諧，疇人子弟，庸妄羽流，實不曉鍾吕為何物。因憶宋姜夔《大樂議》言大樂之弊，考擊失宜，消息未盡。至於歌詩，則一句而鍾四擊，一字而竽一吹，未協古人槁木貫珠之意。況樂工苟焉占籍，擊鐘磬者不知聲，吹匏竹者不知穴，操琴瑟者不知絃，同奏則動手不均，迭奏則發聲不屬，校之今日，如持左券。國朝樂學最為失傳，端冕而聽，恐卧，宜矣。（同前書卷四）

三　歌章色：教坊頓仁，曾於正德中隨駕至北京，工於音律，於《中原音韻》、《瓊林雅韻》終年不去手，於開口閉口，與四聲陰陽字皆不誤。常云：南曲中如「雨歇梅花」，《吕蒙正》内「紅妝豔質」，《王祥》内「夏日炎炎」，《殺狗》内「千紅百翠」，此等謂之慢詞，教坊不隸。琵琶箏色，乃歌章色所肄習者，南京教坊歌章色久無人，此曲都不傳矣。何柘湖嘗令仁以《伯喈》一二曲教絃索，仁云：《伯喈》曲某都唱得，但此等皆是後人依腔按字打將出來，正如善吹笛管者，聽人唱曲，依腔吹出，謂之唱調。然不按譜，終不入律，況絃索九宫之曲，或用滚絃、花和、大和、釤絃，皆有定則，故新曲要度入亦易。若南九宫，原不入調，間有之，只是小令。苟大套數，既無定則可依，而以意彈出，如何得是？且笛管稍長短，其聲便可就板，絃索若多一彈，或少一彈，則𠆩板矣，其可率意為之哉？（同前書卷五）

四 圍中長短句：李後主在圍中，猶作長短句，未就而城破。其詞云：「櫻桃落盡春歸去，蝶翻金粉雙飛。子規啼月小樓西，曲闌珠箔，惆悵卷金泥。門巷寂寥人去後，望殘煙，柳低迷。」嘗見殘稿，點染晦昧，心方危窘，意不在書耳。此出《西清詩話》。當時江南被圍，自開寶七年十一月，至八年十一月二十七日城破，宋祖令吕龜祥詣金陵，籍煜圖書赴闕下，得六萬餘卷，其為後主與黄保儀聚焚者，又不知幾許也。後主之好文如此，故非庸主。其詞是《臨江仙》調，凄婉有致。（同前）

五 警世詞餘：徐子仁嘗作警世曲，調《對玉環帶清江引》，曰：「極品隨朝，誰似倪宫保。萬貫纏腰，誰似姚三老。富貴不堅牢，達人須自曉。蘭蕙蓬蒿，到頭終是草。鸞鳳鴟鴞，到頭終是鳥。北邙道兒人怎逃，及早尋歡樂。縱飲十萬場，大唱三千套，無常到來還是少。」其二「暮鼓晨鐘，聒得咱耳聾。春燕秋鴻，看得咱眼朦。猶記做頑童，俄然成老翁。休逞姿容，難逃青鏡中。休逞英雄，都歸黄土中。算來不如閒打哄，枉把機關弄。跳出麵糊盆，打破酸虀甕，誰是惺惺誰蒙懂。」其三「春去春來，朱顔容易改。花落花開，白頭空自哀。世事等浮埃，光陰如過客。休慕雲臺，功名安在哉。休訪蓬萊，神仙安在哉。清閒兩字錢難買，何苦深拘礙。只恁過百年，便是超三界，此外別無閒計策。」其三「禮拜彌陀，也難憑信他。懼怕閻羅，也難迴避他。世事枉奔波，回頭方是可。口若懸河，不如牢閉著。手慣揮戈，不如牢袖着。越不聰明越快活，省了些閒災禍。家私那用多，官職何須大，我笑別

人人笑我。」其四（同前書卷六）

六　海浮贈曲：馮海浮贈許石城先生曲。《一枝花》：「跡雖羈天壤間，心只在羲皇上。客常來談藝圃，塵不到草玄堂。二十年衣錦還鄉，居帝里，山河壯，荷皇圖，氣運昌。且休提，仰泰山北斗齊名，單只看，震春雷、南宮放榜。」《梁州》：「想當時，冠羣英，賢科第一；到如今，抱孤貞，國士無雙。老山濤到底留清望，空只有松筠節操，更不樹桃李門牆。玩一會蜉蝣世界，笑一會傀儡排場。起甲第，休看做許、史、金、張。論詞華，並不數盧、駱、王、楊。有時節，千仞岡，高整雲衣；有時節，七里灘，輕移雪舫；有時節，百花潭，滿引霞觴。再休提，你長我長。閒刁搔，不把在心頭放。聖明君，賢良相，四海昇平振紀綱，醉也何妨。」《尾》：「望長江萬頃掀銀浪，對鐘山一帶排青嶂，滿金陵勝蹟供遊賞。任烏兔且忙，喜豐神且康，看春草庭前歲應長。」此詞高華佚蕩，誦之使人有天際真人想，故與先生之生平稱也。（同前）

七　髯仙秋碧聯句：黄琳美之元宵宴集富文堂，大呼角伎，集樂人賞之，徐子仁、陳大聲二公稱上客，美之曰：「今日佳會，舊詞非所用也，請二公聯句，即命工度諸絃索，何如？」於是子仁與大聲揮翰聯句，甫畢一調，即令工肄習，既成，合而奏之，至今傳為勝事。子仁七十時，於快園麗藻堂開宴，妓女百人稱觴上壽，纏頭皆美之詒者。大聲為武弁，嘗以運事至都門，客召宴，命教坊子弟度曲侑之，大聲隨處雌黄，其人距不服，蓋初未知大聲之精於音律也。大聲乃手攬其琵琶，從座上快彈唱一曲，諸子弟不覺駭伏，跪地叩頭曰：「吾儕未嘗聞且見也。」稱之曰樂王。自後教坊子弟無人不願請見者，歸來，問饋不絶於歲時。嗟呼！二公以小伎為當時所慕如此，豈所謂《折楊》、《黄荂》則聽然而笑者耶？頃友人陳藎卿，所聞亦工度曲，頗與二公相上下，而窮愁，不稱其意氣，所著多冒它人姓氏，甘為牀頭捉刀人以死，可歎也。嗟呼！彼武夫伶人猶知好其知音者，今安在乎哉？（同前）

八　四景聯句：陳秋碧與徐髯僊有四景聯句，調曰《金索掛梧桐》，其一：「東風轉歲華，院院燒燈罷。陌上清明，細雨紛紛下。天涯蕩子心盡思家，只見人歸不見他。合歡未久輕拋捨，追悔從前一念差。無聊處，㦞㦞獨坐小窗紗，見了些片片桃花，陣陣楊花，飛過鞦韆架。」其二：「楊花亂滚綿，蕉葉初學扇。翠蓋紅衣，出水蓮新現。金壚一縷微裊沉煙，睡起紗幮雲髻偏。巫山好夢誰驚破，花外流鶯柳外蟬。無聊處，千思萬想對誰言。添了些舊恨眉邊，新淚腮邊，界破殘粧面。」其三：「閒階細雨收，翠幕新凉透。疎柳殘荷，又早中秋後。新來減盡了舊風流，無奈新愁壓舊愁。碧雲望斷天涯路，人在天涯欲盡頭。無聊處，㦞㦞鬼病幾時休，聽了些雁過南樓，人倚西樓，正是我愁時候。」其四：「銀臺絳蠟籠，繡幙金鈎控。暖閣紅爐，少個人兒共。月明纔轉過小房櫳，不放清光照病容。無端畫角聲三弄，吹落梅花一夜風。無聊處，天寒水冷信難通，孤眠人正怕窮冬，又到殘冬，做不就鴛鴦夢。」此詞綿麗宛折，曲盡個中情景。如二公者，故詞場之伯仲也。（同前）

九　雉山填詞：邢太史雉山先生填詞多不傳，曾見其詠牡丹一調云，《一枝花》：「雕闌百寶妝，良夜千金價。芳菲三月景，富貴五候家。春色偏佳，賽巧筆丹青畫，勝蓬萊頃刻花。護輕寒，擺列着孔雀銀屏，對芳叢，掩映着鴛鴦繡榻。」《梁州》：「紅爛熳瓊枝低簇，碧玲瓏玉葉交加。更有那妖嬈萬種天生下，恰便似藍橋仙侣、金屋嬌娃。湘裙拖翠，蜀錦翻霞，試新妝脂粉輕搽，吐餘芬蘭麝争誇。喜孜孜相逢着羣玉山頭，顫巍巍款步着瑶臺月下，嬌滴滴半籠着翡翠窗紗。仙葩焕發，端的是天香國色非虚假。你看那玉樓人金勒馬，一日笙歌十萬家，江左繁華。」《尾》：「從今後，删抹了芭蕉夜雨燈前話，廻避了桃李春風牆外花。早不覺春歸又初夏，我這裏高高的燒着絳蠟，滿滿的斟著玉斝，一般兒倚翠偎紅受用煞。」此詞音節諧暢，詞意豔美，真作家也。（同前）

一〇　薛九：薛九，江南富家子，得侍李後主宫中，善歌《稽康》。《稽康》，江南曲名，後主所製也。江南平，零落江北，逢人歌此曲，嘗一歌，坐人皆泣。錢易為《稽康》曲舞詞曰：「薛九三十侍中郎，蘭香花態生春堂。龍蟠王氣變秋霧，淮聲與水浮秋霜。宜城酒煙濕霧腹，與君試舞當時曲。《玉樹》遺詞莫重聽，黄塵染鬢無前緑。」（同前）

一一　蔣康之：涵虚子《太和正音譜》載知音善歌之士，蔣康之，金陵人，其音屬宫，如玉磬之擊明堂，温潤可愛。癸未春，度南康，夜泊彭蠡之南。其夜將半，江風吞波，山月啣岫，四無人語，水聲淙淙。康之扣舷而歌「江水澄澄江月明」之詞，湖上之民莫不擁衾而聽，推窗出户，見聽者雜沓於岸。少焉，滿江如有長歎之聲，自此聲譽愈遠矣。（同前）

一二　子新字：東橋先生寄子新《過秦樓》詞云：「虎卧天門，龍騰鳳闕，書法王家原妙。畫爛衣襟，磨乾池水，透得舊來關竅。更狂僧醉聖，探奇擬雋，從（當作縱）横顛倒。愛青年方盛，高名欻起，萬人稱好。　歎拙手勉强挑戈，依稀撥鐙，那識就中天巧。欲取金丹，並攜洛賦，子細從君論討。只恐揮毫，遲留迅疾，肘腕不禁衰老。判千金買紙如山，倩渠長掃。」又跋其所書《蘭亭》卷云：「吾國王子新英年遹起，遂擅海内書名。或者議其真書稍肥，余謂莊重沉着，脱去佻巧，獨得鍾、王遺法。」賞愛為極，其為之標譽如此。（同前書卷七）

一三　黄蟄南父子：吏部黄公甲，字首卿，蟄南，其晚而自號也，因以名其集。文多法漢、魏及六朝，詩上下今古，頗饒獨詣，高自矜許，自負不減二陵。所著《獨鑒録》，評詩文，多前人所未發。性好忤物，居鄉與往還者不二三人。晚與廖工部文光善，數共觴詠。一日，廖規其集中有「陣毬」等語，宜删，遂大詬罵，絶之。生四子，皆負雋才。伯祖儒有《諫鳳噦覺集》；仲戍儒，蟄南最器之，蚤死，有《兢辰齋集》；叔方儒，落魄廢其業，亦有《陌花軒小集》、《曲巷詞餘》，調世嘲俗，殊令人解頤也；季復儒，為諸生，見罷，有《振秀閣稿》。少冶王公嘗稱蟄南詩如一領錦繡衣，或間以麻枲語似太過。諸子雕龍競爽，而名跡不著，士論甚為惜之。（同前書卷八）

一四　傷逝：余少而嬾慢，厭造請，即梓里交遊，可屈指計。然以文心墨韻，時通往來，頗諧衿契。乃不二十年，零落殆盡矣。自薦紳以迨韋布，自長老以及行輩，存者十不一二。暇日追憶逝者，不覺喟然傷焉，因以詩學、詞曲、書法、畫蹟四則，疏列其人，稍叙生平，姑以異日。詩學：余伯祥孟麟祭酒，著《學士集》。王元簡可大太守，著《三山彙稿》。姚叙卿汝循太守，著《錦石山齋稿》。沈孟威鳳翔給事中。李士龍登知縣，《冶城真寓稿》。顧元白顯仁大參。周長卿元知縣，有《周長卿集》一卷。張孚之文暉太守。盛伯年敏畊文學。焦茂直尊生貢生，有詩一卷。焦茂孝周孝廉，著有《説楷》十卷。葛雲蒸如龍文學，有《竹護齋稿》。陳延之弘世文學，著《陳延之集》。張玄度振英文學。謝文學黄鍾文學。汪雲太鍾英知縣，工四六。翟德孚文炳文學，著《陰符解》、《金剛經解》。何公露湛之參議，著《踈園稿》。何仲雅淳之御史，著《足園稿》。王爾祝堯封太守，著《學惠齋稿》。馬元赤電山人，有《遊梁記》。李半野世澤文學。李惟寅言恭臨淮侯，著《青蓮閣》、《貝葉齋》二稿。柳陳父應芳山人，流寓通州人，著《柳陳甫集》。朱王孫慶聚。王德載元坤揮使，《雅娱閣集》。詞曲：盛伯年敏畊工小令。段虎臣文炳文學，著小令。張治卿四維文學，有《溪上閒情集》，今傳其《雙烈記》、《章台柳》二記。黄上舍方儒文學，著《陌花軒詞小令》。陳藎卿所聞文學，著《南北記》，又《選南北詞記》。（節録自同前書卷九）

一五　俚曲：里衖童孺婦媪之所喜聞者，舊惟有《傍粧臺》、《駐雲飛》、《耍孩兒》、《皂羅袍》、《醉太平》、《西江月》諸小令，其後益以《河西六娘子》、《鬧五更》、《羅江怨》、《山坡羊》。《山坡羊》有沉水調，有數落，已為淫靡矣。後又有《桐城歌》、《掛枝兒》、《乾荷葉》、《打棗干》等，雖音節皆做前譜，而其語益為淫靡，其音亦如之。視桑間濮上之音，又不翅相去千里。誨淫導慾，亦非盛世所宜有也。（同前）

一六　戲劇：南都萬曆以前，公侯與縉紳及富家，凡有讌會，小集多用散樂，或三四人，或多人，唱大套北曲，樂器用箏、纂、琵琶、三絃子、拍板。若大席，則用教坊打院本，乃北曲大四套者，中間錯以撮墊圈、舞觀音，或百丈旗，或跳隊子。後乃變而盡用南唱，歌者祇用一小拍板，或以扇子代之，間有用鼓板者。今則吳人益以洞簫及月琴，聲調屢變，益為淒惋，聽者殆欲墮淚矣。大會則用南戲，其始止二腔，一為弋陽，一為海鹽。弋陽則錯用鄉語，四方士客喜閱之；海鹽多官語，兩京人用之。後則又有四平，乃稍變弋陽而令人可通者。今又有崑山，校海鹽又為清柔而婉折，一字之長，延至數息，士大夫稟心房之精，靡然從好，見海鹽等腔已白日欲睡，至院本、北曲，不啻吹篪擊缶，甚且厭而唾之矣。（同前）

一七 魚品：江東，魚國也，為人所珍，自鰣魚、刀鰶、河豘外，有鯉，青黑色，有金光隱閃，大者貴。有鯶，似鯉而身狹長，鱗小而稍黑。有青魚，類鯶而鱗微細。有鱖，巨口細鱗，蘇子所謂狀似松江之鱸者也。鬣利如錐，肉緊而無刺，類蟹螯。有白魚，身窄而長，鱗細白，肉甚美而不韌。有鯿，小頭，身橫視之，圓如盤，而側甚薄，大者曰鯦，腹脊多腴。有鮮，身圓如竹，頭尖而喙長，俗所名火筩觜也，善啗諸魚，而品下。有鱘，鼻長與身等，口隱其下，身骨脆美可啗，為鮺良，其腮曰玉梭衣。有鱧，身似鯶而色純黑，頭有七星，俗曰烏魚，道家忌食之，其性耐久，埋土中數月不死，得水復活。有鮰，頭微扁而身青白色，無鱗，尾無岐，肉最肥，張志和詩「桃華流水鱖魚肥」，即此，第此魚惟秋為美，俗曰菊華鮰。有鮎，頭扁而口哆濶，身黃黑白錯，尾如鮰，小者曰汪刺。有鯽，水中自產，為野魚，以後湖者良，性獨屬土。有鰱，頭巨而身微類鱤，鱗細，肉頗膩，江南人家塘池中多種之，歲可長尺許，俗曰此家魚也，有青、白二種，大者頭多腴，為上味。有麪條魚，身狹而長，不踰數寸，銀魚之大者也，裹以麵糊油煠而薦之。又有黃鱓、鰻、鱺，皆以魚名，其形質實一蛇，別為一族，與蝦鱉同。（同前）

一八　古詞曲：晉南渡後，採入樂府者，多取閭巷歌曲為之，亦若今《乾荷葉》、《打棗干》之類。如吳聲歌曲，則有《子夜歌》、《子夜四時歌》、《大子夜歌》、《子夜警歌》、《子夜變歌》、《上聲歌》、《歡聞歌》、《歡聞變歌》、《前溪歌》、《阿子歌》、《團扇郎》、《七日夜女歌》、《長史變歌》、《黄生曲》、《黄鵠曲》、《桃葉歌》、《長樂佳》、《歡好曲》、《懊儂歌》、《黄竹子歌》、《江陵女歌》。如神絃歌曲，則有《宿阿曲》、《道君曲》、《聖郎曲》、《嬌女曲》、《白石郎曲》、《青溪小姑曲》、《湖孰姑曲》、《姑恩曲》、《採蓮童曲》、《明下童曲》、《同生曲》。如西曲歌，則有《三洲歌》、《採桑度》、《江陵樂》、《青陽度》、《青驄白馬》、《安東平》、《女兒子》、《來羅》、《那呵灘》、《孟珠》、《翳樂》、《夜度娘》、《長松標》、《雙行纏》、《黄督》、《西平樂》、《攀楊枝》、《尋陽樂》、《白附鳩》、《拔蒲》、《作蠶絲》、《月節折楊柳》。如雜曲歌辭，則有《西洲曲》、《長干曲》、《東飛伯勞歌》、《休洗紅》、《邯鄲歌》。在宋，吳聲歌曲則有《碧玉歌》、《華山畿》、《讀曲歌》。西曲歌則有《石城樂》、《莫愁樂》、《烏夜啼》、《襄陽樂》、《壽陽樂》、《西烏夜飛》。在齊，西曲歌則有《共戲樂》、《楊叛兒》。梁鼓角横吹曲，則有《企喻》、《瑯琊王》、《鉅鹿公主》、《紫騮馬》、《黄淡思》、《地驅樂》、《雀勞利》、《慕容垂》、《隴頭流水》、《隔谷》、《淳于王》、《東平劉生》、《捉搦》、《折楊柳枝》、《幽州馬客吟》、《慕容家自魯企由谷》、《高陽樂人》。晉、宋皆江左俗間所歌。梁横吹曲，則似間取北土所詠，倣其音節，衍而成之。然其辭總皆兒女閨房、淫放哀思之語。李延壽所謂「格以延陵之聽，皆為亡國之音」者也。（同前書卷十）

一九　東坡先生金陵詩：東坡先生在金陵為詩凡十有五篇：《小子遯病亡於金陵作二詩哭之》，又甫韻》，裴時解石於秣陵。又《次段縫韻》，縫家居金陵者也。又《紹聖元年至金陵得鐘山泉公書寄詩爲謝並贈和老詩》，又建中靖國元年，公還自海，至金陵。又《次韻清涼老詩》，又題長短句於賞心亭，又著《觀音頌》於崇因寺。（同前）

二〇　謂風曰孟婆，舊以爲宋勾欄中語，蔣捷詞云：「春雨如絲繡出，花枝紅裊，怎禁他，孟婆合皂。」宋徽宗詞云：「孟婆好做些方便，吹箇船兒倒轉。」江南七月間有大風，甚於舶䑲，野人相傳以爲孟婆發怒。按北齊李騊駼聘陳，問陸士秀：「江南有孟婆，是何鄉也？」士秀曰：「《山海經》：帝之女遊於江中，出入必以風雨自隨，以帝女，故曰孟婆，猶《郊祀志》以地神爲泰媪。」此言雖鄙俚，亦有自來矣。（《説略》卷一「象緯」）

二一　娘字，俗書也，古無之，當作孃。按《説文》：「煩擾也，肥大也。從女，襄聲，女良切。」其義如此，今乃通爲婦女之稱，故子謂母曰娘，而世謂穩婆曰老娘，女巫曰師娘，都下及江南謂男覡亦曰師娘，娼婦曰花娘，達旦又謂曰草娘。苗人謂妻曰夫娘，南方謂婦人之無行者亦曰夫娘，謂婦人之卑賤者曰某娘，曰幾娘，鄙之曰婆娘。考之《風俗通》，漢何敞爲鬼，蘇珠娘按誅亭長龔壽。《隋書》：韋世康爲絳州刺史，與子弟書云：「況娘春秋已高，温清宜奉。」《教坊記》：北齊時丈夫着婦人衣，行歌，傍人齊和云：「踏摇娘。」《南史》梁元徐妃與帝左右暨季江私通，季江曰：「徐娘雖老，尚猶多情。」又梁臨川王宏侵魏，魏遺以巾幗歌曰：「不畏蕭娘與吕姥，但畏合肥有韋虎。」謂韋叡、吕僧珍也。《大業拾遺記》：隋煬帝宫婢曰雅娘。《唐史》：張旭草書見公孫大娘舞劍器而通神，又武承嗣聞喬知之婢窈娘美，奪取之。杜工部詩：「耶娘妻子走相送。」又：「黄四娘家花滿蹊。」白樂天詩：「吴娘暮雨蕭蕭曲。」韋應物詩：「春風一曲杜韋娘。」柳子厚《下殤女墓磚記》始名和娘。《樂府雜録》：張紅紅歌丐於市，韋青納為姬，敬宗召入宫，號記曲娘。又《望江南》曲，始自朱崖李太尉鎮浙西日，為姬謝秋娘所製。《明皇雜録》呼白鸚鵡為雪衣娘。《甘澤謡》：武三思晚獲一妓，曰綺娘。狄仁傑至，遂逃壁隙中，曰：「我天上花月之妖也。」《樊川集》：杜秋娘，金陵女也。年十五，為李錡妾，錡敗入宫，後坐譴，歸故里。又竇桂娘父良，建中初為汴州户曹掾，李希烈破汴州，取桂娘去。《李賀集》：賀撰《申胡子觱篥歌》成，翔客，喜擎觴，起立，命花娘出幙，徘徊拜客。《劉賓客集》：泰娘，本韋尚書家主謳者。《河東記》：唐進士段何卧病，遇妊娘，留詩曰：「妊娘相托不論錢。」何疾日退。傳奇崔氏鬻婢曰紅娘。《霍小玉傳》：長安中有媒氏鮑十一娘，薛蒼駙馬青衣也。《余媚娘叙録》：陸希聲娶余媚娘，媚娘約媒曰：「陸郎中若必得兒侍巾櫛，須立誓，不置側室。」及《女奴圖經》：蠶神謂之馬頭娘。《杜陽雜編》：南海貢奇女盧媚娘，工巧無比。《麗情集》：陳敏兄妾越娘貌美，兄死，遂與款狎。《續齊諧記》：齊穎寓山陰，夜見前宰妾萬文娘。《墨莊漫録》：李后主令宫嬪窅娘以帛繞脚，令纖小。右略舉一二，不能悉載，是則今之云云，皆有所本。然都下自庶人妻以及大官之國夫人，皆曰娘子，未嘗有稱夫人、郡君等封贈者。載考之史，唐柴紹妻平陽公主起兵應李淵，與紹各置幕府，號娘子軍。《開元天寶遺事》：太真入宫，宫中皆號娘子。花蕊夫人《宫詞》：「諸院各分娘子位。」韓昌黎有《祭周氏二十娘子文》，以此推之，古之公主宫妃已與民間共稱娘子，則今之不分尊卑，亦自有來矣。此陶九儀《輟耕録》所紀也。然真娘，吴名伎也。墓在虎丘山下，鄭嵎《津陽門詩》：「迎娘歌喉玉窣窱。」李昌符詩：「春娘愛上酒家樓。」又孫棨有《題妓王福娘牆》詩，又《李章武傳》有楊六娘。《北里志》有牙娘、劉泰娘。又《教坊記》上召入賜食，因謂之曰：「今日娘子，不須唱歌。」又妓裴大娘，又張少娘，又竿木家范大娘，此皆顯著者，而陶不之引，何也？（同前書卷五「人紀」）

二二　章臺柳，以李將姬柳氏得名。韓員外翃所謂「縱使長條似舊垂，也應攀折他人手」者也。陽臺柳，亦以蜀妓柳氏得名，御史所謂「從今喚作陽臺柳，舞盡春風萬萬條」者也。韓退之侍兒名柳枝，所謂「别來楊柳街頭樹，擺亂春風只欲飛」者也。白樂天侍兒亦名柳枝，所謂「兩枝楊柳小樓中，嫋嫋多年伴醉翁」者也。李義山屬情洛中婦，亦名柳枝，所謂「畫屏繡步障，物物自成雙」者也。楊廉夫侍兒亦名柳枝，所謂：「竹枝柳枝桃杏花，吹彈歌舞弄琵琶。可憐一箇楊夫子，化作江南散樂家。」楊基亦寄之詩云：「長笛參差吹海鳳，小璚楊柳舞妖魔。」而聶大年讀廉夫集云：「白髮草玄楊子宅，紅粧檀板謝家湖。」蓋指此也。（同前書卷九「史别下」）

二三　古妓女之雙名者，蘇小小，南齊錢塘名倡也，見《樂府廣題》。薛瓊瓊，開元宫中第一手，為崔懷寶所私者，見《麗情集》。關盼盼，張建封妓女，守節於燕子樓。張好好，杜牧之云：故吏部沈公在江西幕，好好年十三，以色藝來樂籍中，隨公移置宣城，後為沈著作所納。見之於洛陽東城，感舊傷懷，題詩贈之，并見《本事詩》。灼灼，錦城官妓也，善歌舞，相府筵中，與河東人目成，自此不復面，以軟綃裹紅淚寄之，見《麗情集》。東東，竇鞏從軍，有《弔妓東東》一篇云：「芳菲美豔不禁風，未到春深已墜紅。惟有側輪車上驛，耳邊常似叫東東。」見《抒情集》。端端，崔崖張祐《嘲李端端》云：「黄昏不語不知行，鼻似烟窗耳似鐺。愛把象牙梳掠鬢，崑崙頂上月初生。」後又更贈云：「覓得驊騮被繡鞍，善和坊裡取端端。揚州近日渾成詑，一朵能行白牡丹。」見《雲谿友議》。小小，齊公王縉妓也，段成式有《小小寫真寶應寺》詩，見《續西陽雜俎》。張紅紅，韋青妓也，召入宫，號記曲娘，見《樂府雜録》。轉轉，鎮州書記韓定辭之所眷也，王或使至，酒間盼之，韓曰：「願垂一咏，即以相贈。」或援筆作賦，文不停綴，首云：「玳筵既啟，雅樂斯陳，霧捲羅帷，花攢錦茵。有西園之上客，命南國之佳人。貌逞嬋娟，縱玉顔而傾國；步移縹緲，蹴羅襪以生塵。」遂載以歸，見劉崇遠《耳目記》。鄭舉舉，善章程。王蘇蘇、王蓮蓮、張住住，見孫棨《北里志》。楚楚，宋杭州名妓也，柳耆卿託其以所為詞見知州孫何，見《玉露》。李師師，東京角妓也，住金線巷，色藝冠絶，徽宗自政和後多微行，乘小轎子往來師師家，宣和六年，册師師為李明妃，改金線巷為小御街。金兵至，李明妃廢為庶人，流落湖湘，為商人所得，見《宣和遺事》。吴女盈盈，能詩，與王山好，見《筆奩録》、《夷堅支志》。愛愛，姓楊氏，錢唐倡家女，為金陵少年張逞所調，遂相攜潛遁，後逞為父所捕，愛愛以死守之，念逞之勤，遂死，見蘇子美《愛愛集》。張英英，徐州妓女也，見《菊林叢話》。毛惜惜，高郵妓也，榮全叛，同衆飲宴，惜惜不肯趨侍，全責之，惜惜曰：「妾雖賤妓，不曾伏事反臣。」全斬之，閫臣以聞，封英烈夫人，秋厓方岳作《義倡傳》，見《三朝野史》及《隨隱漫録》。唐安安，理宗癸丑元夕，命董宋臣呼入禁中，歌色絶倫，見《西湖志》。又趙真真、于盼盼、于心心、李心心、汪憐憐、顧山山、孫秀秀、荆堅堅，皆元妓之有名者，見《青樓集》。李當當，名伎也，忽有所悟，為道士，見《輟畊録》。（同前）

二四 漢時樂，雅鄭參用，而鄭為多。魏於荆州獲漢雅樂，古曲音調存者四曰：《鹿鳴》、《騶虞》、《伐檀》、《文王》，而班、佐、延年之徒，以歌聲被寵，復改易音辭，止《鹿鳴》一曲，晉初亦除之。又漢代短簫鐃歌樂曲，三國時存者，有《朱鷺》、《艾如張》、《上之回》、《戰城南》、《巫山高》、《將進酒》之類，凡二十二曲。魏、吴稱號，始各改其十二曲。晉興，人又盡改之，獨《玄雲》、《釣竿》二曲名存而已。漢代鼙舞，三國能存者尚有《殿前生桂樹》一曲，其辭則亡。晉以來新曲頗衆，隋初，盡歸清樂。至唐武后時，舊曲存者，如《白雲》、《公莫》、《巴渝》、《白苧》、《子夜》、《團扇》、《懊憹》、《石城》、《莫愁》、《楊叛》、《烏夜啼》、《玉樹後庭花》等，止六十三曲，唐中葉聲詞存者，又止三十七，有聲無詞者，今不復見矣。唐歌曲比前世蓋多，辭見於今者皆十三四世，代差近爾故也。（同前書卷十一「律支」）

二五 有娀氏二女，居九成之臺，得天燕，覆以玉筐，既而發視之，燕遺二卵，飛去不返，二女作歌，始為北音。禹省南土，嵞山之女令其媵，候禹於嵞山之陽，女乃作歌，始為南音。夏后孔甲出於東陽萯山，天大風晦，入民室，其主方乳，或曰：「后來，良日也，必吉。」或曰：「不勝之，必有殃」孔甲曰：「以為余子，誰敢殃之？」後折橑斧，斷其足，孔甲曰：「嗚呼！命矣。」乃作《破斧》之歌，始為東音。周昭王之右辛餘，靡有功，封於西翟，徙西河，而思故處，始為西音。所謂四方之歌，風之始也。若在朝而奏者，被之鐘鼓管籥，為雅頌，秦青響遏行雲，虞公梁上塵起，韓娥之音繞梁三夜，臨乘老姥傳谷數日，緜駒、王豹之流，皆古歌之聖者，然亦單歌，不合樂。以後江南《子夜》、《前溪》、《團扇》、《懊儂》之屬，是其遺響。唐妓女所歌王涣之（當作「王之涣」）、高適及伶工歌元、白之詩，皆是絶句，宋之詞，今之南北曲，凡幾變，而失其本質矣。唯吴中人棹歌，雖俚字鄉語不能離俗，而得古風人遺意也。（同前）

二六　古樂府為時人所擬者，稍舉其略：《練時日》、《青陽》、《朱明》、《西顥》、《玄冥》、《天馬》、《天門》、《景星》、《日出入》、《天地惟泰》、《元齋》、《房朝》、《隴首》、《象載》、《瑜赤蛟》。漢郊祀歌。《朱鷺》、《思悲翁》、《艾如張》、《上之回》、《擁離》、《戰城南》、《巫山高》、《上陵》、《將進酒》、《有所思》、《芳樹》、《上邪》、《君馬黄》、《雉子斑》、《臨高臺》、《遠如期》、《石留》、《玄雲》、《黄爵》、《竹釣竿》篇，漢鐃歌。《殿前生桂樹》、《樂天長》、《漢鞞舞》、《歌白鳩》、《碣石》、《獨鹿》、《淮南王》，晉拂舞歌。《黄鵠吟》、《隴頭吟》、《望行人》、《折楊柳》、《關山月》、《洛陽道》、《長安道》、《豪俠行》、《梅花落》、《紫騮馬》、《驄馬》、《雨雪》、《劉生》、《古劍行》、《洛陽公子行》，晉横吹曲。《相和歌》、《吴歌》、《陌上桑》、《鳳將雛》、《碧玉》、《懊儂》、《子夜》、《長史變》、《阿子歡聞》、《桃葉》、《團扇》、《公莫舞》、《白紵》、《舞晴護》、《烏夜啼》、《石城樂》、《莫愁樂》、《襄陽樂》、《壽陽樂》、《棲烏夜飛》、《三洲》，晉宋雜歌。《估客樂》、《楊叛兒》、《襄陽蹋銅鞮》、《上聲》、《常林歡》、《玉樹後庭花》、《黄鸝》、《留金釵》、《堂堂》，齊梁以後雜歌。其它尚不可勝紀，此其尤著者也。若唐世樂歌雅盛，第長孫無忌《傾盃樂》，玄宗《霓裳羽衣曲》、《荔枝香》，梨園《法曲》、《凉州》、《甘州》、《伊州》為最有聲，若《花間》、《草堂》所載，抑又煩矣。

（同前）

二七 今樂府所傳大曲，皆出於唐，而以州名者五：伊、凉、熙、石、渭也。《凉州》今轉為《梁州》，唐人已多誤用，其實從西凉府來也。凡此諸曲，唯《伊》、《凉》最著，唐詩詞稱之極多，如「老去將何散旅愁，新教小玉唱《伊州》」、「求守管絃聲款逐，側商調裏唱《伊州》」、「鈿蟬金鴈皆零落，一曲《伊州》淚萬行」、「公子邀歡月滿樓，雙成揭調唱《伊州》」、「賺殺唱歌樓上女，《伊州》誤作《石州》聲」、「胡部笙歌西部頭，梨園弟子和《凉州》」、「唱得《凉州》意外聲，舊人空數米嘉榮」、「《霓裳》奏罷唱《梁州》，紅袖斜翻翠黛愁」、「行人夜上西城宿，聽得《凉州》雙管逐」、「丞相新裁别離曲，聲聲飛出舊《梁州》」、「只愁拍盡《凉州》板，畫出風雷是撥聲」、「一曲《凉州》今不清，邊風蕭颯動江城」、「滿眼由來是舊人，那堪更奏《梁州》曲」、「昨夜蕃軍報國仇，沙州都護破《梁州》」、「邊將皆承主恩澤，無人解道取《凉州》」，皆王建、張祜、劉禹錫、王昌齡、高駢、温庭筠、張藉諸人詩也。（同前）

二八 《霓裳羽衣曲》：劉禹錫詩云：「三鄉陌上望仙山，歸作《霓裳羽衣曲》。」又王建詩云：「聽風聽水作《霓裳》。」白樂天詩注云：「開元中，西凉府節度使楊敬述造。」鄭嵎《津陽門詩》注云：「葉法善嘗引上入月宫，聞仙樂，及上歸，但記其曲，遂於笛中寫之。會西凉府都督楊敬述進《婆羅門》曲，與其聲調相符，遂以月中所聞為散序，用敬述所進為其腔，而名《霓裳羽衣曲》。」諸説各不同，宋蒲中逍遥樓楣上有唐人横書，類梵字，相傳是《霓裳譜》，字訓不通，莫知是非，或謂宋燕部有《獻仙音》曲，乃其遺聲，然《霓裳》本謂之道調法曲《獻仙音》，乃小石調耳，未知孰是也。（同前）

二九　《國史譜》言客有以按樂圖示王維，維曰：「此《霓裳》第三疊第一拍也。」客未然，引工按曲，乃信。此好奇者為之，凡畫奏樂，止能畫一聲，不過金石管絃同用一字耳，何曲無此聲，豈獨《霓裳》第三疊第一拍也？或疑舞節及他舉動拍法，中别有奇聲可驗，此亦未然。《霓裳》曲凡十三疊，前六疊無拍，至第七疊方謂之疊遍，自此始有拍而舞作，故白樂天詩云「中序擘騞初入拍」，中序即第九疊也，第三疊安得有拍？但言第三疊第一拍，即知其妄也。或説常有人觀畫彈琴圖，曰：「此彈《廣陵散》也。」此或可信，《廣陵散》中有數聲，他曲皆無，如潑攦聲之類是也。（同前）

三〇　《蜀檮杌記》：王衍十四年，俳優有唱《康老子》者，問李昊等其曲所出，昊不能對，徐光溥曰：「康老而無子，落拓，不事生業，好與梨園樂工游。一日家資蕩盡，容悴而卒。」樂工歎之，因為此曲，又名《得至寶》。按《樂府雜録》亦云：《康老子》者，嘗與國樂狎蕩，家偶一老嫗，持舊錦褥貨鬻，乃以半千獲之。尋有波斯見，大驚，謂康曰：「何處得此至寶，是冰蠶絲所織。暑月陳於座，一室清凉。」即酬千金，康得之，還與國樂，追歡，不經年，復盡。康卒，樂人歎之，製此曲，亦曰《得至寶》，又曰《得寶子》。然則《得寶子》之名，樂府方備，唐英亦未能詳也。一説明皇新寵楊太真，語宫人曰：「朕得妃子，如得至寶。」遂因製為此曲。（同前）

三一　曲名有《解紅》者，今俗傳為吕洞賓作，見物外清音，其名未曉。和凝集有《解紅歌》云：「百戲罷，五音清，《解紅》一曲新教成。兩箇瑶池小仙子，此時奪却柘枝名。」《樂書》云：「優童解紅舞，衣紫緋，繡襦銀帶，花鳳冠，蓋五代時人也。焉有吕洞賓在唐世，預填此腔耶？」（同前）

三二 《樂苑》云：羽調有《柘枝曲》，商調有《掘柘枝》，此舞因曲為名，用二女童帽施金鈴，抃轉有聲，其來也，於二蓮花中藏之，花折而後見，對舞相呈，實舞中雅妙者也。段成式寄温庭筠雲藍紙詩曰：「三十六鱗充使時，數番猶得寄相思。待將袍襖重抄了，寫盡襄陽《掘柘》詞。」（同前）

三三 胡角者，本以應胡笳之聲，後漸用之，横吹有雙角，即胡樂也。張騫入西域，傳其法，惟得《摩訶兜勒》一曲，李延年因胡曲，更造新聲二十八解，乘輿以為武樂。後漢以給邊將，魏、晉以來二十八解不復具存，其所用者，唯《黄鵠》、《隴頭》、《出關》、《入關》、《出塞》、《入塞》、《折楊柳》、《黄覃子》、《赤之楊》、《望行人》十曲，按魏、晉之世，有孫氏善弘舊曲，宋識善擊節唱和，陳左善清歌，列和善吹笛，郝索善彈箏，朱生善琵琶，尤發新聲，故傅玄著書曰：人若欽所聞而忽所見，不亦異乎？設此六人生於上世，越今古而無儷，何但於夔、牙同契哉？唐樂所載有大横吹部，小横吹部。（同前）

三四 《菩薩鬘》詞，考《杜陽編》謂大中初女蠻國貢雙龍犀、明霞錦，其國人危髻金冠，瓔珞被體，故謂之菩薩鬘，當時倡優遂製《菩薩鬘》曲，文士亦往往聲其詞，優者作女王曲，音詞宛暢，傳於樂部。佛經戒律有：「香油塗髮，華鬘被首。」白樂天《蠻子朝》詩「花鬘抖擻龍蛇動」，是其證也。今訛作「蠻」者，非，然此詞李太白集已有，則所云大中初貢者亦非也。（同前）

三五 傀儡子，起乎漢祖平城之圍，陳平造木偶人，運機關，舞埤堄間，閼氏望見，謂是生人，慮冒頓必納之，遂退軍。史家但云秘計，鄙其策下耳。宋朝王韶開熙河之後，亦以舞迓鼓，使諸羌出觀，遂破鬼章，此兩得以為策也。今元宵舞者，是其遺製。然舞之類亦頗多，有《大垂手》、《小垂手》、字舞、花舞、馬舞，或象驚鴻，或如飛燕，婆娑舞態也，曼延舞綴也。舞曲有《緑腰》、《蘇合香》、《屈柘》、《湖渭州》、《團乳旋》、《甘州》等字舞，以身亞地，布成字也，今慶壽錫燕排場作天下太平字者是也。花舞者，著緑衣，偃身合成花，即今《柘枝》舞，有花心者是也。馬舞者，以攏馬人著彩衫，執鞭於床上，舞蹀躞，皆應節奏。唐宴吐番蹀馬之戲，皆五色彩絲，金具裝於鞍上，加麟首鳳翅，樂作，馬皆隨音蹀足，宛轉中節，胡人大駭，明皇之舞馬，亦其遺意爾。（同前）

三六　沈休文久處端揆，有志台司，與徐勉最善，乃以書陳情於勉，其略謂：「今歲開元禮年云：至懸車之請，事由恩奪。」又：「外觀傍覽，尚似全人，而形骸力用不相綜攝，常須過自束持，方可僶俛解衣一卧。支體不復相關，上熱下冷，月增日篤，取煖則煩，加寒必利，後差不及前差，後劇必甚前劇，百日數旬，革帶常應移孔。以手握臂，率計月小半分，以此推算，豈能支久？若此不休，日復一日，將貽聖主不追之恨。冒言表聞，乞歸老之秩，若天假其年，還得平健，才力所堪，惟恩是策勉。為言於高祖，請三司之儀，不許，但加鼓吹而已。」是休文一衰病老公，不知止足者也，大是殺風景事。而後世因「瘦腰」一語誤入詞調，呼之為沈郎，又以為風流之症，極大可笑也。（同前書卷十四「典述下」）

三七　《説文》：欸乃，麿也。《集韻》作唉，或從口，或從欠，如嘯之作歗，歎之作嘆，字雖殊，義一也。《史·項羽紀》：亞父拔劍擊玉斗而破之，曰：唉。《楊子法言》：始皇方獵六國，而翦牙欸。注：欸，絶語，歎聲。《楚辭》：欸，秋冬之緒風。《楚辭》用之於句首，楊子用之於句終，蓋噫嘻嗚呼之類也。朱子辨證云：欸乃，棹船相應聲。元結有《欸乃曲》，柳宗元詩「欸乃一聲山水緑」，注：「欸乃，一本作襖靄。」按欸音靄，乃音襖，近日倒讀之誤矣。《項氏家説》云：劉蜕文集有《湖中靄乃歌》，劉言史《瀟湘》詩有「閑歌曖乃深峽裡」，靄，乃也，曖，廼也，欸，乃也，皆一事，但用字異耳。欸，本音哀，亦轉作上聲，後人因柳集中有注云一本作襖靄，遂欲音欸為襖，音乃為靄，不知彼注自謂别本作襖靄，非謂欸乃，當音襖靄也。（同前書卷十五「字學」）

三八　詩「膚如凝脂」，凝去聲，唐詩：「日照凝紅香。」白樂天詩：「落絮無風凝不飛。」又：「舞繁紅袖凝，歌切翠眉愁。」又：「舞急紅腰凝，歌遲翠黛低。」徐幹臣詞：「重省别時，淚漬羅巾猶凝。」張子野詞：「蓮臺香燭殘痕凝。」高賓王詞：「想蓴汀，水雲愁凝。閑蕙帳，猿鶴悲吟。」柳耆卿詞：「愛把歌喉當筵逞，遏天邊，亂雲愁凝。」今多作平音，失之，音律亦不協也。（同前）

三九　今寺觀削木為籌，置溷圊中，名曰廁籌。《北史》：齊文宣王嗜酒淫泆，肆行狂暴，雖以楊愔為相，使進廁籌，然則愔所進者，豈即此與？按《説文》：廁，清也，從广，則聲韻，初吏切，閒也，雜也，次也，圊也，居高臨垂邊曰廁，高岸夾水曰廁……左思作《三都賦》，藩溷皆著紙筆，錢若水上廁讀小詞，宋子京走廁必挾書，歐陽修思索文字多在三上，一謂廁上，則真溷圊矣。（節録自同前書卷二十「居室」）

四〇　唐世妓女所居曰坊曲。《北里志》有南曲、北曲，猶今之南院、北院也。宋陳敬叟詞：「窈窕青門紫曲。」周美成詞：「小曲幽坊月暗。」又：「暗暗坊曲人家。」謝皐羽《天地間集》載孟梗南京詩云

「愔愔坊曲傍深春」是也，今稱妓居，猶曰曲中。（同前）

四一　流蘇，見《漢·禮樂志》，薛瓚注作流遡，古本用於宫懸者，今始用於帷帳，蘇故名樵蘇，乃盤線繒繡之五綵錯為之，同心而下垂者，又析羽曰流蘇。摯虞曰：緝鳥尾垂之若流，然以其蕊下垂，故曰蘇，今之旌竿上綴旒也。又譙國夫人繡帷珠絡，同昌公主靈粟珠絡，王融詩云：「幸得與珠綴，幕歷君之楹。」宋詞「流蘇帳煖金雞報」是也。絛鬚亦當作絛蘇，《東京賦》：「飛流蘇之騷殺。」又馬上飾也。（同前書卷二十一「服飾」）

四二　後周静帝令宫人黄眉墨粧，《幽怪録》：神女智瓊額黄眉黄。額黄，其説未定，如古詩詞「額黄無限夕陽山」，又「學畫鴉黄尚未成」，又「寫月圖黄罷」，又「鴉黄粉白車中出」，及温飛卿詞「蕊黄無限當山額」，又「粉心黄蕊，花靨黛眉山兩點」，又「撲蕊添黄子」，牛嶠詞「額黄侵膩髮」，則似額粧。張泌云：「依約殘眉理舊黄」，飛卿又云：「柳風吹散蛾間黄」，則又似眉粧也。（同前）

四三　有謂東坡梅詩：「鮫綃剪碎玉簪輕，檀暈粧成雪月明。肯伴老人春一醉，懸知欲落更多情。」王十朋集諸家註，不解檀暈之義，乃取宇文氏《粧臺記》紀婦人畫眉有倒暈粧，古樂府有「暈眉攏鬢」之句，元微之與白樂天書：近昵婦人暈澹眉，目綰約頭鬢。畫譜有正暈牡丹、倒暈牡丹，與畫工有檀色以證之，然不言檀暈的是何粧。按顧敻詞：「玉香檀細，畫侵桃臉。」又：「淺眉微斂。」注：「檀輕。」又「背人匀檀」注：鹿虔扆云：「鈿昏檀粉淚縱横。」閻選云：「臂留檀印齒痕香。」毛熙震云：「歌聲慢發開檀點。」李珣：「翠鈿檀注助容光。」李後主：「沉檀輕注些兒箇。」觀此語詞，似點脣之物，如前所紀胭脂暈、猩猩暈、聖檀心是也，然羅虬《比紅兒》詩云「臉檀眉黛一時新」，薛昭藴又云「檀眉半斂愁低」，則又似額粧矣。（同前）

四四　《墨莊漫録》載婦人弓足始於五代李後主矣，又觀六朝樂府有《雙行纏》，其辭云：「新羅繡行纏，足趺如春妍。他人不言好，獨我知可憐。」唐杜牧咏襪詩云：「鈿尺裁量減四分，碧琉璃滑裹春雲。五陵年少欺他醉，笑把花前出畫裙。」段成式詩云：「醉袂幾侵魚子纈，彯纓長戞鳳皇釵。知君欲作閑情賦，應願將身作錦鞋。」《花間集》毛熙震詞云：「慢移弓底繡羅鞋。」則此飾不始於五代也。漢《雜事祕辛》：保林吴姁奏言，乘氏忠侯梁商女形貌中言，足長八寸，踁跗豐妍，底平指斂，約縑迫襪，收束微如禁中。漢尺小，楊用修跋其後，以為婦人纏足事始於此，其來益又古矣。（同前）

四五　靺鞨國，名古肅慎地也。其地產寶石，大如巨栗，色紅赤，中國謂之靺鞨。文與可《朱櫻歌》云：「君王午坐鼓《猗蘭》，翡翠一盤紅靺鞨。」又葛魯卿《西江月》詞云：「靺鞨斜紅帶柳。」皆用靺鞨事。（同前書卷二十六「珍格」）

四六　史稱窮奢極欲者，前漢王氏五侯羣弟争為奢侈，賂遺珍寶，四面而至，羅鍾磬舞，鄭女作倡優狗馬，大治第舍，起土山漸臺，洞門高廊，閣道連屬相望。……南宋張循王孫張鎡宴客牡丹會，既集，坐一虚堂，寂無所有。俄問左右云：「香發未？」答云：「已發。」命卷簾，則異香自内出，郁然滿坐。羣伎以酒殽絲竹次第而至，别有名伎數十，首戴牡丹，衣領皆繡，如其色，歌昔人所作牡丹詞，進酌而退。前後花與伎凡十易，杯器皆如其色。酒竟，歌者舞者數百人列行送客，燭光香霧，歌吹雜作，恍

然若仙遊。（節録自同前）

四七《益州草木記》：雅州名山縣出虞美人草，如鷄冠花，葉兩相對，唱《虞美人》曲，皆應拍而舞，他曲則否。賈氏《談録》：褒斜山谷中有虞美人草，狀如鷄冠，大葉相對，或唱《虞美人》，則兩葉如人拍掌之狀，頗中節拍。《酉陽雜俎》云：舞草出三雅，獨莖三葉，葉如決明，一葉在莖端，兩葉居莖之半相對，人或近之，抵掌謳曲，葉動如舞。崔融為《瓦松賦》云：「謂之木也，訪山客而未詳。謂之草也，驗農皇而罕記。」段成式難之曰：「崔公博學，無不該悉，豈不知瓦松已有著說。」引梁簡文詩「依簷映昔耶」，成式以「昔耶」為「瓦松」，殊不知昔耶乃是垣衣，瓦松自名昨葉，何成式亦自不識也？（同前書卷二十八「卉牋下」）

四八《蘿月軒樂府序》：余友藎卿躭研典訓，旁涉騷雅，風流藴藉，獨暎當時。兼復富有才情，洞曉聲律，寄懷樂府，托耗雄心。自所行《濠上齋》、《遊吴草》外，今《蘿月軒》又其一也。觀夫清音亮節，凄入杳冥，妍旨淫思，哀感頑豔。含毫甫就，人兢傳之。昔高、王之歌，賞激法部，猶不能不以之邪掄。今藎卿更得名人韻士相與標度，增其藆暢，藎卿可謂快矣。吾鄉作者夙美陳金，然按而求之，大聲則金粉多而天姿不露，在衡則蒜酪美而俳氣未除。驅轢吴楚，洵謂勝場，控引金、元，尚有慚德，藎卿當新聲代變之後，撮二家之勝，而摭其所遺，使采華者驟聞，而魄動咀實者徐味而色飛，是豈鬱青霞之奇意，竄句敝跬以為工者哉？藎卿餉余此編，寒房夜燭，快讀一過，輒為之掩卷而歎。東南菰蘆中有如此人，乃不使之鼓吹休明，竭其才，與漢《鐃歌》、唐雅争鳴，何也？徒令遜跡莊語，為此以慢世邪？ 余體羸善病，平生素懷消落，殆盡見藎卿新詞，不免欲為迦葉之舞，豈結習難除？ 抑亦天籟之鳴自犁然有當於心乎？ 遂題以問藎卿，藎卿逌然而笑曰：「自非吳兒木心石腸，故應不能已已矣。」（《嬾真堂集》卷十三）

李日華著輯詞話

李日華（一五六五—一六三五），字君實，號竹懶，又號九疑，嘉興（今浙江）人。萬曆壬辰進士，除九江推官，累官太僕寺少卿，告歸。日華和易安雅，恬於仕進，後先家食二十餘年。能書畫，善賞鑒。所著有《李太仆恬致堂集》、《六硯齋筆記》《二筆》《三筆》、《紫桃軒襍綴》《又綴》、《畫媵》、《續畫媵》、《書畫想像録》、《墨君題語》、《明官制備考》、《味水軒日記》、《雅咲篇》等。《六研齋筆記》三集，各四卷，所記論書畫者十之八，其體皆類題跋，每一真跡，必備録其題詠、跋語、年月、姓名，尤足以資考証。此據臺灣新興書局出版《筆記小説大觀》影印明刊本《六硯齋筆記》、臺灣天一出版社出版《明清善本小説叢刊》影印日本江户寫本《雅咲篇》、《四庫禁燬書叢刊》影印明崇禎間刻本《李太仆恬致堂集》録詞話三十二則。

一　虞道園疊《蘇武慢》詞十二首，張伯雨聞而和之，余見其手録藁，作細行楷，詞翰俱入清玩。余以雪朝即事，步武其韻，以博同調者一哂。張詞云：「清露晨流，新桐初引，消受北窗涼曉。經卷薰爐，筆牀茶具，長物憑他圍繞。老子無情，年光有限，只似木人花鳥。指凝雲、散朵奇峰，曾見漢唐池沼。　還自笑，待學賻魚，金題玉躞，書裡便容身了。阿對泉頭，布衣無恙，占斷雨苔風篠。獨鶴歸遲，西山缺處，掠過亂鴉林表。舞琴心、三疊胎仙，坐到月高山小。」余詞云：「梅攢紫蕾，蕙透青芽，晃白窗楞雪曉。鶻鴿沉片，鵓鴿桃紋，一縷碧煙繚繞。書編稗諢，畫筆詼奇，壯思鬱鷲猿鳥。趂閒年、閒月閒時，隨意甃成池沼。　還舒嘯，倒甕尋香，脱巾漉汁，身世醉鄉堪了。塞馬蹄穿，冢麟角折，今古幾堆荒篠。軒渠胷岸，豁達眉稜，遥睇（當作睇）白雲天表。笑羣兒、闘簇冰山，日出漸成消小。」（《六硯齋筆記》卷一）

二　陸放翁詞稿，行草爛熳，如黄如米。細玩之，則顔魯公、楊少師精髓皆在，詞乃《大聖樂》，亦辛稼軒之流也，詞云：「電轉雷驚，自歎浮生四十年。試思量往事，虛無似夢，悲懽萬狀，合散如煙。苦海無邊，愛河無底，流浪看成百漏船。何人解，向無常火裡，鐵打身堅。　須臾便是華顛，好收拾形骸歸自然。又何須着意，求田問舍，生須宦達，死欲名傳。壽夭窮通，是非榮辱，此事由來都在天。從今去，任東西南北，作箇飛仙。」南宋放翁詞稿真蹟，凡一百一十七字，至正改元獲於山陰王英孫家，細窮詳玩，備見句法清真，筆勢圓熟，信一代之名跡也。按放翁為陸游務觀别號，工詞翰，累官華文閣待制，封渭南縣伯。有集百卷行世，斯其人風流文雅可知矣。此詞雖係草稿，妙在不經意中，天

真爛發，姿態横生，種種可為師法。雜之楊凝式、大小米間，又曷媿耶？是歲十月之望，吴郡陳深敬題。（同前）

三　趙仲穆《越山圖》云：臨高尚書者，峰巒潑翠，雲氣鬱浡，倏歛倏開，乍近乍遠，上下作數十層，出没意非不華妙，縑素亦舊，但絶無高、趙二公法。余直斷以為元人，不知誰何之作耳。玉雪坡老人番陽周伯温詩曰：「浙江春水滿，東岸盡青山。旭日明旌棨，晴雲擁髻鬟。柯亭林倚塔，秦望石迷關。一曲何時遂，開圖漫破顔。」沈石田填《唐多令》一詞云：「江盡正分吴，山多遶越都。一望中、還見重湖。昔日霸圖何在者，空雲樹煙蕪。　遥指廢臺孤，論興亡一軌，追如今、仍似姑蘇。剩與後人傳作畫，王孫曾有傷無。」慈谿張鈇填《念奴嬌》詞云：「浙江東岸，是越王勾踐，舊時封國。嘗膽卧薪成底事，唯有荒臺凝碧。萬壑争流，千巖競秀，宛宛無今昔。兔葵燕麥，中間多少遺蹟。　遥想東晉風流，蘭亭修禊，空自留殘墨。何用登臨傷往事，堪笑衰毛白。且覓扁舟，賀家湖上，載酒尋春色。季真歸後，四明還有狂客。」（同前書卷二）

四　揚補之，子雲之後，極擅詞學，有《逃禪老人詞》一卷。其寫梅特以寄意，然亦妙絶，秦檜求之，不與。楊升庵先生云：「請看麝煤鼠尾外，猶有玉佩瓊琚詞。」（同前書卷三）

五　王安國作詩好用「酒樓」字，嘗謂吴處厚曰：「子詩有幾酒樓。」吴曰：「有二酒樓，其一：『夜泊尋陽宿酒樓，琵琶亭畔荻花秋。雲沉鳥没事已往，月白風清江自流。』其二：『若耶溪畔醉秋風，獵獵船旗照水紅。後夜錢唐酒樓上，夢魂應遶浙江東。』」安國曰：「足矣，然不如錢昭度『長憶錢唐江上，

望酒樓、人散雨絲絲』,更有情味。」(同前)

六 元有兩閒閒:吴閒閒,名全節,係羽流;趙閒閒,名秉文,官禁近。或云金正大間人,俱善書法,有辭藻,而趙尤横溢。余得其擘窠書,自作和東坡赤壁詞稿,雄快震動,有渴驥怒猊之勢,而詞亦壯偉不羈,視「大江東去」,信在伯仲間,可謂詞翰兩絶者。詞曰:「清光一片,問蒼蒼桂影,其中何物。一葉扁舟波萬頃,四顧粘天無壁。叩枻長歌,姮娥欲下,萬里揮冰雪。京塵千丈,可能容此人傑。回首赤壁磯邊,騎鯨人去,幾度山花發。澹澹長空千古夢,祇有歸鴻明滅。我欲乘雲,從公歸去,散此麒麟髮。三山安在,玉簫吹斷明月。」正大五年重九前一日書於玉堂之署,秉文。元遺山題云:「夏口之戰,古今喜備道之。東坡赤壁詞殆戲以周郎自况也,詞才百許言,而江山人物之勝,無復餘藴,宜其號樂府中絶唱。閒閒公以仙語追和之,非特詞氣放逸,絶去翰墨畦畛,其字畫亦無媿也。辛亥夏五月,來太原,借宿大悲僧舍,田侯唐臣出此軸見示,閒閒年七十有四,以壬辰歲下世,今此十二日,其諱日也。感念疇昔,悵然久之,因題,門生元好問謹書。」商挺題云:「東坡赤壁詞,閒閒公追和,書於玉堂之署。遺山謂坡詞樂府中絶唱,閒閒詞為仙語,題評已竟,欲復何言? 前代風流,可敬可慕。遺山《野史亭夜雨感懷》詩云:『私録闕告赴,求野或有取。秋兔一寸毫,盡力未易舉。棲遲私自惜,憂思誰與語。轉展天未明,幽窗響疎雨。』每讀至此,不覺老淚盈睫。東坡之後而有閒閒,閒閒之後而有遺山,未卜他日知遺山者復何人耶? 晚生商挺敬跋。」(同前)

七 蘇東坡書《寶繪堂記》真蹟,吴匏庵跋云:「蘇長公翰墨,余夙好之,但聞,即往請閲。此卷十年前在都下觀於雲村之寓，予浼朱翼雲圖之，不得，故嘗想之，不意過石田，見卷在几格間，取觀之，則長公書《寶繪堂記》也。甚怪之，問其所從來，石田曰：「乃崑山龍白泉之子頃攜來，欲售人者。」予遂購之，可謂與長公有翰墨緣矣。石田所得長公《遠景樓賦》一卷，明古所有長公書二卷，一卷《醉翁操》，一卷與李商老帖，又有手札二紙，并余家舊藏長公書《養生論》一卷，較量相賞，惟此卷為尤也。友人邵二泉欲鈎此卷刻石流傳，予已雙鈎將半，誰虞北行，王事靡盬，世寶不與世共之，終玷缺也。及還家，明古乞書，遂摹此記與之。後明古深愛此卷，將燕文貴山水一幅、徐會稽《禹廟》詩一卷與余易之，余固不允。石田云：「豈不觀卷中煙雲之過眼？」余一笑而易之，故識其尾如此。癸丑四月六日延陵吴寬。（同前書卷四）

八　黄書子田帥蜀，其閫胡給事晉臣之女相攜赴任，過雪堂，胡以行筆書《赤壁》二賦於壁，觀者嘆絶。劉改之塡一詞題後云：「按轡徐驅，兒童聚觀，神仙圖畫（當作『畫圖』）。正芹塘雨過，泯香路軟，金蓮自折，小小藍輿。傍柳題詩，穿花覔句，嗅蕊攀條得自如。經行處，有蒼松夾道，不用傳呼。　清泉恠石盤紆，信風景江淮各異殊。想東坡賦就，籠紗素壁，西山句好，簾捲晴珠。白玉堂深，黄金印大，無此文君載後車。揮毫處，看淋漓雪壁，真草行書。」此胡媛，又一能書女士，不獨蘇若蘭、高渤海而已。（《六研齋二筆》卷一）

九　古人閨閤極重畫衣，士大夫燕居，亦有服之者。是以南朝諸公有九華半臂之製，宋《赤城詞選》載陳子高《虞美人》詞，題云：「曹申甫以着色山水小景作短製，思極蕭散，方倅龔明邀予為詠短製者，即半臂之類也。」詞曰：「越羅巧畫春山疊，箇裏融香雪。滿身空翠不勝寒，恰似那回偷印小眉山。　青驄油壁西陵下，髣髴當時話。而今眼底是高唐，拂拂淡雲疎雨斷人腸。」（同前）

一〇　吳仲圭忍貧孤隱，極不喜為人作畫，至於寫像，猶所靳者。然有《古木居士圖》一幀，為陳海屋先生作者。先生高隱，有道術，年九十餘而健飲，頭無二毛，蓋神仙中人。其圖作古檜三株，榮茂者，濃鬱如藏風雨；槎枒彫蝕者，崛强紐裂，若經嚴霜苦雪；野火燒餘者，多則千年，少亦數百年物也。林間一老長裾曳袖，氣韻澄澹，望之知為世外仙癯梅老傑思也。陳五雲者題云：「海屋先生別號古木居士，與余同庚，壯年偕遊海上，朝夕飲酒賦詩，談玄論道。余作滇南之役，先生避兵苕溪，不覺皆年九十又二。先生令嗣石渠先生，望重中秘，今已七衮有三。與毘陵倪元鎮、嘉興吳仲圭文墨往還，故得此圖。觀其古木如龍拏，怪石如虎踞，先生拱立，如閒雲出岫，飄飄有莊休、曼倩丰度。八年之後，添籌增算，余當賫詩奉賀，識此為券。九十二翁五雲老人陳策。」又姜寵題云：「古木居士與五雲老人同姓同庚，同里同學，得海外之術，有仙風道骨之態。余昔放浪五湖，每遇兩翁，一葉輕舠，隨潮順落，高唱新詞，逍遥於三泖，皆呼其為神仙兩翁。合夢稿行世，今將百歲，皆頭無二毛，日飲數斗，可謂不夢之陳摶矣，乃見五雲跋語云爾。釣月叟姜寵敬題，時年八十有一。」（同前）

一一　姚雲東晚慕神仙，喜與黃冠遊，且身為黃冠師，用方外言以陶汰歲月，未必真有得也。嘗為陸道士寫墨竹，系以一詞，其款云：「陸卧雲，碧淵之師，嘗問長視之術於余故福源室中，亦可以分半榻之雲。丹丘之中，其師弟每為留宿之客，既作墨竹，復重以言者，其有以耶？」詞曰：「王子仙成，吹簫處、一雙青鳳飛來。借問如今世界，何地是蓬臺。更有葛陂投杖，龍躍起、鼓浪轟雷。何如我、詠猗猗菉竹，淇水之湄。蒼雪生吾珍篳，碧香又落霞杯。喚道人相對，醉後玉山頽。百年笑口，開得幾千迴。」（同前）

一二　湯正仲，字叔雅，楊補之甥。寫梅法補之，楷書遒整，學褚河南而加蒼老。嘗書補之所作梅詞《柳梢青》十首詞，亦工麗。陳眉公先生攜卷見示，詞曰：「為愛冰姿，畫看不足，吟看不足。已恨春催，可堪雪裏，飛英相逐。　祇應標格孤高，似羞對、妖紅媚緑。藏白收香，放（一作『任教』）桃李，漫山麤俗。」「雪艷煙痕，又要春色，來到芳尊。憶得年時，月移清影，人立黃昏。　一番幽思誰論，但永夜、空迷夢魂。遶遍江南，繚墻深院，水郭山村。」「月轉墻東，幾枝寒影，一點香風。清不成眠，醉憑詩興，起遶珍叢。　平生只個情鍾，漸老矣、無愁可供。最是歎息，倚樓人在，橫笛聲中。」「玉骨冰肌，為誰偏好，特地相宜。一段風流，廣平休賦，和靖無詩。　綺窗睡起春遲，困無力、菱花笑窺。嚼蕊吹香，眉心貼處，鬢畔簪時。」「天賦風流，相時宜稱，著處清幽。雪月光中，煙溪影裏，松竹梢頭。　生憎人在高樓，羌笛怨、驚催鬢秋。不道明朝，半隨風遠，半趂波浮。」「水曲山坳，寒梢冷蕊，隱映修篁。細細吹香，疎疎沉影，惱斷迴腸。　為伊駐馬橫塘，（脱『漫』字）立盡、煙村夕陽。空嫋吟鞭，幾多詩句，不入商量。」「傲雪凌霜，愛他梅蕊，纔借春光。步繞西湖，興餘東閣，可奈詩腸。　娟娟月轉迴廊，悄無處、安排暗香。一夜相思，幾枝疎影，落在寒窗。」「月墮霜飛，隔窗疎瘦，微見橫枝。不道寒香，解隨羌管，吹到屏帷。　個中風味誰知，睡乍起、烏雲任攲。嚼蕊挼英，淺嚬輕笑，酒半醒時。」「茅舍疎籬，半飄殘雪，斜卧低枝。可更相宜，煙藏修竹，月在寒谿。寧佇立（此句一作『從容竚立斯須』），揥瘦損，無妨為伊。誰賦才情，盡成幽思，寫入新詩。」「屋角墻隅，占寬閒處，種兩三株。淡月微雲，嫩寒清曉，香徹庭除。羣芳欲比何如，癯儒豈、膏粱共途。因事順心，為花修史，須紀中書。」（同前書卷三）

一三　《樂苑》曰：《柘枝曲》，羽調也，《屈柘枝》，商調也。此舞因曲為名，用二女童，帽施金鈴，抃轉有聲。其來也，於二蓮花中藏，花拆而後見，對舞，實舞中雅妙者也。沈亞之、盧肇俱有《柘枝賦》。沈賦云：「昔神之克，遂以玉笛按之，非天樂也。曲名《霓裳羽衣》，後傳於樂部。」盧賦曰：「古也郅支之技，今也柘枝之名。」此可見柘枝之名本由郅支來也。（同前）

一四　白樂天孫白龜年住嵩山，遇李太白招之曰：「我自水解後，放遁山水間，因思故鄉，西歸嵩峰中，帝飛章薦奏，見辟掌牋奏，於此今已百年矣。近過潼關，有一辭曰：『曾宴桃源深洞，一曲歌鸞舞鳳。常記別時，明月落花煙重。如夢，如夢，和淚出門相送。』乃書一卷，遺之曰：「讀此，可辨九天禽語。」夫太白詞麗然，與禽語何關？又杜子美詩云：「夜闌更秉燭，相對如夢寐。」療瘧法，對日握棗，書此十字於空中，仍噏，日氣一口吹棗上，不換手，以啖病者，輒愈，此又何理也？豈才靈之語出於元化，被之者靡不通徹耶？（同前書卷四）

一五　蘇文忠《竹石》一卷，有題跋，絶俗神品也。録之：「昔歲余嘗偕方竹逸尋净觀長老，至其東齋小閤中，壁有與可所畫竹石，其根莖脈縷、牙角節葉，無不臻理，非世之工人所能者。與可論畫竹木，於形既不可失，而理更當知生死新老，煙雲風雨，必曲盡真態，合於天造，厭於人意，而形理兩全，然後可言曉畫，故非達才明理不能辨論也。今竹逸求余畫竹，因妄襲與可法，則為之，并書舊事以贈。元豐五年八月四日眉山蘇軾。」子瞻先生於元豐己未自徐州移任吴興，日訪諸公高隱，談詩較墨，興至，輒點染竹石，詞翰隨贈所喜，若匪人，雖乞，弗與也。越三載壬戌，先生責黄州，僕亦有事於黄，竹逸方君寄此卷，素以乞先生竹石，至則先生往蘄水，俟旬餘始還。得拜覿於臨皋亭中，握手問故，飲半，劇述前望遊赤壁之勝，起而撫松長嘯，朗誦《赤壁賦》一過。僕知先生興酣矣，遂出卷，頂懇，蒙慨然揮灑，復書。春夜行蘄水，過酒家飲酒，乘月至溪橋上，解鞍少休。《西江月》詞一闋，賜僕捧視竹，若紫鳳廻風，石如白雲出岫，書則豪放軼宕，如快馬斫陣，而步伍自存。僕愧不知書，不敢管窺贊，然如釋迦牟尼現丈六金身，雖至愚至幼，靡不合掌稱佛者也。因識始末，并録先生詞以歸。竹逸。云：「照野瀰瀰淺浪，横空曖曖微霄。障泥未解玉驄驕，我醉欲眠芳草。可惜一溪明月，莫教踏破瓊瑶。解鞍欹枕緑楊橋，杜宇數聲春曉。」武林金鏡敬跋。（《六研齋三筆》卷一）

一六　梅道人倣荆浩寫漁舫十五，中段樹石一叢，前後山嶼，遠近出没四五疊。余兩見臨本，至今壬申三月始見真者，氣象焕如也。梅老題云：「余最喜關仝山水，清勁可愛。觀其筆法，出自荆浩。後見浩畫《唐人漁父圖》有如此製作，遂倣為一軸，為人求去，今復見之，不意物之有遇時也。一日，惟仲持此卷來，命識之。時（一作吁）昔之畫，今之題殆十餘年矣，流光易謝。悲夫！至正十二年七月十日，梅道人書於武塘慈雲之僧舍。」又畫上方每舫題一《漁家傲》詞，瀟灑超逸，逼真玄真子口吻，亦道人所製，書作藏真筆法，古雅有餘。詞云：「碧波千頃晚風生，舟泊湖邊一葉横。心事穩，草衣輕，只釣鱸魚不釣名。」一「收却絲綸歇却船，江頭明月正團圓。酒瓶側，岸花懸，枕着蓑衣和月眠。」二「輕風細浪漾漁船，碧水斜陽欲暮天。看白鳥，下長川，點破瀟湘萬里煙。」三「閒情聊爾寄絲綸，處處江湖着我身。波似練，髩如銀，欲釣如山截海鱗。」四「極目乾坤夕照斜，碧波微影弄晴霞。舟有伴，興無涯，那個汀洲不是家。」五「近日何人是我隣，滿川鳧鴨最相親。雲浩浩，水鱗鱗，青草煙深不見人。」六「舴艋為家無姓名，胡盧世事過平生。香稻飯，軟蓴羹，棹月穿雲任性情。」七「雪色鬚髯一老翁，能將短棹撥長空。人愛静，浪無風，宜在五湖煙雨中。」八「緑楊初睡暖風微，萬里晴波浸落暉。鼓枻去，唱歌回，驚起沙鷗樸漉飛。」九「年來情況屬漁船，人在船中酒在前。山歷歷，水涓涓，一曲清歌山月邊。」十「風攬長江浪拍空，扁舟蕩漾夕陽紅。歸别浦，繫長松，出自風恬浪息中。」十一「一個輕舟力幾多，江湖穩處載漁蓑。撑皓月，下長波，半夜風生不奈何。」十二「殘霞一縷四山明，雲起雲收陰復晴。風脚動，浪頭生，聽取虚篷夜雨聲。」十三「鈎擲萍波緑自開，錦鱗隊隊逐鈎來。消歲月，寄芳懷，却似嚴光坐釣臺。」十四「桃花水暖五湖春，一個輕舟寄此身。時醉酒，或垂綸，江北江南適意人。」十五（同前）

一七 元僧温日觀隱南屏，兼通外學，為人高潔自恣，以墨戲見意，不輕為人作。余纔得其《葡萄》一紙，僅作尺許，一杪破葉瑣藤間，垂十五顆，若隨手灑落，略不經意者，真神品也。乃為鄉人曾遇心傳省元所作者，本作二紙，以一託心傳寄趙子昂於燕京，此遇自得而手裝者，并得子昂題語，而跋者聯翩，皆勝國高逸也。日觀草法直追張府君芝、旭，素非所屑意矣，温題句云：「松江府是我鄉州，有愧平生欠一遊。子去扁舟泊煙渚，相煩致意舊沙漚（一作鷗）。」華亭友人歸故里，以詩為餞，日觀奉送，仍有今日之乍相識，曾公省元云旦晚有燕京之行矣，因書。　曾遇叙云：至元庚寅，以寫經之役起驛入京，瀕行之際。先一日至靈隱，别虎巖長老出，至廊廡，一老僧素昧平生，聞予華亭鄉音，近揖而笑握手。歸房，叱其使令於方丈索酒菓款洽，執縑素者填咽於其門，叱拒而不納。問之，甫知其為温日觀也。以遇將有行役，引墨寫葡萄二紙，一寄子昂學士，一以見贈。且以榮名相期，此意厔甚。别後，留燕書經，訖事，將得官，而轟薦福之雷。此卷偶留集賢翰林諸老處，多為着語，大為歸裝之光。今遂裒集成巨軸，南還未及數載，不獨温師化去，卷中名勝半歸鬼伯之阡。撫卷感嘆，系之以詩曰：「我初不識温玉山，偶然邂逅湖山間。戲寫葡萄贈行色，呼酒酌别期榮還。人言此僧性絶物，法書名畫求不得。一時青眼信有緣，鄉物鄉人嘗寶惜。淋漓醉墨蛟龍蟠，磊落圓珠星斗寒。疎略之中自精絶，工與造化争毫端。殷勤攜上金臺去，袖惹天香雜煙霧。價輕不敢博凉州，但費玉堂評品句。萬里歸來家四壁，沙鷗笑人空役役。惟餘翰墨爛生光，十年俛仰成陳迹。」大德改元，書於學古家塾。　趙魏公題云：日觀老師作墨葡萄，初若不經意，而枝葉肯綮，細玩之，纖悉皆具，殆非學所能至。俗人懇懇求之，靳不與一筆，遇佳士，雖不求索紙筆，揮灑無吝色，豈可謂道人胸中無涇渭耶？　余與師僅一再面，去冬曾君自吴來燕，辱以一紙見寄，相望數千里，不遐遺乃爾，展轉把玩，因想勝風。欲相從西湖山水間而不可得，因曾君出示此卷，敬書其後而歸之。　辛卯歲二月廿一日，吴興趙孟頫。　老君山人董思學調《齊天樂》云：「玉山曾醉涼州夢，圖芳夐無今古。露顆虬藤，風枝蠹葉，遺墨何人收取。當時贈與，記輕别西湖，笑離南浦，萬里奚囊，豈知隨處助吟苦。　歸來情寄漫遠，舊尋猶在望，荒亭荒圃。紺蕾攢冰，蒼陰弄月，休説堆盤馬乳。雲梯尚阻。袖一幅秋煙，掃空塵土。静想山窗，半垂寒架雨。」　齊人周密題云：百八牟尼顆，携將萬里遊。歸來還自笑，何不博涼州。　陸居仁用温師韻云：黄金臺北帝王州，我亦曾為汗漫遊。不入鳳池鵷鷺序，依然天地一沙鷗。（同前）

一八　嘉禾八景圖：勝景者，獨瀟湘八景得其名，廣其傳，唯洞庭秋月、瀟湘夜雨，餘六景皆出於瀟湘之接境，信乎其真為八景者矣。嘉禾，吾鄉也，豈獨無可攬可采之景與？閑閲《圖經》，得勝景八，亦足以梯瀟湘之趣，筆而成之圖，拾俚語，倚錢塘潘閬仙《酒泉子》曲子寓題云，至正四年歲甲申冬十一月陽生日，書於橡林舊隱，梅花道人鎮頓首。　空翠風煙：在縣西二十七里檇李亭後三過堂之北，空翠亭四圍竹，可十餘畝，本覺僧刹也。「萬壽山前，屹立一亭名檇李。堂陰數畝竹涓涓，空翠鎖風煙。　騷人隱士留題詠，紅塵不到蒼苔逕。子瞻三過見文師，壁上有題詩。」空翠亭，三過堂，本覺禪寺，檇李亭，萬壽山。　龍潭暮雲：在縣西通越門外三里三塔寺前龍王祠下，水急而深，遇旱則祈於此，時有風濤可畏。「三塔龍潭，古龍祠下千年跡。幾番殘毀喜猶存，静勝獨歸僧。　陰森一逕松杉夜，樓閣層層耀金碧。祈豐禱旱最通靈，祠下暮雲生。」白龍潭，三塔灣，龍王祠，景德禪寺。　鴛湖春曉：在縣西南三里真如寺北、城南澄海門外。「湖合鴛鴦，一道長虹横跨水。涵波塔影見中流，終日射漁舟。彩雲依傍真如墓，長水塔前有奇樹。雪峰古甃冷於秋，策杖幾經遊。」長水法師塔前有仁杏，葉上生果實。真如塔，長水法師塔，彩雲墓，雪峰井，五龍廟，鴛湖，雙湖橋，鴛湖，金明寺。春波煙雨：在嘉禾東春波門外舊日高氏圃中煙雨樓。「一掌春波，矗矗艖帆鬧如市。昔年煙雨最高樓，幾度暮雲收。三賢古跡通岐路，窣堵玲瓏插濠罟。荷花臯臯間菰蒲，依約小西湖。」三賢者：陸宣公、陳賢良、朱買臣。濠罟，三賢堂，放生橋，梓潼祠，馬塲湖，鹽倉，煙雨樓，陸贄祠，宣公橋，秦駐山，乍浦。月波秋霽：在縣西城堞上，下嵌金魚池，昔李氏廢圃也。「粉堞危樓，欄下波光摇月色。金魚池畔草蒙茸，荒圃瞰樓東。亭亭遥峙梁朝檜，屈曲槎牙接蒼翠。獨憐天際欠青山，却喜水廻環。」月波樓，金魚池，水西寺，爽溪，祥符寺，仁壽寺，天福寺，梁朝檜，楞嚴塔院，九品觀。三閘奔湍：在嘉禾北望吴門外端平橋之北杉青閘。「三閘奔湍，一塘遠接吴淞水。兩行垂柳緑如雲，今古送行人。買臣妻、恥（一無『恥』字）醮藏羞墓，秋茂郵亭遞書處。路逢樵子莫呼名，驚起墓中靈。」華光樓，端平橋，施侯祠，上閘，杉青閘，下閘，秋茂舖，吴江塔，震澤，洞庭山。胥山松濤：在縣東南十八里德化鄉，山約百畝餘，荷鍤翁墓，其下子胥古跡也。「百畝胥峰，道是子胥磨劍處。嶙峋白石幾番童，時有兔狐蹤。山前萬箇長身樹，下有高人琴劍墓。週廻蒼蔚四時青，終日戰濤聲。」石田，子胥試劍石，荷鍤亭，胥山，存吾堂，白石祠，石龜，聽雪亭。武水幽瀾：在縣東三十六里武水北景德教寺西廊，幽瀾井泉，品第七也。「一甃幽瀾，景德廊西苔蘚合。茶經第七品其泉，清洌有靈源。亭間梁棟書題滿，翠竹蕭森映池館。門前一水接華亭，魏武兩其名。」武水，幽瀾泉，景德教寺，吉祥大聖寺，魏塘，雲間九峰。幽瀾泉，乃嘉禾八景之一，而亭將摧，在山師欲改作而力不暇給，惟展圖者思有以助之，亦清事也。梅華道人鎮勸緣。竹懶曰：仲圭此製，全學范寬《長江萬里圖》，以點簇作小樹，借樹作圍遶其間，斷續遠近，層數稠密，一以樹為眉目，而城堞樓臺特標幟之。所以生發秀潤，真有百里見纖毫之意，古今作圖法也。然寫近景，如《輞川》、《草堂》、《獨樂園》等圖，則又須作樹石真態，不同此法矣。（同前書卷二）

一九 歙友王子玉携温日觀《葡萄》一卷來看，較余前所收無異，而老温草書更淋漓神旺，諸跋詞翰亦勝，録之：「舉世只知嗟逝水，何人微解悟空花。」此大唐貫休禪師佳句，皇宋温日觀為書之，為後人策勵之端，仍為寫龍鬚於後。癸巳年三月卅日，扁舟至天佛院，晴窗晚興，有兄副寺寶之。後又書云：紙長宜書好詩，為後之名勝，笑攬詩云：「明月清風宗炳社，夕陽秋色庾公樓。修心未到無心地，萬種千般逐水流。」「濃淡纍纍半幅披，却疑月架影參差。憑君問取乘槎使，還似宛西舊折枝。」蜀益川張夢應敬題，至元壬辰維夏書於雲間寓舍。會稽王斗祥敬觀於武川吴氏明遠樓。「吴綃蜀繭，筆底墨雲飛一片。點點秋腴，收得驪龍頷下珠。興來一掃，暗處有時捏似寶。霧葉煙條，幾陣西風吹不凋。」《減字木蘭花》山陰曾寅孫奉題。「昔年添竹延秋蔓，露葉離披馬乳寒。今日天涯忽開卷，還如月架夜凉看。」「一片秋雲江上影，老禪收拾入蒲萄。小窗剩着詩為伴，不博凉州意自高。」鄱陽仲輿葉衡題。就借日觀韻奉題：「老僧妙墨遍中州，好事携將萬里遊。要識色空同不朽，龍鬚馬乳等浮漚。」上饒程鳳飛。「墨浪黏天潑潑枝，纍纍數顆綴雲衣。

南風吹到燕山外，帶得幽薌巢底歸。」敬題日觀手卷後，明瑞頓首。温日觀，華亭人，寓西湖瑪瑙寺，寫蒲萄如破袈裟，松雪翁極重之。書法楊凝式，晚年專修净土，道行高卓，不獨書畫勝也。崇禎壬申五月，眉公陳繼儒題於佘山頑仙廬，同觀者，王景暉。（同前）

二〇　辛稼軒棄疾，才情豪放，見於填詞諸作，書法未有聞，亦未之見。甲戌春仲，得觀一卷，乃行書劄子，渾厚沉婉，有蘇欒城風氣，絶無拔劒罵坐之態，古人之不可相如此。今録其語於此：「棄疾自秋初去國，倏忽見冬。詹詠之誠，朝夕不替。第驅馳到官，即專意督捕，日從事於兵車羽檄間，坐是倥偬，略無少暇。起居之問，缺然不講，非敢懈怠，當蒙情量也。指吴會於雲間，未龜合并，心旌所向，坐以神馳。右謹具呈，宣教郎新除祕閣修撰、權江南西路提典刑獄公事辛棄疾。」（同前書卷三）

二一　蘇養直，名庠，隱居學道，往來句曲。東坡曾與通譜，呼為吾宗養直。贊其像云：「松風颼颼，瘦藤在手。唯此白叟，德全於酒。」蓋直風素節，士大夫仰之久矣。翰墨所遺，亦高邁不羣，今得覩其手柬二通，皆當時率意之筆，而點畫異趣，有不可勝窮者。特倩友鈎填入帖，而録其副於此。……後湖先生以《清江曲》見賞於東坡，今觀此詩帖，蓋有得於東坡者。東坡嘗謂延州季子張子房皆不死，嶺南之人亦言東坡不死，後湖真不死矣。德友久從之遊，恬於仕進。其文氣老而益健，有以也。夫乾道戊子冬至後二日，莆田陳雅書。（節録自同前）

二二　韋庶人頗襲武氏之風軌，中宗漸畏之。内宴，唱《迴波詞》，有優人詞曰：「迴波爾時栲栳，怕婦也是大好。外邊秖有裴談，内裏無如李老。」韋后喜，厚賜之。（《雅噱篇》卷二）

二三 劉伯芻侍郎所居巷，日有鬻餅者，早過户，必聞謳歌當爐。召與萬錢，令多其本。曰：「取胡餅償之。」後過其户，寂不聞聲。呼問曰：「何輟歌之速乎？」曰：「本領既大，心計轉粗，不暇唱《渭城》矣。」（同前書卷五）

二四 宋時行都節序皆有休假，惟七夕百司皆入局，不準假。有時相古村，問堂吏云：「七夕不作假，有何典故？」吏應云：「七夕古今無假。」時相但唯唯，不知其有所侮也。蓋用柳詞七夕《二郎神》云：「須知此景，古今無價。」（同前）

二五 宋夫人戲作破題，古曲題云：「看看月上蒲萄架，那人應是不來也。最苦是、一雙鳳枕，閒在繡幃下。」破云：「時至人未至，君子不能無疑心。物偶人未偶，君子不能無感心。」吴歌題云：「月子彎彎照幾州，幾家歡樂幾家愁。幾家夫婦同羅帳，幾家漂散在他州。」破云：「運於上者，無遠近之殊形。於下者，有悲歡之異。」小曲題云：「媽媽只要光光鏝，我苦何曾管。雪下去，官賣酒輪番，幾曾得免？ 怎容懶，有客教奴伴。」破云：「吾親狥利而忘義，既不能以憂人之憂；吾身狥公而忘私，又强欲以樂人之樂。」（同前書卷六）

二六 曹東畝赴省，陸行良苦，作詞自慰其足云：「春闈期近也，望帝京迢迢，猶在天際。懊恨這一雙脚底，一日厮趕上五六十里。 争氣，扶持我去，博得一官歸。恁時賞你，穿對朝靴，安排你在轎兒裏。更選弓鞋，夜間伴你。」（同前）

二七 大名王和卿，滑稽挑達，傳播四方。中統初，燕市有一蝴蝶，其大異常，王賦《醉中天》小令云：「掙破莊周夢，兩翅駕東風。三百處名園，一采一箇空。難道風流種，諕殺尋芳蜜蜂。輕輕的飛動，賣花人搧過墻東。」由是其名益著。時有關漢卿者，亦高才風流人也，王常以譏謔加之，關雖極意還答，終不能勝。王忽坐逝，而鼻垂雙涕尺餘，人皆歎駭。關來吊唁，詢其由，或對云：「此釋家所謂坐化也。」復問鼻懸何物，又對云：「此玉筯也。」關云：「我道你不識，不是玉筯是嗓。」咸發一笑，或戲關云：「你被王和卿輕侮半世，死後方纔還得一仇。」凡六畜勞傷，則鼻中常流膿水，謂之嗓病，又愛訐人之短者，亦謂之嗓，故云爾。（同前）

二八　謝希孟在臨安狎娼，陸氏象山責之曰：「士君子乃朝夕與賤娼女居，獨不愧於名教乎？」希孟敬謝，請後不敢。他日復為娼造鴛鴦樓，象山聞之，又以為言，謝曰：「非特建樓，且有記。」象山喜其文，不覺曰：「樓記云何？」即口占首句云：「自遜、抗、機、雲之死，而天地美（當作英）靈之氣不鍾於世之男子，而鍾於婦人。」象山默然。希孟一日在娼所，忽起歸興，遂不告而行。娼追送江滸，泣涕戀戀，希孟毅然取領巾書一詞與之，云：「雙槳浪花平，夾岸青山鎖。你自皈家我自皈，說著如何過？　我斷不思量，你莫思量我。將你從前於我心，付與旁人呵。」（同前書卷七）

二九　大通禪師者，操律高潔，人非齋沐，不敢登堂。東坡一日挾妙妓謁之，大通慍形於色，公乃作《南歌子》一首，令好（當作妙）妓歌之，大通亦為解頤。公曰：「今日參破老禪矣。」其詞云：「師唱誰家曲？　宗風嗣阿誰？　借君拍板與門槌，我也逢場作戲莫相疑。　溪女方偷眼，山僧莫貶（當作眨）眉。却愁彌勒下生遲，不見老婆三五少年時。」（同前書卷八）

三〇　蘇子瞻與客遊金山，適中秋，天宇四碧無際，加江流澒湧，月色如晝，遂共登金山妙高臺，命歌者袁綯，歌其《水調歌頭》曰：「明月幾時有，把酒問青天。」歌罷，蘇自起舞，一坐大咲。（同前書卷十）

三一　《陳四可非業序》：顧長康為人圖壁，丹粉灑落，地生奇草，綺靡繡錯，陸離可觀。越人繅野繭成精穀，神見夢曰：此江文通集中蠹魚所化，非凡品也。造物者挾神奇靈妙之氣，無論筆端腕底，其能陶冶萬有若此。余友陳白石生平無他嗜，嗜書。少與余同研席，即有窮盡天下隱文祕籙之意，遇即抄撮，無間寒暑。余時亦縱心跳踉於百家蕩潏中，務各出其精騎，而於本業僅如漢設戊巳校尉，覊縻而已。無何，余以短羽輕飛，挂弋人之網，而白石謝縫掖，益敦夙尚，搜抉擿摘，聞有隱伏，雖千里必赴，意良快也。白石郎君四可，英物也，髮垂髫，已盡讀其父藏書。喜弄筆墨，成小言自娛。一日，為《鷄子賦》以示余，詼劇中具有精理，余謂白石，是寧馨足吐舒君胸中矣。嗣後聲益鵲起，所著撰益富，韻而騷、選、絶、律，不韻而碑、誌、叙、記，下逮填詞譜曲，書、疏、竿牘之語，靡不標逸鮮令，割魏、晉之膏，嚌齊、梁之馥，而秦、漢古骨珞然亦在。蓋四可文大都得之心靈者十七，而所醞釀羣籍者，功非淺矣。白石知聚書自快，而弓冶塗塈，竟成一四可，昔明允閉影眉山，而啓軾、轍，亦是物也。嗟乎！四可插鳳羽於腋閒，隱麟文於肉際，出則瑞時，處亦邁俗。其為神奇靈妙，又寧止餘瀋蠹殘所化而已哉！其名集曰《非業》，明非本業也。而天下治本業者，喜獵子史、稗雜、剩語、浮艷以表新異，四可能獨漱其精，時古而古，時今而今，何業之非本業乎？余故願四可益發武庫，蒐練七萃，而

二之以遞出遞入，毋僅若余輩之羈縻而淺收可也。（《李太僕恬致堂集》卷十三）

三二　《書石門文字禪後》：余讀老寂音智，證林間僧寶諸書，及所作偈頌，針綫紗密，崖岸峥嵘，真出没變化，游戲法海之魚龍也。銘跋散筆，如莖蕙寸巒，具有風格。前獨俎豆蘇、黄，殊非勝場。填詞間雜柔情，鴉青螺黛，令讀者流誕，宜為超然老所呵，豈朽木蒸芝、古苔繡壁、妍紗自吐、非關紬繹耶？冬夜寒雨滴階，煎手焙雷，芽漱此真味。癡曇題於澹然無營齋中。（同前書卷三十六）

陳汝錡詞話

陳汝錡，字伯容，高安（今江西）人。早為諸生，問學淹博，尤矩矱自持。嘉靖中由貢生官建陽縣訓導，在官一年而卒。所著有《周史總長短書》，一名《甘露園短書》，凡十一卷，萬曆庚戌自序云：文之有首尾、稍紓徐曲折者為長言，於經史及古今人物各為論一篇，大約多縱横之辭；其邊幅稍狹、辭不加純、緣若語録説家之類者為短書，議論尤多而考證少，間記時事。所居曰甘露園，故名。此據《四庫全書存目叢書》影印明萬曆三十八年陳邦瞻刻清康熙六年劉顒人重修本録詞話三則。

一

精極：傳稱共工氏戰不勝，頭觸不周山，山崩。堯時，十日並出，令后羿射之，落其九。魯陽與秦戰，日暮舉戈一揮，日返三舍。燕太子丹質秦思歸，烏頭荒白馬生角。此類多矣，人言嘖嘖，吾以為然，何者？寸丹可以吞重玄，片命可以滲九幽。能以芥子敵須彌，亦能使無情為有知。今舉死者以明生者，曲阜宣聖墓不生荆棘，復有楷木，文如貫錢，有縱無横，削之為杖，乃可戒暴。東阿徐君墓，延陵季子掛劍處也，墓主掛劍，草葉如負劍，服之已，人心疾。戰國時，魏有民從征戍秦，久不返，妻思而卒，既葬，塚上生木，枝葉皆向夫所在而傾，名相思木。秦有相思草，一名愁婦草，一名寡婦草。江東虞美人墓有草，聞人唱《虞美人》曲，則枝葉動摇，即唱他曲不然，名虞美人草。胡地有青塚，王明妃塚也，胡地草皆白色，惟明妃塚草獨青，示不忘漢。杭之棲霞嶺有岳武穆墓，古木枝皆南指，示不北向。以後準前，涣然冰釋，蓋棺且爾，安論當年紅粉且爾，况彼丈夫？又按垓下之圍，不聞項王諸臣有一慷慨作田横客者，而獨美人為之死，死而魂魄依依，化骨為草，以寓其凄凉繾綣之意，與蜀帝之聲，胥江之潮等為悲切，亦等為千載，大堪滴淚。（《甘露園短書》卷四）

二　文彦博：宋紹興中，王鈇帥番禺，有墨聲。朝廷除司諫韓璜為提刑案之，王甚憂。妾，故錢唐娼也，曰：「公毋憂，是韓九也，舊與妾好，須其來，妾有以敗之。」及至，韓作態甚，王强邀之，飲酒酣，妾隔簾歌韓昔所贈詞，韓心動，狂不自制，曰：「汝乃在此耶？」呼之出，不可，以舞要韓，韓醉甚，即索舞衫，塗抹，蹌踉起，忽仆於地，酒醒，無以自容，旋解舟還，遭彈，而王迄善罷。此祖述郵亭事而虐（當作謔）用之者也，然在江南主用之則為謔，而用之於色厲内荏之陶穀，則以剉其矜己卑人之態，在王鈇用之則為險，而用之於奉辭案部之韓璜，則不免有脱禍禍人之心。及檢《清波雜志》，文潞公亦有此事，文帥成都，有飛語，朝庭遣蜀人御史何剡（當作郯），因謁告，俾伺之。文懼，遣幕客與何密者，迎於漢州，携營妓王宫花往，僞作家姬，以舞佐酒，何醉中贈詩云：「蜀國佳人號細腰，西臺御史惜嬌嬈。從今改作王宫柳，舞盡春風萬萬條。」及至成都，此妓出迎，何踧踖，不復措手而歸。潞公人品，論者以之伯仲富、韓，乃不免與王鉠比肩項耶？雖同為脱禍之計，然王鉠特因而敗之，發覆於韓九，而抉其私。潞公則迎而誘之，設阱於何，罪而陷使入。而馬永卿亦謂公歸自成都，行李甚盛，姬侍皆騎從，錦繡蘭麝溢人眼，觀者嘆羡。豈前之漏網於御史、尚俟以誇詡？真市兒耶？唐子方所云：「造問金奇錦，夤緣近宫掖。」不得謂事在有無之間也，必事在有無之間，是何等事？而潞公自謂介所言皆中臣病也。唐介以文彦博事竄英州，梅堯臣以詩送之，略云：「朝有巨奸臣，介所憤嫉（當作疾）奸。巨（脱『奸』字）宰相博，邪行世莫匹。曩時守成都，委曲媚貴嬺。銀璫插左貂，窮臈使馳馹。宫媛將誇侈，中賚金十鎰。為我寄使君，奇文織纖密。遂傾西蜀巧，日夜急鞭抶。紅經緯金縷，排科鬭八七。比比雙蓮花，篝燈戴心出。幾日成一端，迅裓如鬼疾。明年觀上元，被服穩稱質。瑧然驚上目，問所從來實。對云奉至尊，於妾豈能必。遂回天子顔，百事容丐乞。臣今得具陳，狡詐彼非一。偷威與賣利，次第推甲乙。是惟陰猾雄，仁斷宜勇黜。」（同前書卷九）

三　荼蘼：唐則天后欲遊上苑，左右對開花尚稀，后以詩促之曰：「明朝遊上苑，火速報春知。花須連夜發，莫待曉風吹。」次早，群英已爛熳矣。明皇二月，初見殿前柳杏未發，歎曰：「對此，豈可不與他判斷？」即取羯鼓臨軒縱擊一曲，名《春光好》，反顧杏柳皆已發析，笑曰：「此事豈得不唤我作天公？」國朝武廟幸揚州，問左右立春，未對，曰：「去今尚十餘日。」上曰：「春迎之，即至耳，豈能久俟？」立命迎春於楊之東郊。明日，百花盛開，河冰解凍，或謂人主精神能役使造物，非也，政偶然耳。歲己卯，予與德遠讀書山中，喜移蒔花草時，横岡有荼蘼花，類寶珠而差小。予分半移植舘軒，始至，已纍纍蕾矣。需盛開，即買酒賦詩。已漸瘁，久之，葉亦瘻落，僅存枯林，予恚甚，作詩三首罵之，詩成，而德遠《檄花神》文自袖中出，讀之一笑。后三日，晨步，忽見一小緑綴枝上，如黍米，就視之，蕾也。相語愕然，豈死株能更芳耶？自蕾而花，醖釀可半月餘。色哆甚，人亦倍於常，又十餘日，乃彫去，而更無别英，亦不復作，葉遂瘻焉。一時相誇，以為生理已盡，特屈於所檄，而激發於三詩之罵，勉一開以塞意，然終是偶然。（同前書卷十一）

陳師詞話

陳師，字思貞，號貞亭，錢塘（今浙江）人。嘉靖壬子舉人，嘉靖壬戌會試副榜，授華亭縣教諭，官至永昌府知府。所著有《禪寄筆談》、《覽古評語》。《禪寄筆談》十卷《續談》五卷，是書乃其自永昌罷歸寓居僧舍時作，故以禪寄爲名，此據《四庫全書存目叢書》影印明萬曆二十一年自刻本録詞話四則。

一　蘇東坡被謫，時值丙辰中秋，翫月，作《水調歌》，都下傳唱，内侍録呈神宗，讀至「猶恐瓊樓玉宇，高處不勝寒」，上因嘆曰：「蘇軾終是愛君。」遂得量移汝州。嘗考唐、宋時臣下詩歌往往得達帝所，而又賞鑒，太和之氣象亦可徵也。（《禪寄筆談》卷一）

二 《詩法源流》云：唐人以詩為詩，宋人以文為詩。唐詩主於達情，故於三百篇為近；宋詩專主議論，故於三百篇為遠。詩註又謂陳後山評人有云：「蘇明允不能詩，歐陽永叔不能賦，曾子固短於韻語，黄魯直短於散語，蘇子章（當作瞻）詞如詩，秦少游詩如詞。」後山評之當矣。然後山亦有短處，殊不自知，正如杜與李太白云：「何時一杯酒，重與細論文。」則譏其欠細密也。李與子美云：「借問緣何太瘦生，總為從前作詩苦。」則譏其太沉着也。（同前書卷五）

三 《王直方詩話》舉東坡、少游、後山數詩，以為詩讖。漁隱以為不然，謂人之得失生死皆有定數，烏有所謂詩讖哉？予謂此説亦失之偏，詩之關於讖，不可謂之無，但一一皆中，恐不盡然。蓋人之出言行事，一時精神意氣所向，誠有偶中，而夢寐影響之間，莫靈於人之心神，禎祥災害固有先兆者，非妄也。但泥於詩詞，而遂以為讖，殆非儒者燭理反躬之道矣，盍亦以理貞遇乎？（同前）

四 金、元曲子多用「措大」，按《太平廣記》：成都多丐者，逢人即希一文，云：「失墜文書，求官不遂。」人皆哀之，後積錢數千萬，莫有知者，成都人槩呼求事官人為乞措大。又載唐蕭颕士晚行，遇一婦人，疑是野狐，唾叱之，奔至主人店，所見婦人從門來，其店叟曰：「何為衝夜？」曰：「被一害風措大呼兒作野狐，合被唾殺。」則「措大」語自唐有矣。（同前書卷六）

沈愷詞話

沈愷，字舜臣，號鳳峰，華亭（今上海）人。嘉靖己丑進士，官太僕寺卿，寧波知府，官至湖南布政司右參政。所著有《環溪漫集》、《夜燈管測》。此據《四庫全書存目叢書》影印明隆慶五年至萬曆二年沈紹祖刻本《環溪集》録詞話一則。

一

《小園燕集詩引》：端午之夜，聞諸山人西墅之遊甚樂，時新月已酉，銀河欲墮，忽聞江樓笛韻，水聲魚躍，遂興不自禁。呼童命酒，坐溪橋之上，歌懷歸詞，奏協金石，聲振厓谷。方水氣作寒，吕山人乃索錦裀，與張公子共擁。而沈山人亦取翠雲裘披之，横股而坐，且觴且咏，飲至無筭，詩亦幾滿奚囊，此其事奇不奇也。昔王定國與顔長道為聖女山之遊，時東坡翁以事不得往，夜着羽衣，佇立於黄樓上，相視而笑，以為李白去後世間無此樂三百年矣。當時侈為美談。蘇、王去後又幾百年，於兹而復有此樂，果奇不奇也。嗟乎！坡老百代人豪，猶以不得與兹遊為欠事。余何人，斯敢濫兹勝？真不自揣，漫次韻一首。不惟識諸山人一時之盛，且留作他日談柄云。吕山人，字中父。張公子，字平叔。沈山人，字嘉則。皆浙之鄞人。(《環溪集》卷二十一)

程嘉燧詞話

程嘉燧（一五六五—一六四三），字孟陽，號松圓，休寧（今安徽）人，僑居嘉定（今浙江）。崇禎末布衣。少不羈，棄舉子業，學擊劍不就，乃折節讀書。精音律，工書畫，而詩尤工，世推為松圓詩老。僑居嘉定，歸老於歙。著《松圓浪淘集》、《松圓偈庵集》、《破山興福寺志》等，此據《續修四庫全書》影印明崇禎刻本《松圓浪淘集》、《松圓偈庵集》録詞話一則。

一　自序《浪淘集》：余弱冠好唐人詩，學之三十年，輒緣手散去，友人或勸之存其本，余弗遑也。然酒間，值所知，口吟手揮，即纚纚不能休。唐子叔達，高閒士也，一日從旁笑，謂余曰：「吾憂若詩牢錮子藏識，奈何？」余為矍然。子柔又嘗欲採余律詩俊句為作佳書，傳示同好，余自愧，謝勿以為。

壬子二月，武昌回，與瞿起田同舟江行，苦風浪，半月而至九江，簸蕩掀坼之中，摇神滌藏，時時以酒澆之，半酣，起田輒濡筆伸紙，請吟余詩，隨手書之，余頽然之餘，聊為爾爾。風不止，起田亦不倦，至南京，則余詩幾盡，凡七百餘篇，録成而歸。李長蘅、汪無際各傳寫之，錢受之與好事尤亟稱之，多有其本。余固不得藏已，在上黨，無事，因合書為一集，增定，計千餘篇，題曰浪淘者，以余宿習舊質已在憶忘之間，似沉沙然，偶為驚濤激浪所淘汰而出之者耳，非僭引昔賢赤壁詞語也。萬曆戊午冬日，程嘉燧書。（《松圓浪淘集》。筆者按：此又見載於《松圓偈庵集》卷上，其中末句作「戊午書於上黨偈庵」。）

劉士驥詞話

劉士驥（一五六六—一六一〇），字允良，號祝陽，禹城（今山東）人。萬曆甲辰進士，官翰林院編修。假歸，恂恂鄉黨間，濟人利物，不甘自好，惜年未永而卒。所著有《蟋蟀軒草》、《視學小草》。此據《四庫全書存目叢書》影印明刻本《蟋蟀軒草》録詞話一則。

一

《賀武城訓馬師誕彌令旦詞并引》：伏以教宏絳帳，培桃李之濃陰；名紀丹臺，迓松椿之永筭。駿望夙崇於北斗，鴻禎彌固於南山。麟紱凝祥，鱣堂集慶。恭惟老師：得天間氣，為世偉人。真醇不媿先民，清介堪風末俗。天高海濶，朱紫陽之曠懷；月霽風光，周濂溪之雅度。朝經暮史，左矩右繩。殫見洽聞，學海探驪龍之穴；崇論竑議，辯河激白馬之津。識洞幾，先燭照，數計而龜卜；辭臻理，奥日光，玉潔而蛟翔。信有德而有言，宜成己以成物。其在閉門脩業之日，已多負笈從遊之徒。迨奉綸音，益宜鐸響。典謨親授，濟南重見伏生；文學夙嫺，武城再逢言偃。力回士習，躬飭師模。滿座春風，拂杏壇而布煖；及時化雨，灑芹泮以流波。兹届仲秋，適當初度。金行毓秀，節操所以堅貞；桂魄分精，性靈宜其圓朗。雲間瑞露釀香，曉泛於瑶巵；月裏玄霜大藥，宵凝於玉杵。況際一人之華誕，尤為千載之奇逢。既示兆於從龍，必分榮於附鳳。青雲自致，摶九萬里以何難；緑鬢長新，歷八千秋而不老。籌增東海，桃薦西池。堦前綵服騰歡，門下青衿獻頌。某等自慙樸遬，夙荷陶甄。瞻景禍於崗陵，欣逢華旦；托微忱於潢潦，祗奉清觴。拜手祝遐齡，奚啻絳縣老人之壽；濡毫裁短調，奈乏黄絹幼婦之辭。詞曰：「玉鑑懸空，才過却，中秋佳節。當此日，九天閶闔，嵩呼聲徹。已見虹流生聖主，還驚嶽降鍾人傑。羡文星、即逐帝星來，真奇絶。　詞倒峽，談霏屑。開後覺，光前哲。想天教耆碩，身依日月。漢代申公經術好，周家吕望勳名烨。更朱顔、難老似籛鏗，傳僊訣。」右調《滿江紅》。

宋廷琦詞話

宋廷琦，城武（今山東）人。行蹟不詳，嘉靖時在世。此據《續修四庫全書》影印明嘉靖刻本《碧山詩餘》録序文一則。

一

《碧山詩餘後序》：山東鄙人聞太史王渼陂先生之名舊矣，及壯遊京師，獲覩其文集及諸樂府，始竦然大駭。曰：「是何富且奇也！」既而叨尹鄠邑，辱侍几杖。一日，盃酒從容，談及詩餘，先生咲顧其孫曰：「山木，吾春雨亭有一束書，取來。」拜領以歸，詳覽精思者累日，見其篇少趣多，衆體咸備，或慷慨激烈，或舒徐和平，或醒藉含蓄，或清淑簡易，要皆華敏高妙，與李太白、温飛卿為千年友，蘇、黄而下不論也。始復竦然大駭，曰：「是何雅且麗也！」夫美而愛，愛而傳，公也。遂鋟諸梨，與好藝文者共之。先生名九思，字敬夫，號渼陂，一號碧山，今八十四歲。□□且日事詠歌，無異少年云。時嘉靖辛亥春正月戊午日，城武後學宋廷琦書。

張守中詞話

張守中，字大石，聞喜（今山西）人。嘉靖中舉人，授保定通判，遷通州知州。擢雲南兵備僉事，萬歷初累擢右僉都御史、巡撫延綏，進右副都御史卒，官贈兵郎左侍郎。此據《續修四庫全書》影印明嘉靖三十年張守中刻本《王西樓先生樂府》録序文一則。

一《刊王西樓先生樂府序》：往時外翁西樓先生所著樂府，先大夫嘗刻之郡齋。甲辰歲，燬於火，識者咸惜之，謂翁之作不可以無傳也。不肖乃重為校正，刻於家塾。曰：夫聲音之道微矣哉！古者審聲以知音，審音以知樂，故樂府之作，其來尚矣。翁生富室，獨厭綺麗之習，雅好古文詞。家於城西，有樓三楹，日與名流譚咏其間。風生泉湧，聽者心醉，脱略塵俗之故，以從所好。既而藝日精，家日窘，翁怡然不以為意。逍遥乎宇宙，徜徉乎山水，出其金石之聲，寄興於烟雲水月之外，洋洋焉不知老之將至。此其襟度有過人者，故所作冲融曠達，類其久也。今觀其村居之作，甘恬退也；久雪之詞，刺陰邪也；元宵之章，樂昇平也；失雞之曲，見雅度也；喇叭之咏，斥閹宦也；五方之嘲，悟愚俗也。大都非漫作者。翁紗達律吕，率意口占，皆合格調，每一傳誦，人争慕之。儲文懿公、莊定山公與翁交契獨深，見翁製作，無不嘆服，謂其為古摩詰之流也。翁琴奕詩畫咸精，不特長於詞學而已。嘉靖辛亥重陽日，不肖甥張守中頓首拜書。

陳耀文著輯詞話

陳耀文，字晦伯，號筆山，確山（今河南）人。生而穎異，好古，無所不覽，日記數千言，鄉里號為神童子。登嘉靖庚戌進士，授中書舍人，累官陝西兵備副使，行太僕寺卿。告歸，杜門，日事著述。編著有《天中記》、《正楊》、《學林就正》、《學圃萱蘇》、《經典稽疑》、《花草稡編》等。《花草稡編》十二卷，採掇唐、宋歌詞，間及元人，自序稱是集因唐《花間集》、宋《草堂詩餘》而起，故以「花草稡編」為名。《天中記》六十卷，為類事之書，以所居近天中山，故題曰《天中記》，援引繁富，能一一著所由來。《正楊》四卷，皆糾楊慎所著《丹鉛》諸録之譌，甚為博贍。《學林就正》四卷，此書聚諸駁雜異説、詆呵聖賢，隨事辨正。《學圃藼蘇》六卷，雜録諸書新異之語，隨閲隨鈔，自備談資而已。此據内閣文庫藏明萬曆刊本《花草稡編》、臺灣學生書局出版《雜著秘笈叢刊》影印明隆慶三年刻本和影印文淵閣《四庫全書》本

《正楊》、《四庫全書存目叢書》影印萬曆間刻本《學林就正》和影印明萬曆五年東巢刻本《學圃藼蘇》、臺北文海出版社影印明刊本《天中記》録詞話二百四十四則。

一　《花草稡編叙》：夫填詞者，古樂府流也。自昔選次者衆矣，唐則有《花間集》，宋則《草堂詩餘》。詩盛於唐，而衰於晚葉，至夫詞調獨玅絶無倫。然世之《草堂》盛行，而《花間》不顯，故知宣情易感，含思難諧者矣。余自牽拙多睡，嘗欲銓稡二集，以備一代典章，顧以紀緝《天中》，因循有未果者。嗣以飄泊東南，納交素友淮陰吴生承恩、姑蘓吴生岫，皆躭樂秇文，藏書甚富。余每得之假閲，輒隨筆位序之，久之，遂成六卷。移疾歸來，游息竹素，綜綴正業之餘，因復益以諸人之本集、各家之選本、記録之所附載、翰墨之所遺留，上遡開、天，下訖宋末，曲調不載於舊刻者，元詞間亦與焉。其義例以世次為後先，以短長為小大，為卷一十有二，計詞三千二百八十餘首，麗則兼收，不無有乖於大雅。文房取玩，略闕前輩之典刑。邑矦太初謂《天中》百卷，未便刻成，此帙無多，宜先付梓。余重違其意，漁獵剪耘，殆逾二紀，敝帚亦不忍遂棄者。所愧顧曲遠謝於周郎，酸鹹或爽於衆口，貽之詞垣，庶期寄於取材云。是刻也，繇《花間》、《草堂》而起，故以《花草》命編。旹萬曆癸未冬日之吉。（《花草粹編》）

二　余自幼好吟詩，壬寅秋始識静翁於澤濵，癸卯識夢窓。暇日相與倡酧，率多填詞。因講論作詞之法，然後知詞之作難於詩。蓋音律欲其協，不協則成長短之詩；下字欲其雅，不雅則近乎纏令之體；用字不可太露，露則直突而無深長之味；發意不可太高，高則狂怪而失柔婉之意。思此，則知所以為難。子姪輩往往求其法於余，姑以得之所聞，條列下方，觀於此，則思過半矣。（同前書「樂府指迷」）

三　凡作詞，當以清真為主。蓋清真最為知音，且無一點市井氣，下字運意皆有法度，往往自唐、宋諸賢詩句中來，而不用經史中生硬字面，此所以為冠絕也。學者看詞，當以周詞《集解》為冠。（同前）

四　康伯可、柳耆卿音律甚協，句法亦多有好處，然未免有鄙俗語。（同前）

五　姜白石清勁知音，亦未免有生硬處。（同前）

六　夢窓深得清真之妙，其失在用事下語太晦處，人不可曉。（同前）

七　施梅川音律有源流，故其聲無舛誤，讀唐詩多，故語雅澹。間有些俗氣，蓋亦漸染教坊之習故也，亦有起句不緊切處。（同前）

八　孫花翁有好詞，亦善運意，但雅正中忽有一兩句市井句，可惜。（同前）

九　大抵起句便見所詠之意，不可泛入閑事，方入主意，詠物尤不可泛。（同前）

一〇　過處多是自叙，若才高者方能發起別意，然不可太野，走了元意。（同前）

一一　結句須要放，開合有餘不盡之意，以景結情最好。如清真之「斷腸院落，一簾風絮」，又「掩重闘，偏城鐘鼓」之類是也。或以情結尾亦好，往往輕而露，如清真之「天便教人，霎時厮見何妨」，又云「夢魂凝想鴛（即『鴛』字）侶」之類，便無意思，亦是詞家病，却不可學也。（同前）

一二　如詠物，須時時提調，覺不分曉，須用一兩件事印證方可。如清真詠梨花《水龍吟》第三、第四句，須用「樊川」、「靈關」事，又「深閉門」及「一枝帶雨」事，覺後段太寬，又用「玉容」事，方表得梨花。若全篇只説花之白，則是凡白花皆可用，如何見得是梨花？（同前）

一三　要求字面，當看温飛卿、李長吉、李商隱及唐人諸家詩句中字面好而不俗者，探摘用之。如《花間集》小詞，亦多好句。（同前）

一四　鍊句下語，最是緊要。如説桃，不可直説破桃，須用「紅雨」、「劉郎」等字；如詠柳，不可直説破柳，須用「章臺」、「灞岸」等事。又用事，如曰「銀鈎空滿」，便是「書」字了，不必更説「書」字；「玉筯雙垂」，便是「淚」了，不必更説「淚」。如「緑雲繚繞」，隱然髻髮；「困便湘竹」，分明是簟，正不必分曉。如教初學小兒説破這是甚物事，方見妙處，往往淺學俗流多不曉此妙用，指為不分曉，乃欲直[illegible]説破，却是賺人與耍曲矣。如説情，不可太露。（同前）

一五　遇兩句可作對，便須對。短句，須剪截齊整；遇長句，須放婉曲，不可生硬。（同前）

一六　押韻不必盡有出處，但不可杜撰，若只用出處押韻，却恐窒塞。（同前）

一七　腔律豈必人人皆能按簫填譜？但看句中用去聲字最為緊要，然後更將古知音人曲一腔三兩隻參訂，如都用去聲，亦必用去聲。其次如平聲，却用得入聲字替，上聲字最不可用去聲字替。不可

以上、去，入盡道是側聲便用得，更須調停參訂用之。古曲亦有拗者，蓋被句法中字面所拘牽。今歌者亦以為硋，如《尾犯》之用「金玉珠珍博」，「金」字當用去聲字。如《絳園春》之用「遊人月下歸來」，「遊人」合用去聲字之類是也。（同前）

一八　前輩好詞甚多，往往不協律腔，所以無人唱。如秦樓楚館所歌之詞，多是教坊樂工及鬧井做賺人所作，只緣音律不差，故多唱之求。其下語用字全不可讀，甚至詠月却説雨，詠春却説涼，如《花心動》一詞，人目之為一年景。又一詞之中顛倒重複，如《曲遊春》云「賒薄難藏淚」，過云「哭得渾無氣力」，結又云「滿袖啼紅」，如此甚多，乃大病也。（同前）

一九　作詞與詩不同，縱是用花卉之類，亦須略用情意。或要入閨房之意，然多流淫艷之語，當自斟酌。如只直詠花卉，而不著些艷語，又不似詞家體例，所以為難。又有直為情賦曲者，尤宜宛轉回互可也。如「怎」字、「恁」字、「奈」字、「這」字、「你」字之類，雖是詞家語，亦不可多用，亦宜斟酌，不得已而用之。（同前）

二〇　腔子多有句上合用虛字，如「嗟」字、「奈」字、「況」字、「更」字、「又」字、「料」字、「想」字、「正」字、「甚」字，用之不妨，如一詞中兩三次用之，便不好，謂之空頭字。不若徑用一静字頂上道下來句法，又健然不可多用。（同前）

二一　近時詞人多不詳看古曲，下句命意處但隨俗念過便了。如柳詞《木蘭花》云「拆桐花爛漫」，此正是第一句，不用空頭字在上，故用「拆」字言開了桐花爛漫也，有人不曉此意，乃云：「此花名為拆

桐，於詞中云開到拆桐花。」開了又拆，此何意也？（同前）

二二　近世作詞者不曉音律，乃故為豪放不羈之語，遂借東坡、稼軒諸賢自諉。諸賢之詞固豪放矣，不放處，未嘗不叶律也。如東坡之《哨遍》、楊花《水龍吟》，稼軒之《摸魚兒》之類，則知諸賢非不能也。（同前）

二三　壽曲最難作，切宜戒壽酒、壽香、老人星、千春、百歲之類，須打破舊曲規模，只形容當人事業才能，隱然有祝頌之意方好。（同前）

二四　詞中用事使人姓名，須委曲得不用出最好。清真詞多要兩人名對使，亦不可學。他如《宴清都》云「庾信愁多，江淹恨極」、《西平樂》云「東陵晦迹，彭澤歸來」、《大酺》云「蘭成憔悴，衛玠清羸」、《過秦樓》云「才減江淹，情傷荀倩」之類是也。（同前）

二五　古曲譜多有異同，至一腔有兩三字多少者，或句法長短不等者，蓋被教師改換。亦有嘌唱一家，多添了字。吾輩只當以古雅為主，如有嘌唱之腔，不必作，且必以清真及諸家目前好腔為先可也。（同前）

二六　詞中多有句中韻，人多不曉，不惟讀之可聽，而歌時最要叶韻。應拍不可以為閒字而不押，如《木蘭花》云「傾城盡尋勝去」，「城」字是韻。又如《滿庭芳》過處「年年如社燕」，「年」字是韻，不可不察也，其他皆可類曉。又如《西江月》起頭押平聲韻，第二、第四就平聲切去押側聲韻，如平聲押「東」字，側聲須押「董」字、「凍」字韻方可，有人隨意押入他韻，尤可笑。（同前）

二七　詞腔謂之均，均即韻也。（同前）

二八　作大詞，先須立間架，將事與意分定了。第一、要起得好，中間只鋪叙，過處要清新，最緊是末句，須是有一好出場方妙。作小詞，只要些新意，不可太高遠，却易得古人句，同，亦要鍊句。（同前）

二九　初賦詞，且先將熟腔易唱者填了，却逐一點勘，替去生硬及平側不順之字，久久自熟，便覺拗者少，全在推敲吟嚼之功也。（同前）

三〇　詠物詞，最忌説出題字，如清真梨花及柳，何曾説出一箇「梨」、「柳」字？梅川不免犯此戒，如《月上海棠》詠月出，兩箇「月」字，便覺淺露。他如周草窓諸人多有此病，宜戒之。（同前）

三一　蜀王衍《醉粧詞》「者邊走」：《北夢瑣言》云：蜀後主裹小巾，其尖如錐，宫妓多衣道服，簪蓮花冠，施胭脂夾臉，號醉粧，作此詞。（《花草粹編》卷一）

三二　妙香《洞微志》《北邙月》「勸君酒」：鄭繼超遇田參軍，贈妓曰：妙香數年告別，歌此詞送酒，翌日，同至北邙下，化狐而去。（同前）

三三　沈存中《開元樂》「鳷鵲樓頭日暖」、「按舞驪山影裏」、「樓上正臨宫外」、「殿後春旗簇仗」：括元豐中為翰林學士，有詞四首，裕陵賞愛之。（同前）

三四　李霜涯《晴偏好》「平湖千頃生芳草」：西湖雖有山泉，而大旱亦嘗龜坼。嘉熙庚子水涸，茂草生焉，祈雨無應，李戲作此，邏者廉，捕之不得。（同前）

三五　鄭子聃《十愛詞》「我愛沂陽好」：《齊乘》云：齊州俗有「登萊沂密，腦後插筆」之語，金末子聃

知沂州，民淳訟簡，故作此詞云。（同前）

三六 張志和《漁父》「西塞山前白鷺飛」、「釣臺漁父褐為裘」、「霅溪灣裏釣魚翁」、「松江蟹舍（當作舍）主人歡」、「青草湖中月正圓」：《新唐書》云：志和字子同，始名龜齡。十六擢明經，肅宗特見賞重，因賜名。後坐事，貶南浦尉，不復仕。居江湖，自稱煙波釣徒。著《玄真子》，亦以自號。每垂釣，不設餌，志不在魚也。嘗撰《漁歌》，憲宗圖真，求其歌，不能致。《西吴記》云：湖州磁湖鎮道士磯，即張志和所謂西塞山前也。志和有《漁父詞》，刺史顏真卿與陸鴻漸、徐士衡、李成矩共唱和二十五首，遞相唱和。李德裕《玄真子漁歌記》云：德裕頃在內庭，伏覩憲宗皇帝寫真，訪求玄真子《漁歌》，嘆不能致。余世與玄真子有舊，早聞其名，又感明主賞異愛才，見思如此，每夢想遺跡，今乃獲之，如遇良寶。於乎！漁父賢而名隱，鴟夷智而功高，未若玄真隱而名彰，顯而無事，其嚴光之比，與處二子之間，誠有裕矣。（同前）

三七 張松齡《漁父》「樂在風波釣是閒」：松陵（前作齡），玄真子之兄也，懼其放浪不返，和其詞以招之。（同前）

三八 張妙净《竹枝》「憶把明珠買妾時」：張字惠遠，曹妙清字比玉，俱曉音律，與楊廉夫為文字友。（同前）

三九 蘇東坡《小秦王》「濟南春好雪初晴」：苕溪漁隱云：唐初歌詞多是五言，或七言詩，初無長短句，自中葉至五代，漸變成長短句。及宋朝，則盡為此體。今所存者，止《瑞鷓鴣》、《小秦王》二闋，是

七言八句詩，并七言絶句詩而已。《瑞鷓鴣》尤依字易歌，若《小秦王》，必須雜以虚聲，乃可歌耳。（同前）

四〇 謝克家《憶王孫》「依依宫柳拂宫牆」：《避戎夜話》云：淵聖幸虜營不返，謝元及作此詞，《鼠璞》云：語意悲凉，讀之使人墮淚，真愛君憂國之語。（同前）

四一 《如夢令》「曾宴桃源仙洞」：《古今詞話》：後唐莊宗脩内苑，掘得斷碑，中有三十二字，莊宗使樂工入律歌之，名曰《古記》，又使翰林作數篇。（同前）

四二 李公麟《四時樂》「桃李花開春雨晴」、「火雲蔽日當空浮」、「黄雲萬里秋有成」、「寒風十月雪欲飛」：公麟字伯時，元祐間登第，為泗州録事參軍。好古博雅，工草書圖畫。元符中歸老泉石，作龍眠山莊。（同前）

四三 《莫打鴨》「莫打鴨，打鴨驚鴛鴦」：宣城守吕士龍欲杖營妓井麗華，吕眷一客娼，井短肥，梅聖俞作此解之。（同前）

四四 《長相思》「去年秋」：吴履齋貶由賈。（同前）

四五 《夢桃源》「砥柱勒銘賦」：《明道雜志》：党禹錫學士厚德老儒，而性涉迂滯，嘗言一生讀書，但得佳賦，題數箇，每遇差考試，輒用之，用亦幾盡。嘗試監生試《砥柱勒銘賦》，此銘今具在，乃唐太宗銘禹功，而党公誤記為太宗自銘其功，宋渙中第一，其賦悉是太宗自銘，韓玉女（當作汝）時為御史，因章劾之，有無名子作此嘲之，「冥子裏俗」謂昏也。（同前）

四六　金主亮《昭君怨》「昨日樵村漁浦」：《夷堅支志》云：建康歸正官王和尚，濟南人，能詠完顔亮小詞云。（同前）

四七　《點絳唇》「遼鶴西歸」：《夷堅支志》云：美成在姑蘇，與營妓岳楚雲相戀，後從京師過吴，則岳已從人久矣。因飲於太守蔡巒子高坐上，見其妹，因作此詞寄之，楚雲讀之，感泣者累日。（同前）

四八　汪彦章《點絳唇》「永夜厭厭」：《能改齋漫録》云：彦章在翰苑，屢致言者，作此詞，或問曰：「歸夢濃如酒，何以在曉鴉啼後？」公曰：「無奈這一隊畜生何。」（同前）

四九　舒氏王齊叟妻《點絳唇》「獨自臨流」：《夷堅支志》云：王齊叟，字彦齡，元祐樞密彦霖弟也。任俠有聲，善為詞曲。妻舒氏亦工篇翰，而婦翁出武列事之，素不謹，翁不能堪，取女歸，竟至離絶。女在父家，一日，行池上，懷其夫，作此詞。（同前）

五〇　和凝《春光好》「紗窓煖」：《碧鷄漫志》云：近世或易名《愁倚欄》。（同前書卷二）

五一　張曙《浣溪沙》「枕障薰爐隔綉幃」：《北夢瑣言》云：張禕侍郎喪愛妾，悼念不已。其猶子曙作此詞，禕見之，痛曰：「必阿灰所作。」（同前）

五二　徐師川《浣溪沙》「西塞山前白鷺飛」、「新婦磯邊秋月明」：張志和《漁父詞》云：「西塞山前白鷺飛，桃花流水鱖魚肥。青箬笠，緑蓑衣，斜風細雨不須歸。」顧況《漁父詞》云：「新婦磯邊月明，女兒浦口潮平，沙頭鷺宿魚驚。」東坡云：「玄真語極清麗，恨其曲度不傳，加數語，以《浣溪沙》歌之。」云：「西塞山前白鷺飛，散花洲外片帆微，桃花流水鱖魚肥。自芘一身青箬笠，相隨到處緑蓑衣，斜風細雨不須歸。」山谷見之，擊節稱賞，且云：「惜乎散花與桃花字重疊，又漁舟少有使帆者。乃取張、顧二詞，合為《浣溪沙》。」云：「新婦磯邊眉黛愁，女兒浦口眼波秋，驚魚錯認月沉鈎。青箬笠前無限事，緑蓑衣底一時休，斜風細雨轉船頭。」東坡跋云：「魯直此詞清新婉麗，問其最得意處，以山光水色替却玉肌花貌，真得漁父家風也。然纔出新婦磯，便入女兒浦，此漁父無乃太瀾浪乎？」東湖老人因坡、谷互有異同之論，故作此詞二闋云。（同前）

五三 慕容嵓卿妻《浣溪沙》「滿目江山憶舊遊」：《竹坡詩話》云：頃年平江府雍熙寺，每深夜月明，有婦人歌小詞於廊廡間者，就之，不見。客有聞而録之者，姑蘇士子慕容嵓卿見而驚曰：「君何從得此詞？」客語之故，嵓卿悲歎久之，曰：「此余亡妻之詞，無知之者。」明日視之，乃其妻旅櫬所在。（同前）

五四 歐陽永叔《清商怨》「關河愁思望處滿」：江淹詩：「心逐南雲去，身隨北雁來。」陸機《思親賦》：「指南雲以寄欽。」陸雲《九愍》：「眷南雲以興悲。」（同前）

五五 裕陵時人《卜算子》「蹙破眉峰碧」：《玉照新志》：裕陵親書其後云：「此書（當作詞）甚佳，不知何人作，奏來。」（同前）

五六 蘇子瞻《卜算子》「缺月掛疎桐」：《耆舊續聞》云：趙右史云：余頃於鄭公實處，見東坡親蹟書《卜算子》，斷句云：「寂寞沙汀冷。」刊本作：「楓落吴江冷。」詞意全不相屬也。（同前）

五七 《巫山一段雲》「古廟依青嶂」：花庵詞客云：唐詞多緣題所賦，《臨江仙》則言仙事，《女冠子》

則述道情,《河瀆神》則詠祠廟,大槩不失本題之意爾。後漸變,失題遠矣。如此二詞,實唐人本來詞體如此。(同前)

五八　蘇子瞻《減字木蘭花》「鄭莊好客」:《東皋雜録》云:林希子中知潤州,東坡自錢塘赴召,有官妓鄭容、高瑩求脱籍,東坡為此詞書牒,林判云:「鄭容落籍,高瑩從良。」蓋取句端八字云。苕溪漁隱曰:《聚蘭集》載此詞東坡贈潤守許仲涂。(同前)

五九　東坡《減字木蘭花》「春庭月午」:元祐七年正月,東坡在汝陰,州堂前梅花大開,王夫人曰:「春月色勝如秋月色,秋月色令人悽慘,春月色令人和悦,何如召趙德麟輩來飲此花下?」先生大喜,曰:「吾不知子能詩耶? 此真詩家語耳。」遂相召與飲,用是語作此詞。(同前)

六〇　李令女《減字木蘭花》「朝雲横度」:《梅磵詩話》云:靖康間,金人犯闕,陽武蔣令興祖死之,其女為所虜(當作擄)去,題字於雄州驛中,叙其本末,仍作此詞。蔣令,浙西人,其女方笄。美顔色,能詩詞,鄉人皆能道之。此湯巖起《詩海遺珠》所載。(同前)

六一　洪惠英《減字木蘭花》「梅花似雪」:洪邁守會稽,惠英於席間歌其自製述懷小曲,梅者,自喻,雪指無賴惡少也。(同前)

六二　馬裕齋《減字木蘭花》「多情多愛」:《三朝野史》云:馬光祖尹京日,有士踰牆偷人室女,事覺,到官,光祖出踰牆摟處子詩面試,士人秉筆云:「花柳平生債,風流一段愁。開牆乘興下,處子有心摟。謝砌應潛越,韓香許暗偷。有情還愛慾,無語强嬌羞。不負秦樓約,安知漢獄囚。玉顔麗如

此，何用讀書求。」光祖判此詞云。（同前）

六三 《減字木蘭花》「家門希差」：宗室公衡居秀州，性和易，善與人款曲。但天資滑稽，遇可啓顔一笑，銜口輒發，見之者無不敬畏。因寡髮，俗目之為趙葫蘆，好事者作此詞詠之，蓋以謔受報也。（同前）

六四 康伯可《採桑子》「馮夷剪破澄溪練」：花庵詞客云：順庵作此詞，促養直雪夜溪堂之約。（同前）

六五 李太白《菩薩蠻》「平林漠漠烟如織」：《湘山野録》云：此詞不知何人寫在鼎州滄水驛樓，復不知何人所撰，魏道輔泰見而愛之，後至長沙，得《古風集》於曾子宣内翰家，乃知李白所撰。《杜陽雜編》云：大中初，女蠻國入貢，其國人危髻金冠，瓔珞被體，故謂之《菩薩蠻》。當時倡優遂製《菩薩蠻》曲，文士亦往往聲其詞。〇按自玄宗末以至大中初，相去殆幾百年，始有此調，其在太白同時，如王、杜，後此如元、白諸家，俱未有此詞，且曾氏亦止云古風，豈後之詞家，以其字句之同，而遂名之耶？（同前書卷三）

六六 温廷筠《菩薩蠻》「竹風輕動庭除冷」：《北夢瑣言》云：宣宗愛唱《菩薩蠻》詞，令狐相國假温飛卿新撰，密進之，戒以勿泄，而遽言於人，由是疎之。（同前）

六七 唐昭宗《菩薩蠻》「登樓遥憶秦宫殿」、「飄飄且在三峰下」：《中朝故事》云：乾寧三年，李茂貞犯闕，帝次華州，韓建迎歸郡中，帝鬱鬱不樂，每登城西齊雲樓遠望，明年秋，制此詞云。（同前）

六八　盧絳《菩薩蠻》「玉京人去秋蕭索」：《南唐書》云：盧絳病痁且死，夜夢白衣婦人歌此詞勸酒，歌數闋，因謂絳曰：「子之疾，食蔗即愈。」如言，果差。迨數夕，又夢前婦人曰：「妾乃玉真也，他日富貴，相見於固子坡。」後入金陵，累官柱國。唐亡歸宋，以龔慎儀事坐誅，臨刑，有白衣婦人同斬，姿貌宛如所夢。問其受刑之地，即固子坡也。婦人姓耿，名玉真，其夫死，與前婦之子通，當極法，與絳同斬焉。（同前）

六九　蕭淑蘭《菩薩蠻》「無情水滿西興渡」：淑蘭又與世英詞云：「君心情遠迷蓬島，妾心命薄連芳草。芳草正萋萋，君心知不知。　妾身輕似葉，君意堅如鐵。妾意為君多，君心棄妾何。」（同前）

七〇　辛幼安《菩薩蠻》「鬱孤臺下清江水」：《鶴林玉露》云：南渡初，虜人追隆祐太后御舟，至造口，不及而還。「鷓鴣」之句，謂恢復之事行不得也。（同前）

七一　《菩薩蠻》「昔年曾伴花前醉」：《古今詞話》云：蜀中有一寡婦，姿色絶美，父母憐其年少，欲議再嫁，歸家，有喜宴，伶唱此詞，婦聞之，泣涕於神前，欲割一耳以明志，其母速往止之，抱持而痛，遂不易其節。（同前）

七二　李後主《子夜歌》「人生愁恨何能免」：又一闋云：「尋春須是陽春早，看花莫待花枝老。」惜後不全。（同前）

七三　花仲胤妻《伊川令》「西風昨夜穿簾幙」：仲胤為相州録事，久而不歸，其妻寄此詞，胤拆覽之，伊字作尹字，遂作《行香子》寄回云：「頓首起情人，即日恭惟問好音。接得綵箋詞一首，堪驚，題起詞名恨轉生。　展轉意多情，寄與音書不志誠。不寫伊川題尹字，無心料想，伊家不要人。」妻復答云：「奴啓情人勿見罪，閑將小書作尹字。情人不解其中意，共伊間別幾多時，身邊少箇人兒。」胤見之，大笑稱賞，時人咸榮之。（同前）

七四　僧仲殊《訴衷情》「湧金門外小瀛洲」：仲殊詞，佳者甚多，而小令為最，《訴衷情》一調又其最也，高處不減唐人風致。（同前）

七五　王昂《好事近》「喜氣擁門闌」：《陶朱新録》云：嘉王榜探花王昂榜下擇婿時，作催粧詞云。（同前）

七六　韋莊《謁金門》「空相憶」：《古今詞話》云：韋莊以才名寓蜀，王建割據，遂羈留之。莊有寵人，姿質艷麗，兼善詞翰。建聞之，託以教内人為詞，强莊奪去，莊追念悒怏，作《小重山》及此詞，情意凄怨，人相傳播，盛行於時。姬後傳聞之，遂不食而卒。（同前）

七七　馮延巳《謁金門》「風乍起」：《南唐書》云：元宗樂府詞云：「小樓吹徹玉笙寒。」延巳有「風乍起，吹皺一池春水」之句，皆為警策。元宗嘗戲延巳，曰：「『吹皺一池春水』，干卿何事？」延巳曰：「未若陛下『小樓吹徹玉笙寒』。」元宗悦。（同前）

七八　《謁金門》「楊柳陌」：又一闋云：「學着荷衣還可喜，少都來有幾，自古閒愁無際。」（同前）

七九　趙德莊《謁金門》「休相憶」：《耆舊續聞》云：「紅濕」二字，蓋用李後主「細雨濕流光」與《花間集》「一簾疎雨濕春愁」之濕。（同前）

八〇　陳子高《謁金門》「花滿院」：《耆舊續聞》云：《花間集》和凝詞云：「拂水雙飛來去燕，曲檻小屏山六扇。」（同前）

八一　韓叔夏《清平樂》「秋光如水」：《夷堅支志》云：原甫作木犀詞，其後陳、蘇等五人亦續成一闋，王晦叔并紀於《碧雞漫志》，且云同一花一曲，賦者六人，必有第其高下者，予以為皆佳句云。（同前）

八二　王仲甫《清平樂》「黄金殿裏」：《耆舊續聞》云：仲甫，字明之，號（此字疑誤）自號為逐客，為翰林。權直内宿，有宫娥新得幸，仲甫應制賦此詞，翌旦，宣仁太后聞之，語宰臣曰：「豈有館閣儒臣應制作狎詞耶？」既而彈章罷去。（同前）

八三　趙德麟《清平樂》「春風依舊」：《復齋漫録》云：劉弇偉明既喪愛妾，而不能忘，作此詞。（同前）

八四　李太白《清平樂》「禁闈秋夜」：吕鵬《遏雲集》載李詞四首，按《松窓雜録》：白進《清平調》詞三章，《脞説》以為《清平樂》曲，此豈鵬羼入者耶？（同前）

八五　《江亭怨》「簾捲曲闌獨倚」：《冷齋夜話》云：黄魯直登荆州亭，柱間有此詞，夜夢女子云，有感而作，驚悟曰：「此必吴城小龍女也。」（同前）

八六　東坡《阮郎歸》「緑槐高柳咽新蟬」：《古今詞話》云：觀者歎服，其八句狀八景，音律一同，殊不散亂，人争寶之，刻之琬琰，掛於堂室間也。（同前書卷四）

八七　黄山谷《阮郎歸》「歌停檀板舞停鸞」：《詩餘》舊本以前詞話東坡狀八景入此下，諸刻因之，誤。（同前）

八八　徐淵子《阮郎歸》「茶寮山上一頭陀」：徐淵子舍人好以詩文諧謔，丁少詹與妻有違言，乃棄家，居茶寮山，茹素誦經，日買海物放生，久而不歸。妻患之，祈徐譬解，徐許諾，出門見賣老婆牙，買一巨筐，餉丁，且作此詞，丁見詞，大笑而歸。（同前）

八九　吴彦高《人月圓》「南朝千古傷心事」：《中州樂府》云：彦高北遷，後為故宫人賦此，時宇文叔通亦賦《念奴嬌》先成，而頗近鄙俚，及見彦高此作，茫然自失。是後人有求作樂府者，叔通即批云：「吴郎近以樂府名天下，可往求之。」（同前）

九〇　陳詵《眼兒媚》「鬢邊一點似飛鴉」：《山房隨筆》云：湘人陳詵登第，授岳陽教官，與妓江柳狎。時孟之經守岳，聞其故，一日公燕，江柳不侍，呼至杖之，文其眉鬢間以「陳詵」二字，仍押隸辰州。詵悔，罄其所有以贈，且以此詞餞别，柳將行，會詵故人陸雲西以荆湖制司幹官檄至岳，陳先出迎，以情告陸，陸即取空名制幹扎，墳（當作填）陳姓名，檄入制幙。既而孟迎入，即開宴，陸曰：「聞籍中有江柳者善謳，誰是也？」孟即呼至，柳以花鈿隱眉間所文以前。陸問其事，柳出詵詞，陸嗟賞，示孟，且誚之，孟求解於陸，并召詵同宴。明日，剡薦詵，且除柳名以畀之。（同前）

九一　歐陽永叔《朝中措》「平山欄檻倚晴空」：《古今詞話》：妓獻壽時相，「太守」改作「宰相」，「直須」作「不須」，「衰翁」作「仙翁」。（同前）

九二　秦少游《醉鄉春》「喚起一聲人悄」：少游在黄州，飲於海棠橋，橋南北多海棠，有老書家海棠叢開，少游醉卧於此，明日，題此於柱。（同前）

九三　蔡京《西江月》「八十一年住世」：《揮麈録》云：蔡元長南遷，有旨取所寵姬慕容、邢、武者三人，以金人指名來索也，作詩而别，至潭州作詞云。（同前）

九四　辛幼安《西江月》「醉裏且貪歡笑」：《漢書·龔勝傳》：勝與左將軍公孫禄議事不和，博士夏侯常勸之，勝以手推常，曰：「去。」（同前）

九五　鄭雲娘《西江月》「一片冰輪皎潔」：張生寄雲娘詞云：「一望朱樓巧小，四邊繡幕低垂。箇人活脱似楊妃，倚遍闌干十二。　最苦兩雙情眼，難禁四雙（當作隻）愁眉。無言回首日沉西，不道一聲安置。」（同前）

九六　尹温儀《西江月》「韓愈文章蓋世」：成都妓尹温儀，本良家女，後以零替，失身妓籍。蔡相帥成都，酷愛之。尹告蔡乞除樂籍，蔡戲曰：「若樽前成一小闋，便可除免。」尹曰：「乞腔調。」蔡答以《西江月》，尹又乞嚴韻，蔡曰：「汝排行十九，用九字。」即便應聲云云。蓋取蔡第九人、弟元度第十一人也。　《復齋漫録》云：姑蘇官妓蘇瓊，行第九，蔡元長道過蘇州，太守召飲，元長聞瓊能詞，因命即席為之，乞韻，以「九」字，詞云。（同前）

九七　《滴滴金》「當初親下求言詔」：《中吴紀聞》云：徽宗即位，下詔求直言，陸彦猷因廷對，與雍孝開輩皆力陳時政闕失，喝名曰：「有旨駁放。」孝開立殿下叩頭曰：「陛下求直言，有云言之者無罪。今詔墨猶未乾，奈何以直言罪人。」衛士怒，孝開唐突，以拄斧撞其頰，數齒俱落。時上書及廷試直言者俱得罪，京師有謔詞云。（同前）

九八 《瑶池燕》「飛花成陣春心困」：東坡云：琴曲有《瑶池燕》，其詞不協，而聲亦怨咽，變其詞作閨怨寄陳季常，云此曲甚妙，勿妄與人云。（同前書卷五）

九九 《結帶巾》「頭巾帶」：宣和初有旨令士人係結帶巾，否則違制論，士人甚苦之，當時有謔詞云。（同前）

一〇〇 潘逍遥《憶餘杭》「長憶西湖」：《古今詞話》云：石曼卿見此詞，使畫工綵繪之，作小景圖《湘山》，云錢希白愛之，自書玉堂屏風。潘閬，字逍遥，狂放不羈。坐盧多遜黨，亡命，乃變姓名，僧服，入中條山。後會赦，以四門助教召之，閬乃自歸，送信州安置。仍不懲艾，復為《掃市舞》詞曰：「出砒霜，價錢可，贏得撥灰兼弄火。暢殺我。」以此為士人不齒，放棄終身。（同前）

一〇一 秦少游《南柯子》「玉漏迢迢盡」：末句蓋「心」字也。（同前）

一〇二 楊無咎《天下樂》「雪後雨兒雨後雪」：又一闋尾句云：更闌夜永獨自坐，借影兒，厮伴着。（同前）

一〇三 周晋仙《虞美人草》「還了酒家錢」：張天雨貞居詞云：晉仙，宋南渡來名士，一號方泉老人。此詞鮮于困學每愛書之。（同前）

一〇四 《虞美人草》「約素小腰身」：《詞話》：「約」字清妙，遠勝「束」字。（同前）

一〇五　蔡真人《望江南》「闌干曲」：陳東，靖康間嘗飲於京師酒樓，有倡打坐而歌者，東不顧，倡去倚闌獨立，歌此詞，音調清越。東問何人製，曰上清蔡真人也。歌罷，得數錢，即下樓。亟遣僕追之，已失矣。（同前）

一〇六　《望江南》「湖上柳」：《青鎖高議·海山記》云：隋煬帝泛東湖，製湖上曲《望江南》八闋。按段安節《樂府雜録》云：《望江南》，李德裕鎮淛日為亡妓謝秋娘所撰，本名《謝秋娘》，後改此名，亦曰《夢江南》。據此則隋時初無此調也，且曲詞略不類隋人語，豈其劉斧虛搆為者耶？因留此一闋，以祛後人之惑云。（同前）

一〇七　晏同叔《玉樓春》「緑楊芳草長亭路」：《詩眼》云：晏叔原見蒲傳正，云：「先公平日小詞雖多，未嘗作婦人語。」傳正云：「『緑楊芳草長亭路，年少拋人容易去』，豈非婦人語乎？」晏曰：「公謂年少為何語？」傳正曰：「豈不謂其所欲乎？」晏曰：「因公言，遂曉樂天詩兩句：『欲留所歡待富貴，富貴不來所歡去。』」傳正笑而悞（當作悟）其言之失。（同前書卷六）

一〇八　錢思公《玉樓春》「城上風光鶯語亂」：思公謫漢東日，每酒闌，歌此，輒泣下。有鄧王老姬驚鴻云：先王將薨，戒挽歌《木蘭花》，引紼為送，相公其將亡乎？果卒隨州。鄧王曲有「帝鄉煙鎖春愁，故國山川空泪眼」之句，出《侍兒小名録》。（同前）

一〇九　郭生《玉樓春》「烏啼鵲噪昏喬木」：樂天詩首句云：「丘墟郭門外，寒食誰家哭。」（同前）

一一〇　永叔《木蘭花》「西湖南北煙波闊」：賀方回《木蘭詞》：「舞腰輕怯絳裙長，羞按築毬花十

八。」(同前)

一一一 陳彭年《瑞鷓鴣》「盡出花鈿散寶津」:初申國長公主為尼,詔兩禁送於寺,傳宣作詩送之,彭年作此,好事者能於《瑞鷓鴣》曲聲歌之。(同前)

一一二 趙德莊《鵲橋仙》「來時夾道」:《耆舊續聞》云:介庵「春愁元自逐春來」二句,蓋體李漢老楊花詞「驀地便和春,帶將歸去也」,辛幼安《祝英臺追(當作近)》詞「是他春帶愁來,春歸何處,却不解,帶將愁去」,是又體趙詞也。(同前)

一一三 《南鄉子》「洪邁被拘留」:蓋洪好擺頭也。(好擺頭時便擺頭) 又:洪景盧奉使,其父忠宣嘗薦之,為虜因(當作困)辱而歸,太(脱「學」字)諸生作詞誚之。

一一四 何㮚《虞美人》「分香帕子揉藍膩」:何文縝初登第,在館閣,飲於宗戚一貴人家。侍兒惠柔者,麗黠人也,慕何風標,密解帕子為贈,共約牡丹時再集。何亦甚屬抱,既歸賦此,隱其小名,以京(當作寄)惓惓之意,何後自書此詞,示蜀人趙詠道,言其張本如此。《夷堅支志》。見《頤堂集》。(同前)

一一五 陳堯佐《踏莎行》「二社良辰」:陳文惠懷吕申公薦引,作詞攜酒過之。(同前)

一一六 僧仲殊《踏莎行》「濃潤侵衣」:殊一日造郡守,接坐間,見庭下一婦人投牒,立於雨中,守命殊詠之,口就一詞,後殊自徑於枇杷下,輕簿子更之曰:「枇杷樹下立多時。」(同前)

一一七 東坡《踏莎行》「這箇秃奴」:靈隱寺僧明了然,戀妓李秀奴,往來日久,衣鉢蕩盡。秀奴絶之，僧迷戀不已。一夕，了然乘醉而往，秀奴弗納，了然怒，擊之，隨手而斃。事至郡，時蘇子瞻治郡，送獄院推勘，於僧臂上見刺字云：「但願生同極樂國，免教今世苦相思。」子瞻見招，判此詞訖，押赴市曹處斬。（同前）

一一八　陸務觀《釵頭鳳》「紅酥手」：《齊東野語》云：陸務觀初娶唐氏，閎之女也，於其母夫人為姑姪，伉儷相得，而弗獲於其姑，因出之。唐後改適同郡宗子士程，嘗以春日出游，相遇於禹跡寺南之沈氏園，唐以語趙遣致酒殽，翁悵然，久之為賦詞，題園壁間云。《耆舊續聞》云：唐氏見而和之云「世情薄，人情惡」之句，惜不得其全闋，未幾，怏怏而卒，聞者為之愴然。（同前）

一一九　《擷芳詞》「風搖蕩」：政和間，京師妓之姥曾嫁伶官，常入内教舞，傳禁中《擷芳詞》，以教其妓。□（一作時）人皆愛其聲，又愛其詞類唐人所作也。張尚書帥成都，蜀中傳此詞，競唱之，却於前段下添「憶憶憶」三字，後段下添「得得得」三字，又名《摘紅英》。其所添字，又皆鄙俚，豈傳之者誤耶？《擅芳英》之名，非擅為之，蓋禁中有擷芳園，擅景園也。（同前）

一二〇　李後主《臨江仙》「櫻桃落盡春歸去」：《續聞》云：親見後主梵葉書塗注數字，未嘗不全，蘇子由題此詞云：「凄凉怨慕，真亡國之音也。」《西清詩話》云：後主圍城中作詞云：「櫻桃結子春歸盡，蝶翻金粉雙飛。子規啼月小樓西，畫簾朱箔，惆悵捲金泥。門巷寂寞人去後，望殘烟，草低迷。」詞未就而城破。《墨莊謾録》云：劉廷仲為補之云：「何時重聽玉驄嘶，撲簾柳絮，依約夢回時。」（同前書卷七）

一二一 徐淵子《一剪梅》「道學從來不則聲」：淵子，天台人，初官户曹。其長方以道學自高，每以輕鋭抑之，適其長以母死去官，淵子賦此詞。（同前）

一二二 尹焕《唐多令》「蘋末轉清商」：惟曉嘗於苕溪籍中，偶有所盼，後十年復訊舊游，則已歸一宗子矣。雖經生子，而名未落籍。因假於郡，將久之，始來相對，若不勝情者。為賦此詞，人以為可繼杜牧之之事云。（同前）

一二三 司馬槱《蝶戀花》「妾本錢塘江上住」：《春渚紀聞》云：司馬才仲初在洛下，晝寢夢一美姝牽帷而歌云「妾本」云云「黄梅雨」，才仲愛其詞，因詢曲名，云是《黄金縷》，且曰：「後日相見於錢塘江上。」及才仲以東坡薦應制舉中等，遂為錢塘幕官。其廨舍後堂，蘇小墓在焉。時秦少章為錢塘尉，為續其詞後云「斜插」云云「生春浦」。不逾年，而才仲携一麗人登舟，即前聲諾，繼而火起舟尾，狼忙者走報，家已痛哭矣。《雲齋廣録》俱以為夢小小歌詞，苕溪漁隱亦載。（同前）

一二四 張子野《定風波》「西閣名臣奉詔行」：霅溪席上同會者六人，楊元素侍讀、劉孝叔吏部、子瞻、公擇二學士，陳待舉賢良。（同前）

一二五 東坡《定風波》「月滿苕溪照夜堂」：東坡云：余昔與張子野、劉孝叔、李公擇、陳令舉、楊元素會於吴興，時子野作六客詞，其卒章「盡道賢人聚吴分，試問，也應旁有老人星」。凡十五年，再過吴興，而五人者皆已亡矣。時張仲謀與曹子方、劉景文、蘇伯固、張秉道為坐客，仲謀請作後六客詞云。（同前）

一二六　范希文《蘇幙遮》「碧雲天」：《唐書》：宋務光傳，比見坊邑相率為深渾脱隊，駿馬邊服，名曰蘇莫，作幕，誤。（同前）

一二七　元遺山《促拍醜奴兒》「朱麝掌中香可憐」：皇甫季貞陽餅局，二女則牙牙學語，五男則鴈鴈成行，見司空表聖《一鳴集》「障車文」。（同前）

一二八　戴復古妻《憐薄命》「惜多才」：《輟耕録》云：戴復古，字式之，號石屏，天台人。未遇時流寓江右，武寧有富家翁愛其才，以女妻之。居二三年，忽欲作歸計，妻問其故，告以曾娶妻，白之父，父怒，妻宛曲解什（當作釋），盡以奩具贈夫，仍餞以詞，夫既别，遂赴水死。（同前）

一二九　《行香子》「清要無因」：紹興初，范覺民為相，以自崇寧以來創立法度，例有汎賞，建議討論，又行下吏部參酌追奪，有至奪十五官者，雖公論當然。而失職者胥動，造謗浮議蜂起，無名子因改坡語云云，至大字書寫貼於内前墻上，邏者得之以聞，朝論慮或摇人心，罷討論之舉，范公用是為臺諫所攻。（同前）

一三〇　琴精《天仙子》「别來未斟心先醉」：劉改之别妾賦詞，每令小僕歌之。到建昌麻姑山，暮夜思想之極，至於墮淚。二更後，一美人忽來前，執拍板歌以侑酒云云，改之問「蔡邕背負」之句，曰：「我麻姑妹也，謫居此山，因携行。」劉擢第，授荆門教授，歸過臨江，遇術者，知為琴精云。（同前）

一三一　《江城子》「相逢只怕有分離」：虞尙書策帥蜀，其子弟惓尹生常苦人知，終不快其情意，作此贈之，凡綴詞多借腔叙他事，此名《江神子》，却舉江神，可謂詠景着題也。（同前）

一三二 《祭祆神》「你自平生」：《因話録》云：紙錢起自唐時，紙畫人未知起於何時，今世禱祀禳禬者用之刻板印染，有男女之形而無口，北方之俗，歲暮則人畫一板，於臘月二十四日夜珮之於身，除夕焚之，時有譃詞云。（同前）

一三三 《傳言玉女》「眉黛輕分」：《續骪骳説》云：政和中袁裪為教坊判官，撰文字。一日，為蔡京撰《傳言玉女》詞，有「淺淡梳粧，愛學女真」之語，上見之，改「女真」二字為「漢宫」，而人莫解，蓋當時已與女真盟於海上矣。而中外未知，帝思其語，故竄易之也。（同前書卷八）

一三四 張子野《碧牡丹》「步帳揺紅綺」：《道山清話》云：晏文獻為京兆，辟張先為通判，新納侍兒，公甚屬意。先能為詩詞，公雅重之，每張來，即令侍兒出侑觴，往往歌子野所為之詞。其後王夫人寖不容，公即出之。一日，子野至，公與之飲，子野作此詞，令營妓歌之，至末句，公聞之，憮然曰：「人生行樂耳，何自苦如此？」亟命於宅庫支錢若干，復取前所出侍兒。既來，夫人亦不復誰何也。（同前）

一三五 劉昂《上平南》「蔓鋒揺螳臂」：《歸潛志》云：昂字濟霄，南人。有才譽，以先有劉昂之昂，故號小劉之昂。泰和南征，作樂章一闋《上平西》為時所傳。《齊東楚（當作埜）語》云：開禧用兵，金人元帥紇石烈子仁領兵濠梁，大書一詞於濠之倅廳壁間，詞名《上平南》，即《上西平》之調云。（同前）

一三六 《踏青遊》「識箇人人」：政和間，一貴人未達時，常游妓崔念四之館，因其行□作此詞，都下

盛傳。（同前）

一三七　洪皓《江城梅花引》「重閨佳麗最憐梅」：《容齋五筆》云：紹興壬戌，洪忠宣皓在燕，赴張揔侍御家宴，侍妾歌前詞，公感其「念此情家萬里」之句，愴然曰：「此詞殆為我作。」既歸，遂用韻賦四闋。北方不識梅花，士人罕有知梅事者，皆注其所出，每首有四「笑」字，北人謂之《四笑江梅引》，第四篇失其藁。（同前）

一三八　《賀聖朝》「太平無事」：謔詞，《宣和遺事》。　又：宣和七年預借元宵，時有此詞。淳祐三年，京尹趙節齋與竹清預放元宵，十二日十四日，諸巷陌橋道皆編竹為張燈之計，臣僚劄子引此詞末二句，為次年五月五日金人入寇之讖，十五日早晨遂拆去。（同前書卷九）

一三九　宋子京《玉漏遲》「杏香消散盡須知」：韓魏公子都尉嘉彥，才質清秀，頗有豪氣。因言語間與公主參商，安置鄧州泊，春來感懷，作此詞，都下盛傳。因教池開，公主出遊教池，李師師獻此詞以侑觴，聲韻悽惋，公主問辭之所由，師師具道其意，公主因緣感疾，帝乃遣使速召嘉彥還都。（同前）

一四〇　東坡《滿庭芳》「歸去來兮，清溪無底」：余居黄五年將赴臨汝，作《滿庭芳》一篇別黄州，既至南都，蒙恩放歸陽羨，復作一篇。（同前）

一四一　僧兒《滿庭芳》「團菊包金」：唐（一作廣）漢營妓僧兒秀外惠中，善填詞，有戴某兩作漢守，寵之，既而得請玉局之筩以歸，僧兒作此見意。（同前）

一四二　東坡《水調歌頭》「明月幾時有」：熙寧丙辰中秋，東坡居士歡飲達旦，大醉，作《水調歌頭》

兼懷子由。元豐間，都下傳習此詞，神宗問内侍，因得上塵乙覽，讀至「又恐瓊樓玉宇，高處不勝寒」二句，上曰：「蘇軾終是愛君。」乃命量移汝州。（同前）

一四三 山谷《水調歌頭》「瑶草一何碧」：《夷堅支志》云此詞舊傳黄魯直所作，王晦叔《頤堂集》云蜀人石耆翁言此莫將少虛壯年詞也，能道其詳。少虛又有《浣溪沙》一闋云：「寶釧湘裙上玉梯，雲重應悵翠雲低，愁同芳草兩凄凄。」又一詞云：「歸夢悠揚未見真，繡衾恰有異香薰，五更分得楚臺春。」皆造語工新，但晚歲醉心富貴，不復事文章，今人鮮有知其所作者。（同前）

一四四 劉之翰《水調歌頭》「凉露洗金井」：田世輔為金州都統制，荆南人劉之翰者，待峽州遠安主薄闕，作此詞獻之，田覽之，大喜，致書約來金城，欲厚加資給，之翰遽亡。明年，田出門武，見之翰立道左，泣曰：「人鬼殊塗，公能恤吾家，亦足表踐言之義。」忽不見，田大驚異，亟送千緡與其孤。（同前）

一四五 董頴《薄媚·西子詞》：《樂府雅詞》載此詞於卷首，以排徧第八第九第十居前，而入破第一，以後者次之，余以其字句參差，無所附麗，且詠西施事無容分析也，因照首章入此云。（同前）

一四六 柳耆卿《醉蓬萊》「漸亭皐葉下」：永為屯田員外郎，會太史奏老人星見，時秋霽，晏禁中，仁宗命左右詞臣為樂章。内侍屬柳應制，柳方冀進用，作此詞奏呈，上見首有「漸」字，色若不懌，讀至「宸遊鳳輦何處」，乃與御製真宗挽詞暗合，上慘然，又讀至「太液波翻」，曰：「何不言『波澄』？」投之於地，自此不復擢用。（同前）

一四七　張才翁《雨中花慢》「萬縷青青」：才翁風韻不羈，初任臨邛，秋官張公庠待之不厚，會有白鶴之游，郡守率屬官同往，才翁不預，乃語官妓楊皎曰：「老子到彼，必有詩詞，可速寄來。」公庠既到白鶴，便留題曰：「初眠官柳未成陰，馬上聊為擁鼻吟。遠宦情懷銷壯志，好花時節負歸心。别離長恨人南北，會合休論酒淺深。欲把春愁閑抖擻，亂山高處一登臨。」皎録寄才翁，才翁增減作此詞寄皎，公庠再坐，皎歌於公庠之側，公庠問之，皎前稟曰：「張司理恰寄來，令皎歌之，以獻台座。」公庠遂青顧才翁尤厚。（同前書卷十）

一四八　任昉《雨中花慢》「事往人離」：《玉照新志》云：此得廉宣仲，有所記，謂饒州舉子張坐事也，或云即知常之子功熹也。（同前）

一四九　晁次膺《黄河清慢》「晴景初升風細細」：《鐵圍山叢談》云：宣和初，燕樂初成，八音告備，因作《徵招》、《角招》，有曲名《黄河清》、《壽香明》，二者音調極韶美。次膺作此詞，時天下無問遐邇小大，雖偉男髫女皆争唱之。又有一曲曰：「深院鎖春風，悄無人、桃李自笑。」亦歌之，遂入大晟府。（同前）

一五〇　張叔夏《高陽臺》「古木迷鴉」：慶樂園即韓平原南園，戊寅歲過之，有碑石在荆棘中，惟存古桂百餘，故末句有今之視昔之感。（同前）

一五一　東坡《念奴嬌》「大江東去」：東坡赤壁懷古之詞，曾經御覽，重加歎賞，賜名《酹江月》。苕溪漁隱：《吹劍續録》云：東坡在玉堂日，有幕士善歌，因問：「我詞比柳耆卿詞何如？」對曰：

「柳郎中詞，只好十七八女孩兒按執紅牙拍，歌『楊柳岸，曉風殘月』；學士詞，須關西大漢執鐵綽板唱『大江東去』，公爲之絶倒。」《吹劍録》云：「『大江東去』詞，二江、三人、二國、二生、二故、二如、二千字，以東坡則可，他人固不可。然語意到處，他字不可代，雖重，無害也。今人看人文字，未論其大體如何，先且指點重字。」（同前）

一五二　《念奴嬌》「炎精中否」：《野史》云：有稱中興野人和東坡詞，題吴江橋上，車駕廵師江表，過而覩之，詔物色其人，不復見矣。（同前）

一五三　陸永仲《念奴嬌》「遠山一帶」：高祖見之，嘉賞，召見，辭不赴。（同前）

一五四　文及翁《念奴嬌》「没巴没鼻」：《草木子》云：此譏賈似道之狹量也。《錢塘遺事》作陳藏一。（同前）

一五五　《念奴嬌》「半堤花雨」：時事已非，太學諸生爲此詞，以嘆世意，各有所屬。（同前）

一五六　虚齋《木蘭花慢》「仙家春不老」：昔柳毅爲牧羊女傳書，碧雲杯酒，意即相屬，後柳三娶崔氏，乃牧羊女之化身也。（同前書卷十一）

一五七　周美成《拜星月》「夜色催更」：韓琮集云：「吴魚嶺鴈無消息，水盼蘭情别來久。」（同前）

一五八　盧申之《水龍吟》「蕩紅流水無聲」：山谷詩云：「名字因壺酒，風流付枕幃。」（同前）

一五九　周美成《瑞鶴仙》「悄郊原」：《玉照新志》云：美成以待制提舉南京鴻慶宫，自杭徙居睦州，夢中作此一闋。既覺，猶能全記，了不詳其所謂也。未幾，清溪賊方臘起，方還杭州舊居，而道路兵戈已滿。始入錢塘門，但見杭人蒼黄奔避，視落日半在鼓角樓簷門，即詞中所謂「斜陽映山，落斂餘霞」、「猶戀孤城闌角」者應矣。當是時承平日久，而狂寇嘯聚，直聲言遂據二浙，美成之舊居既不可往，是日無處得食，飢甚，忽於稠人中有呼待制何往者，視之，鄉人侍兒也。邀入酒家，美成驚遽間連飲數盃，散去，乃詞中所謂「凌波」云云，「春酌」之句驗矣。飲罷，覺微醉，惶惑徑去城北，江漲橋，諸寺士女已盈滿，獨一小寺經閣，偶無人，遂宿其上，即詞中所謂「上馬誰扶」、「醒眠朱閣」是應矣。既而奔避，絶江，居揚州，傳聞方賊已盡據二浙，涉江之淮泗，因自計鴻慶宫有齋廳可居，乃携家往焉，則詞中所謂「念西園已是，花深無地」、「東風又惡」之語應矣。至鴻慶，未幾以疾卒，則「任流光過了，歸來洞天自樂」，又應於身後矣。美成平生好作樂府，將死之際，夢中得句，而字字俱驗，卒章又驗於身後，豈偶然哉？（同前）

一六〇　劉伯壽《安公子》「三春向暮」：右劉几，在神宗時與范蜀公重定大樂。洛陽花品曰狀元紅，為一時之冠，樂工花日新能為新聲，汴妓郜懿以色著，秘監致仕劉伯壽尤精音律。熙寧中，几携花日新就郜懿懽詠，仍撰此曲，填詞以贈之，人有謂為高達者。郜懿第六，即蔡奴之母也。李定之父與郜六遊，生定，而郜六死，定不之知也。及王荆公為宰相，擢用李定，言官交攻，以為母死不持服，為此，蔡奴亦以色著云。（同前）

一六一　詹可大《霓裳中序第一》「一規古蟾魄」：至元間，監醮長春宫，偶見羽士丈室古鏡，狀似秋葉，背有金刻「宣和御寶」四字，有感因賦。（同前）

一六二　蔡子正《喜遷鶯》「霜天秋曉」：元豐間，挺自西掖出鎮平陽府，經數載，意欲歸，作此詞，詞播中都，遂徹聖聽，上因語呂丞相曰：「蔡挺欲歸。」遂以西掖召還。（同前）

一六三　鄭雲娘《兆上鞋兒》「朦朧月影」：一作連氏倩女寄陳彥臣。（同前）

一六四　曹元寵《憶瑶姬》「作別素質」：《夷堅支志》作王齊叟彥齡詞。（同前）

一六五　吴彥高《春從天上來》「海角飄零」：《玉林詞選》云：彥高名激，米元章婿也。於會寧府遇老姬善鼓瑟，自言梨園舊籍，因有感而賦此，後三山鄭中卿嘗從張貴謨使虜，亦聞虜中有歌之者。《中州樂府》云：好問曾見王防禦公，王説彥高此詞句句用琵琶故實，引據甚明，今忘之矣。（同前）

一六六　東坡《永遇樂》「明月如霜」：夜登燕子樓夢盼盼作，晁無咎曰：「『燕子樓空』三句説盡張建封燕子樓事。」（同前）

一六七　劉濬《期夜月》「金鈎花綬」：濬，潞洲人，有才名，樂部中惟杖鼓鮮有能工之者，京師官妓楊素娥最工，濬酷愛之，作此詞，素娥以此詞名振京師。（同前）

一六八　柳耆卿《望海潮》「東南形勝」：耆卿與孫相何為布衣交，孫知杭，門禁甚嚴，耆卿欲見之不得。作此詞，往詣名妓楚楚，曰：「欲見孫相，恨無門路，若因府會，願借朱唇歌於孫之前，若問誰為此詞，但説柳士（當作七）。」中秋夜會，楚宛轉歌之，孫即日迎耆卿預坐。（同前書卷十二）

一六九　馮尊師《蘇武慢》「過隙年光」：全真馮尊師，本燕趙書生，遊汴，遇異人，得仙學。所賦歌曲高潔雄暢，最傳者《蘇武慢》二十篇，前十篇道遺世之樂，後十篇論修仙之事，會稽費無隱獨善歌之，聞者有凌雲之思，無復流連光景者矣。予山居，每登高望遠，則與無隱歌而和之，無隱謂我更作十篇，居兩年得兩篇半，後於湖上二三夕間，得七篇半，每一篇成，無隱即歌之，馮尊師天外有聞，能乘風為我一來聽耶？道園道人虞集記。（同前）

一七〇　汪莘《沁園春》「春至傷春」：程端明序曰：叔耕蘊霞箋玉滴之奇思出天表，蓄而不試，憂深思遠，未易遽班之賀、白也。（同前）

一七一　劉過《沁園春》「斗酒彘肩」：廬陵劉過以詩鳴江西，厄於韋布，放浪吴楚，客食諸侯。嘉太（當作泰）間，來臨安時，辛棄疾帥越，遣介招之，適以事不及行，作書歸輅者，因效辛體作此詞寄之，辛得之，大喜其逼真，致餽數百千，竟邀之去，館燕彌月，賫贈亹亹，改之竟蕩於酒不問也。嘗自以此詞語相臺岳珂，欣然有得色，珂曰：「詞語固佳，恨無刀圭藥療君白日見鬼症耳。」一座為之軒渠。（同前）

一七二　劉氏《沁園春》「我生不辰」：《梅磵詩話》云：炎景丁丑歲，有過軍挾一婦人經從長興和平酒庫前，題此詞云云，後書鴈峰劉氏題。（同前）

一七三　子瞻《賀新郎》「乳燕飛華屋」：《耆舊續聞》云：陸辰州云：此詞後攧用榴花事，晁以道家有東坡真跡，晁云東坡有妾名朝雲、榴花，朝雲死於嶺外，惟榴花獨存，觀「浮花浪蘂都盡，伴君幽獨」，可見矣。近觀顧景蕃續註，因悟《白鬨（當作團）扇》、《瑶臺曲》皆侍妾故事，東坡用此。乃知辰

州得榴花事於晁氏為不妄。《古今詞話》以為東坡為杭妓秀蘭作，詞名《賀新凉》，苕溪辨其非，猶未及此，因載之。（同前）

一七四　《賀新郎》「老去相如倦」：江西人來，云吕為鄧南秀詞，非也。（同前）

一七五　元遺山《摸魚兒》「恨人間」：太和五年乙丑歲，赴試并州，道逢捕鴈者，云今日獲一鴈，殺之矣。其脱網者悲鳴，不能去，竟自投於地而死，予因買得之，葬之汾水之上，累石為識，號曰鴈丘，併作鴈丘詞。（同前）

一七六　《翠羽吟》「紺露濃」：王君本示予越調《小梅花引》，俾似飛仙步虚之意，為其辭，予謂泛泛言仙，似乎寡味。越調之曲與梅花，宜羅浮梅花真仙事也，演而成章，名《翠羽吟》。（同前）

一七七　柳耆卿《白苧》「繡簾垂畫堂」：王晦叔《頤堂集》云：《白苧》詞傳者至少，其正宫一闋，世以為紫姑神所作也。方寫至「追惜燕然，畫角寶鑰珊瑚」，是時丞相虚作「銀城換得」，或問出何書。□荅曰：「天上文字，汝争得知？」（同前）

一七八　張安國《六州歌頭》「長淮望斷」：《朝野遺記》云：安國在建康留守席上賦此歌闋，魏公為罷席而入。（同前）

一七九　康伯可《寶鼎現》「夕陽西下」：《中吴紀聞》云：范周，字無外，純古之子。工於詩詞，不求聞達，安貧樂道，未嘗屈折於人。盛季文作守時，頗嫚士，嘗於元宵作《寶鼎現》詞投之，極蒙嘉獎，因遺酒五百壺，其詞播於天下，每遇燈夕，諸郡皆歌之，疑即此詞。（同前）

一八〇　《哨遍》「睡起畫堂」：劉禹錫詩：「野草芳菲紅錦地，游絲掩亂碧羅天。」（同前）

一八一　東坡《戚氏》「玉龜山」：李端叔跋云：坡《戚氏》詞叙穆天子西王母事，蓋在山中燕席間，有歌此闋者，坐客言調美而詞不典，以請於公，公方觀《山海經》，即叙其事為題，使妓再歌之，隨其聲填寫，歌竟篇就，纔點定五六字而已。端叔時在幕府，親見其事云。（同前）

一八二　月窟日域：揚子雲《長楊賦》：「西壓月朏古窟字，東震日域。」服虔注以為月所生，恐非。李太白詩「天馬來出月氏窟」，月窟，即指月氏之國。日域，指日逐單于也。蓋借日月字以形容威服四夷之遠耳。太白妙得其解矣。月氏，一作氏，又作月支，唐人僑置羈縻曰氏州，氏，音支。樂府有《氏州第一》《氏州第二》，即此地也。併附著之。顔延年詩：「月竁來賓，日際奉土。」注：「竁，窟也。」陶弘景《水仙賦》：「東卷長桑日窟，西幹龍築月阿。」《南齊·禮志》：「月域來賓，日際奉土。」《隋·樂志》：北齊皇夏詞：「月軌咸梯岫，日域盡浮川。」唐祭神樂章云：「包含日域，牢籠月竁。」昭明大法頌：「西踰月窟，東漸扶桑。」據此，則月窟自明。李白《天馬歌》：「天馬來出月氏窟，背為虎文龍翼骨。」非用此月窟也。又云：「日逐單于，單于豈居東方耶？」王僧孺與何遜書：「腦日逐髓月氏。」（明刊本《正楊》卷三）

一八三　《晉書》作酩酊，此云作茗艼，誤。晉簡文公：「劉尹茗柯，有實理。」注言如茗之枝柯小，實非外博而中虛也。《枖》蔡叔子云：韓康伯雖無骨幹，然亦膚立。合二條觀之，膚立者，茗柯之反也。宋有謡曰：「臻蓬蓬，外頭花艷裏頭空。」正可對茗柯。此《世説》之語，注：柯一作打，一作仃，一作□。原無定字，何嘗有解，豈又古本耶？《宣政雜録》云：宣和初，收復燕山，金民來居京師者，其俗有「臻蓬蓬」之歌，人皆喜而效之，其歌曰：「臻蓬蓬，外頭花花裏頭空。但看明年正二月，滿城不見主人翁。」本虜讖，故京城不禁。然次年正月徽宗南幸，次年二月二聖北狩。此歌云花花，無艷字。一本假為注語，一云于義不貫，已既自相矛盾矣，乃復改易成説，還就己意，掩目捕雀，竟將誰欺耶？其云僞書誤人，得無自道也與哉！（同前）

一八四 孟婆：俗謂風曰孟婆，蔣捷詞云：「春雨如絲繡出，花枝紅裊，怎禁他孟婆合皂。」宋徽宗詞云：「孟婆好些方便，吹箇船兒倒轉。」江南七月間有大風，甚於舶䑲，野人相傳以為孟婆發怒。按北齊李騊駼聘陳，問陸士秀：「江南有孟婆，是何神也。」士秀曰：「《山海經》：帝之女遊於江中，出入必以風雨自隨，以帝女，故曰孟婆。猶郊祀志以地神為泰媪。」此言雖鄙俚，亦有自來矣。宋徽宗在北虜清明日詩曰：「茸母初生認禁烟，茸母，草名，北地寒食，茸母生。無家對景倍凄然。帝城春色誰為主，遥指鄉關涕淚連。」又戲作小詞云：「孟婆，孟婆，你做些方便，吹箇船兒倒轉。孟婆，宋汴京勾欄語，謂風也。」茸母，孟婆，正是的對。邵桂子《甕天解語》别（當作引）《尺（當作天）會録》《漢書·郊祀志》：惟太元尊媪神繁釐。注云：泰元，天也；媪神，地也。不云泰媪。《北户録》：孟公、孟姥，船神。騊駼事，未審所出，不敢强為之説。但一云：騊駼事，不著所出。一云：宋汴京勾欄語，自為異同，殊為可疑，恐亦如衝波廣記之云耳。（筆者按：以下為《四庫》本所載，明刊本無。）徽宗既内禪，尋幸淮浙，嘗作小詞，名《月上海棠》，末句云：「孟婆且與我做些方便。」隆祐保佑之功，蓋讖於此。諺語謂風爲孟婆，非也。段公路《北户録》云：南方祀船神呼爲孟姥、孟公。《雲麓謾抄》齊使李騊駼至江南，問陸士秀曰：「江南有孟婆，是何神也？」士秀曰：《山海經》：帝之二女游於江。郭璞注：天帝二女，尊之爲神。由此言之，則孟婆也，以天女尊之爲孟，猶郊祀志以地神爲泰媪也。騊駼曰：僑南之辨，無以加焉。《談藪》，見蘇州舊志　按此云尊之爲神，不云風雨自隨也，引之而遷就以證風，誤。《漢書》：媪神，蕃釐。陸云泰媪，亦誤。（同前書卷四）

一八五　靺鞨：靺鞨，國名，古肅慎地也。其地産寶石，大如巨栗，中國謂之靺鞨。文與可《朱櫻歌》云：「金衣珍禽弄深樾，禁籞朱櫻班若纈。上幸離宫促薦新，藤籃寶籠貂璫發。凝霞作丸珠尚軟，油露成津密初割。君王午坐鼓猗蘭，翡翠一盤紅靺鞨。」葛魯卿《西江月》詞云：「靺鞨斜紅帶柳，琉璃漲緑平橋。人間花月見新妖，不數江南蘇小。恨寄飛花簌簌，情隨緑水迢迢。鯉魚風送木蘭橈，迴棹荒鷄報曉。」二公詩詞皆用靺鞨事，人罕知者，故詳疏之。《唐書·外國傳》：靺鞨附勿吉國，下天寶曰紅靺鞨，大如巨栗，赤爛若朱，云見楚州刺史鄭輅記。唐代宗時，楚州尼真如李氏者，得亦不云出寶也。《瀛涯勝覽》云：靺鞨國西瓜，一枚用二人舉之，今紅子西瓜可云靺鞨乎？（同前）

一八六　太白《清平樂》辭以下《詞品》：李太白應制《清平樂》辭云：「禁庭春晝，鶯羽披新繡。百草巧求花下鬭，只賭珠璣滿斗。日晚却理殘妝，御前閒舞《霓裳》。誰道腰支窈窕，折旋消得君王。」其二云：「禁幃秋月，夜探金窓罅。玉帳鴛鴦噴蘭麝，時落銀燈香灺。女伴莫話孤眠，六宫羅綺三千。一笑皆生百媚，宸遊教在誰邊？」此辭見吕鵬《遏雲集》，載四首，黄玉林以其二首無清逸氣韻，止選二首，慎嘗補作二首。　李濬《松窗雜録》云：開元中，禁中初重木芍藥，得四本，移植於沉香亭前。會花方繁開，上乘照夜白，太真妃以步輦從，李龜年前欲歌之，上曰：「賞名花，對妃子，何用舊詞？」為命龜年宣李白進《清平調》詞三章，白宿酲未解，因援筆賦云：「雲想衣裳花想容，春風拂曉露華濃。若非群玉山頭見，會向瑶臺月下逢。」「一枝紅艷露凝香，雲雨巫山枉斷腸。借問漢宫誰得似，可憐飛燕倚新粧。」「名花傾國兩相歡，常得君王帶笑看。解釋春風無限恨，沉香亭北倚闌干。」龜年遽以詞進，上促龜年歌之，仍自調玉笛，倚曲以媚妃，自是顧白尤異於他學士。　張君房《脞説》指此三首為《清平樂》曲，《尊前集》及《樂府詩集》止曰《清平調》，今據所引，復有四首，不知當是何時所進。且其詞全不類謫仙語，豈吕鵬輩羼入者耶？（同前）

一八七　菩薩鬘：西域諸國婦女編髮垂髻，飾以雜華，如中國塑佛像瓔珞之飾，曰菩薩鬘，曲名取此。　《杜陽雜編》云：大中初，女蠻國貢雙龍犀明霞錦，其國人危髻金冠，瓔珞被體，故謂之菩薩蠻。當時倡優遂製《菩薩蠻》曲，文士亦往往聲其詞。《南部新書》亦載。《北夢瑣言》云：宣宗愛唱《菩薩蠻》詞，令狐相國假温飛卿新撰密進之，戒以勿泄，而遽言於人，由是疎之。（同前）

一八八　《如夢令》：唐莊宗辭云：「曾宴桃源深洞，一曲舞鸞歌鳳。長記别伊時，和淚出門相送。如夢，如夢，殘月落花烟重。」此莊宗自度曲也。　樂府取辭中「如夢」二字名曲，今誤傳為吕洞賓，非也。　《古今詞話》云：後唐莊宗修内苑，掘得斷碑，中有三十二字云云，莊宗使樂工入律歌之，名曰《古記》，又使翰林作數篇。一名《宴桃源》，東坡云：莊宗製，名嫌其不馴雅，改為《如夢》，蓋其中有「如夢，如夢」句也。（同前）

一八九　鬼仙詞：「曉星明滅白露點，秋風落葉，故址頹垣，冷烟衰草，前朝宫闕。長安道上行客，依舊利深名切。改變容顏，消磨今古，隴頭殘月。」此五代新説，載鬼仙辭也。非太白長吉之流，豈能及此？《古今詞話》云：蜀州王守有門下客，遇紅梅花作祟，贈《柳梢青》詞云「依稀曉星」云云，若是鬼謡，則小説有之，倘或人作此詞以詭世，其人亦必為鬼録矣，蓋其意，皆幽陰中不祥語也。《五代新説》：唐高宗咸寧中張詢古所撰，載梁、陳、北齊、周、隋君臣雜事也。時白、賀尚未生，豈謂前生之鬼耶？蓋止知梁、唐、晉、漢、周為五代耳。（同前）

一九〇　盧絳：盧絳，南唐人，夢一婦人歌《菩薩蠻》云：「玉京人去秋蕭索，畫簷雀起梧桐落，欹枕悄無言，月和清夢圓。背燈惟暗泣，甚處砧聲急。眉黛小山攢，芭蕉生暮寒。」其應不著，辭頗清潤，特録之。絳事見馬令《南唐書》本傳，末句作「獨自倚闌干，衣襟生暮寒」云。龍衮《江南野史》云：盧絳病困，忽夢一白衣婦人，教之食蔗而愈。追數夕，又夢前婦人云：「妾乃玉真也，太尉富貴時至，可詣都城。妾有一詩一緡以助行旅，十年之後，當於孟家陂上奉見。」歌其詞云：「清風良月夜深時，箕箒盧郎恨尚遲。他日孟家陂上約，再來相見是佳期。」言訖而去，絳驚覺，果獲其緡，由是自負，入金陵畫策，詣後主，累官柱國。唐亡歸宋，以龔慎儀事坐誅，既出，乃呼延贊當視行事，將至梁門，絳遂顧見擁一白衣婦人來，宛同昔日夢中，因嗟曰：「玉真矣，何至於此乎？」贊問其故，絳乃白其夢，絳復問孟家陂持刃者，曰：「斯場是矣。」因數指，迨今十年。歎曰：「昔日之夢，今果驗矣，死復何恨？」玉真姓耿氏，其夫死，與前婦之子通，當坐法，與絳同場斬焉。此事與《南唐書》同，但以詞作詩為稍異耳，因詳出之。（同前）

一九一 《法曲獻仙音》：《望江南》即唐《法曲獻仙音》也，但法曲凡三疊，《望江南》止兩疊耳。白樂天改《法曲》為《憶江南》，其辭云：「江南好，風景舊曾諳。」二疊云：「江南憶，最憶是杭州。」三疊云：「江南憶，其次憶吴宫。」南宋紹興中，杭都酒肆中有道人攜烏衣椎髻女子買斗酒獨飲，女子歌以侑之，歌辭非人世語。或記之，以問一道士，道士曰：「此赤城韓夫人作《法駕導引》也，烏衣女子蓋龍云。」其辭曰：「朝元路，朝元路，同駕玉華君。千乘載花紅一色，人間遥指是祥雲，廻望海光新。」二疊云：「東風起，東風起，海上百花摇。十八風鬟雲半動，飛花和雨着輕綃，歸路碧迢迢。」三疊云：「簾漠漠，簾漠漠，天淡一簾秋。自洗玉舟着白酒，月華微映是空舟，歌罷海西流。」此辭即法曲之腔，文士好寄（當作奇），故神其事以傳耳，豈有天仙而反取開元人間之腔乎？　陳去非云：世傳頃年都下肆中，有道人携烏衣椎髻女子，買斗酒獨飲，女子歌詞凡九闋，皆非人世語。或記之以問一道士，道士驚曰：「此赤城韓夫人所製水府蔡真君《法駕導引》也，烏衣女子疑龍云，得其三而亡其六，擬作三闋」云云。曾慥《樂府雅詞》　段安節《樂府雜録》云：《望江南》者，因朱崖李太尉鎮浙西日為亡姬謝秋娘所撰，本名《謝秋娘》，後進入教坊，遂改此名，一名《夢江南》曲也。　王灼《碧鷄漫志》云：白樂天作《憶江南》三首，自注云：此曲一名《謝秋娘》，后人又取樂天首句名《江南好》。唐

《法曲獻仙音》在宋已無知者，歐陽永叔及沈存中等皆止稱遺聲云云，詳見《碧鷄漫志》，今輒指為《望江南》，恐未然。劉禹錫《憶江南》止二疊。見《樂府詩集》。周美成、柳耆卿有《法曲獻仙音》辭，俱長調也。（同前）

一九二　朱淑真元夕辭：朱淑真元夕《生查子》云：「去年元夜時，花市燈如晝。月上柳稍頭，人約黄昏後。今年元夜時，月與燈依舊。不見去年人，淚濕春羅衫袖。」辭則佳矣，豈良人家婦所宜耶？其行可知。此永叔辭也，或云少游，指為淑真，不重誣人耶？（同前）

一九三　《白團扇歌》：晉中書令王珉與嫂婢謝芳姿有情愛，捉白團扇與之，樂府遂有《白團扇歌》云：「白團扇，憔悴無復理，羞與郎相見。」其本詞云：「犢車薄不乘，步行躍玉顔。逢儂都共語，起欲着夜半。」其二云：「團扇薄不摇，窈窕摇蒲葵。相憐中道罷，定是阿誰非。」其三云：「御路薄不行，窈窕穿廻塘。團扇障白日，面作芙蓉光。」其四云：「白錦薄不著，趣行着練衣。異色都言好，清白為誰施。」「薄，如《唐書》：『薄天子不為之薄，芳姿之才如此，而屈為人婢，信乎？佳人薄命矣。」元關漢卿嘗見一從嫁媵婢作一小令云「鬌鴉臉霞」云云，辭欠雅，略之。事亦相類而可笑，併附於此。《古今樂録》云：晉中書令王珉捉白團扇與嫂婢謝芳姿，有愛情，好甚篤，嫂捶撻婢過苦，王東亭聞而止之。芳姿素善歌，嫂令歌一曲，當赦之，應聲歌曰：「白團扇，辛苦五留連，是郎眼所見。」珉聞，更問之：「汝歌何遺？」芳姿即改云：「白團扇，憔悴非昔容，羞與郎相見。」後人因而歌之。詞凡六首，無名氏。見《樂府詩集》。《文獻通考》云：婢素好歌，而珉好持白扇，故云。「鬌雅臉霞」云

云，周德清書所見《朝天子》辭也，見楊朝英《太平樂府》。（同前）

一九四 《楊柳枝》詞，周德華劉采春女：清江一曲柳千條，二十年前舊板橋。曾與情人橋上別，更無消息到今朝。唐絶，增奇神品。《雲溪友議》云：裴諴郎中，晉國公次子也。足情調，善談諧，與舉子温岐為友，俱善歌曲，迄今飲席多是其詞。有德華周氏者，劉採春女也，雖羅嗊之歌不及其母，而《楊柳》之辭，採春難及。湖州崔芻言郎中將至京、洛，豪門女弟子多從之，學温、裴所稱歌曲，請德華一陳音韻，德華終不取焉。二公皆有愧色，所唱者七八篇，皆近名流之詠也。劉禹錫尚書一首《春江》一曲云云，今直指為德華，誤。（同前）

一九五 騌與涴同：韋莊《應天長》詞云：「想得此時情切，淚沾紅袖騌。」騌字義與涴同，而字則讀如涴字入聲，始得其叶，然《説文》、《玉篇》俱無騌字，惟元詞中「馬驟騌，人語喧」。北音作平聲，四轉作入聲正叶。《花間集》云：「淚沾紅袖騌。」不作騌字，或所見别本之誤耳。騌，字書音流，與涴義不相蒙，乃苦欲轉作涴讀，何耶？（《四庫全書》本《正楊》卷四）

一九六 鯤上：鯤，本魚子，細如蠶茸，莊周《寓言》：鯤化為鵬。譬彼詩頌，雕育桃蟲。千古言詮，誰發其矇。注：《莊子》云：「北溟有魚，其名為鯤，鯤之大，不知其幾萬里。」此寓言也。按内則卵醬，卵音鯤，《國語》曰：無禁鯤鮞，皆以鯤為魚子。至小之物也。莊子乃以至小為至大，便是滑稽之開端。後人皆不得其言詮，雖郭象之玄奥沉思，亦誤，况司馬彪輩乎？余嘗謂天地乃一大戲場，堯、舜為古今正生，桀、紂為古今大丑，莊、列為古今大净，千載而下，不得其解，皆矮人觀場也。

《莊》注云：鵬鯤之實，吾所未詳也。夫莊子之大意在乎逍遥游，放無為而自得，故極小大之致，以明性分之適，達觀之士，宜要其會歸，而遺其所寄不足，事事曲與生説，自不害其弘旨，皆可略之，此解明甚。公云言詮，得非子玄誤合者耶？《世説》向秀注：莊妙析玄致。秀卒子幼，義遂零落，然猶有別本。郭象者為人薄行，有儁才，見秀義不傳於世，遂竊以為己註。惟自注《秋水》、《至樂》二篇。據此，則《莊》非象注矣。竊注見譏於義慶，誤註追誚於用修、子玄。厄哉！《晏子春秋》載橘枳狗門之説，《史·滑稽傳》紀叔敖葬馬之辭，乃云滑稽開端，豈周在楚莊、齊景前耶？「天地戲場」云云，非聖不道，姑無論矣。但公品詞製曲自等周郎者，其生、丑、净字名義，如《太和正音》等所載，是如此解耶？（同前）

一九七　《海山記》：煬帝為西苑，鑿五湖，多乘龍鳳舸泛東湖，帝因製湖上曲《望江南》八闋，帝常遊湖上，多令宫人歌此曲。《望江南》，隋（當作隋，下同）煬帝已有此曲，詞調甚新麗。一名《夢江南》，一名《憶江南》，一名《江南好》，一名《歸塞北》，一名《謝秋娘》。《樂府雜録》以為李衛公為亡妓謝秋娘始撰，非也。《墅談》煬帝《望江南》云云。並是北曲，可按而歌也。《真珠船》《樂府雜録》云：《望江南》者，始自朱崖李太尉鎮浙西日為亡妓謝秋娘所撰，本名《謝秋娘》，後進入教坊，遂改此名，一名《夢江南》。據此，則隋時無此調也。且曲詞略不似隋人語，其為劉斧虚搆無疑，而《墅談》云詞調新麗，且云一名《謝秋娘》，夫既名秋娘，乃又云非衛公撰，則謝亦隋之妓耶？（《學林就正》卷三）

一九八　廣寒清虚之府：開元六年八月望，與申天師、洪都客作術，夜遊月宫。見一宫府，榜曰廣寒清虚之府。下視王城崟峩，若萬里琉璃之田。有素娥十餘人，乘鸞舞於廣庭桂樹之下，音樂清麗，遂歸。製《霓裳羽衣》之曲。《龍城録》明皇嘗以手指上下按其腹，高力士曰：「豈聖體小不安耶？」上曰：吾昨夜夢遊月宫，諸仙子娱以上清之樂，其曲凄楚動人。吾回以玉笛尋得之，慮忽遺忘，故尋之耳。力士拜賀，請奏，併求其名，上曰：此曲名《紫雲回》，遂載於樂章，刻石太常焉。《開天傳信記》《逸史》云：羅公遠為明皇擲杖化銀橋，至月宫。《集異記》及《廣德神異録》謂過潞洲（當作州）城。《明皇雜録》謂至西川。《幽怪録》謂正月望十五夜幸廣陵事。（《天中記》卷一「月」）

一九九　鯉魚風：《提要録》：鯉魚風，乃九月風也。李賀詩：「門前流水江陵道，鯉魚風起芙蓉老。」又古詞云：「瑞霞成綺，映舴艋、鯉魚風起。」（同前書卷二「風」）

二〇〇　黄雀雨：九月雨為黄雀雨。《提要録》　羅鄂州詞云：「九月江南秋色，黄雀雨，鯉魚風。」（同前書卷三「雨」）

二〇一　三素雲：《修真入道秘言》曰：立春日，清朝北望，有紫緑白雲者為三元君，三素飛雲也。乘八輿之輪，上詣天帝，天子候見，再拜，自陳：某乞得侍給輪轂，三過，見元君之輩者，向日昇天。《雲洞真黄老經》唐試進士以立春日，望三素雲詩為題，蓋出於此。陶洪景《水仙賦》曰：「迎九玄於金闕，謁三素於太清。」李義山《送宫人入道詩》：「九枝燈外朝金殿，三素雲中侍玉樓。」《黄庭經》注曰：「紫青紅謂之三素雲。」蘇魏公作春貼子詞：「萬年枝上看春色，三素雲中望玉晨。」許沖元春貼詞：「三素雲飛依北極，九農星正見南方。」（同前書卷四「立春」）

二〇二　李謩（當作謩，下同）偷曲：明皇幸上陽宫，夜新番一曲，明夕正月十五日，潛遊，忽聞酒樓上有笛奏前夕所番曲，大駭之。密捕笛者，詰之，自云其夕於天津橋上翫月，聞宫中奏曲，愛其聲，遂以爪畫譜記之，即長安少年李謩也。元稹《連昌宫詞》云：「李謩擫笛傍宫墻，偷得新番數聲曲。」《連昌詞》注（同前書卷四「上元」）

二〇三　遊廣陵：開元十八年正月望夕，帝謂葉仙師曰：「四方之盛陳乎？此夕何處極麗？」對曰：「天下無踰於廣陵。」帝曰：「何術一觀之？」師曰：「侍御皆可。」俄而虹橋起於殿前，板閣架虚，欄楯若畫，師奏橋成，但無迴顧。於是帝步而上，太真、高力士及樂官數十人從行，步步漸高，直造雲中。俄頃已到廣陵寺觀，陳設之盛，燈火之光照灼基殿，士女華麗，皆仰望曰仙人現於五色雲中。帝大悦，師曰：「請勑伶官奏《霓裳羽衣》一曲，後可驗矣。」後數旬，廣陵奏曰：「正月十五二更，仙人乘綵雲自西來，臨孝感寺，高數十丈。又奏《霓裳羽衣》一曲，終，西去。初元朝禮之晨，而慶雲現小臣踐脩之地，而仙樂陳。」上覽表大悦，方信仙師之不妄也。《幽怪録》　上與葉法善游西凉州。《明皇雜録》（同前）

二〇四　預借元宵：宣和五年，令都城自臘月初一日放鰲山燈，至次年正月十五日夜，謂之預賞元宵，徽宗至日出觀之。時有謔詞，末句云：「奈吾皇，不待元宵景色來到，恐後月陰晴未保。」《宣和遺事》　淳祐三年，京尹趙節齋與竹請預放元宵十二日十四日，諸巷陌橋道皆編竹，為張燈之計，臣僚

剳子引此詞末二句為次年五月五日金入寇之讖，十五日早晨，遂盡折去。《清夜録》（同前）

二〇五　祓或用秋：《漢書》：八月祓於霸上。劉楨《魯都賦》：「素秋二七天。」漢指隅人胥祓除，國子水嬉，又是用七月十四也。自魏以後但用三日，不以巳也。《宋書》《癸辛雜志》云：上巳當作十干之己，蓋古人用日例以十干，如上辛、上戊之類，無用支者，若有午尾卯，則上旬無巳矣。故王季夷嵎上巳詞云：「曲水湔裙三月二。」按公謹此説豈偶遺《宋》、《晉書》耶？（同前書卷四「上巳」）

二〇六　銀橋升月宫：羅公遠開元中中秋夜侍元（即玄，下同）宗於宫中翫月，公遠奏曰：「陛下莫要至月中看否？」乃取柱杖，向空擲之，化為大橋，其色如銀。請元宗同登，約行數十里，精光奪目，寒氣侵人，遂至大城闕，公遠曰：「此月宫也。」見仙女數百，皆素練寛衣，舞於廣庭，元宗問曰：「此何曲也？」曰：「《霓裳羽衣曲》也。」元宗密記其聲調，遂回却，顧其橋，隨步而滅。旦召伶官，依其聲作《霓裳羽衣》之曲。《唐逸史》（同前書卷五「中秋」）

二〇七　香水：吴故宫有香水溪，俗云西施浴處，人呼為脂粉塘。吴王宫人濯粧於此溪上源，至今猶香。古詞云：「安得香水泉，濯郎衣上塵。」又香水在并州，其水香潔，浴之去病。《述異記》（同前書卷九「水」）

二〇八　滴水：安西境内有前踐山，山下有伽藍，其水滴溜成音可愛，彼人每歲一時采綴其聲，以成曲調《故耶婆瑟鷄》，開元中，用為羯鼓曲名，樂工最難其杖撩之術，進寺，近其滴水也。《宋高僧傳》（同前）

二〇九　西湖：杭州西湖源出於武林泉，山川秀發，景物華麗，自唐以來爲東南遊賞勝處。《志》白居易長慶二年爲杭州刺史，始築隄，捍錢塘湖，鍾洩其水，溉田千頃。《本傳》放水溉田，每減一寸，可溉十五頃，可無凶歲。東坡《狀》白《西湖記》白居易爲刺史，方是時，西湖溉田千餘頃。及錢氏置撈湖兵士千人，日夜開浚。白詩　湖上春來似畫圖，亂峰圍繞水平鋪。松摇山面千重翠，月點波心一顆珠。碧毯線頭抽早稻，青羅裙帶展新蒲。未能拋得杭州去，一半勾留是此湖。孫何帥錢塘，柳耆卿作《望海潮》詞贈之，内有「三秋桂子，十里荷花」之句，此詞流播，金主亮聞之，瞷（一作矙）然起投鞭渡江之想，命畫工潛入臨安，圖西湖，揭軟屏間，貌己像，策馬吴山之巔，題其上曰：「萬里車書盍會同，江南豈有别疆封？提兵百萬西湖上，立馬吴山第一峰。」謝處厚詩云：「誰把杭州曲子謳，荷花十里桂三秋。那知卉木無情物，牽動長江萬古愁。」紹興、淳熙間，君相縱逸，耽樂湖山，無復新亭之淚，是以論者以西湖爲尤物，比之西施之破吴也。張志道詩云：「荷花桂子不勝悲，江界年華憶昔時。天目山來孤鳳歇，海門潮去六龍移。賈充誤世終無策，庾信哀時尚有詞。莫向中原誇絶景，古今遺恨是西施。」（同前書卷十「湖」）

二一〇　娘子：開元初，武惠妃特承寵，遇故王后廢黜，惠妃薨，上悼惜久之。後庭數千，無可意者。《舊唐》上心忽忽不樂，使高力士潛搜外宫，得玄琰女於壽邸，既笄矣，度爲女道士，號太真。册韋昭訓女配壽邸。太真髪鬢膩理，纖穠中度，舉止閑德，光彩焕發，轉動照人。上甚悦。於鳳凰園册爲貴妃，進見之日，奏《霓裳羽衣》以導之。定情之夕，授金釵鈿合以固之。上又自執麗水鎮庫紫磨金琢成步摇，至粧閣，親與插鬟上，謂宫人曰：「朕得貴妃，如得至寶也。」乃製曲子曰《得寶子》，自是六宫無復進幸者，宫中呼為娘子，實（一作寶）數實同皇后。（同前書十二「后妃」）

二一一　梅精：梅妃姓江氏，名采蘋。開元中，高力士使閩、越，見其少麗，選侍明皇，大見寵幸。性喜梅，上以其所好，戲名曰梅妃。上與妃鬭茶，顧諸王戲曰：「此梅精也。吹白玉笛，作驚鴻舞，一座光輝。鬭茶今又勝我矣。」後楊妃入侍，遷於上陽東宫，上在花蕚樓，會夷使至，命封珍珠一斛，密賜妃，妃不受，以詩付使者曰：「為我進御前也。」曰：「柳葉雙眉久不描，殘妝和淚污紅綃。長門自是無梳洗，何必珍珠慰寂寥。」上覽詩，悵然不樂，令樂府以新聲度之，號《一斛珠》，曲名始此也。妃傳（同前）

二一二　齊雲：昭宗乾寧三年，鳳翔李茂貞欲搆難，犯於神京，上欲幸太原，行止渭北，華州韓建迎歸郡中，上鬱鬱不樂，時登城西齊雲眺望，明年秋，製《菩薩蠻》詞二首。《中朝故事》（同前書卷十四「樓」）

二一三　三可畏：中宗朝，御史大夫裴談崇奉釋氏，妻悍妬，談畏如嚴君。嘗謂之妻有可畏者三：少妙之時，視之如生菩薩，安有人不畏生菩薩耶？及男女滿前，視之如九子魔母，安有人不畏九子魔母耶？及五十六十，薄施粧粉，或青或黑，視之如鳩盤茶，安有人不畏鳩盤茶耶？時韋庶人頗襲武氏之風軌，中宗漸畏之，内宴唱《迴波詞》，有優人詞曰：「迴波爾時栲栳，怕婦也是大好。外邊秖有裴談，内裏無過李老。」韋后意色自得，以束帛賜之。《本事詩》（同前書卷十九「妬婦」）

二一四　楊花：東坡有妾名朝雲、榴花，朝雲死於嶺外，惟榴花獨存，故其詞多及之，觀「浮花浪蕊都盡，伴君幽獨」，可見其意矣。《耆舊續聞》（同前「妾侍」）

二一五　薛瓊瓊：薛瓊瓊，開元宫中第一手，清明日，上令宫妓踏青，狂生崔懷寶竊窺瓊瓊，夜之内樂供奉楊羔，潛待之，羔令崔作小詞，方得見薛。崔作詞云：「平生無所願，願作樂中筝。得近玉人纖手子，呀羅裙上放嬌聲，便死也為榮。」羔飲懷寶以薫肌酒，曰：「此常春草所造，亦云千歲草，可令白髮變黑，致長生之道。」崔後為河南司録，瓊瓊理筝，為吏所詰，收赴闕，明皇因以贈之。《麗情集》（同前書卷二十「妓」）

二一六　李師師：李師師，京都名妓也。見寵於宋徽宗，而私與周邦彦美成昵甚。一日，正與宴洽，而報上遽至，周狼狽匿床下。上於坐中出新橘食之，周遂潛為度曲，以詠其事。異日，師師歌之，上知而大怒，出周外任。師師往餞之，及歸，離索未解，淚光尚瑩瑩也。上適至，因問之，李不敢隱，具以狀對，後遂復周官云。（同前）

二一七　嚴蕊：天台營妓嚴蕊，字幼芳，色藝冠一時，間作詩詞，有新語，唐與正賞愛之。其後朱晦庵以使節行部至台，欲摭與正之罪，遂指其嘗與蕊為濫，繫獄月餘，蕊雖備箠撻，而一語不及唐。吏因好言誘之，其辭益堅，仍繫於獄，苦楚幾死，然聲價愈騰，至徹阜陵之聽。未幾，朱公别除，而岳霖商卿為憲，因賀朔之際，憐其悴病，卒命之作詞自陳，即日判令從良。繼而宗室近屬納為小婦，以終身焉。《齊東埜語》（同前）

二一八　姓胡冒令：令狐綯，以姓氏少族，人有投者不恡其力，繇是遠近皆趨之，至有姓胡冒令者，進士温庭筠戲為詞曰：「自從元老登庸後，天下諸胡悉帶令。」《南部》（同前書卷二十四「姓」）

二一九　遠佞：王安石初參大政，一日，因閲晏元獻小詞，安石曰：「為宰相，何詎作詞？」王安國曰：「彼亦偶然自喜而為爾，顧其事業亦不止此。」時吕惠卿為舘職，亦在坐，遽曰：「為政必先放鄭聲，况自為之乎？」平甫正色曰：「放鄭聲，不若遠佞人。」吕大慚。《東軒雜録》（同前書卷二十六「方正」）

二二〇　風之始：吴給事女敏慧，工詩詞，後歸華陽陳子朝，名儒也。晚年惑一妾，緣此，遂染風疾。一日，親戚來問，吴同妾在側，因指妾曰：「此風之始也。」後西南士夫凡有所惑者，皆以風之始為口實。《蕙畝拾英集》、《雋永録》（同前「排調」）

二二一　唱晚歌入：何承裕，韶州曲江人。有逸才，為小詞，尤工。與陶穀素不叶，周世宗欲以為知制誥，穀奏沮之，遂已。何知之，及陶之判銓，一旦方偃息，何自外抗聲唱挽歌而入，陶甚驚駭，承裕曰：「尚書豈長生不死者耶？幸甚無恙，聞其一兩曲，又何妨？」陶無以抗。及知商州，有舉人投卷，初甚欣慰，及覽其詩，有「日暮猿啼旅思悽」之句，遽曰：「足下此句甚佳，但上句對屬未切，奉為改之，何不云：『曉來犬吠張三婦，日暮猿啼旅思悽。』」舉人大慙而去。《五代史補》（同前書卷二十九「任誕」）

二二二　中書將軍：宣宗愛唱《菩薩蠻》詞，狐楚假温庭筠新撰密進之，戒令勿泄，而遽言於人，由是疎之。温亦有言云：「中書内坐將軍。」譏相國無學也。《北夢瑣言》（同前「輕詆」）

二二三　曲子相公：晉相和凝少年時好為曲子詞，布於汴、洛，洎入相，專託人收拾焚毀不暇，然相國厚重有德，終為艷詞玷之。契丹入夷門，號為曲子相公。（同前書卷三十「三公宰相」）

二二四　目昏耳聾：魏明好作詩詞，多而格下，嘗携近詩詣韓熙載，韓託以目病，請置几案，徐覽，明曰：「侍郎目昏，請自為吟之。」韓曰：「耳聾加劇，切恐不聞。」《南唐近事》（同前書卷三十七「詩」）

二二五　流寓入破：天寶後，調人多為流寓之思，及寄興於江湖僧寺，而樂曲亦多以邊地為名，至其曲遍繁聲，謂之入破，蓋破碎云。《唐·五行志》（同前書卷四十二「樂」）

二二六　羯鼓：羯鼓出外夷，以戎羯之鼓，故曰羯鼓。《羯鼓録》　玄宗好羯鼓，而寧王善吹横笛。帝常稱羯鼓八音之領袖，諸樂不可方也。蓋本戎羯之樂，其音太簇，一均，龜兹、高昌、疏勒、天竺部皆用之，其聲焦殺，特異衆樂。志　玄宗洞曉音律，由之天縱，凡是管絃，悉造其妙，若製作曲調，隨意即成，雖古之夔、曠，無以過也。尤愛羯鼓横笛，云：「八音之領袖也，諸樂不可為比。」嘗值二月詰旦，巾櫛方畢，時宿雨初晴，景色明麗，小殿内庭柳杏將吐，高力士遣取羯鼓，上旋命之臨軒，縱擊一曲，名《春光好》，神思自得。又製《秋風高》，每至秋空迥徹，纖羅不起，即奏之，必遠風徐來，庭葉墮落，其妙絶入神也如此。（同前書卷四十三「鼓」）

二二七　聞笛辨亡：《安公子》，始自煬帝將幸江都，時有樂工於笛中吹，其父病廢於卧内，聞之，乃問其子曰：「何得此曲？」子對曰：「宫中雜翻也。」父歔欷，問其子曰：「宫曰君，商曰臣，宫聲往而不返，大駕東巡必不還矣。汝可托疾勿去也。」其精鑒如此。《樂府雜録》、段安節(同前「笛」)

二二八 《紫雲廻》：玄宗嘗坐朝，時以手指上下按其腹，朝退，高力士進曰：「陛下向來數以手指按其腹，豈非聖體小不安耶？」玄宗曰：「非也，吾昨夜夢遊月宫，諸仙娱余以上清之樂，流亮清越，殆非人所聞也。酣醉久之，合奏清樂，以送吾歸，其曲凄楚動人，杳杳在耳。吾向以玉笛尋，盡得矣。坐朝之際，慮或遺忘，故懷玉笛，時以上下尋之，非不安也。」力士再拜賀曰：「非常之事也，願陛下為臣以奏之。」上試奏其音，寥寥然，不可名也。力士又奏拜，且請其名，上笑曰：「此曲名《紫雲廻》。」載於樂章，今太常刻石在焉。《開天傳信記》(同前)

二二九 倚曲：明皇自蜀來居南内，夜闌登(脱「勤」字)政樓，憑欄南望，煙月滿目，貴妃侍者紅桃在焉，歌《凉州》之詞，貴妃所製也。上親御玉笛為之倚曲，曲罷，相視無不掩泣，上因廣其曲。《外傳》(同前)

二三〇 撥聲如雷：貞元中有康崑崙，琵琶第一手，因兩市祈雨鬭樂，崑崙登東街綵樓，彈一曲新翻羽調《緑腰》，必謂無敵。街西豪俠閲樂，東市稍誚之，亦於綵樓上出一女郎，抱樂器，先云：「我亦彈是曲，兼移在楓香調中。」及下撥，聲如雷，絶妙入神，崑崙驚愕，即拜請為師，女郎更衣出，乃僧善本也，俗姓段。翌日，德宗召入内，因令教授崑崙，段師曰：「且請令彈一調子。」乃調之，師曰：「本領何雜兼帶邪聲。」崑崙驚曰：「段師神人也，臣少年初學藝時，偶於鄰家女巫處授一品絃調，於後迺屢易數師之藝，今師精識如此玄妙也。」段師奏曰：「且遣崑崙不近樂器十餘年，俟忘本態，然後可教。」

詔許之，後果盡段師之藝。《琵琶録》（同前卷四十三「琵琶」）

二三一　轉關護索：樂譜琵琶曲有《轉關六么》，取其聲調閑婉，又有《護索梁州》，謂其音節閑繁。《蔡寬夫詩話》（同前）

二三二　梨園歌：明皇自巴蜀回，夜闌，登勤政樓南望，煙月滿目，因歌曰：「庭前琪樹已堪攀，塞北征人尚未還。」蓋盧思道之詩也。歌畢，里中隱隱如有歌者，謂力士曰：「得非梨園舊人乎？遲明為我訪來。」翌日，力士於里中召至，果是其人。後乘月登樓，左右惟力士及妃子侍者紅桃在焉，即命歌《梁州》，即貴妃所製，上親御玉笛為之倚曲，曲罷，無不掩泣，上因廣其曲，今《凉州》留傳者益加焉。《明皇雜録》、《太真外傳》（同前「歌」）

二三三　《水調歌》：興慶宮，帝潛邸，於西南隅起花蕚、相輝二樓，與諸王遊處。禄山犯順乘據以聞，議欲遷幸，置酒樓上，命作樂，有進《水調歌》者曰：「山川滿目淚霑衣，富貴榮華得幾時。不見只今汾水上，惟有年年秋鴈飛。」上問：「誰為此詞？」曰：「李嶠。」上曰：「真才子也。」遂不終飲而去。《明皇雜録》（同前）

二三四　永新歌：開元中，内人許子和，吉州永新縣樂家女也，入宮，因名永新。能變新聲，高秋明月，喉轉一聲，響傳九陌。一日，大酺於勤政樓，萬衆諠譁，莫得聞魚龍百戲之音。永新乃撩鬓舉袂，直奏曼聲，廣場寂寂，若無一人。喜者聞之氣勇，愁者聞之腸絶。漁陽之亂，六宮星散，永新為一士人所得。韋青避地廣陵，月夜憑欄，聞舟中唱《水調》者曰：「此永新歌也。」登舟省之，相與對泣。後

市人，卒遂落風塵。臨終，謂其母曰：「阿母錢樹子倒矣。」《樂府雜録》（同前）

二三五　紅紅善歌：大曆中，有才人張紅紅者，本與其父歌於衢路丐食。過將軍衛青所居，青聞其喉音寥亮，仍有眉首，即納為姬。乃自傳其藝，穎悟絶倫。嘗有樂工自撰歌，即《古長命西河女》也，加減其節奏，頗有新聲。未進聞，先侑歌於青，青召紅，紅於屏風後聽之，歌罷，青入問紅，云已得矣。青出，云：「有女弟子曾歌此，非新曲也。」即令隔屏風歌之，一聲不失，樂工大驚。尋達上聽，召入宜春院，宮中號記曲娘子，尋為才人。後韋青卒，紅紅一痛而絶，上嘉嘆之，贈昭儀。《樂府雜録》（同前）

二三六　《三臺》：北齊高洋毀銅雀臺，築三箇臺，宮人拍手呼上臺，因以送酒。《劉賓客嘉話》　今之《催酒三臺》，或云鄴中有三臺，石崇遊宴之地，樂工以促飲。又云蔡邕三日之間周歷三臺，樂府以邕諳音律，製此曲，希其厚遇。《資暇集》（同前書卷四十四「酒」）

二三七　一擫紅：一擫紅者，多葉，淺紅花，葉杪深紅一點，如人以三指擫之。《牡丹記》　明皇時，有獻牡丹者，謂之楊家紅，乃楊勉家花也。命力士將花上貴妃，妃方對粧，妃用手拈花，時勻面，脂在手，即□（一作印）于花上，帝見之，問其故，妃以狀對。上詔於仙春舘栽，來歲花開，上有指印紅迹，帝賞花，驚異其事，乃名為一捻紅，後樂府中有《一捻紅》曲。《青瑣》（同前書卷五十三「牡丹」）

二三八　舞馬：中宗時，殿中奏蹀馬之戲，宛轉中律，遇作飲酒樂者，以口啣盃，卧而復起，吐蕃大驚。《景龍文舘記》　玄宗嘗令教舞馬四馬（當作百）匹，分為左右，目為某家寵，某家嬌。時塞外亦以善馬來貢者，上俾教習，無不曲盡其妙。因命衣以文繡，絡以金鈴，餙其鬣間，雜以珠玉，其曲謂之

《傾盆（當作盃）樂》，若歌其曲，奮首鼓尾，縱横應節。又於三層板床，馬乘而上，旋轉如飛。或命壯士舉一榻，馬舞於榻上，樂工數十人立於左右前後，皆衣淡黄衫，文玉帶，必求少年而姿貌美秀者，每千秋節，常命舞於勤政樓下。其後上既幸蜀，舞馬亦散在人間。禄山嘗覩其舞而心愛之，自是因取數十匹，置於范陽。其後轉為田承嗣所得，而承嗣不知，雜之戰馬，置之外棧。忽一日，軍中大享士，樂作，馬舞不能自止，廝養輩謂其為妖，擁篲以擊之，馬謂其舞不中節，抑楊頓挫，尚存故態，廄吏劇以為怪，白承嗣，命箠之，甚酷，馬舞益整，而鞭捶愈加，竟斃於櫪下。時人亦有知其舞馬者，懼田暴逆，而終不敢言。《明皇雜録》（同前書卷五十五「馬」）

二三九　巨魚：嘉祐末，有人攜一巨魚入都，能人言，號曰海多，人争覩之。亦嘗召至禁中，帝自為一詞曰：「海多風措，被魚人下網打住。將我在帝城中，每日教言語。甚時節、放我歸去。龍王傳言，這裏思量爾，千回萬度。螃蠏最恓惶，鲇龍憂慮。」於李氏園作場，躍入池中，不復可獲。是歲黄河大決，水入都城，壞民屋宇數百家，而昭陵升逝。《玉照新志》（同前書卷五十六「魚」）

二四〇　鴈丘：元裕之赴試并州，道逢捕鴈者，獲二鴈，殺之矣。其脱網者悲鳴不能去，竟自投於地而死。予因買得之，葬之汾水之上，累石為誌，號曰鴈丘。與同行者楊正卿、李仁卿俱為賦《摸魚兒》詞。《梅磵詩話》（同前書卷五十八「鴻鴈」）

二四一　税雙卵鵞：李先主以國用不足，税民間鵞卵出雙子者，柳花為絮者，伶人獻詞云：「惟願普天多瑞慶，柳條結絮鵞雙生。」《聞見録》（同前「鵝」）

二四二　武宗孟才人善歌，寵冠後庭，上不豫。顧而問曰：「我死，汝當如何？」對曰：「願從陛下於九泉。」上以巾授之，曰俾於御榻前歌《河滿子》一曲，聲調悽切，聞者莫不涕零。及宮中宴駕，才人即縊禁掖，亦盛以小棺，殯於殿側。山陵之際，梓宮重，莫能舉，識者曰：「得非候才人乎？」於是輿櫬以殉，遂窆於端陵之側。是歲，工文之士或為賦題，或為詩目，以為馮媛、班姬無以過也。所知者，張祐有詩云：「偶因清唱詠歌頻，奏入宮中二十春。却為一聲《河滿子》，下泉須弔孟才人。」《劇談録》(《學圃萲蘇》卷六)

二四三　北朝使至，韓熙載接伴，逮陶穀至，國家遣妓以奉。及旦，有書謝曰：「巫山之麗質初臨，霞侵鳥道；洛浦之妖姿乍至，月滿鴻溝。」舉朝不省其詞，韓召妓訊之，是夕，忽當浣濯焉。又曹翰至，惟事嚴重，累日不談笑，後主無以為計。載因謀使宮妓為民間粧，餙以紅絲標杖，引弄花猫以誘之，翰見，果問主郵者此婦為誰，僞對曰娼家，翰因命之，至旦去，與金帛，一無所受，曰：「惟為願獲天使一詞以為寶翰。」不得已，撰《春光好》詞遺之，及翰入謝，因重宴，使樂妓歌之。翰知見欺，乃痛飲，月餘而返。《江南野録》　杭人沈叡達遼《雲巢編》云：陶使吴越，娼任杜娘者，詐求逸犬，陶惑之，遂為作詞，娼得詞，遂落髮甹仁王院居之。《玉壺清話》云：國初，陶穀使江南，李穀寓書韓熙載，韓令娼秦弱蘭詐為驛卒女以隳其守。《南唐近事》同，宋初李穀卒，陶年近六十，疑皆誤。(同前)

二四四　虞伯生風儀整潔，或謂其嘗私於文宗妃，故無名子詩有「不堪回首昭陵道，落日西風莎草寒」之句。《宋遺民録》　至元十三年江南初附於元，民間盛傳武當山真武降筆書《西江月》者，刻印貼壁間，其詞云：「九九乾坤已定，清明節候開花。米田天下亂如麻，直待龍蛇繼馬繼一作暨。依舊中華福地，古月一陣還家。當初指望作生涯，死在西江月下。」《輟耕録》順帝駐應昌，以痢疾殂，倉卒梓宫無備，乃取西江寺梁木以供用。梁間隱隱有《西江月》一調，所謂「死在西江月下」也。《宋遺民録》（同前）

胡我琨詞話

胡我琨，字自玉，四川人。行蹟不詳。編著《錢通》三十二卷，專紀明代錢法，凡十三門，每門之中各為小目，專論明代錢法，而因及於古制，其中徵引各史紀志列傳以及古今説部各種文集，採摭詳博。其中卷二十八、二十九為「詞話」，雖曰詞話，所載却是多與錢相關的詩文等雜事。此據影印文淵閣《四庫全書》本録詞話十則。

一　馬浩瀾著《花影集》，花影者，月下燈前，無中生有，以為假則真，謂為實猶涉虛也。其落花《滿庭芳》云：「分明似身輕飛燕，扶下避風臺。當初珍重意，金錢競買，玉砌新栽。更翠屏遮護，羯鼓催開。」（《錢通》卷二「正朔一統二」）

二　舒信道有詠苔《卜算子》詞曰：「池臺小雨乾，門巷香輪少。誰把青錢襯落紅，滿地無人掃。」（同前書卷二十九「詞話」）

三　金人徙欽宗回燕京，一日，行至平順州，止泊驛舍。時以七夕，官中於驛作酒肆，縱人會飲，帝於室中窺見一老婦攜數女子，皆俊目艷麗，或歌或舞，或吹笛持酒勸客，所得錢物酒食率歸老婦，稍不及者，婦以杖擊之。少頃，官遣皂衣吏賚酒飲帝，老婦不知為帝也。亦遣一横笛女子入室中，對帝嗚咽，吹不成曲。帝問女子曰：「吾與汝為鄉人，汝東京誰氏女。」女顧老婦稍遠，乃曰：「我百王宫魏王女孫也，先嫁欽慈太后侄孫。京城既破，北兵驅至此，賣與豪門作婢。既又遭主母詬撻，轉鬻於此，老婦俾在此日夕求酒錢食物，若不及，即箠楚隨之。」言訖，問帝曰：「官人亦是東京人，想亦擄來此也。」帝但泣下，遣之去。詳咏孝純詞旨，其所覩，即帝所遇者也。然孝純詞賦之尼雅滿席上，則是女初屬尼雅滿審矣。（同前）

四　靖康中，陳少陽飲於京師酒樓，有倡打坐而歌者。陳不之顧，乃去倚欄而歌《望江南》，音調清越，陳不覺傾聽。其詞曰：「闌干曲，紅颭綉簾旌。花嫩不禁纖手捻，被風吹去意還驚，眉黛蹙山青。　鏗玉板，閒引步虚聲。塵世無人知此曲，却騎黄鶴上瑶京，露冷月華清。」問詞孰為之，曰：「上清蔡真人也。」言訖，得數錢，即下樓去。亟使追之，已失矣。（同前）

五　于國寶詞云：「一春常費買花錢，日日醉湖邊。玉驄慣識西湖路，驕嘶過、沽酒樓前。」（同前）

六　御史陳伯大奏立士藉，似道毅然行之，凡應舉及免舉人州縣給歷一道，親書年貌世系及所肄業於歷首，執以赴舉，過省參對筆跡異同，以防僞濫。時人有詞云：「士籍令行，條件分明，逐一排連。問子孫何習，父兄何業，明經詞賦，右具如前。最是中間，娶妻某氏，試問於妻何與焉。鄉保舉，那當著押，開口論錢。祖宗立法於前，又何必更張萬萬千。筭行關改會，限田放糴，生民凋瘁，膏血俱朘。只有士心，僅存一脉，今又艱難最可憐。誰作俑，陳堅伯大，附勢專權。」（同前）

七　《落梅風》詞：「天教富，莫太奢，無多時，好天良夜。看錢奴，硬將心似鐵，空辜負錦堂風月。」（同前）

八　鎮將姓丁，是江西廉使劉公，親隨一年後，得替歸府，劉公已薨。忽一日，於北市棚下見伊風子夫妻唱《望江南》詞乞錢，既相見，甚喜，便叙舊事。執丁手上酒樓，三人共飲數斗，丁大醉而睡，伊風子遂索筆題酒樓壁云：「此生生在此生先，何事從玄不復玄。已在淮南雞犬後，而今便到玉皇前。」題畢，夫妻連臂高唱而出城，其丁將於酒樓上醉醒，懷内得紫金一十兩。《仙傳拾遺》（同前書卷三十一「閏二」）

九　漁陽之亂，六宫星散，永新為一士人所得。韋青避地廣陵，日夜憑闌於上河之上，忽聞舟中奏《水調》者，曰：「此永新歌也。」乃登舟，與永新對泣久之，青始亦晦其事。後士人卒與其母之京師，竟殁於風塵，及卒，謂其母曰：「阿母錢樹子倒矣。」《樂府雜録》（同前）

一〇　葉法善，字道元，嘗因八月望夜，師與玄宗遊月宫，聆月中天樂，問其曲，名曰《紫雲曲》。玄宗素曉音律，默記其聲，歸傳其旨，名之曰《霓裳羽衣》。自月宫遺，過潞州城上，俯視城郭悄然，而月光如晝。師因請玄宗以玉笛奏曲，時玉笛在寢殿中，師命人取。頃之而至奏曲，既投金錢於城中而遺。旬日，潞州奏八月望夜，有天樂臨城兼獲金錢以進。《集異記》（同前書卷三十二「閏三」）

吴之鯨詞話

吴之鯨，字伯裔，錢塘（今浙江杭州）人。萬曆中舉於鄉，數上春官不第，謁選得浮梁令，甫六月卒。有《閬閣詩》、《武林梵志》、《西湖雙忠傳》。《武林梵志》十二卷，以杭州梵刹盛於南宋至明而殘廢者多，恐遺蹟漸湮，乃博考乘牒，得寺院四百二十六所，俱詳誌創置始末及其山川形勝。又採輯宋元人詩文、遺文軼事附後。此據影印文淵閣《四庫全書》本録詞話六則。

一　開化寺，即塔院也。宋隆興二年建，嘉靖十二年與塔俱火。傍有金魚池、噴月泉、持正泉、秀江亭、鐵井欄，刻八卦以鎮水怪。僧仲殊登秀江亭《南柯子》詞云：「金梵蟠龍尾，蓮開舞鳳頭。凉生宫殿不因秋，門外莫尋塵世，捲地江流。　霽色澄千里，潮聲帶兩州。月華清泛浪花浮，今夜蓬萊歸夢，十二瓊樓。」左塢有月輪菴。（《武林梵志》卷二「城外南山分脈」）

二　大佛寺，舊傳為秦始皇纜船石，宋宣和中僧思净者當兒時見之，作念曰：「異日出家，當鐫此石為佛。」及長，為僧妙行寺，遂鐫石為半身佛像，飾以黄金，構殿覆之，遂名為大石佛院，净即喻彌陀也。元至正間，院燬，佛像亦剥落。永樂間，僧志琳重建，勅賜為大佛禪寺。弘治四年，僧永安重修。寺畔有塔，俗稱壺瓶塔，宋諸帝原葬紹興府寶山，此山又名上山，又名攢宫山。自西僧嘉木揚喇勒智發其塚，將諸帝骨雜以牛馬犬羊之骨併而葬塔於江干，號為鎮南塔，俗則呼為白塔，至今相傳其地為白塔嶺。未幾，被雷火所擊，杭人驚異，且哀諸帝之不幸也，共收餘骨葬寺東，造塔其上，號壺瓶塔，事見山陰唐之淳《懷古集》。旁即沁雪泉、張太尉總宜園、德生堂，理宗書扁泳飛亭、放生亭。天禧四年，王欽若請以西湖為放生池，禁民採捕，故構此亭，放生碑，郡守王隨記。李攀龍詩：「西湖斜日净風烟，北嶺岧嶤出半天。磴道半從空外轉，樓臺已入鏡中懸。」「塔分西域銅缾勢，石紀秦王錦纜年。白社但須彭澤酒，青山不用華家錢。」「波摇玉樹堪雙映，月上珠林好獨眠。我輩自狂君莫訝，平生未敢謬周旋。」昔太學生所作《風入松》詞：「一春常費買花錢，日日醉湖邊。玉驄慣識西湖路，嬌嘶過、沽酒樓前。紅杏香中簫鼓，緑楊影裏鞦韆。　暖花十里麗人天，花壓鬢雲偏。畫船載得春歸去，餘情付、湖水湖煙。明日重携殘酒來，尋陌上花鈿。」時帝微行，見此，笑曰：「詞斯美矣，但『明日重携殘酒』終帶儒酸，不如改為『明日重扶殘醉』。」次日召而官之。（同前書卷五「北山分脈」）

三　仲殊名揮，姓張氏，安州進士。後棄家為僧，住吴山寶月寺。蘇長公在錢塘，無日不遊西湖，嘗攜妓謁大通禪師，大通愠形於色，公乃作《南歌子》一首，令妓歌之，大通亦為解頤。公曰：「我已今日勘破老禪矣。」其詞云：「師唱誰家曲，宗風嗣阿誰？借君拍板與鉗槌，我也逢場作戲莫相疑。溪女方偷眼，山僧已皺眉。莫嫌彌勒下生遲，不見老婆三五少年時。」仲殊聞而和之曰：「解舞清平樂，而今説向誰？紅爐片雪上鉗槌，打就金毛獅子也堪疑。已信身如夢，何知眼共眉。蟠桃因甚結花遲，不向風前一笑待何時。」黄涪翁一見，大賞。（同前書卷八「宰官護持」）

四　秦觀，字少游，一字太虚。少豪雋強志，盛氣好大而見奇。元祐初，以薦起，累遷國史編修官，坐蘇軾黨，謫監青田酒税。嘗寓僧寺中，有詩云：「市區收罷魚豚税，來與彌陀共一龕。」忌者執詩以劾，復以謁告寫佛書為辠削秩，徙郴州，已徙横州、雷州、藤州。徽宗朝自藤州召還，出遊華光寺，為客道夢中長短句，索水欲飲，水至，笑視之而卒。夢中之作有「飛雲當面化龍蛇，夭矯轉空碧。醉卧古藤陰下，了不知南北」。則公之去來可謂逍遥無礙矣。曾作《五百羅漢記》。歷落如畫，有法寶長老贊曰：「欲老不老，八及九例。昔是西菴，今為法寶。」又建隆和尚銘曰：「大因緣，十八年。結跏坐，帶刀眠。汝鼻孔，未撩天。呼我作，無事禪。」其他禪語一一勝妙。在武林與龍井辨才師交洽，有記，崇壽教寺有詩。（同前）

五　岳飛，字鵬舉，南宋恢復之功幾成，而阻於檜，至今俎豆湖上。生平著作有集，其《滿江紅》詞及「潭水寒生月，松風夜帶秋」之句膾炙人口。游上天竺，與李綱俱有詩，忠肝義魄，激烈千古。（同前）

六　智果寺：錢塘道潛禪師，以詩見知於蘇文忠公，公號師爲參寥子。凡詩詞迭唱更和，形於翰墨，必曰參寥。及交呂丞相公著，與簡牘則稱曰妙總老師，浙江石刻存者甚多。後公離錢塘，以長短句别之曰：「有情風萬里卷潮來，無情送潮歸。問錢塘江上，西興浦口，幾度斜暉。不用思量今古，俛仰昔人非。誰似東坡老，白首忘機。記取西湖西畔，正暮山好處，空翠烟霏。筭詩人相得，如我與君稀。約他年、東還海道，願謝公雅志莫相違。西州路，不應回首，爲我沾衣。」仲温瑩禪師贊曰：「噫！今世之小生，於有道宗師。必名呼而示其忽慢，亦安知文忠於一詩？」僧尚爾敬重，况道德崇重者乎？（同前書卷十「古德機緣」）

茹天成詞話

茹天成，字懋集，河内（今河南）人。行蹟不詳。萬曆間在世。今存有明萬曆四十二年秦堣刻《唐宋諸賢絶妙詞選》和《中興以來絶妙詞選》，其中有茹氏序，此據以録其引文一則。

一《重刻絶妙詞選引》：自漢武立樂府官採詩，以四方之聲合八音之調，而樂府之名所由始。歷世以來，作者不乏。上追三代，下逮六朝，凡歌詞可以被之管絃者，通謂之樂府。至唐人作長短句詞，乃古樂府之濫觴也。太白倡之，仲初、樂天繼之。及宋之名流益以詞為尚，如東坡、少游輩，才情俊逸，籍籍人口，往往象題措語，不失樂府之遺意，然多散在各家之集，求其彙而傳者，惟玉林黄叔暘所選為備，自盛唐迄宋宣和間為十卷，自宋中興以後又為十卷，凡七百餘年，得人二百三十，詞千三百五十，詞家之精英，可謂盡富盡美矣。蓋玉林乃泉石清士，尤長於詞，為當時名家所賞。觀其附録三十八篇，雋語秀發，風流藴藉，則其選可知矣。余友本嬰秦太史堣，夙好古雅，每見其鼻祖少游詞章，輒諷玩不休。今得其編，頗愜其向往之初心。既樂多詞之妙麗，又慨舊刻之舛訛，遂詳校而重梓之。余重玉林之詞，嘉本嬰之志，因綴數語，以引其端。萬曆歲在閼逢攝提格仲春上浣之吉，河内茹天成懋集甫書。

謝肇淛詞話

謝肇淛（一五六七—一六二四），字在杭，長樂（今福建）人。萬曆壬辰進士，初為杭州司理，歷職方郎，以艱歸。為工部郎中，除湖州推官，移東昌，遷南京刑部主事，調兵部，轉工部郎中。出為雲南參政，升廣西按察使，歷左布政使。肇淛於學無所不窺，所著有《小草齋詩集》、《文集》、《續集》，又有《史觿》、《晉安藝文志》、《百粵風土記》、《滇略》、《五雜組》、《塵餘》、《文海披沙》、《小草齋詩話》、《長溪瑣語》。《五雜組》十六卷，李維楨序云書名稱「五」者，曰天、地、人、物、事；稱「雜」者，《易》有雜卦，物相雜曰文。五行雜而成時，五色雜而成章，五聲雜而成樂，五味雜而成食。後代小説極盛，其中無所不有，則小説與雜相似，此編即屬雜言之作。此據《續修四庫全書》影印明萬曆四十四年潘膺祉如韋館刻本《五雜組》和影印明萬曆三十七年沈儆刻本《文海披沙》，以及内閣文庫藏明刊本（存卷一至三）和日本江户寫本《小草齋詩話》録詞話十七則。

一　今天下言男色者，動以閩廣為口實，然從吴越至燕雲，未有不知此好者也。陶穀《清異録》言京師男子舉體自貨，迎送恬然。則知此風，唐、宋已有之矣。今京師有小唱，專供搢紳酒席，蓋官伎既禁，不得不用之耳。其初皆浙之寧、紹人，近日則半屬臨清矣，故有南北小唱之分。然隨羣逐隊，鮮有佳者，間一有之，則風流諸縉紳莫不盡力邀致，舉國若狂矣，此亦大可笑事也。外之仕者，設有門子以侍左右，亦所以代便辟也。而官多惑之，往往形之白簡，至於娟麗儇巧，則西北非東南敵矣。（《五雜組》卷八「人部四」）

二　張志和詩：「桃花流水鱖魚肥。」《爾雅翼》謂：「凡魚無肚，獨鱖魚有肚，能嚼。」《焦氏筆乘》引此釋「肥」字，義亦似牽合。凡魚之肥者固多也，恐志和詩意亦未便至此。至於以鱖魚為鮰魚，又誤矣，二魚余皆見之，大小形質，敻然不同，何得混為一耶？（同前書卷九「物部一」）

三　古樂不復作矣，即知樂者，世能有幾？季札觀樂而知列國興衰，師曠吹律而知南風不競，即隋、唐之間亦有知宫聲往而不返、為東幸不終之兆者。彼太常樂官但知較度數、考分抄（當作秒）、辨累黍、量尺寸而已，縱使事事合古，分毫不差，然於樂之理毫無干涉也。蓋自宋以來，胡瑗、范景仁之徒，已不勝其聚訟，而況至於今日？上之人既不以為急務，而學士大夫亦無復有深心而精究之者。

郊廟燕享之間，笙磬柷圉，徒存虚器，考擊拊搏，僅為故事，而其它之行於世者，不過觱篥之胡聲與淫哇之詞曲耳，以此為樂，吾所不敢知也。（同前書卷十二「物部四」）

四 今人間所用之樂，則觱篥也、笙也、簫也、箏也、鐘鼓也。觱篥多南曲，而簫笙多北曲也。其他琴瑟箜篌之屬，徒自賞心，不諧衆耳矣。又有所謂三絃者，常合簫而鼓之，然多淫哇之詞，倡優之所習耳。有梅花角，聲甚凄清，然軍中之樂，世不恒用。余在濟南葛尚寶家見二胡雛，能捲樹葉作笳吹之，其音節不可曉，然亦悲酸清切，余謂主人：「昔中國吹之，能令胡騎北走，今胡兒吹之，反令我輩墮淚乎？」一笑而已。（同前）

五 今鼓琴者，有閩操、浙操二音，蓋亦南北曲之別也。浙操近雅，故士君子尚之，亦猶曲之有浙腔耳。莆人多善鼓琴，多操閩音，至於漳、泉，遂有鄉音詞曲，侏儷之甚，即吾郡人不能了了也。（同前）

六 夫子謂鄭聲淫，淫者，靡也，巧也，樂而過度也，豔而無實也。蓋鄭、衛之風俗侈靡纖巧，故其聲音亦然，無復大雅之致也。後人以淫為淫慾，故槩以二國之詩皆為男女會合之作，失之遠矣。夫閭閻里巷之詩未必盡入樂章，而國君郊祀朝會之樂，自胙土之初即已有之，又安得執後代之風謡而傅會為開國之樂聲乎？ 聖人以其淫哇，不可用之於朝廷宗廟，故欲放之，要其亡國之本，原不在此也。招之在齊，不能救齊之亡，則鄭聲施之聖明之世，豈能便危亡哉？ 宋廣平之好羯鼓，寇萊公之舞《柘枝》，不害其為剛正也，况懸之於庭乎？ 但終傷綺靡，如淫詞豔曲，未免擯於聖人

之世耳。（同前）

七　韓侂胄用事時，其誕日，高似孫獻詩九章，每章用一「錫」字，謂宜加九錫也。辛棄疾以詞贊其用兵，則用司馬昭假黄鉞異姓真王故事。二人皆名士也，乃作此舉動，當時筆端信手草草，惟恐趨承之恐後，豈知其遺臭萬世乎？趙師羼之犬吠，程松之獻妾，不足異也。當江陵柄國時，其誕日，有以「天與人歸」四字題册子送之者，有以禪授廢立命題者，其留奪情之旨，有「朕不日舉疇庸之典」者，當時已作首相矣，又將登庸，非禪位乎？一時臣工以逢迎為戲，諛之惟恐不足，而為人臣子者受之而不疑，當之而無驚畏之色，是尚可立於天地間乎？（同前書卷十五「事部三」）

八　吴給事女敏慧，工詩詞，後歸華陽陳子朝，名儒也。晚年惑一妾，緣此遂染風疾。一日，親戚來問，吴同妾在側，因指妾曰：「此風之始也。」（同前書卷十六「事部四」）

九　優伶戲語：自優孟以戲劇諷諫，而後來優伶往往戲語微發而中，且當言禁猛烈之時，而敢於言，亦奇男子也。唐中宗時，優人為《迴波詞》曰：「迴波爾時栲栳，怕婦亦是大好。外面秖有裴談，内面無如李老。」秦檜時，伶人作參軍，坐椅上，忽墜幞頭，見雙環，詰之，答曰：「此二勝環。」一人扑其首曰：「汝但坐太師椅，請恩澤足矣，二聖環且丢腦後可也。」一坐失色。張循王善貨殖，伶作（當作詐）有人善窺星者云：「用錢，對其人窺之，則見星而不見人。」遂與窺帝，云：「帝星也。」窺秦檜，曰：「相星也。」韓世忠，曰：「將星也。」至循王，曰：「不見有星，但見張循王在錢眼裏坐。」滿坐大笑。韓侂胄兄弟專權，優人為日者，有人問得官禄之期，日者厲聲曰：「若要大官，須到大寒。要小官，須到小寒。」史彌遠作相，伶人執拳石以鑽之，不入，乃嘆曰：「鑽之彌堅。」一人扑之曰：「汝不去鑽彌遠，卻來鑽彌堅，如何鑽得入。」國朝保國，私役營兵二千治宅，伶人為誦詩句曰：「楚歌吹散六千兵。」一人曰：「此八千也。」解者曰：「那二千兵為保國公蓋宅去矣。」憲廟時，汪直用事，伶為醉人，卧街上，酗駡，一人曰：「某官至，如故。」又曰：「駕至，亦如故。」曰：「汪太監來矣。」遂驚起，寂然，人曰：「駕至不懼，而懼太監，何也？」曰：「吾只知有汪太監，不知有皇帝。」由是寵漸衰。孝宗時，程學士敏政主試，鬻題，優人扮提雞者曰：「此雞價值千金。」一人曰：「何人雞？何人買？」曰：「程學士只買個五更啼耳。」程大赧顔，求歸。因事諷諫，往往有獲罪而不顧，其亦東方玩世之流也。（《文海披沙》卷二）

一〇 欸乃：欸乃，當音靄迺，欸字從矣從欠，非款也。子厚「欸乃一聲山水緑」，注云：「一作襖靄，欸乃、襖靄，皆棹歌之聲音。」今人即以欸乃音襖靄，非也。郎仁寶《七修類藁》辨證極明，而世人尚未信從，故為拈出。然仁寶後釋疑文字一條，欸乃又注音襖靄，何其無特見也。（同前書卷五）

一一 樂府之作，似難而易，蓋世代升降，節奏音調已不可考，但存其篇目，想其形似及本色數語耳。離，可以；合，亦可以。離，非也；合，亦非也。近代論者娓娓不置，至欲重合曲調，而不在題與詞，不知新聲代變，即合古樂，未必可被管絃，反不如製曲子矣。又有祖襲模倣，徒得形似，而茫然不知究解，則亦木驂芻狗而無當於用者也。故不得古人之意，不可為也。醜媍之效顰，徒滋嘔噦；偃師之歌舞，終為假合。千載之下，難逃識者。（明刊本《小草齋詩話》卷一「内篇」）

一二　唐以詩為詩，宋以理學為詩，元以詞曲為詩，本朝好以議論時政為詩。（同前書卷二「外篇上」）

一三　《陽春録》後云：中都一士夫收李後主書一詩（當作詞）云：「銅壺滴漏初盡，高閣雞鳴半空。催起玉門金鎖，猶垂三殿珠簾。階前御柳摇緑，仗下宫花散紅。鴛瓦數行曉日，鸞旗百尺春風。侍（當作侍）臣蹈舞重拜，聖壽南山永同。」下有「馮延巳」三字。（寫本《小草齋詩話》卷四「雜篇上」）

一四　宋陳後山《寄曹州晁大夫》詩云：「墮絮隨風化作塵，黄樓桃李不成春。只今容有名駒子，困倚闌干一欠伴（當作伸）。」自注云：「周昉畫美人，有背立欠伸者，最為妍絶。」東坡為賦《麗人行》也。任天社云：「此篇人多未解，後山嘗有詞并序云：晁大夫增飾披雲，初欲壓黄樓，而張、馬二子皆當年樽下，世所謂英英、盼盼者。盼卒英嫁，盼之子瑩，煩（當作頗）有家風，而曹妓未有顯，黄樓不可勝也。作《南鄉子》以歌之。曰：『風絮落東隣，點綴凡（一作繁）枝旋化塵。關鎖玉樓巢燕子，冥冥，桃李摧殘不見春。　流轉到如今，翡翠生兒翠作衾。花様腰身官様立，婷婷，困倚闌干一欠伸。』蓋前云風絮以屬英，塵化以屬盼，名駒子以屬瑩。　瑩母，馬氏也。」（同前）

一五　秦少游南遷時，舟宿宫亭廟下，見湖月光采特異，因憶在西湖雲老借竹軒，與此不殊。其夜夢美人，自稱維摩散花天女，以維摩像求贊。少游愛其畫，謂非吴道子不能作，天女戲贈詩曰：「不知水宿分風浦，何似秋眠惜竹軒。聞道詩詞妙天下，廬山對眼河（當作可）無言。」少游贊曰：「竺儀華夢，瘴面囚首。口雖不言，十分似九。応笑陰覆大千作獅子吼，不如不博取妙喜似陶家手。」即寤，常

自書之。（同前）

一六 潭奴意哥，色藝雙絶，尤工詩詞。與汝州張正字相得甚歡。及張調官，意哥寄以詩云：「瀟湘江上探春回，消盡寒冰落盡梅。願得兒夫似春色，一年一度一歸來。」後三年，張妻物故，竟偕伉儷。（同前）

一七 林子羽妻朱氏，長於詩詞，其勉外詩云：「玉食叨陪近上方，五雲深處列鵷行。經綸樹績從人仰，竹帛流芳與世長。待漏衣沾仙掌露，趨朝身惹御爐香。功成身退歸寧日，一榻清風緑野堂。」朱氏年十九卒，子羽終身不娶。按鴻為員外郎，年近四十九，此詩即為郎時作。而朱氏年方十九，豈其繼室耶？（同前書卷五「雜篇下」）

袁宏道詞話

袁宏道（一五六八—一六一〇），字中郎，號石公，公安（今湖北）人。與兄宗道、弟中道並有才名，時稱三袁。宏道萬曆二十年進士，知吴縣，為禮部主事。謝病歸，築園城南，值柳萬株，號曰柳浪，與中道及一二老衲居焉。久之，起文選主事，官至稽勳郎中。著有《錦帆集》、《解脱集》、《瀟碧堂集》、《瓶花齋集》、《袁中郎集》、《瓶花齋雜録》、《珊瑚林》、《金屑編》等，又有《袁中郎先生十集》，十集為《廣莊》、《敝篋集》、《破研齋集》、《廣陵集》、《桃源詠》、《華嵩遊草》、《瓶史》、《觴政》、《狂言》、《狂言别集》。此據内閣文庫藏明四宜堂刻《袁中郎先生十集》之《觴政》、《續修四庫全書》影印明清響齋刻本《金屑編》和影印上海圖書館藏明萬曆三十七年袁叔度書種堂刻本《錦帆集》、《四庫全書存目叢書》影印明崇禎二年武林佩蘭居刻本《袁中郎全集》録詞話五則。

一　十之掌故：凡六經、《語》、《孟》，所言飲式，皆酒經也。其下則汝陽王《甘露經》、《酒譜》、王績《酒經》、劉炫《酒孝經》、《貞元飲略》、竇子野《酒譜》、朱翼中《酒經》、李保績《北山酒經》、胡氏《醉鄉小略》、皇甫崧《醉鄉日月》、候白《酒律》，諸飲流所著記傳賦誦等，為内典。蒙莊、《離騷》、《史》、《漢》、《南》、《北史》、《古今逸史》、《世説》、《顔氏家訓》、陶靖節、李、杜、白香山、蘇玉局、陸放翁諸集為外典。詩餘則柳舍人、辛稼軒等樂府。樂府則董解元、王寔甫、馬東籬、高則誠等。傳奇則《水滸傳》、《金瓶梅》等為逸典。不熟此典者，保面甕腸，非飲徒也。（《袁中郎觴政》）

二　舉趙州一日到茱萸，執拄杖於法堂上，從東過西，曰：「作甚麽？」師曰：「探水。」曰：「我這裏一滴也無，探甚麽？」師以杖倚壁便下。一箇棺材，兩箇死漢。「朝捲簾，暮捲簾，綉閣羅幃快活三。拈出少時香拍板，逢人便唱《望江南》。」（《金屑編》）

三　舊志謂石上有韓文公題名，歐陽文忠公跋，遍覓無有。偶見石柱上有宋人書，崇寧三年三月十日觀，退之題，其半没上，具重求之，左方得邢和叔題名，右方有云：「余與子由攷試西洛進士，畢，同遊二室諸寺，最後過天對精思，觀道子畫，遂行。熙寧五年九月十日也。」其下不書款，又稱子由，不以氏，語氣酷似大蘇。是時子由以忤安石出為河南府推官，而子瞻送杭州進士詩序有云：「熙寧五年，錢塘之士貢於禮部者九人，十月乙酉，宴於中和堂。」公是年監試杭州，不應復至洛也。其人定仕士，當是西京教授王平甫輩耳。韓、歐書竟不見，退之題最簡古，今載集中，郡邑志俱不收。韓集非僻書也，永叔跋見《集古録》，郡志有之。永叔先後凡數至，其一與梅聖俞俱，即跋中所云「登峰頂，觀龍潭石記」者也，其一與謝希深諸人俱有見神清洞一事，希深書云：「師魯語怪，永叔、子聰歌俚調，幾道吹洞簫，往往令人一笑絶倒。」至今數百載，如見其眉目也。野史載錢思公守西都，歐、謝同在幕下，一日自嵩山歸，暮抵龍門，香山雪大集，忽烟靄中車馬渡伊水，則思公遣厨傳歌伎來到，因傳語曰：「山行良佳，少留龍門賞雪，無遽歸也。」宋人風韻乃爾。（節録自《袁中郎全集》卷十『嵩遊第三』）

四　《識伯修遺墨後》：伯修雅愛白、蘇二公，而嗜長公尤甚。每下直，輒焚香静坐，命小奴伸紙，書二公閒適詩，或小文，或詩餘一二幅，倦則手一編而卧，皆山村會心語，近懶近放者也。余每過抱甕亭，即笑之曰：「兄與長公真是一種氣味。」伯修曰：「何故？」余曰：「長公能言，吾兄能嗜。然長公垂老玉局，吾兄直東華，事業方始，其不能行，一也。」伯修大笑，且曰：「吾年止是。東坡守高審時，已約寅年，入山彼時纔得四十三歲。去坡翁玉局，尚二十餘年，未可謂不能行也。昔樂天七十致仕，尚自以為達，故其詩云『達哉達哉白樂天』，此猶白頭老寡婦以貞驕人，吾不學也。」因相與大笑，未幾而伯修下世。嗟乎！　坡公坎軻嶺外，猶得老歸陽羨。樂天七十罷分司，優游履道尚十餘年，使吾兄幸而躋上壽，長林之下，兄倡弟和，豈二公所得比哉？　弟自壬辰得第，宦轍已十三年，然計居官之日，僅得五年，山林花鳥，大約倍之。視兄去世之年，僅餘四載。夫兄以二老為例，故以四十歸田為早。若弟以兄為例，雖即今不出，猶恨其遲也。世間第一等便宜事，真無過閒適者。白、蘇言之，兄嗜之，弟行之，皆奇人也。甲辰閏九月九日，弟宏道書於梔子樓。（同前書卷十六）

五　《諸大家時文序》：今代以文取士，謂之舉業。士雖借以取世資，弗貴也，厭其時也。夫以後視今，今猶古也。以文取士，文猶詩也。後千百年，安知不瞿、唐而盧、駱之顧？奚必古文詞而後不朽？且所謂古文者，至今日而敝極矣，何也？優於漢謂之文，不文矣！奴於唐謂之詩，不詩矣！取宋、元諸公之餘沫而潤色之，謂之詞曲諸家，不詞曲諸家矣！大約愈古愈近，愈似愈贋，天地間真文澌滅殆盡，獨博士家言猶有可取，其體無沿襲，其詞必極才之所至，其調年變而月不同，手眼各出機軸，亦異二百年來上之所以取士，與士子之伸其獨往者，僅有此文，而卑今之士，反以為文不類古，至擯斥之，不見齒於詞林，嗟夫！彼不知有時也，安知有文？夫沈之畫、祝之字，今也，然有僞為吴興。之筆、永和之書者，不敢與之論高下矣。宣之陶、方之金，今也，然有僞為古鍾鼎及哥、柴等窰者，不得與之論輕重矣。何則？貴其真也。今之所謂可傳者，大抵皆假骨董、贋法帖類也。彼聖人賢者理雖近腐，而意則常新；詞雖近卑，而調則無前。以彼較此，孰傳而孰不可傳也哉？（《錦帆集》）

湯賓尹詞話

湯賓尹(一五六八—?),字嘉賓,號霍林,又號睡庵居士,宣城(今安徽)人。萬曆乙未賜進士第二,授翰林院編修。歷中允諭德,掌司業事,遷右庶子,陞南京國子監祭酒。有《睡庵稿》三十六卷,此據《四庫禁燬書叢刊》影印明萬曆間刻本録詞話一則。

一

《徐聖有隨喜録序》:天下惟斯文一統,必不可剗滅,厄於秦,帝王之統斷矣。其碑版文字之妙,直掩商、周,厄於元,中國之統斷矣。詞曲流布,轉為人間必傳之物。蓋文章一脉如日月之麗光天,雖復走山陷海之力,不可得而剗滅之也。近年以來,門户羅織,士子所遭之酷烈於焚坑,薄譴於丙辰,而科目之統幾斷,此亦天地以來斯文一大厄也。然其間英人望士項相次於册牘文字奇變之相,伯虎、仲熊鶩馳山谷，不致與科目俱壆，惜哉！我力不能與於筆削之任也。吾友徐聖有起而專之，素王素臣，實挾有權，而斯文一統亦欲借是以稍暴白於天下。嘻！一科目也，正人得之，為忠為良；奸人得之，為亂賊資。一舉業也，深其解者，扶世界，羽翼聖真；不知其解者，直以為貪饕富貴之媒而已矣。（《睡庵稿》卷六）

陳全之詞話

陳全之，字粹仲，閩縣（今福建）人。嘉靖二十三年進士，任山西右參政。著《夢宜集》、《蘆滄集》、《巴黔集》、《蒞荆集》、《游粱集》、《蓬窗日録》、《輟耰述》等。《蓬窗日録》八卷，分世務、寰宇、詩談、事紀四門，每門各二卷，談九邊阨塞之事甚悉。此據《續修四庫全書》影印明嘉靖四十四年刻本《蓬窗日録》和影印明萬曆十一年書林熊少泉刻本《輟耰述》録詞話十三則。

一　山陰劉子華，工詩詞，以明經薦。開平王常遇春薨，太祖命賦挽詩，子華承詔，少選而成，曰：「揮戈十載定河山，忽報星沉易水灣。馬首西風旌旆捲，天涯落日凱歌還。功成楚漢興亡際，名在韓

彭伯仲間。聖主思功心獨苦，黄金直欲鑄真顔。」大稱旨。（《蓬窗日録》卷七）

二 梁簡文帝《春情曲》云：「蝶黄花紫燕相追，揚低柳合路塵飛。已見垂鈎掛緑樹，誠知淇水霑羅衣。兩童夾車問不已，五馬城南猶未歸。鶯啼春欲駛，無為空掩扉。」此詩似七言律，而末句又用五言。王無功亦有此體，又唐律之祖，而唐辭《瑞鷓鴣》格韻似之。（同前）

三 宋高宗嘗作詩賜統制劉漢臣云：「野水參差落漲痕，疎林欹倒出霜根。扁舟一棹向何處，家在江南黄葉村。」今勒石杭之潮鳴寺，又作漁父詞云：「薄晚烟林淡翠微，江邊秋月已明暉。縱遠柁，適天機，水底閒雲片段飛。」又云：「青草開時已過船，錦鱗躍處浪痕圓。竹葉酒，柳花氊，有意沙鷗伴我眠。」又云：「水涵微影湛虚明，小笠輕簑未易晴。明鏡裏，縠紋生，白鷺飛來空外聲。」詞致清遠，詞人莫及，然規模偏安，志氣柔媚，亦可見矣，耽樂湖山，無復新亭之淚，有士人林升題旅邸云：「山外青山樓外樓，西湖歌舞幾時休。暖風薰得遊人醉，便把杭州作汴州。」又有人題朝京路經云：「白塔橋邊賣地經，長亭短驛甚分明。如何祇説臨安路，不數中原有幾程。」君相偏安，亦可慨。夫神州竟不恢復，咎誰執之？（同前）

四 宋徽宗北隨金虜後，見杏花，作《燕山亭》一辭云：「裁剪冰綃，輕疊數重，冷淡燕脂注。新樣靚妝，豔溢香融，羞殺蕊珠宫女。易得凋零，更多少、無情風雨。愁苦，閒院落，凄凉幾番春暮。　憑寄離恨重重，這雙燕，何曾會人言語。天遥地遠，萬水千山，知他故宫何處。怎不思量，除夢裏，有時曾去。無據，和夢也，有時不做。」辭極凄惋，亦可憐矣。（同前）

五　杜安世詞云：「燒殘絳臘淚成痕，街鼓報黄昏。」或譏其黄昏未到，得燒殘絳臘，或云荆公尊人作，曾有人以此問之，答曰：「重簷邃屋，簾幕蔽擁，不到黄昏，已可以燃燭矣。」此詩乃荆公尊人作，韓魏公嘗以此賞杜，杜云：「乃王某作。」荆公時在座，聞語離席。（同前）

六　韓世忠以元樞就第，絶口不言兵，杜門謝却酬酢。時乘小騾，放浪西湖泉石間。一日，至香林園，蘇仲虎尚書方宴客，王徑造之，賓主歡甚，盡醉而歸。明日，王餉以羊羔，且手書二辭以遺之。《臨江仙》云：「冬日青山瀟灑静，春來山暖花濃。少年衰老與花同，世間名利客，富貴與貧窮。榮華不是長生樂，清閑不是死門風。勸君識取主人翁，單方只一味，盡在不言中。」《南鄉子》云：「人有幾多般，富貴榮花總是閒。自古英雄都是夢，為官，寶玉妻兒宿業纏。　少年事，已衰殘，須髻蒼蒼骨髓乾。不道山林多好處，貪懽，只恐痴迷誤了賢。」王生長兵間，未嘗知書，晚歲忽若有悟，能作字及小辭，皆有見趣，信乎非常之才也。（同前書卷八）

七　趙汝愚題鼓山寺云：「幾年奔走厭塵埃，此日登臨亦快哉。江月不隨流水去，天風常送海濤來。」朱晦翁摘詩中「天風海濤」字題扁，人不知其為趙公詩也。嚴次山有《水龍吟》題於壁云：「飈車飛上蓬萊，不須更跨琴高鯉。劃然長嘯，天風傾（當作澒）洞，雲濤無際。我欲乘桴，從兹浮海，約任翁起。辦虹竿千丈，轄鈎五十，親點對、連鰲餌。　誰榜佳名空翠，紫陽仙、去騎箕尾。銀鈎鐵畫，龍翻鳳翥，留人間世。更憶東山，一曲雲襟，淚到而今。幸有高亭遺愛，寓甘棠意。」此辭前段言江山景，後段紫陽仙去，指朱文公。東山、甘棠，指趙公也。趙詩、朱字、嚴辭，可謂三絶。（同前，又見《輟

𥢊述》卷二）

八　仙家稱鍾離先生者，唐人鍾離權也。與吕喦同時，韓澗泉選唐詩絶句，卷末有鍾離一首，可證也。近世俗人稱漢鍾離，蓋因杜子美《元日》詩有「近聞韋氏妹，遠在漢鍾離」流傳之誤，遂傅會以鍾離權為漢將鍾離昧矣，可發一笑也。説神仙者，大率多欺世誑愚，如世傳《沁園春》及《解紅》二辭為吕洞賓作。按《沁園春》辭，宋駙馬玉晉卿初製此腔。解紅兒，則五代和凝歌童，凝為製《解紅》一曲，初止五句，見陳氏《樂書》，後乃衍為《解紅兒慢》，豈有吕洞賓在唐預知其腔而填為此曲乎？元俞琰又注《沁園春》，琰雖博學，亦惑於長生之説而隨俗爾耳也。琰子仲温序其父《陰符經》，云先君七十而逝，由此言之，琰之篤意養生，壽止於此。世有村夫，目不識《參同契》一字，而年踰百歲，又何必勞心於不可知之術哉？　達人君子，可以意悟。（同前）

九　劉改之辭：「新來塞北，傳到真消息。赤地居民無一粒，更五單于爭立。　維師尚父鷹揚，熊羆百萬堂堂。看取黄金假鉞，歸來異姓真王。」又云：「堂上謀臣樽俎，邊頭將士干戈。天時地利與人和，燕可伐與曰可。　今日樓臺鼎鼐，明年帶礪山河。大家齊唱大風歌，不日四方來賀。」世傳辛幼安壽韓侂胄辭也。又一首「小陶韻聲多俚談」，不録。近讀謝疊山文，論李氏《繫年録》、《朝野雜記》之非，謂乾道間幼安以金有必亡之勢，願召大臣預修邊備，為倉卒應變之計，此憂國遠猷也。今摘數語而曰：「賛開邊，借劉過小辭。」曰此幼安作也，忠魂得無寃乎？　故今特為拈出。（同前）

一〇　王邁，字實之，號臞庵，莆陽人，丁丑第四人及第。劉後村贈之辭云：「天壤王郎，數人物、方今第一。談笑裡，風霆驚坐，雲煙生筆。落落元龍湖海氣，琅琅董相天人策。」其重之如此。余又見《翰苑新書》劉後村與王實之四六啓云：「聲名早著，不數黄香之無雙；科目小低，猶壓杜牧之第五。元化孕此五百年之間氣，同輩立於九萬里之下風。」又云：「朱雲折檻，諸公慙請劍之言；陽子哭庭，千載壯裂麻之語。一葉身輕，何去之勇；六丁力盡，而挽不回。有謫仙人駿馬名姬之風，無杜少陵冷炙殘杯之態。麗人歌陶秀實郵亭之曲，好事繪韓熙載夜宴之圖。擁通德而著書，命便了以沽酒」云云。觀此，實之蓋進則忠鯁，退則豪俠，元龍、太白一流人也，可以補史氏之遺。（同前）

一一　韓信嶺有韓苑洛先生《踏莎行》：「高嶺連雲，寒烟帶雨，長楊滿路悲風起。將軍墓上草蕭蕭，荒祠白日眠狐鼠。九里山前，未央宫裏，凄凉往事煩胸臆。烏江汾水兩悠悠，東流不盡英雄淚。」且云：「欲吊淮陰，而原忠之詩甚婉，乃製小詞。「淮陰欲吊思遲遲，已有原忠壁上詩。黄鶴樓前無李白，西風惆悵寫新詞。」有楊受堂御史詩云：「將軍傳首日，高帝擊豨年。天下誰為定，英雄不自全。固知兒女詐，豈識赤松賢。古廟重經處，傷心狗兔篇。」廟中題詠甚多，或咎侯不能如赤松，或謂侯不當假王以啓疑，或云侯遲疑以招禍，殊不知天下已定，勇略振主，高帝蓋無一日能忘情於侯，侯不至於身首異處不已也。嗚呼！侯之心則如青天白日，云近日名公如斛山楊爵詩：「遥憶當年拒蒯生，將軍心事自分明。可憐宇宙無窮恨，盡在中宵悲樹聲。」秋齋周宣云：「虎鬭龍争日搶攘，英雄堪羡亦堪傷。項亡畢竟無他志，齊破何疑作假王。自是龍顔似烏喙，幾曾烏盡必弓藏。荒岩一點凄凉月，夜夜移光到寢堂。」（同前）

一二　十友、十二客：宋曾端伯以十花為十友，各為之詞。荼蘼，韻友；茉莉，雅友；瑞香，殊友；荷花，浮友；巖桂，仙友；海棠，名友；菊花，佳友；芍藥，艷友；梅花，清友；梔子，禪友。張敏叔以十二花為十二客，各詩一章。牡丹，賞客；梅，清客；菊，壽客；瑞香，佳客；丁香，素客；蘭，幽客；蓮，静客；荼蘼，雅客；桂，仙客；薔薇，野客；茉莉，遠客；芍藥，近客。（同前，又見《輟耰述》卷二）

一三　韓蘄王生長兵間，不解書，晚年乃稍稍能之，其一詞《臨江仙》云：「冬看山林蕭疎净，春來地潤花濃。少年衰老與山同。世間争名利，富貴與貧窮。　榮貴非干長生藥，清閑是不死門風。勸君識取主人公。單方只一味，盡在不言中。」其一《南鄉子》云：「人有幾何般，富貴榮華總是閑。自古英雄都如夢，為官，寶玉妻男（一作兒）宿業纏。　年邁衰殘，鬢髮滄浪骨髓乾。不道山林有好處，貪歡，只恐癡迷誤了賢。」（《輟耰述》卷二）

王好問詞話

王好問，字裕卿，樂亭（今河北）人。嘉靖庚戌進士。為御史，劾巨璫不法事，出按山西、陝西，歷官南京户部尚書，尋致仕歸，贈太子少保，有《春照軒集》。此據《四庫禁燬書叢刊》影印清抄本《王西塘春煦軒集》録詞話一則。

一

《李溪南先生詩集序》：嗚呼！古人之詩豈獨以辭而已哉？以見志也，而風寓焉。三百篇後作者非一家，自漢、魏以及唐、宋，其上下可考也。略乎形色之末，而取其風喻之遠，夫孰非羽翼正道而希聲雅音者乎？若夫結搆鏤刻，競一字之奇者，則無足觀矣。國家右文崇化，二百年來涵濡淪浹，真才輩出，不獨何、李群公天挺神解，為學者宗。冠綏之士一時雲合，率能鳴當代之盛而成一家之言，殆於古有光焉。吾鄉李先生，善士也，少好學，博涉遠覽，有淩躍九霄之意。既而興三物，剖百里，卓有賢譽。其暇日著為詩詞，凡若干卷，沉鬱渾樸，有大羹玄酒之味，一唱三嘆之音，真足以激末風而還古朴，非獨致飾詞章而已矣。予弱冠，與先生定交，有忘年之雅。及予束髮入朝，徊翔世路，雖蹤跡浮沉，篤好如昔時也。隆慶辛未，予以容臺新命，得過桑梓，入其鄉，顧少長有倫，貧富相恤，士具公卿之體，民有懷葛之風，謂必有君子長者從而化導之也，意者其在先生乎？昔司馬公，賢大夫也，名滿天下，功在社稷。且以避諠畏辱，為懷不肖，落落如木石，而踐歷華要，殆三十年於明時，曾無寸補，歸隱之思，未嘗一日忘也。何當荷恩歸田，與故人隨社飲，頌太平，取先生之什，微吟數章，陶陶然，以永此日，豈不樂哉？凡古今才士率不能相下。昔子雲草《太玄》，究極天人，稱絕學矣。而忌者謂恐其覆瓿也。予不肖，無他能，而與善一念，則發於由中，有勃乎不可遏者，先生才矣，況行足尚焉？予何能已於言耶？不然，予非知言者也，其於先生之辭又何言哉！（《王西塘春煦軒集》）

李謹詞話

李謹，號南津子，四會（今廣東）人。嘉靖戊子舉人，乙未進士。文林郎，知歙縣事。有《新刊古今名賢草堂詩餘》，明嘉靖刻本。此據東洋文庫藏本録自序文一則。

一　《新刊草堂詩餘引》：南津子曰：詩自三百篇而降，氣運相沿，屢觀其變，其道已不純古。衰頽至於唐季，而詩餘之變漸盛，至宋則又極焉。其軆裁則繁，音節則輕，辭則近褻，而妍巧混，論敦厚之意，存者寡矣。嗟呼！其去古也，詎不遐哉？予政暇，嘗閱集中雖多名流，以詩道盛，未妙過，故不能高振而樂習之。若太白，挺天縱之才，抱大雅之歎，為唐宗賢，而有《憶秦娥》、《菩薩蠻》二曲，深可怪也。較之曲，蓋亦非齊驅矣。客有聞者曰：「信斯言也，曷以傳耶？」曰：求據步於正室，當引轡於康衢，弗傳，固宜也。然而桉作者之遺，考時風之弊，其庶幾可以興歟？故刻而傳之，是為引。嘉靖己酉仲秋望日，賜進士第文林郎知歙縣事四會津子李謹書。（《新刊古今名賢草堂詩餘》）

劉時濟詞話

劉時濟，號白峰。里貫行蹟不詳，嘉靖時在世。此據東洋文庫藏明嘉靖刻本《新刊古今名賢草堂詩餘》録跋文一則。

一 《跋詩餘後》：幽人覽翠汀洲，馳情雲岳，故秘思之抽，鴨（疑為暢）悉所懷，而川馳雲飛之變，亦各鳴其逸志也。臞翁風日流麗，霽晚孤吹之評，豈肆喙乎？昔稱豪士卑冠蓋，誘松桂，每寓迭詠中，故歷辭藻，可以涵性情，離踋俗，襟懷邁庸，崢峨迭興，詩之裨益多矣。唐宋名豪冠秦、蘇，率散質，詩餘載亦富，雖不能袪讖步春，獲美雄渾，然肖翹繽紛，變眩曲盡，謂詞人之冠也亦宜。故復刻之，以資後學三餘之暇。物多厄於不遇，《草堂詩餘》古佳制也，數十年來，蹈襲舊刻，類多模糊剥落，閱者憑意認字，付之想像，不便者久之，其死於不遇也。得李南津公倡新董正，二三同志相與竟成之，昔之厄，而今之遇，猶諸美珠在溷，濯以清泉而自明矣，閱者其毋得珠忘泉。白峰劉時濟謹識。（《新刊古今名賢草堂詩餘》）

王思義輯詞話

王思義編，或作王思敬，思義字允明，松江（今上海）人。王圻之子，行蹟不詳。編著有《香雪林集》、《宋史纂要》、《故事選要》。《香雪林集》二十六卷，集古今梅花詩文及詩話等，此據《四庫全書存目叢書》影印明萬曆三十三年自刻本録詞話二則。

一　今人梅花詩詞多用「參横」字，蓋出柳子厚《龍城録》所載趙師雄事，然此實妄書，或以為劉無言所作也。其語云：「東方已白，月落參横。」且以冬半視之，黄昏時參已見，至丁夜則西没矣，安得將旦而横乎？秦少游詩：「月落參横畫角哀，暗香浮盡令人老。」承此誤也。唯東坡云：「紛紛初疑月挂樹，耿耿獨與參横昏。」乃為精當。老杜有「城擁朝來客，天横醉後參」之句，以全篇攷之，蓋初秋所作。《容齋隨筆》《香雪林集》卷三「詩話」）

二　《减蘭十調詞引》：竊以花雖多品，梅最先春。始因暖律之潛催，正值冰澌之初泮。前村雪裏，已見一枝；山上驛邊，亂飄千片。寄江南之春信，與隴上之故人。玉臉娉婷，如壽陽之傅粉；冰肌瑩徹，逞姑射之仙姿。不同桃李之繁枝，自有雪霜之素質。香欺青女，冷奈霜蛾。月淺溪明，動詩人之清興；日斜煙暝，感行客之幽懷。偏宜淺蕊輕枝，最好暗香疎影。況是非常之標格，别有一種之風情。俄逢好景難拚，那更綵雲易散。憑闌賞處，已遍南枝兼北枝；秉燭看時，休問今日與昨日。且輟龍吟之三弄，更停畫角之數聲。庾嶺將軍，久思止渴；傅岩元老，專待和羹。豈如凡卉之嬌春，長賴化工而結實。又況風姿雨質，晚色暮雲。日邊月下之妖嬈，雪裏霜中之艷冶。初開微綻，欲落驚飛；取次芬芳，無非奇絶。錦囊佳句，但能髣髴。芳姿皓齒清歌，未盡形容雅態。追惜花之餘恨，舒樂事之餘情。試綴蕪詞，編成短闋。曲盡一時之景，聊資四座之歡。女伴近前，鼓子祇候。（同前書卷四）

江旭奇輯詞話

江旭奇，字舜升，婺源（今江西）人，一作歙縣（今安徽）人。補諸生，入太學，奏所著《孝經翼》、《孝經疏義》請勅儒臣補成孝經大全，命題取士，詔從之。萬曆中官安岳縣縣丞。所著有《筆花齋集》、《續皇明通記》、《朱翼》、《漢魏春秋》、《尚書傳翼》、《檀弓詮釋》等書。《朱翼》不分卷，全書蓋為舉業而設，分六部，每部之中又各分子目，皆攟摭諸書以類排纂，而是非一斷以朱子，故名《朱翼》。此據《四庫全書存目叢書》影印明萬曆四十四年刻本録詞話九則。

一

洪武間定大宴樂其殿内侑食樂章：一奏《炎精開運曲》，二奏《皇風》曲、平定天下之舞樂章《清海宇》，三奏《眷皇明》曲、撫安四夷舞樂章《小將軍》、《殿前歡》、《慶新年》、《過門子》，四奏《天道傳曲》、車書會同舞樂章《泰階平》，五奏《振皇綱》曲，六奏《金陵》曲，七奏《長楊》曲，八奏《荒（當作芳）醴》曲，九奏《駕六龍》曲。進膳樂：樂章《水龍吟》、《太平清樂》，樂章《太清歌》、《上清歌》、《開天門》。陞坐還宫樂章《萬歲樂》、百官行禮樂章《朝天子》，迎膳樂同上《水龍吟》。（《朱翼》「調燭部・法曲」）

二 永樂間定大宴樂其殿内侑食樂樂章：一奏上《萬壽（當作歲）曲》、平定天下舞樂章《四邊静》、《刮地風》，二奏《仰天恩》曲、樂章《豆葉黄》、撫安四夷舞樂章《小將軍》、《殿前歡》、《慶豐年》、《渤海令》、《過門子》，三奏《感地德》曲、車書會同舞樂章《新水令》、《水仙子》，四奏《民樂生》曲、表章萬邦舞樂章《慶太平》、《武士歡》、《滚繡毬》、《陣陣贏》、《得勝回》、《小梁州》，五奏《感皇恩》、天命有德舞樂章《慶□和》、《窄磚兒》，六奏《慶豐年》曲，七奏《集禎應》曲，八奏《永皇圖》曲，九奏《樂太平》曲。其丹陛大樂，陞坐還宫百官行禮導膳樂、進膳樂，俱與武洪間同。大祀慶成纓鞭得勝蠻夷隊舞，萬壽聖節九夷進寶隊舞。冬至節賀聖喜隊舞，正旦節百戲蓮花盆隊舞。小宴樂侑食樂：一奏本太初曲《朝天子》，二奏仰大明曲《殿前歡》，三奏民初生曲《沽美酒》、《太平定（當作令）》，四奏品物亨《醉太平》，五奏御六龍曲《清江引》、《碧玉簫》，六奏《泰階平》、《十二月》，七奏《君德成》曲、《十一月堯民歌》，八奏《聖道行》、《金殿萬年歡》、《德勝令》，九奏《樂清寧》曲、《沽美酒》、《太平定（當作令）》。陞殿還宫百官行禮樂章《萬歲樂》，進膳樂章《水龍吟》。東宫宴樂宴樂樂章：一奏《喜千春》、《賀聖

朝》、《水龍吟》，陞殿還宫樂章《千秋歲》。（節録自同前）

三　樂府之體，有行，有曲，有引，有操，有吟，有弄，而皆可列之樂部，然而去三百篇風旨則遠矣。述通志者病其風、頌不分，二雅淆雜，乃取而彙之。君子之作，如《上之回》、《聖人出》者歸乎雅。野人之作，如《艾如張》、《雉子班》者歸乎風。音本幽薊，如《燕歌行》者為列國之風，音本中華，如《煌煌京洛行》者，為都人之雅，品藻良亦當矣。然《上之回》、《聖人出》，詞多取於誇耀，《燕歌行》、《京洛行》名惟混於國都，大聖刪詩，豈若是乎？要之曰行曰曲，主乎人聲，引、操、吟、弄，主乎絲竹。主乎人者，有辭而必有聲；主絲竹者，有聲，不必有辭也。（同前）

四　三百篇亡而有騷賦，騷賦難入樂，乃有古樂府，古樂府不入俗，乃以唐絶句為樂府，絶句少宛轉，乃有辭調，辭調不快北耳，乃有北曲，北曲不諧南耳，乃有南曲。（同前）

五　唐玄宗升胡部於堂上，而天寶樂曲皆以邊地名，若《凉州》、《伊州》、《甘州》之類，又詔道、法曲與胡部新聲合作。明年，安禄山反，凉州、甘州皆陷吐蕃。（同前書「雜部」）

六　李太白之《菩薩蠻》、《憶秦娥》，以詞按調者也。《清平樂》本三絶而已。隋煬帝之《望江南》，以詞起調者也。（同前）

七　元有曲而無詞，曲者，詞之變也。元用胡樂，嘈雜凄緊，緩急之間，調不能按，乃更為新聲以媚之。大江以北漸染胡俗，時時採入，而沈約四聲，遂闕其一。東南之士希能顧曲辨誤，稍稍變為南曲。故凡北字多而調促，促處見筋；南字多則調緩，緩處見眼。北調詞情多而聲情少，南調

詞情少而聲情多。北力在絃，南力在板。北人合聲，南貴獨奏。北以《西廂記》為宗，南以《琵琶記》為祖。（同前）

八　正德末、嘉靖初，閭巷間多彈唱《山坡羊》。隆慶末、萬曆初則有《桐城歌》、《打罩楷》、《兩頭忙》、《乾荷葉》、《粉紅蓮》、《金紐絲》、《銀紐絲》、《掛枝兒》。官戲皆用南曲，而北曲惟一《西廂記》，樂平腔處處用之，都城中則以崑腔為尚。（同前）

九　唐之自製樂，凡三大舞：一曰《七德舞》，本名《秦王破陣樂》，太宗破劉武周，軍中相與作也。二曰《九功舞》，本名《功成慶善樂》，太宗生於慶善宮，後宴從臣，賞賜閭里，同漢沛苑，帝歡甚，賦詩，命呂才被之管絃，名曰《功成慶善樂》，以象文德。三曰《上元舞》，高宗所作也。大祠享皆用之。玄宗作為《龍池》、《聖壽》、《光聖》等樂，既知音律，又酷愛法曲，又好羯鼓。而寧王善吹横笛，達官大臣慕之，皆喜言音律。（同前書「歷代樂」）

酈琥輯詞話

酈琥，號玄厓山人，會稽（今浙江紹興）人。行蹟不詳。編輯《彤管遺編》二十卷，隆慶丁卯自叙云博閱羣書，得女性工於文翰者幾四百人，編次成帙，取「彤管有煒，説懌女美」意，名《彤管遺編》。早稻田大學藏有明隆慶丁卯刻本《姑蘇新刻彤管遺編》，此本總目和正文均止於卷十六，即前集卷一至四、後集五至十四、續集十五至十六，而《四庫未收書輯刊》影印的是明隆慶元年刻補修本，所收總目和正文均作二十卷，後四卷爲續集卷十七、附集卷十八和别集十九至二十。此據早稻田大學藏本（前十六卷）和《四庫未收書輯刊》（後四卷）録詞話四十七則。

幽怪之事，君子不道，中有詩詞俊雅，徵諸理，可信者少，録以附於續集之末云。（《姑蘇新刻彤管遺編》「凡例」）

二　徐君寳妻：徐君寳，岳州人。其妻被虜來杭，居韓蘄王府，自岳至杭，相從數千里，其主者數欲犯之，而終以巧計脱，蓋有令姿，主者弗忍殺之也。一日，主者怒甚，將即强焉，因告曰：「俟妾祭謝先夫，然後為君婦未遲也，君奚怒為？」主者喜，諾。乃焚香，再拜，默祝，南向飲泣，題《滿庭芳》詞一闋於壁上，書畢，投大池中而死：「漢上繁華，江南人物，尚遺宣政風流。緑窓朱户，十里爛銀鈎。一旦刀兵齊舉，旌旗擁、百萬貔貅。長驅入、歌樓舞榭，風捲落花愁。　清平三百載，典章文物，掃地都休。幸此身未北，猶客南州。破鑑徐郎何在？空惆悵、相見無由。從今後、斷魂千里，夜夜岳陽樓。」（同前書「前集」卷四）

三　羅愛卿：愛卿，不知何許人。年十八，適趙氏子。趙入京求仕，作此詞贈别。後因亂，為劉萬户所虜，誓不就辱，遂自縊而死。其詞名《齊天樂》：「恩情不把功名誤，離筵又歌《金縷》。白髮慈親，紅顔幼婦，君去有誰為主。流年幾許，况悶悶愁愁，風風雨雨。鳳拆鸞分，未知何日更相聚。　蒙君再三分付，向堂前侍奉，休辭辛苦。官誥蟠花，宫袍製錦，要待封妻拜母。君須聽取，怕日薄西山，易生愁阻。早促回程，綵衣相對舞。」（同前）

四　江采蘋：謝賜珍珠：江采蘋，元（即「玄」字）宗之妃也。妃，蒲田人。九歲能誦二南，語父曰：「我雖女子，期以此為志。」父奇之，故名采蘋。開元中，高力士選歸，侍明皇，大見寵幸。善屬文，自比謝女。淡妝雅服，而姿熊（當作態）明秀。性喜梅，所居悉植梅，上因其所好，戲名梅妃。妃《蕭蘭》、《梨園》、《梅花》、《鳳笛》、《玻杯》、《剪刀》、《綺牕》八賦。會太真楊氏入侍，寵愛日奪，竟為楊氏遷於上陽東宮，妃益怨慕。帝每念之，時在花萼樓，有夷使貢珍珠者至，命封一斛密賜妃，妃不受，以詩付使者曰：「為我進御前也。」上覽詩，悵然不樂，令樂府以新聲度之，號《一斛珠》，曲名蓋始於此。詩：「桂（當作柳）葉雙眉久不描，殘粧和淚濕紅綃。長門盡日無梳洗，何必珍珎（當作珠）慰寂寥。」（同前書「後集」卷九）

五　士人妻：《離別難》：唐武后朝，有一士人陷冤獄，籍其家，妻配入掖庭。善吹觱栗，乃撰此曲，以寄情焉。初名《大郎神》，蓋取良人第行也。既畏人知，遂三易其名，曰《悲切子》，終號《怨回鶻》，云：「此別難重陳，花飛復戀人。來時梅覆雪，去日柳含春。物候催行客，歸途淑氣新。剡川今已遠，魂夢暗相親。」（同前）

六　元淳：元淳，女冠也，洛中人。善詩詞，寄詩一律與洛中諸妹：「舊國經年別，關河萬里思。題詩憑鴈翼，望月想蛾眉。白髮愁偏覺，歸心夢獨知。誰憑離亂處，掩泣向南枝。」（同前書「後集」卷十）

七　宣和士女：竊金盃詞二首：宣和六年，徽宗上元鰲山賞燈，與民同樂。撒金錢，賜御酒。有夫妻携手遊觀，稠人中不覺失手，獨行至端門，飲酒，竊金盃於懷中，衛士察知，押婦至御前，婦人作《鷓鴣天》詞奏上，上即欲以金盃賜之，黄門曰：「此婦之詞，恐伊夫宿搆，以欺陛下否？」上遂命此婦以金盃撰《念奴嬌》，婦承旨口占一詞，上大悦，賜以金盃，命黄門復言者引婦歸家。「月滿蓬壺燦爛燈，與郎攜手至端門。貪觀鶴降笙簫舉，不覺鴛鴦失却群。　天漸晚，感皇恩，傳宣賜酒飲盃巡。歸家惟恐公姑責，竊取金盃作照憑。」其二：「桂魄澄輝，禁城内、萬盞花燈羅列。無限佳人穿綉徑，幾多妖艷奇絶。鳳燭交光，銀燈相射，奏簫韶初歇。鳴梢響處，萬民仰瞻宫闕。　妾自閨門給假，與夫攜手，共賞元宵，誤到玉皇金殿砌，賜酒金盃滿設。從來量窄，紅凝粉面，尊見無憑説。假王金盞，免公婆責罰臣妾。」（同前書「後集」卷十一）

八　王氏佳句：王荆公家婦女能詩詞者甚多，公之妻吴夫人能文，嘗有小詞約諸親遊西苑。妹長（當作張）奎妻長安縣君，女適劉天保，作詩皆佳。公婢太初亦以詩人自許，有兵人以沙擦刀者，公令婢賦詩，婢立成，郭公輔甚愛其才捷。吴夫人《約諸親遊西苑》：「待得明年重把酒，那知無雨又無風。」長安縣君《遊西苑詩》：「草草盃盤供笑語，昏昏燈火話平生。」劉天賓妻《遊西苑詩》：「不堪燕子穿簾幙，春去春來可得知。」太初《題沙擦刀》：「鳥去風平篆，潮回日射星。」（同前）

九　魏夫人：捲珠簾詞：「記得來時春未暮，執手攀花袖。染花梢露，暗卜春心共花語。爭尋雙朵争先去。　多情，因甚相辜負，有輕拆輕離，向誰分訴。淚濕海棠花枝處，東君空把奴分付。」（同前）

一〇　金叔柔：叔柔，不知何許人也。寶祐間題《浪淘沙》於臨川驛壁云：「雨溜和風鈴，滴滴丁丁，釀成一枕别離情。可是當年陶學士，孤負郵亭。　邊鴈帶邊聲，音信難憑。花鬚偷數卜歸程。料

得到家秋正好，菊滿寒城。」（同前）

一一　朱淑真：淑真姓朱，浙人也。文章幽態，才色清麗，實閨門之罕。因匹偶之非，勿遂素志，嘗賦斷腸哀怨之詩以自解鬱鬱不樂之恨。臨安王唐佐為傳，以述其始末。吴中士大夫集其詩二百餘篇，宛陵魏仲恭為之序。予摘其尤者，得數十首，以著之於編。　送春詞：「樓外垂楊千萬縷，欲繫青春，少住春還去。猶自風前飄柳絮，隨春且看歸何處。　滿目山川聞杜宇，便做無情，莫也愁人意。把酒送春春不語，黄昏却下瀟瀟雨。」夏日遊湖詞：「惱煙撩露，留我須臾住。攜手藕花湖上路，一霎黄梅細雨。　嬌癡不怕人猜，和衣倒在人懷。最是分攜時候，歸來嬾傍妝臺。」（同前書「後集」卷十二）

一二　劉鼎臣妻：贈外：劉鼎臣，婺州人也。僦省試於行都，其妻自製彩花一枝贈之，并侑以《鷓鴣天》詞：「金屋無人夜剪繒，寶釵翻過齒痕輕。臨行執手殷勤贈，襯與蕭郎兩鬢青。　聽屬付，好看承，千金不抵一時情。明年宴罷瓊林晚，酒面微紅相映明。」（同前）

一三　朱希真：朱希真，小名秋娘，建康府朱將仕女也。聰明俊雅，博覽古今。年甫十六，適同邑商人徐必用為妻。必用頗解文義，商久不歸，閨中情思抑鬱，作閨怨詞一闋，集古一闋。父見其詞，不知其為古句也，希真為父解之。後作梅花、咏月、警悟、風情諸篇，雖擅詞名者，皆稱其美。　閨怨詞：「苦汝臨期話別，與君挽手叮嚀。歸期誓約十餘朝，去後又經三四月，魚沉鴈杳。　空倚着，六曲闌干，鳳隻鸞孤。謾獨宿，半床衾枕。欲寫花牌傳密意，奈無黄耳堪憑，待修錦字訴離情。」閨怨集句：「王孫去後無芳草，綠遍香堦，塵暗滴粧臺。粉面羞搽淚滿腮，教我甚情懷。 去時梅蕊全然少，等到花開，花已成梅。梅子青青又待黃，兀自未歸來。」梅花《絳都春》：「寒陰漸曉，報驛使探春，南枝開早。粉蘂弄香，芳臉凝酥，瓊枝小，雪天分外精神好。向白玉堂前應到，化工不管朱門閉也，暗傳音耗。 輕渺，盈盈笑靨稱嬌面，愛學宮粧新巧。幾度醉吟，獨倚欄干黃昏後，月籠疎影橫斜照。莫待單于吹老，便須折取歸來，膽缾頓了。」詠月《念奴嬌》一名《酬（當作酹）江月》、《赤壁詞》、《大江東去》、《百字令》：「插天翠柳，被何人，推上一輪明月。照我藤床涼似水，飛入瑶臺瓊闕。露冷笙簫，風輕環珮，玉鎖無人掣。 開（當作閑）雲收盡，海光天影相接。誰信有藥長生，素娥新煉就，飛霜液雪。擊破珊瑚，爭似看、仙桂扶疎奇絕。洗盡凡心，滿身清露，冷浸瀟瀟髮。明朝塵世，記取休向人說。」警悟《西江月》：「世事短如春夢，人情薄似秋雲。不須計較苦勞心，萬事元來有命。 幸遇三杯美酒，況逢一朵花新。片時歡笑再相親，明日陰晴未定。」風情《念奴嬌》：「別離情緒，奈一番好景，一番愁感。燕語鶯啼人乍遠，還是他鄉寒食。桃李無言，不堪攀折，總是風流客。東君也是，怪人冷淡蹤跡。 花艷草草春工，猶隨花意薄，疎狂何意。除却清風並皓月，脉脉此情誰識。料得文君，重簾不捲，且等閑消息。不如歸去，受他真箇憐惜。」風情《滿路花》：「簾烘淚雨乾，酒壓愁城破。冰壺防飲渴，培殘火。朱消粉褪，絕勝新梳裹。不是寒悄紅（當作『宵短』），日上三竿，殢人猶要同卧。 如今多病，寂寞章臺左。黃昏風弄雪，門深鎖。蘭房密愛，萬種思量過。也須知有我。着甚情悰，你但忘了人呵。」（同前）

一四　延安夫人：延安夫人長於詞翰，每書詞以寄姊妹。寄季順妹《臨江仙》：「一夜東風穿綉户，融融暖應佳時。春來何處最先知。平明堤上柳，染遍鬱金枝。　姊妹遊來時節近，今朝應怨來遲。憑誰説與到家期。玉釵頭上勝，留待遠人歸。」寄季玉妹《更漏子》：「小闌干，深院宇。依舊當時別處。朱户鎖，玉樓空。一簾霜日紅。　弄珠江，何處是，望斷碧雲無際。凝淚眼，出重城。隔溪羌笛聲。」寄姊妹《蝶戀花》：「淚搵征衣脂粉煖，四疊《陽關》，唱了千千遍。人道山長山又斷，蕭蕭微雨聞孤館。　惜別傷離方寸亂，忘了臨行，酒盞深和淺。若有音書憑過鴈，東萊不似蓬萊遠。」其二《踏莎行》：「孤館深沉，曉寒天氣。解鞍獨自闌干倚。暗香浮動月黄昏，落梅風送沾衣袂。　待寫紅箋，憑誰與寄。先教覔取嬉遊地。到家正是早春時，小桃花下拚沉醉。」（同前）

一五　易少婦人：詠熟水《臨江仙》：「何處甘泉來席上，嫩黄初湯銀瓶。月團嘗罷有餘清。惠山名品在，歌舞暫留停。　欲賞鍪源新氣味，不應兼進豨苓。此中端有澹交情，相如方病酒，一飲骨毛輕。」飲熟水話別：「記得高堂同飲散，一杯湯罷分攜。絳紗籠影簇行旗。更殘銀漏急，天淡玉繩低。　只恐曲終人不見，歌聲且為遲遲。如今車馬各東西，畫堂携手處，疑夢又疑非。」（同前）

一六　陳彦章妻：陳彦章，興化人。新娶，明春入太學，其妻作《沁園春》詞以送之：「記得爺爺，説與奴奴，陳郎俊哉。笑世人無眼，老夫得法，官人易聘，國士難媒。聞信乘龍，賁緣叶鳳，選似揚鞭選行來。果然是，西雍人物，京樣官坯。　送郎上馬三杯，莫把離愁惱別懷。那孤燈隻硯，

郎君珍重，離愁别恨，奴自推排。白髮夫妻，青衫事業，兩句微吟當折梅。彦章去，早歸則箇，免待相催。」（同前）

一七 孫夫人：孫夫人，鄭文妻也，秀州人。其夫久寓行都，孫多以閨情詞寄之。閨情《南鄉子》：「曉日壓重簷，斗帳春寒起未忺。天氣困人梳洗懶，眉尖，淡畫春山不喜添。閑把繡絲撏，認得金針又倒拈。陌上遊人歸也未，厭厭，滿院楊花不捲簾。」閨情《憶秦娥》：「花深深，一勾羅襪行花陰。行花陰，閒將柳帶，試結同心。耳邊消息空沉沉，畫眉樓上愁登臨。愁登臨，海棠開後，望到如今。」閨情《燭影揺紅》：「乳燕穿簾，亂鶯啼樹清明近。隔簾時度柳花飛，猶覺寒成陣。長記眉峰偷隱。臉桃紅、難藏酒暈。背人微笑，半嚲鸞釵，輕籠蟬鬢。别久啼多恨，應不似當時俊。滿園珠翠逞春嬌，没箇他風韻。若見賓鴻試問。待相將、綵牋寄恨。幾時得見，鬭草歸來，雙鴛微潤。」詠雪《清平樂》：「悠悠樸（當作樸）樣，做盡輕模樣。半夜瀟瀟窗外響，多在梅邊竹上。朱樓向晚開，六花片片飛來。無奈薰爐，煙霧騰騰，扶上金釵。」（同前）

一八 花仲胤妻：寄外《伊川令》：仲胤爲相州録事，久而不歸，其妻寄一柬，詞一闋曰《伊川令》。胤拆簡覽之，伊字作尹字，遂作《踏沙行》寄回於妻云：「頓首起情人，即日恭惟問好音。接得綵箋詞一首，堪驚，題起詞名恨生。展轉意多情，寄與音書不志誠。不寫伊川題尹字，無心料想，伊家不要人。」妻復答詞一闋，胤見之，大笑稱賞，時人咸榮之。「西風昨夜穿簾幙，閨院添消索。最是梧桐零落，迤邐秋光過。却人情音信難託，教奴獨自守空房，淚珠與燈花共落。」答外：「奴啓情人勿見

罪，閑將小書作尹字。情人不解其中意，共伊問别幾多時，身邊少箇人兒。」（同前）

一九　易祓妻：寄外：易祓，字彦章，潭州人，以優校為前廊。久不歸，其妻作《一剪梅》詞寄之：「染淚修書寄彦章，貪却前廊，忘却回廊。功名成遂不還鄉，石做心腸，鐵做心腸。　紅日三竿嬾畫粧，虚度韶光，瘦損容光。不知何日得成雙？羞對鴛鴦，嬾對鴛鴦。」（同前）

二〇　章文虎妻劉氏江寧人：寄外詞：「千里長安名利客，輕别尋常。最苦是三月風光，滿街芳草緑，一樹杏花芳。　記得年時臨上馬，看人眼淚汪汪。如今不忍更思量，恨無了日，空有九回腸。」寄外詩二首：「碧紗窗外一聲蟬，牽惹愁腸嬾畫眠。千里才郎歸未得，無言空撥玉爐煙。」其二：「畫扇停揮白日長，清風細細襲衣裳。女童來報新蒭酒，安得良人共一觴？」（同前）

二一　吴七郡王二愛姬：梅嬌、杏俏者，宋吴七郡王之二愛姬也。梅、杏丰姿俊雅，善音律詩詞。王盛暑卧凉亭，吟云：「凉亭九曲欄干遶，四面柳荷香來好。身眠八尺白�鬚，頭枕一枚紅瑪瑙。毒龍畏熱不敢行，海水煎碎蓬萊島。」後二句命杏、梅續之，梅云：「公子尤嫌扇力微。」杏云：「遊人尚在紅塵道。」續已，二人矜競所長，各作詞一闋以戲，王笑作杏梅詞以和解之。　梅嬌《滿庭芳》詞：「一種陽和，玉英初綻，雪天分外精神。冰肌玉骨，别是一家春。樓上笛聲三弄，百花都未知音。明窗畔，臨獨對月，曾結歲寒盟。　笑杏花，何太晚，遲疑不發，等待春深。只宜遠望，舉目似燒林。麗質芳姿雖好，一時取媚東君。争知我，青青結子，金鼎内調羹。」　杏梢《滿庭芳》詞：「景傍清明，日和風暖，數枝濃淡胭脂。春來早起，惟我獨芳菲。　幾番雨過，似佳人、細膩香肌。堪賞處，玉樓人醉，斜插滿頭歸。梅花何太早，消疎骨肉，葉密花稀。不逢媚景，開後甚孤悽。恐怕百花笑你，甘心受、雪壓霜欺。爭如我，年年得意，佔斷踏青時。」（同前）

二二 阮逸女：春夢《花心動》：按花庵詞客云：阮逸女，工於文詞，惟此曲傳於世。「仙苑花濃，小桃開，枝枝已堪攀折。乍雨乍晴，輕暖輕寒，漸近賞花時節。柳摇臺榭東風軟，簾櫳静、幽禽調舌。斷魂遠，閑尋春徑，頓成愁結。　此恨無人共説。還立盡黄昏，寸心空切。强整繡衾，獨掩朱扉，枕簟為誰鋪設。夜長宫漏傳聲遠，紗窗映、銀缸明滅。夢回處，梅梢半籠淡月。」（同前）

二三 王清惠：王清惠，宋昭儀也。至正丙子，伯顔入臨安，以王北去，王題《滿江紅》於驛壁，抵上都，懇請為女道士，號冲華。「太液芙蓉，渾不似、舊時顔色。曾記得、恩承雨露，玉樓金闕。名播蘭簪妃后裏，歡承笑語君王側。忽一朝、鼙鼓揭天來，繁華歇。　龍虎散，風雲滅。千古恨，憑誰説？對山河百二，淚沾襟血。驛館夜驚塵土夢，宫車曉碾關山月。願嫦娥、相顧肯相容，隨圓缺。」（同前書卷十三）

二四 戴石屏後妻：此女不當死而死，死，傷勇者也，故載於此。別外：戴復古，號石屏。未遇時，流寓江右武寧，有富家翁愛其才，以女妻之。居三年，忽欲作歸計，妻問其故，告以曾娶，其妻白之父，父怒，妻宛曲解釋，盡以奩具贈夫，仍餞以詞，夫既別後，遂赴水而死。「惜多才，憐薄命，無計可留汝。揉碎花牋，忍寫斷腸句。道傍楊柳依依，千絲萬縷，抵不住、一分愁緒。　捉月盟風（一作言），不是夢中語。後回君重來，不相忘處，把酒澆奴墳土。」（同前）

二五　高氏：寄外樂府：高氏，大理宣慰使段功夫人也。功擊敗明玉珍，梁王忽歌赤愛其才貌，以女阿𧜼主妻之，授（脱「雲」字）南省平章。久不歸國，高氏寄樂府一章促之，功得書即歸，已而復往，梁王疑之，召主毒功，主私語功，功不聽，卒格殺之。主欲自盡，王守者萬方勸阻，主悲怨，作愁情詩一章。「風卷殘雲，九霄冉冉逐。龍池無偶，水雲一片緑。寂寞倚幃屏，春雨紛紛促。蜀錦半閒，鴛鴦獨自宿。好語我將軍，只恐樂極悲生，寃鬼哭。」（同前）

二六　孟叔卿：孟叔卿，蘇州人，訓導孟澄之女。有才辨，工詩詞，别號荆山居士。嘗論宋朱淑真詩曰：「作詩貴脱胎化質，僧詩無香火氣，鉛粉亦然。朱生故有俗病，李易安可與語耳。」為士林所賞。（同前書卷十四）

二七　陳氏：陳氏，仁和人。都御史李公昂妻，道州君士魁母也。父敏政，南康守。簪纓奕世，文墨禪家。陳氏通達往典，諳鍊時務，晚歲詩詞愈精，著作甚富。惜其孫子不習文藝，珠璣散軼，為可慨也。近有蔣子獲遺稿於敗簾中，緝而成編，分為四卷，予選其尤佳者數首以著之於編。（同前）

二八　朱静庵：朱氏，號静庵，海寧周教諭濟之妻也。父祚，尚寶卿；兄禋，太僕丞。朱幼潁悟，得其家學，以詩鳴於時。多與上官倡酬，甚為名流所賞。年八十餘，有集十卷。朱嘗讀李易安詞，有云：「一代才華真可惜，錯將閒恨寄新詞。」然朱亦以所匹非稱，每形諸吟詠。故其《籬落見梅有感》云：「可憐不遇知音賞，零落殘香對野人。」斯復情見乎辭矣。（同前）

二九　順聖太后徐氏：徐氏二女，成都人徐耕女也，皆有國色。耕教為詩，有藻思。耕家甚貧，相者謂之曰：「公非久當大富貴也。」耕因使相其二女，相者曰：「青城山有王氣，每夜徹天者一紀矣，不十年後有真人承運，此二女當作后妃，君之貴，由二女致也。」及王建入城，聞有姿色，納於後房。姊生彭王，妹生衍。建即位，姊為淑妃，妹為貴妃，耕為驃騎大將軍。及衍即位，册貴妃為順聖太后，淑妃為翊聖太妃，兄延瓊、弟延珪皆致太師、侍中。衍常與母同禱青城山，宫人畢從，皆服雲霞之衣，衍自製《甘州》詞，令宫人歌之。其詞哀怨，聞者悽愴。嘗至青城設醮祈福，太后與太妃謁丈人觀光州御容。又至漢州三學山，至夜看聖燈，凡遊覽玄都觀、丹景山、至德寺，各有唱和詩，刻於石。及回至天回驛，各又賦詩。衍既荒於酒色，而徐氏姊妹亦各有幸臣，不能相規正，以至於失國，皆其致也。宋平蜀，俱斬於朝。（同前書「續集」卷十七）

三〇　徐氏或曰即花蕊夫人，誤也。途中自解：徐氏，徐匡璋女也。蜀破，太祖見而悦之，命别駕獲（當作護）送，途中作詞自解：「初離蜀道心將碎，離恨綿綿。春日如綿（當作年），馬上時時聞杜鵑。三千宫女皆美貌，妾最嬋娟。此去朝天，只恐君王恩愛偏。」（同前）

三一　李清照：清照，姓李氏，號易安居士，濟南人。李格非之女，適東武趙抃之子明誠為妻。明誠故，再適張汝舟，未幾反目，有啓與綦處厚云：「猥以桑榆之晚景，配兹駔儈之下材。」傳者無不笑。李有詩有《漱玉集》三卷行於世，頗多佳句。朱晦翁語録云：本朝婦人能文，只有李易安與魏夫人。李有詩大略云：「兩漢本繼紹，新室如贅疣。所以嵇中散，至死薄殷周。」中散非湯武得國，引之以比王莽，如此等語，豈女子所能也？（同前）

三二　羅惜惜：答外詞《卜筭子》：宋端平間，浙東張忠父與羅仁卿鄰居，兩家同日生産。張生子名幼謙，羅生女名惜惜。稍長，羅女寄學於張，人常戲曰：「同日生者，盍為夫婦？」張子、羅女私以為然，密立券約，誓必偕老，兩家父母罔知也。年十餘歲，嘗私合於軒東石榴樹下，自後無間。明年不復來學，張子年長，不復見，書一詞名《一剪梅》密寄與羅女，云：「同年同日又同窗，不似鸞鳳，誰似鸞鳳。石榴樹下事匆忙，驚散鴛鴦，拆散鴛鴦。　一年不到讀書堂，教不思量，怎不思量。朝朝暮暮只燒香，有分成雙，願早成雙。」羅女以金錢十枚、相思子一枚荅之。張忠父為子求婚於羅仁卿，以張貧不允，受里富室辛氏聘，張大恨，作詞名《長相思》云：「天有神，地有神，海誓山盟字字真。如今墨尚新。　過一春，又一春，不解金錢變作銀。如何忘却人。」遣里嫗密送與女，女云：「受聘乃父母意，但得君來會，寧與君俱死，不願與他人俱生也。」女奉張《卜筭子》詞一闋，遂約踰墻相通，久，為羅父母覺，送官司，張歷叙其事，官斷給辛氏聘而婚張，張明年登科，仕止倅，夫婦偕老焉。「幸得那人歸，怎便教來也。一日相思十二辰，真是情難捨。　本是好姻緣，又怕姻緣假。若是教隨別箇人，相見黄泉下。」（同前）

三三　陳妙常：宋陳妙常，女真觀尼姑也。年甫二十餘歲，姿色出群，詩文俊雅，尤善工音律。經陽于湖張孝祥授職江西臨江令，途宿女真觀，見妙常，驚訝，以詞調妙常，妙常亦以詞拒，甚峻。後改操，與于湖故人潘法成私通情洽，密告知于湖，于湖以計斷與潘，為夫婦終身焉。拒張于湖詞：「清静堂前不捲簾，景幽然。閑花野草漫連天，莫胡言。　獨坐洞房誰是伴，一爐烟。閑來窗下理琴絃，小神仙。」春情詞：「松舍青燈閃閃，雲堂鐘鼓沉沉。黄昏獨自展孤衾，未睡先愁不穩。一念静中思動，遍身慾火難禁。强將津吐嚥凡心，争奈凡心轉盛。」（同前）

三四 春娘：書壁間詞一闋《阮郎歸》并叙：春娘，金陵人，同母、嫂居於洛東。蕭回，字希顔，赴選，道經此地。因渴甚，覓水於春娘之嫂，嫂乃禀命於姑，姑見回儀容俊雅，命女出謁，留款三日，遂許女妻之。别後，回中科。女以亂離為胡虜所獲，過故地，因自叙其事，并書詞一闋於壁間。回後於郭令公家，見春娘在焉。「妾本金陵人也，因父受官於上國，妾生於長安，長於洛東，是年十五也。時守香閨，慣聞歡樂，豈識干戈？一日，胡虜兵昇四海，戈戟山川。妾不幸生於此時，凌霄失寄於喬松，兔絲徒忘於巨木。兄嫂愚濁，使妾徒陷於虜庭，無由得脱。鶴頸雖長，不可截，鳧足雖短，不可續，此分定也。請過往君子覽之，勿笑妾身，許良人不歸，杳無音信。長安既失，未知存亡，一命孤苦，夜寢一夢難成，愁眉易鎖難開。鎮日懨懨，離情默默，秦晉未通，良人陡失，妾之不幸，今過舊都，故書於壁，希顔過此，請覽，言不盡意，意不盡言。」復書《阮郎歸》詞一闋於後：「胡虜中原亂似麻，此景依稀似永嘉。丁珠片玉落泥沙，何時返翠華。　呈祥鸞鳳失仙槎，因循離混（筆者按：「混」一作「恨加」，當是。）。前生應是負償他，思量無岸涯。」（同前）

三五 嵓卿妻：雍熙寺詞：嵓卿姓慕容，其妻有美色，工文詞，父送女之嵓卿任，死於途，殯於平江府雍熙寺。馮均州久寓於寺，每深夜月明，有婦人歌小詞於廊廡間，就之，不見，有聞而録之，嵓卿至寺，見而驚曰：「君何從得此詞？」客語之故，嵓卿悲嘆久之，曰：「此余亡妻之詞，無知之者。」明日

好夢易隨流水去，芳心空逐曉雲愁，行人莫上望京樓。」（同前書附集卷十八）

三六　章臺柳：答韓節度詩：章臺柳，李將妓也。李與韓翃善，柳語與李曰：「韓秀才雖窮甚，必不久貧賤，宜假借之。」李深領。他日酒酣，謂韓曰：「秀才當今名士，柳氏當今名色，以名色配名士，不亦可乎？」遂命柳從坐接韓，韓懇辭不敢當，李曰：「大丈夫相遇杯酒間，一言道合，尚相許之以死，況一婦人哉？」柳卒歸韓。來歲，韓成名，節度侯希逸奏為從事。以世方擾，置柳都下，三歲不果迎，乃寄詩曰：「章臺柳，章臺柳，往日依依今在否。縱使長柳似舊垂，亦應攀折他人手。」柳復書答詩，蓋柳以色顯獨居，恐不免，乃欲落髮為尼，後竟為番將沙吒利所劫，寵之專房。韓悵然不能割，有虞候將許俊年少，被酒起曰：「當為員外立至之。」乃急裝乘一馬，逕馳沙吒利之第，會出，即入曰：「將軍墜馬，且不救，遣取夫人。」柳驚出，即挾上馬馳去，一座驚歎，同白希逸，修表上聞，代宗詔柳歸韓焉。「楊柳枝，芳菲節，可恨年年贈離別。一葉隨風忽報秋，縱使君來豈堪折。」（同前書「別集」卷十九）

三七　越娘：春心詞：陳敏夫隨兄任廣州參軍，其兄素無妻室，專寵一妓，名越娘，美貌能詩。兄在任不禄，敏夫與越娘搬挈還家，歸次成都，越娘吟詩一聯曰：「悠悠江水漲帆渡，疊疊雲山緩轡行。」令敏夫和後，敏夫應聲曰：「今夜不知何處宿，清風明月最關情。」微寓相挑之意，越娘微笑。是夜宿雙溪，月明如晝，越娘開樽同敏夫飲，唱酬歡洽，問敏夫：「今夜何處宿？」答曰：「廊下圖得看月。」

越娘曰：「我房門不閉也，圖得看月。」各有餘情。夜深，敏夫聞廊下有履聲，乃潛起，見越娘摇手，令低聲，迎進相抱曰：「今日被君詩句惹動春心。」遂就寢，越娘乃吟詞一闋：「一自東君去後，幾多恩愛睽離。頻凝淚眼望鄉畿，客路迢迢千里。顧我風情不薄，與君驛邸相隨。參軍雖死不須悲，幸有連枝同氣。」（同前書别集卷二十）

三八 楚娘：楚娘，名妓也。以姿學自負，作詩《遊春》、《桂花》詩誇耀於人。三山林茂叔與楚娘厚，因官建昌，携楚回家，其妻李氏稍不能容。楚題詞於壁以寓意，李氏見詞，乃曰：「人非木石，胡不能容？」遂長衾大被，三人同寢，聞者以詩嘲之。《遊春》：「破曉尋春緩轡行，滿城桃李鬭芳英。桃紅李白皆麁鄙，争似冰肌瑩眼明。」《桂花》：「丹桂迎風蓓蕾開，摘來斜插竟相偎。清香不與羣芳並，仙種原從月裡來。」題壁間詞《生查子》：「去年梅雪天，千里人歸遠。今歲梅雪天，千里人追怨。鐵石作心腸，鐵石剛猶軟。江海比君恩，江海深猶淺。」（同前）

三九 聶勝瓊：寄李之問詞《鷓鴣天》：李之問儀曹解長安幕，詣京師，改秩都下。聶勝瓊，名娼也，質性慧黠，公見而喜之。李將行，勝瓊送别，餞飲於蓮花樓，唱一詞，末句曰：「無計留春住，奈何無計隨君去。」李復留經月，為細君督歸甚切，遂飲别。不旬日，聶作一詞以寄。李在中路得之，藏於篋間。抵家，為其妻所得，因為之，具以實告，妻喜其語句清健，遂出粧奩資夫娶歸。瓊至，即棄冠櫛，損其粧飾，委曲以事主母，終身和悅，無少間隙焉。「玉慘花愁出鳳城，蓮花樓下柳青青。樽前一唱《陽關》後，别個人人第五程。尋好夢，夢難成，况誰知我作時情。枕前淚共簾前雨，隔個窗兒

滴到明。」（同前）

四〇 盼盼：《惜春容》：涪翁過瀘南，瀘帥留府會，有官妓盼盼，性頗聰慧，帥嘗寵之。涪翁贈《浣溪紗》曰：「脚上鞋兒四寸羅，唇邊朱麝一櫻多，見人無語但回波。料得有心憐宋玉，祗因無奈楚襄何，今生有分向伊麽。」盼盼拜謝涪翁，瀘帥令唱詞侑觴，盼盼唱《惜春容》，涪翁大喜，醉飲而别。「少年看花雙鬢緑，走馬章臺管絃逐。而今老更惜花深，終日看花看不足。坐中美女顔如玉，為我一歌《金縷曲》。歸時壓得帽簷欹，頭上春風紅簌簌。」（同前）

四一 趙才卿：送都鈐帥《燕歸梁》：成都官妓趙才卿性黠慧，詩詞速敏。帥府與都鈐帥會飲，命才卿佐酒作詞，應命立就《燕歸梁》，都鈐覽之，大賞其才，以飲器數百遺之，帥府亦賞嘆焉。「細柳營中有亞夫，華宴簇名姝。雅歌長許佐投壺，無一日，不歡娱。漢皇拓境思名將，捧飛詔，欲登途。從前密約，盡成虚空，贏得淚流珠。」（同前）

四二 胡楚：胡楚、籠（當作龍）靚，杭州一（當作二）名妓也。美色傾城，皆有詩名。張子野老於杭，多與官妓作詩詞，而自謂不及也。《送周韶》：「淡妝輕素鶴翎紅，移入朱闌便不同。應笑西園舊桃李，强勻顔色待東風。」《寄人》：「不見當時丁令威，年來處處是相思。若將此恨同芳草，却恐青青有盡時。」（同前）

四三 嚴蘂：嚴蘂，字幼芳，天台營妓。名藝冠絶一時。唐太守仲友嘗命賦紅白桃花，即調《如夢令》一闋。七夕，郡齋高會，名士謝元卿命以己姓為韻賦七夕，酒未行而詞已就，名《鵲橋仙》。或與仲友有隙，欲摭其罪，捎唐與蘂為濫，繫獄月餘，備受箠楚，而一語不及唐。移籍紹興，置獄鞫之，久亦不服，吏勸其認罪，不過杖，蘂曰：「賤妓縱與太守濫，罪不至死，然妄言以污士大夫，則死，不可誣也。」獄再兩月，委頓成絶，而聲價愈騰。未幾，與唐有隙者改除，而岳商卿代之，命蘂作自陳，蘂口占《卜筭子》呈覽，岳喜，即時出罪，判令落籍，而宗室納之。紅白桃花詞《如夢令》：「道是梨花不是，道是杏花不是。白白與紅紅，别是東風情味。曾記，曾記，人在武陵微醉。」七夕詞《鵲橋仙》：「碧梧初出，桂花纔吐，池上水花微謝。穿鍼人在合歡樓，正月露、玉盤高瀉。蛛忙鵲嬾，耕慵織倦，空做古今佳話。人間剛道隔年期，怕天上、方纔隔夜。」自陳詞《卜筭子》：「不是愛風塵，是被前緣誤。花落花開自有時，總賴東君主。去也終須去，住也如何住。若得山花插滿頭，莫問奴歸處。」（同前）

四四 答翁客詞《踏莎行》：翁客自蜀挾一妓歸，居之别室，數日一行。偶以病少疎，妓疑之，翁作詞自解，妓即韻答以《踏莎行》云：「説盟説誓，説情説意，動便春愁滿紙。多應念得脱空經，是那個先生教的。不茶不飯，不言不語，一味供他憔悴。相思已是不曾閒，又那得工夫咒你。」（同前）

四五 青幕子婦：答同輩詞：青幕之子婦，妓也，同輩以詞挑之，妓答之以詞，乃《木蘭花》也：「清詞麗句，永叔子瞻曾獨步。似恁文章，寫得出來當甚强。」（同前）

四六 蜀妓：送情人行：「欲寄意，渾無所有，折盡市橋官柳。看君著上征衫，又相將，放船楚江口。後會不知何日，是男兒，休要鎮長相守。苟富貴，無相忘，若相忘，有如此酒。」（同前）

四七 王氏：寄人《粉蝶兒》：王氏者，大都歌妓也。情人久别不至，作詞一闋以寄：「江景蕭疎，更那堪、楚天秋暮。占西風、柳敗荷枯。立夕陽，空凝竚。江鄉古渡，水接天隅。恨瀰漫，晚山烟樹。」（同前）

朱孟震詞話

朱孟震，字秉器，新淦（今屬江西）人。隆慶戊辰（一五六八）進士，官至右副都御史，巡撫山西。著有《河上楮談》、《汾上續談》、《浣水續談》、《遊宦餘談》、《玉笥詩談》等。《河上楮談》三卷，多述舊聞軼事，間或評論詩文，考證典籍，頗喜談神怪。《汾上續談》一卷，體例與《河上楮談》同，而所記多瑣事。《玉笥詩談》四卷，皆載明代之事，而涉於江西者尤多，蓋據其見聞所及，論詩大旨以王世貞為宗。此據《續修四庫全書》影印明萬曆刻本《河上楮談》和《汾上續談》，《四庫全書存目叢書》影印明萬曆間刻《朱秉器全集》本《浣水續談》和《遊宦餘談》以及影印清抄本《玉笥詩談》影印，《四庫全書存目叢書補編》影印明萬曆刻本《朱秉器文集》録詞話十四則。

一　友石：渝有式燕堂，在堂之左，中有石二，合而為一，上隸書「友石」二字，乃宋余制置玠書也。又刻草書一詞，歲久，石且斷，詞不全，字亦就泐。前太守閩人黄公乾行移之金碧臺下，後復移堂中，故石合處皆非舊迹，然亦渝治一奇也。（《河上楮談》卷二）

二　箕仙：箕仙之異，余所見楊州懸筆書及詩題，神氣飛動，詞調清逸，然謂異止此矣。比至渝，則又聞能與人飲食，坐中相對，盃核漸空，客欲得殽酒，則令取之某所，應聲而得。又取土置罏中，旋化為黄金，奇變二狀。其神為郗仙，劉中丞維南以無子仙為作表箋達上帝，頃刻千言。坐客叩之，隨叩而贈，若詩若詞，皆有情致。嘗於一生書室中贈對聯曰：「二人草下將軍立，一曲清歌日易斜。」後大比，人叩諸生中誰當捷者，箕曰在某生書室中。及揭曉，乃蔣太守弘德、曹主政大川也。草下將、一曲日，蓋隱二人姓，人謂「將軍立」，蔣當久遠，「日易斜」，非吉徵也，後蔣以太守歸，六十餘卒。曹仕止主政，早逝云。（同前）

三　僕散公詞：《餘録》又云：於臨潼驪山之温泉，見石刻元人一詞曰：「三郎年少客，風流夢、繡嶺蠱瑶環。羯鼓三聲，打開蜀道，《霓裳》一曲，舞破潼關。漸浴酒發春，海棠睡暖，笑波生媚，荔子漿寒。况此際，曲江人不見，偃月事無端。馬嵬西去路，愁來無會處，但淚滿闗山。空有香囊遺恨，錦襪傳看。嘆玉笛聲沉，樓頭月下，金釵信杳，天上人間。幾度秋風渭水，落葉長安。」再過之，石已磨為他刻矣。今觀此詞，乃元吉齋僕散汝弼作，但「空有」原作「賴有」，「香囊遺恨」作「紫囊來進」。有主簿慕藺跋云：「近侍副使僕散公博學能文，尤工於詩。昔過華清宫，作《風流子》長短句題之於

壁，其清新婉麗，不減秦、晏。四方衣冠爭誦傳之，稱為今之絕倡云。」則知此石故在也。（同前）

四 奉聖寺：太原縣十里晉祠，蓋以祀唐叔。而中有元君廟，泉出其下，匯而為池。又前行數十步，流漸盛，東西分注，太原、清源二邑實賴之，水淵泓澄徹，為晉中勝景。其西為奉聖寺，初不詳所始，後得王明甫方伯碑文讀之，乃知為唐鄂公尉遲敬德所建。鄂公英姿颯爽，驍勇絕倫，文皇創造，戰功當為第一。晚乃悔悟前非，棲心三寶，遂建剎并州之南，疏請臨軒，勅名「奉聖」。銷鷙氣以慈航，斂雄風於寂境，蓋異人天資朗徹，故能超出塵網，完保榮名。視信、越諸人，霄壤懸絕。雖曰主德克終，抑亦自全有道矣。韓蘄王初不知書，晚解兵柄，策蹇驢西湖山水間，時作小詞，默契禪理，與此頗相類，豈俗所云大富貴者多自修行中來耶？（《汾上續談》）

五 《風流子》：余前載驪山華清宮元僕散公詞，清新婉麗，頗稱中的。時閱《庚溪詩話》載：紹興間，陳侍郎相之使虜，燕山驛間得一詞，云：「書劍憶遊梁，當時事、底處不堪傷。念蘭濺嫩漪，向吴南浦，杏花微雨，窺宋東墻。禁城外、烟隨青步障，絲惹紫遊韁。曲水古今，禁烟前後，緑楊樓閣，芳草池塘。　回首斷人腸，流年去如電，雙鬢如霜。欲遺當年遺恨，頻近清觴。聽出塞琵琶，風沙淅瀝，寄書鴻鴈，烟月微茫。不似海門潮信，猶到潯陽。」蓋中原士夫沉淪異域，追靖康前事而作也，感時傷昔，與僕散公大相類，而詞調亦同，合而歌之，不必黍離麥秀。而聞者殆凄然不堪，俱奇作也。（同前）

六 李方伯《餘話》：鄉先達廬陵李公禎字昌祺，永樂甲申進士，任終廣右。方伯居官清介，生平著述甚富。曾擬瞿宗吉著《剪燈餘話》，既没，郡人欲祀入鄉賢，都憲韓公雍以此少之，遂罷。然考公《餘話》，蓋於經濟燕閒，遊戲翰墨，大要略徵往事以發藻詞，如長卿《子虛》、昌黎《毛穎》，外若瓌奇而内存法戒，非浪語也。其間雖不無一二艷詞，然《毛詩》三百篇中，若桑間濮上，存而不删，即靖節《閒情》，何傷高雅？竟以言辭小失，遂棄其終身，而吠聲者又狺狺不已，良可惋惜。且歐、蘇二文忠作為小詞，傳播宇宙，至於今祀典不廢，王弼、鄭玄輩視公，何如也？皆得從祀先聖廟庭，韓公之見似亦隘矣。《餘話》有詩云：「長使德言藏破鏡，終教子建賦游龍。」鄉逸人簡紹芳謂游龍語見宋玉《神女賦》，子建《洛神》寔本之，欲改子建作宋玉，然考之感甄事，差與本事相關。若神女，則事不相屬，要當以子建為是。（同前）

七　擊壤：余十四時，在留都，每秋冬，見群兒取木三寸許，鋭其兩端，置於地，以木板擊之，令躍起，仍以板擿中之，可三四十步，謂之打棒椿，此即古康衢擊壤之遺也。《風土記》云：擊壤，以木為之，長三四寸，其形如履，臘節，僮少以為戲，分步以擿摶也。將戲，先側一壤於地，遥於三四十步，以手中壤擿之，中者為上，雖與余所見稍異，而形制頗同，當或因時而變遷，未可知也。古今覩戲之技頗多，不能悉載，有不盡傳者。陸子深《豫章漫抄》云：古之樗蒲、六博，今皆不傳。漢、魏所尚彈棋，亦不復見。想諸伎倆亦自隨時興廢，而俚俗者尤為不常。元滕玉霄自叙少時以累棋蠟鳳為戲，不知所謂蠟鳳者又何事耶？黄山谷小詞又有打揭之戲，至謂：「小五出來，跋翻和九，若要十一花下死，管十三，不如十二。」似有譜者，此雖無益之事，覽之茫然，殊以博洽為愧。胡濴溪《墅談》云：「秦府有方石，淺緑色，大逾二尺，中高，四下滑膩如玉，云得諸古墓中，不識何用。」余按唐人有《彈棊譜》，謂其局方二尺，中心高，如覆盂，四角微隆起，此石形狀正與譜説同，當為彈棊局無疑。又引蔡邕、丁廙賦及李商隱詩云「玉作彈棊局，中心似不平」，觀此，則彈棊之戲尚可彷佛見也，滕玉霄累棊蠟鳳似是。引王僧綽、僧虔事，其事出《晉書》，云：僧虔累棊十二，都不墜落。僧綽正坐，採蠟燭淚為鳳皇，僧達奪取打壞，亦不復惜。惟黄詞所云了不可解耳。楊太史用脩詩話又有六赤、打葉子之戲，天地間物理無窮，寧可一二涯測？此古人所以先格致之學也。（同前）

八 《風光好》：世傳陶穀使江南，狎秦弱蘭，因作《風光好》贈之，近有作《郵亭記》傳奇者，然攷之他書，云：北朝使陶穀至，韓熙載接伴，遣妓以奉及，旦有書謝云：「巫山之麗質初臨，霞侵鳥道；洛浦之妖姿乍至，月滿鴻溝。」舉朝不省，召妓訊之，云是夕當浣濯也。又曹翰至，累日不談笑，後主無以為計，謀使官妓為民間粧，以紅絲標杖引弄花猫以誘之，翰見，問主驛者此為誰，曰娼也，因狎之，至旦去，與之金帛，一無所受，惟丐一詞，因撰《春光好》詞遺之。及翰入謝，因重宴，使樂妓歌此詞，翰知見欺，乃痛飲，月餘而返。然則贈詞者，翰也。穀侍以妓而無所狎，今以詞歸穀，豈一事而傳者誤耶？又沈獻（當作叡）達遼《雲巢編》云：穀使吴越，娼任杜娘者詐求逸犬，穀惑之，為作詞，娼遂落髮栁仁王院居之，而穀郵亭事載《玉壺清話》，良不可曉。（《浣水續談》卷一）

九 鞋杯詞：世傳楊廉夫鋏厔每飲，取名伎鞋盛酒，遂為禮法之士所薄。然廉夫在吴，不欲為張士誠所用，其風流縱浪，蓋效院嗣宗以酒自全，乃其大節固初無少損也。青州馮惟敏先生蚤負才名，仕不得顯秩，骫髒歸海濱，以文酒自娱。嘗見所作鞋杯詞，頗極詠物之致，惜不使廉夫見之，因為録出，知此君風度不淺也。詞云：「高擎綵鳳一鈎香，嬌染紅羅三寸長。滿斟緑蟻十分量。竅生生，小酒囊，蓮花瓣露瀉瓊漿。月兒牙彎環在腮上，錐兒橘團團在手掌。笋兒尖簽破了鼻梁，笋兒尖簽破了鼻梁。鈎亂春心，洗遍愁腸。抓轤轤滾下喉嚨，周流肺腑，直透膀胱。舉一杯，恰便似小脚兒輕擡肩上。噷一口，好疑是妙人兒吸入在胸膛。改樣風光，著意珍藏。是必休指甲兒掐損了雲頭，口角兒展涴了鞋幫。」（同前）

一〇 黎陽王太傅詞：《詞林摘艷》有黎陽王太傅《沉醉東風》樂閑二詞云：「穿一領麄麄布袍，繫一條縵縵麻縧。鈎竿上風月多，酒甕裏功名小。對溪山、蓋一座園標。我將這矮矮柴門閉的牢，又恐怕雲來占了。」「八句詩吟窮了賈島，一盤棋看老了王樵。也休問劉郎觀裡桃，也休問周子窻前草。飲高陽五斗香醪，斜枕著溪山半箇瓢。不惹事先生醉了。」而《襄敏集》不載。向南充劉繼武誦為巳作，余心賞之，今始知其謬也。（同前）

一一 《遥集編》：友人丘謙之名齊雲，麻城人。所譔有《遥集編》，蓋自紀遇呼姬事，甚奇也，為述其槩。呼姬者，武昌妓也。字文如，小字祖。謙之罷官，過黄州，以丘宗伯召，佐謙之酒，因屬意焉。謙之歸西陵，姬追送五十里，因訂絲蘿之約。自後七年壬午，姬以事觸父怒，聞有他意，夜三鼓，買舟下亭州，就謙之，償前約。明日，以書報其父，遂成禮如夫人。其彈琴為謙之壽，詩云：「手中無物侑啣杯，彈得瑶琴一曲梅。白雪千秋同不死，主人原自郢中材。」《樓中閉門》詩曰：「莫問天台落日愁，桃花片片水悠悠。寒窓一閉秦簫月，惹得人呼燕子樓。」《皂羅袍》詞曰：「早是燈兒時節，是燕兒作壘，對對欹斜。榆錢兒買不得春風夜，楊花兒故意飛殘雪。門兒重掩，燈兒半滅。人兒不見，病兒怎說。腰兒掩過裙兒摺。」「早是鶯兒時候，見蓮花兒出水，瓣瓣風流。心兒慾火畏紅榴，鼻兒酸涕過梅豆。門兒重掩，簾兒半鉤，人兒不見，病兒怎瘳。扇兒扇疊眉兒皺。」「早是鴈兒天氣，見露珠兒奪暑，點點侵衣。針兒七夕把腸刺，砧兒萬户敲肝碎。門兒重掩，帳兒半垂，人兒不見，病兒怎支。書兒難寫心兒事。」「早是雪兒飄粉，見梅兒瀟洒，蘂蘂争春。夢兒凍死也離魂，氣兒呵殺全無影。門兒重掩，被兒半薰，人兒不見，病兒怎禁。屏兒靠熱床兒冷。」姬有姊文淑，名舉，亦能詩，屬意王生。生作《胡文淑傳》，有《青樓黄絹詩詞》，王生為之跋，蓋稱二妙云。昔江夏妓有「武昌門外千株柳，不見長條拂地垂」之句，至今以為美談，若二姬者，亦其流亞矣。（《遊宦餘談》）

一二《賀羅中丞壽帳》：伏以斧鉞秋明，北斗麗中天之色；桑蓬曉映，南箕懸西益之輝。睠生甫之嘉辰，快仰韓之夙願。恭惟門下：神鍾衡嶽，秀毓洞湖。元氣中涵，吞雲夢十常八九；壽棋天植，邁大椿萬有六千。允文武為憲於萬拜，維孝慈足正乎四國。綵筆早占桂籍，銅章首綰花封。郎署回翔，冰蘗之聲逾著；封疆敭歷，鎖鑰之寄彌堅。追東山一起乎蒔蘿，乃開府再專乎麾鉞。風清貴竹，雖雕題斷髮咸懷德而畏威；春滿蠶叢，即度索尋橦亦輸心而嚮化。西南天地，盡歸壽域之中；光岳精英，宜斂大人之福。惟兹初度，適届季秋。五百年名世而生，禀金天之淑氣；千萬人拔萃而出，應玄月之良辰。桂魄將圓，先壬癸而預邀清景；菊觴既泛，越己庚而再引修齡。挹錦水以為漿，指雪山而效頌。巴歌渝舞，總騰下邑之歡；卭杖漆砂，盡是仙人之瑞。曰儒紳，曰武弁，咸期君子萬年；若白叟，若黄童，共羨元臣百禄。如某者，質同蒲柳，功謝參苓。奔走何能，濫馬牛於巴郡；品題誤及，側桃李於狄門。感知遇之獨隆，媿報稱之罔效。喜隨賀燕，仰翔烏而竊頌罔陵；材乏雕龍，瞻飛豸而載歌兗繡。伏願望隆社稷，名重鼎彝。功業似西平，殊績共天庥並茂；鬚眉如老子，奇齡與國壽同綿。敢陳下里之聲，少助賓筵之慶。詞曰：「天門秋曉，正風細菊叢，露華蓉沼。玉帳懸弓，瓊臺授籙，衡嶽誕生元老。新曲初翻飛鶴，舊瑞早符吞鳥。共羨是，台垣輔弼，人倫師表。腰裹。看振踔，天上風雲，逸足人間少。鶴筭龜齡，金魚玉帶，好待雍容廊廟。雪嶺銅標聿亢，麟閣丹青輝耀。願歲歲，上星辰聽履，遠同周召。」（右調《喜遷鶯》。）右調《喜遷鶯》（《朱秉器文集》卷二）

一三　「公道世間惟白髮，貴人頭上不曾饒。」此唐人詩也。先祖素齋府君《挽周氏父子》云：「於今白髮無公道，不上周郎父子頭。」蓋反其意而用之也。府君少豪俠好義，尤喜為詩，惜散逸不存。余又嘗於敝曆（當作篋）中見和唐人《無題》四首，俱有致。後訃偕往來數四，歸檢篋中，則已化為烏有矣。止記一聯云：「綺檻留雲迷薜荔，玉簫吹月隔芙蓉。」此外有《桑榆詞藁》，尚存。（《玉笥詩談》卷上）

一四　金山人在衡，名鸞，隴西人。從其父宦金陵，因占籍為金陵人。在衡初為諸生，才名藉藉，後刻意為詩及樂府諸詞曲，一時名輩咸服其工，所著有《徙倚軒集》、《蕭爽齋詞藁》。年八十二，目猶作細書。余領渝州，山人贈之詩云：「萬里橋邊憶舊遊，野雲江樹接天浮。懸知别路初經暑，只恐歸鴻已報秋。涪水東來通劍閣，岷山西望達夔州。武侯相業文翁化，千古巴人頌未休。」又云：「遥憶青溪社，於今又五年。放歌明月底，長醉落花前。山氣平分楚，江雲半入川。不知垂老日，鴈足幾回傳。」「夕林初霽後，春服既成時。桃李含情久，瓊瑶報德遲。青尊憐遠别，白首幸深知。明月梅花夢，相思未有期。」又寄余云：「清世文章早見知，湖山蹤跡各天涯。荒蕪馬色勞延佇，細雨蘋香入夢思。江館正逢新釀酒，僧堂猶寄舊題詩。邇來料得文翁教，歷徧春風又幾時。」（同前書卷下）

王祖嫡詞話

王祖嫡，字胤昌，一作字蔭昌，號師竹，信陽（今河南）人。幼警敏，殊常兒，稍長，日誦數千言，能賦詩。登隆慶辛未進士，改庶常，歷遷國子司業。仕終右春坊、右庶子兼翰林侍讀，卒年六十。所著有《王先生文集》、《書疏叢抄》、《表烈外史》、《家庭庸言》等。此據《四庫未收書輯刊》影印明天啟間刻本《師竹堂集》録詞話一則。

一

《奉旨擬撰詞曲》有序：主上沖齡踐阼，勤政講學，寒暑靡輟，中外傳頌久矣。會左右襲仇閹故智，上頗為所惑，慈聖知之，誡諭嚴懇。竄其尤者數人，餘責黜有差。輔臣復極諫便殿，臺省交章，而給舍王君守誠至引撞郎事，上為感悟，蠱惑諸具，悉令毀棄。輔臣思以翰墨娱上，遂疏史臣更番入直，凡禁苑所藏圖書畫卷，發令題跋，殆無虚日。文華講畢，入大内，披閲鑒賞，孜孜忘倦。聲色玩好，無隙可入矣。一日，奉旨撰二十八字詞曲，每一字一曲，又發八曲為式。予適右頰腫痛，註籍服藥，以情懇院長不獲，復傳先進八曲，上亟欲覽，力疾勉成，以為餘可弗作。忽一日晚，傳二十曲限，明早進。時街鼓已動，而頰侵淫至頸，不可忍，呻吟拮據，至五鼓，幸就，以為病中譫語，棄去，不復視。越旬餘，於户曹館郭生希泰所見一帙，則諸史臣詞曲咸載。蓋上發内閣選擇為録者，予倖十收五六，漫讀之，不知為己作也。夫詩變而為詩餘，惟宋人最工，然多托意閨闈，寄情花鳥，雅致俊才得以自運，故悽婉流麗能動人耳。兹義取對君，格專應制，至於仁義禮智、孝弟忠信等字，束以《花間》之體，即使秦、周、康、柳為之，亦失故步。而予章句拘儒，雅弗嫺此，矧病軀深夜催促嚴急？既寡檢閲之資，又乏閒適之趣，乃欲藻秀差强，聲律弗舛，不甚遠哉！雖然，往應制者大都頌爾，而伯可諸詞淫褻柔曼，類於俳優，眎唐人《鬱輪袍》《清平調》又每下焉，斯秇之詬也。上所命題，咸倫理之大，象形之顯，即文房諸具，亦輿几盤匜之意，非前代聲色遊豫，屬其臣夸詡而詠調也。廼子所作，時寓規諷，上不以為罪，猶見録也，豈非詞垣盛事、儒臣希遘也哉？伏日曝書，偶見此稿，謹葺而恭識之。其他應制諸作，另為一編，兹不具云。（《師竹堂集》卷六）

蔣以化等輯詞話

《花編》六卷，明蔣以化輯，姚宗儀增輯。蔣以化，字仲學，號養庵，常熟（今江蘇）人。隆慶丁卯舉人，萬曆間知孝感縣，官至監察御史，著有《西臺漫記》。姚宗儀，字鳳來，常熟人，為蔣氏門人。此據《四庫未收書輯刊》影印明萬曆間刻本《花編》録詞話一則。

一　明皇遊別殿，柳杏將吐，嘆曰：「對此景物，不可不與判斷。」呼高力士取羯鼓，縱擊一曲，名《春光好》，回頭柳杏皆發，笑曰：「不謂我作天公耶？」《羯鼓録》。（《花編》卷一「百花部」）

程涓詞話

程涓，字巨源，新都（今四川）人。少負俊才，困於場屋，撰《千一疏》二十二卷，此據《四庫禁燬書叢刊》影印明萬曆三十七年黄如松刻本録詞話九則。

一 自三百篇而下，至騷、賦、選、律、歌行，古今之風變備矣。宋之詞，元之曲，體最雜，格最下，要亦雅頌之遺焉。隻語之奇，神飛而魂絶；疊詞之奏，酸心而刺骨。即婦人孺子噓唏而踴躍焉，興、觀、群、怨之用，何三百下也？學士雖以小技目，然必當家大手筆，乃能勝之。（《千一疏》卷十八）

二 北音之始有娀氏二女也，南喜之始有金山女媵也，東音之始孔甲也，西音之始右辛餘靡也。所謂四方之歌，風之始乎？古之秦青、虞公、韓娥、老姥、緜駒、王豹之流，榮也，類也，然皆獨欸，不合樂，以後江南《子夜》、《前溪》、《團扇》、《懊儂》之屬，是其遺響。唐妓女歌王涣之（當作「之涣」）、高適詩，及伶工歌元、白詩，皆是絶句。宋之詞，今之南北曲，凡幾變，而失其真矣。由余所遘聞，則緩音散調，悲韻媚聲，率亦三年而小變，十年而大變，視彼之鐘皷管籥絲絃之間、雅頌之體，蔑如也。（同前）

三　詞之稱詩餘也，詩人不為也。曲之稱詞餘也，詞人不為也。有快語，有壯語，有法語，有濃語，有爽語，有恒語，有淺語，均之不易工者。降詩於詞，降詞於曲，大雅之罪人，新聲之吉士，藝苑之粃糠，梨園之精粒也。（同前）

四　北人之曲以元宮統之，九宮之外，别有三調。南人之歌亦有九宮。南歌多與絲竹不叶，北曲多與革木不配。所謂土徧詖鐘律不得調平，非也，皆所習也。南方不兢吹彈，北人不用皷板，顧曲之周郎，辨撾之王應，千百無什一焉，惡在其辨下里音和郢中曲也？（同前）

五　邇來南北迭奏之曲殊自媚人，詞家者流乃舉合家而笑之。謂頓漸分教，然不妨其同師承也；文武異臣，然不妨其同國用也。北主勍切雄麗，南主清峭柔遠；北忌急促粗豪，南忌散緩微弱。見筋見眼，務合字之陰陽；調腔聲情，期協韻之高下。楊柳風前，桃花扇底，絶塞立馬之際，江波鼎沸之時。銅將軍與紅牙女子正自鬪奇，争捷賈氣亡倦，乾坤間大快事也。（同前）

六　周德清撰作詞十法，可謂詞家三昧。第填詞者不知變化，擬議縱横才情，中宮則戾商，偕俚則廢雅，亦未免準繩縛而規矩局也。（同前）

七 漢魏之《選》，三百篇之餘也；唐之詩，《選》之餘也；宋之詞，詩之餘也；元之曲，詞之餘也。今之野語山歌，時歌而歲易，又曲之餘也。遡其原，亦自三百篇始焉，汎濫一至此哉！（同前）

八 文章詩詞本一家，而才情所鍾，不能不異户。文人之强為詩，與詩人之强為文，要皆沐猴而冠者也。惟通才者，為能兼之。（同前）

九 宋曾端伯以十花為十友，友皆有詞。張敏以十二花為十二客，客各有詩。今古以為美談，然不無狹小之病。吾為質，則凡花皆可友也。吾為主，則凡花皆可客也。皆友皆客，皆可以詩詞相贈，奈何沾沾專擇取其間哉？傾家新釀，對自在花，始則迎蕊，中則抱艷，末則留殘，庶乎全交而終所善，所謂我之大賢於人，何所不容也？（同前書卷二十一）

胡震亨詞話

胡震亨（一五六九—一六四五），字孝轅，號赤城山人，自稱遯叟，海鹽（今浙江）人。萬曆丁丑舉人，除合肥令，德州知州，皆有惠政，入為職方員外郎，擢兵部員外郎。震亨雅知兵，性好學，家多藏書。所撰有《唐音統籤》、《海鹽圖經》、《讀書雜記》諸書行世。《唐音統籤》十集，前九集皆録唐詩，第十集為《唐音癸籤》，録唐詩話，為目有七，即體凡、法微、評彙、樂通、詁箋、談叢、集録，搜括唐詩用力最劇，詩話採擷亦大備。此據《續修四庫全書》影印清康熙刻配范希仁抄補本《唐音統籤》、影印清康熙刻本《讀書雜記》和影印明崇禎毛氏汲古閣刻本《宋名家詞》録詞話三十則。

一　詩自風雅頌以降，一變有《離騷》，再變為西漢五言詩，三變有歌行雜體，四變為唐之律詩。詩至唐，體大備矣。今考唐人集録所標體名，凡傚漢、魏以下詩，聲律未叶者，名往體；其所變詩體，則聲律之叶者，不論長句絶句，概名為律詩，為近體；而七言古詩於往體外另為一目，又或名歌行。舉其大凡，不過此三者，為之區分而已。至宋、元編録唐人總集，始於古律二體中備析五七等言為次，於是流委秩然，可得具論。一曰四言古詩，有古章句及韋、孟長篇二體，唐作者不多。一曰五言古詩，唐初體，沿六朝，陳子昂始盡革之，復漢、魏舊。一曰七言古詩，一曰長短句，全篇七字始魏文間，雜長句，始鮑明遠，唐人承之，體變尤為不一，當與後歌行諸類互參。一曰五言律詩，唐人因梁、陳五言四韻之偶對者而變。一曰五言排律，因梁、陳五言長篇而變。一曰七言律詩，又因梁、陳七言四韻而變者也，唐一代詩之盛，尤以此諸律體云。一曰七言排律，唐作者亦不多，聊備一體。一曰五言絶句，一曰七言絶句，絶句即六朝人所名斷句也，五言絶始漢人小詩，而盛於齊、梁。七言絶起自齊、梁間，至唐初四傑後始成調。又唐人多以絶句為樂曲，詳後「樂通」内。外古體有三字詩，李賀《鄴城童子謡》。六字詩，《牧護歌》。三五七言詩，始鄭世翼，李白繼作。一字至七字詩，張南史及元、白等集有之，以題為韻，偶對成聯。又鮑防、嚴維多至九字。騷體雜言詩，此種本當入騷，律者稱三韻律詩，昭代王弇州始名之為小律云。又六言律詩，劉長卿集有之。及六言絶句，王維集有。而諸如李之《鳴皐歌》，杜之《桃竹杖引》，相沿入詩，例難芟漏。律體有五言小律、七言小律，嚴滄浪以唐人六句詩合詩内又有詩與樂府之別，樂府内又有往題、新題之別。往題者，漢、魏以下，陳、隋以上樂府古題，唐人所擬作也。諸家槩有，而李白所擬為多，皆仍樂府舊名。李賀擬古樂府，多別為之名而變其舊。新題者，古樂府所無，唐人新製爲樂府題者也。始於杜甫，盛於元、白、張籍、王建諸家，元微之嘗有云：「後人沿襲古題，唱和重複，不如寓意古題，刺美見事爲得詩人諷興之義者，此也。」詳後「樂通」内。其題或名歌，亦或名行，或兼名歌行。歌曲之總名，衍其事而歌之曰行歌，最古，行與歌行皆始漢，唐人因之。又有曰引者，曰曲者，曰謡者，曰辭者，曰篇者。抽其意爲引，導其情爲曲，合乎俗曰謡，進乎文爲辭，又衍而盛焉，爲篇皆以其詞爲名者也。有曰詠者，曰吟者，曰嘆者，曰唱者，曰弄者。詠以永其言，吟以呻其鬱，嘆以抒其傷，唱則吐於喉吻，弄則被諸絲管，此皆以其聲爲名者也。復有曰思者，曰怨者，曰悲若哀者，曰樂者。如李白之《静夜思》，王翰之《蛾眉怨》，杜甫之《悲陳陶》、《哀江頭》、《哀王孫》；樂則如杜審言之《大酺樂》，白居易之《太平樂》，張祜之《千秋樂》，又皆以情爲其名者也。凡此多屬之樂府，然非必盡譜之於樂譜之樂者。自有大樂郊廟之樂章，梨園教坊所歌之絶句，所變之長短填詞，以及琴操、琵琶、箏笛、胡笳、拍彈等曲，其體不一，而民間之歌謡又不在其數並詳「樂通」，唐詩體名，庶盡乎此矣。（《唐音癸籤》卷一「體凡」）

二　十部伎：十部伎，燕饗設之所，以備華夷也。一曰讌樂伎，二曰清樂伎，三曰西凉伎，四曰天竺伎，五曰高麗伎，六曰龜兹伎，七曰安國伎，八曰疎勒伎，九曰高昌伎，十曰康國伎，各有曲。初唐仍隋舊燕饗，設九部伎。貞觀中伐高昌，得其樂，增爲十部。燕樂，隋舊樂也；清樂，即清商曲，南朝舊樂也。《樂志》云：清商曲，武后時猶存六十三曲，後存有辭者三十七曲：《白雪》、《公莫》、《巴渝》、《明君》、《鳳將雛》、《明之君》、《鐸舞》、《白鳩》、《白紵》、《子夜吴聲四時歌》、《前溪》、《阿子及歡聞》、《團扇》、《懊儂》、《長史》、《督護》、《讀曲》、《烏夜啼》、《石城》、《莫愁》、《襄陽》、《棲烏夜飛》、《估客》、《楊伴》、《雅歌驍壺》、《常林歡》、《三州》、《采桑》、《春江花月夜》、

《玉樹後庭花》、《堂堂》、《泛龍舟》、《明之君雅歌》、《四時歌》四。有聲無辭七曲：《上林》、《鳳雛》、《平調》、《清調》、《瑟調》、《平折》、《命嘯》，共四十四曲。西凉伎以下，詳「夷樂」内。郭茂倩云：天寶已後讌樂，西凉、龜兹部著録者二百餘曲，而清樂、天竺諸部不在焉。（同前書卷十二「樂通一」）

三　《三臺》、《急三臺》，古今解「三臺」者不一：馮鑑《續事始》曰：漢蔡邕三日之間，周歷三臺，樂府以邕曉音律，為製此曲。劉禹錫《嘉話録》：鄴中有曹公銅雀、金虎、冰井三臺，北齊高洋毁之，更築金鳳、聖應、崇光三臺，宫人拍手，呼上臺送酒，因名其曲為《三臺》。李氏《資暇録》曰：《三臺》三十拍，促曲名。昔鄴中有三臺，石季龍常為宴遊之所，而造此曲，以促飲。今按諸説，李氏説似可據。《樂苑》云：唐《三臺》，羽調曲。《調笑詞》、《轉應詞》、《宫中調笑詞》，三曲與《三臺》同一調，有此異名，白樂天云：「《調笑令》，乃抛打曲也。」有詩云：「打嫌調笑易，飲訝卷波遲。」《宫中三臺》、《江南三臺》、《上皇三臺》、《怨陵三臺》、《突厥三臺》，大曲。《廣陵散》，本嵇叔夜琴操名，後人以為曲。《采桑》，晉清商西曲，羽調，唐有大曲。《楊下采桑》，出於采桑。《烏夜啼》，杜佑云：本宋臨川王義慶所作，今所傳歌，似非義慶本旨。教坊謝大善歌，此明皇嘗親御箜篌和之。《舞媚娘》、《大舞媚娘》，「舞」亦作「武」，並羽調曲。永徽後，民間多歌此曲，史以為天后之讖，今按隋李綱傳有諫止太子勇奏《舞媚娘》曲事。梁庾信、陳後主並有《舞媚娘》辭，則曲名本不作「武」字意，後來讖家為妖曌獻諛，改作《武媚娘》耳。《長相思》，古曲，梁張率始以「長相思」三字為句發端，陳後主及徐陵、江總輩襲其調，益工之，唐李白諸家多有作。《采蓮子》，梁清商曲《江南弄》有《采蓮曲》，唐曲本此曲，和聲曰「舉棹年少」。《茱萸女》，梁簡文咏采茱萸女為人所挑，大抵與《陌上桑》同，唐萬楚有其曲。《玉樹後庭花》，陳後主作，唐有大曲。《後庭花》，小曲。《阿彈廻》，本北魏《阿那瓌》曲，阿那瓌者，蠕蠕國主名，用為曲，後訛為《阿䩭廻》，唐沿之為名。那，乃可切。䩭，典可切。瓌，即瑰，姑回切。以音相近，故訛。顏真卿詩：「莫唱《阿䩭廻》，應云《夜半樂》」是也，楊用修以為即笛曲之《阿濫堆》，此自明皇時曲，失之遠矣。《蘭陵王》，北齊蘭陵王長恭以假面威敵，後人因以入歌，唐有此曲名。《伴侶》，北齊後主作，音韻窈窕，極於哀思，唐有大曲。《太平樂》，即《五方師子樂》曲，周、隋間遺音。《聖明樂》、《大聖明樂》，初隋開皇中，高昌獻此樂曲，文帝令知音者竊聽，番使至，先奏之，大驚。後唐開元中，太常樂工馬順兒復造此，並商調曲也。《行天》，貞觀中，侯尚書妾方等善唱之，後有郝三寶者亦能歌此，自謂不及。考隋樂志，太廟送神五言象行天，知為舊曲矣。《七夕子》，隋煬帝有《七夕相逢樂》，唐曲《七夕子》，疑本此。《安公子》，隋煬帝幸揚州，樂工王令言聞其子彈新翻《安公子》曲，流涕曰：「此曲宫聲，往不返，宫為君，爾不須扈從，大駕必不回矣。」已而果然。唐有《安公子》大曲。《河傳》、《水調歌》、《新水調》、《脞説》：《水調河傳》，隋煬帝幸江都時所製，曲成，奏之，聲韻怨切，王令言聞而知其不返。《海録碎事》云：隋煬帝開汴河，自造《水調》，按《水調》及《新水調》並商調曲也。唐曲凡十一疊，前五疊為歌，後六疊為入破，其歌第五疊五言調聲最為怨切，故白居易詩云：「五言一遍最慇懃，調少情多似有因。不會當時翻曲意，此聲腸斷為何人。」明皇幸蜀，有聽歌《水調》「山川滿目淚沾衣」之辭，問知為李嶠作，感歎。事見《本事詩》。《泛龍舟》，隋煬帝作，唐有《泛龍舟》大曲。《望江南》、《海山記》：隋煬帝為西苑，鑿池，汎龍鳳舸，製《望江南》八闋。後唐李德裕用其句拍，改為《謝秋娘》，劉、白亦有作，詳後。《摩多樓子》，郭茂倩《樂府》載有古詞，似北朝及隋時邊塞曲，難定為何代。唐李白有其詞，亦見李賀集。《堂堂》，隋樂府有《堂堂曲》，明唐再受命也。調露初，民間有「側堂堂」、「撓堂堂」之謡。側，不正；撓，不安。故武后戕宗室，易唐為周，而孝和復反正為唐，《樂苑》曰：唐《堂堂》曲，角調也。　右前三十七曲，並周、隋以前之曲，在唐猶盛行者。史稱唐時清商舊曲存者止四十四曲，今自《烏夜啼》、《采桑》、《玉樹後庭花》、《堂堂》、《泛龍舟》五曲在存目重複之内，餘三十二曲，則史所未載也，豈古曲行用於唐尚多，史或未盡收乎？用首録之，以存樂曲之舊。（同前書卷十三「樂通二・唐曲」）

四　《太和》，《樂府》載有七言五疊，郭茂倩以為羽調曲，蓋即十二和中之太和，以為行節者是也。《破陣樂》、《破陣子》，唐人樂曲多名「子」，後遂名曲子，教坊俗語然。《小秦王》，即《小破陣樂》也。《上元子》，《大定樂》，《奉聖樂》，《十二時》，《萬宇清》，《月重輪》。　以上樂曲出前雅樂及各朝樂中，而《十二時》以下三曲亦含元殿熊羆部十二，按所奏雅樂也，故别著之，合凡十曲云。（同前）

五　《傾盃曲》，《樂社樂曲》，《英雄樂曲》，太宗内宴，詔長孫無忌製《傾盃曲》，魏徵製《樂社樂曲》，虞世南製《英雄樂曲》，並宫調。《黄驄疊曲》，太宗破竇建德，乘馬名黄驄驃，及征高麗，死於道，頗哀惜之。命樂工製《黄驄疊曲》，四曲宫調。《黄驄疊曲》後一名《急曲子》。《打毬樂》，魏徵製。《大酺樂》，商調曲，張文收造。《火鳳》、《真火鳳》，並羽調，始貞觀初。《穆護子》，即《穆護砂》也，犯角，姚寬《叢語》云：「波斯國奉火祆神，貞觀初有傳法穆護何録以其教入長安，作歌祀祆祠，其賽神曲也。《崇文書目》有李燕《牧護詞》，《傳燈録》有蘇溪和尚《穆護歌》，並六言。又黄山谷云：黔中聞賽神者夜歌五七十語，初云「聽説農家牧護」，末云「奠酒燒錢歸去」，長短不同。《道調曲》，高宗自以李氏為老子之後，命樂工製。《祈僊曲》、《望僊曲》、《翹僊曲》，高宗敬禮嵩山，道士潘師正造此諸曲。《春鶯囀》，帝曉音律，晨坐，聞鶯聲，命樂工白明達寫為此曲。《夷來賓曲》，遼東平，李勣作之以獻。《寶慶曲》，章懷太子作，李嗣貞聞之，謂人曰：「宮不召商，君臣乖也。角與徵戾，父子疑也。死聲多且哀，若國家無事，太子任其咎。」俄而太子廢。《越古長年曲》，則天延載元年作。《如意娘曲》，商調，蓋閨辭也。宋張君房以為如意年中，后為淫毒男子作，説近俚，不取。《挈苾兒》，垂拱後京都唱此歌，皆淫辭，後張易之兄弟並內侍，易之小字挈苾云。《突厥鹽》，龍朔來，里歌有此，後則天遣閻知微入突厥，突厥挾之入寇，為《突厥鹽》之應。《黃麞》，如意年已來，唱《黃麞》歌無幾，曹仁師等與契丹戰，覆師於硤石黃麞谷。《離別難》，武后朝，有一士人陷寃獄，籍其家，妻配入掖庭。善吹觱篥，撰此曲，以寄哀情。初名《大郎神》，蓋取良人第行也，畏人知，三易其名，曰《悲切子》、《終號》、《怨回鶻》。《石州》，中宗景龍初，知太史事迦葉志忠表稱受命之初，天下先歌英王《石州》，《石州》，商調曲也。《桃花行》，景龍四年春，宴桃花園，羣臣畢從。學士李嶠等各獻桃花詩，上令宮女歌之，辭既清婉，歌仍妙絶，獻詩者舞蹈稱萬歲，上勑太常簡二十篇入樂府，號曰《桃花行》。《回波詞》，商調曲，蓋出於曲水引流泛觴，後為舞曲。中宗朝內宴羣臣，多撰此詞獻佞及自要榮位，最盛行。然考《朝野僉載》楊廷玉一詞，則天時已先有之矣。《教坊記》又有大曲《回波詞》。《合生歌》，中宗宴內殿，胡人襪子何懿等唱此歌，或言妃主情貌，或列王公名質，詞至穢媟，武平一諫宜禁止，不納。《夜半樂曲》、《還京樂曲》，玄宗初自潞州還京師舉兵，夜半，誅韋后，製此二曲。《君臣相遇樂曲》，商調，太常卿韋縚作。《千秋子》、《千秋樂》，大曲。玄宗八月五日生，開元十七年，是日，賜宴花蕚樓下，百僚表請以每年是日為千秋節，王公以下獻鏡及承露囊，天下請咸令讌樂，著為令曲，名以此。《舞馬傾盃曲》，玄宗嘗命教舞馬四百蹄，各為左右，分部目，衣以文繡，絡以金珠，每千秋節舞於勤政樓下，賜讌設酺，其曲謂之《傾盃樂》，凡數十疊，馬聞聲，奮首鼓尾，縱橫應節。又施三層板牀，乘馬而上，抃轉如飛，或命壯士舉榻，馬舞其上，歲以為常。《踏歌》、《繚踏歌》，並元夕歌名，玄宗嘗命張説撰元夕御前踏歌詞。《蘇摩遮》，潑寒胡戲所歌，亦張説撰進，詳後舞曲下。《感皇恩》、《南部新書》：天寶十三載，始改金風調《蘇莫遮》為《感皇恩》。《于蔿》，玄宗在東洛大酺，命三百里内守令率聲樂赴闕下較勝負，魯山令元德秀遣樂工數十人聯袂歌《于蔿》，其所自為曲也，帝歎以為仁人之言。《得寶子》、《得鞛子》、《胡鞛子》，《國史補》云：玄宗得太真，謂宫人曰：「朕得貴妃，如得至寶。」乃製曲子曰《得寶子》，自是六宫無復進幸者。《樂府雜録》云：曲一名《胡鞛子》。《海録碎事》云：又名《得鞛子》。鞛，方孔反。《得至寶》、《康老子》，《樂府雜録》云：長安富家子名康老子，落魄不事生計，常與國樂游處，家蕩盡，偶得一舊錦褥，波斯胡識是冰蠶所織，酬之千萬。還，與國樂追歡，不經年，復盡，尋卒，樂人嗟惜之，遂製此曲，名《得至寶》，亦名《康老子》也。《淂体歌》、《得寶歌》，先是，民間多唱《淂体歌》，有「潭裏船車鬧，揚州銅器多」之句，及陝州《得寶符》，又歌《弘農得寶》。後天寶初，轉運使韋堅穿廣運潭，通吴楚諸郡貨，陝縣尉崔成甫乃翻之為歌，其辭用淂体，其曲名用得寶，於船頭唱之。玄宗臨觀，大悦，下詔褒賞。「淂」傍從水，丁紇反；「体」從人從本，都董反。事見正史。按：《得寶子》、《得鞛子》、《胡鞛子》、《得至寶》、《康老子》，與《得寶歌》其源似皆起於《淂体歌》，正史可據，《國史補》、《樂府雜録》所解俚鄙，姑存之，備考。《荔枝香》，玄宗幸驪山，楊貴妃生日，命小部張樂長生殿，因奏新曲，未有名，會南方進荔枝，因名曰《荔枝香》。《清平調》，帝與貴妃幸興慶宫沉香亭，會木芍藥初開，梨園弟子奏樂，上曰：「賞名花，對妃子，焉用舊曲？」宣李白進《清平調》三章，令李龜年等約略調撫絲竹，上自吹玉笛倚曲。《清平調》為三調中之《清調》、《平調》，古房中遺聲也。《宫中行樂詞》，亦命李白撰。《一斛珠》，初梅妃極承寵愛，後為太真所奪，遷上陽宫。妃怨慕，帝亦每念之。一日，有夷使貢珠，命封一斛賜之，妃不受，獻詩，上覽之，悵然。令樂府以新聲度其詩，號《一斛珠》曲。《春光好》，明皇製，互見「羯鼓」内。《金華》，《洞真》，《流芳菲》，《會要》，天寶十三載，改諸樂名，有此諸曲，立石刊太常寺。《王昭君》，《五更轉》，《萬歲長生》，《飲酒》，《鬬百草》，《思歸樂》，商調，亦犯角。《會要》：太常、梨園、別教院法曲有此六曲。《赤白桃李花》，《望瀛府》，《獻仙音》，《聽龍吟》，《碧天鴈》，《獻天花》，按：明皇嘗製法曲四十餘，以上六曲見陳氏《樂書》。法曲本隋樂，其音清而近雅，煬帝厭其聲澹，曲終復加解音。明皇酷愛之，選子弟教之梨園，當時稱梨園法曲也。《婆羅門》，商調曲，開元中西凉府節度楊敬述進。《霓裳羽衣曲》，《樂苑》：玄宗製《霓裳羽衣曲》十二遍，凡曲終必遽，唯《霓裳羽衣曲》將畢，引聲益緩。《逸史》：帝與術士羅公遠遊月宫，見仙女數百，皆素練霓裳羽衣舞，問其曲，曰《霓裳羽衣》，帝默記其音而還，故作是曲。鄭嵎《津陽門詩》注：帝月宫聞仙樂，但記其半，於笛中寫之，會西凉進《婆羅門》曲，與其聲調相符，遂以月中所聞為之散序，用敬述所進曲作為腔，名《霓裳羽衣曲》云。《望月婆羅門》、《拂霓裳》之（當作二）曲見《教坊記》。《凉州》，宫調，大曲，有大遍、小遍，西凉府都督郭知運撰進。初，凉州進新曲，明皇命諸王於便殿觀之，曲終，諸王皆稱萬歲，獨寧王不賀。明皇詢其故，寧王曰：「夫曲者，始於宫，散於商，成於角、徵、羽，臣見此曲宫離而少徵，商亂而加暴。宫者，君也；商者，臣也。宫不勝則君體卑，商有餘則臣事僭，臣恐異日臣下有悖亂之事，陛下有播越之禍，兆於斯曲矣。」其先見如此。《伊州》，商調，大曲，前五疊入破五疊，開元中西凉節度蓋嘉運進。《甘州子》、《甘州大曲》，羽調。《胡渭州》，商調曲。唐有兩渭州，一屬關内，一屬隴右，此出隴右渭州，為近邊地，故以胡渭州別之。開元中，樂工李龜年、鶴年兄弟尤妙製《渭州》。《五行志》云：天寶樂曲多以邊地為名，其曲遍繁聲，名入破。安史亂，西幸後，其地盡為吐蕃所没，「破」，乃其兆也。洪容齋曰：今樂府所傳大曲，皆出於唐，而以州名者五：伊、涼、熙、石、渭也。《涼州》今轉為《梁州》，唐人已多誤用。按唐《地理志》：涼州屬隴右道，盡古雍、梁二州之境，用之非誤。《陸州》，曲有大遍、小遍，又有《簇拍陸州》。按：唐邊地無陸州，嶺南雖有其州名，與此不合。惟寧朔境所置降胡州，魯麗含塞依契時稱為六胡州，「陸」字或「六」之誤也。宋人讐曲用《六州》大遍，疑即此，俟博識者審之。《玄真道曲》、《大羅天曲》、《紫清上聖道曲》、《景雲曲》、《九真曲》、《紫極曲》、《小長壽曲》、《承天樂曲》、《順天樂曲》，玄宗末年，寖好神仙之事，詔道士司馬承禎製《玄真道曲》，茅山道士李會元製《大羅天曲》，工部侍郎賀知章製《紫清上聖道曲》，太清宫成，太常韋縚又製《景雲》等六樂曲。《凌波曲》，《太平廣記》：玄宗東都晝寢，夢凌波池中龍女拜牀下，帝為鼓胡琴，拾新舊之聲，為《凌波曲》。龍女再拜而去，及覺，命禁樂習而翻之，奏池上，龍女復見，因置廟，歲祀之。按：此似附會，興慶祀龍池之事者説未可據，姑存備考。《謫仙怨》，玄宗幸蜀，行次駱谷，謂高力士曰：「吾不用張九齡之言，至此。」索長笛吹一曲，潸然流涕。後有司録成譜以進，且請曲名，上曰：「吾因思九齡，可名此曲為《謫仙怨》。」其音怨切，諸曲莫比，人自西川傳得者，無由知其本事，但呼為劍南神曲。《雨霖鈴》：帝幸蜀，入斜谷棧道，屬霖雨彌旬，聞鈴聲與山相應，悼念貴妃，因採其聲為《雨霖鈴》曲以寄恨。時獨梨園善觱篥樂工張徽從至蜀都，以其曲授之，洎至德中，復幸華清宫，從官嬪御皆非昔人。帝於望京樓令徽奏此曲，不覺悽愴流涕。後入法部，有大曲。《渭城》、《陽關》，本王維送人使安西詩，後被於歌，所云「更與慇懃唱渭城」與「聽唱《陽關》第四聲」是也。《想夫憐》，羽調曲，白居易詩《嘗愛夫憐》第二句「倩君重唱夕陽開」、王維《秦川》「一半夕陽開」是也。又有《簇拍想夫憐》。《國史補》云：司空于頔以樂曲有《想夫憐》其名不雅，將改之，客曰：「南朝相府曾有瑞蓮，故歌為《相府蓮》，後人語訛耳。」《樂府解題》遂用其説。按：此亦客之曲逢峋指，妄為之説耳。假果名《相府蓮》，豈不尤為不雅乎？《山鷓鴣》、《韻語陽秋》：李白有聽此曲詩：「清風動牕竹，越鳥起相呼。」蓋其曲效鷓鴣之聲為之。《九曲詞》、《營州歌》，並高適作，歌塞上事，九曲取黄河九曲為名，漢李尤、晉傅玄《九曲歌》七言二句者，大指自歎年歲晚暮，非適詞所本也。《河滿子》，河一作何，白樂天云：開元中，滄州何滿犯罪繫獄，撰此曲進，四辭八疊，其聲哀斷。鞫獄者為奏，明皇不許，竟坐刑。元微之《何滿子歌》云：「何滿能歌能宛轉，天寶年中世稱罕。嬰刑繫在囹圄間，下調哀音歌憤懣。梨園弟子奏玄宗，一唱承恩羈網緩。便將何滿為曲名，御譜親題樂府纂。」與白説稍殊。《長命女》，羽調曲，亦名《長命西河女》。大曆中有樂工加減其節奏為新聲，將軍韋青令家姬張紅紅暗記其拍，紅紅後入宜春院宮中，號記曲娘子，聞青死，慟絶。《漁父引》，玄真子張志和作。《欸乃曲》，欸音哀，乃如字讀，棹船相應聲，元次山有《欸乃曲》。《永新婦》、《御史娘》、《柳青娘》、《桂苑叢集》云：國樂有《永新婦》、《御史娘》、《柳青娘》，皆一時之妙。今按：永新乃開元中宜春院内人許和子，御史娘乃貞元時宮中御史娘子田順，皆以善歌聞，詳見《樂府雜録》。柳青娘者，豈亦歌妓之名，後遂沿為曲名歟？《章臺柳》，韓翃從辟淄青，姬柳氏置都下，值盜覆兩京，數歲，翃遣使間行求之，以練囊盛金，題此詞為寄，柳亦和其詞酬。柳後陷身番將沙吒利，翃入朝，復取，得完聚。《成德樂》，大曆中王表有其詞。《樂世》、《急樂世》、《六幺》，《樂世》，羽調曲。初唐人賀朝詩有「上客無勞散，聽歌樂世娘」，張説集亦有《樂世詞》。初貞元中，樂工進曲，德宗命録出要者，因名為《録要》，《唐書》所謂《録要襍曲》是也，後語譌為《緑腰》，又作《六幺》。白樂天《聽六幺》詩云：「管急絲繁拍漸稠，《六幺》宛轉曲終頭。誠知《樂世》聲聲樂，老病人聽未免愁。」觀此，知《樂世》亦《録要》中一曲也。《團雪散雪曲》，貞元中，駙馬王士平與義陽主反目，帝兩幽之，不令相見，舉子蔡南史、獨孤申叔為《義陽子歌詞》，有二曲，言其離處之狀。上聞而惡之，欲罷科舉，後流南史而止。《拜新月》，吉中孚妻張氏有詞。《皇帝感》，《教坊記》有此曲名，盧綸集有《皇帝感詞》。《天長地久詞》，亦見盧綸集，其和聲云：「天長久，萬年昌。」《萬歲樂曲》，憲宗朝，汴州劉弘撰《聖朝萬歲樂譜》三百首進。《金縷衣》，李錡常唱此詞。《楊柳枝》，即古之《折楊柳》，段安節以為始於白傅者，以其詞至白盛行也。白詩云：「《六么》《水調》家家唱，白雪梅花處處吹。古歌舊曲君休聽，聽取新翻《楊柳枝》。」而「永豐」一闋至達禁中，為尤著云。《桂華曲》，居易感蘇州東城古桂作，音韻怨切，聽輒動人。《浪淘沙》，居易與劉禹錫並有作。《捲白波》，居易云飲酒曲也。《掃市舞》，楊虞卿善歌此詞，白樂天哭之，有「何日重聞《掃市歌》」之句。宋潘閬謫信州，戲為《掃市舞詞》云：「出砒霜，價錢可，贏得撥灰兼弄火，暢殺我。」其遺調也。《羅嗊曲》，一名《望夫歌》。羅嗊，古樓名，陳後主所建。元稹廉問浙東，有妓女劉采春自淮甸而來，能唱此曲，閨婦行人聞者，莫不漣泣。《竹枝子》，《竹枝》本出巴渝，其音協黃鍾羽，末如吳聲，有和聲七字為句，破四字，和云「竹枝破」三字，又和云「女兒」。後元和中，劉禹錫謫其地，為新詞，更盛行焉。《三閣詞》，劉禹錫作，詠陳後主起臨春、結綺、望仙三閣，置三妃嬪事，吳聲曲。《杜韋娘》，《教坊記》有其曲名，劉禹錫詩「春風一曲《杜韋娘》」，言妓人歌《杜韋娘》曲，非指妓人名也。《抛毬樂》，酒筵中抛毬為令，其所唱之詞也，禹錫亦有作。《紇那曲》，亦見禹錫集。按《紇那》，《樂府》不著所出，今考天寶中，崔成甫所翻《淂体歌》，有「淂体紇那也」、「紇囊淂体那」之句，豈其所本歟？《文叙子》，長慶中，俗講僧文叙善吟經，其聲宛暢，感動里人，樂工黃米飯狀其念四聲觀世音菩薩，乃撰此曲。《思帝鄉》，令狐楚《坐中聞思帝鄉有感》詩。《花遊曲》，李賀集：寒食日諸王妓遊，賀賦此曲，與妓彈唱。按賀本傳：樂府數十篇，雲韶諸工皆合之絃管，是知賀曲辭入樂為多，惜不能明，姑録此以例其餘。《刮骨鹽》，權德輿詩：「含羞斂態勸君住，更奏新聲《刮骨鹽》。」按：鹽曲自六朝人有《昔昔鹽》，後曲稱鹽者不一，詳後「西戎樂」注。《仙韶法曲》，《上雲》，《自然》，《真仙》，《明□》，《難思》，《平珠》，《無為》，《有道》，《調元》，《立政》，《獻壽》，《高明》，《聞天》，《儀鳳》，《同和》，《閑雅》，《多稼》，《金鏡》，文宗好雅樂，鄙鄭、衛之音，嘗采開元雅樂，製雲韶樂章《上雲》等二十曲，及《霓裳羽衣舞》曲，後改雲韶院為仙韶院，曲亦以仙韶名。嘗按樂謂大臣曰：「笙磬同音，沈唫忘味，不圖為樂，一至于斯。」自是臣下功高者輒賜之。《憶秦郎》、《憶秦娥》，一名《秦樓月》，一名《雙荷葉》。文宗宫人阿翹善歌，出宫嫁金吾衛長史秦誠，誠出使新羅，翹思念，撰小詞，名《憶秦郎》，誠亦於是夜夢傳其曲拍，歸日，合之無異，後有《憶秦娥》，或即出此。《莊嶽委談》云：詩餘中《憶秦娥》、《菩薩蠻》稱最古，以詞出太白也。余謂太白在當時直以風雅自任，即近體盛行七言律，鄙不肯為，寧屑事此？且二詞雖工麗，而氣衰颯，於太白超然之致不啻穹壤，殆晚唐人詞嫁名於白耳。《菩薩蠻》見後。《萬斯年曲》，會昌初，宰相李德裕製獻，即《天仙子》調也。《謝秋娘》、《夢江南》、《憶江南》、《江南好》，李德裕鎮浙日悼亡妓謝秋娘，用隋煬所作《望江南》調撰《謝秋娘》曲，後仍從本名，亦曰《夢江南》。白樂天作此詞，改為《憶江南》，後人又因樂天首句，以「江南好」名之，劉禹錫亦有作。凡曲名遞改換，多如此。《閑中好》，會昌中，段成式與鄭符、張希復遊長安永壽寺，嘗同作此詞。《播皇猷曲》、《蔥嶺西曲》、《新霓裳羽衣曲》、《泰邊陲曲》，宣宗妙音律，内殿賜讌，多自裁新曲，俾禁中女伶遞相教授，有曰《播皇猷》者，率高冠方履，褒衣博帶，趨走俯仰，皆合規矩，于于然有唐虞之風焉。有曰「蔥西士女踏歌隊」者，率言蔥嶺之士樂河湟故地歸國，復為唐民也。《霓裳曲》者，皆執節幡，被羽服，態度凝澹，飄飄然有翔雲舞鶴見左右，如是數十曲流傳民間。《泰邊陲曲》有辭云「海岳晏」，咸通後，懿宗繼統，年號適紀咸通，人以其為讖云。《菩薩蠻》，《杜陽雜編》云：大中初，女蠻國入貢，其人危髻金冠，瓔珞被體，人謂之菩薩蠻。當時倡優遂製《菩薩蠻》曲，文士亦往往聲其詞。温庭筠傳亦有宣宗愛唱《菩薩蠻》之說，知此詞出於唐之晚季，今李太白集有其詞，後人妄托也。按《杜陽》謂倡優見《菩薩蠻》製曲，其説亦未盡，當是用其樂音節奏耳。考南蠻驃國嘗貢其國樂，其樂人冠金冠，左右珥璫條貫花鬘，珥雙簪散以毳，如女飾，而其國亦在女王蠻西南，故當時或以為女蠻，且其曲多佛曲，具在後「簡夷樂部」，則其稱為《菩薩蠻》尤可信。凡曲名有稱《女王國穿心蠻》、《八拍蠻》者皆出蠻中，曲調以意求之可得。此詞後一名《重疊金》，一名《子夜歌》。《新添聲楊柳枝》，温庭筠作，時飲筵競歌，獨女優周德華以聲太浮豔不取。《感恩多》，李羣玉詩：「惟有管絃知客意，分明唱出感恩多。」《道調子》，懿宗解音律，一日，命樂工吹觱篥，初弄《道調》，上謂是曲誤拍之，樂工乃依其節奏撰曲，名為《道調子》。《歎百年曲》，懿宗篤愛同昌公主，薨後，思念不已，伶人李可及造此曲。餘詳「舞曲」內。《別趙十》、《憶趙十》，李可及能歌《別趙十》、《憶趙十》，可及轉喉為新聲，須臾變態百數，京師效之，呼為拍彈。《昇平樂》，商調，見薛能集。《金鎖曲》，僖宗朝內製袍千領，賜塞外吏士，神策將軍馬直於袍中絮得金鎖一枝、詩一首，為人所告，奏聞，帝令直赴闕，以宫人賜為妻。有情者為《金鎖曲》，流於世。《讚成功曲》，昭宗劉季述之變，鹽州雄毅軍使孫德昭有反正功，光化四年正月宴保寧殿上，自製此曲以褒之。《永遇樂》，杜祕書工小詞，鄰女酥香能諷才人歌曲，悅而奔之，事發，杜流河朔，述此決別女，□附持紙三唱而死，見《錦繡萬花谷》，云唐人。《百年歌》，《五代史》：晉王克用破孟方立還，置酒三垂崗，伶人奏《百年歌》，至於衰老之際，聲辭甚悲，坐上皆悽愴。克用慨然捋鬚，指其子存勗而歎：「後二十年，其能代我戰於此乎？」後存勗果於三垂崗破梁軍，凱旋告廟。《如夢令》，唐莊宗修內苑，掘得斷碑，有詞云：「曾宴桃源深洞，一曲舞鸞歌鳳。長記別伊時，和淚出門相送。如夢，如夢，殘月落花烟重。」名《宴桃源》，莊宗使樂工入律歌之，又使翰林作數篇，後人改為《如夢令》。按：莊宗知音，能度曲，自為優名曰李天下，至今汾晉之俗往往能歌其聲，通謂之御製曲。《檀來歌》，周世宗伐南唐軍中製。《念家山》、《念家山破》、《邀醉舞破》、《恨來遲破》，南唐後主翻舊曲為《念家山破》，其音焦殺，名尤不祥，識者以為亡徵。后周氏尤善音，復作《邀醉舞》、《恨來遲新破》，皆行於時。《嵇康》，江南曲，後主所製，國亡後有薛九能歌之，見王銍《侍兒小名録》。《醉粧詞》，蜀後主衍，宫中裹小巾，其尖如錐，宫妓多衣道服，簪蓮花冠，施胭脂夾臉，號醉粧，作此詞。《銀漢曲》，衍舟巡閬中，自製《水調銀漢曲》，命工歌之。又嘗自製《甘州詞》，令宫人歌之，其詞哀怨，聞者悽愴。《還鄉歌》，吴越錢鏐游衣錦軍製。《道家步虚詞》，唐以前多五言，其破為長短句，自李德裕始，并附。以上大小曲一百七十九曲，有年代題義可攷，略著其説如右。（同前）

六　《祓禊曲》，《歎疆場》宫調，《濮陽女》羽調，《回紇》商調，《柘枝引》羽調，《柘枝大曲》，《團亂旋》三曲互見「舞曲」内。《戎渾》，《塞姑》，《鎮西樂》，《鎮西子》，《蓋羅縫》蓋一作合，《雙帶子》，《崑崙子》，《金殿樂》，《牆頭花》，《戰勝樂》，《劍南臣》，《征步郎》，《水鼓子》鼓一作沾，《浣沙女》，《醉公子》，《一片子》，《南歌子》，《八拍蠻》，《達摩支》，《鳳歸雲》以上曲名見《樂府詩集》。《和風柳》，《美唐風》，《透碧空》，《巫山女》，《度春江》，《衆仙樂》，《龍飛樂》，《長慶樂》，《慶雲樂》，《繞殿樂》，《泛舟樂》，《放鷹樂》，《放鶻樂》，《天下樂》，《大明樂》，《同心樂》，《黄鍾樂》，《賀聖朝》，《泛玉池》，《迎春花》，《鳳樓春》，《負陽春》，《帝臺春》，《繞池春》，《滿園春》，《柳含烟》，《替楊柳》，《倒垂柳》，《浣溪沙》，《撒金沙》,《紗牕恨》,《金簑嶺》,《隔簾聽》,《恨無媒》,《望梅花》,《好郎君》,《紅羅襖》,《摘得新》,《北門西》,《煮羊頭》,《河瀆神》,《二郎神》,《醉鄉遊》,《醉花間》,《燈下見》,《醉思鄉》,《太白星》,《剪春羅》,《會嘉賓》,《當庭月》,《歸國遥》,《戀皇恩》,《憶先皇》,《聖無憂》,《戀情歡》,《戀情深》,《憶漢月》,《定風波》,《木蘭花》,《更漏長》,《破南蠻》,《芳草洞》,《守陵宫》,《臨江仙》,《虞美人》,《映山紅》,《獻忠心》,《卧沙堆》,《怨黄沙》,《遐方怨》,《怨胡天》,《送征衣》,《送行人》,《望梅愁》,《阮郎迷》,《牧羊怨》,《羅裙帶》,《同心結》,《一捻鹽》,《阿也黄》,《劫家雞》,《绿頭鴨》,《下水船》,《留客住》,《喜長新》,《羌心怨》,《女王國》,《天外聞》,《賀皇化》,《五雲仙》,《滿堂花》,《南天竺》,《定西番》,《西國朝天》,《荷葉杯》,《感庭秋》,《月遮樓》,《西江月》,《上行杯》,《喜春鶯》,《大獻壽》,《鵲踏枝》,《萬年歡》,《曲玉管》,《謁金門》,《巫山一段雲》,《西河獅子》,《西河劍氣》,《儒士謁金門》,《武士朝金闕》,《摻工不下》,《麥秀兩岐》,《摭言》載朱梁封舜卿使蜀,好唱《麥秀兩岐》事,亦不言何調。《金雀兒》,《漼水吟》,《玉搔頭》,《鸚鵡杯》,《路逢花》,《初漏滿》,《相見歡》,《遊春苑》,《訴衷情》,《折紅蓮》,《洞仙歌》,《喜回鑾》,《喜秋天》,《静戎烟》,《普恩光》,《蘇合香》,《七星管》,《朝天》,天竺伎有《朝天舞曲》,不知即此否?《看月宫》,《宫人怨》,《駐征遊》,《泛濤溪》,《胡相問》,《帝歸京》,《喜還京》,《遊春夢》,《留諸錯》,《黄羊兒》,《花黄發》,《望遠行》,《思友人》,《唐四姐》,《上韻》,《中韻》,《下韻》,《木笪》,《八拍子》,《漁歌子》,《十拍子》,《措大子》,《風流子》,《吴吟子》,《生查子》,《胡醉子》,《山花子》,《水仙子》,《绿鈿子》,《金錢子》,《赤棗子》,《心事子》,《胡蝶子》,《沙磧子》,《酒泉子》,《迷神子》,《得蓬子》，《剉碓子》，《麻婆子》，《紅娘子》，《歷刺子》，《北庭子》，《劍器子》，《獅子》，《女冠子》，《仙鶴子》，《贊普子》，《蕃將子》，《回戈子》，《帶竿子》，《摸魚子》，《南鄉子》，《大吕子》，《南浦子》，《撥棹子》，《曹大子》，《引角子》，《隊踏子》，《化生子》，《金娥子》，《拾麥子》，《多利子》，《毘砂子》，《西溪子》，《劍閣子》，《嵇琴子》，《莫壁子》，《胡攢子》，《唧唧子》，《戩花子》。大曲：《踏金蓮》，《薄媚》，《賀聖樂》，《胡僧破》，《平翻》，《相馳逼》，《大寶》，《吕太后》，《一斗鹽》，《羊頭神》，《大姊》，《舞大姊》，《急月記》，《斷弓絃》，《碧霄吟》，《穿心蠻》，《羅步底》，《千春樂》，《龜茲樂》，《醉渾脱》，《映山雞》，《四會子》，《昊破》，《舞春風》，《迎春風》，《看江波》，《寒鴈子》，《又中春》，《戩中秋》，《迎仙客》，《同心結》以上曲名見《教坊記》。《雙吹管》，《東飛鳧》，《花成子》，《月成弦》，《孤獨怨》，《金吾子》六曲見《甫里集》。《玉樓春》，《蕃女怨》，《玉蝴蝶》，《更漏子》。四曲見温庭筠詞，《更漏子》疑即前《更漏長》。《應天長》，《江城子》一名《江神子》，《喜遷鶯》，《小重山》四曲見韋莊詞。《薄命女》一名《長命女》，《採桑子》，一名《羅敷令》，一名《醜奴兒令》，二曲名見和凝詞。《搗練子》，《阮郎歸》，一名《醉桃源》，一名《碧桃春》。《賣花聲》，即《浪淘沙》，亦名《曲冥》。《蝶戀花》。四曲見李後主詞。《歸國謡》，《薄命妾》，《點絳唇》，《思越人》，《金刀錯》一名《醉瑶瑟》，《芳草渡》，《壽山曲》。七曲見馮延巳《陽春集》，又《蜀檮杌》云：「蜀主衍嘗執板自唱《思越人》詞。」《滿宫花》見張泌詞，《醉花間》，《中興樂》，《月宫春》，《接賢賓》四曲見毛文錫詞。《望江怨》見牛嶠詞，《三字令》，《賀明朝》。二曲見歐陽炯詞。《杏園芳》見尹鶚詞，《南柯子》，一名《風蝶令》，一名《望秦川》，見毛熙震詞。《擷芳詞》《古今詞話》以為唐曲，《後庭怨》，宋建隆中，掘得石刻，有此詞，《花草粹編》以為唐曲。右一百九十七曲，題義無攷。其録自《樂府詩集》者，多譜初唐人絶句詩為曲，録自《教坊記》者，律、絶詩及填詞為曲者，互有之。録自温、韋以下集者，並止是填詞，先後撰曲，年代似約略可推，然亦不敢妄為定云。(同前)

七　太簇宫曲：《色俱騰》，《耀日光》，《乞婆娑》，《大勿》，《大通》，《舞山香》，《羅犂羅》，《蘇莫賴耶》，《俱倫僕》，《阿箇盤陀》，《蘇合香》，《藏鈎樂》，《春光好》，《無首羅》，《鴝嶺鹽》，《疎勒女》，《要殺鹽》，《通天樂》，《萬載樂》，《景雲》，《紫雲》，《承天樂》，《順天樂》。太簇商曲：《蘇羅》，《榇利梵》，《大借席》，《耶婆色雞》，《堂堂》，《半社渠》，《君王盛神武》，《赫赫君之明》，《大鉢樂背》，《大沙野婆》，《破陣樂》，《黄駿蹄》，《放鷹樂》，《英雄樂》，《思歸》，《憶新院》，《西樓送落月》，《摝霜風》，《九成樂》，《傾盃樂》，《百歲老壽》，《還城樂》，《打毬樂》，《飲酒樂》，《舞厥麽賦》，《太平樂》，《大酺樂》，《大寶樂》，《聖明樂》，《婆羅門》，《荊加那》，《萬歲樂》，《秋風高》，《回婆樂》，《夜半擊羌兵》，《香山》，《優婆師》，《帀天樂》，《禪曲》，《渡積破虜迴》，《五更囀》，《黄鶯囀》，《大定樂》，《越殿》，《須婆》，《鉢羅背》，《大秋秋鹽》，《栗時》，《突厥鹽》，《踏蹄長》。太簇角曲：《大蘇賴耶》，《大春楊柳》，《大東祇羅》，《大郎賴耶》，《即渠沙魚》，《大達麽支》，《俱倫毗》，《悉利都》，《移都師》，《阿鷂鸚鳥歌》，《飛仙》，《楊下採桑》，《西河師子》，《三臺》，《舞石州》，《破勃律》。……　按羯鼓，龜兹、高昌、疎勒、天竺部之樂，狀如漆桶，下承以牙牀，用兩杖擊之。其聲焦殺鳴烈，合太簇一均。玄宗素達音律，尤善於此，稱之為八音領袖。嘗遇春旦初晴，柳杏將吐，歎曰：「對此景物，豈可不與他判斷？」取羯鼓，縱擊《春光好》一曲，顧柳杏皆已發坼矣，笑謂嬪嬙内官：「此一事，不喚我作天公，可乎？」又製《秋風高》，每至秋風迥徹，纖翳不起，即奏之，必遠風徐來，庭葉紛下，其妙絶如此。時汝陽王璡，帝兄寧王子，帝愛，而以羯鼓授之。璡嘗戴砑絹帽打曲，上自摘紅槿花一朵，置於帽上，奏《舞山香》一曲，而花不墜，帝誇賞其能。蓋羯鼓難在頭項不動，宋開府璟嘗與帝論之，云：「頭如青山峰，手如白雨點。」山峰取不動，雨點取碎急。」正此。前諸曲調載南卓録内九十二曲，帝所親製，餘亦並開元、天寶時曲，緣此，樂本出戎羯，故以夷語為名者居多，大半有聲無辭，其譜然也。是器所重，在棬與杖，捲鐵貴精鍊至匀。開元供御者人多傳寶，亦有養杖水脊溝中二十年，取其絶濕氣復柔膩者，一時人主好尚，達官雅士相傚，求精工至此。後曲調寢失傳，如務本里樂工打《耶婆色雞曲》，失結尾之類，時有之。至宋，而古曲益不存。唯邠州一父老能之，中有《大合蟬》、《滴滴泉》之曲，其人死，羯鼓遺音遂絶。（節録自同前書卷十四「樂通三・羯鼓曲」）

八　《勝蠻奴》、《火鳳》、《傾盃樂》，貞觀中裴神符作，此三曲聲度清美，太宗深悦之，盛行於時。《鬱輪袍》，王維覓解，岐王引入公主第，彈此曲。《八十四調》，賀懷智譜，懷智，開元梨園弟子。《連昌宫辭》：「夜半月高絃索鳴，賀老琵琶定場屋。」《西凉州》，段和尚製，即《道調凉州》也，亦謂之《新凉州》。段，莊嚴寺僧，名善本，為唐琵琶第一藝。《新翻羽調緑腰》、《楓香調》，貞元中有康崑崙善琵琶，因兩市祈雨鬬樂，崑崙登東街綵樓，彈一曲《新翻羽調緑腰》，必謂無敵。街西亦於綵樓上出一女郎，抱樂器，先云：「我亦彈是曲，兼移在《楓香調》中。」下撥妙絶入神。崑崙驚愕，即拜請為師，女郎更衣出，乃段師也。翌日，德宗召入内，因令教授崑崙，段師奏曰：「且遣崑崙不近樂器十餘年，候忘本態，然後可教。」詔許之，後果盡段師之藝。《玉宸宮調》，《凉州》，宮調，有大遍小遍，小者，貞元初康崑崙翻入琵琶，以初奏玉宸殿，故有此名，合諸樂，即黄鐘宮調也。《蕤賓調》，《散水調》，白集《謝曹供奉琵琶新調譜寄家妓》詩云：「蕤賓掩抑嬌多怨，散水玲瓏峭更清。」《薄媚》，劉禹錫詩：「一聽曹剛彈《薄媚》，人生不合出京城。」《楊下採桑》，昭宗末，内供奉闕小紅為梁祖强彈之，意不得而殂。《雀啅蛇》，《胡王調》，《胡瓜苑》，王沂生不解絃管，忽日睡，至夜，迺寤，索琵琶，絃之成諸曲，人不識聞，聽之者莫不流涕。其妹清學之，總不成事，見《朝野僉載》。《道調宮》，《玉宸宮》，《夷則宮》，《神林宮》，《蕤賓宮》，《無射宮》，《玄宗宮》，《黄鐘宮》，《散水宮》，《仲吕宮》，《商調》，《獨指泛》，《清商》，《好仙商》，《側商》，《紅綃商》，《抹商》，《玉仙商》，《角調》，《雙調角》，《醉吟角》，《大吕角》，《南吕角》，《中吕角》，《高大殖角》，《蕤賓角》，《羽調》，《鳳吟羽》，《背風香》，《背南羽》，《背平羽》，《應聖羽》，《玉宮羽》，《玉宸羽》，《風香調》，《大吕調□曲》，《凉州》，《伊州》，《胡渭州》，《甘州》，《緑腰》，《莫靼》，《傾盆樂》，《安公子》，《水牯子》，《阿濫泛》，《湘妃怨》，《哭顔回》。王蜀節使王保義女適荆南高從誨子保節，嘗夢異人授琵琶諸調，其曲自《凉州》下二百餘因刊石以傳，事見《北夢瑣言》。意王素善琵琶，托諸夢以神之，如前王沂耳。所異者，徵調中有《湘妃怨》、《哭顔回》，世人琵琶多不彈徵調，未解為何。

琵琶始自烏孫公主造，馬上彈之。自下逆鼓曰琵，自上順鼓曰琶，舊皆用木撥。貞觀中，裴洛兒始廢撥，用手，所謂搊琵琶者是也。開元中，賀懷智以鵾雞筋作絃，用鐵撥彈之，而段師善本亦云用皮絃撥，聲如雷。自後則曹保有子善才，善才有子綱，皆習此藝。次有裴興奴，與綱同時。曹善運撥，興奴長攏撚，詩人多咏之者。其琵琶曲調，沈存中云：懷智有譜，以為八十四調，内黄鐘、太簇、林鐘三宫聲，絃中彈不出，須管色定絃，其餘八十一調皆以此三調為準，更不用管色。元稹詩有「琵琶宫調八十一，三調絃中彈不出」，謂此也。今聊録唐人傳記所見曲名，備大略云。沈云：如今之調琴，須先用管色合字定宫絃，乃以宫絃下生者隔二絃、上生者隔一絃取之，凡絃聲皆當如此。今人苟簡，不復以絃管定聲，故其高下無準，出於臨時。懷智琵琶譜調格與今樂全不同，唐人樂學精深，尚有雅律遺法。（同前「琵琶曲」）

九　《迎君樂》，正商調，二十八疊。《槲林歎》，分絲調，四十四疊。《秦王賞金歌》，小石調，二十八疊。《廣陵散》，正商調，二十八疊。《行路難》，正商調，二十八疊。《上江虹》，正商調，二十八疊。《晉城仙》，小石調，二十八疊。《絲竹賞金歌》，小石調，二十八疊。《紅牕影》，雙柱調，四十疊。《思歸樂》。唐善箏者，開元中内人薛瓊瓊；元和至太和，李青青、龍佐；大中以來，有常述本及史從、李從周，惟曲名不槩見。此則大和中廣陵倡崔氏女夢其亡姨蒞奴所傳者，見《冥音録》，豈亦如琵琶夢授故事借託之以神其藝也歟？何事之恰符而疊見也。（同前「箏曲」）

一〇　《悲風》等二十四曲，《歡樂樹》等二十四曲，《關山月》，《折楊柳》，《落梅花》，《紫雲廻》。明皇遊月宫，聞上清樂曲歸，而以玉笛寫之，因名，載樂章，令太常刻石。《阿濫堆》，驪山有禽，名阿濫堆，明皇銜玉笛，採其聲，翻為曲，遠近效之，張祜詩「至今風俗驪山下，村笛猶吹《阿濫堆》」是也。笛有雅笛、羌笛，唐所尚，殆羌笛也。其樂與鼙棄、簫笳列横吹部者同。有《悲風》、《歡樂樹》等四十餘曲，見前鼓吹曲内，乃如《關山月》、《折楊柳》、《落梅花》，唐人咏吹笛多用之，而横吹部曲名獨亡述者，知當時笛曲尚多，入樂署行用者亦非全耳。玄宗雅好斯樂，傳記稱其御玉笛為貴妃倚曲者不一事，而其時笛工孫處秀始作犯聲，人以新異競相效習。曲有犯調，則曲益繁多，當不可復紀矣。乃談者獨稱李謩，謩嘗吹笛江上，寥亮逸發，能使微風颯至，舟人賈客有怨歎悲泣之聲，感蛟龍出聽，或有之，至謂玄宗按樂上陽，謩傍宮墻，竊得其譜。見元稹及張祜詩，稹以謩為長安少年。世豈有天家屋垣僅如牕隔，能屬耳得聲調宛悉者哉？考之，謩本教坊子弟，隸吹笛第一部，明皇嘗召之，與永新娘逐曲者，樂譜正所有事，何須竊聽？好事者姑為說，詫天上樂不易流傳爾。惟謩所論笛一聲出入九息，一疊十二節，一節十二敲。笛材一歲伐，過期伐，音窒；未期伐，音泛，遇至音必裂。為深得笛理，可取，蓋謩之外孫許雲封為韋刺史應物述云。（同前「笛曲」）

一一《別離難》，天后朝，士人妻作，詳見前「裸曲」內。後樂家以其族宮轉器以應律管，因譜其音，為衆器之首，至今鼓吹教坊用之，以為頭管。《雨霖鈴曲》，明皇造，樂工張野狐善觱篥，吹之，詳見前「明皇樂曲」內。野狐，即徽也。《楊柳枝曲》、《新傾盃曲》，宣宗善吹觱篥，自製此二曲，有數拍不均，嘗命俳優辛骨䶉拍，不中，因瞋目視之，骨䶉憂懼，一旦而斃。《道調》，懿宗嘗命史敬約吹，因撰《道調子曲》，詳見前「道調子」下。《勒部羝曲》，將軍尉遲青素善觱篥，時有王麻奴，河北推第一手，後訪尉遲，於高般涉調中吹《勒部羝曲》，曲終，尉遲曰：「何必高般涉也。」即自取銀字管，於平般涉中吹之，麻奴恭聽，愧謝，不敢復言音律。觱篥一名悲篥，以竹為管，以蘆為首，出於胡中。其聲悲，人亦稱為蘆管，曲名見於唐故實中者止此，其餘多與笛同。朱崖李相有家僮薛陽陶少精此藝，後為小校，至咸通猶存。淮南李相蔚召試，賞之。元、白及羅昭諫集中皆有其贈詩。（同前「觱篥曲」）

一二 輭舞曲：《垂手羅》，古舞曲有《大垂手》、《小垂手》，此其遺也。《蘭陵王》、《回波樂》、《春鶯囀》、《烏夜啼》、《半社渠》、《借席》、《凉州》、《屈柘枝》、《柘枝》，羽調。《屈柘枝》又是商調也。《團亂旋》一作《團圓旋》，《甘州》、《緑腰》、《蘇合香》。　健舞曲：《拂菻》，西域國名，菻，力稔切。《黄麞》、《柘枝》，一説云本《拓枝》，訛為《柘枝》。沈亞之有賦，似謂戎夷之舞，今舞人衣冠類蠻服，疑出南蠻諸國也。用女童舞，胡帽施金鈴，繡羅寬袍銀帶，白樂天詩「帶垂鈿胯花腰重，帽轉金鈴雪面廻」是也，其曲為羽調，有《屈柘枝》為角調。又有《五天柘枝》、《那胡柘枝》，其舞也，先藏女童二蓮花中，以鼓招之，花拆而後見，對舞相占，實舞中之雅妙者。故唐人詩有云：「三敲畫鼓聲催急，一朵紅蓮出水遲。」又云：「白雪慢回抛舊態，黄鶯嬌囀唱新詞。」其舞若歌之大略，亦可得矣。《大渭州》、《達磨支》、《大杆阿連》，大杆，一作稜大。《阿遼》、《劍器》，舞衣五色，曲中吕宫。段安節云：即公孫大娘所舞，然唐人用此多有作劍氣者，豈字之誤歟？《胡旋》，本出康居，舞者立毬上，旋轉如風。《胡騰兒》，出安西，珠帽，桐布衫，雙靴，及手叉腰，應曲節舞。李端詩云：「洛下詞人抄曲與。」知舞曲非一矣。　雜舞曲：《打毬樂》，舞衣四色，窄繡羅襦，銀帶簇花，折上巾，順風脚，執毬杖。貞觀初，魏鄭公奉詔造，其調存焉。《玉兔渾脱》，舞衣四色，繡羅襦，銀帶，玉兔冠。中宗時，吕元泰嘗上書諫都市坊邑相率為渾脱駿馬胡服，名為蘇莫遮，旗鼓相當，騰逐喧噪，戰争之象，不為雅樂云云。潑寒胡戲有《蘇莫遮》曲，豈渾脱舞？同出海西，亦歌此曲調歟？先此武后末年，劍氣入渾脱，始為犯聲。《劍氣》，宫調；《渾脱》，角調。為以臣犯君也。《英王石州》，商調，互見「中宗樂曲」内。《婆羅門舞》，舞衣緋紫色，執錫環杖，開元中西凉節度楊敬述進。《霓裳羽衣舞》，明皇夢遊月宮，寫天樂，作舞曲，調黃鍾商。《韻語陽秋》云：舞用女人一人。《齊東野語》云：奏樂女人三十人，每番十人迭奏。《樂志》云：曲凡十二遍，他曲終必遽，唯此曲將畢，引聲益緩。白樂天詩云：「散序六奏未動衣，中序擘騞初入拍。」又云：「繁音急節十二遍，唳鶴曲中長引聲。」大略可考者此。《夢溪筆談》云：《國史補》言客有以按樂圖示王維，維曰：「此《霓裳》第三疊第一拍也。」引工按曲，果信。此未然，《霓裳曲》凡十二疊，前六疊無拍，至第七疊方謂之疊遍，自此始有拍而舞作，故白樂天詩有「中序擘騞初入拍」之句，中序，即第九疊也，第三疊安得有拍？但言第三疊第一拍，即其妄矣。《伊州》、《五天》、《開元教坊記》云：教坊諸宮人唯舞此二曲。宮人、内人之辨，詳「樂署」注。《鼓舞曲》，開元時，邠王家馮正正、心兒，薛王家高大山、李不藉，岐王家江張生，俱以善鼓聞，以其鼓變輕小，取便易，調高聲尖，是時宋娘、祁娘俱稱善鼓。宋能作曲及舞鼓，祁工落花吹笛，李阿八善鼓架，凡棚車上打鼓，非《火祆》，即《阿遼破》也。《阿遼》，見前《火祆》，即《穆護砂曲》。《凌波曲》，天寶中，女伶謝阿蠻善舞，此曲常入宮中，楊貴妃遇之甚厚。《蓮花鋌舞》，本出北同城，岑參詩云：「慢臉嬌娥纖復穠，輕羅金縷花蔥蘢。回裾轉袖若飛雪，左鋋右鋋生旋風。忽作出塞入塞聲，翻身入破如有神。」《字舞》，以舞人亞身於地，布成字，為字舞，合成花字者，又為花舞，則亦字舞也。太和中，王建《宫詞》云：「羅衫葉葉繡重重，金鳳銀蛾各一叢。每遇舞頭分兩向，太平萬歲字當中。」自武后《聖壽樂》舞「聖超千古」十六字，德宗《奉聖樂》舞「南詔奉聖樂」五字，歷朝製字舞，未可詳紀。《新霓裳羽衣舞》，文宗時，教坊進舞女三百人，舞《新霓裳羽衣》。《歎百年舞》，懿宗與郭妃悼念同昌公主，李可及為《歎百年曲》及舞，舞人皆盛飾珠翠，仍畫魚龍地衣以列之，曲終樂闋，珠翠覆地，調語悽惻，聞者流涕，上益厚賜之。《菩薩蠻舞》，舞衣絳繪，窄砌衣，卷冠，李可及嘗於安國寺作此舞。《河傳舞》，乾符中，綿竹王俳優能腰背一船，船中載十二人，舞《河傳》一曲，舞遍最長。《兒童解紅舞》，用兩童，衣紫緋繡襦，銀帶，花鳳冠，綬帶，亦《柘枝》

之類，五代和凝有歌。唐舞惟文、武二舞，憲古佾數，而歌雅歌。自太宗復製《七德》、《九功》，佾數較古有倍，而聲容亦漸多可議矣。其後歷朝相沿，各製樂舞。臣下更多撰獻，雖名托雅正，而事歸矜侈，具在前簡，概無足譏。此則零襍舞名，純遠乎雅者，然以考其曲題而求其聲度，不可廢而無纂。其《霓裳》、《柘枝》二曲，唐人多所歌咏，故復備釋焉。（同前「舞曲」）

一三　近時樂家多為新聲，其音譜傳移，類以新奇相勝，故古曲多不存。頃見一教坊老工言，惟大曲不敢增損，往往猶是唐本，而絃索樂家守之尤嚴。言《凉州》者謂之《護索》，取其音節繁雄。言《六么》者謂之《轉關》，取其聲詞閑婉，元微之詩云：「《凉州》大篇最豪嘈，《録要》散序名龍撚。」《護索》、《轉關》，豈所謂豪嘈龍撚者耶？唐起樂皆以絲聲竹聲，以之合樂，樂家所謂「細抹將來」者是也，故王建《宫詞》云：「琵琶先抹《緑腰》頭，小管丁寧側調悠。」近世以管色起樂而猶存獨抹之語，蓋誦襲弗悟爾。《蔡寬夫詩話》（同前書卷十五「樂通四·總論」）

一四　古樂府者，詩之旁行也。詞曲者，古樂府之末造也。倚聲製詞，起於唐之季世。《困學紀聞》（同前「詞曲」）

一五　古樂府詩四言五言有一定之句，難以入歌，中間必添和聲，然後可歌。如「妃呼豨」、「伊何那」之類是也。唐初歌曲多用五七言絶句，律詩亦間有采者，想亦有賸字賸句於其間，方成腔調。其後即以所賸者作為實字填入曲中歌之，不復别用和聲，則其法愈密，而其體不能不入於柔靡矣，此填詞所繇興也。宋沈括考究所始，以為始於王涯，又謂前此貞元、元和間為之者已多云。遯叟　朱子云：

古樂府只是詩中間却添許多泛聲，後來人怕失了那泛聲，逐一聲添箇實字，遂成長短句，今曲子便是。荆公云：古之歌者皆先有詞後有聲，故曰歌永言、聲依永，如今先撰腔子後填詞，却是永依聲也。（同前）

一六 世所盛行宋、元詞曲，咸以昉於唐末，然實陳、隋始之。蓋齊、梁月露之體，矜華角麗，固已兆端。至陳、隋，二主並富才情，俱湎聲色，所為長短歌行率宋人詞中語也。煬之《春江》、《玉樹》等篇尤近，至《望江南》諸闋，唐、宋、元人沿襲至今，詞體濫觴，實始斯際。自文皇以鴻裁碩藻撥六朝餘習而力反之，子昂、太白相望並興，逮少陵氏作出經入史，剗絶淫靡，有唐三百年之詩遂屹然羽翼商、周，驅駕漢、魏，藉令非數君子砥柱其間，則《花間》、《草堂》將踵接於武德、開元之世，詎宋、元而後顯哉？蓋六朝、五代一也，障其瀾而上，則詩盛而為唐；襲其流而下，則詞盛而為宋。余因是知陳、李、少陵厥功於藝苑甚偉，而歐陽、王、蘇、黄、秦諸君子弗能弗為三嘆而致惜也。胡應麟《莊嶽委譚》（同前）

一七 詩至於唐而格備，亦至於唐而體窮，故宋人不得不變而之詞，元人不得不變而之曲。胡應麟《詩藪》王元美云：三百篇亡，而後有騷賦；騷賦難入樂，而後有古樂府；古樂府不入俗，而後以唐絶句為樂府；絶句少宛轉，而後有詞；詞不快北耳，而後有北曲；北曲不諧南耳，而後有南曲。（同前）

一八 律調：凡樂每調皆具七聲，而樂家惟取其起調畢曲之律以名之，蓋以起調之字之聲為主，中間逗遛曲折，雖行乎均内七聲，未復歸於本律，謂以六聲贊助以成其調，其實一聲也。朱晦庵（同前）

一九 拍：曲之有拍，蓋以為樂節也。牛僧孺嘗字之為樂句，大為韓公所賞。明皇嘗遣黄幡綽造拍

板譜，於紙上畫兩耳以進，云：「但有耳，無定節奏也。」遯叟（同前）

二〇　疊：舊傳《陽關三疊》，然今歌者每句再疊而已，通一首言之，又是四疊，皆非是。或每語三唱以應三疊之説，則叢然無復節奏。嘗得古本《陽關》，其聲宛轉淒斷，不類向之所聞，每句皆再唱，而第一句不疊。樂天詩云：「相逢且莫推辭醉，聽唱《陽關》第四聲。」注：第四聲「勸君更盡一杯酒」。以此驗之，若第一句疊，則此句為第五聲，今為第四聲，則第一句不疊審矣。東坡（同前）

二一　遍：曲有大遍，有小遍，元稹詩：「逡巡大遍《涼州》徹。」所謂大遍者，有序、引、歌、䚎、嚾、哨、催、攧、衮、破、行、中腔、踏歌之類，凡數十解，有數疊者裁截用之，則謂之摘遍。今人大曲皆是裁用，悉非大遍也。《夢溪筆談》（同前）

二二　破：唐人以曲遍中繁聲為入破，陳氏《樂書》以為曲終者，非也。如《水調歌》凡十一疊，第六疊為入破，當是曲半調入急促，破其悠長者，為繁碎，故名破耳。起於天寶間，有此名，卒兆安史亂，家國破。《五行志》以為非祥兆，然竟不可革云。遯叟（同前）

二三　犯：樂府諸曲自古不用犯聲，以為不順也。唐自天后末年，《劒氣》入《渾脱》，始為犯聲之始。《劒氣》，宫調；《渾脱》，角調。以臣犯君，故為犯聲。明皇時，樂人孫處秀善吹笛，好作犯聲，時人以為新意而効之，因有犯調五行之聲。所司為正，所欹為旁，所針為偏，所下為側，故正宫之調，正犯黄鍾宫、旁犯越調、偏犯中吕宫、側犯越角之類。陳暘（同前）

二四　解：自古奏樂曲終，更無他變。隋煬帝以清樂雅淡，曲終復加解音，至唐，遂多解曲。如《火鳳》用《移都師》解、《柘枝》用《渾脱》解、《甘州》用《吉了》解、《耶婆娑雞》用《屈柘急遍》解之類，《古今樂録》云：傖歌以一句為一解，中國以一章為一解。王僧虔云：古曰章，今曰解。作詩有豐約，制解有多少，是解本章什通名，非僅言其卒章之亂也。自隋、唐曲終，解曲盛行，遂將解字當卒章字用，而章解之解別稱疊、稱遍，不復更稱解矣。遯叟，下同。（同前）

二五　唐人樂府不盡譜樂：古人詩即是樂，其後詩自詩，樂府自樂府，又其後樂府是詩，樂曲方是樂府。詩即是樂，三百篇是也；詩自詩，樂府自樂府，謂如漢人詩。同一五言，而「行行重行行」為詩，「青青河邊草」則為樂府者是也。樂府是詩，樂曲方是樂府者，如六朝而後諸家擬作樂府《鐃歌》、《朱鷺》、《艾如張》、《横吹》、《隴頭》、《出塞》等，只是詩，而吴聲《子夜》等曲方入樂，方為樂府者是也。至唐人始則摘取詩句譜樂，既則排比聲譜填詞，其入樂之辭，截然與詩兩途。而樂府古題作者以其唱和重複，沿襲可厭，於是又改六朝擬題之舊，别剏時事新題，杜甫始之，元、白繼之。杜如《哀王孫》、《哀江頭》、《兵車》、《麗人》等，白如《七德舞》、《海漫漫》、《華原磬》、《上陽白髮人》、《諷諫》等，元如《田家》、《捉捕》、《紫躑躅》、《山枇杷》諸作，各自命篇名，以寓其諷刺之指，於朝政民風多所關切，言者不為罪，而聞者可以戒。嗣後曹鄴、劉駕、聶夷中、蘇拯、皮、陸之徒相繼有作，風流益盛，其辭旨之含鬱委宛，雖不必盡如杜陵之盡善無疵，然其得詩人詭諷之義則均焉。即未嘗譜之於樂，同乎先朝入樂詩曲，然以比之諸填詞曲子僅佐頌酒賡色之用者，自復霄壤有殊。郭茂倩云：「自風雅之作以至於今，莫非諷興當時之事，以貽後世之審音者，儻採歌謡以被聲樂，則新樂府其庶幾焉。」斯論為得

之，惜無人行用之爾。（同前）

二六　西塞山：有兩西塞山，「西塞山前白鷺飛，桃花流水鱖魚肥」，此吴興之西塞也；「勢從千里奔，直入江中斷。嵐横秋塞雄，地束江流滿」，此韋江州所咏武昌之西塞也。絶不相混，宋陸游誤合為一，王弇州復曲為之説，云：「武昌西塞峭壁洪濤，不類志和詞中景色。其北岸遥山人家處，故當於此漁釣。」不知志和生平室居在越州，舟居多在苕霅間，未聞其從楚江泛宅也，本傳所載甚明，兩公顧弗考耳。吴興西塞，即今慈湖鎮道山磯是。（同前書卷十六「詁箋一」）

二七　款乃：款，嘆聲也，讀若哀，烏來切。又應聲也，讀若靄，上聲，倚亥切。又去聲，於代切。無襖音，乃難辭，又繼事之辭，無靄音，今二字連讀之，為棹船相應聲。柳子厚詩云「款乃一聲山水緑」是也，元次山有《湖南款乃歌》，劉蜕有《湖中靄迺歌》，劉言史《瀟湘》詩有「閑歌暖迺深峽裏」，字異而音則同。後人因柳集中有注云一本作襖靄，遂即音款為襖音、乃為靄，不知彼註自謂别本作襖靄，非謂款乃當音襖靄也。黄山谷不加深考，從而實之，其甥洪駒父又辯為當作欸靄，杜撰尤甚。毛晃取入韻中，至誤後人沿襲不察。靄迺、襖靄既有兩本，不妨並行，豈必比而同之、以為一音乎？黄公紹《韻會》（同前書卷二十四「詁箋九」）

二八　《宋詞二集叙》：宋人詞多不入正集，好事家皆為總集，如曾氏及今代汝南陳氏者，亦無幾，以此失傳最多。虞山子晉毛兄，懼其久而彌湮也，遂盡取諸家詞刻之。先是，已行晏元獻以下十家詞矣，至是周美成以下十家復成帙，日有益而未已。子晉于書無弗藏，無弗讀，宋人之集，其餘。子晉為文宗秦漢，為詩宗開元、大曆，宋人之詞，其餘。能兼之，斯能嗜之，不虛也。汝南之輯《粹編》也，實姑蘇吴生佐之後成。文學天性，推吴人，自昔有然，恨無從起晦伯復共賞此耳。夫詞之為用，近言之則曲，正言之即樂也。《六洲》、《十二時》之詞，宋固用之朝廟，用之朝廷焉。因沿至今，昭代為烈。曲可小，樂不可小也。子晉斯編，蓋將備樂一經於宋，俟千古之言樂者之采擇，抑第為紅牙紫管奓拍遍。宋人有詞，宋人自小之，曰寄謔，曰寫豪，甚曰勸酒，浸使後人卑其格律為淡淅。子晉幾無以張宋存詞之傳，功在詞諸家，故不細。庚午夏之朔，海鹽胡震亨遁叟識。（《宋名家詞》）

二九　朱超顛自言少年嘗見一畫眉能唱《粉紅蓮》一闋，用八十金買之，此老不誑，但不知何緣能教之唱。後見宋鄧公壽《畫記》載：政和善畫内臣魏觀察於衛州見一老人籠一鳥，名遏濫堆，能歌《六么》，云初教時以木匣束其身，每五鼓，吹其脣作腔，筆管敲拍以驚其睡，如是五六年方能之。此其教法也歟？遏濫堆，驪山有之，唐明皇幸華清，愛其聲，寫之於笛。張祐詩所云「至今風俗驪山下，村笛猶吹《阿濫堆》」是也。意此鳥鳴音，故近絃管，教特易耳。（《讀書雜録》卷上）

三〇　薛道衡《昔昔鹽》一詩，最有稱，乃鹽字迄無人解得。宋洪容齋《隨筆》第云如吟、行、曲、引類，我朝楊用修亦云曲之别名止耳，未經確下一註脚也。余謂鹽即艷字流，示之禽而鹽諸利，見《禮·郊特牲》可考，《昔昔鹽》，《昔昔艷》也，猶樂府之有《三婦艷》也，又何疑？洪書述曲名鹽者，更有《阿鵲鹽》、《突厥鹽》、《黄帝鹽》、《白鴿鹽》、《神雀鹽》、《疎勒鹽》、《滿座鹽》、《歸國鹽》、《刮骨鹽》。楊書又引《江隣幾雜志》補《烏鹽角》。而昔昔，楊慎解為夜夜，如列子昔昔夢為君，似得之，然唐人亦有作淅淅者，見元微之詩。華奴歌淅淅，自註：「張生妓華奴善歌《淅淅鹽》。」豈樂府題原多傳訛？如《得寶之》為《得鞜》、《録要》之為《六么》，概無定字耶？（同前）

王象乾詞話

王象乾，字子廓，又字霽宇，新城（今山東）人。隆慶辛未進士，初令聞喜，繼守保定，累官至兵部左侍郎，以功加兵部侍郎，總督川、湖、貴州軍務。崇禎初年八十三，即家，起總督宣大山西軍務。後歷官督撫，累加太子太師，以病乞歸卒。所著有《經理牂牁奏議》、《督府奏議》、《行邊奏疏》、《明開天玉律》等。此據内閣文庫藏明刻《升庵雜刻》録序文一則。

一 《楊太史别集序》：余撫蜀之餘載，戢戈講藝於地方文獻，懼有湮没，乃檄取先生遺書，得《餘冬序録》、《古今謡諺》、《詞品》、《敞秀》、《韻寶》、《古雋》七種可以拓識，可以娱神，可以為秉彤染翰者之赤幟，爰合為一集，付之梓人。……《詞品》，柔情曼聲，菁華琬琰，吾以比之海童蘆笙之奏。……大抵皆次序臚分，皆先生手自丹鉛。……萬曆甲辰孟秋之吉，總督川湖貴州軍務、兵部左侍郎兼都察院右僉都御史新城王象乾書。（節録自《升庵雜刻》序）

馮時可詞話

馮時可，字敏卿，號元成，又號天池居士，松江華亭（今上海）人。隆慶辛未進士，分守温、處，官至湖廣布政司參政。所著有《北征集》、《西征集》、《金閶集》、《巖棲稿》、《石湖稿》、《茹茹稿》、《左氏討》、《左氏論》、《左氏繹》、《易説》、《詩臆》、《南史伐山》、《上池襍説》、《雨航雜録》等。《雨航雜録》二卷，上卷多論學論文，下卷多記物産，而間涉襍事。此據《寶顔堂秘笈·廣集》本《雨航雜録》、《五朝小説大觀》本《蓬窓續録》和《四庫禁燬書叢刊補編》影印明刻本《馮元成選集》録詞話六則。

一

徐叔明甚厭山人，曰：山人當岩居穴處，而奈何日置足朱門也。漢時授侯者，皆遥授，不之國，今諸山人亦當稱遥授山人。吾無計其詩詞工拙，即揭其目，但有簡某翰林、某給事等類者，吾不欲觀之矣。有某郡守謂余曰：「子知吴下三厭耶？山人詩卷，與士夫干請之書，僧徒募緣之册。」在坐者或笑曰：「此可稱三黨。」夫山人之口譽於四方，謂之外黨；士夫之口譽於中朝，謂之内黨。曰：「然則僧徒稱何黨耶？」曰：「今世士大夫有高名者多佞佛，施之可得其心，且有佛力為陰助，寧非黨耶？此可稱上黨。」一座絶倒。雖然山人中有如管寧、黄憲者，吾且執脯脡師之，有如孟浩然、陸龜蒙者，吾且執鞭凳隨之，舍此，則皆百尺樓下物也，遠之可也。（《雨航雜録》卷下）

二　鈿蟬、金鴈，皆歌妓名。温庭筠《贈彈箏》詩云：「鈿蟬金鴈皆零落，一曲《伊州》淚萬行。」唐開元製新曲，名《伊州》、《凉州》，寧王聽之，曰：「斯曲宫離而少徵，商亂而加暴。其下反叛，上播越之徵乎？」庭筠此詩刺時而不露，得國風諷諭之體。（《蓬窗續録》）

三　《詩説》：言而文也，文而詩也，生人所不可無也。然古以平心，而今則溺心；古以賛治，而今則悖治。雖謂之無詩，可也，非無詩也，詩之用失也。夫人禀靈含德，藴之為志，抒之為詩，因天地之氣而□□者也。盛世得其中聲而和，末世得其偏聲而戾。和則心平，戾則心溺。心平則措諸事也順心，溺則施諸政也乖。故詩詞之與心術治道相須焉，而不能無者也。唐虞君臣賡歌相和，詩其萌乎？至周南而備矣，《關雎》、《肅壺》、《騶虞》、《澤遐》、《羔羊》咏而民俗淳，所謂不離日用間而有福天下萬世意，詩之至也。變而列國，風斯下矣。然皆以情緯物，以物比倫，憫時憂國，思親懷室，惻怛忠厚猶存焉。雖以秦聲之悍，而騶驪報主，黄鳥惜才，夫豈無為而作？降而騷，幾於怨矣，其為情而造文，風之餘也。降而詞人賦頌，近於靡矣，其為文而造情，騷之變也。由唐末迄於今，波流雲委，風騷蕩然矣。試舉而寓目焉，晶熒□瑑，矐人視聽者累累也。探其端，直狀崔嵬而□葳蕤耳，於倫於情，奚當哉？故古誦詩者能政，而今稱詩者不能政，非詩之害政也，枝葉無用之辭溺其心，則神明障□□理窒，故曰詩不可無也，而今無焉者，詩之用失也。（《馮元成選集》卷二十六）

四 李公麟工畫馬，鐵面秀禪師呵之曰：「汝士大夫以畫名，又畫馬得妙，妙入馬腹中，亦足懼。」因勸公麟畫觀音像以贖其過。黄魯直作艷詞，秀復呵之，魯直笑曰：「又當置我馬腹中耶？」秀曰：「汝以艷語動人淫心，不止馬腹，正恐生泥犁中耳。」大抵文章須依道德仁義，足以輔世導民。空同先生，一代文豪，吾獨取其集中絶無艷語。弇州先生緝《艷異編》，又作詞調，語涉脂粉，吾不敢謂其泥犁，竊恐駸駸馬腹。雖然，秀禪師怒氣噀人，平生以駡為佛事，駡語之與艷語罪何别？恐亦馬腹中物也。（同前書卷七十二「二氏餘談」）

五 王僧虔云：古曰章，今曰解，解有多少，當是先詩而後聲。詩叙事，聲成文，必使志盡於詩，音盡於曲，是以作詩有豐約，制解有多少。又諸曲調解有辭有聲，而大曲又有艷，有趨，有亂辭者，其歌詩也。聲者，若《羊吾韋》、《伊那何》之類也，艷在曲之前，與亂在曲之後，亦猶吴聲前有和後有送也。《房中歌》，高帝時唐山夫人所作，或以為秦□□内史，高帝收録之也。杜氏謂高帝樂，楚聲，故《房中樂》楚聲，然其詞，雅歌之流，類嶧山諸銘，知：「高張四縣，樂克宫庭。芬樹羽林，雲景杳冥。金支秀華，庶髦翠旌。七始華始，肅唱和聲。」其語皆葩。高張四句形容樂舞之盛，七始見《尚書大傳》。八音七始，八音而曰七始者，言黄鐘之外七音皆可旋為宫始也。（同前書卷七十三「藝海問酌·漢乘」）

六　《關山月》、《洛陽道》、《長安道》、《梅花落》、《紫騮馬》、《驄馬》、《雨雪》、《劉生》為八曲，《梅花落》者，北人苦寒，塞嚮墐户，至梅花落時，則春氣融和，人可出陾，故遠戍之人望此為候。唐大角曲亦有《大單于》、《小單于》，《大梅花》、《小梅花》。《紫騮馬》，征夫去時所騎，閨人思而述之也。劉生，東平人，古之俠士，為衆所慕，故思婦以比其夫。（同前）

余懋學詞話

余懋學，字行之，婺源（今江西）人。隆慶戊辰進士，為司理，擢南京給事中。歷官户部侍郎。後以拾遺論罷，杜門著書。卒謚恭穆。所著有《春秋蠡測》、《讀論芻蕘》、《留儲志》、《説頤》、《禮垣疏草》、《余氏辯林》等。《説頤》八卷，是書每則徵引古事相類或相反者二條，撮為四字標題，而以論斷數語綴其末。此據臺灣學生書局出版《雜著秘笈叢刊》影印明萬曆間刻本《麗事館余氏辯林》和《四庫全書存目叢書》影印明萬曆三十六年直方堂刻本《説頤》録詞話六則。

一　凝脂：詩：「膚如凝脂。」凝音佞。按唐詩：「日照凝紅香。」樂天詩：「落絮無風凝不飛。」又：

「舞繁紅袖凝，歌切翠眉愁。」又：「舞急紅腰凝，歌遲翠黛低。」徐幹臣詞：「重省别時，淚漬羅巾猶凝。」張子野詞：「蓮臺香燭殘痕凝。」高賓王詞：「想蓴汀水雲愁凝。」柳耆（當作耆）卿詞：「愛把歌喉，當筵逞遏，天邊亂雲愁凝。」若作平音，則不叶矣。（《麗事館余氏辯林》三集）

二　羯鼓：世俗佐歡行酒，遞花擊鼓，但謂之擊鼓催花，殊未曉相傳之本。昔明皇三月初幸小殿亭前，柳杏將吐，因命酒，遣高力士取羯鼓，臨軒縱擊一曲，名《春光好》，反顧柳杏皆放，因謂嬪嬙内宦曰：「此一事不唤我作天工，可乎？」皆呼萬歲。按：此催花與今催花意相遠矣，羯鼓出戎羯，故名。（同前）

三　《朝天紫》：陸遊《牡丹譜》云：朝天紫，乃蜀牡丹花名，其色正紫，如大夫之服色，故名，後因以為曲名，今改「紫」作「子」者，非。（同前書四集）

四　《菩薩蠻》：今詞中有名《菩薩蠻》，蓋「蠻」當作「鬘」。按：開元中，南詔入貢，危髻金冠，瓔珞被體，故號菩薩鬘，因以製曲。佛經戒律云：「香油塗身，華鬘被首。」又白樂天《蠻子朝詩》曰「花鬘抖擻龍蛇動」是也。（同前書五集）

五　肉血犬豖：岳武穆詞有曰：「壯志饑餐胡虜肉，笑譚渴飲匈奴血。」讐金甚矣。金人相戒，必曰：「岳爺爺其死也？」聘使劉裪問飛何罪，館伴者曰：「意欲謀叛，為部將所告，抵誅。」裪笑曰：「江南忠臣善用兵，止有岳飛，今殺之，是所謂項羽有一范增而不能用，所以為我擒也。」館伴不能答。胡澹庵封事有曰：「醜虜，即犬豖也，堂堂天朝，相率而拜犬豖。」詆金甚矣。金虜聞之，以千金求其書，三日得之，君臣失色，曰：「朝廷有人。」乾道初，虜使來，猶問：「胡銓今安在？」噫！是非之心，雖夷狄亦有之，迺宋世君臣，顧反忘大恥而隳長城，信姦邪而斥忠讜，曾夷狄之所羞，而當時不以爲媿，悲夫！（《説頤》卷二）

六 赤鳳白楊：漢趙后飛燕所通宫奴赤鳳者，雄健，能超樓閣，兼通昭儀。十月五日，宫中故事，上靈女朝吹塤擊鼓，連臂踏歌《赤鳳凰來曲》，后曰：「赤鳳凰爲誰來？」昭儀曰：「赤鳳凰爲姊來，寧爲他人乎？」后怒，以杯擲昭儀裙曰：「鼠子能噬人乎？」昭儀曰：「穿其裙，見其私，足矣，安在噬人乎？」成帝微聞其事，以問昭儀，昭儀曰：「以漢家火德，故以帝爲赤鳳。」帝信之，大悦。北史魏時有楊華者，本名白花，容貌瓌偉，胡太后逼幸之，華懼禍及，改名遁去。胡后追思不已，爲作《楊白花》歌，使宫人晝夜連臂蹋歌之，聲甚悽惻。今市井人言快樂，則有唱《楊白花》之説。噫！私其人，至爲歌曲，令宫人蹋歌之無忌，二后之宣淫，穢史册矣。彼楊白花者改名遁去，猶爲知禍能避者乎？若漢成者，受其火德之欺而不之察，所謂彼昏不知者矣。（同前書卷三）

張位輯詞話

張位，字明成，號洪陽，新建（今江西）人。隆慶戊辰進士，改庶吉士，授編修。用薦擢南京尚寶丞，俄召為左中允，管司業事，進祭酒。後引疾歸，以申時行薦拜吏部左侍郎，兼東閣大學士，進禮部尚書，改文淵閣，進少保，吏部尚書，改武英殿。卒贈太保，謚文端。著有《叢桂山房彙稿》、《閒雲館别編》、《問奇集》、《詞林典故》。又有《警心類編》四卷，書中所輯，多老氏謙退之旨，佛氏因果之談。此據《四庫全書存目叢書》影印明刻本《洪陽張先生警心類編》録詞話三則。

一

佛印《滿庭芳》詞云：鱗甲何多，羽毛無數，悟來佛性皆同。世人何事，剛愛口頭濃。痛把衆生剖，割刀頭轉，鮮血飛紅。零炮碎炙，不忍見渠儂。　喉嚨纔嚥罷，龍腦鳳髓，畢竟無蹤。謾贏得、生前天壽多兇。奉勸世人省悟，休恣意、擊惱閻翁。輪廻轉，本來面目，改換片時中。《飲食紳言》（《洪陽張先生警心類編》卷一）

二　梅花紙帳：法用獨牀，傍植四黑漆柱，各掛以半錫瓶，插梅數枝。後設黑漆板，約二尺，自地及頂，欲靠以清坐。左右設横木一，可掛衣。角安班竹書貯一，藏書三四。掛白麈一，上作大方目，頂用細白楮衾，作帳罩之。前安小踏牀於左，植緑漆小荷葉一。冥（當作寘）香鼎，燃紫藤香，中只用布單、楮衾、菊枕、蒲褥，乃相稱「道人還了鴛鴦債，紙帳梅花醉夢間」之意，古語云：服藥千朝，不如獨宿一宵。儻未能以此為戒，宜亟移去梅花，毋污之。《山家清事》（同前書卷四）

三　「水竹之居，吾愛吾廬，石粼粼、裝砌階除。軒窓隨意，小巧規模。却也清幽，也瀟灑，也安舒。　嬾散無拘，此樂何如。俯闌干、臨水觀魚，風花雪月，贏得工夫。好炷些香，説些話，讀些書。」「净掃塵埃，惜取蒼苔，任門前、紅葉鋪堦。也堪圖畫，還也奇哉。有幾株松，數竿竹，數枝梅。　花木培栽，取次教開。明朝事、天自有安排，知他富貴幾時來。但且優游，且隨分，且寛懷。」「短短横牆，矮矮疎窓，忔憎兒、小小池塘。高低疊嶂，緑水邊傍。也有些風，有些月，有些凉。　日用家常，竹几藤牀。據眼前、水色山光，客來無酒，清話何妨。但細烹茶，熱烘盞，淺澆湯。」「閬苑瀛洲，金谷瓊樓，算不如、茅舍清幽。野花繡地，莫也風流。却也宜春，也宜夏，也宜秋。　酒熟堪篘，客至須留。更無榮、無辱無憂，退閑一步，著甚來由。但倦時眠，渴時飲，醉時謳。」神隱（同前）

袁中道詞話

袁中道（一五七〇—一六二三），字小修，公安（今湖北）人。萬曆丙辰進士，授徽州府教授，遷國子博士，升南京禮部主事，遷南京吏部郎中。旋乞休，後寓金陵，以疾卒。有《珂雪齋集》、《輿圖攷》、《武夷圖説》等。此據《續修四庫全書》影印明萬曆四十六年刻本《珂雪齋前集》和影印明書林唐國達刻本《珂雪齋近集》録詞話十則。

一 《于少府詩序》：凡天下之易見者，非其至者也。深山大澤，巍巍耳，浩浩耳，而其中蓄泄雲雨，包藏珎奇，無所不有，而卒未常見其所有，所以為大也。華陽于公某貳吾郡有年，其守甚嚴，其才甚恃，當是時，公惟留心民瘼，拮据郡政，而未嘗言及詩也。即闔郡人士皆知公之為良有司，而不知其為詩人也。丁巳秋日，督木至都，晤予，出其所賦詩數百篇見示，予得而讀之，大驚曰：「詩人也，詩之為道，繪素已耳。三代而上，繪即是素；三代而下，以繪条素；至六朝，繪極矣。而陶以素捄之，近日文藻日繁，所少者，非繪也，素也。公之詩本於性情，骨色相合，蓋有陶靖節之遺風焉，信乎其為詩人也。昔蘇子瞻居杭時，毛澤民為下寮，偶以選去，一日聆其所作小詞，嘆曰：「郡有詞人，而我輩不知，其罪大矣。」即遣人追還，與定交，且為延譽。予不敢望子瞻，公之才豈啻澤民？乃樂道人善，則不敢不心。子瞻之心焉，予故極口曰：公真詩人也。抑公佐郡治行最著，可以調矣，而久不調。督木之役，頻年徘徊江路，進寸退尺，人之所大不堪者，而公怡然處之，無幾，微抑鬱之色，發為聲詩，和平爾雅，一唱三嘆，公之性情，幾於有道者，而豈獨詩人已哉？此予以樂道之而願為之引以傳也。（《珂雪齋・前集》卷一）

二 《李仲達文序》：陶祭酒石簣每論予文云：「時文之玅，全在曲折轉換之間。子才雖大，學雖博，而去之轉遠。」予心佩其言，輒極力求合，而轉不肖也。今觀仲達之文，一幅之內，煙波萬狀，如書家小字得大字法，如畫家咫尺之間具千里萬里之勢，禪門亦云於一毫端現寶王刹，坐微塵裏轉大法輪，皆小中現大意也。仲達真慧業文人，玅得此理三昧，而偶示一班於此技者耶？回視予文，不免露麄豪抗浪本色，其不如仲達遠矣。昔人謂銅將軍鍼（當作鐵）綽板歌蘇長公「大江東去」，不如十四五妖韶女子唱柳耆卿「楊柳外、曉風殘月」，雖與此道迥別，然亦極有會覽者，當自得之。（同前書卷十）

三　《王維果文序》：予少不量力，持其意根，與造物戰，以屢不售。愈厲記往日習秇春草堂下，有兩耦不屬，至枕上沈思暝去，兩耦化為兩國相角竟夜，甫覺，則兩耦又在心目間矣。甚矣，予之苦也。乃頭顱種種，其效止此耳。始知才人早貴，信乎有命。今年與予友王維果同獲一第，及訊，惟（前作維）果習秇時事，其苦殆有甚焉。相與咨嘆，久之，顧予賦性疎放，雖苦心時義，然時時有一發息機之意。其中多為走馬泛舟，看花度曲所襍，而惟果根性沉著，坐卧一處，焚膏繼晷，如此者，不知歷經寒暑，故其為文有深湛之思。肌劈理分，洞胸達臆，視予所作，未免如銅將軍鐵綽板唱蘇長公「大江東去」詞耳。蓋惟果舉業三昧，得之於澹也，静也，密也。夫澹者欲之，壘也；静者事之，嶽也；密者物之，綰也。今惟果且出而吏矣，持此三者以往，天下事何不為？况艱難辛苦，嘗之已久，古人有言，賜之車馬而辭焉者不畏，徒步者也。予且與惟果以當年下帷之苦移之，為國為民，惟果唱予竭歷後之矣，一第云乎哉！（同前）

四　《平倩歸去來詞跋》：蘇子瞻曰：「世多藏予書，而子由獨無有，以求之者衆，而子由亦以予書為可以必取，故每以與人不惜。」黄平倩待予之篤，在伯修、中郎之間，居都門時，每月率至其寓，住十餘日，得其書最多，有乞者，即予之，皆謂可以必取，如子由之視子瞻書也。二十餘年來，散施略盡矣。獨曾於京邸春雪中，為予書《歸去來詞》，遒古柔媚，訬有靈和筆意，譬如勇士無不可擅，獨不肯輕施額上珠耳。率以數年粧潢一過，羿識其後。（同前書卷二十）

五　龔太學坐中見沈石田所寫天鵞及班彦恭行書二幅，彦恭，元人，别號恕齋。與貫酸齋、楊兼夫齊名，號為詞曲當家。書法清徤出塵，不在趙王孫下。（《珂雪齋・外集》卷一「遊居柿録」）

六 弱矦先生入舟中小話，見予舟曰：「此亦泛家浮宅何遠？」出一册，名《録鬼簿》，蓋元人詞曲諸名家也。（同前卷三）

七 舟中與林子木諸客語次，因論人生要結局富貴能享者，亦無幾人。予曰：享富貴，至七十八十，固為難得。然生死到來，手忙脚亂者，等之乎？無結局也。必如夫子植杖，曾子易簀，堯夫觀化，龐藴空諸所有，楊大年藥也不會煎，楊無為將錯就錯，馮濟川龜哥眼赤。近日羅近溪留七日而去，此方是有結局耳。子木曰：坦然化去，雖少年亦多有之。吾邑王一鳴子聲之父孝廉王輝之，年三十八，臨終自説偈曰：「百千萬刼，三十八齡。從今而後，吾還吾真。」又作「去也去也真去也」詞十闋而化。予曰：此非道力，亦報緣耳。（同前）

八 中郎出手卷一，乃范寬《雪景》，後有跋云：「此宋畫苑范公筆，大長公主書，府秘藏之。一日，命前集賢待制海粟馮子振等題跋，為天下古今之名畫也。子孫宜寶之，東平兀顏思敬跋。」又有跋云：「范公畫法為當朝所推，老人精玅，此尤得意之筆。凡三見之，兒子稷近得，特藏之。東里楊士奇識。」按馮海粟亦學禪，《中峰語録》有與論禪書，尤為詞曲當家。（同前書卷四）

九 伯脩於詞曲號當家，年二十二三時，有游妓王崑山者與族叔狎，叔園中有雙桂，因製《雙桂主人別所歡》雜劇四折，極佳，其本為彭山人持去，居京師，亦有雜劇數齣，今并遺失矣。（同前書卷十三

「師友見聞語」）

一〇　伯脩詞曲，今盡遺失。曾記有二語曰：「付阿誰，楊柳蠻腰；知何處，桃花人面。」亦佳語也。

（同前）

《重刻草堂詩餘評林》詞話

《重刻草堂詩餘評林》六卷，卷端下題「翰林院荆川唐川之解注，翰林院鍾臺田一雋精選、翰林院九我李廷機批評」。按：李廷機，字爾張，號九我，晉江（今福建）人。隆慶庚午舉北闈第一，萬曆癸未會試第一，殿試第二，累官宫坊，侍皇太子講學，旋晉祭酒。轉南京吏部侍郎，攝户、工二部，改北京禮部左侍郎。以禮部尚書拜東閣大學士，未幾致仕。歸殁，謚文節。編著有《李文節公集》、《四書臆説》、《大方綱鑑》、《漢唐宋名臣録》、《宋賢事彙》、《明朝名臣言行録》、《燕居録》、《經國鴻謨》、《文海波瀾》等。《重刻草堂詩餘評林》前有何氏序，其中「九宫之外别有道宫、高平、般涉三調，總一」之後脱漏近三百字。此據南京圖書館藏明萬曆戊子閩書林勉齋詹聖學繡梓本録詞話三百一十九則。按：書中有朱筆批，批者名不詳，所批不多，一並録入。

一　顧子汝所刻《草堂詩餘》成，問序於東海何良俊。何良俊曰：夫詩餘者，古樂府之流别，而後世歌曲之濫觴也。爰自上古鴻荒之世，禮教未興，而樂音已具。蓋樂者，由人心生者也。方其淳和未散，下有元聲，則凡里巷歌謡之辭，不假繩削而自應宫徵即成，周列國之風皆可被之管絃是也。迨周政迹熄，繼以强秦暴悍，由是詩亡而樂闕。漢興，郊祀房中之外别有鐃歌辭，如《雉子班》、《朱鷺》、《芳樹》、《臨高台》等篇。其他蘇、李雖創為五言詩，當時非無繼作者，然不聞領於樂官，則樂與詩分為二矣。魏晉以來，曹子建《怨歌行》七解，為晉曲所奏。他横吹、相和、平調、清調、清商、楚調諸曲，六朝並用之，陳、隋作者猶擬樂府歌辭體物緣情，屬詠雖工，聲律乖矣。唐太宗以文教開國，又玄宗與寧王輩皆審音，海内清宴，歌曲繁興，一時如李太白《清平調》、王維《鬱輪袍》及王昌齡、王之涣諸人，略占小詞，率為伎人傳習，可謂極盛。迨天寶末，民多怨思，遂無復貞觀、開元之舊矣。宋初，因李太白《憶秦娥》、《菩薩蠻》二詞以漸創製，至周待制領大晟府樂，比切聲調十二律，各有篇目，柳屯田加增至二百餘調，一時文士復相擬作，而詩餘為極盛。然作者既多，中間不無昧於音節，如蘇長公者，人猶以鐵綽板唱「大江東去」譏之，他復何言耶？由是詩餘復不行，而金元人始為歌曲，蓋北人之曲以九宫統之，九宫之外别有道宫、高平、般涉三調，總一絶者，要皆不出此編矣。顧子，上海名家，家富詩書，代傳禮樂。尊公東川先生博物洽聞，著稱朝列，諸子清修好學，綽有門風，故伯、叔並以能書供奉清朝，仲、季將漸以賢科起矣。是編乃其家藏宋刻本，比世所行本多七十餘調，是不可以不傳。今聖天子建中興之治，文章之盛幾與兩漢同風，獨聲律之學，識者不無歉焉。然是編於聲律家其可少哉？他日天翊昌運，篤生異人焉，聖天子制功之樂，上探元聲，下採衆説，是編或大有裨焉，觀者勿謂其文句之工，但足以備歌曲之用，為賓燕之娱耳也。（《重刻草堂詩餘評林》）

二 秦少游《搗練子》「心耿耿」：春閨景物富麗，秋閨景物凄凉，其詞思之，涵泳悲切。（同前書卷一「小令」）

三 秦少游《憶王孫》「萋萋芳草憶王孫」：「梨花」，院名，故有「空閉門」之説。又：杜宇，一名子規，蜀帝所化，有勸農之意，其聲哀，故有「不忍聞」。（同前）

四 周美成《憶王孫》「風蒲獵獵小池塘」：「凉處」涵養有情。（同前）

五 六一居士《憶王孫》「同雲風掃雪初晴」：高古，誦之令人灑落，末句尤為奇妙。（同前）

六 秦少游《如夢令》「門外緑陰千頃」：見緑陰而聞鳥聲，正是景物相應處。（同前）

七 秦少游《如夢令》「鶯嘴啄花紅溜」：點景造微入妙。（同前）

八 晏叔原《如夢令》「樓外殘陽紅滿」：落英無恨，正見恨處，又兼腸斷楚天遠，恨之又恨。（同前）

九 秦少游《如夢令》「冬夜月明如水」：此言冬夜之思，至於夢破鼠窺燈一句巧妙，若布夜景，無人到此。（同前）

一〇 馮延巳《長相思》「紅滿枝」：夢多見稀，正是閨中之語，相逢知幾時，又發相思之意。（同前）

一一 李後主《長相思》「一重山」：句句有怨字意，但不露圭角，可謂善形容者。（同前）

一二 黄叔暘《長相思》「天悠悠」：以天水月為意，與「月影帶河流」同意，懷字在霜鬢上見之。

(同前)

一三　萬俟雅言《長相思》「短長亭」：雅言之詞，詞之聖者。(同前)

一四　晏叔原《生查子》「金鞍美少年」：春寒夜與秋千下，正是有恨之情。(同前)

一五　張子野《生查子》「含羞整翠鬟」：此詠美人彈箏之詞，重在鴈柱十三絃，一一春鶯語上見之，極工。(同前)

一六　何籀《點絳脣》「春雨濛濛」：前布春閨之景，後寫閨中之情，善體婦人口氣者。(同前)

一七　汪彦章《點絳脣》「高柳蟬嘶」：蟬嘶菱歌，所聞；晚雲山翠，所見。但閨中聞見多少，後段見心事。(同前)

一八　汪彦章《點絳脣》「新月娟娟」：前布冬夜之事，後言早起之事，並無愁思。(同前)

一九　林君復《點絳脣》「金谷年年」：滿地和煙雨，見其佳趣極高。(同前)

二〇　周美成《浣溪沙》「水漲魚天拍柳橋」：見春日之閑静在此詞意。(同前)

二一　賀方回《浣溪沙》「鶯外紅銷一縷霞」：善寫景物，造微入妙。(同前)

二二　秦少游《浣溪沙》「青杏園林煮酒香」：人情景事，兩見之矣，詞外更無閑意。(同前)

二三　周美成《浣溪沙》「日射欹紅蠟蒂香」：無事好思量，此乃未盡心中之事，即景思情是也。(同前)

二四　周美成《浣溪沙》「翠葆參差竹徑成」：參差不齊之荷與筍之將成，布夏景之盛。(同前)

二五　李後主《浣溪沙》「菡萏香銷翠葉殘」：字字佳，含秋思極妙。（同前）

二六　黄魯直《浣溪沙》「新婦磯頭眉黛愁」：新婦磯頭、女兒浦口，皆地□，漁父出入之所。（同前）

二七　何籀《菩薩蠻》「南園滿地堆輕絮」：曲盡閨中之意。（同前）

二八　李太白《菩薩蠻》「平林漠漠煙如織」：此乃詞曲之祖。（同前）

二九　秦少游《菩薩蠻》「蛩聲泣露驚秋枕」：點綴極精。（同前）

三〇　秦少游《菩薩蠻》「金風蔌蔌驚黄葉」：以風聲、雁聲、砧聲，足以動秋閨之思。（同前）

三一　黄叔暘《菩薩蠻》「南山未解松梢雪」：以雪月喻人物，渾涵冬意，末句略見大意。（同前）

三二　張子野《菩薩蠻》「哀箏一弄湘江曲」：此詞與前更高一步，若有彈箏之聲。（同前）

三三　僧仲殊《訴衷情》「湧金門外小瀛洲」：此頭雖以寒食布湖中之景，遊子佳人樂之也。（同前）

三四　康伯可《醜奴兒令》「馮夷剪碎澄溪練」：前段渾然見雪之勝，後段以雪晴引王子猷事，以乘興去、興盡反，皆得自樂處。（同前）

三五　徐師川《卜算子》「胸中千種愁」：以山不能應愁路，見怨之不止者，景物曷能什也？怨之又怨，詞外見之。（同前）

三六　蔣子雲《好事近》「葉暗乳鵶啼」：以深院簾垂晝景長布景，「風定老紅猶落」，生意出奇。（同前）

三七　康伯可《憶秦娥》「春寂寞」：滿地胭脂，零落杏花，對景懷惡，自多傷感。（同前）

三八　孫夫人《憶秦娥》「花深深」：重在「海棠開後」二句，最有思致。又：（筆者按：眉端朱筆批）：清新。（閒將柳帶，試結同心）（同前）

三九　李太白《憶秦娥》「簫聲咽」：詞曲之祖。（同前）

四〇　張安國《憶秦娥》「雲垂幕」：路迷迷路句，俱指在雪上。（同前）

四一　周美成《憶秦娥》「香馥馥」：前段喻佳人之美，極其達麗。後段喻佳人之態，極其婉狀。（同前）

四二　俞克成《謁金門》「愁脈脈」：發春思之意，句句皆佳。（同前）

四三　韋端己《謁金門》「空相憶」：落花寂寂，芳草斷腸，此春恨也。（同前）

四四　韋莊《謁金門》「春雨足」：倚遍欄干，無由消千里之恨。（同前）

四五　趙德麟《清平樂》「春風依舊」：到（當作對）景而有傷之意，「斷送一生」，頓成憔悴。（同前）

四六　劉巨濟《清平樂》「深沉玉宇枕簟清」：「飛雲過雨」、「隱隱殘靁」，布夏天之景，絶妙。（同前）

四七　孫夫人《清平樂》「悠悠颺颺」：渾然見雪，妙巧可愛。（同前）

四八　李後主《阮郎歸》「東風吹水日銜山」：此詞想後主去國之後所作，所以「無人整翠鬟」。（同前）

四九　秦少游《阮郎歸》「春風吹雨遶殘枝」：以春風春雨春晴布景，宛若時光在目，以着棋劫遲結出閨思可愛。（同前）

五〇　蘇東坡《阮郎歸》「緑槐高柳咽新蟬」：以「榴花開欲燃」喻初夏之時，似乎未當，榴花燃時正在五月，初夏乃四月時也，但以興趣如此，譬喻之詞也。（同前）

五一　曾純甫《阮郎歸》「柳陰庭館占風光」：此詞字字句句都歸初夏，妙絶！妙絶！（同前）

五二　秦少游《阮郎歸》「滿（一作湘）天風雨破寒初」：誦此旅况之詞，猶難為情，况身當其景者乎？（同前）

五三　黄山谷《阮郎歸》「歌停檀板舞停鸞」：此詞，乃山谷之得意者。（同前）

五四　徐師川《畫堂春》「落紅鋪徑水平池」：描寫閨中春怨之思，宛然在目。（同前）

五五　李易安《武陵春》「風住塵香花已盡」：物是人非，覩物寧不傷感？（同前）

五六　吴彦高《青衫濕》「南朝千古傷心地」：絶妙之詞，有無限感悼之意。（同前）

五七　秦少游《海棠春》「流鶯牕外啼聲巧」：作春曉之詞，無渝於此，字字見春曉，且布景清順，只多夜開多少一句，總見曉意。（同前）

五八　康伯可《浪淘沙》「蹙損遠山眉」：卓文君好畫遠山眉。　又：「羅衾滴盡淚胭脂」思致情（當作精）巧。「幽怨誰知」與「銷魂時候」正見閨情。（同前）

五九　李後主《浪淘沙》「簾外雨潺潺」：因思故國而發，此詞悽惋悲悼，已知其不久於人世矣。（同前）

六〇　歐陽永叔《浪淘沙》「把酒祝東風」：末二句與老杜「明年此會知誰健」意思相似。（同前）

六一　趙德麟《小重山》「樓上風和玉漏遲」：春思心事，兩見怨意。又：末二句思致精妙。（同前）

六二　歐陽修《朝中措》「平山闌檻倚晴空」：「山色有無中」，寫景絶妙之句。又：衰翁，歐公自謂也。（同前）

六三　王元澤《眼兒媚》「楊柳絲絲弄金柔」：新奇高妙，善於詞曲者。（同前）

六四　秦少游《眼兒媚》「樓上黄昏杏花寒」：對春景寥落而有所思，故作此詞。（同前）

六五　葉道卿《賀聖朝》「滿斟緑醑留君住」：春色止三分，而二分愁悶一分風雨，人何不及時行樂乎？（同前）

六六　秦少游《柳梢青》「岸草平沙」：對景物而思故人。（同前）

六七　賀方回《柳梢青》「子規啼血」：海棠盛，梨花正是暮春時候，寧不惜春之歸。（同前）

六八　周美成《柳梢青》「有箇人人」：以海棠喻佳人，借楊貴妃事。又：此處足見妙巧。（為伊無限傷心，更説甚巫山楚雲。）（同前）

六九　蘇東坡《西江月》「照野瀰瀰淺浪」：此坡老春夜休息於橋之詞，又是别樣風味，與諸作殊。（同前）

七〇　朱希真《西江月》「世事短如春夢」：辭淺意深，真可以儆世者。（同前）

七一　黄山谷《西江月》「斷送一生惟有」：辭語俊雅，正見觀酒之意。（同前）

七二　蘇子瞻《西江月》「玉骨那愁瘴霧」：坡老有(當作此)詞，有感而作。(同前)

七三　秦少游《桃源憶故人》「玉樓深鎖多情種」：形容冬夜景色人情處、夜深處極(疑脱「其工巧」三字)。(同前)

七四　周美成《少年遊》「并刀如水」：説盡冬景行路意思，展轉有味。(同前)

七五　張子野《青門引》「乍暖還輕冷」：末二句妙，人所以有張三影之稱。(同前)

七六　蘇子瞻《南柯子》「山與歌眉斂」：蘇公之詞，非寫景物而已，且引古人以涉時事，遠見近聞皆到。(同前)

七七　僧仲殊《南柯子》「十里青山遠潮平」：寫秋日之景寥落悲凉，誦之自是不堪。(同前)

七八　向伯恭《鷓鴣天》「紫禁烟花一萬重」：此詞富麗，正是上元景象，末寓感慨之意，又見人逐韶華，更變不能。

七九　辛幼安《鷓鴣天》「枕簟溪堂冷欲秋」：「欹枕盡聞庭葉落，倚節閑看白雲飛」，亦是此意。又：(筆者按：眉端朱筆批)：妙，清高。(愁對寒燈數點紅)(同前)

八〇　朱希真《鷓鴣天》「檢盡歷頭冬又殘」：此詞不布景，只説心中見，有隱逸高情。(同前)

八一　黄魯直《鷓鴣天》「西塞山邊白鷺飛」：道漁父者無過於此，雖有風雲變態之狀，亦不能及。(同前)

八二　毛澤民《玉樓春》「小園半夜東風轉」：洗拂舊東君，則有迎新東君之意，作立春題有體。

（同前）

八三　晏同叔《玉樓春》「緑楊芳草長亭路」：此詞調高語峻。（同前）

八四　謝無逸《玉樓春》「弄晴數點梨梢雨」：梨花雨，杜鵑飛，寫寒食之景，切當，切當。（同前）

八五　温飛卿《玉樓春》「家臨長信往來道」：「油壁」、「車輕」二句，有富貴氣象。（同前）

八六　歐陽炯《玉樓春》「日照玉樓花似錦」：前一段言睡之濃又被鶯喚醒，後一段見笑樂處相迎遊賞意。又：（筆者按：詞末朱筆批）：清新妙絶。

八七　錢思公《玉樓春》「城上風光鶯語亂」：思公此詞極其凄惋，且惜韶光易老，朱顔暗換，要解愁腸，惟有芳罇而已。（同前）

八八　周美成《玉樓春》「桃溪不作從容住」：作天台詞，以劉、阮故事入苒（疑作講），更□實。（同前）

八九　歐陽永叔《玉樓春》「妖冶風情天與措」：愁聽雞聲，天則明矣，雖有迷花戀酒之情，不能久留，故下一愁字。（同前）

九〇　謝勉仲《鵲橋仙》「鈎簾借月」：感慨之詞，無出於此。（同前書卷二「小令」）

九一　周美成《虞美人》「落花已作風前舞」：前段説的是風形狀，後段説的是情之意，無過如是。（同前）

九二　李後主（筆者按：原未標作者，為朱筆補。又以下多不標作者名。）《虞美人》「春花秋月何時

了」：「一江春水向東流」之句，山谷嘗稱美之。（同前）

九三　無名氏《南鄉子》「萬籟寂無聲」：夜中之事，盡在胸中流出，以梅花為故人，便見不孤，另有情處。（同前）

九四　無名氏《南鄉子》「曉日壓重簷」：「閑把繡絲撏，認得金針又倒拈」二句，此閨中之思情倦處，正是詞家風味。（同前）

九五　黃魯直《醉落魄》「紅牙板歇韶聲斷」：《六么》，曲名也，此詞言茶之味更甚於酒，與玉川子之歌，又是一般風味。（同前）

九六　張子野《醉落魄》「雲輕柳弱」：生香真色，形容極美者也。（同前）

九七　無名氏《梅花引》「曉風酸」：冬景中設客中事極富，即景喻人，兩得其旨。（同前）

九八　黃魯直《踏莎行》「臨水夭桃」：此詞極得賞眷之旨，生意無窮，令人賞難有味。（同前）

九九　秦少游《踏莎行》「霧失樓臺」：寫旅懷雅逸可愛，此少游在郴州作，此詞東坡愛之。（同前）

一〇〇　李漢老《小重山》「誰勸東風臘裏來」：綵燕，立春日用之，青鞋，遊春用之，作立春之意，又顧遊春之樂，點綴可愛。（同前）

一〇一　和凝《小重山》「春入神京萬木芳」：此詞破盡宮中憂怨之意，且妬啼妝，天衢遠上見之。（同前）

一〇二　韋莊《小重山》「一閉昭陽春又春」：「夜寒宮漏永」、「卧思陳事暗銷魂」之句，已見夜深矣，

末云：「宫殿欲黄昏」，又見未晚，與前相反。（同前）

一〇三 蔣子雲《小重山》「花過園林清蔭濃」：前段以竹初落籜入初夏景，輕快可愛。「直面芰荷風」二句，初夏就在襟懷中來。（同前）

一〇四 汪彦章《小重山》「月下潮生紅蓼汀」：此詞俱發秋夜閨中之情，句句停當。（同前）

一〇五 宋豐之《小重山》「花樣妖嬈柳樣柔」：此詞風情雅致，曲盡佳人之態，末寓留戀意，猶為妙絶。（同前）

一〇六 李易安《一剪梅》「紅藕香殘玉簟秋」：此詞頗盡離别之情，語意飄逸，令人省目。（同前書卷二「中調」）

一〇七 賀方回《臨江仙》「巧剪合歡羅勝子」：只以羅勝子、釵頭、綵燕就為立春日之故事，並不以景物鋪叙，又是一家文法，後以人情客意為詞，正是以景托物耳，思之有趣。（同前）

一〇八 晁無咎《臨江仙》「緑暗汀洲三月暮」：鋪叙春暮之景，不但在落花見之，至「行雲歸楚峽，飛夢到楊州」。（同前）

一〇九 歐陽永叔《臨江仙》「池外輕雷池上雨」：以夏景即事，大雷時雨荷花，正是四月天和之景，又形容宫中富人清高，詞猶富麗。（同前）

一一〇 鹿虔扆《臨江仙》「金鏁重門荒苑静」：作宫詞，俱用富麗之句，此詞亦平淡，生發不來，妙在暗傷亡國處，情詞兩見。（同前）

一一一　辛幼安《蝶戀花》「誰向椒盤簪綵勝」：椒屬玉衡星，元旦飲椒栢酒，令人有壽，故以椒盤為輿，杜詩云：「守歲阿戎家，椒盤已獻花。」正此意也。（同前）

一一二　趙德麟《蝶戀花》「欲減羅衣寒未去」：布景生情，至於啼痕，止恨清明，兩方見人子思親處，善能安排，詞中絕妙。（同前）

一一三　李世英《蝶戀花》「遥夜亭皋閒信步」：景物依稀，人心憔悴，盡在詞意中見之。（同前）

一一四　晏同叔《蝶戀花》「簾幙風輕雙語燕」：理趣高妙，自然生出時光在人眼目。（同前）

一一五　歐陽永叔《蝶戀花》「庭院深深深幾許」：後段更高，暮春之時，形容殆盡。（同前）

一一六　趙德麟《蝶戀花》「捲絮風頭寒欲盡」：前段因春之恨，後段人事之恨。　又：（筆者按：眉端朱筆批）：好連環句。（新酒又添殘酒困，今春不減前春恨。）（同前）

一一七　晏同叔《蝶戀花》「庭院碧苔紅葉徧」：通章並見深秋物色，至「試倚凉風醒酒面」，倒又見襟懷灑落，而得秋光、秋景、秋色、秋聲之旨趣，今人不及於此。（同前）

一一八　俞克成《蝶戀花》「夢斷池塘驚乍曉」：此詞因春景感物而懷舊，至於「相對一樽歸計早」，見在宦旅之意，而懷故里也。（同前）

一一九　秦少游《蝶戀花》「鍾送黄昏鷄報曉」：「萬苦千愁人自老」，此杯之深處曷能盡？「春來依舊生芳草」，此懷而又生依舊如此，此感之至矣。（同前）

一二〇　蘇東坡《蝶戀花》「春事闌珊芳草歇」：以春色體人意，辭語清朗，意思飄逸，但以角聲吹落

梅花月，似覺有離別之慘，又見高妙處。（同前）

一二二一　劉改之《唐多令》「蘆葉滿汀洲」：武昌有黄鶴山，因建樓，名黄鶴樓，此云黄鶴磯，亦因是山之名而有黄鶴磯。（同前）

一二二二　范希文《蘇幙遮》「碧雲天」：鄉魂旅思處以（脱「下」字）數句，詞意宛切。（同前）

一二二三　周美成《蘇幕遮》「隴雲沉」：風情處含蓄無邊生意，以巫山雲雨又結風情意。（同前）

一二二四　周美成《漁家傲》「幾日輕陰寒惻惻」：「醉踏陽春懷故國」，此乃真恨耳。「長歌屢勸金杯側」，此乃消恨耳。（同前）

一二二五　范希文《漁家傲》「塞下秋來風景異」：曲盡秋塞之情，誦之令人自悲。（同前）

一二二六　六一居士《漁家傲》「十月小春梅蘂綻」：冬景布出人意中事，自然興趣，不必妝束，結束亦高。（同前）

一二二七　俞克成《聲聲令》「簾移碎影」：乃傷舊日宦家，今已消敗，以此思更着實。（筆者按：此詞缺「簾移碎影，香褪衣襟。舊家庭院嫩苔侵。東」十六字，朱筆補，又作者及詞牌原刻作張仲宗《漁家傲》，與正文不符，朱筆改。又按此詞至黄魯直《品令》「鳳舞團團餅」錯簡。）（同前）

一二二八　宋子京《錦纏道》「燕子呢喃」（筆者按：眉端朱筆批）：輕清。（同前）

一二二九　孫夫人《風中柳》「銷減芳容」：詞情婉轉，語意清新，不為私情折束，且正大從容，字字有味。

又：（筆者按：眉端朱筆批）：塵下了，黄山谷《品令》，誤抄入《風中柳》。（同前）

一三〇 蘇子瞻《行香子》「北望平川」：自然得天清地朗之句，鋪叙絶妙，宛如晚景圖，永在目中。（同前）

一三一 張仲宗《漁家傲》「釣笠披雲青嶂繞」（筆者按：此詞原作俞克成《聲聲令》，與正文不符，朱筆改）：唐肅宗賜張志和號玄真子奴婢各一，和配為夫婦，名曰漁童樵青，又能歌唱。又詞牌下朱筆批云：此詞傳抄有訛。（同前）

一三二 趙德仁《醉春風》「陌上清明近」：寫盡閨中情，至矣盡矣。（同前）

一三三 黄魯直《品令》「鳳舞團團餅」（筆者按：詞牌下朱筆批）：按此體為雙調，六十五字，此闋傳抄有訛。又眉端朱筆批：見十八頁《風中柳》下。（同前）

一三四 葉道卿《鳳凰閣》「遍園林緑暗」：前段因春之盡而傷，後段因人意而傷春意，人心兩得見之。（同前）

一三五 無名氏《青玉案》「碧空黯淡同雲繞」：妙在「美人驚報，一夜青山老」處，農事又言雪之為瑞作來年。（同前）

一三六 張子野《天仙子》「《水調》數聲持酒聽」：詞意以聽《水調》之曲而醒，午睡而作送春之詞，天已晚，將就晚中所見景物鋪叙，又説明日落紅滿徑，妝點春歸，佳甚，更無餘味。（同前）

一三七 蘇子瞻《江城子》「天涯流落思無窮」：傷别之詞，至矣盡矣。（同前）

一三八 秦少游《江城子》「西城楊柳弄春柔」：「碧野朱橋」，正是離别之處。天地□□巧是離别之

景。「春江」二句，是離别之愁，但首句有楊柳，末又用柳絮，似有重處。（同前）

一三九　辛幼安《千秋歲》「塞垣秋草」：祝壽之詞，人皆以松栢椿齡龜鶴立意，此以郭汾陽富貴結之，壽考榮華，人不能説到此。（同前）

一四〇　康伯可《風入松》「一宵風雨送春歸」：前以春光傷感，後以人事傷情，都打在春晚題上，以「新恨欲題紅葉」又見婦人傷春之意。（同前）

一四一　孫巨源《河滿子》「悵望浮生秋怨」：秋色秋怨，盡在景物中生出來，且有傷今感古之情。以「秋雲不雨長陰」在人情上見之，比而已矣。（同前）

一四二　胡浩然《傳言玉女》「一夜東風」：上元之景止是燈燭而已，繡閣人人，此言婦人之遊樂。（同前）

一四三　周美成《解蹀躞》「候館丹楓」：旅中寫秋思，本是凄凉，又增愁恨，可謂人與韶光同意，盡在此詞。（同前）

一四四　柳耆卿《訴衷情近》「景閑晝永」（筆者按：眉端朱筆批）：「好」字韻重。（指「追前好」）（同前）

一四五　辛幼安《祝英臺近》「寶釵分」：此詞因春晚布景，俱以心中愁懷歸於春上，極有風致。（同前）

一四六　周美成《側犯》「暮霞霽雨」：將景中點古人故事照應得好，有平中之奇，人人爽目。（同前）

一四七 周美成《四園竹》「浮雲護月未放滿」：此詞秋夜之怨，意旨俱到，至於「好風襟袖先知」，似有開懷灑落處。（同前）

一四八 范希文《御街行》「紛紛墜葉飄香砌」：此詞以秋日懷舊，盡説夜間景象，又至「殘燈明滅」以下却在懷舊上，且見新情。（同前）

一四九 柳耆卿《過澗歇》「淮楚曠望極千里」：以夏日即事，見炎日可畏，而有散發披襟、吟風（脱「弄」字）月之懷，傑出人表。又：（眉端朱筆批）：按詞譜，换頭第一句為四句，與晁補之異。（同前）

一五〇 寇平仲《陽關引》「塞草烟光闊」：首尾皆用王維送別之語，鋪敍自然絶妙。（同前）

一五一 周美成《紅林檎近》「風雪驚初霽」：叙冬初之意，物象並佳。若「梅花耐冷」一句用得太早，雖有，亦不勝也，詩人托興之詞，固自知也。（同前）

一五二 周美成《紅林檎近》「高柳春纔軟」：以柳梅妝點，有梅雪精神之景。後段入詩人賦客，猶有古人風韻，不忘吟詩酌酒之興。（同前）

一五三 曾純甫《金人捧露盤》「記神京」：感慨之詞。（同前）

一五四 柳耆卿《鬭百花》「煦色韶光明媚」：以春景華麗中取出恨來，意外更有何恨。（同前）

一五五 僧仲殊《新荷葉》「雨過回塘」：形容女子採蓮，極其精煉。（同前）

一五六 柳耆卿《爪茉莉》「每到秋來」：柳公此詞秋夜説出許多凄凉之句，無奈感懷而已，若使丈夫

處世，胸中豁然，何存此情，莫非設立此句□盡好此説□尤好。（同前）

一五七　易彦祥《驀山溪》「海棠枝上」：前段有見春光之明媚，可以適人之情。後段有遊春之情，見景而生，以歌舞而結之，甚有樂處，鋪叙極好。（同前）

一五八　宋謙父《驀山溪》「壺山居士」：如此安貧樂道，有無入不自得之趣。（同前）

一五九　曹元龍《驀山溪》「洗粧真態」：言梅之精神，不假妝飾，自有清香。「想佳人」一句，喻之相似於此。「孤芳一世」句，又以佳人情愁清瘦比之，乃以古人以花喻佳人之體。（同前）

一六〇　王介甫《千秋歲引》「别館寒砧」：公秋思中輕輕説去，不用力説，説得秋光景物宛在目中。後段將情叙為思，又不見思，意在言外。（同前書卷三「中調」）

一六一　周美成《早梅芳》「花竹深房櫳」：以冬景發揮，而感歎之詞見於言外。又：此處有送别之情。（同前）

一六二　周美成《滿路花》「金花落燼燈」：此詞冬夜即事傷懷，每見思想之意也。「愁如春後絮，來相接」，言愁在明年春後，又非一冬之愁，其詞悠揚，詠歎有味，句句可觀。（同前）

一六三　周美成《蕙蘭芳引》「寒瑩晚空點青鏡」：「夢繞阿嬌金屋」，喻懷美人之句；「空疑風竹」，喻故人之句；「枕單人獨」，喻自己之懷。（同前）

一六四　周美成《華胥引》「川源澄映」：前段寫秋景，後段述思情。（同前）

一六五　李元膺《洞仙歌》「雪雲散盡放曉晴」：以梅柳妝點新春，正見春色以百紫千紅，又見春光之

盛。一春之景物盡在胸中，所見豈待遊賞而行歌乎？（同前）

一六六 蘇子瞻《洞仙歌》「冰肌玉骨」：此詞妙絶古今，若天啟神授者。（同前）

一六七 晁無咎《洞仙歌》「青烟羃處」：此詞首尾字字句句如織錦一段布成景色，寫盡中秋物色，人意興趣極高，更無於此。（同前）

一六八 李元膺《洞僊歌》「廉纖細雨」：詠雨之詞，又以悲凉愁思及之，莫非天之以雨為愁而泣淚乎？以人情及之，莫非人之泣淚為雨乎？由是以雨為愁，以合人情，亦如愁思乎？喻之極高。（同前）

一六九 林外《洞仙歌》「飛梁壓水」：意遠詞雄，真物外之作。（同前）

一七〇 康伯可《江城梅花引》「娟娟霜月冷侵門」：句句是閨中之情，惟「斷魂」與「睡不穩」句，見情傷極矣。為花憔悴，是自喻之詞。（同前）

一七一 秦少游《八六子》「倚危亭恨如芳草萋萋」：一篇怨到底，尚未見一「怨」字，圭角可謂老作。又：「飛花弄晚」見□妙。（同前）

一七二 柳耆卿《夏雲峰》「宴堂深軒檻」：此詞以夏日消閑宴樂，發揮胸中清興，醉舞狂歌，無拘無束之意。（同前）

一七三 胡浩然《東風齊著力》「殘臘收寒」：十一月為一陽，十二月為二陽，正月為三陽。（同前）

一七四 周美成《法曲獻仙音》「蟬咽凉柯」：此段（指上片）以初夏景物即事，有困人天氣之思。此

段(指下片)因時景而致思,感歎之詞也。(同前)

一七五　周美成《意難忘》「衣染鶯黄」:「口脂香」,見佳人體態如在。　又:此一段(指下片)題佳人,形容態度風情極其工。(同前)

一七六　周美成《塞翁吟》「暗葉啼風雨」:前段布景生情,後段有憶故人之情,「葛莆漸老」句愈見夏景精神,人未能有道。(同前)

一七七　張仲宗《滿江紅》「春水連天桃花浪」:全是暮春景象。　又:因景物而感舊。(同前)

一七八　晁無咎《滿江紅》「東武南城新堤固」:三分春色,止留一分,非春暮而何?高妙。(同前)

一七九　周美成《滿江紅》「晝日移陰攬衣起」:詞工意深。(同前)

一八〇　趙元稹《滿江紅》「慘結秋陰」:「征鴻」幾字,即望中之思。　又:「修眉一抹有無中」,乃望之無際處。　又:「天涯」已下皆托意。(同前)

一八一　張安國《滿江紅》「斗帳高眠」:詞意以雨為思,寫出一篇心事,皆示夜景情思句,動人愁腸,字字入人骨髓,正與古人「十年舊夢傷春老,一夜新愁逐雨來」之句迥出人表。(同前)

一八二　吕居仁《沁園春》「東里先生」:非緑野閑人忘却勢力者不能道此。(同前)

一八三　康伯可《滿江紅》「惱殺行人東風裏」:此一段(指下片)詠之猶聽其聲,令人安得不傷情乎?(同前)

一八四　柳耆卿《尾犯》「夜雨滴空堦」:寫素懷幽怨之情,無出於此,「蛩聲」、「夜闌」,愈見怨意。

又：愁怨之詞，以佳人為怨，柳公風流，情見於此。（同前）

一八五 宋子京《玉漏遲》「杏香飄禁苑」：此詞意在禁苑中作，方有此語，非郊野之景色。又：燕語鶯啼，美景良辰，人情樂意，盡歸於此。（同前）

一八六 周美成《六么令》「快風收雨」：「華堂」句，乃言美人之姿色。（同前）

一八七 周美成《掃地花》「曉陰翳日」：「一葉怨題」引韓夫人宫中之恨。（同前）

一八八 王充（「充」朱筆改作「觀」）《天香》「霜瓦鴛鴦」：《長恨歌》云：「鴛鴦瓦冷霜華重，翡翠衾寒誰與共？」正此之謂。（同前）

一八九 張子野《燕臺春》「麗日千門」：以楚腰宫面形容美人，亦以花喻之，見人間富貴行樂，又見於言外。（同前）

一九〇 秦少游《滿庭芳》「碧水澄秋」：因觀景物而思故人，傷往事，毫無怨意。且詞調灑落，托意高遠，玩之有味。（同前）

一九一 康伯可《滿庭芳》「霜幕風簾」：引東坡詞云：「香霧噀人驚，半破清泉流。面恰初嘗，吴姬三日手猶香。」（同前）

一九二 秦少游《滿庭芳》「山抹微雲」：蓬萊舊事，少游之情思也，後又有「暗解」、「輕分」之句，東坡極喜此詞。（同前）

一九三 蘇東坡《滿庭芳》「香靉雕盤」：種種風流情緒，且以當時諸公綺語織成一篇詞曲，字字句句

見之真於佳人歌舞於目中。　又：杜韋娘是曲。（愁腸注，似未完。）（同前）

一九四　蘇東坡《滿庭芳》「蝸角虚名」：誦此一篇，自然心胸廣濶，自得風流慷慨，其意疊出雲岑。（同前）

一九五　胡浩然《滿庭芳》「瀟灑佳人」：形容佳人才子之禮，情意兩盡兼，且語句富麗，祝贊老成，可誦可誦。（同前）

一九六　張子野《滿江紅》「紅蓼花繁」：以秋景即事，叙秋夜之思，意味悠然。　又：盡得瀟灑風流之句，不干榮辱，囂囂然有自足之意。（同前）

一九七　李易安《鳳皇臺上憶吹簫》「香冷金猊」：宛轉見離情别意，思致巧成。（同前）

一九八　劉改之《水調歌頭》「春事能幾許」：問「春事能幾許」，就答「密葉著青梅」，後列許多興趣。此段言春光容易盡，人生光景不多得，宜當行樂耳。（同前）

一九九　東坡《水調歌頭》「明月幾時有」：東坡此詞一出，餘詞盡廢，妙絶古今。　又：東坡此詞都下傳唱，内侍録呈，神宗讀至「瓊樓玉宇不勝寒」，上曰：「蘇軾終愛愛（當作『是愛』）君。」量移汝州。（同前）

二〇〇　韓无咎《水調歌頭》「今日我重九」：此詞古雅豪邁，誦之，頓覺爽朗，蓋不覊之才，有養之士也。（同前）

二〇一　張林甫《燭影揺紅》「雙闕中天」：此段詞意，上元侍宴，見其燈燭管絃富麗，極其盛處，樂在

其中。又：此段見光陰迅速如一，夢中追及舊事，幽懷素恨，觸景傷情，兩見之矣。（同前）

二〇二　孫夫人《燭影摇紅》「乳燕穿簾」：「别久」二句，自有俊麗之趣。（同前）

二〇三　蘇養直《倦尋芳》「獸鐶半掩」：「夢草池塘」句，乃謝靈運西堂夢池地生青草之句。又：「翠眉誰畫」，引張尚書故事。（同前）

二〇四　柳耆卿《黄鶯兒》「園林晴晝春誰主」：此見遷喬處。（同前書卷四「中調」）

二〇五　康伯可《漢宫春》「雲海沉沉」：此言美女歌辭之狀。（同前）

二〇六　京仲遠《漢宫春》「暖律初回」：此詞古雅豪邁，誦之意味悠然。（同前）

二〇七　劉巨濟《聲聲令》「梅黄金重」：詞工意深。又：此段又詠日午晴色，脱巾高歌，白雪之調，盡一日之歡，行人生之樂。（同前）

二〇八　葉少藴《醉蓬萊》「問春風何事斷送繁紅」：此數句（上片首句起）有惜春歸之意。又：引送春之詞。又：曲水流觴，引山陰蘭亭之樂。（同前）

二〇九　柳耆卿《醉蓬萊》「漸亭皋葉下」：詞因星見而作，以秋夜之時，霽色清明，布宫殿庭階之景色，月白風清之良夜，慨古傷今，極有風致，且托意高遠，誦之敬服。（同前）

二一〇　李景元《帝臺春》「芳草碧色萋萋」：「飛絮亂紅」句，就見春恨之意。又：形容婦人之情狀，恨之極，恨極相似耳。（同前）

二一一　劉巨濟《夏初臨》「泛水新荷」：詞意清朗，布景甚當，正是夏日初臨之詞，又有太平十象之

樂，可謂善於詞調者。又：「烟淡梅黄」句，極得布景之狀。（同前）

二一二　周美成《玲瓏四犯》「穠桃夭李」：以桃李為比興，起春之思，又以喻佳人之情思，一心懷春意，而一旦發遣，並見詞末。（同前）

二一三　史邦卿《雙雙燕》「過春社了」：古詩云：「唯有舊巢燕，主人貧亦歸。」　又：此詞形容燕子棲簷入幕，輕飛巧語，掠水銜泥，其態度盡之矣。（同前）

二一四　朱希真《孤鸞》「天然標格」：用僧齊己「前村深雪裏，昨夜一枝開」之句，俱見早梅。（同前）

二一五　周美成《瑣窗寒》「暗柳啼鴉」：以三月之景物，叙寒食之節。　又：店舍無煙，方見清明禁火事。（同前）

二一六　僧皎如晦《高陽臺》「紅入桃腮」：見春光之盛，而起情人不歸，末句猶有情思。「東郊十里」句又有遊春之意，「朱衣引馬」又歎虚名虚利，又當忘其愁而追歡耳。（同前）

二一七　康伯可《金菊對芙蓉》「梧葉飄黄」：秋光秋景，見於目中，其於怨詞含蓄在景物之中，思致高遠。又：此處怨思愈增。（黯相望、斷鴻聲裏，立盡斜陽。）（同前）

二一八　辛幼安《金菊對芙蓉》「遠水生光」：《禮記·月令》云：「菊有黄華。」（同前）

二一九　僧仲殊《金菊對芙蓉》「花則一名」：正得古人香飄十里、景布三秋之句。　又：「一枝擬向姮娥乞，管取花神不點頭」，正是此語。（同前）

二二〇　晁叔用《玉蝴蝶》「目斷江南」：其詞富麗，真眷遊富貴氣象。（同前）

二三一　柳耆卿《玉蝴蝶》「望處雲收雨斷」：前段叙秋之詞，至「遣情傷」以下數句皆思中之意耳。

又：此思歸想望之詞。（同前）

二三二　高賓王《玉蝴蝶》「喚起一襟涼思」：楚客指宋玉悲秋之意。　又：詞意有客中之情思，所以有故園歸計之云。（同前）

二三三　朱希真《絳都春》「寒陰漸曉」：詞意清朗，誦之敬服。（同前）

二三四　沈公述《念奴嬌》「杏花過雨」：鋪叙春怨之詞，極其富麗，可誦，可誦。（同前）

二三五　僧仲殊《念奴嬌》「故園避暑」：詞意謂避暑之樂，得其所哉，正在茂林修竹之下，脱巾露頂，一觴一詠，撫景忘憂，即事題詩，得其自然快活，長嘯於天地間，何必會飲於河朔也？　又：後段（指下片）吹（疑作追）思古人之風，又生令人之感，托意幽深，見於詞外。（同前）

二三六　范元卿《念奴嬌》「玉樓絳氣」：月之光彩，形容殆盡。　又：見吟賞意。（同前）

二三七　朱希真《念奴嬌》「插天翠柳」：此段言月中奇物之貴，雖珊瑚不及仙桂之盛。　又：洗心滌慮之句，誦之令人自樂。（同前）

二三八　范元卿《念奴嬌》「尋常三五」：此與「桂影扶疏認素秋」之句□意。　又：此皆叙自己之懷，借月色為興，自然胸中灑落，得其自樂。（同前）

二三九　姚孝寧《念奴嬌》「素娥睡起」：「駕冰輪」句與古詩「萬里青天碾玉輪」一意。　又：「今夜對月」句本「狂歌對明月，詩思正徘徊」句，意同。（同前）

二三〇 韓子蒼《念奴嬌》「海天向晚」：句意清徹，不讓「桂花清帶露，金氣冷含風」之句。又：勸興詩情，並見於此。（同前）

二三一 張安國《念奴嬌》「朔風吹雨」：前段因雪而興吟詠，次段以雪而吐心事，「家在楚尾吴頭」以下數句，身若雲萍，安乎懷抱，且樂杯酒，何有於盼望哉！（同前）

二三二 蘇子瞻《念奴嬌》「大江東去」：當時破曹於赤壁，故詞意專以三國之跡言之。（同前）

二三三 張于湖《念奴嬌》「洞庭青草」：此以秋景即事為詞意，言洞庭水光與心鏡相似，澄徹廣大，更無可比，至於「萬象賓客」句，更出奇絶。（同前）

二三四 辛幼安《念奴嬌》「晚風吹雨」：此段（指上片）寫西湖之景物。又：次段（指下片）述西湖處士林和靖放鶴出入為號，以盡詞意。（同前）

二三五 朱希真《念奴嬌》「别離情緒」：似文君一段風情，猶可為恥。（同前）

二三六 趙承之《念奴嬌》「舊遊何處」：引王儉故事。（同前）

二三七 鄭中卿《鳳皇臺上憶吹簫》「嗟來咄去」：引宋郊偏橋渡蟻事以為自德，古人有云：「寄言編竹者，陰德福昭昭。」（同前）

二三八 朱希真《念奴嬌》「見梅驚笑」：此段（指下片）言梅之芳姿不得多，何以喻賢人君子獨處，豈與小人同伴意？（同前）

二三九 僧仲殊《念奴嬌》「水楓葉下」：散清香，浮水葉，帶雨乘風，張蓋製衣之句並在此詞意翻成，

自得標致。（同前）

二四〇 周美成《遶佛閣》「暗塵四斂」：叙他鄉故國之情，未往淹留之思，野路江村之景，羈旅栖遲之難，殘燈落月之懷，蕭索荒凉之凄楚，萬里終年之隔别，盡見於此。（同前）

二四一 周美成《解語花》「風銷焰蠟」：詞意無非燈月交輝，佳人歌唱，才子遊觀之樂，一時清興恣而已。　又：用蘇味道「暗塵隨馬去，明月逐人來」之句，詞意高古。（同前）

二四二 劉叔安《慶春澤》「燈火烘春」：鋪叙上元景物極其富麗。　又：因景節而生慨歎。（指下片）（同前）

二四三 胡浩然《萬年歡》「燈月交光」：以上元燈燭之景，因見才子佳人遊樂，以美人適興動蕩其心，而形於此曲。（同前）

二四四 周美成《玉燭新》「溪源新臘後」：宋林和靖「疏影梅斜水清淺，暗香浮動月黄昏」之句番（即翻）來。　又：李賀有「羌笛奏落梅」之句。（同前）

二四五 京仲遠《木蘭花慢》「算秋來景物皆勝賞」：詞上意深，誦之令人自樂。（同前）

二四六 張宗瑞《桂枝香》「梧桐雨細」：寫盡旅中之事，客懷鄉思形於詞。（同前）

二四七 陸務觀《水龍吟》「摩訶池上追遊路」：妝點春光景物，曲盡其妙。　又：此見春遊競賞處。（同前書卷五）

二四八 陳同甫《水龍吟》「鬧花深處」：「正銷魂」，那堪「又是疎烟淡月」之景，聽子規之聲，恨之又

恨。（同前）

二四九　秦少游《水龍吟》「小樓連苑横空」：贈妓之詞，形容殆盡。　又：以景物鋪叙，自然生意。（同前）

二五〇　辛幼安《水龍吟》「渡江天馬南來」：夷甫，介甫之弟。　又：公理宗朝奉身勇退，以家事付兒郎，作《西江月》詞云：「萬事雲煙忽過，一身蒲柳先衰，而今何事最相宜，宜醉宜遊宜睡。」詞意似此，有適閑之趣。（同前）

二五一　周美成《水龍吟》「素肌應怯餘寒」：喻梨花清潔之姿，羣花無比，詩人所詠「一枝帶雨冰肌冷，幾樹含（當作冷）風雪色新」之句，形容殆盡。　又：引潘妃、昭君喻花，謂花殘有若家人之退顔不及寵。（同前）

二五二　章質夫《水龍吟》「燕忙鶯懶芳殘」：散亂輕盈，乘風帶雨，滚地撲人，穇徑穿簾，輕薄悠揚之態，盡於詞内見之。（同前）

二五三　章質夫（朱筆改作蘇東坡）《水龍吟》「似花還似非花」：《曲洧舊聞》云：章質夫《水龍吟》詠楊花，其命意用事，清灑可愛。（同前）

二五四　康伯可《瑞鶴仙》「瑞烟浮禁苑」：真是上元景象。（同前）

二五五　周美成《瑞鶴仙》「悄郊原帶郭」：點景入畫。（同前）

二五六　周美成《慶春宮》「雲接平岡」：詞因秋色凄凉而興（故舊之情，無非别離情緒，會少離多，幽

期密約之意耳，何有於怨乎？　又：秋怨中兼懷舊。（同前）

二五七　（原未標作者，朱筆補為張仲宗）《石州慢》「寒水依痕」：感時恨別，惆悵飄零，往事流年，盡見之矣。（同前）

二五八　周美成《晝錦堂》「雨洗桃花」：此段（指上片）俊逸。　又：「短歌」「心曲」二句雖是綺麗，似非閨情，乃妓館中事。（同前）

二五九　魯逸仲《晝錦堂》「風悲畫角」：説旅思凄凉意思，令人興起離愁，正在此詞。　又：「故國梅花」以下數句，清透骨髓，奇意非常。（同前）

二六〇　周美成《氐州第一》「波落寒汀」：點綴秋光，極為綺麗。（同前）

二六一　周美成《宴清都》「地僻無鐘鼓」：以愁思盡托於相如為詞。（同前）

二六二　周邦彦《齊天樂》「疎疎幾點黄梅雨」：一切是用端午風俗故事。　又：此段追思屈原意。（同前）

二六三　周美成《花犯》「粉墻低」：此詠梅詞第一。（同前）

二六四　胡浩然《喜遷鶯》「譙門殘月」：此詞先記節序，次述宴賞，末歸應時納祜，尤有歸宿。（同前）

二六五　康伯可《喜遷鶯》「臘殘春早」：按康與之此詞，語意盡佳，惜皆媚灶之語，盡為檜相作耳。（同前）

二六六　吴彦高《春從天上來》「海角飄零」：以秦漢興亡入論，立意高古。（同前）

二六七　柳耆卿《雨霖鈴》「寒蟬凄切」：古人所謂：「去去客千里，迢迢天一涯。」正見於此。（同前）

二六八　解方叔《永遇樂》「風暖鶯嬌」：「誰家」以下幾句，正見春情意思。　又：此段又生一意，感古傷今，反結春情上。（同前）

二六九　胡浩然《送入我（當作「我入」）門來》「荼壘安扉」：引上古之故事，叙今時之節序。　又：以古今賢愚、富貴、福壽、才貌點綴，妙巧，誦之敬服。（同前）

二七〇　馬莊父《歸朝歡》「聽得提壺沽美酒」：春遊閑散，忘却世態之意。（同前）

二七一　阮逸女《花心動》「仙苑春濃小桃開」：以景即事，詞語精切，素懷幽恨，見之言外。（同前）

二七二　王和甫《瀟湘逢故人慢》「薰風微動」：即初夏之景，以適清閑之趣。　又：「青梅煮酒」句，自得優游。（同前）

二七三　周美成《應天長》「條風布暖」：詞工意深。（同前）

二七四　康伯可《應天長》「管絃繡陌」：花月誰主，言及人情物理變遷。（同前）

二七五　周美成《尉遲盃》「隋堤路」：離情別恨，無過於此。　又：思別之意，又是一番新調。（如今向漁村水驛，夜如歲，焚香獨自語。有何人、念我無憀，夢魂凝想鴛侶。）（同前）

二七六　周美成《西河》「佳麗地」：「髻鬟對起」言山如髻對對而起。　又：諷刺舊事，正在此語見之。（燕子不知何世，入尋常巷陌人家，相對如説興亡，斜陽裏。）（同前）

二七七　陳（一作李）後主《秋霽》「虹影發侵堦乍雨歇」：望中感情興思。　又：言宋玉傷秋之詞。（同前）

二七八　周美成《解連環》「怨懷難託」：燕子樓建自張建（脱「封」字），以妾眄眄居之。　又：以寄梅而發閨思，極有意味。（同前）

二七九　柳耆卿《二郎神》「炎光初謝過」：齊武帝起層觀，七夕，宫人多登之穿鍼，故名其樓。

二八〇　柳耆卿《望遠行》「長空降瑞」：用謝惠連「庭列瑶階，林梃瓊樹，皓鶴奪鮮，白鷴失素」之句形容雪之白，更無餘味。（同前）

又：古詩所謂：「人間鈿合三山隔，飛上靈槎二（當作一）水通。」（同前）

二八一　柳耆卿《望梅》「小寒時節」：形容梅處，極其精鍊。（同前）

二八二　柳耆卿《傾盃樂》「禁漏花深」：鋪叙下元景物，極其精透。（同前）

二八三　賀方回《望湘人》「厭鶯聲到枕」：詞語清亮，思中又思，撫景傷情，含蓄春意，不見悲切。

又：此段（指下片）寫心中舊事，以古人事蹟安排。（同前）

二八四　秦少游《望海潮》「梅英疏淡」：以詞説盡梅之青（疑作清）芬疏影，幽香素質，極其高妙，更無堪比。　又：可人風味在此語意，古詩所謂「若同桃李發，豈肯到山家」，殊絶。（同前）

二八五　柳耆卿《望海潮》「東南形勝」：錢塘，邑名，在今杭州，屬浙，為天下首邑，有西湖之水、蘇公之堤，極其富麗，為士大夫誇奬品題遊樂。（同前）

二八六　沈公述《望海潮》「山光凝翠」：詞語精透。（同前）

二八七　周美成《夜飛鵲》「河橋送人處」：行遲，意有留連思。（同前）

二八八　康伯可《大聖樂》「千朵奇峰」：此詞自言得其清閑安居而樂，不以功名富貴而累其心，又謂人生老去，不能再來。（同前）

二八九　秦少游《風流子》「東風吹碧草」：「行客老滄洲」句似有感慨意。　又：以下觸景而增感歎，以春光而發心事。（同前書卷六）

二九〇　張文潛《風流子》「亭皐木葉下」：庾信《愁賦》云：「閉之欲驅愁，愁之不肯去。久收欲避愁，愁已知人老。」（同前）

二九一　周美成《風流子》「楓林凋晚葉」：見秋月之怨，月中「人影參差」句殊有風味，道人不能道者。（同前）

二九二　周美成《霜葉飛》「露迷衰草」：詞意有月下之思而及故人耳，極有風度可愛。（同前）

二九三　李漢老《女冠子》「帝城三五」：這「一雙情眼」，更見風味。（同前）

二九四　柳耆卿《女冠子》「淡烟飄薄」：此段（指上片）述盛夏之景。（同前）

二九五　周美成《女冠子》「同雲密布」：此詞全把唐人詩句演成一篇，詞曲妙哉。　此段（指下片）詞意逈出塵俗，與「曉樹放開花意思，夜窗添起自精神」之句，托意深邃。（同前）

二九六　（未標作者，朱筆補周美成）《丹鳳吟》「迤邐春光」：詞意謂春光將盡，所以自恨，故形之於

詞。　又：總是傷春情緒，愁歎而已。（同前）

二九七　辛幼安《摸魚兒》「更能消幾番風雨」：作春晚之詞，有送春意。　又：因春晚而傷舊事，誦之令人有感。（同前）

二九八　晁無咎《摸魚兒》「買陂塘」：意精詞透，道人所不能道者。（同前）

二九九　李玉《賀新郎》「篆縷銷金鼎」：「惟有楊花糝徑」句殊有風味。（同前）

三〇〇　葉夢得《賀新郎》「睡起流鶯語」：以初夏之日，寫出一篇心事，無窮意味，令人誦之，心得之樂，自然解慮忘憂。（同前）

三〇一　蘇東坡《賀新郎》「乳燕飛華屋」：盛夏之時景物繁茂，「槐陰」、「晚涼」句正當其時。又：「瑶臺曲」、「風動竹」，此用古人。「穠艷一枝香」喻石榴，「千重似束」喻千花，言此時惟榴花盛，獨豔於夏千花皆將盡。（同前）

三〇二　劉方叔《賀新郎》「翠葆摇新竹」：撫景吊古，風味頓殊於先輩，可謂善詞賦者。　又：此段（指下片）是追屈原忠魂事。（同前）

三〇三　劉潛夫《賀新郎》「深院榴花吐」：兒女句皆時俗。　又：謂楚大夫忠節之高。（靈均標致高如許）（同前）

三〇四　劉潛夫《賀新郎》「思遠樓前路」：寫五日之景。（上片首句始）。　又：楚人以角黍沉江以祭屈平，至今千餘載，其俗尚存。（同前）

三〇五　宋謙父《賀新郎》「靈鵲橋初就」：此以七夕為旨，道盡人間委曲，又見世間兒女乞巧為虛，可為一笑。　又：道人以下言人當臨景對符過，好風良夜，歌詠以樂情，更何有物外乾坤？（同前）

三〇六　劉改之《賀新郎》「睡覺啼鶯曉」：一篇詞意，點綴許多故事，見錢塘之古蹟，感慨傷情，賞心樂事，盡見之矣。　又：正得放蕩山水之間意思。（人世紅塵西障日，百計不如歸好。付樂事、與它年少，費盡柳金梨雪句，問沉香亭北何時召。心未愜，鬢先老。）（同前）

三〇七　辛幼安《賀新郎》「瑞氣籠清曉」：玉樹瓊枝相掩映，形容夫婦之美。　又：「直待來看」，言當登科第如此。（同前）

三〇八　秦少游《金明池》「瓊苑金池」：此言春光明媚，景物鮮妍，遊人恣意。　東君謂司春之帝，恐不能常為主，物換人非，春已去矣，當追尋宴樂，不可挫（當作錯）過。（同前）

三〇九　柳耆卿《白苧》「繡簾垂晝堂」：正千里瓊瑤未歸。　又：引袁公清節，立意高遠。（同前）

三一〇　柳耆卿《十二時》「晚晴初淡烟籠月」：此段（一段）叙秋夜景色。　又：此段（二段）道心中事。　又：此段（三段）道思想之情。（同前）

三一一　周美成《蘭陵王》「柳陰直」：古人所謂「絲絲能係别離情」，正見此詞語。（同前）

三一二　周美成《瑞龍吟》「章臺路」：鋪叙春之景象，意思極到。（同前）

三一三　周美成《大酺》「對宿煙收」：鋪叙春雨之景象精到，曲盡雨中之狀，與「細添和氣，潤怪逐暖風」之句更又飄逸。（同前）

三一四　周美成《浪淘沙慢》「晝陰重」：情意兩見，别思悠悠，不見傷感意，含蓄渾厚。（同前）

三一五　柳耆卿《玉女摇仙佩》「飛瓊伴侣」：喻佳人更比於仙女，又托名花，言佳人無異於仙女，過於比喻，且佳止以顔色為佳，未及心事，何如？（同前）

三一六　聶冠卿《多麗》「想人生美景良辰堪惜」：詠春之景象，極其精透，誦之令人自得其樂。（同前）

三一七　周美成《六醜》「正單衣試酒」：詞意自有落花形狀，凋零狼籍，舞紅墜粉，香銷色褪，隨風着雨，積翠堆紅，殘華敗枝，隨水沾泥之狀盡見之矣，此外更無餘味。（同前）

三一八　康伯可《寶鼎現》「夕陽西下暮靄紅」：寫上元之景象，此外更無餘味。　又：詞工意深。（同前）

三一九　柳耆卿《戚氏》「晚秋天一霎微雨」：劉禹錫賦云：「秋夜蛩鳴兮機杼促，朔鴈叫兮音書絶。」又：古人所謂萬事縈心夜更長，正是此意。

《新刻注釋草堂詩餘評林》詞話

《新刻注釋草堂詩餘評林》六卷，卷端下題「翰林九我李廷機批評，翰林院啟東翁正春校正，書林龍峰徐憲成梓行」，雖題李廷機批評，却與南京圖書館藏明刊李廷機批評《重刻草堂詩餘評林》大不相同。李廷機傳見《重刻草堂詩餘評林》詞話。又同為六卷，南圖藏本依小令、中調、長調分卷，而此書却據春景、夏景、秋景、冬景分卷。此據内閣文庫藏萬曆戊申起秀堂刊本録詞話四百三十六則，按此本有日本林羅山朱筆圈點評批。

一

《草堂詩餘序》：顧子汝所刻草堂詩餘成，問序於東海何良俊。何良俊曰：夫詩餘者，古樂府之流別，而後世歌曲之濫觴也。爰自上古鴻荒之世，禮教未興，而樂音已具。蓋樂者，由人心生者也。

方其淳和未散，下有元聲，則凡里巷歌謡之辭，不假繩削而自應宫徵即成，周列國之風，皆可被之管絃是也。迨周政迹熄，繼以强秦暴悍，由是詩亡而樂闕。漢興，郊祀房中之外別有鐃歌辭，如《雉子班》、《朱鷺》、《芳樹》、《臨高臺》等篇。其他蘇、李雖創為五言詩，當時非無繼作者，然不聞領於樂官，則樂與詩分為二，明矣。魏晉以來，曹子建《怨歌行》七解，為晉曲所奏。他横吹、相和、平調、清調、清商、楚調諸曲，六朝並用之。陳、隋作者猶擬樂府歌辭體物緣情，屬詠雖工，聲律乖矣。唐太宗以文教開國，又玄宗與寧王輩皆審音，海内清宴，歌曲繁興，一時如李太白《清平調》、王維《鬱輪袍》及王昌齡、王之渙諸人，略占小詞，率為伎人傳習，可謂極盛。迨天寶末，民多怨思，遂無復貞觀、開元之舊矣。宋初，因李太白《憶秦娥》、《菩薩蠻》二辭以漸創製，至周待制領大晟府樂，比切聲調十二律，各有篇目，柳屯田加增至二百餘調，一時文士復相擬作，而詩餘為極盛。然作者既多，中間不無昧於音節，如蘇長公者，人猶以鐵綽板唱「大江東去」譏之，他復何言耶？由是詩餘復不行，而金元人始為歌曲，蓋北人之曲以九宫統之，九宫之外別有道宫、高平、般涉三調，總一絶者，要皆不出此編矣。顧子，上海名家，家富詩書，代傳禮樂。尊公東川先生博物洽聞，著稱朝列，諸子清修好學，綽有門風，故伯、叔並以能書供奉清朝。仲、季將漸以賢科起矣。是編乃其家藏宋刻本，比世所行本多七十餘調，是不可以不傳。舊籍坊本雖夥，其字畫舛譌，詞語脱漏，讀者憾焉。今九我李先生留心此集，攷古校證，但以春景之詞彙分三卷，其夏秋冬各一卷焉，使諸覽習，不繁不厭，訂其釋註，新其詞評，煥然在目，書林徐君見而悦之，請梓以廣其傳。今聖天子建隆興之治，文士之盛，幾與商、周同風，獨聲律之學，識者不無歉焉。然是編於聲律家其可少哉？他日聖天子制功之樂，上探元聲，下採衆説，是編或大有裨於後學，觀者勿謂其文句之工，但足以備歌曲之用，為賓燕之娱耳也。（《新刻注釋草堂詩餘評林》）

二　胡浩然《喜遷鶯》「譙門殘月」：風俗通：立春日，士大夫家剪綵為小幡，謂之春幡，懸於佳人頭，或綴於花枝。又剪為春蝶、春錢、春燕為戲。又：雙溪老人云：浩然此詞先記節序，次叙述宴賞未歸，應時納祜，尤有歸宿。（同前書卷一「春景類」）

三　辛幼安《蝶戀花》「誰向椒盤簪綵勝」：椒屬玉衡星，元旦飲椒柏酒，令人有壽，故以椒盤為祝。杜詩云：「守歲阿戎家，椒盤已獻花。」正此意也。（同前）

四　賀方回《臨江仙》「巧剪合歡羅勝子」：首以羅勝子、釵頭、綵燕就為立春日之故事，而不以景物鋪叙，又是一家文法，後以人情客意結之。又：《復齋漫録》云：方回詞有《雁後歸》詞，乃山谷守當塗，方回過之，人日席上作也，腔本《臨江仙》，易以《鴈後歸》云。今仍其舊。又：唐劉餗《傳記》云：隋道行（當為薛道衡）聘陳，為《人日》詩，首云：「入春纔七日，離家已二年。」南人哂之，及云：「人歸落雁後，思發在花前。」乃曰：「名下無虚士。」（同前）

五　毛澤民《玉樓春》「小園半夜東風轉」：天文志：斗柄回寅天下春，日行東陸，故謂之東君。（同前）

六　李漢老《小重山》「誰勸東風臘裏來」：《青帝賦》：「震宫初動，木德惟行，龍精戒旦，鳳曆司春。」

綵燕，立春日用，青鞋，遊春日用之點綴，可愛。（同前）

七 京仲遠《漢宫春》「暖律初回」：《夢華録》：立春日，有司為壇祭，先農官吏具綵杖環擊土牛者三，所以示勸農之意。（同前）

八 向伯恭《鷓鴣天》「紫禁烟花一萬重」：此詞富麗，寫盡上元景象，末寓感慨之意。（同前）

九 張林甫《燭影摇紅》「雙闕中天」：此見燈燭管絃之盛，光陰迅速如夢，追及往事，寧不傷懷？（同前）

一〇 劉叔安《慶春澤》「燈火烘春」：《樂書》曰：漢家上元日祠太乙，以昏刻祀到曉。又：此詞鋪叙景物極富麗。（同前）

一一 李漢老《女冠子》「帝城三五」：「吴臺今古繁華地，偏愛元宵燈火戲。春前臘後未開晴，已向街頭作燈市。」（同前）

一二 柳耆卿《傾盃樂》「禁漏花深」：按唐睿宗元夕，於安福門外作燈輪，高十丈，衣以錦綺，然五萬燈，竪之如花樹。宫女千數，衣羅綺，耀珠翠，又簡少婦千餘人，於燈輪下踏歌三日，令朝士能文都作歌，聲調入雲。（同前）

一三 吴大年《燭影摇紅》「梅雪初消」：湯雲崖詩：「三五良宵月正明，士民遊樂慶昇平。馬頭夾道金蓮擁。鰲背連山火樹生。舞榭煖雲飄翠袖，歌臺繁吹動瓊笙。熙熙萬象融和裡，共沐恩光賀聖廷。」（同前）

一四　丁仙現《絳都春》「融和又報」：蘇味道詩：「火樹銀花合，星橋鐵鎖開。暗塵隨馬去，明月逐人來。遊妓皆穠李，行歌盡落梅。金吾不禁夜，玉漏莫頻催。」（同前）

一五　康伯可《瑞鶴仙》「瑞烟浮禁苑」：《元夕》詩：「玉漏銅壺且莫催，玉關金鎖徹明開。誰家見月能閑坐，何處懸燈不看來。」　又：玉林詞話云：伯可，渡江初有聲樂府，受知秦申王，王薦於高宗皇帝，以文詞待詔金馬門。凡中興粉飾治具，及慈寧歸養，兩宮歡集，必假伯可之歌詠，故應制之詞為多。按此詞進入太上皇帝，極深賞「風柔夜煖」以下四句至於末章，賜金甚厚。（同前）

一六　康伯可《寶鼎現》「夕陽西下暮靄紅」：「春回璧月華燈夜，人在蓬壺閬苑中。」　又：古詞云：「御樓烟煖，鰲山綵結。鳳輦初回宮闕。千門燈火，九街風月。」（同前）

一七　康伯可《漢宮春》「雲海沉沉」：漢執金吾禁夜行，惟正月十五夜勑金吾弛禁前後一日。又：花庵詞客云：此詞伯可在慈寧殿元宵被旨作。（同前）

一八　周美成《解語花》「風銷焰蠟」：燈月交輝，佳人歌舞，才子遊玩，亦一時之勝。　又：用蘇（脱「味」字）道「暗塵隨馬去，明月逐人來」，詞意高古。（同前）

一九　胡浩然《傳言玉女》「一夜東風」：「笙歌聲沸長春地，星月光回不夜天」，可為此評。（同前）

二〇　胡浩然《萬年歡》「燈月交光」：以上元日燈燭之景，因見才子佳人遊樂，以動盪其心，而形於其曲。（同前）

二一　吴子和《喜遷鶯》「銀蟾光彩」：《書》曰：以閏月定四時成歲。《易》曰：歸奇於扐以象閏。故

三歲一閏,五歲再閏,十九歲七閏。(同前)

二二 周美成《應天長》「條風布暖」:《風俗通》:寒食日不動烟火,但辦熟飡,城市畫鴨相遺,鬬鷄為戲。(同前)

二三 周美成《瑣窓寒》「暗柳啼鴉」:《周禮》:司烜(當作烜)氏仲春以木鐸修火禁於國中。又:銀牀,井欄也。又:引宫詞切當。(正店舍無煙,禁城百五。《連昌宫詞》。)(同前)

二四 僧仲殊《訴衷情》「湧金門外小瀛洲」:去冬節一百五日為寒食,城市禁火,以鞦韆鬬鷄為戲。(同前)

二五 謝無逸《玉樓春》「弄晴數點梨梢雨」:天時人事,俱見此詞,露桃嗔、風柳妬,尤新奇有味。(同前)

二六 万俟雅言《三臺》「見梨花初帶夜月」:《秦歲時紀聞》:鬬鷄走狗,禁烟前後。又唐制:每歲清明,令内園官於殿前鑽火,先得進上者,賜絹十疋。(同前)

二七 劉叔安《絳都春》「和風乍扇」:唐清明時,取榆柳之火以賜近臣,須陽氣也。(同前)

二八 劉叔安《水龍吟》「弄晴臺館」:按坡公在黄州《夢》詩云:「寒食清明都過了,石泉槐火一時新。」夢中曰火,固新矣,泉何以新,蓋俗以清明日淘井。(同前)

二九 趙德麟《蝶戀花》「欲減羅衣寒未去」:布景生情,至於啼痕,方見人子思親意。又:善安排,詞中絶律。(同前)

三〇　葉少藴《醉蓬萊》「問春風何事斷送繁紅」：不忍別春之意溢於言外。又：曲水流觴，引山陰蘭亭樂事。（同前）

三一　馮偉壽《春雲怨》「春風惡劣」：《漢志》：三月上巳，官民皆禊飲於東流水，祓除宿垢也。自魏後，但用三月三，不復用上巳也。（同前）

三二　秦少游《風流子》「東君吹碧草」：觸景傷懷，言言新巧，不步人間蹊徑，詞令上品也。（同前）

三三　李元膺《洞仙歌》「雪雲散盡放曉晴」：此公借天地胸襟，收盡江南春色矣。又：公自叙云：一年春物，惟梅柳間意味最深，至鶯花爛漫時，則春已衰遲，使人無復新意，予作《洞仙歌》，使探春者歌之，不至有後時之悔耳。（同前）

三四　劉改之《水調歌頭》「春事能幾許」：此言春光易邁，人生幾何？恣飲高歌，良有以也。（同前）

三五　張東父《驀山溪》「青梅如豆」：摹寫春半之景宛在目中，而詞藻爛然，人人快覩。（同前）

三六　黄山谷《驀山溪》「鴛鴦翡翠」：山谷此詞有感而作，鴛鴦翡翠，言其止則相偶，飛則為雙，性馴故也。又：《雪浪齋日記》言山谷此詞云：「春未透，花枝瘦，正是愁時候。」極為學者稱賞，秦湛處度嘗有小詞云：「春透水波明，寒峭花枝瘦。」蓋法此也。（同前）

三七　王元澤《眼兒媚》「楊柳絲絲弄金柔」：新奇高妙，善於詞曲者。（同前）

三八　秦少游《眼兒媚》「樓上黄昏杏花寒」：對春景寥落而有所思，故作此詞。（同前）

三九　宋子京《錦纏道》「燕子呢喃」：昔虞松踏青，謂：「握月擔風，且留後日，吞花卧酒，不可過時。」　又：《古今詞話》云：此詞「海棠經雨胭脂透」一句最善形容景物，至下段用問酒杏花村事，曲盡郊外春遊之情，工詞者也。（同前）

四〇　王介甫《漁家傲》「平岸小橋千嶂抱」：玉林詞選與《浪齋日記》評之確矣，余又何言。　又：《雪浪齋日記》云：荆公此詞略無塵土思。　又：玉林詞選云：半山老人此詞極能道閑居之趣。（同前）

四一　趙德麟《清平樂》「春風依舊」：對景傷春，而言「斷送一生」，最為悲切。（同前）

四二　李後主《阮郎歸》「東風吹水日銜山」：李後主著作頗多，而此尤為傑出者。（同前）

四三　歐陽修《阮郎歸》「南園春半踏青時」：《歲時紀》：唐人於上巳日曲江頭祓禊飲踏青。（同前）

四四　秦少游《柳梢青》「岸草平沙」：對景物而思故人有如此者。（同前）

四五　宋子京《玉樓春》「東城漸覺風光好」：詞中「緑楊」、「紅杏」二句，果擅騷壇，子野稱之不虚也。　又：《遯齋閒覽》云：張子野郎中以樂章名擅一時，宋子京尚書奇其才。先往見之，遣將命者：「尚書欲見『雲破月來花弄影』郎中。」子野屏後呼曰：「得非『紅杏枝頭春意鬧』尚書耶？」遂出，置酒盡歡。蓋二人所舉皆警策也。《古今詩話》亦云：子野嘗作《天仙子》詞云「雲破月來花弄影」，士大夫多稱之。張初謁見歐公，曰『好雲破月來花弄影』，恨相見之晚也。（同前）

四六　秦少游《千秋歲》「柳邊沙外」：此搜紅拾翠之詞，誦者莫不嘖嘖，餘香留齒頰矣。　又：

《后山詩話》云：王平甫之子嘗云：今語例襲陳言，但能轉移耳。世稱此詞「愁如海」為新奇，不知李後主《虞美人》詞：「問君還有幾多愁，恰似一江春水向東流。」但以江為海耳。又：《冷齋夜話》云：少游小詞奇麗，詠歌之，想見其神清在絳闕蓬壺之間，余兄思禹使余賦崔徽頭子詞，因次韻曰：「半身屏外，睡覺脣紅退。春思亂，芳心碎，空餘簪髻玉。不見流蘇帶，誰與問，今人秀韻誰宜對。湘浦曾同會，手弭青羅蓋。疑是夢中猶在，十分春易盡，一點情難改。多少事，却隨恨遠連雲海。」（同前）

四七　王元澤《倦尋芳》「露稀（當為晞）向曉」：此以棠錦榆錢、嬌鶯倦燕點出無限風光，又以落花流水動幽思結之，何等有味。（同前）

四八　阮逸女《魚遊春水》「秦樓東風裏」：唐人詞調，嚼徵含宫，泛商流羽，為大雅元音，非今之險句聲（當為聱）牙以為工者比。又：新詞摘取其中秀句為題，若此者最多。又：《復齋漫録》云：政和中一中貴人使越州回，作（當作得）詞於古碑陰，無名無譜，不知何人作也，録以進御，命大晟府填腔，因詞中語，賜名《魚遊春水》。又：《古今詞話》云：東都防河卒於汴河上掘地，得石刻，有詞一闋，不題其目，臣僚進上，上喜其藻思絢麗，欲命其名，遂摭詞中四字，名曰《魚遊春水》，命教坊倚聲歌之，詞凡八十九字，而風花鶯燕動植之物，曲盡之詞，此乃唐人之語也，後之狀物寫情者，不及之矣，二説不同，未詳孰是。（同前）

四九　張子野《燕春臺》「麗日千門」：春景之繁華，人間之富麗，俱見此詞。又：詞令上品。

（同前）

五〇　秦少游《滿庭芳》「晚色雲開」：述晴春景物繁麗，見人須及時行樂也。（同前）

五一　周美成《浣溪沙》「小院閒牕春色深」：寫出貴婦心情，在此數語。（同前）

五二　宋子京《玉漏遲》「杏花飄禁苑」：此詞意在禁苑中作，方有此語，非郊野之景色。　又：燕語鶯啼，花紅柳緑，自是關人情意。（同前）

五三　秦少游《憶王孫》「萋萋芳草憶王孫」：梨花，院名，故有空閉門之説。　又：杜宇，一名子規，蜀帝所化，聲啼有勸農之意。（同前）

五四　周美成《浣溪沙》「水漲魚天拍柳橋」：初春景物繁麗，自是可人。（同前）

五五　秦少游《如夢令》「門外緑陰千頃」：據所聞所見，而春意滿腔矣。（同前）

五六　晏同叔《玉樓春》「緑楊芳草長亭路」：此亦春閨之詞，謂非婦人語，可乎？傳正所答叔原是也。《詩眼》云：晏叔原見蒲傳正云：「先公平日小詞雖多，未嘗作婦人語。」傳正云：「『緑楊芳草長亭路，年少抛人容易去』，豈非婦人語乎？」晏曰：「公謂少年為何語？」傳正曰：「豈不謂其所歡乎？」晏曰：「因公言，遂曉樂天詩兩句：『欲留所歡待富貴，富貴不來所歡去。』」傳正笑而悟其言之失，然此詞語意甚為高雅。（同前）

五七　阮逸女《花心動》「仙苑春濃小桃開」：按景修詞，無限根（當作恨）寄之於楮上矣。　又：次段尤委婉有味。　又：花庵詞客云：阮逸女工於文詞，惟此曲傳於世。（同前）

五八　周美成《渡江雲》「晴嵐多(當作低)楚甸」:《格物志》:衡陽有回鴈峰,鴈至此不過,春煖乃回。　又:對景傷春之懷,見於次段。(同前)

五九　聶冠卿《多麗》「想人生、美景良辰堪惜」:花庵詞客云:冠卿之詞不多見,如此篇,亦可謂才情富艷矣。其露洗華桐四句,又所謂玉中之珙璧,珠中之夜光者,心賞目奪。(同前)

六〇　周美成《瑞龍吟》「章臺路」:唐人作宫詞,或賦事,或抒怨,或寓風刺。或其人負才抱志,不得於君,流落無聊,故託以自況耳。(同前)

六一　秦少游《如夢令》「鶯嘴啄花紅溜」:點景修詞,如溜字、皺、透字,俱新巧。(同前)

六二　秦少游《海棠春》「流鶯牕外啼聲巧」:古詩:「半欲天明半未明,醉聞花氣睡聞鶯。」亦此意。(同前)

六三　柳耆卿《西江月》「鳳額繡簾高捲」:此詞啓語亦頗富麗,末結殊覺淡弱無味矣。(同前書卷二「春景類」)

六四　胡浩然《春霽》「遲日融和乍雨歇」:此能收天下春歸之肺腑者,不然,何其吐辭宏大典雅乃爾?(同前)

六五　解方叔《永遇樂》「風暖鶯嬌」:首二句最新稚。　又:春風永巷閑娉婷,長使青樓悞得名。(同前)

六六　史邦卿《沁園春》「做冷欺花」:浥殘柳絮香綿薄,瘦損梨花玉骨寒。　又:春雨㦃㦃,俱人登臨之興，有如此者。　又：此詞一本作《綺羅香》，未知孰是，候再攷正。　又：玉林詞話云：臨斷岸以下數語，姜堯章稱賞，謂梅溪之詞，蓋能融情景於一家，會句意於兩得，其謂是歟？（同前）

六七　周美成《大酺》「對宿煙收」：鋪叙春雨之景象，意思極到。　又：許敬宗云：春雨如膏，行人惡其泥濘，亦此意。（同前）

六八　李元膺《洞僊歌》「廉纖細雨」：此以春雨懨懨為助人愁悶似也，較之不管滴碎故鄉心、愁人耳，詞意尤勝。（同前）

六九　蘇子瞻《行香子》「北望平川」：形容晚景，宛如畫圖在目中，詞令上品也。　又：苕溪云淮北之地，由平夷，自京師至汴口，並無山。惟淮方有南山，南山石崖上有東坡《行香子》詞，後題云：「與泗守過南山晚歸作，字畫是東坡所書小字，但無姓名。崇觀間，禁元祐文字，遂鐫去之。余居泗上，打得此碑詞，至今尚存。」（同前）

七〇　賈子明《木蘭花令》「都城水緑嬉遊處」：花庵詞客云：公平生惟賦此一詞，極有風味。（同前）

七一　蘇東坡《西江月》「照野瀰瀰淺浪」：此坡老養夜，休息於橋。詞又是別後風味，與諸作不同。（同前）

七二　王通叟《慶清朝慢》「調雨為酥」：萬春之景，紅紫芳菲，不可虚度，直可載酒踏青，以握月擔風又：玉林詞話云：風流楚楚，詞林中之佳公子也。世謂柳耆卿工為浮艷之詞，方之此為樂也。

作，蔑加矣，集名《冠柳》，豈偶然哉！春遊踏青一詞，又不獨冠柳詞之上者也。（同前）

七三　陸務觀《水龍吟》「摩訶池上追遊路」：漢詔令民間禁火，云為介子推，且子胥沉江，未聞有絶水之士，令人不得寒食，犯者刑之。（同前）

七四　馬莊父《歸朝歡》「聽得提壺沽美酒」：古人胸懷磊落，如光風霽月，故能及時游衍，不屑屑於利禄有如此。（同前）

七五　秦少游《金明池》「瓊苑金池」：春光九十今過半，於花鳥見之。又：東君謂青帝，恐不能常為主，須及時行樂可也。（同前）

七六　柳耆卿《玉蝴蝶》「漸覺東郊明媚」：唐開元間，長安子弟春遊，載油幙帳具隨行郊苑臺榭之處，遇陰雨則覆之，盡歡而歸。（同前）

七七　歐陽永叔《浣溪沙》「湖上朱橋響畫輪」：融景賦詩，古人胸次，何等活泼泼地。（同前）

七八　周美成《瑞鶴仙》「悄郊原帶郭行路永」：點景入畫，令人賞心奪目。（同前）

七九　黄山谷《水調歌頭》「瑶草一何碧」：山谷老胸次悠然，真與造化同遊衍，故其發為辭華，俊逸清新乃爾。（同前）

八〇　辛幼安《鷓鴣天》「著意尋春懶便回」：詞淺意深，可謂素位而行，不役役於非望之福者。（同前）

八一　劉改之《賀新郎》「睡覺啼鶯曉」：此詞綴拾許多故事，見西湖之勝甲於天下，歌舞無休，坡老作守，酣遊於此，人嘲之曰：「十里荷花了公事。」或云：「非是公事湖中了，聞説官閑事也無。」（同前）

八二　黄魯直《踏莎行》「臨水天桃」：「人生有幾韶光美，倒盡金樽拚醉眠」，正此意。　又：山谷老嘗書其詞遺祝有道，亦心賞之也。（同前）

八三　秦少游《踏莎行》「霧失樓臺」：《冷齋夜話》云：少游到柳州作此詞，東坡絶愛尾兩句，書於扇曰：「少游已矣，雖萬人何贖？」（同前）

八四　歐陽炯《玉樓春》「日照玉樓花似錦」：如此詞，所謂美景、良辰、賞心、樂事，四美具矣。（同前）

八五　葉道卿《鳳凰閣》「遍園林緑暗」：因天時而傷人事，是作得之。（同前）

八六　周美成《玲瓏四犯》「穠桃夭李」：周君滿腔子都是春意，故能吐詞寫景到此。（同前）

八七　康伯可《憶秦娥》「春寂寞」：風落花殘，春寒服薄，閨閣憂思有不堪處者。（同前）

八八　俞克成《謁金門》「愁脈脈」：善描寫閨婦形狀者。（同前）

八九　賀方回《望湘人》「厭鶯聲到枕」：此等詞章，優柔婉麗，意味無窮，風骨内含，精芒外隱，如清廟朱絃，一唱三歎。（同前）

九〇　僧皎如晦《高陽臺》「紅入桃腮」：前段見春光之易老，次段言春遊之可樂，不知尋樂，而役役

於虚名薄利，則戚耳。（同前）

九一　晁叔用《玉蝴蝶》「目斷江南」：長安有灞陵橋，人多於此送别，又謂之銷魂橋。　又：詞末數語，無限幽思。（同前）

九二　俞克成《聲聲令》「簾移碎影」：《蘭亭記》云：「情隨事遷，感慨係之矣。向日欣榮，已為陳迹，不能不興懷也。」（同前）

九三　周美成《西平樂》「穉柳蘇晴」：前段綴景鋪辭，後段傷今思古。縱横變化，曲中宫商，周之詞華，可與王、李、柳、秦並驅中原矣。（同前）

九四　謝無逸《江城子》「杏花村館酒旗風」：此詞清新典雅，膾炙人口。　又：《復齋漫録》云：無逸嘗於關山杏花村館驛題此詩（當作詞），過者必索筆於館卒，卒頗以為苦，因以泥塗之，其為人賞重可知。（同前）

九五　秦少游《鷓鴣天》「枕上流鶯和淚聞」：此詞叙春閨之怨最為委婉。　又：《古今詩話》：此詞形容愁怨之意最末重，如後段「甫能炙得燈兒了，雨打梨花深閉門」兩句，頗有言外之意。（同前）

九六　蘇養直《倦尋芳》「獸鐶半掩」：三月鶯花，最是關情，夜對銀釭，形影相吊，甚有不堪者。（同前）

九七　張子野《浣溪沙》「樓倚江邊百尺高」：張三影洞徹閨怨，方能摹寫到此。（同前）

九八　張子野《浣溪沙》「錦帳重重捲暮霞」：李詩：「羅幃繡幙圍春風。」（同前）

九九 張子野《浣溪沙》「水滿池塘花滿枝」：古詩云：「燕子日長惟破夢，楊花風起更愁人。」(同前)

一〇〇 周美成《滿江紅》「晝日移陰攬衣起」：鑄意宏深，修辭奇婉，所謂氣靡屈、賈壘，目知曾、劉墻者。又：《苕溪叢話》云：「蝶粉蜂黄都過了」，人以蝶蜂時節都過，殊與下句不相屬。兼卒章有蝴蝶滿園飛，相反，後見一相識云「過」字乃「褪」字，而「蝶粉蜂黄」乃當時宫中時妝，故宋子京《蝶戀花》云：「淚落胭脂，界破蜂黄淺。」則知方睡起時，宫妝褪盡，所見惟一線枕痕耳，此説為可據。又：《鶴林玉露》云：楊東山言《道藏》經云：「蝶交則粉退，蜂交則黄褪。」周美成詞云「蝶粉蜂黄渾退了」，正用此也。而説者以為宫妝，且以「退」為「褪」，余因嘆曰：區區小詞，讀書不博者，尚不得其旨，況古人之文章而可臆見妄解乎？(同前)

一〇一 何籀《菩薩蠻》「南園滿地堆輕絮」：暮春景物消條，獨居幽思，於是為切。又：玉林詞選云：仲殊之詞多矣，佳者固不少，而小令為最。小令之中《訴衷情》一調又其最，蓋篇篇奇麗，字字清婉，高處不減唐人風致也。(筆者按：當係錯簡，不當在此。)(同前)

一〇二 秦少游《桃源憶故人》「碧紗影弄東風曉」：此等詞調，清新俊逸，誦之自爽人口。(同前)

一〇三 李後主《浪淘沙》「簾外雨潺潺」：因思故國而發，此詞悽惋悲悼。(同前)

一〇四 康伯可《應天長》「管絃繡陌」：鶯花三月，春光已過三之二矣，此時此夜，有難為情者。又：與之之詞，善體貼婦人聲吻。(同前)

一〇五 周美成《晝錦堂》「雨洗桃花」：花褪絮殘新燕語，春事闌珊矣。又：短歌新曲，雖是綺

麗，似非閨情，乃妓館中事。（同前）

一〇六 何籀《宴清都》「細草沿堦軟」：創用四個「遠」字作一句，何等奇巧。（同前）

一〇七 秦少游《阮郎歸》「春風吹雨遶殘枝」：以春風雨晴布景，宛若時光在目，看棋應劫句，見有所思而遲之也。（同前）

一〇八 寇平仲《踏莎行》「春色將闌」：《淮南子》云：暮春三月，江南艸長，襍花生樹，群鶯亂啼。正是愁人時節。（同前）

一〇九 寇平仲《踏莎行》「小徑紅稀」：此以緑戰紅酣、藏鶯飛燕點出三月景。（同前）

一一〇 趙德麟《小重山》「樓上風和玉漏遲」：《古今藝術》：秋千，北方戎戲，以習輕趫。杜牧詩：「女郎撩亂打秋千。」（同前）

一一一 蘇養直《小重山》「西園風暖落花時」：花落鶯啼，自是一番愁况。（同前）

一一二 何籀《點絳脣》「鶯踏花飜」：前布春閨之景，後寫閨中之情。善形容媍人聲口。（同前）

一一三 康伯可《浪淘沙》「蹙損遠山眉」：卓女君好畫遠山眉，故云春寒逼人，鳥啼花落，閨中幽思無限。又：按伯可又有《賣花聲》一闋云：「愁染著釵金，遠信沉沉。秦箏調怨不成音，郎馬不知何處也，樓外春深。好夢也難尋，夜夜餘衾。目窮千里正傷心，記得當時郎去路，緑樹陰陰。」此詞奇絶，亦是詠閨思，故附録於此。（同前）

一一四 馮延巳《長相思》「紅滿枝」：值此春光滿目，而懷人會晤難期，不能不戚戚也。（同前）

一一五　趙德仁《醉春風》「陌上清明近」：古詩云：「鬪雞走狗當年事，惆悵臨風憶古人。」可為此評。（同前）

一一六　張子野《歸朝歡》「聲轉轆轤聞露井」：此詞洞徹閨怨，瞭然在目。（同前）

一一七　馮延巳《謁金門》「風乍起」：「千回覽鏡千回淚，一度憑欄一度愁。」亦此意。　又：《雪浪齋日記》：《南唐詞集》云：馮延巳作《謁金門》「風乍起」，李後主云：「『吹皺一池春水』，干卿何事？」對曰：「未若陛下『細雨夢回雞塞遠，小樓吹徹玉笙寒』也。」（同前）

一一八　何籀《點絳脣》「春雨濛濛」：詞句委曲有味，可謂善體婦人聲口者。（同前）

一一九　秦少游《浣溪紗》「青杏園林煮酒香」：丘文莊云：「眼前語致口頭語，便是詩家絶妙詞。」誠然也。（同前）

一二〇　孫夫人《南鄉子》「曉日壓重簷」：詞意高妙，蓋顛之倒之，心有所思，而不專於女工也。（同前）

一二一　孫夫人《燭影摇紅》「乳燕穿簾」：孫夫人此詞備道出閨中情思，且句句情切，不襲陳語，亦女中才子也。（同前）

一二二　徐幹臣《二郎神》「悶來彈鵲」：摹寫春悶之怨，無踰此詞。　又：次段猶得婦人女子口。（同前）

一二三　徐師川《卜算子》「胸中千種愁」：《古愁吟》：「來時何速去得遲，半在胸中半在眉。」與此同

意。（同前）

一二四　沈公述《念奴嬌》「杏花過雨」：對此春光明媚，未見有別離之恨。　又：覩物傷懷，亦本然事。

一二五　秦少游《八六子》「倚危亭」：全篇寫怨，未曾露出一怨字，詞令上乘也。（同前）

一二六　徐師川《畫堂春》「落紅鋪徑水平池」：描寫閨中春怨之情，宛然在目。（同前）

一二七　趙德麟《錦堂春》「樓上縈簾弱絮」：此詞多有獨造之語。　又：《苕溪叢話》：趙德麟：「重門不鎖相思夢，隨意遶天涯。」徐師川：「門外重重疊疊山，遮不斷，愁來路。」二詞造語不同，其意絕相類。

一二八　秦少游《畫堂春》「東風吹柳日初長」：少游敏思捷才，人謂其頃刻開花果爾。　又：《古今詞話》：少游《畫堂春》「雨餘芳草斜陽，杏花零落燕泥香」之句，善於狀景物，至於「香篆暗消鸞鳳，畫屏縈遶瀟湘」二句，便含蓄，無限思量意思，此其有感而作也。（同前）

一二九　晏叔原《探春令》「緑楊枝上曉鶯啼」：鶯回午夢一黄鸝，正此意。（同前）

一三〇　周美成《掃地花》「曉鶯（一作陰）翳日」：韓夫人怨題云：「流水何太急，深宫盡日閑。慇懃付紅葉，好去到人間。」（同前）

一三一　辛幼安《念奴嬌》「野棠花落」：時值清明，九十春光過了太半，自是動人幽恨。（同前）

一三二　陳同甫《水龍吟》「鬧花深處」：柳緑花紅，鶯啼燕語，春光自是可人。　又：京師端午有

鬭百草之戲，婦人踏青，亦以此為樂。（同前）

一三三 王晉卿《燭影揺紅》「香臉輕勻」：整日蛾眉從懶畫，終一翠簟未曾過。宫中之怨，於此可見。（同前）

一三四 趙德麟《蝶戀花》「捲絮風頭寒欲盡」：前段因春之恨，後段人事之恨。（同前）

一三五 晏叔原《生查子》「金鞍美少年」：春寒夜雨秋千下，正是閨中之恨。（同前）

一三六 錢思公《玉樓春》「城上風光鶯語亂」：思公此詞極其悽惋，且惜韶光易老，朱顔暗换，要解愁腸，惟有芳樽而已。又：玉林詞話云：錢思公暮年作此詞，頗極悽惋之情。（同前）

一三七 柳耆卿《鬭百花》「煦色韶光明媚」：以春景華麗中剔出恨來，尤見高妙。（同前）

一三八 秦處度《謁金門》「鴛鴦浦」：《古愁吟》：「濃如野外連天草，亂似空中惹地絲。門掩落花春去後，窓涵明月酒醒時。」（同前）

一三九 韋莊《謁金門》「空相憶」：昔西王母宴群仙，有舞者戴砑光帽，簪花舞山香一曲，花皆落。（同前）

一四〇 韋莊《謁金門》「春雨足」：倚遍闌干，無由消千里之恨。（同前）

一四一 周美成《憶舊遊》「記愁横淺黛」：前言「墜葉」、「寒螿」，點秋宵景況，何以謂之春恨？後段又有「新燕」、「東風」句，意者二段錯簡乎？不直乃爾。（同前書卷三「春景類」）

一四二 李景元《帝臺春》「芳草碧色萋萋」：按寒食節，民俗禁火，以吊子推。插柳拾翠，鬭鷄走狗

為樂，此其時也。又：末掉數言善形容婦人聲口。（同前）

一四三　周美成《丹鳳吟》「迤邐春光」：春有盡而恨無盡，詞令中不多得者。（同前）

一四四　秦處度《卜筭子》「春透水波明」：古之美女多於翠樓凝妝刺繡，故云。（同前）

一四五　李景《浣溪沙》「手捲真珠上玉鈎」：春事闌珊，正是愁人處。又：舒曲春如夢，最有味。改「如春夢」，則常矣。（同前）

一四六　李景《浣溪沙》「風壓輕雲貼水飛」：古詩云：「乍雨乍晴花自落，閑愁閑悶日偏長。」可以為此評。（同前）

一四七　李景《浣溪沙》「一曲新詞酒一盃」：「燕歸來」、「花落去」，雖出自口頭話，而意趣雋雅。又：《漁隱叢話》：晏元獻公赴杭州，道過維揚，憩大明寺。冥（當為暝）目徐行，使侍吏誦壁間詩詞，戒其勿言爵里姓名，終篇者無幾。又俾別誦一詩云：「闡誦隋宫曲，當年亦九成。哀音已亡國，廢沼尚留名。儀鳳終陳迹，鳴蛙只廢聲。凄凉不可問，落日下蕪城。」徐問之，江都尉王琪詩也。召至同飲，又同步至池上，春晚，已有落花，晏云：「每得句書牆壁間，或彌年未嘗强對，且如『無可奈何花落去』，至今未能也。」王應聲曰：「似曾相識燕歸來。」由此辟置館職。（同前）

一四八　張仲宗《蘭陵王》「捲珠箔」：春光最可人，亦最愁人，細嚼此辭可見。又：繁華轉瞬如一夢耳，何必以區區得失交戰於胸中乎？（同前）

一四九　周美成《漁家傲》「幾日輕陰寒惻惻」：踏青而有故國之思，舉杯而有可人之勸，向恨春歸，

而今消之耳。（同前）

一五〇 晏叔原《如夢令》「樓外殘陽紅滿」：對景傷春，於此詞見之。（同前）

一五一 賀方回《薄倖》「淡粧多態更的的」：凡閨情之詞，在於淡而不厭，哀而不傷，是作得之。（同前）

一五二 易彥祥《驀山溪》「海棠枝上」：前段見春光明媚，可以適情。後段乃乘時遊衍，而以歌舞結之，善鋪叙。（同前）

一五三 魯仲逸《惜餘春慢》「弄月餘花」：描寫婦人無限幽思，寄之筆舌，真風流人豪也。（同前）

一五四 李玉《賀新郎》「篆縷銷金鼎」：詩選：「芳艸生兮萋萋，王孫遊兮不歸。」又：「素綆引銀瓶，銀瓶欲斷繩。」亦此意。又：玉林詞話云：李君之詞雖不多見，然風流藴藉，盡於《賀新郎》一詞耳。（同前）

一五五 李易安《念奴嬌》「蕭條庭院」：齊人呼寒食為冷節，家家朸柳插門。又：花庵詞客云：前輩嘗稱易安「緑肥紅瘦」為佳句，今亦謂此篇「寵柳嬌花」之語亦甚奇俟（當作俊），前此未有若此之佳者。（同前）

一五六 歐陽永叔《瑞鶴仙》「臉霞紅印枕」：永叔此詞摹寫傷春之懷，委婉清新，可以奏之絲竹，不減唐人風致。又：末掉意溢言外。（同前）

一五七 歐陽永叔《浣溪沙》「雨過殘紅濕未飛」：詞新意雅，不踐人間蹊徑。（同前）

一五八　韋莊《小重山》「一閉昭陽春又春」：宫詞有云：「玉顔不及寒鴉色，猶帶昭陽日影來。」所謂怨而不怒，最為得體者。（同前）

一五九　李后主《玉樓春》「晚妝初了明肌雪」：人主叙宫中之樂事，自是親切，不與他詞同。（同前）

一六〇　秦少游《蝶戀花》「鍾送黄昏鷄報曉」：用口頭話平平鋪叙，自有一種閑雅，包括世態人情殆盡。（同前）

一六一　吴彦高《青衫濕》「南朝千古傷心地」：懷往事之可悲，思今日之奇遇。又：花庵詞客云：右詞精妙悽惋，惜無人拈出，今録入選，必有能知其味者。（同前）

一六二　曾純甫《金人捧露盤》「記神京」：謝靈運每言良辰、美景、賞心、樂事四者難並，以故高人逸士尋芳載酒，未嘗落後。又：玉林詞選云：公即東都故老，及見中興之盛者。詞多感慨，庚寅春，奉使過京師，作《金人捧露盤》、《憶秦娥》等曲，悽然有黍離之悲，如邯鄲道上望叢臺有感作《憶秦娥》云：「風蕭瑟，邯鄲古道傷行客。傷行客，繁華一瞬，不堪思憶。叢臺歌舞無消息，金尊玉管空陳迹。空陳迹，遠天草樹，暮雲凝碧。」亦有感慨，故併録之。（同前）

一六三　周美成《石州慢》「寒水依痕」：感時恨别，惆悵飄零，往事流年，盡瞞之矣。（同前）

一六四　吴彦高《春從天上來》「海角飄零」：吴自叙云：會寧府遇老姬，善鼓瑟，自言梨園舊籍，因有感而賦此。後三山鄭中卿嘗從張貴謨使虜，亦聞虜中有歌之者。（同前）

一六五　李後主《蝶戀花》（當為《虞美人》）「春花秋月何時了」：山谷羡後主此詞，荆公云：未若「細

雨夢回鷄塞遠，小樓吹徹玉笙寒」，尤為高妙。（同前）

一六六　張子野《青門引》「乍暖還輕冷」：張三影胸次超脱，啓口自是不凡。（同前）

一六七　俞克成《蝶戀花》「夢斷池塘驚乍曉」：此樣詞調如駕輕車、就熟路，無纖毫窒礙，一氣滚來，妙，妙。（同前）

一六八　俞克成《蝶戀花》「海燕雙來歸畫棟」：此亦有感而言，辭氣流利，足爽人口。（同前）

一六九　歐陽永叔《青玉案》「一年春事都來幾」：春深，景物繁華，最能動人情意，歐陽公備言之矣。（同前）

一七〇　歐陽永叔《浪淘沙》「把酒祝東風」：此二句與老杜「明年此會知誰健」意同。（同前）

一七一　周美成《夜飛鵲》「河橋送人處」：古樂府：「行行重行行，與君生别離。相去萬餘里，各在一天（當作天一）涯。道路阻且長，會面安可期。胡馬依北風，越鳥巢南枝。」（同前）

一七二　歐陽永叔《踏莎行》「候館梅殘」：别調有云：「便做一江春水，都是淚，流不盡，許多情。」意同。（同前）

一七三　周美成《浪淘沙慢》「晝陰重」：古人餞送行者，或以物，或以酒，然物有盡，而文之意無盡，酒有窮而言之味無窮，故送别以贈言為尚。　又：結句清麗，令人惕然。（同前）

一七四　蘇東坡《蝶戀花》「春事闌珊芳草歇」：當鳥啼花落之時，自能動人離思之苦，況夢回月落，其情尤所不堪者。（同前）

一七五　蘇子瞻《江城子》「天涯流落思無窮」：傷別之意，至矣盡矣。又：末掉二句尤妙。（同前）

一七六　秦少游《江城子》「西城楊柳弄春柔」：「碧野朱橋」，正是離別之處。「飛絮落花」，言其景。「春江」二句，言其情也。又：但用柳，又用絮，似疊牀。（同前）

一七七　趙承之《念奴嬌》「舊遊何處」：金湯言金城，湯池，形勝之險固也。又：引王儉故事。（同前）

一七八　康伯可《喜遷鶯》「臘殘春早」：按康與之此詞，語意儘佳，惜此媚竈之語，蓋為檜相作耳。（同前）

一七九　晁無咎《摸魚兒》「買陂塘」：孫仲益曰：軒冕之榮，造物於人不甚愛惜，而一丘一壑，未嘗輕以與人。觀晁公此詞，亦得經丘尋壑之樂，而不為蝸名蠅利所制縛者。又：花庵詞客云：晁無咎《摸魚兒》，真能道急流勇退之意，真西山極愛賞之。（同前）

一八〇　周美成《玉樓春》「桃溪不作從容住」：作天台詞，以劉、阮事實入講最為得體。劉、阮必儀表非常可度世者，惜其求歸，拙矣。又：按東坡有《點絳脣》詞詠天台云：「醉漾輕舟，信流直到花深處。塵緣相誤，無計花間住。但烟水茫茫，回首斜陽，暮山無數。亂紅如雨，不計來時路。」蓋全用劉晨、阮肇天台事也。（同前）

一八一　歐陽修《朝中措》「平山闌檻倚晴空」：「山色有無中。」寫景絕。又：愚按：歐陽文忠公守維揚日，于城西北大明寺側建平山堂，頗得游觀之勝。金華劉源父出守揚州，文忠公作《朝中措》以餞之。後東坡亦守是邦，登平山堂有感，而賦《西江月》一闋云：「三過平山堂下，半生彈指聲中。十年不見老仙翁，壁上龍蛇飛動。欲吊文章太守，仍歌楊柳春風。休言萬事轉頭空，未轉頭時皆夢。」末句感慨之意見於言外。（同前）

一八二 蘇東坡《哨遍》「為米折腰」：坡老心慕淵明，此詞故為之櫽括，所謂惟豪傑而後識豪傑也，胸中磊落如此，二公蓋有無入不自得者，曠世所稀見也。又：東坡自序云：陶淵明賦《歸去來辭》，有其詞而無其聲，余治東坡，築雪堂於上，人俱笑其陋，獨鄱陽董毅夫見而悦之，有卜隣之意，乃取歸去來辭，稍歸（當作加）櫽括，使合聲律，以遺毅夫，使家僮歌之，時相從於東坡，釋耒而和之，扣生而（當作「牛角」）為之節，不亦樂乎？（同前）

一八三 歐陽永叔《玉樓春》「妖冶風情天與措」：雞即鳴，則東方白矣，雖有迷花戀酒之情，不能久留，故用一愁字，最巧。又：按司馬槱有贈妓一詞，名《蝶戀花》云：「妾本錢塘江上住，花落花開，不管流年度。燕子銜將春色去，紗牕幾陣黄昏雨。斜插犀梳雲半吐，檀板輕敲，唱徹黄金縷。望斷行雲無覓處，夢回明月生南浦。」〇又毛澤民有詞贈錢塘江妓女，名《惜分飛》：「露濕闌干花著露，愁到眉峰碧聚。此恨平分取，更無言語空相覷。斷雨殘雲無意緒，寂寞朝朝暮暮。今夜山深處，斷魂分付潮回去。」大為東坡稱賞，澤民由此得名。此二詞結語皆祖六一翁詞意。（同前）

一八四 周美成《虞美人》「落花已作風前舞」：前狀風，後寫情，清新典雅，其味無窮。（同前）

一八五　朱希真《念奴嬌》「別離情緒」：見景傷懷，亦閨婦本然事。又：以文君夜奔風情言之，醜也。（同前）

一八六　周美成《蘇幕遮》「隴雲沉」：詞鋒銛利，筆力縱横，才華當出沈、謝之右。（同前）

一八七　秦少游《水龍吟》「小樓連苑横空」：少游才捷，人謂其為頃刻開花，如此詞按景鋪叙，亦婉曲有余味也。又：《高齋詩話》：秦少游在蔡州，與官妓婁婉字東玉者甚密，贈之詞云：「小樓連苑横空。」又曰：「玉佩丁東別後」是也，又贈妓陶心兒詞《南鄉（當作歌）子》云：「玉漏迢迢盡，銀河淡淡横。夢回宿酒未全醒，已被鄰雞催起怕天明。臂上妝猶在，襟間淚尚盈。水邊燈火漸人行，天外一鈎殘月帶三星。」末句謂心字也。（同前）

一八八　宋豊之《小重山》「花樣妖嬈柳樣柔」：此詞風情雅致，曲盡佳人之態，末寫留戀意，尤妙。（同前）

一八九　黄魯直《鷓鴣天》「西塞山邊白鷺飛」：范希文贈釣者詩：「江上往來人，盡愛鱸魚美。君看一葉舟，出没煙濤裡。」又：山谷自序云：李如篪云玄真子漁父詞以《鷓鴣天》歌之，極入律，但少數句，因以玄真子遺事足之，憲宗畫像訪之江湖，不得。因令集其歌詩上之，玄真兄松齡懼其真放浪而不返，和其《漁父》云：「樂在風波釣是閑，艸堂松桂已勝攀。太湖水，洞庭山，狂風浪起且須還。」此余續成之意。（同前）

一九〇　張仲宗《漁家傲》「釣笠披雲青嶂繞」：晉賜張志和一奴一婢，曰漁童樵青。又：苕溪漁隱云：張仲宗有《漁家傲》詞，余往歲在錢塘，與仲宗從遊甚久，仲宗手寫此詞相示，云舊所作也。其詞第二句元是「㯭頭雨細春江渺」，余謂仲宗曰：「㯭頭雖是船頭名，今以雨襯之，語晦而病。」因為改作「緑簑雨細」，仲宗笑以為然。又有一詞亦寄調《漁家傲》云：「樓外天寒山欲暮，溪邊雪夜藏雲樹。小艇風斜沙嘴露，流年度，春光已向梅梢住。　短夢今宵還到否，葦村四望知何處。客裏從來無意緒，催歸去，故園正要鶯花主。」（此詞眉端刻評批：末譬之更清婉流麗，妙甚。）此詞亦清新流麗，故併附録於此。（同前）

一九一　黄山谷《阮郎歸》「歌停檀板舞停鸞」：羅景綸淪茶詩：「松風檜雨到來初，急引陶瓶離竹爐。待得聲聞俱寂後，一瓶春雪勝醍醐。」此法不可不知，蓋湯嫩則味甘，湯老則味苦矣。又：《古今詞話》云：觀者歎服此詞八句狀八景，音律一同，殊不散亂。人争寶之，猶之琬琰挂於堂室之間也。〇愚觀山谷集有一曲詠煎茶，亦名《阮郎歸》云：「烹茶留客駐金鞍，月斜牕外山。見郎容易別郎難，有人愁遠山。　歸去後，憶前歡，畫屏金博山。一杯春露莫留殘，與郎扶玉山。」併附於此。（同前）

一九二　黄魯直《浣溪沙》「堤上遊人逐畫船」：高人胸次，超脱隨在，皆樂境，於此可見矣。又：《候鯖録》云：歐陽永叔《浣溪紗》云：「堤上遊人逐畫船，拍堤春水四垂天，緑楊樓外出鞦韆。」此等語，要皆絶妙。只一「出」字，是後人著意道不到處。黄魯直云：「東坡居士曲，世所見者幾百首，或謂於音律小不諧，此詞横放傑出，自是曲子中縛不住者。」（同前）

一九三　黄山谷《西江月》「斷送一生惟有」：本旨勸酒，而通篇不露本來面目，造鳳樓手也。《陳后山詩話》云：此詞用韓文公《遣興》詩「斷送一生惟有酒」，又《贈鄭兵曹》詩「破除萬事無過酒」，纔去了一「酒」字，遂為切對，而語益峻。又云：「杯行到手莫留殘，不道月斜人散。」謂思相離之憂，則不得不盡飲，俗一改為「留連」，遂使兩句文義相失，故併附録於此。（同前）

一九四　史邦卿《雙雙燕》「過春社了」：此詞形容燕子棲簷入幙，輕飛巧語，掠水銜泥，其態度盡之矣。又：玉林詞話云：姜堯章極稱賞柳昏花暝之句，形容雙燕，亦曲盡其妙矣。（同前）

一九五　柳耆卿《黄鶯兒》「園林晴晝春誰主」：《説文》：黄鸝，倉庚也，一名商庚，一名鵹黄，又名黄袍，齊唤摶黍，楚人謂楚雀。唐明皇呼為金衣公子。《月令》云：「倉庚鳴則蠶生。」（同前）

一九六　康伯可《滿江紅》「惱殺行人東風裏」：梅聖俞《禽言》：「不如歸去，春山云暮。萬木兮參天（當作雲），蜀天兮何處。人言有翼可歸兮，豈忍空啼向高樹。」（同前）

一九七　章質夫《水龍吟》「燕忙鶯懶芳殘」：此言楊花散亂輕盈，乘風帶雨，滚地撲人，糁徑穿簾，輕薄悠揚之態，盡於詞内見之。又：玉林詞話云：質夫「傍珠簾散漫」數語形容盡之矣。（同前）

一九八　蘇東坡《水龍吟》「似花還似非花」：古詩：「輕飛不假風，輕落不委地。撩亂惹晴空，廢（當作發）人無限思。」可為此評。《曲洧舊聞》云：章質夫《水龍吟》詠楊花，其命意用事清灑可愛，東坡和之，若豪放不入律吕，徐而視之，聲韻諧婉，更覺質夫詞有織繡工夫。故晁叔用云：「東坡如毛嬙、西施，净洗脚（當為却）面，來與天下婦人鬭巧，質夫豈可比耶？」（同前）

一九九　周美成《水龍吟》「素肌應怯餘寒」：喻梨花清潔之姿，羣花無比，詩人所詠「一枝帶雨冰肌冷，幾樹含風雪色新」之句，最爲切當。（同前）

二〇〇　周美成《蘭陵王》「柳陰直」：古人所謂「絲絲能係别離情」，正此意。又：追思往事，維以不永懷。（同前）

二〇一　林君復《點絳脣》「金谷年年」：昔周茂叔牕前草不除，與自家意思一般，見道之言也。又：《詩話總龜》云：林和靖不特工於詩，尤工於詞曲，如作《點絳脣》，乃詠草耳，終篇不出一「草」字。（同前）

二〇二　辛幼安《摸魚兒》「更能消幾番風雨」：留春之意，溢於言外。又：因晚春而傷舊事，誦之令人有感。又：《鶴林玉露》云：詞意殊怨，「斜陽」「烟柳」之句，其與「未須愁日暮，天際乍輕陰」者異矣，使在漢、唐時，寧不賈種豆、種桃之禍哉？愚聞壽王見此詞頗不悦，然終不加罪，可謂至德也已。又題江西造口詞：「鬱孤臺下清江水，中間多少行人淚。西北是長安，可憐無數山。青山遮不住，畢竟東流去。江晚正愁予，山深聞鷓鴣。」蓋南渡之初虜人追隆祐太后御舟至造口，不及而還，幼安因此起興，聞鷓鴣之句，謂恢復行不得也。（同前）

二〇三　李易安《武陵春》「風住塵香花已盡」：物是人非，覩物寧不傷感？（同前）

二〇四　辛幼安《祝英臺近》「寶釵分」：此以心中愁懷歸於春上，極有風致，但天公不管人憔悴耳。（同前）

二〇五　康伯可《風入松》「一宵風雨送春歸」：昔箕仙送春吟云：「怨風怨雨摠皆非，風雨不來春自歸。」「我亦欲歸歸未得，杖頭空掛一簑衣。」（同前）

二〇六　周美成《如夢令》「池上春歸何處」：二詞（另為下一首）俱有意致。（同前）

二〇七　周美成《如夢令》「花落鶯啼春暮」：詞語佳麗。（同前）

二〇八　李易安《如夢令》「昨夜雨疎風驟」：李易安詞華，可與朱淑真埒。又：苕溪詞話云：近時婦人能文詞如李易安，頗知佳句，如云「緑肥紅瘦」，此語甚新。又九日詞：「簾捲西風，人似黄花瘦。」此言亦婦人所難到也。（同前）

二〇九　張仲宗《滿江紅》「春水連天桃花浪」：春事瓓珊，自是愁人時節。（同前）

二一〇　晁無咎《滿江紅》「東武南城新堤固」：三分春色止留一分，非春暮而何？（同前）

二一一　賀方回《青玉案》「凌波不過横塘路」：吴自江口沿淮築隄，謂之横塘。樓臺花木之盛，天下莫比。又：《潘子真詩話》：世稱方回作「梅子黄時雨」為絶倡，蓋用寇萊公話也，寇云：「杜鵑啼處血成花，梅子黄時雨如霧。」（同前）

二一二　賀方回《柳梢青》「子規啼血」：當鳥啼花落春歸之候，高人對此，寧不動懷？（同前）

二一三　賀方回《點絳脣》「紅杏飄香柳含烟」：暮春景物，最是愁人，此作得之矣。（同前）

二一四　李易安《怨王孫》「夢斷漏悄」：形容春暮，詞意俱到。又：結語尤有味。（同前）

二一五　李易安《怨王孫》「帝里春晚」：《開元遺事》：唐宫寒食節，立秋千為樂，呼半仙戲。（同前）

二一六　李易安《浣溪沙》「樓上晴天碧四垂」：鳥啼花落，九十春光去矣。（同前）　又：苕溪漁隱云：飛卿作此曉（一作晚）春曲，殊有富貴佳致。（同前）

二一七　温飛卿《玉樓春》「家臨長信往來道」：「車輕」「帳煖」二句有富貴態。

二一八　晁無咎《臨江仙》「緑暗汀洲三月暮」：鋪叙春暮之景，不但在殘花落葉見之，至末「行雲」二句，更含蓄有情。（同前）

二一九　李世英《蝶戀花》「遥夜亭皋閒信步」：景物依稀，人心憔悴，盡於詞意中見之。（同前）

二二〇　蘇子瞻《蝶戀花》「花褪殘紅青杏小」：古詩：「杏花結子春深後，誰解多情又復來。」又：《古今詞話》：予得此詞真本於友人處，極有理趣，「緑水人家遶」，非「遶」字，乃曰「人家曉」，曉字與遶字，蓋雲（當作霄）壤也。（同前）

二二一　晏同叔《蝶戀花》「簾幙風輕雙語燕」：晏同叔，乃叔原之父，皆擅才名，所謂有是父有是子也。（同前）

二二二　歐陽永叔《蝶戀花》「庭院深深深幾許」：首句疊用三箇「深」字，最新奇。　又：後段形容春暮光景殆盡。　又：易安居士序：歐陽公作《蝶戀花》，有「深深深幾許」之句，予酷愛之，用其語作「深深」數闋，其聲即舊《臨江仙》也。（同前）

二二三　葉道卿《賀聖朝》「滿斟緑醑留君住」：春色止三分，而二分愁悶，一分風雨，在人何，及時行樂乎？（同前）

二二四　僧皎如晦《卜算子》「有意送春歸」：送春之詞，此作至矣。（同前）

二二五　張子野《天仙子》《水調》數聲持酒聽」：按張子野作樂府詞，有三中三影，果奇句，為（脱「騷」字）壇絶倡，至今誦之，快耳賞心。　又：《古今詩話》：有客謂張子野曰：「人皆謂公張三中，心中事、眼中淚、意中人也。」公曰：「何不目之為張三影？」客不曉，公曰：「『雲破月來花弄影』，『嬌柔懶起，簾壓捲花影』，『柳徑無人，墜飛絮無影』，此余平生所得意也。」○《高齋詩話》：子野有詩云「浮萍斷處見山影」，又長短句「雲破月來花弄影」，又云「隔牆送過鞦韆影」，並佳。世謂張三影。（同前）

二二六　周美成《法曲獻仙音》「蟬咽凉柯」：前段以初夏景物有困人之意，後則致思感歎之辭也。（同前書卷四「夏景類」）

二二七　葉夢得《賀新郎》「睡起流鶯語」：即初夏之景，寫出一篇心事，令人誦之，塵鞅頓釋。　又：詞華飄逸，造鳳樓手亦不是過也。（同前）

二二八　王和甫《瀟湘逢故人慢》「薰風微動」：即初夏之景，以適幽閑之趣。　又：青梅煮酒，用曹孟德征張秀時事。（同前）

二二九　康伯可《大聖樂》「千朵奇峰」：素位而行，不以功名富貴累其心者，而後能為此言。　又：大順大化，於此可見。（同前）

二三〇　蘇東坡《阮郎歸》「緑槐高柳咽新蟬」：新蟬小荷，皆初夏之景，但榴花在五月，而四月亦或

有之，詞令上乘也。（同前）

二三一 曾純甫《阮郎歸》「柳陰庭館」：言言點景，有敲金戛玉聲。（同前）

二三二 蔣子雲《小重山》「花過園林清蔭濃」：以竹初落籜，荷已翻風，描出初夏景象，何等精當。（同前）

二三三 蔣子雲《好事近》（當作《齊天樂》）「疏疏幾點黄梅雨」：漢制，令郡國進梟，五月五日為羹，賜百官，取去凶人之義也。又：此又吊靈均之忠憤意。

二三四 吴子和《喜遷鶯》「梅霖初歇」：《荆楚記》：屈原以是日溺於汨羅江，楚人以舟拯之，今競渡，乃其遺俗。（同前）

二三五 蘇子瞻《南柯子》「山與歌眉斂」：蘇公之詞，非寫景物而已，且引古人以涉時事，遠見近聞皆到，豈淺衷薄識者所能道耶？（同前）

二三六 劉方叔《賀新郎》「翠葆摇新竹」：懸艾泛蒲，浴蘭鬥草，繫縷競渡，皆端午日事，至今從之。又：撫景吊古，風味頓殊，於先輩可謂美詞賦者。（同前）

二三七 劉潛夫《賀新郎》「深院榴花吐」：《月令》：日月會工鶉首之次，律中蕤賓，五月五日為天中節。又：俗傳所投角黍為蛟龍奪食，似無稽。（同前）

二三八 劉潛夫《賀新郎》「思遠樓前路」：歌此楚哀聲也，至今競渡用之，所以吊忠魂於千載之下矣。（同前）

二三九　歐陽永叔《臨江仙》「池外輕雷池上雨」：此以輕雷、時雨、荷花點出四月清和之景，又叙宫中華麗之可樂也。（同前）

二四〇　謝無逸《千秋歲》「楝花飄砌」：此言獨處深閨，晝長人倦，觸目感心，自有不能釋然者。（同前）

二四一　周美成《隔浦蓮》「新篁摇動翠葆」：韓好彈，以金為丸，捕打飛鳥，一日所失十餘，時人為之語曰：「若饑寒，逐金丸。」争拾取之。又：此以桓、謝自方。又：苕溪漁隱云：美成此詞「浮萍破處，簷花簾影顛倒」，杜少陵詩「燈前細雨簷花落」，美成「簷花」二字，與出處意不相合，乃知用字之難如此。（同前）

二四二　柳耆卿《訴衷情近》「景闌晝永」：對首夏清和之景，嗟我懷人，自不能遐置也。（同前）

二四三　周美成《側犯》「暮霞霽雨」：將景中點古人故事，照應得好，有平中之奇，人人爽心奪目。

又：壘土為墮，以居酒甕為壚。（同前）

二四四　周美成《憶王孫》「風蒲獵獵小池塘」：以針線慵拈，正見婦人傷景處，涵養有趣。（同前）

二四五　周美成《浣溪沙》「日射欹紅蠟蔕香」：長夏天氣，困人憂思，最切。（同前）

二四六　周美成《浣溪沙》「翠葆參差竹徑成」：竹團翠蓋，荷跳明珠，燕舞輕風，魚吹細浪，美景可人，宛然在目睫矣。（同前）

二四七　劉巨濟《夏初臨》「泛水新荷」：劉公胸次悠然，與造化同遊衍，故其吐詞乃能活潑潑地，布

景寓懷俱精到。(同前)

二四八 王逐客《雨中花》「百尺清泉聲陸續」:《温叟詩話》云:余嘗觀此詞,不用浮瓜沉李之事,而天然有塵外凉思,其詞語非觸熱者之所知也。(同前)

二四九 柳耆卿《過澗歇》「淮楚曠望極千里」:當夏日之可畏,而有散髪披襟、吟風弄月之懷,傑出塵寰者。(同前)

二五〇 周美成《塞翁吟》「暗葉啼風雨」:對景興懷,寄之筆舌,而音律鏗鏘,不怕周郎顧者。(同前)

二五一 周美成《滿庭芳》「風老鶯雛」:出口成詞,平平。鋪叙自有一種閑雅,不當以凡品目之。

又:末掉數句尤脱塵。(同前)

二五二 劉巨濟《聲聲令》「梅黄金重」:細嚼此詞,乃勘破浮雲世態,而徜徉於松蘿泉石之間者,高人也。(同前)

二五三 柳耆卿《女冠子》「淡烟飄薄」:李詩:「嬾摇白玉扇,裸袒青林中。脱巾挂石壁,浮瓜灑松風。」亦可謂得避暑之趣者。(同前)

二五四 柳耆卿《女冠子》「火雲初布」:首叙長夏景物之可人,次懷往昔佳會之難再,言約意盡矣。(同前)

二五五 劉巨濟《清平樂》「深沉玉宇枕簟清」:此詞布盡長夏昕夕之景。(同前)

二五六 柳耆卿《夏雲峰》「宴堂深軒檻」：此詞以夏日消閑宴樂發揮胸中清興，醉舞狂歌，無拘無束之意。（同前）

二五七 周美成《過秦樓》「水浴清蟾」：月明夜寂，自有一種清況。嗟我懷人，不能成寐，亦本然事。　又：末結有味。（同前）

二五八 蘇東坡《賀新郎》「乳燕飛華屋」：坡公此詞冠絶古今，苕溪之論誠矣。楊湜謂其為風流太守，豈虛語哉！　但其以《賀新郎》當改為「新涼」，乃係臆見，似未可從也。　又：末句更新奇。　又：《古今詞話》云：蘇子瞻守錢塘，有官妓秀蘭，天性黠慧，善於應對。胡（當作湖）中有宴會，羣妓畢至，惟秀蘭不來。遣人督之，須臾方至，子瞻問其故。對以髮結沐浴，不覺困睡，忽有人扣門聲，急起而問之，乃樂營將催督也，非敢怠忽，謹以實告。子瞻亦恕之，坐中倅車屬意於蘭，見其晚來，恙（當作恚）恨未已，責之曰：「必有他事，以此晚至。」秀蘭力辨，不能止倅之怒。是時榴花盛開，秀蘭以一枝藉手告倅，其怒愈甚，秀蘭收淚無言。子瞻作《賀新涼》以解之，其怒始息。子瞻之作，皆紀目前之事，蓋取其沐浴新涼，曲名《賀新涼》，後人不知之，誤為《賀新郎》，蓋不得子瞻之意也。子瞻真所謂風流太守也，豈可與俗吏同日語哉？　又：苕溪漁隱云：野哉，楊湜之言，真可入笑林。東坡此詞冠絶古今，託意高遠，寧為一娼而發？「簾外誰來推繡户，枉教人夢斷瑶臺曲，又却是，風敲竹」，用古詩「簾捲風動竹，疑是故人來」之句，今乃云忽有人扣門聲，急起而問之，乃樂營將催督，此可笑者一也。「石榴半吐紅巾蹙，待浮花浪蘂都盡，伴君幽獨。穠艷一枝細看（脱「取」字），芳心千重似束」，蓋初夏之時，千花零落，惟榴花獨艷，因為幽閨之情，今乃云榴花盛開，秀蘭以一枝藉手告倅，此可笑者二也。此詞腔調寄《賀新郎》，乃古曲名也，今乃云取其沐浴新凉，曲名《賀新凉》，後人不知之，誤為《賀新郎》，此可笑者三也。《詞話》中可笑者甚衆，姑舉其尤者，第東坡此詞深為不幸，横遭點污，吾不可無一言以雪其恥。 又：九我云：苕溪之説近是。（同前）

二五九 趙文鼎《賀新郎》「晝永重簾捲」：此詞點景寓懷，一筆寫成，無少牽强，而曲中宫商，可入絲竹者也。（同前）

二六〇 僧仲殊《念奴嬌》「故園避暑」：當茂林修竹之下，脱巾露頂，一觴一詠，撫景題詩，得其自然之樂，長嘯於天地間，何必會飲於河朔也？ 又：後段追思古人之風，又生今人之感，托意幽深，見於詞外。（同前）

二六一 僧仲殊《新荷葉》「雨過回塘」：「若耶溪傍採蓮女，笑隔荷花共人語。日照新妝水底明，風飄香袖空中舉。」亦此意。（同前）

二六二 張安國《滿江紅》「斗帳高眠」：古人冰（疑作咏）雨云：「十年舊夢傷春老，一夜新愁逐雨來。」（同前）

二六三 蘇子瞻《洞仙歌》「冰肌玉骨」：坡公，其食土炭者耶？ 何其吐露無烟火氣乃爾。 東坡自序云：僕七歲時，見郿州老尼姓朱，忘其名，年九十餘，自言嘗隨其師入蜀主孟昶宫中。一日大熱，主與花蕊夫人夜起避暑摩訶池上，作一詞，朱尼能記之，今四十年，朱已死久矣，人無知此者。獨記其首兩句，暇日尋味，豈《洞仙歌令》乎？今乃為足之云云。《漫叟詩話》云：楊元素作《本事曲》，記東坡《洞仙歌》詞，謂錢塘有一老尼，能誦後主詩首章兩句，後人為足其意，以填此詞。予嘗見一人誦全篇云：「冰肌玉骨清無汗，水殿風來暗香滿。簾開明月獨窺人，欹枕釵横雲鬢亂。起來瓊户寂無聲，時見疎星渡河漢。屈指西風幾時來，只恐暗中流年换。」又：苕溪漁隱云：《漫叟詩話》所載《本事曲》云錢塘一老尼能誦後主詩首章兩句，與東坡《洞仙歌》序全然不同，當以序為正也。（同前）

二六四　李知幾《臨江仙》「煙柳疎疎人悄悄」：夜闌人寂，月下聞笙，獨居幽思，於是為切，此詞真得之矣。（同前）

二六五　周美成《柳梢青》「有箇人人」：以海棠喻佳人，借楊妃事。又：「斗帳」三句尤新奇。（同前）

二六六　蘇東坡《滿庭芳》「香靉雕盤」：種種風流情緒，且以當時諸公綺語織成一篇詞曲，字字句句見之，真如佳人歌舞於目中。又：玉林詞選云：柳耆卿有《晝夜樂》詞云：「綉者（一作『秀香』）家住桃花徑，散神仙才堪並。層波細剪明眸，膩玉圓搓素頸。愛把歌喉當筵逞，遏天邊雨雲愁凝。言語是嬌鶯，一聲聲堪聽。洞房飲散簾幃静，擁香衾歡心逞。金爐麝裊青烟，鳳帳燭摇紅影。無限狂心乘酒興，這歡娱，漸入佳境。猶自怨鄰雞，道秋宵不永。」蓋謂贈坡妓也，此辭豔麗以淫，不當入選，以東坡嘗用其語，故收録之。（同前）

二六七　蘇子瞻《憶秦娥》「香馥馥」：詞意新婉，有所思而云然者。（同前）

二六八　周美成《意難忘》「衣染鶯黄」：此乃形容佳人態度風情，極其工巧，且曲中音律，詞令上品也。（同前）

二六九　周美成《解連環》「怨懷難託」：懷古傷今，言言雅練，若周君，可謂善形容閨中之情者。又：燕子樓，乃張所建。　又：末段詞語健麗新奇。（同前）

二七〇　黄魯直《憶秦娥》「花深深」：形容閨中之情最真切。（同前）

二七一　孫夫人《風中柳》「銷減芳容」：「不為傍人羞不起，為郎憔悴却羞郎」，可為此評。（同前）

二七二　周美成《風流子》「新緑小池塘」：情調欲歌先咽，意沖沖，從此各西東。愁人怕對黄昏，窗兒外，疏雨滴梧桐。細思量，不如桃李，猶解嫁春風。（同前）

二七三　和凝《小重山》「春入神京萬木芳」：詞只五十餘字，而宫闈之怨，盡涵其中，大家作手也。又：愚按：和凝為石晉宰相，有《喜遷鶯》一詞云：「曉月墜，宿雲披，銀燭錦屏帷。建章鐘動玉繩低，宫漏出花遲。春態淺來雙燕，紅日漸長一線。嚴妝欲罷囀黄鸝，飛上萬年枝。」此詞與《小重山》詞語意相類，至于《薄命女》一詞云：「天欲曉，宫漏穿花聲繚繞。牕裏星光少。冷霧寒侵帳額，殘月光沉樹杪。夢斷錦幃空悄悄，强起愁眉小。」細嚼此詞，頗盡宫中幽怨之意，並附録於此。（同前）

二七四　周美成《西河》「佳麗地」：《蘭亭記》云：情隨事遷，感慨繫之矣。向之所忻羡，俛仰之間，已為陳迹，猶不能不以之興懷。　又：王、謝當以漁隱之議為是，更有烏衣巷可證。　又：《漁隱叢話》云：王、謝是二姓，即王導、謝安之族所居，名烏衣巷。有曰烏衣之聚，不當作榭字（一作謝安）。或者乃引劉氏《摭遺》所載：唐王榭航海遇風，抵一州，見烏衣國王，以女妻之。後榭思歸，取飛雲軒，令榭入其中，閉目少息，至其家，視之梁上雙燕呢喃，後寄詩曰：「誤到華胥國裏來，主人終日獨憐才。雲軒漂去無消息，灑淚春風幾百回。」女荅曰：「昔日相逢冥數合，今時暌遠是生離。來年縱有相思字，三月天南無雁飛。」此小説虚誕，何可信哉？（同前）

二七五　陳去非《臨江仙》「憶昔午橋橋上飲」：古詩：「天地無情吾輩老，江山有限古人休。」亦吊古傷今之意。　又：苕溪漁隱云：去非舊有詩云：「風流丘壑真吾事，籌策廟堂非所知。」其後登政府，無所建明，卒如其言。○九日詞云：「九日登臨有故常，隨晴隨雨一傳觴。」用退之淮西碑故事，故常之語，如憶吴中舊遊《臨江仙》一闋，清婉奇麗奇，簡齋詞集云：「惟此詞最優。」（同前）

二七六　周美成《尉遲盃》「隋堤路」：遠遊曰離，近出曰别，此辭備言離别之苦。（同前）

二七七　蘇東坡《虞美人》「波深（當作聲）拍枕長淮曉」：離情無限，故淚多於酒，與「離愁漸遠漸無窮，迢迢不斷如春水」同意。（同前）

二七八　寇平仲《陽關引》「塞草烟光闊」：王右丞陽關絶句，古今人多用其語意，不特一平仲也。　又：苕溪漁隱云：王右丞絶句云：「渭城朝雨浥輕塵，客舍青青柳色新。勸君更盡一杯酒，西出陽關無故人。」此送元二使安西餞别之詩也。近世又歌入《小秦王》，更名《陽關曲》，蓋用詩中語也。舊

本《蘭畹集》載寇萊公《陽關引》，其語豪壯，其送别之曲，當為第一，亦以此絶句復入詞中云云。（同前）

二七九 蘇東坡《八聲甘州》「有情風萬里捲潮來」：坡公之詞輕清消（當作瀟）灑，如蓮花出池，亭亭净植，無半點塵俗氣。　又：苕溪漁隱云：《晉書》：謝安雖受朝寄，然東山（一有「之志」二字）始末不渝，每形於言色。及鎮新城，盡室而行，造浮海之裝，欲須經略粗定，自海道還東。雅志未就，遂遇疾篤還都，尋薨。羊曇為安所愛重，安薨後，輟樂彌年，行不由西州路。嘗因大醉，不覺至州門，左右白曰：「此西州門也。」曇悲感，以馬策扣扉，誦曹子建詩曰：「生存華屋處，零落歸山丘。」因慟哭而去。故坡用此故事，若世俗之論，必以為成讖矣。然其詞石刻後東坡題云元祐六年三月六日。余以東坡年譜考之：元祐四年知杭州，六年召為翰林學士承旨，則此詞蓋此時作也。自後復守潁，徙楊，入長禮曹，出帥定武，至紹聖元年方南還（一作遷）嶺表，建中靖國元年北歸，至常乃薨，凡十一載，則世俗成讖之論，果足信耶？（同前）

二八〇 宋謙父《驀山溪》「壺山居士」：有此安貧樂道，有無入而不自得之趣。（同前）

二八一 辛幼安《水龍吟》「渡江天馬南來」：公理宗朝致政隱退，以家事付兒郎，作《西江月》詞云：「萬事雲煙忽過，一身蒲柳先衰。而今何事最相宜，宜醉宜遊宜睡。」詞意極超脱。（同前）

二八二 蘇東坡《滿庭芳》「蝸角虚名」：細嚼此詞，繹其義，自然胸次廣大，識見高明，居易俟命，而不役於蝸名蠅利間矣。　又：按詩僧號悔（一作晦）庵者，亦有一詞名《滿江紅》，云：「擾擾浮生，待足何時是足。據見定，隨家豐儉，便堪龜縮。得意濃時休進步，須防世事多翻覆。枉教人，白了少年頭，空碌碌。誰不願黄金屋，誰不愛千鍾粟。算五行不是，這般題目。枉使心機閒計較，兒孫自有兒孫福。又何須採藥訪蓬萊，但寡欲。」此詞亦是達觀之見，故附録之。（同前）

二八三　陳瑩中《青玉案》「人生南北如歧路」：言言見道，不為塵網所束縛者，吴公人品可想矣。（同前）

二八四　黄魯直《醉落魄》「紅牙板歇韶聲斷」：《六么》，曲名也。此詞言茶之味美於酒，與玉川子之歌同意。（同前）

二八五　黄魯直《品令》「鳳舞團團餅」：昔陸羽著《茶經》二篇，時李季卿宣尉江南，召之，羽野服，挈具而入，李公心鄙之，取錢酬煎茶博士，羽自愧，更著《毁茶論》。又：苕溪漁隱云：黄魯直諸茶詞，余謂《品令》一詞最佳，道人使（當作所）不能言，尤在結尾二句見之。（同前）

二八六　晏叔原《鷓鴣天》「綵袖慇勤捧玉鍾」：晁氏謂叔原不襲人語，自成一家，議論最當。又：《文選》。《雪浪齋日記》言：晏叔原此詞云：「舞低楊柳樓心月，歌盡桃花扇底風。」此等語，不愧六朝宫殿（一作掖）體。又：趙德麟《侯鯖録》：晁無咎云叔原不蹈襲人語，而風調閑雅，自是一家，如「舞低楊柳樓心月，歌盡桃花扇底風」，自可知此人不生於三家村中也。（同前）

二八七　張子野《生查子》「含羞整翠鬟」：鶯語百轉，而彈箏似之，其工見矣。（同前）

二八八　柳耆卿《望海潮》「東南形勝」：錢塘邑屬今杭州，有西湖水、蘇公堤，桂子荷花，極其富麗，士大夫嘗遊樂品題其間。　又：羅鶴林云：此詞流播，金主亮聞歌，欣然有慕於三秋桂子、十里荷花，遂起投鞭渡江之志。近時謝處厚詩云：「誰把杭州曲子謳，荷花十里桂三秋。那知卉木無情物，牽動長江萬古愁。」余謂此詞雖牽動長江之愁，然卒為金主送死之媒，未足恨也。至於荷艷桂香妝點湖山之清麗，使士大夫流連於歌舞嬉遊之樂，遂忘中原，是則為可恨耳。（同前）

二八九　黃山谷《瑞鶴仙》「環滁皆山也」：此詞檃括《醉翁亭記》，併包無遺，妙，妙。（同前）

二九〇　蘇子瞻《水調歌頭》「落日繡簾捲」：坡老「山色有無中」句，本永叔說來，形容山態最妙。或以為永叔短視，甚謬，甚謬。　又：《藝苑雌黃》云：歐陽公送劉貢父守維陽，作長短句云：「平山欄檻倚晴空，山色有無中。」平山堂望江左諸山甚近，或以為永叔短視，故云「山色有無中」。東坡笑之，因賦快哉亭道其事云：「長記平山堂上，欹枕江南烟雨，杳杳没孤鴻。認取醉翁語，山色有無中。」蓋山色有無，非烟雨不能然也。（同前）

二九一　秦少游《鵲橋仙》「纖雲弄巧」：按：七夕歌以雙星會少別多為恨，獨少游此詞謂「兩情若是久長時」二句，化陳腐，最能醒人心目。（同前書卷五「秋景類」）

二九二　謝勉仲《鵲橋仙》「鈎簾借月」：「鵲橋一別西風隔，天上人間總是愁」，可為此評。（同前）

二九三　柳耆卿《二郎神》「炎光初謝過」：齊武帝起層觀，七夕宮人多登之穿針，故名其樓。又：古詩所謂：「人間鈿合三山隔，天上靈槎一水通。」（同前）

二九四　宋謙父《賀新郎》「靈鵲橋初就」：古詩：「雙星今日貪歡樂，那得工夫賜巧絲。」可見柳州作

文之謬也。又：次段言美景良辰，不宜虚度。（同前）

二九五　謝幼槃《醉蓬萊》「望晴峰染黛」：古詩「此夜若無月，一年虚度秋」，又「慇懃莫負今宵賞，一落西山又隔年」，此確言也。（同前）

二九六　蘇東坡《念奴嬌》「憑高眺遠」：坡公襟懷寥廓，與上下同流，故其吐詞清雅飄逸，至今誦之，令人翩翩然有羽化登仙之態。（同前）

二九七　葉少藴《念奴嬌》「洞庭波冷」：歐陽詹序：秋之於時，後夏先冬，八月中秋季始孟，終十五於夜，又月之中，清光可愛，古今人所共賞者。（同前）

二九八　晁無咎《洞仙歌》「青烟冪處」：此詞布盡秋光，前後照應如織錦然，真天孫手也。又：《苕溪叢話》云：凡作詩詞，要當如常山之蛇，救首救尾，不可偏也。如晁無咎作中秋《洞仙歌》，其首云「青烟幕處」至「閑皆（當作堦）卧桂影」，固已佳矣，其後云「待簒將許多明，付與金樽」至「素秋千頃」，若此可謂善救首尾者也。至朱希真作中秋《念奴嬌》則不及此，其首云：「插天翠柳，被何人推上，一輪明月。照我藤牀凉似水，飛入瑶臺銀闕。」亦已佳矣。其後云：「洗盡凡心，滿身清露，冷浸蕭蕭髮。明朝塵世，記取休向人説。」此兩句全無意味，收拾不佳，遂并録其全篇，以見其氣索然矣。（同前）

二九九　東坡《水調歌頭》「明月幾時有」：東坡此詞都下傳唱，内侍録呈神宗，獨（當作讀）至「瓊樓玉宇不勝寒」，上曰：「蘇軾終是愛君。」量移汝州。又：東坡自序云：丙辰中秋，歡飲達旦，大醉，作此篇，兼懷子由。又：苕溪漁隱云：先君嘗云：「柳詞『鼇山綵結蓬萊島』，當云『綵締』，坡詞『低綺户』當云『窺綺户』，二字既改，其詞益佳。」又：苕溪云：中秋詞，自東坡《水調歌頭》一出，餘詞盡廢，然其後亦豈無佳詞？如晁次膺《緑頭鴨》一詞殊清婉。但尊俎間歌喉，以其篇長憚唱，故湮没無聞焉。其詞曰：「晚雲收，淡天一片琉璃。爛銀盤、來從海底，皓色千里澄渾（當作輝）。瑩無塵、素娥澹佇，净可數、丹桂參差。玉露初零，金風未凛，一年無似此佳時。向坐久，疎星時度，烏鵲正南飛。瑶臺冷，闌干憑暖，欲下遲遲。　念佳人、音塵隔，後對此應解相思。最關情、漏聲正永，暗斷腸、花影漸移。料得來宵，清光未減，陰晴天氣又爭知。共凝戀、如今别後，還是隔年期。人縱健，清尊素月，長願相隨。」此詞清麗，併附録於此云。（同前）

三〇〇　辛幼安《金菊對芙蓉》「遠水生光」：按九為陽數，其日與月並應，故曰重陽。又：古詩：「人世難逢開口笑，菊花須（疑脱『插』）滿頭歸。」（同前）

三〇一　韓無咎《水調歌頭》「今日我重九」：此詞古雅豪邁，誦之，頓覺爽朗，蓋不羈之才，有養之士也。（同前）

三〇二　蘇東坡《南鄉子》「霜降水痕收」：《三山老人語録》云：自來九日多用落帽事，獨東坡云破帽戀頭，乃翻案法。（同前）

三〇三　蘇東坡《西江月》「點點樓前細雨」：「冷風凍雨又重九，泛菊囊萸自一觴。」可為此評。（同前）

三〇四　黄山谷《鷓鴣天》「黄菊枝頭破曉寒」：此見道之言，勘破名利關頭者。（同前）

三〇五　僧仲殊《南柯子》「十里青山遠潮平」：值秋景之凄凉，天涯遊子自是不堪。（同前）

三〇六　陳（一作李）後主《秋霽》「紅雨侵堦」：「霽色曉融珠露白，清江晚照練江澄」。可為此評。（同前）

三〇七　范希文《御街行》「紛紛墜葉飄香砌」：《古愁吟》：「來時何速去何遲，半在胸中半在眉。」門掩落花春去後，窗涵明月酒醒時。」亦此意。（同前）

三〇八　柳耆卿《爪茉莉》「每到秋來」：構意宏深，措詞剴切，柳不在周、秦、歐、黄下也。又：九我云：柳公此詞秋夜説出許多凄凉之句，無奈感懷而已。若使丈夫處世，胸中豁然，何有此情？莫非設立此句粧就，如此説得大好。（同前）

三〇九　柳耆卿《十二時》「晚晴初淡烟籠月」：客舍本自凄凉，秋宵聞見，倍增感慨。又：親身經歷，故能道恁真切。（同前）

三一〇　柳耆卿《戚氏》「晚秋天一霎微雨」：《秋雨吟》「點點不離楊柳外，聲聲只在芭蕉裡」也，不管滴破故鄉心，愁人耳。（同前）

三一一　黄山谷《念奴嬌》「斷虹霽雨」：山谷老迺風流人豪，才思天啓，故其出口成文有不期工而工者，豈若今人弄粉調脂，如舞訝鼓流乎？　又：苕溪漁隱云：山谷云：三月十七日，與諸甥步自永安城，入張寬夫園待月，以金荷葉酌客，客有孫淑（一作叔）敏善長笛，連作數曲，諸甥曰：「今日之

會樂矣，不可以無述。」公因作曲記之，文不加點，或以為可繼東坡赤壁之詞云。（同前）

三一二　范元卿《念奴嬌》「玉樓絳氣」：俗言月中有玉兔、金蟇、素娥、丹桂之説，甚謬。惟朱子云：「月中黑處，乃天地山河之影，其空處，海水影也。」斯言足以破千古之疑。（同前）

三一三　朱希真《念奴嬌》「插天翠柳」：古詩：「皎皎金波天際流，一輪碾破碧雲秋。」此貞明之象萬古不磨也。（同前）

三一四　范元卿《念奴嬌》「尋常三五」：此公心境虛明，與秋月同其皎潔，故能吐露脱塵乃爾。（同前）

三一五　李漢老《念奴嬌》「素光練净」：坡老詠月云：「一更山吐月，玉鏡浸波瀾。正似西湖上，傍舍門外看。水氣橫江闊，香霧入樓寒。」　又：月夜聞笛，自有一種清況。觀李漢老作此詞，有「滿天霜曉，叫雲吹斷橫玉」之句，乃用崔魯《華清宫》詞句：「銀河漾漾月輝輝，樓礙天邊織女機。横玉叫雲清似水，滿空霜逐一聲飛。」或謂叫雲乃笛名，非也。（同前）

三一六　姚孝寧《念奴嬌》「素娥睡起」：「駕冰輪」句，與古詩「萬里青天碾玉輪」一意。　又：「今夜對月」句，本「狂歌對明月，詩思正徘徊」説來。（同前）

三一七　韓子蒼《念奴嬌》「海天向晚」：海天清徹，不讓「桂花清帶露，金氣冷於風」之句。　又：吹興詩情，並見於此。（同前）

三一八　柳耆卿《醉蓬萊》「漸亭皋葉下」：詞因呈見而作，布宫殿庭階之景，共月白風清之良，慨古傷今，極有風致，惜其奏呈不稱旨，亦天也。　又：花庵詞客云：耆卿為屯田員外郎，會太史奏老人星見，侍秋霽，宴禁中，仁宗命左右詞臣為樂章，內傳屬耆卿應制，耆卿方冀進用，作此詞奏呈，上見首有「漸」字，色若不懌，讀至「宸遊鳳輦何處」，乃與御製真宗挽詞暗合，上慘不悦，又讀「太液波翻」，曰：「何不言波澄？」投之於地，自此不復擢用。（同前）

三一九　趙元稹《滿江紅》「慘結秋陰」：「征鴻」幾字，即望中之思。　又：「修眉一抹有無中」，乃望中之無際處。　又：「天涯」以下皆託意。（同前）

三二〇　魯逸仲《晝錦堂》「風悲畫角」：描出旅思凄凉，令人興起故鄉之想。　「故國梅花」以下數句最有味。（同前）

三二一　張宗瑞《桂枝香》「梧桐雨細」：秋宵旅邸，凄其動遊子故土之思，亦本然事。（同前）

三二二　周美成《桂枝香》（當為《蝶戀花》）「月皎驚烏棲不定」：首句本曹孟德月明烏飛説來。（同前）

三二三　周美成《蕙蘭芳引》「寒瑩晚空點青鏡」：此詞俊逸，如常山率然首尾相應，佳作，佳作。（同前）

三二四　黄叔暘《長相思》「天悠悠」：此字只三十餘字，字字悲秋，大家作手。（同前）

三二五　辛幼安《鷓鴣天》「枕簟溪堂冷欲秋」：「欹枕静聞庭葉落，倚節閑看白雲飛」，亦是此意。（同前）

三二六　張文潛《風流子》「亭皋木葉下」：此見秋况之愁人。　又：浣花溪畔居人多造箋紙，或

曰香箋，或曰鸞箋。（同前）

三二七 周美成《霜葉飛》「露迷衰草」：詞意有月下之思而及故人耳，極有風度可愛。 又：自「想玉匣哀絃」以下重增思致。（同前）

三二八 周美成《華胥引》「川源澄映」：前段寫秋景之清曠有可人處，後段述幽閨之寂寞見愁人處。（同前）

三二九 范希文《漁家傲》「塞下秋來風景異」：曲盡秋塞之情，誦之令人興悲。 又：《東軒筆録》云：范希文守邊日，作《漁家傲》樂歌數闋，皆以「塞下秋來」為首句，頗述邊鎮之苦。永叔嘗呼為窮塞主之詞。及王尚書素守平凉，永叔亦作《漁家傲》一詞以送之，其斷章曰：「戰勝歸來飛捷奏，傾賀酒，玉階遥獻南山壽。」且謂王尚書曰：「此真元帥之事也。」（同前）

三三〇 李太白《憶秦娥》「簫聲咽」：花庵詞客云：太白此章，為百代詞曲之祖。（同前）

三三一 温庭筠《更漏子》「玉鑪煙」：夜永衾寒，雨聲滴碎鄉心矣。（同前）

三三二 柳耆卿《玉蝴蝶》「望處雲收雨斷」：發幽思於律呂之中，運巧思於斧鑿之外，正而平，和而雅，比諸刻琢句意而求精麗者，豈不遠哉！（同前）

三三三 高賓王《玉蝴蝶》「喚起一襟凉思」：楚客指宋玉。 又：描寫秋天景象，儼然一幅畫面。（同前）

三三四 李後主《浣溪沙》「菡萏香銷翠葉殘」：布景生思，因思得句，可人處不在多言。 又：

《雪浪齋日記》云：荆公問山谷云：「作小詞，曾看李後主詞否？」答曰：「曾看了。」荆公曰：「何處最好？」山谷以「一江春水向東流」為對，荆公曰：「未若『細雨夢回雞塞遠，小樓吹徹玉笙寒』，又『細雨濕流光』最好。」又南唐詞集云：馮延巳作《謁金門》曲「風乍起」，李後主笑曰：「『吹皺一池春水』，干卿何事？」馮延巳對曰：「未若陛下『小樓吹徹玉笙寒』也。」

三三五　王介甫《千秋歲引》「別館寒砧」：觀此詞説得秋光景物宛在目中，援古證今，不見愁思，意在言外。（同前）

三三六　周美成《解蹀躞》「候館丹楓」：秋景蕭條，兼之旅邸寂寞，天時人事有難乎其為情者。（同前）

三三七　秦少游《滿庭芳》「碧水澄秋」：因觀景物而思故人，傷往事。且詞調灑落，托意高遠，佳製也。（同前）

三三八　周美成《氏州第一》「波落寒汀」：點綴秋光，極為綺麗。又：末掉如風捲浮雲，包括殆盡。又：鍾台云：竇滔之妻蘇氏織錦廻文，因其詞清切，其意悽惋，故選録之，其辭曰（略）。（同前）

三三九　周美成《宴清都》「地僻無鐘鼓」：此詞只平平鋪叙秋夜之景，而一種閑雅，自不可及。又：援古人以自喻。（同前）

三四〇　李後主《長相思》「一重山」：句句含怨，字意不露圭角，可謂善形容者。（同前）

三四一 周美成《塞垣春》「暮色分平野」：述深秋之景，寫悲秋之懷，婉曲有味。（同前）

三四二 周美成《風流子》「楓林凋晚葉」：秋聲秋色入耳觸目，多能動人愁思。（同前）

三四三 康伯可《金菊對芙蓉》「梧葉飄黄」：描寫秋景，宛在目中，幽閨之怨，溢於言外。（同前）

三四四 周美成《西園竹》「浮雲護月未放滿」：有光風霽月之胸懷，有偎紅倚翠之態度，妙！妙！（同前）

三四五 孫巨源《河滿子》「悵望浮生秋怨」：秋色秋怨，盡在景物中生出來，且有傷今思古之意。次段歸結人情上，尤有味。（同前）

三四六 周美成《慶春宫》「雲接平岡」：詞因秋色迎眸，秋聲入耳，追憶故人別離情緒，幽期密約之意耳，何有於怨乎？（同前）

三四七 周美成《拜星月慢》「夜色催更」：杜牧序：秋娘有寵於景陵，後賜歸故鄉，予過金陵，因感其窮，為之賦詩，同時歌舞，惟有舊娘聲價如故。（同前）

三四八 柳耆卿《碧芙蓉》「夜雨滴空堦」：寫素懷幽怨無出於此，蛩聲夜闌，愈見怨意。（同前）

三四九 李後主《醜奴兒令》「轆轤金井梧桐晚」：轆轤，井上汲水之器，蝦鬚，簾也。（同前）

三五〇 秦少游《搗練子》「心耿耿」：秋閨夜景，凄其幽思之情更切。（同前）

三五一 汪彦章《小重山》「月下潮生紅蓼汀」：秋夜閨中之情，一筆發盡。（同前）

三五二 秦少游《菩薩蠻》「蛩聲泣露驚秋枕」：點綴極精，可式，可式。（同前）

三五三　秦少游《菩薩蠻》「金風蔌蔌驚黄葉」：聞風聲、雁聲、砧聲，足以動秋閨之思。（同前）

三五四　汪彦章《點絳脣》「高柳蟬嘶」：蟬嘶菱歌，所聞；晚雲山翠，所見。據閨中聞見，未免傷懷。（同前）

三五五　鹿虔扆《臨江仙》「金鏁重門荒苑静」：作宫詞，須用富麗之句，此似亦平淡了。又：結語妙。

又：按周美成《西河》詞云：「燕子不知何世，向尋常巷陌人家，相對如説興亡，斜陽裏。」亦是就「煙月不知人事改」句變化出來。（同前）

三五六　辛幼安《沁園春》「三逕初成」：老子曰：「知足不辱，知止不殆。」可為致政投閑者之評。又：尚友數古人，激流湧退之意。（同前）

三五七　吕居仁《沁園春》「東里先生」：非緑野閑人忘却勢力者不能道。又：末語與「萬事年來付酒甌」同意。又：苕溪漁隱云：余性樂恬退，一丘一壑，蓋將老焉。吕居仁所作此詞，能具道阿堵中事，每一歌之，未嘗不擊節也。（同前）

三五八　柳耆卿《雨霖鈴》「寒蟬凄切」：古人所去（當作云）「去去客千里，迢迢天一涯」，自有難乎其為情者。（同前）

三五九　李易安《一剪梅》「紅藕香殘玉簟秋」：李易安有《漱玉集》，朱淑真有《彤管編》，並行於世，其才華可方駕齊驅者。又：苕溪漁隱云：近時婦人能文詞者，如趙明誠之妻李易安，長於詞，有《漱玉集》三卷行於世，此詞頗盡離别之情，當為拈出。（同前）

三六〇　李易安《鳳皇臺上憶吹簫》「香冷金猊」：離愁無限，俱於此詞見之。（同前）

三六一　鄭中卿《鳳皇臺上憶吹簫》「嗟來咄去」：山谷詩：「造化小兒無定據，番來覆去，倒橫直竪，眼見皆如許。」（同前）

三六二　朱希真《西江月》「世事短如春夢」：此樂天知命之言，可為昏夜乞哀以求富貴利達者戒。

又：黄玉林謂希真又有一詞云：「日日深盃酒滿，朝朝小圃花開。自歌自舞自寬懷，且喜無拘無礙。　青史幾番春夢，紅塵多少奇才。不須計較與安排，領取而今見在。」此二詞辭淺意深，可以警世之役役於非望之福者。（同前）

三六三　王介甫《桂枝香》「登臨送目」：許仲晦詩：「玉樹歌殘王氣終，景陽兵合戍樓空。松楸遠近千官塚，禾黍高低六代宫。石燕拂雲晴亦雨，江豚吹浪夜多風。英雄一去豪華盡，惟有青山似洛中。」

又：《古今詞話》云：金陵懷古，諸公寄詩（當作調）於《桂枝香》，凡三十餘首，獨介甫最為絶唱。東坡見之，不覺嘆息曰：此老乃野狐精也。（同前）

三六四　沈公述《望海潮》「山光凝翠」：首叙並州之形勝，次追往古之風流，賀詞又是一格。（同前）

三六五　朱希真《秋霽》「壬戌之秋」：此詞僅百餘言，以坡老《前赤壁賦》包括殆盡，妙！妙！（同前）

三六六　晁無咎《八州甘聲》「謂東坡未老賦歸來」：晁氏和東坡此詞，典雅俊逸，可謂善學邯鄲步者。（同前）

三六七　辛幼安《念奴嬌》「晚風吹雨」：此段（指上片）寫西湖之景，次段述西湖處士林和靖放鶴出入為號，以盡詞意。（同前）

三六八　張于湖《念奴嬌》「洞庭青草」：此以秋景即事為詞意，言洞庭水光與心鏡相似，澄徹廣大，至於「萬象為賓客」句，更奇絶。（同前）

三六九　白居易《長相思》「汴水流」：樂天此等詞調最膾炙人口。又：花庵詞選云：居易此詞，上四句皆説錢塘景，並載《長相思》一闋云：「深畫眉，淺畫眉，蟬鬢鬅鬙雲滿衣。陽臺行雨回。巫山高，巫山低，暮雨蕭蕭郎不歸。空房獨守時。」蓋詠閨怨也。此二調非後世作者所可及也。（同前）

三七〇　万俟雅言《長相思》「短長亭」：詞客極贊雅言之調矣，不必更評。又：玉林詞客云：雅言之詞，詞之聖者也。發妙旨（一作音）於律吕之中，運巧思於斧斤之外，工而平，和而雅，比諸刻琢句意而求精麗者，豈不遠哉？（同前）

三七一　林外《洞仙歌》「飛梁壓水」：「虹光映檻摇金雹，煙氣浮空擁玉龍」，句意何等冠冕宏大，可為此評。又：《古今詞話》云：此詞乃近時林外題於吴江垂虹亭，世或傳以為吕洞賓所作者，非也。（同前）

三七二　劉改之《唐多令》「蘆葉滿汀洲」：劉公重遊武昌鶴樓，慨江山之如故而人物非昔，故作此詞。（同前）

三七三 范希文《蘇幙遮》「碧雲天」：「鄉魂」、「旅思」處以下數句，詞意宛切。（同前）

三七四 沈會宗《天仙子》「景物因人成勝槩」：觀苕溪所云賈閣沈詞，昔時稱勝之屬於彼，世事反覆，古今同然有如此者。又：苕溪漁隱云：賈芸老有水閣在苕溪之上，景物清曠，會宗為賦此詞，其後水閣易主，今已摧毀久矣。遺址正與余水閣相近，同在一岸，景物悉如會宗之詞。故余嘗有鄙句云：「三間水閣賈芸老，一首佳詞沈會宗。無限當時好明月，如今總屬績溪翁。」蓋謂此也。（同前）

三七五 張子野《滿江紅》「紅蓼花繁」：值秋宵之景，駕一葉扁舟於鳧渚鷗汀之中，消（當作瀟）灑脱塵，有囂囂然自得之意。（同前）

三七六 謝無逸《漁家傲》「秋水無痕清見底」：古之藉漁而隱，如吕尚、嚴陵而下，陸龜蒙為江湖散人，張志和號煙波釣叟，皆得其樂者。（同前）

三七七 黄魯直《浣溪沙》「新婦磯頭眉黛愁」：磯頭、浦口，皆地名，漁父出入之所。又：東坡云：黄魯直作此詞，清新婉麗，閙其得意，自以水光山色替却玉肌花貌，此乃真得漁父之風也。然纔出新婦磯，又入女兒浦，此漁父無乃太孟浪也？（同前）

三七八 蘇東坡《水龍吟》「楚山修竹如雲」：愚溪云：笛製，取良榦首，存一節，節間留懺（當作纖）枝，剪而束之。節以下若膺處則微漲，而全體皆須白净。「龍鬚」三句形容殆盡。（同前）

三七九 僧仲殊《金菊對芙蓉》「花則一名」：正得古人香飄十里、景布三秋句意。又：「一枝擬問姮娥乞，管取花神為點頭」，正似此語。（同前）

三八〇　僧仲殊《念奴嬌》「水楓葉下」：散清香，浮小葉，帶雨乘風，張蓋製衣之句，並見此詞，一意翻成，自得標格。（同前）

三八一　蘇子瞻《卜算子》「缺月掛疎桐」：山谷老評之當矣，又何贅焉？　又：黄山谷云：東坡道人在黄州，作此詞，語意高妙，似非喫煙火人語。自非胸中有萬卷書，筆下無一點塵俗氣，孰能到此？　又：苕溪漁隱云：「揀盡寒枝不肯棲」之句，或云鴻鴈未嘗棲宿樹枝，惟在田野葦叢間，或改作「寒蘆」，亦是。但此詞本詠夜景耳，至換頭，但只説鴻，正如《賀新郎》詞「乳燕飛華屋」本詠夏景，至換頭，只説榴花，蓋作文之法，語意到處，即為之，不可限以繩墨。　又：衡（當作鮦）陽居士云：「缺月」，刺明微也。「漏斷」，暗時也。「幽人」，不得志也。「獨往來」，無助也。「驚鴻」，賢人不安也。「回頭」，愛君不忘也。「無人省」，君不察也。「揀盡寒枝不肯棲」，不偷安於高位也。「寂寞吴江冷」，非所安也。　此詞與《考槃》詩極相似。（同前）

三八二　晏叔原《蝶戀花》「庭院碧苔紅葉徧」：高秋景物，目遇之而成色，耳得之而為聲，可喜可悲，在人情何如耳。（同前）

三八三　周美成《紅林檎近》「風雪驚初霽」：叙冬初景，須以「青女傳霜信」、「小春梅蕊綻」等語為佳，此以風雪奈冷言似太。（同前書卷六「冬景類」）

三八四　柳耆卿《望梅》「小寒時節」：形容梅處，極其精鍊，大家手筆也。　又：以桃李比小人，以梅比君子。（同前）

三八五　周美成《南鄉子》「晨色動粧樓」：狀冬日之曉，即事書懷。（同前）

三八六　秦少游《滿庭芳》「山抹微雲」：蓬萊舊事，少游之情思也，後又有暗解分之句，東坡極喜此詞。　又：《藝苑雌黄》云：程公闢守會稽，少游客焉，館之蓬萊閣。一日，席上有所悦，自爾眷眷不能忘，因賦長短句，所謂「多少蓬萊舊事，空回首，烟靄紛紛」是也。其詞極為東坡所稱道，取其首句，呼之為「山抹微雲」君。中間有「寒鴉數點，流水遶孤村」之句，人皆以為少游自造此語，殊不知亦有所本。予在臨安，見平江梅知録云：「隋煬帝詩：『寒鴉千萬點，流水遶孤村。』少游用此語也。」予又嘗讀李義山《效徐陵體贈更衣》云：「輕寒衣省便（一作夜），金斗熨沉香。」乃知少游詞「玉籠金斗熨沉香」與夫「睡起熨沉香，玉腕不勝金斗」，其詁（當作語）亦有來處。　又：苕溪云：晁無咎謂少游「斜陽外，寒鴉數點，流水遶孤村」，雖不識字人，亦知是天生好語，其褒之如此。（同前）

三八七　賀方回《浣溪紗》「鶯外紅銷一縷霞」：摹寫冬月晚景，妙入三昧。　又：《漁隱叢話》云：詞欲全篇好，極難得，如賀方回《淡黄楊》「柳帶棲鴉」，秦處度「藕絲清香勝花氣」二句，寫景詠物，造微入妙，其全篇則不逮此也。（同前）

三八八　秦少游《南鄉子》「萬籟寂無聲」：叙冬夜之景，在胸中流出，以梅花為故人，便見不孤。（同前）

三八九　林少瞻《少年遊》「霽霞初散」：描畫出曉行風景，宛如親身經歷。（同前）

三九〇　柳耆卿《白苧》「繡簾垂畫堂」：《雪吟》：「紛紛六出散奇葩，妝點瓊樓幾萬家。無意與梅争

冷暖，有心為國報年華。」又：當此殘冬，雪白梅芳，併作十分春色矣。（同前）

三九一 六一居士《漁家傲》「十月小春梅蘂綻」：《西京雜記》：建亥之月，謂之正陰，陰雖用事，而陰不孤立，此月純陰，疑於無陽，故謂之陽月。（同前）

三九二 黄叔暘《菩薩蠻》「南山未解松梢雪」：雪梅月之景，自是清雅可人。又：鍾台云：此詞小令皆載冬景類，因選遺失，故今併附之。（同前）

三九三 康伯可《滿庭芳》「霜幕風簾」：引東坡詞云：「香霧噀人驚，半破清泉流。面怯初嘗，吴姬三日手猶香。」富麗有味。（同前）

三九四 王充《天香》「霜瓦鴛鴦」：古詩：「稜稜凍結鴛鴦瓦，凛凛寒侵翡翠衾。」可為此景評。（同前）

三九五 周美成《早梅芳》「花竹深房櫳」：發揮冬景，而感歎之意溢於言外。（同前）

三九六 周美成《滿路花》「金花落燼燈」：古詩：「燈殘偏有焰，雪盛却無聲。」似此景。又：「欹枕小方牀，寒宵故意長。」同其凄楚。（同前）

三九七 万俟雅言《梅花引》「曉風酸」：冬景中叙出客中事，極當，即景喻人，兩得其旨。（同前）

三九八 周美成《少年遊》「并刀如水」：寫盡冬景行路意思，展轉有味。（同前）

三九九 秦少游《桃源憶故人》「玉樓深鎖多情種」：形容冬夜景色人情處，極其工巧。（同前）

四〇〇 徐昌圖《木蘭花令》「沈檀烟起盤紅霧」：以梅枝柳絮故事點冬景，可謂善形容者，「旋炙銀

筀」，見寒之極處，「酒病對寒冰」，又何寂寞也。（同前）

四〇一　六一居士《憶王孫》「同雲風掃雪初晴」：《詩經》：「上天同雲。」又：「如彼雨雪，先集維霰。」（同前）

四〇二　秦少游《如夢令》「冬夜月明如水」：「風寒侵夜枕，霜凍怯晨征。」亦此意。（同前）

四〇三　汪彦章《點絳唇》「新月娟娟」：此乃月落烏啼霜滿天景。（同前）

四〇四　曹元龍《驀山溪》「洗粧真態」：坡公詩：「羅浮山下梅花村，白玉為骨冰為魂。紛紛初疑月挂樹，耿耿獨與參黄昏。」亦言其國色天香，可方佳人也。（同前）

四〇五　朱希真《孤鸞》「天然標格」：古詩：「苦被東風著意催，初無心事占春魁。年年為報南枝信，不許群芳作伴開。」可為此評。（同前）

四〇六　朱希真《絳都春》「寒陰漸曉」：此等詞華，如良金出冶，煅煉精神，良璧出璞，追琢温潤。李賀詩：「羌笛秦（當作奏）《落梅》。」故云。（同前）

四〇七　秦少游《望海潮》「梅英疎淡」：可人風味，在此數語，古詩「若同桃李發，宜肯到山家」之句意同。（同前）

四〇八　蘇子瞻《西江月》「玉骨那愁瘴霧」：袁豐之宅後有梅花數株，開時張幕敵風，曰：「冰姿玉骨，世外佳人，但恨無傾城之笑耳。」又：《冷齋夜話》：東坡在惠州作梅花詞，時侍兒名朝雲者新亡，其寓意蓋為朝雲作也。又：苕溪漁隱云：《王直方詩話》載晁以道云：「説之初見東坡詞，便知道此老須過海，只為古今人不曾道到此，須罰教去。」此言鄙俚，近於忌人之長，幸人之禍，直方無識，載之詩話，寧不畏人之譏誚乎？（同前）

四〇九　朱希真《念奴嬌》「見梅驚笑」：此言梅之潔白分芳，凌雪傲霜。喻君子特立獨行，豈若小人班乎？（同前）

四一〇　周美成《玉燭新》「溪源新臘後」：林逋詩「衆芳摇落獨鮮妍，占斷風情向小園，疏影梅（當作横）斜水清淺，暗香浮動月黄昏。」可為此評。　又：按孫濟師有落梅詞《菩薩蠻》：「一聲羌笛吹嗚咽，玉溪半夜梅翻雪。江月正茫茫，斷橋流水香。　含章春欲暮，落日千山雨。一點著枝酸，吴姬先齒寒。」亦是詠羌笛奏落梅之事，今併附見於此。（同前）

四一一　周美成《花犯》「粉牆低」：態隨意出，辭遂機生，天孫手織不是過也。昔人謂梅詞以此為冠，誠然也。　又：玉林詞話云：此只詠梅花，而紆徐反覆，道盡三年間事，昔人謂好詩圓美流轉如彈丸，余於此梅詞最為第一。（同前）

四一二　晁叔用《漢宫春》「瀟灑江梅」：此詞詠梅不讓「暗香」、「疏影」之句，所謂湘妃瑟、秦女肖（當作簫），自是動人音律。　又：苕溪漁隱云：此詞用玉堂故事，乃引用薛維翰詩「白玉堂前一樹梅」，或又云宫苑中之玉堂，非也。　又云：曾端伯編《樂府雅詞》，以此詞為李漢老作，非也，乃晁叔用作。政和間以獻蔡攸，是時朝廷方興大晟府，蔡攸携此詞呈其父云：「今日於樂府中得一人耳。」蔡京覽其詞，喜之，即除叔用於大晟府府丞。（同前）

四一三 劉方叔《天香》「漠漠江皐」:《三友吟》:「君子虛心問大夫,梅花何事没稱呼。梅花復問松和竹,曾有調羹手段無?」(同前)

四一四 柳耆卿《望遠行》「長空降瑞」:此以雪中之景,景中之人互言,詞令上乘也。　又:用謝惠連「庭列瑶階,林挺瓊樹」等句形容雪之白。(同前)

四一五 周美成《紅林檎近》「高柳春纔軟」:三分雪白,一段梅香,十分春意歸肺腑矣。古人對此吟詩酌酒,良有以也。(同前)

四一六 周美成《女冠子》「同雲密布」:此詞全以唐人詩句演成一篇,絶妙。　又:與「曉樹故開花意思,夜牕添起月精神」之句同其深邃。(同前)

四一七 康伯可《醜奴兒令》「馮夷剪碎澄溪練」:此備言雪景之可樂,而舉古人事以實之。又:花庵詞客云:順庵作此詞,促養直赴雪夜溪堂之約。　又:一本「澄溪」作「澄江」,「飛下同雲」作「吹下紛紛」,「柳絮梅花處處春」作「柳絮楊花觸處春」,既用柳絮又用楊花,此是開(一作關)門閉户掩柴扉也。「月滿前村」作「月破黄昏」,既曰此夜,又破黄昏,意亦重復耳。(同前)

四一八 孫夫人《清平樂》「悠悠颺颺」:形容飛雪之態極到,且不露本來面目,妙手!妙手!(同前)

四一九 張安國《憶秦娥》「雲垂幕」:路迷迷路,俱指雪上。(同前)

四二〇 張安國《念奴嬌》「朔風吹雨」:首段因雪而興吟詠,次段以血而吐心事,「家在楚尾吴頭」以

下數句，身安心樂，何有於顧盼哉！（同前）

四二一　柳耆卿《玉女摇仙佩》「飛瓊伴侣」：前段以仙媪喻佳人，見天香國色之難覯。次段以古人方才子，見男才女貌之相宜。　又：此言人間夫婦作合自天，信非偶爾。（同前）

四二二　張子野《醉落魄》「雲輕柳弱」：生香真色，形容極美者也。又：苕溪漁隱云：《樂府雜録》云：笛者，羌樂也。古曲有《折楊柳》、《落梅花》，故杜少陵詩：「故園楊柳今摇落，何得愁中曲盡生。」皆言折楊柳之曲也。《復齋漫録》云：言古曲有落梅花句，非謂吹笛則落梅花，詩人用事不誤其失，予以為不然。蓋詩人有因笛中有《落梅花》曲，故言吹笛則梅落，其理甚通，用事殊未為失。且如角聲中有大小梅花曲，初不言落，詩人尚猶如此用之。故秦太虚和黄法曹詩云：「月落參横畫角哀，暗香消盡梅花老」者是也。（筆者按：眉端刻有批語：次笛落梅之辯甚明，復齋見左矣。）。《古今詩詞（當為話）》：用吹笛則落梅者甚衆，若以為失，則《落梅花》之曲，何為笛中獨有之，决不虚設也。如張子野此詞「蔌蔌驚梅落」，《摭遺》載梅花詩：「南枝向暖北枝寒，一種春風有兩般。憑仗高樓莫吹笛，大家留取倚闌干。」晁次英（當作膺）填入《水龍吟》詞云：「最是闘情處，高樓上、一聲羌笛。仗何人，説與争取，倚闌看。」孫濟師落梅詞云：「一聲羌笛吹嗚咽，玉溪半夜梅翻雪。」泛觀古今詩詞，□□□□（當作「用事一律」），可見復齋之妄辯也。（同前）

四二三　孫巨源《菩薩蠻》「樓頭尚有三通鼓」：此見別離之苦隨在堪悲。　又：玉林云：孫公於元豐間為翰苑，與李端愿太尉往來尤數，會一日鎖院宣召者至其家，則出數十輩蹤跡，得之於李氏，時李新納妾，能琵琶，公飲不肯去，而迫於宣命，入院，幾二鼓矣。遂草三制罷，復作此長短句，以記別恨，遲明，遣以示李。（同前）

四二四 周美成《遶佛閣》「暗塵四斂」：詩：「夏之日，冬之夜，獨居幽思。」於是為切，况寓旅邸，其凄凉尤所難堪者乎？（同前）

四二五 周美成《南鄉子》「生怕倚闌干閣下」：倚欄而望，則觸目感心，而形於口，幽懷自種種。（同前）

四二六 朱希真《滿路花》「簾烘淚雨乾」：摹寫風情，此詞頗為詳悉。（同前）

四二七 康伯可《江城梅花引》「娟娟霜月冷侵門」：句句是閨中之情，惟「斷魂」與「睡不穩」句，見情傷極矣。為花憔悴，是自喻之辭。（同前）

四二八 李太白《菩薩蠻》「平林漠漠煙如織」：《白氏六帖》：十里一長亭，五里一短亭。又：玉林云：太白此詞，永為百代詞曲之祖。（同前）

四二九 蘇子瞻《念奴嬌》「大江東去」：周郎破曹公於赤壁，故詞章以一國之迹言之。又：王介甫詞：「六朝舊事隨流水，但寒烟、衰草凝緑。」亦此意。（「亂石」三句）又：苕溪漁隱云：東坡大江東去赤壁詞，語意高妙，真古今絶唱。近時有人和此詞，題於郵亭壁間，不著姓氏，語雖粗豪，亦氣概可喜。今併録之，詞云：「炎精中否，歎人材委靡，都無英物。人馬長驅三犯闕，誰作連城堅壁。楚漢吞併，曹劉割據，白骨今如雪。書生鑽破簡編，説甚英傑。天意建立中興，吾君神武，小曾孫周發。海岳封疆俱效職，狂虜何曾追滅。翠羽南巡，叩閽無路，徒有衝冠髮。孤忠耿耿，劍鋒冷浸秋月。」

四三〇　宋謙甫《賀新郎》「步自雪堂」：詞中不過百餘字，曲盡賦中之意。（同前）

四三一　辛幼安《千秋歲》「塞垣秋草」：祝壽之詞，人皆以松鶴立意，此以郭汾陽富貴壽考結之，猶新巧。（同前）

四三二　辛幼安《賀新郎》「瑞氣籠清曉」：詞調叶律，戛玉敲金。　又：玉樹瓊林相掩映，形容夫婦之美。（同前）

四三三　胡浩然《滿庭芳》「瀟灑佳人」：詞句鏗鏘，情意周匝，當吉筵歌出，令人快耳賞心。又：頌詞無以復加矣。（同前）

四三四　胡浩然《送我入門來》「荼壘安扉」：高適詩：「故鄉金（當作今）夜思千里，霜鬢明朝又一年。」　又：引上古之故事，叙今時之節序。　又：以古今賢愚、富貴、福壽、才容點綴，妙巧，誦之敬服。（同前）

四三五　胡浩然《東風齊著力》「殘臘收寒」：賈育吟：「今歲今宵盡，明年明日來。寒隨一夜去，春逐五更回。」可為此評。（同前）

四三六　朱希真《鷓鴣天》「檢盡曆頭冬又殘」：《荆楚記》：歲暮家家具肴簌酒果，謂之備宿歲之儲。（同前）

徐𤊹詞話

徐𤊹（一五七〇—一六四五），字維起，一作惟起，更字興公。閩縣（今福建福州）人。萬曆間與曹學佺主持閩中詩壇，以布衣終。博文多識，工文，善草隸。喜藏書，藏書處爲紅雨樓。所著有《徐氏筆精》、《閩南唐雅》、《巴陵遊譜》、《客惠紀聞》、《諧史續》、《紅雨樓家藏書目》、《紅雨樓題跋》等。《徐氏筆精》八卷，分易通、經臆、詩談、文字、襍記五門，此據臺灣學生書局出版《雜著秘笈叢刊》影印明崇禎五年刊本《徐氏筆精》和書目文獻出版社出版《明代書目題跋叢刊》影印清道光七年劉氏味經書屋抄本《徐氏家藏書目》録詞話二十八則。

一　阿彈回：樂府有《阿濫堆》，名曰《阿彈回》，李白《司馬將軍歌》「羌笛横吹阿彈回」是也。（《徐氏筆精》卷二「詩原」）

二　歲陝：梁武帝《江南弄》「舞春心，臨歲陝。」歲陝未詳所出，似指豐年而言。（同前書卷二「詩詁」）

三　相思子：《筆叢》謂唐人骰子近方寸，凡四點，當加緋者。或嵌相思子其中，温庭筠詩云：「玲瓏骰子安紅豆，入骨相思知也無。」相思子，即今紅豆也。愚按：嶺南閩中有相思木，歲久結子，色紅如大豆，故名相思子。每一樹結子數斛，非即紅豆也，惟和兄《子夜歌》云：「紅豆落深坑，到底相思子。」亦沿襲温語之誤。（同前書卷二「詩訂」）

四　《草堂詩餘》：宋人選詩餘，名曰《草堂》，楊用修强為之解，曰：李白有《草堂集》，詩餘中有《憶秦娥》、《菩薩蠻》二闋，為百代詞曲之祖，故名《草堂》，殊牽合附會。今世此書盛行，人人傳誦，然知其説者蓋寡矣。胡元瑞稱博洽，亦未釋然於此。（同前）

五　柳：古人詠柳，必比美人。詠美人，必比柳。不獨以其態相似，亦柔曼，兩相宜也。若松檜竹栢用之於美人，則乏婉媚耳。唐牛嶠《柳枝詞》云：「吴王宫裏色偏深，一簇纖條萬縷金。不憤錢塘蘇小小，與郎松下結同心。」亦謂美人不宜松下也，譽柳貶松，殊有深興。（同前書卷三「詩評一・魏唐」）

六　詠梅：林和靖「暗香」、「疎影」一聯，歐陽公極賞之，黄山谷以為不如「雪後園林纔半樹，水邊籬落忽横枝」為佳，我朝高季迪《咏梅》云「詩隨十里尋春路，愁在三更掛月村」，似勝。（同前書卷三「詩評二・宋」）

七 岳忠武詩：世傳岳忠武《滿江紅》詞，激烈悲壯，溢於言外。而忠武詩句有絶閒静者，如《池州齊山翠微亭》云：「經年塵土滿征衣，得得尋芳上翠微。好水好山看不足，馬蹄催趁月明歸。」又如「潭水寒生月，松風夜带秋」，何必減唐人語。（同前）

八 元詩：趙子昂絶句云：「春寒側側掩重門，睡鴨香殘火尚温。燕子不來花又落，一庭風雨自黄昏。」滕玉霄絶句云：「吟人瘦倚玉闌干，酒醒香消午夢殘。燕子不來春社去，一簾疎雨杏花寒。」二首頗相似，皆詩餘中絶佳句也，唐人無此纖弱之作。（同前書卷三「詩評三・元」）

九 《郵亭圖》：國初，唐肅《題陶穀郵亭圖》云：「紫鳳檀槽緑髪娼，玉堂見慣可尋常。作歌未必腸能斷，明日聽歌更斷腸。」先兄惟和曾題秦弱蘭一首，足為陶學士解嘲：「莫笑郵亭一夜春，此身元已落風塵。韓家亦有如花女，枕畔衣裳着向人。」（同前書卷四「詩評三・明」）

一〇 藍明之、静之：武夷藍明之名智，永樂中辟為廣西僉憲，與兄布衣静之齊名，詩詞俊逸，雅有唐風。嘗見其《書銅雀臺瓦》詩於建陽友人處，可泣鬼神，詩云：「曹瞞騁志吞劉社，銅雀臺高瞰中夏。徒知扼腕有卧龍，豈料垂涎已司馬。」「萬里河山尚出師，九原魂魄歸何時。清秋風雨滿陵樹，落日笙歌空繐帷。」「翠娥紅袖恩情絶，廢塚荒臺狐兔穴。空餘片瓦落人間，千載奸雄磨未滅。」藍静之《紙帳》詩云：「數幅秋藤拂地齊，匡牀閒對竹爐低。山中一枕梅花月，不識雞聲送馬蹄。」（同前）

一一　《纏頭集》：京口鄔佐卿，字汝翼，中丞公子也。性豪爽，喜遊狹邪，著述甚富。自文集外，有艷詞十卷，題曰《纏頭集》，皆生平贈妓之作。佳句麗情，可歌可咏，如：「笛中舊恨留金谷，天上新愁問玉巵」、「江柳眉稍雙鎖恨，海棠春盡獨銷魂」、「寶鏡夜寒鸞顧影，畫梁春暖燕歸樓」、「粒粉曉沾蝴蝶草，啼紅春染杜鵑枝」、「髩梳蟬影分雙翼，衣剪靈綃學六銖」、「小閣題情緘荳蔻，空庭微步出蓮花」、「樓前彩鳳隨仙史，陌上銀箏悞使君」、「春回漢水思捐佩，月滿秦宫照捲衣」、「玉樹輕霜凝屈戍，垂楊新月掛鞦韆」、「楊柳調翻歌扇月，柘枝香度舞裙風」、「翡翠香籠條脱煖，梧桐聲轉轆轤寒」、「明月小樓闌盼盼，垂楊深院李師師」等聯，膾炙尤甚，義山《無題》之後，亦不多見也。（同前）

一二　鄧氏女：鄧氏女，閩邑竹嶼人。萬曆中嫁瓊河鄒氏，夫不類，女欝欝不自得，發為詩詞，多幽憤凄怨語。居二年，竟以怨死。臨終，以遺草付其甥張某，人争傳録。有《東園踏青》云：「芍藥籬邊露氣沉，步隨芳草共幽尋。桃花薰日紅濃淡，柳葉迷烟翠淺深。何處香泥忙社燕，誰家晴檻噪時禽。悄寒羅襪渾無力，斜倚東風碧樹陰。」又：「啼鳥落花春已暮，孤燈殘漏夜偏長。」又：「垂簾阻歸燕，開户入飛花。」皆有情思。（同前書卷五「宫閫・妓女附」）

一三　小青詩黄增：會稽女子、廣陵姬小青，皆以蘭姿蕙質為人小妻，偶下材，逢妒婦，悒悒幽恨以死，為世憐惋。新嘉驛題壁詩，宇内和者非一矣。小青焚餘，一書一詞十一詩，余友孫令弘購得之，既繡諸梨棗，復圖其小像，乞馮大令書裝演什，襲珍逾琬琰。余一再讀，輙泣下沾襟，賦十絶弔之，情之所至，不能已已也。集中寄其夫人書，絶凄惋綿至，似六朝人語。文多不載，今載其一，古詩七絶句云：「雪意閣雲雲不流，舊雲正壓新雲頭。米顛顛筆落窗前，松嵐秀處當我樓。」「垂簾只恐好景少，捲簾又怕風繚繞。簾捲簾垂底事難，不情不緒誰能曉。」「爐烟漸瘦剪聲少，又是孤鴻淚悄悄。」《古詩》「稽首慈雲大士前，莫生西土莫生天。願為一滴楊枝水，洒作人間並蔕蓮。」「春衫血淚點輕紗，吹入林逋處士家。嶺上梅花三百樹，一時應變杜鵑花。」「新收（當作枚）竟與畫圖争，知在昭陽第幾名。瘦影自憐春水照，卿須憐我我憐卿。」「西陵芳草騎轔轔，内信傳來喚踏青。杯酒自澆蘇小墓，可知妾是意中人。」「何處雙禽集畫闌，朱朱翠翠似青鸞。如今幾個憐文彩，也向秋風鬭羽翰。」「脈脈溶溶灩灩波，芙容睡醒欲如何。妾映鏡中花映水，不知秋思落誰多。」「百結廻腸寫淚痕，重來惟有舊朱門。夕陽一片桃花水，知是亭亭倩女魂。」《絶句》　小青名玄玄者，諱其夫併諱其姓，嫡屏之孤山，忳悒侘傺，日惟臨流語影，垂絶圖三像，嫡焚其一，併全詩。載本傳，及今題詞中，其寄所善某夫人書，及末後一絶，則永訣語也。（同前）

一四　賽濤：正德末，古杭清平山巷趙家妻黎氏生二女，庚辰春，黎携二女觀燈，叢雜中，少女為惡少掠去，賣臨清沈鵬，擅名青樓，號賽濤，以詞翰能賽薛濤也。長女歸周子文，子文為吏，赴京，過臨清，見賽濤，貌肖其妻，注目久之，因留宿焉，問所從來，秘不敢言，偶於書中撿一紙，詩曰：「日望南雲淚濕衣，家園夢想記依稀。短墻曲巷池邊屋，羅漢松青對紫薇。滿城簫鼓元宵節，小館燈花孤悶時。料得團圞行坐處，有人揮淚説分離。」子文詰之，乃告其故，訟之官，携歸，父母即以賽濤配子文為妾。有《曲江鶯囀集》，皆生平所為詩詞也。（同前）

一五　張三影：張子野號三影，謂「雲破月來花弄影」、「隔墻送過鞦韆影」、「浮萍斷處見山影」也，《後山詩話》又云「雲破月來花弄影」、「簾幕捲花影」、「墮絮輕無影」，若然，則五影矣。（同前書卷六「詩話」）

一六　經語小詞：辛稼軒多作詞調賦，《稼軒集》經語《踏莎行》云：「進退存亡，行藏用舍，小人請學樊須（一作遲）稼。衡門之下可棲遲，日之夕矣，牛羊下。　去衛靈公，遭桓司馬，東西南北之人也。長沮桀溺耦而耕，丘何為是棲棲者。」（同前書卷六「詞品」）

一七　鄭松窗：宋鄭域，字中卿，三山人，號松窗。使虜回，有《燕谷剽聞》二卷，紀虜事甚詳。《昭君怨》咏梅一詞云：「道是春來花未，道是雪來香異。水外一枝斜，野人家。　冷淡竹籬茅舍，富貴玉堂瓊榭。兩地不同栽，一般開。」興比甚佳，《麗情》云：「合是一釵雙燕，却成兩鏡孤鸞。」樂府多傳之。（同前）

一八　咏蝴蝶：元王和卿與關漢卿俱以北調相高，偶見大蝴蝶飛過，和卿賦云：「彈破莊周夢，兩翅架（當作駕）東風。三百座名園一采箇空，誰道風流種。諕殺尋芳的蜜蜂，輕輕飛動，把賣花人扇過橋東。」漢卿遂罷咏，然和卿此詞妙處全在結語，然宋謝無逸《蝴蝶》詩云：「江天春暖晚風細，相逐賣花人過橋。」時有謝蝴蝶之稱，和卿襲其意耳。（同前）

一九　宣廟詞曲：宣宗皇帝御製《寄生草》云：「賽爛熳，三春景，稱清和。四月天，緑楊烟罩絨絲線，彩蓮水映紅粧面。翠芭蕉，風颭青蘿扇。　林塘盡日好留連，池塘長夏宜消遣。有馥郁荷香度，看微茫，野色連。幾行鷺印平沙遍，一群魚躍清波淺。數聲樵唱西山遠，茸茸芳草紫騮嘶，陰陰喬木黄鸝囀。」宣德六年四月御便殿，召錦衣都指揮林觀對奕，奕畢，書以賜之。觀，吾閩邑人，其家至今寶藏焉。（同前）

二〇　朱竹：朱竹，古無所本，起於國初。宋仲温有一卷，不知何人筆，高季迪題《水龍吟》云：「淇園丹鳳飛來，幾時留得參差翼。簫聲吹斷，彩雲忽墮，碧雲猶隔。想是湘靈，淚彈多處，血痕都積。看蕭疎瘦影，隔簾欲動，應是落花狼籍。　莫道清高也俗，再相逢、子猷還惜。此君未老，歲寒猶有，少年顔色。誰把珊瑚，和烟換去，琅玕千尺。細看來不是天工，却是那、春風筆。」此卷舊為王太史家物，伯兄惟和收得之，珍若重寶，自題其後云：「根如頳虬髯，葉如丹鳳尾。有時截作釣魚竿，珊瑚亂拂桃花水。有時擲杖化為龍，白日青天赤鱗起。能將紅霧變蒼烟，産在朱明幾洞天。須臾絳節生彤管，只向松間滴露妍。」伯兄卒，卷售他人。（同前）

二一　六如小調：唐伯虎《黄鶯兒》云：「風雨送春歸，杜鵑愁花亂飛。青苔滿院朱門閉，燈昏翠幃，愁攢黛眉。蕃蕃孤影汪汪淚，惜芳菲。春愁幾許，緑草遍天涯。」又云：「細雨濕薔薇，畫梁間，燕子歸。春愁似海深無底，天涯馬蹄，燈前翠眉。馬前芳草燈前淚，夢魂飛，雲山萬里，不辨路東西。」情致不減金、元諸作者。（同前）

二二　咏酒：吾郡林都憲廷玉咏酒詞云：「米明王原，掌奇門印。麴將軍會擺迷魂陣，水中郎穩坐雲安鎮，柴令公傳示蘭陵信。祭遵壺矢威，李白鑾書令，那愁城攻破難逃命。」詼諧成調，可喜也。公

善擘窠書，名山勝處多存手蹟，有詩集行世。（同前）

二三　枝山小調：祝枝山嘗有幽期賦《皂羅袍》云：「為想鸞交鳳友，趁殘燈淡月，悄悄綢繆。一團嬌顫，忒風流，驚忙挫過佳時候。鶯慵燕懶，春光怎留。蜂嫌蝶妒，空擔悶憂，恩情不比相思久。」（同前）

二四《滿江紅》詞：「漠漠輕寒，正梅子、弄黄時節。最惱是，欲晴還又雨，（脱「乍」字）寒又熱。燕子梨花都過也，小樓無那傷春別。一片片，榆錢莢。一點點，楊花雪。傍闌干欲語，更沉吟，終難説。池面盈盈深淺水，柳梢淡淡黄昏月。是誰人，吹徹玉參差，情悽切。」右文衡山先主作也，清絶宛媚，何減宋人擅場者。（同前）

二五　燕子不來香：高郵王磐作《野菜譜》，并綴以詞，雅俗相雜，山家之公案也。嘉禾周履靖作《茹草編》，亦效西樓，而起編中詠燕子不來香云：「新蒲正短，舊壘猶空。繡箔珠簾面面風。粘天芳草，碧玉茸茸。趁呢喃聲杳，曉摘芳叢。昭陽殿裏，妬緑嫌紅，無奈香消一晒中。」清婉可詠。（同前）

二六　赤壁：東坡《赤壁賦》，古今傳誦，即婦孺亦知之。然一篇大旨，誤以黄州赤鼻山認為周瑜破曹操處，後人不甚指摘之，寔為盛名所怵耳。若今人有此紕繆，得無群起唾之乎？事不在盤古，地不在荒外，信筆而書，不暇考覈，安足傳信耶？（同前書卷六「文訂」）

二七《樂府指迷》二卷，張玉田。（《徐氏家藏書目》卷一「經部·樂類」）

二八《草堂詩餘》四卷。《名賢詞府》十二卷。《花間詞》四卷。《詞品》六卷，楊慎。《梧院填詞》一卷，陳元明。《詞林摘豔》十卷。《續草堂詩餘》二卷。《夏桂州詩餘》一卷。《金元詞餘》十卷。《詩餘圖譜》四卷，張綖。《詞評》一卷，王世貞。《王辰歸田詞》一卷，王衡。《鹿鶴軒小詞》一卷。《笑詞》一卷，屠本畯。（節録自同前書卷五「集部・詞調類」）

田藝蘅著輯詞話

田藝蘅，字子藝，錢塘（今浙江）人。以歲貢生官休寧縣訓導。按《留青日札》前附有隆慶壬申小小洞天品嵓主人手繪田氏小像，知為隆、萬年間人。編著有《同文集》、《子秇集》、《煮泉小品》、《留青日札》、《詩女史》、《小酒令雜》等。《留青日札》三十九卷，雜記社會風俗、藝林掌故，旁及政治經濟、冠服飲食等，其中卷三十九論《陽關三疊》演變頗稱完備。此據内閣文庫藏明嘉靖三十六年刻本《詩女史》、《續修四庫全書》影印明萬曆三十七年刻本《留青日札》和影印明嘉靖刻本《香宇集》録詞話六十二則。

一　江采蘋：江采蘋，元（即玄字）宗之妃也。妃，莆田人。九歲能誦二南，語父曰：「我雖女子，期以此為志。」父奇之，故名采蘋。開元中，高力士選歸，侍明皇，大見寵幸。善屬文，自比謝女。淡妝雅服，而姿態明秀。性喜梅，所居悉植梅，上因其所好，戲名梅妃。妃有《蕭》、《蘭》、《梨園》、《梅花》、《鳳笛》、《玻杯》、《剪刀》、《綺牕》八賦。會太真楊氏入侍，寵愛日奪，竟為楊氏遷於上陽東宫，乃作《樓東賦》曰：……上在花萼樓，封珍珠一斛密賜妃，妃不受，進詩曰：「柳葉雙眉久不描，殘妝和淚污紅綃。長門自是無梳洗，何必珍珠慰寂寥。」上覽詩，悵然不樂，令樂府以新聲度之，號《一斛珠》。上西幸歸，尋妃所在，不可得，上悲甚，有宦者進其畫真，上言似甚，但不活耳。題詩於上曰：「憶昔嬌妃在紫宸，鉛華不御得天真。霜綃雖似當時態，争奈嬌波不顧人。」讀之泣下，命模像刊石。（節録自《詩女史》卷六「唐之一」）

二　柳氏：柳氏，李將妓也。李與韓翃善，柳語與李曰：「韓秀才窮甚矣，必不久貧賤，宜假借之。」李深領之。一日酒酣，謂韓曰：「秀才，當今名士；柳氏，當今名色。以名色配名士，不亦可乎？」遂命柳從坐接韓，韓懇辭不敢當，李曰：「大丈夫相遇杯酒間，一言道合，尚相許以死，況一婦人哉？」柳卒歸韓。來歲，韓成名，節度侯希逸奏為從事，以世方擾，置柳都下。三歲不果迓，寄詩曰：「章臺柳，章臺柳，往日依依今在否。縱使長條似舊垂，亦應攀折他人手。」柳復書答詩曰：「楊柳枝，芳菲節，可恨年年贈離別。一葉隨風忽報秋，縱使君來豈堪折。」柳以色顯獨居，恐不免，乃欲落髮為尼，後竟為番將沙吒利所劫，寵之專房。韓悵然不能割，有虞候將許俊，年少被酒，起曰：「當為員外立至之。」乃急裝乘一馬，牽一馬逕馳沙吒利之第，會出，即入曰：「將軍墜馬，且不救，遣取夫人。」柳驚出，即挾上馬馳去，一座驚歎，同白希逸，修表上聞，代宗詔柳歸韓。（同前書卷八「唐之三」）

三　徐氏二女：徐氏二女，成都人徐耕女也，皆有國色。耕教為詩，有藻思。耕家甚貧，有相者謂之曰：「公非久當大富貴也。」耕因使相其二女，相者曰：「青城山有王氣，每夜徹天者一紀矣，不十年後有真人承運，此二女當作后妃，君之貴，由二女致也。」及王建入城，聞有姿色，納於後房。姊生彭王，妹生衍。建即位，姊為淑妃，妹為貴妃，耕為驃騎大將軍。及衍即位，册貴妃為順聖太后，淑妃為翊聖太妃，兄延瓊、弟延珪皆致位太師、侍中。衍常與母同禱青城山，宫人畢從，皆服雲霞之衣，衍自製《甘州》詞，令宫人歌之。其詞哀怨，聞者悽愴。嘗至青城設醮祈福，太后與太妃謁丈人觀先帝御容。……（節録自同前書卷九「蜀」）

四　費氏：費氏，蜀花蘂夫人也。幼能蜀文，尤長於詩，以才貌事孟昶得幸，賜號花蘂夫人。嘗作《宫詞》百首，匹休王建。及宋太祖平蜀，以俘見，問其所作，夫人誦詩曰：「君王城上豎降旗，妾在深宫那得知。十四萬人齊解甲，寧無一個是男兒。」蓋蜀敗時，精兵尚十四萬，而王師纔三萬耳。太祖善之，後輪織室，以罪賜死。所傳《宫詞》，余嘗為之作叙，别為一集焉。……一云姓徐氏，徐匡璋女也，即夫人。蜀破，太祖見而悦之，命别護送途中，作詞自解曰：「初離蜀道心將碎，離恨綿綿，春日如綿（當作年）。馬上時時聞杜鵑。三千宫女皆美貌，妾最嬋娟。此去朝天，只恐君王寵愛偏。」未知孰是？（節録自同前）

五　宣和士女：宋宣和六年，徽宗於元宵放燈，宣賜萬姓人酒一杯，忽一婦人飲畢，將金杯藏於懷中，當被押至御前，婦人奏《鷓鴣天》詞云：「月滿蓬壺燦爛燈，與郎攜手至端門。貪觀鸞鶴笙歌舉，不覺鴛鴦失却群。天漸曉，感皇恩，傳宣賜酒臉生春。歸家只恐兒夫責，乞賜金杯作照憑。」徽宗即以金杯與之，或曰：「此婦之詞，恐伊夫宿構，以欺陛下否？」上遂命此婦以金杯撰《念奴嬌》詞云，婦復口占曰：「桂魄澄輝，禁城内、萬盞花燈羅列。無限佳人穿綉徑，幾多妖艷奇絶。鳳燭交光，銀燈相射，奏簫韶初歇。鳴鞘響處，萬民仰瞻宫闕。　妾自閨門給假，與夫攜手，共賞元宵，誤到玉皇金殿砌，賜酒金杯滿設。從來量窄，紅凝粉面，尊見無憑説。假王金盞，免公婆責罰臣妾。」上大悦，與之。（同前書卷十「宋之一」）

六　朱淑真：朱淑真，錢塘人。幼警慧，工詩書，風流藴藉。蚤歲不幸，父母不能擇伉儷，乃嫁爲市井民家妻，其夫村惡，蘧除戚施，種種可厭，淑真抑鬱不得志，作詩多憂怨之思，以寫其不平之憤。時牽情於才子，竟無知音，悒悒抱恚而死。父母復以佛法并其平生著作茶毗之，今所傳者，不過十一耳。臨安王唐佐立傳，宛陵魏端禮輯之，名曰《斷腸集》，叙曰「清新婉麗，蓄思含情，能道人意中事」云。……送春詞云：「樓外垂楊千萬縷，欲繫青春，少住春還去。猶自風前飄柳絮，隨春且看歸何處。　滿目山川聞杜宇，便做無情，莫也愁人意。把酒送春春不語，黄昏却下瀟瀟雨。」夏日遊湖詞云：「惱煙撩露，留我須臾住。攜手藕花湖上路，一霎黄梅細雨。　嬌癡不怕人猜，和衣倒在人懷。最是分攜時候，歸來懶傍妝臺。」（節録自同前）

七　魏夫人：魏夫人《捲珠簾》詞云：「記得來時春未暮，執手攀花袖。染花梢露，暗卜春心共花語。

争尋雙朵争先去。多情，因甚相辜負。有輕拆輕離，向誰分訴。淚濕海棠花枝處，東君空把奴分付。」（同前）

八 徐君寶妻：徐君寶，岳州人。其妻被虜來杭，居韓蘄王府，自岳至杭，相從數千里，其主者數欲犯之，而終以巧計脱，蓋有令姿，主者弗忍殺之也。一日，主者怒甚，將即强焉，因告曰：「俟妾祭謝先夫，然後乃為君婦不遲也，君奚怒為？」主者喜，諾。乃焚香，再拜，默祝，南向飲泣，題《滿庭芳》詞一闋於壁上云：「漢上繁華，江南人物，尚遺宣政風流。緑窗朱户，十里爛銀鈎。一旦刀兵齊舉，旌旗擁、百萬貔貅。長驅入、歌樓舞榭，風捲落花愁。清平三百載，典章文物，掃地都休。幸此身未北，猶客南州。破鑑徐郎何在？空惆悵、相見無由。從今後、斷魂千里，夜夜岳陽樓。」書畢，投大池中而死。（同前）

九 王清惠：王清惠，宋昭儀也。至正丙子伯顔入臨安，以王北去，題《滿江紅》詞於驛壁云：「太液芙蓉，渾不似、舊時顔色。曾記得，恩承雨露，玉樓金闕。名播蘭簪妃后裏，暈潮蓮臉君王側。忽一朝，鼙鼓揭天來，繁華歇。龍虎散，風雲滅。千古恨，憑誰説。對山河百二，淚沾襟血。驛館夜驚塵土夢，宫車曉碾關山月。願嫦娥相顧肯從容，隨圓缺。」抵上都，懇請為女道士，號冲華。（同前）

一〇 李清照：清照，姓李氏，號易安居士。濟南人，李格非之女，趙明誠之妻。幼有才藻，能文辭。明誠者，東武人，清獻丞相中子也。德甫著《金石録》，其妻與之同志，乃共相考究而成，繇是名重一時，趙没後，愍悼舊物之不存，乃作後序云：……《醉花陰》云：「薄霧濃陰愁永晝，瑞腦噴金獸。佳節又重陽，寶枕紗厨（當作幮），半夜秋初透。東籬把酒黄昏後，有暗香盈袖。莫道不銷魂，簾捲西風，人似黄花瘦。」《如夢令》云：「昨夜雨踈風驟，濃睡不消殘酒。試問捲簾人，却道海棠依舊。知否，知否，應是緑肥紅瘦。」《念奴嬌》云：「蕭條庭院，又斜風（脱『細』字）雨，重門須閉。寵柳嬌花寒食近，種種惱人天氣。險韻詩成，扶頭酒醒，别是閒滋味。征鴻過盡，萬千心事難寄。樓上幾日春寒，簾垂四面，玉欄干慵倚。被冷香銷新夢覺，不許愁人不起。清露晨流，新桐初引，多少遊春意。日高煙斂，更看今日晴未。」（節録自同前書卷十一「宋之二」）

一一 阮逸女：逸女工於文詞，今傳於世者，惟《花心動》一闋：「仙苑春濃，小桃開，枝枝已堪攀折。乍雨乍晴，輕暖輕寒，漸近賞花時節。柳摇臺榭，東風軟，簾櫳静，幽禽調舌。斷魂遠，閒尋翠徑，頓成愁結。此恨無人共説，還立盡黄昏，寸心空切。强整翠衾，獨掩朱扉，簟枕為誰鋪設。夜長更漏傳聲遠，紗窓映、銀釭明滅。夢回處、梅梢半籠淡月。」（同前）

一二 陳彦章妻：陳彦章，興化人，新娶。明春入太學，其妻作《沁園春》詞以送之云：「記得爺爺，説與奴奴，陳郎俊哉。笑世人無眼，老夫得法，官人易聘，國士難媒。聞信乘龍，夤緑叶鳳，選似揚鞭選行來。果然是，西雍人物，京樣官坯。送郎上馬三杯，莫把離愁惱别懷。那孤燈隻硯，郎君珍重，離愁别恨，奴自推排。白髪夫妻，青衫事業，兩句微吟當折梅。彦章去，早歸則箇，免待相催。」（同前）

一三 劉鼎臣妻：劉鼎臣，婺州人。省試，瀕行，其妻自製彩花一枝贈之，侑以《鷓鴣天》云：「金屋無人夜剪繒，寶釵翻過齒痕輕。臨行執手殷勤送，襯與蕭郎兩鬢青。聽囑付，好看承，千金不抵此時情。明年宴罷瓊林晚，酒面微紅相映明。」（同前）

一四　孫夫人：孫夫人《南鄉子》云：「曉日壓重簷，斗帳春寒起未忺（當作忺）。天氣困人梳洗懶，眉尖，淡畫春山不喜添。　閑把繡絲撏，認得金針又倒拈。陌上遊人歸也未，厭厭，滿院楊花不捲簾。」（同前）

一五　鄭文妻孫氏：鄭文，秀州人。為太學生，久寓行都。其妻寄以《憶秦娥》云：「花深深，一勾羅襪行花陰。行花陰，閒將柳帶，試結同心。　耳邊消息空沉沉，畫眉樓上愁登臨。愁登臨，海棠開後，望到如今。」（同前）

一六　易祓妻：易祓，潭州人，以優等為前廊，久不歸，其妻作《一剪梅》詞寄之云：「染淚修書寄彥章，貪却前廊，忘却回廊。功名成遂不還鄉，石做心腸，鐵做心腸。　紅日三竿嬾畫粧，虚度韶光，瘦損容光。不知何日得成雙？羞對鴛鴦，嬾對鴛鴦。」（同前）

一七　杜大中妾：杜大中自行伍為將，與物無情，有愛妾才色俱美，大中牋表皆此妾為之。一日，大中方寢，几上有紙頗佳，妾書一闋《臨江仙》，有「彩鳳隨鴉」之語，大中覺而視之，云：「鴉且打鳳。」掌其面，項折而死。（同前）

一八　慕容嵓卿妻：慕容嵓卿，姑蘇人，其妻嘗作詞云：「滿目江山憶舊遊，汀洲花草弄春柔。長亭艤住木蘭舟。　好夢易隨流水去，芳心空逐曉雲愁，行人莫上望京樓。」《浣溪沙》也。（同前）

一九　延安夫人：延安夫人長於詞，立春寄季順妹《臨江仙》云：「一夜東風穿繡户，融融暖應佳時。春來何處最先知。平明堤上柳，染遍鬱金枝。　姊妹嬉遊時節近，今朝應怨來遲。憑誰説與到家期。玉釵頭上勝，留待遠人歸。」寄季玉妹《更漏子》云：「小闌干，深院宇。依舊當時別處。朱户鏁，玉樓空。一簾霜日紅。　弄珠江，何處是，望斷碧雲無際。凝淚眼，出重城。隔溪羌笛聲。」暫止樂昌館寄姊妹《蝶戀花》云：「淚揾征衣脂粉暖，四疊《陽關》，唱了千千遍。人道山長山又斷，蕭蕭微雨聞孤館。　惜別傷離方寸亂，忘了臨行，酒盞深和淺。若有音書憑過鴈，東萊不似蓬萊遠。」又《踏莎行》云：「孤館深沉，曉寒天氣。解鞍獨自闌干倚。暗香浮動月昏黃，落梅風送沾衣袂。待寫紅箋，憑誰與寄。先教覔取嬉遊地。到家正是早春時，小桃花下拚沉醉。」（同前）

二〇　易少婦人：易少婦人善屬辭，詠熟水《臨江仙》云：「何處甘泉來席上，嫩黄初湯銀瓶。月團嘗罷有餘清。惠山名品在，歌舞暫留停。　欲賞亹源新氣味，不應兼進豨苓。此中端有淡交情，相如方病酒，一飲骨毛輕。」又云：「記得高堂同飲散，一杯湯罷分攜。絳紗籠影簇行旗。更殘銀漏急，天淡玉繩低。　只恐曲終人不見，歌聲且為遲遲。如今車馬各東西，畫堂攜手處，疑夢又疑非。」（同前）

二一　周韶、龍靚、胡楚：周韶，杭妓也。有詩名，好蓄奇茗，嘗與蔡君謨鬬勝，題品風味，君謨屈焉。蘇子容過杭，太守陳述古飲之，召韶佐酒，韶因求落籍，子容指檐間白鸚鵡曰：「可作一絶。」韶援筆揮云：「隴上巢空歲月驚，忍看回首自梳翎。開籠若放雪衣女，長念觀音般若經。」時韶適衣白，故云雪衣女，一座笑賞，遂令落籍。同席龍靚、胡楚俱有詩送詔，靚曰：「桃花流水本無塵，一落人間度幾春。解佩暫酬交甫意，濯纓還見武陵人。」楚曰：「淡妝輕素鶴翎紅，移入朱闌便不同。應笑西園舊桃李，强匀顔色待春風。」靚亦杭妓，時張子野老於杭，多爲官妓作詩而不及靚，因賦詩獻之曰：「天與羣芳十樣葩，獨分顔色不堪誇。牡丹芍藥人題遍，自分身如鼓子花。」子野甚喜，爲之賦詞一闋云。楚亦杭妓，寄人詩云：「不見當時丁令威，年來處處是相思。若將此恨同芳草，却恐青青有盡時。」（同前）

二二　嚴蘂：嚴蘂，字幼芳，天台營妓。色藝冠絶一時。唐太守仲友嘗命賦紅白桃花，即調《如夢令》云：「道是梨花不是，道是杏花不是。白白與紅紅，别是東風情味。曾記，曾記，人在武陵微醉。」一日七夕，郡齋高會，有豪士謝元卿命以己姓爲韻賦七夕，酒未行而詞已就，名《鵲橋仙》云：「碧梧初出，桂花纔吐，池上水花微謝。穿鍼人在合歡樓。正月露、玉盤高瀉。蛛忙鵲嬾，耕慵織倦，空做古今佳話。人間剛道隔年期，怕天上、方纔隔夜。」後朱熹與仲友有隙，欲摭其罪，指唐與蘂爲濫，繫獄月餘，備受箠楚，而一語不及唐。移籍紹興，置獄鞫之，久亦不服，吏勸其認罪，不過杖，蘂曰：「賤妓縱與太守濫，罪不至死，然妄言以汙士大夫，則死，不可誣也。」獄再兩月，委頓幾絶，而聲價愈騰，至皐陵之聽。未幾，朱改除，而岳商卿代之，命蘂作詞自陳，蘂略不搆思，口占《卜筭子》云：「不是愛風塵，似被前緣誤。花落花開自有時，總賴東君主。　去也終須去，住也如何住。若得山花插滿頭，莫問奴歸處。」岳即日出之，判令落籍，而宗室納之。（同前）

二三　戴石屏妻：戴復古未遇時，游江右武寧，富翁愛其才，以女妻之。居三年，欲歸，問之，知其有婦也。白之父，父怒，復宛曲解釋，盡以奩具贈夫，仍餞以《祝英臺近》詞云：「惜多才，憐薄命，無計可留汝。揉碎花牋，忍寫斷腸句。道傍楊柳依依，千絲萬縷，抵不住、一分愁緒。　捉月盟風，不是夢中語。後回君若重來，不相忘處。把杯酒，澆奴墳土。」既別，遂赴水而死。（同前書卷十二「宋之三」）

二四　王氏：王氏者，大都歌妓也。作《粉蝶兒》詞寄人云：「江景蕭疎，更那堪、楚天秋暮。占西風、柳敗荷枯。立夕陽，空凝竚。江鄉古渡，水接天隅，恨瀰漫，晚山烟樹。」（同前）

二五　高氏、阿襤主：高氏，大理宣慰使段功夫人也。功擊敗明玉珍，梁王忽哥赤德之女阿襤主妻之，授雲南省平章。久不歸國，高氏寄樂府一章促之，曰：「風卷殘雲，九霄冉冉逐。龍池無偶，水雲一片緑。寂寞倚幃屏，春雨紛紛促。蜀錦半閒，鴛鴦獨自宿。好語我將軍，只恐樂極悲生，寃鬼哭。」功得書，即歸，已而復往善闡，梁王疑之，召主毒功，主私語功，不聽，卒格殺之。主欲自盡，王守者萬方（疑脱「勸阻」二字），主悲憤，作愁曰：「吾家住在雁門深，一片閒雲到滇海。心懸明月照青天，青天不語今三載。欲隨明月到蒼山，悞我一生踏裏彩。胡錦，被名。吐嚕吐嚕段阿奴，吐嚕，華言可惜。施宗施秀同奴歹。雲片波潾不見人，押不蘆花顔色改。押不蘆花，乃起死回生草。肉屏獨坐細思量，肉屏，乃駱駝背。西山鐵立霜瀟灑。鐵立，乃松林也。」（同前）

二六　嬌紅：嬌紅，蜀人，姓王氏，與申純善。純，紅内兄也。□□□紅所間，將別，嬌紅作《一剪梅》

詞送之云：「豆蔻梢頭春意闌，風滿前山，雨滿前山。杜鵑啼血五更殘，花不禁寒，人不禁寒。離合悲歡事幾般，離有悲歡，合有悲歡。别時容易見時難，怕唱《陽關》，莫唱《陽關》。」後父母欲强許他人，嬌紅悲怨成疾，且死，以詩别生曰：「如此鍾情世所稀，吁嗟好事到頭非。汪汪兩眼西風淚，灑向陽臺作雨飛。」竟以憂卒，生得詩，亦不食而死。（同前）

二七　朱氏：朱氏，號静庵。海寧周教諭濟之妻也。父祚，尚寶卿；兄禋，太僕丞。朱幼顥悟，得其家學，以詩鳴於時。多與上官倡酬，甚為名流所賞。年八十餘，有集十卷。朱嘗讀李易安詞，有云：「一代才華真可惜，錯將閒恨寄新詞。」然朱亦以所匹非稱，每每形諸吟詠。故其《籬落見梅有感》云：「可憐不遇知音賞，零落殘香對野人。」斯復情見乎辭矣。（同前書卷十三）

二八　張珍奴：張珍奴，吴興妓也。色華美，性澹素。每夕沐浴更衣，炷香告天，求脱樂籍甚切。一日，有士人訪之，珍奴見其風神秀異，殊敬之，既而即飄然去。明日又至，如是月餘，終不及亂，珍奴曰：「荷君眷顧甚久，獨不留一宿，豈妾鄙陋不足以奉君子乎？」士曰：「不然，人貴心相知，何必如是？且汝每夜告天，實何所求？」珍曰：「失身於此，又將何為？但念入是門中，强施粉黛，以假為真，歌謳艷曲，以悲為樂。本是一團臭膿皮袋，借僞飾以惑人，每歎世之愚夫不自尊貴，過我門者，靦我如花，情牽意惹，留戀不捨，非但傷財，多致殞命。妾雖減容交歡，得罪愈重，唯昕夕告天，早期了脱。」士曰：「汝志如是，何不學道？」珍曰：「陷於此地，何從得師？」士曰：「吾為汝師，可乎？」珍即拜扣，士曰：「再來，乃可。」遂去，珍日夜望不至，深自恨恨，因書曰：「逢師誰多時，不説些兒個。

安得仍前相對坐，懊惱韶光空自過，直到如今悶損我。」筆未竟，士忽來，見所書，續其韻曰：「道無巧妙，與你方兒一個。子後午前定息坐，夾脊雙關崑崙過，恁時得方思量我。」珍大喜，士乃以太陰鍊形丹法與之，珍自是神氣裕然，若大開悟，臨别作一詞云：「坎離坤兑分子午，須認取、自家宗祖。地雷震動山頭雨，要洗濯、黄芽出土。捉得金精牢閉固，煉庚申、要生龍虎。待他問汝甚人傳，但説道，先生姓吕。」方悟是吕公嵓，即徉狂，丐於市，投荒地，密脩其訣，三年尸解而去，時宣和中也。（同前書「拾遺」）

二九　平江伎：嘉定間，平江一伎女送太守詞曰：「春色元無主，荷東君，著意看承，等閒分付。多少無情風浪，又那更、蝶欺蜂妬。筭燕雀、眼前無數，縱使簾籠（當作櫳）能愛護，到如今，已是成遲暮。芳草碧，遮歸路，看看到得難言處。怕見仙郎，旌旗輕易歌襦袴。月滿西樓絃索静，雲蔽崑城閬府。便任（當作恁）地、一帆輕舉。獨倚闌干愁（脱『拍』字）碎，慘玉容、淚眼如紅雨。去與住，兩難訴。」（同前）

三〇　金叔柔：金叔柔豐城道中《浪淘沙》詞云：「雨溜風鈴，滴滴丁丁，釀成一枕别離情。可惜當年陶學士，孤負郵亭。　邊鴈帶秋聲，音信難憑。花鬚偷數卜歸程，料得到家秋正晚，菊滿寒城。」一作金叔柔，寶祐間人。（同前）

三一　杜工部「關山同一點」，岑嘉州「嚴灘一點舟中月」，又《赤驃馬歌》「草頭一點疾如飛」，又「西看一點是關樓」，朱灣《白鳥翔翠微》詩「净中雲一點」，花蕋夫人云：「冰肌玉骨清無汗，水殿風來暗香滿。繡簾一點月窺人，欹枕釵横雲鬢亂。起來庭户悄無聲，時見疎星渡河漢。屈指西風幾時來，不道流年暗中换。」宋張安國詞：「洞庭青草，近中秋、更無一點風色。玉界瓊田三萬頃，着我扁舟一葉。」夫月、雲、風也，馬也，樓也，皆謂之一點，甚奇。（《留青日札》卷六）

三二　讀書不能破其底裏，則終不為我有，必使迎刃而解，如破竹之勢，根節不滯，廼為善讀書。故杜工部云：「讀書破萬卷，下筆如有神。」岑嘉州亦云：「讀書破萬卷，何事來從戎。」破字甚妙，今曲調亦名《入破》。（同前）

三三　淫聲：鄭聲淫，今考鄭詩，非淫。鄭聲則淫，淫者，聲之過也。猶雨之過者曰淫雨，水之過者曰淫水，故曰溢也。《禮》曰「流辟邪散狄成，滌濫之音作而民淫亂。」即鄭聲類也。魏文侯曰：「聽鄭、衛之音，則不知倦。」故子夏曰：「所問者，樂也；所好者，音也。」又曰：「鄭聲好濫淫志，宋音燕安溺志，衛音趣數煩志，齊音驁辟驕志。」《左傳》曰：「煩手淫聲，慆堙心耳，乃忘和平，謂之鄭聲。」許慎《五經通義》曰：「鄭重之音，使人淫過也。」《法言》曰：「哇則鄭。」李軌曰：「哇，邪也。」《史記》曰：「鄭、衛之曲動而心淫」，蓋鄭、衛之音，亂世之音也。桑間濮上之音，亡國之音也。故魏《杜夔傳》：自左延年等雖妙於音，咸善鄭聲，其好古存正莫及夔。隋《萬寶常傳》：安馬駒、曹妙達、王長通、郭令樂等能造曲，為一時之妙，又習鄭聲。而寶常所為，皆歸於雅。如今之時曲俚戲，未必皆其辭之鄙悖褻狎，而謂之淫也。至使以戈陽之倡優為之，則演者其形淫，唱者其聲淫，而人之觀者，因而惑其心，蕩其思，則君子不得不禁而絶之矣。故鄭聲在所，當放也。何晏有曰：「鄱陽惡戲，難與曹也。」左太冲亦曰：「鄱陽暴謔，中酒而作。」鄱陽，即豫章，其人俗性躁急，今弋陽，即鄱陽地，則其惡戲有自來矣。（同前書卷十九）

三四 海東青撲天鵝：今鼓吹中鎖刺曲有名《海東青撲天鵝》，音極嘹亮，蓋象其聲也。此北鄙殺伐之聲，乃元曲也。元之鷹房養禽，名曰海東青，每放之，以獲天鵝。有重三十餘斤者，以首得者為貴，以進御膳，故名曰頭鵝，賞黄金一錠。海東青，鶻之一種，亦名白鶻。有玉爪、黑爪之别，與金眼鴉鶻皆能以小擊大，食天鵝、鵁鶄之屬，然獨畏燕。又元萬户府歲用喂養鷹肉三十餘萬斤，《一統志》云出五國城東，小而健，能擒天鵝，白者尤貴，今之天鵝毬是也。（同前）

三五 白翎雀：元樂府有名《白翎雀》者，札朮嘗言於汪罕曰：「我於君是白翎雀，他人是鴻鴈耳。」言白翎雀，寒暑常在北地，鴻鴈則隨陽南遷也，因製此曲。（同前）

三六 《望江南》、《哀江南》：朱厓李太尉鎮關西日，為亡姬謝秋姬作《望江南》曲，庾信作《哀江南賦》。（同前）

三七 《乾荷葉》：今人盛唱曲名《乾荷葉》，夫荷葉既乾，不知有何可取？殊不知其誤也。乃偏荷葉也，宋人小詞：「鬟䰀偏荷葉。」偏，乃未開之荷葉，猶酒器之所謂金卷荷也。《金卷荷》，亦曲名，古人謂之垂螺，亦謂之雙螺，即古詩兩髦之義。相如賦：「垂髾。」注：「髮後垂也。」師古曰：燕尾之屬。北齊後宫作偏髾髻，字書：髾，髮末也。（同前）

三八 度曲：歌終更授其次曰度曲，即今之遞曲也，吕誂曰：「曲之節度。」非也。（同前）

三九　柳枝：《章臺柳》，以李將姬柳氏得名，韓員外翃所謂「縱使長條似舊垂，也應攀折他人手」者也。陽臺柳，亦以蜀妓柳氏得名，□（當作何）御史□（當作郯）所謂「從今喚作陽臺柳，舞盡春風萬萬條」者也。　白樂天侍兒亦名柳枝，所謂「兩枝楊柳小樓中，嫋嫋多年伴醉翁」者也。　韓退之侍兒名柳枝，所謂「別來楊柳街頭樹，擺亂春風只欲飛」者也。　李義山屬情洛中婦，亦名柳枝，所謂「畫屏繡步障，物物自成雙」者也。　楊廉夫侍兒亦名柳枝，所謂：「竹枝柳枝桃杏花，吹彈歌舞弄琵琶。可憐一箇楊夫子，化作江南散樂家。」楊基亦寄之詩云：「長笛參差吹海鳳，小璚楊柳舞妖魔。」而聶大年讀廉夫集云：「白髮草玄楊子宅，紅粧檀板謝家湖。」蓋指此也。（同前書卷二十）

四〇　美人雙騎：江北佳人多能騎馬，今走驃騎婦人亦能雙乘落解，謂之雙飛燕，甚可觀也。李太白詩：「自有兩少妾，雙騎駿馬行。」蘇子瞻詞：「細馬遠駝雙侍女。」想亦重坐也。（同前）

四一　柳含春：含春，姓柳氏，國初明州女子也。年十六患病，禱於關王祠而愈，因繡旛往酬之。一少年僧頗聰慧，窺柳氏之姿而悦之，因以其姓戲作呪語誦之於神云：「江南柳，嫩緑未成陰。攀折尚憐枝葉小，黄鸝飛上力難禁，留取待春深。」女亦甚慧，聞之，不勝其怒，歸告於父，父訟之於方國珍。時國珍據明州，捕僧至，問之曰：「何姓？」對曰：「姓竺，名月華。」國珍命以竹籠盛之，將沉之江，又曰：「我亦取汝姓，當作一偈，送汝歸東流。」因吟曰：「江南竹，巧匠結成籠。好與吾師藏法體，碧波深處伴蛟龍，方知色是空。」其僧痛哭哀訴，曰：「死，吾分也，乞容一言。」國珍許之，僧曰：「江南月，如鏡亦如鈎。明鏡不臨紅粉面，曲鈎不上畫簾頭，空自照東流。」國珍知其以名為答，大笑而釋之，且

令蓄髮，以柳氏配為夫婦。（同前書卷二十一）

四二 指甲：唐張祐客淮南，幕中赴宴，杜牧同坐，有所屬意，索骰子賭酒，微吟曰：「骰子逡巡裹手拈，無因得見玉纖纖。」祐曰：「但知報道金釵落，髣髴還應露指尖。」宋劉改之《沁園春》云：「銷薄春冰，碾輕寒玉，漸長漸彎。見鳳鞋泥汙，偎人强剔，龍涎香斷，撥火輕翻。學撫瑶琴，時時欲剪，更掬水，魚鱗波底寒。纖柔處，試摘花香滿，縷棗成斑。　時將粉淚偷彈，記綰玉曾教柳傳看。算恩情相著，搔便玉體，歸期暗數，畫徧闌干。每到相思，沈吟静處，斜倚朱唇皓齒間。風流甚，把仙郎暗掐，莫放春閒。」我朝沈彦博纖手云：「曾見花梢揀俏枝，宛如春笋露參差。金釵欲溜輕攏髻，寶鑑重臨淡掃眉。雙送鞦韆扶索處，半揎羅袖賭鬮時。香腮悶托聞嘶馬，忙揭朱簾認阿誰。」皆非春笋不能當也。又以鳳仙花和白礬擣之，染為紅甲，昔人有云：「嬌彈粉淚拋紅豆，戲掐花枝鏤絳霞。」又云：「拂黛火星流夜月，畫眉紅雨過春山。」尤可把翫也。至於秃指婦人，深為村鄙，元人有小令嘲之，名《醉扶歸》云：「十指如枯笋，和袖捧金尊。搊殺銀箏字不真，搔癢天生鈍。總有相思淚痕，索把拳頭揾。」此又可為撫掌絶倒。（同前）

四三 流蘇：流蘇，見漢《禮樂志》，薛瓚注作流遡，古用於宫懸，今用於帷帳蘇。《説文》：桂荏也。紫蘇、水蘇，取其芬香也。又《蓺草》：曰蘇，故名樵蘇，乃盤線繒繡之，五綵錯為之，同心而下垂者。又析羽曰流蘇。摯虞曰：緝鳥尾，垂之若流，然以其蕊下垂，故曰蘇，今之旌竿上綴旒也。又譙國夫人繡帷珠絡，同昌公主靈粟珠絡。王融詩云：「幸得與珠綴，幕歷君之楹。」宋詞：「流蘇帳煖金雞

曉。」是也。條鬚亦當作條蘇，《東京賦》：「飛流蘇之騷殺。」又馬上飾也。（同前書卷二十二）

四四　座間舉杜牧之詩「烟籠寒水月籠沙，夜泊秦淮近酒家。商女不知亡國恨，隔江猶唱《後庭花》」為令，余曰：「烟籠寒水月籠原，夜泊秦淮近酒村。商女不知亡國恨，隔江猶唱《謁金門》。」有曰：「月籠坻，近酒司，《玉交枝》。」有曰：「月籠川，近酒船，《鷓鴣天》。」有曰：「月籠汀，近酒亭，《柳稍青》。」又：「月籠濠，近酒曹，《月兒高》。」此重一「月」字，故罰一觥。又：「月籠洲，近酒樓，《楚天秋》。」余曰：諸令皆佳，或於后主不切耳。乃終之曰：「烟籠寒水月籠沚，夜泊秦淮近酒市。商女不知亡國恨，隔江猶唱《朝天子》。」衆既賞余，而又以仄調罰余，於是更歌曰：「烟籠寒水月籠津，夜泊秦淮近酒鄰。商女不知亡國恨，隔江猶唱《綵樓春》。」蓋用臨春、結騎樓之事也。而客之《玉交枝》獨切玉樹云。楊大年有閒忙令云：「世上何人最號閒，司諫拂衣歸華山。世上何人最號忙，紫微失却張君房。」客舉為令，禁用故事，但用常言行之，或曰云云，閒順風順，水下平灘云云，忙過闞過，埧搶頭航，或曰云云，閒極品歸，家又有錢云云，忙官溺，（筆者按：「溺」字，原空缺，據《說郛續》本田氏《小酒令》補，後文「處寬」二字同。）急沒處寬。衆大笑曰：「此真忙矣。」余曰：「世上何人號最閒，娼家孤老包過年。世人何人號最忙，婦女偷情夫進房。」衆又大笑稱妙。（同前）

四五　七行事：諺云：開門七件事，柴米油鹽醬醋茶。蓋言人家之所必用，缺一不可也。元人小詞有云：「倚蓬窗無語嗟呀，七件兒全無，做甚麽人家。柴似靈芝，油如甘露，米若丹砂。醬甕兒恰纔夢撒，鹽瓶兒又告消乏。茶也無些，醋也無些。七件事尚且艱難，怎生教我折柳攀花。」此《折桂令》

也。我朝餘姚王德章者，安貧士也，嘗口占云：「柴米油鹽醬醋茶，七般都在别人家。我也一些憂不得，且鋤明月種梅花。」即此可以知其操矣。（同前書卷二十六）

四六 么鳳：么鳳，小鳥名也，産於廣西。世人不知，故書中亦呼曰鳥鳳。形如喜鵲，二尾毛獨長，能唱小樂府，如笙簫之音。故曹組《夜歸曲》云：「何處荒榛挂么鳳。」蘇子瞻梅花辭云：「倒挂緑毛么鳳。」今土人亦名倒挂鳥。蜀桐花鳥似鳳而小，名曰倒挂子，即此。（同前書卷三十一）

四七 文章賈禍，不惟古人詩詞為然，雖我朝時義亦有自罹其災者。當太祖時，臣子往往以「光」字、「則」字之類觸諱抵戮。至於世宗之時，亦有以程式獲罪者，如山東試録，以「無為而治者，其舜也與」之文，結用「作聰明，亂舊章」等語，皇上震怒，以為誹謗，而御史逮捕，卒斃杖下。其後又有斥罷試官者，有停止會舉者，於是監臨官慮犯忌諱，必擇好題，過為逢迎，甚至斷章取義，不成文理。及試録呈進，必用千金買求權要矣。浙闈近以大本堂作表題，試録已進，有人語以此題乃懿文太子時事，恐犯忌諱，不宜，御史驚懼欲死，數千金厚賂閣下而息。又一科出「優恤軍屬判語」誤作「軍士」，試録已發，差人飛騎追至半途而易之，亦費千金。又有以「幅員」作「幅幀」者，真不學無術者也。（同前書卷三十七）

四八 《送元二使安西》（王維）：《唐詩紀事》作《送客》詩。元，姓，二，行也，其名不見於史，出使安西。貞元十四年平高昌，置安西大都護府。顯慶三年，徙龜兹都督府復治西州，東接焉耆，西連疏勒，南鄰吐蕃，北拒突厥。今安西城在陜西静虜衛。王維，字摩詰，河東人，居藍田輞川。唐開元九年進士，仕至尚書右丞。有文集十卷。又《送不蒙都護歸安西》云：「絶域陽關道，湖沙與塞塵。」「渭城朝雨浥輕塵，客舍青青柳色新。勸君更盡一杯酒，西出陽關無故人。」劉辰翁云：「更萬首絶句，亦無復近，古今第一矣。」《詩人玉屑》云：「中央失粘而意不斷，乃折腰體也。」渭城，秦咸陽，孝公所都。漢高帝名新城，屬長安。武帝名渭城。唐都長安，改京兆郡，開元初改京兆府。咸陽故城有三：秦城在今陝西西安府長安縣北三十里，隋城在縣東北二十里，唐城在渭水北杜郵館西。蓋渭城因渭水而得名也。渭河在府城北五十里，出臨洮府渭源縣鳥鼠山西北谷東，流經盩厔、興平、咸陽、渭南，至華陰界，以入黄河。朝雨，清晨之雨也。浥，潤也。輕塵，陌上浮埃，所謂芳塵也。客舍，渭城邊之客館，今旗亭旅邸也。新，一作春。又柳色春，一作楊柳春。自漢時，凡東出函關，必始於霸陵，故送行者於此折柳以贈别。李太白詩「年年柳色，霸陵傷别」，而霸陵橋因名銷魂橋。右丞援霸陵折柳之事而致之渭城，蓋唐時多事西域，行役者既渡渭水，以西北向而抵渭城，直趨玉門陽關，故以出陽關為言也。右丞又云：「柳條疏客舍。」至如張籍詩：「客亭門外柳，折盡向南枝。」孟郊詩：「離杯有淚飲，别柳無枝春。」真可以銷魂矣。更，去聲。更盡，再盡也。謂勸君更盡此酒，他日西去出陽關之外，已無故人，欲求故人今日一杯之樂，不可復得。賈至所謂「今日送君須盡醉，明朝相憶路漫漫。」陽關，漢燉煌龍勒之關也。《西域傳》：匈奴之西，烏孫之南，北有大山，中有河。東則接漢，阸以玉門、陽關，西則限以葱嶺。《使于闐記》：甘州，西始涉磧石，北五百里至宿州，渡金河西百里，出天門關，又西百里，出玉門關，入吐蕃界。西至沙州南十里鳴沙山，又東南十里三危山，其西渡都鄉河，曰陽關。《一統志》：陝西行都指揮使司玉門關，在故瓜州西北一十八里。而瓜州城在肅州城西五百二十六里，古西戎地，漢燉煌郡也。陽關在廢壽昌縣西六里，而壽昌縣在沙州城西南一百五十里，漢龍勒縣地也。玉門在龍勒之西，陽關在玉門之南，故名之曰陽。而《清波雜志》乃云：漢將陽興敗出此關，因以為名，則是不美之號矣。敗軍之將，叛國之臣，烏足以章紀絶徼哉？唐陽關在遼西，去長安一萬里。庾信詩「萬里陽關路」是也。右丞《送平判官》詩：「不識陽關路，新從定遠侯。」而蕭鳳使玉門關，弟肅勸酒頻頻，謂兄曰：「醉中庶分袂不悲」，即此。唐人送別率於渭城，故岑參《送楊子》詩：「斗酒渭城邊，壚頭耐醉眠。」而勸酒二字，詩中多用之。如杜子美云：「淚逐勸杯落，愁連吹笛生。」「黔陽信使應稀少，莫怪頻頻苦勸君。」皆情之真而辭之切也。《漁溪（當作隱）叢話》：唐人尤用意小詩，其命意與所叙述，初不減長篇，而促為四句，意工理盡，高簡頓挫，所以難耳。如王摩詰云：「西出陽關無故人。」故行者為可悲，而勸酒者不得不飲。陽關之詞，不可不作。（同前書卷三十九「陽關三疊圖譜」）

四九 《渭城曲》：右丞此詩《樂府集》作《謂城曲》。　劉禹錫初貶召還，又忤宰相被黜，十年再召還。《與歌者何戡》詩曰：「二十餘年別帝京，重聞天樂不勝情。舊人惟有何戡在，更與慇懃唱《渭城》。」謝枋得云：「夢得怨舊時之害已者，今無一存，惟一妓獨在。『不勝情』三字極有味。」按此，則右丞之詩在唐已入歌曲矣。　劉伯芻居安邑里，巷口有鬻餅者，早過户，未嘗不聞謳歌，而當壚興甚早。一日召之與語，貧窘可憐，因與萬錢，令多其本，日取餅以償之，欣然持鏹而去。後過其户，則寂然不聞謳歌之聲，謂其逝矣。及呼及至，謂曰：「爾何輟歌之遽乎？」曰：「本流既大，心計轉麁，不暇唱《渭城》矣。」侍郎大笑曰：「吾思官徒亦然。」王崇熙河《送客入京》詩：「渭城柳色已青青，强駐行人聽《渭城》。不聞使車歸路遠，且從尊酒滿杯傾。」劉原父《長安别蔡嬌》詩：「玳筵銀燭徹宵明，白玉佳人唱《渭城》。更盡一杯須起舞，關河秋月不勝情。」蓋原父守長安時，眷官妓蔡嬌，所謂添酥者也。召還，賦此。（同前）

五〇　《陽關曲》：右丞此詩在唐時亦名《陽關曲》。《白氏長慶集》云：「最憶《陽關》唱，真珠一串歌。」注云：沈有謳者，善唱「西出陽關無故人」詞。歐陽永叔《送沈待制陝西都運》有云：「知君才力多閑暇，剩聽《陽關》醉後聲。」曾茶山《送曾宏父守天台》有云：「莫作《陽關》墮淚聲，丹丘勝事更君聽。」（同前）

五一　《陽關調》：秦太虚云：右丞此絶句，近世又歌入《小秦王》，更名《陽關令》，雙調。有曰《小陽關》，又見大石調。寇平仲《陽關引》曰：「塞草烟光闊，渭水波聲咽。春朝雨霽輕塵歇。征鞍發，指青青楊柳，又是輕攀折。動黯然，知有會後甚時節。更盡一杯酒，歌一闋。嘆人生，最難歡聚易離别。且莫辭沉醉，聽唱《陽關》徹。念故人，千里自此共明月。」葉少藴上巳懷西湖《醉蓬萊》云：「問春風何事，斷送繁紅，便拚歸去。牢落征途，笑行人羈旅。一曲《陽關》，斷雲殘靄，做渭城朝雨。欲寄離愁，緑陰千囀，黄鸝空語。遥想湖邊，浪摇空翠，絃管風高，亂花飛絮。曲水流觴，有山翁行人處。翠袖朱欄故人，應也弄、畫船烟浦。會寫相思，尊前為我，重翻新句。」王晉卿《燭影搖紅》云：「香臉輕勻，黛眉巧畫宫妝淺。風流天付與精神，全在嬌波轉。早是縈心可慣，更那堪、頻頻顧盼。幾回得見，見了還休，争如不見。燭影摇紅，夜來飲散春宵短。當時誰解唱《陽關》，離恨天涯遠。無奈雲收雨散。凭欄干、東風淚眼。海棠開後，燕子來時，黄昏庭院。」張安國送張魏公出師《木蘭花》：「擁貔貅萬騎，驟千里、鐵衣寒。正玉帳連雲，油幢映日，飛箭天山。錦城啓方面重，對籌壺盡日雅歌閑。休遣沙場虜騎，尚餘匹馬空還。那堪，更值春殘，斟緑醑、對朱顔。正宿雨催紅，和風换翠，梅小香慳。牙旗漸西去也，望梁州、故壘暮雨間。休使佳人斂黛，斷腸低唱《陽關》。」王嬌紅送情人《一剪梅》云：「豆蔻稍頭春意闌，風滿前山，雨滿前山。杜鵑啼血五更殘，花不禁寒，人不禁寒。離合悲歡事幾般，離有悲歡，合有悲歡。别時容易見時難，怕唱《陽關》，莫唱《陽關》。」（同前）

五二 《陽關三疊》：《古陽關》：「渭城朝雨，一霎裛輕塵。更灑遍、客舍青青。弄柔凝，千縷柳色新。更灑遍、客舍青青，千縷柳色新。休煩惱。勸君更盡一杯酒，人生會少。自古富貴功名有定分，莫遣容儀瘦損。休煩惱，勸君更盡一杯酒。只恐怕、西出陽關，舊遊如夢，眼前無故人。只恐怕、西出陽關，眼前無故人。」此詞不知何人所疊，即東坡所聞者。陸藻侍兒美奴《卜算子》：「送我出東門，乍别長安道。兩岸垂楊鎖暮烟，正是秋先老。一曲《古陽關》，莫惜金尊倒。君向瀟湘我向秦，魚雁何時到？」孫花翁《風流子》有云「三疊《古陽關》，輕寒禁、清月滿征鞍」者，即此。呂居仁《生查子》云「一曲《渭城歌》，柳色饒春恨」、「人分南浦春，酒把陽關盞」，皆謂此也。蘇子瞻

《小秦王》云：「濟南春好雪初晴，行到龍山馬足輕。使君莫忘霅溪水，時作《陽關》斷腸聲。」苕溪漁隱云：唐初歌詞多是五言或七言詩，初無長短句。自中葉至五代，漸變成長短句。及宋朝，則盡為此體。今所存者，止《瑞鷓鴣》《小秦王》二闋，是七言八句詩並七言絶句詩而已。《瑞鷓鴣》尤依字易歌，若《小秦王》，必須雜以虚聲，乃可歌耳。謝疊山云：「唐人餞別，必歌《陽關三疊》。」《麓堂詩話》：作詩者不可以意徇辭，而須以辭達意。辭能達意，可歌可詠，則可以傳。王摩詰「陽關無故人」之句，盛唐以前所未道。此辭一出，一時傳誦不足，至為三疊歌之。後之詠別者千言萬語，殆不能出其意之外。必如是，方可謂之達耳。《芝庵唱論》：凡唱曲有地所，陝西唱《陽關三疊》、《黑漆弩》。今按《大石調》有《陽關三疊》，《正宫》有《黑漆弩》，即《學士吟》、《鸚鵡曲》也。疊者，重也、墮也，明也、積也。揚雄曰：「古理官决罪，三日得其宜，乃行之。」故從三日從宜，會意也。王莽以為三日太盛，改為三田，非義也。三疊者，一歌不足以盡其情，故必至再而至三，猶瑟之有三調，笛之有三弄，鼓之有《漁陽三疊》也：「渭城朝雨浥輕塵，渭城朝雨浥輕塵，客舍青青柳色新。勸君更盡一杯酒，西出陽關無故人。」第一疊。「渭城朝雨浥輕塵，客舍青青柳色新，客舍青青柳色新。勸君更盡一杯酒，西出陽關無故人。」第二疊。「渭城朝雨浥輕塵，客舍青青柳色新。勸君更盡一杯酒，勸君更盡一杯酒，西出陽關無故人。」第三疊。余謂唐人三疊之法，必如此，然後得其正。故白居易《對酒詩》云：「相逢且莫推辭醉，聽唱《陽關三疊》聲。」注云：第四聲，「勸君更盡一杯酒」是也。若《秋澗集》所云：「就中儘是銷魂處，不待聽歌第四聲。」此云第四聲，乃「西出陽關無故人」句也。蘇子瞻曰：「舊傳《陽關三疊》，然今世歌者，每句再疊而已。若通一首言之，又是四疊，皆非是。或每句三唱，以應三疊之説，則叢然無復節奏。余在密州，有文勛長官以事至密，自云得古本《陽關》，其聲宛轉凄斷，不類向之所聞，每句皆再唱，而第一句不疊。乃知古本三疊，蓋如此。及在黄州，偶讀樂天《對酒》詩云：『相逢且莫推辭醉，聽唱《陽關》第四聲。』注云：第四聲『勸君更盡一杯酒』。以此驗之，若一句再疊，則此句為第五聲，今為第四聲，則第一句不疊，審矣。」詩話雖是黄州後來所作，而文勛長官以事至密，所傳契勘。蘇公先知密州，與孔郎中交代，自密徙徐。今在徐州和孔詩所謂「除却膠西不解歌」，豈正是文勛長官所傳之聲耶？崔仲容《贈歌妓》云：「水剪雙眸霧剪衣，當筵一曲媚春輝。瀟湘夜色怨猶在，巫峽曉雲愁不飛。皓齒乍分寒玉細，黛眉輕蹙遠山微。渭城朝雨休重唱，滿眼陽關客未歸。」蓋唐人每疊一句，即所謂重唱也。今女郎崔氏云「渭城朝雨休重唱」，則是第一句亦當疊之矣。子瞻所云第一句不疊，是但知有第二第三疊，而不知有第一疊也。故余之疊法，實陽關三昧云。周美成《蘇幕遮》云：「隴雲沉，新月小。楊柳梢頭，能有春多少。試着羅裳寒尚峭，簾捲青樓，占得東風早。翠屏深，香篆裊。流水落花，不管劉郎到。《三疊陽關》聲漸杳，斷雲只怕巫山曉。」瞿宗吉《為倪氏賦安樂美人行》云：「我聞此語重悲傷，對景徘徊欲斷腸。渭城楊柳歌三疊，溢水琵琶泣數行。」（同前）

五三 《陽關連環三疊》：連環者，取其始終循環宛轉不斷之義也。昔始皇遺齊襄王后玉連環，曰：「齊多智，解此環。」后引椎以破之，謝秦使曰：「謹以解矣。」故樂府有《解連環曲》。「渭城朝雨浥輕塵，客舍青青柳色新。勸君更盡一杯酒，西出陽關無故人。」第一疊。「西出陽關無故人，渭城朝雨浥輕塵。勸君更盡一杯酒，客舍青青柳色新。」第二疊。「客舍青青柳色新，渭城朝雨浥輕塵。勸君更盡一杯酒，西出陽關無故人。」第三疊。第一疊乃原唱也，第二疊則首第四句，第三疊則首第二疊，首尾相御，轆轤相續，故謂之連環。一名《移宫陽關》，又名《三换頭陽關》，况觀第三疊之什，則宋人折腰體之評，信乎其大謬矣。（同前）

五四 陽關四疊：「渭城朝雨浥輕塵，客舍青青柳色新。勸君更盡一杯酒，西出陽關無故人，西出陽關無故人。」此第四疊也。唐人三疊之外，獨遺此聲，好事者特以補其大成耳。若夫其遍，則隨意唱之，無定體也。　延安夫人暫止樂昌館寄姊妹《蝶戀花》云：「淚揾征衣脂粉煖，四疊《陽關》，唱了千千遍。人道山長山又斷，蕭蕭風雨聞孤館。　惜别傷離方寸亂，忘了臨行，酒盞深和淺。若有音書憑過雁，東萊不似蓬萊遠。」　易安居士李清照《鳳皇臺上憶吹簫》云：「香冷金猊，被翻紅浪，起來慵自梳頭。任寶奩塵滿，日上簾鈎。生怕離懷别苦，多少事、欲説還休。新來瘦，非干病酒，不是悲秋。　休休，這回去也，千萬遍《陽關》，也即難留。念武陵人遠，烟鎖秦樓，惟有樓前流水，應念我、終日凝眸。凝眸處，從今又添，一段新愁。」（同前）

五五 《依依傳》又名《陽關依依三疊》：依依，姓柳氏，字倚玉，揚州二十四橋人也。年減橋數之零，種出章臺之秀。腰不堪束，甚於柔條，眉不假描，渾如初葉。娟娟可愛，裊裊無雙。辭翰逸群，舞歌獨步，興耽浮浪，志脱囂埃。孰是賞心，誰知税駕。辛丑之歲，盍簪京口，綰帶石頭，嫵婉及春，綢繆連理。信娉婷而隈璧，真婀娜以含金。游子將歸，好述遠別。悵短亭之供帳，攀垂楊以繫韁。鴛醆分飛，驪歌互答，柳子為我歌《陽關》第一疊焉：「渭城朝雨浥輕塵，客舍青青柳色新。勸君更盡一杯酒，西出陽關無故人。」田子忼慨舉白，去住牽神。少選，和風東吹，麝帶解香而漸歇；片雲北邁，鸞簫驚韻而不流。柳子再歌入破第二疊：「朝雨浥輕塵，青青柳色新。更盡一杯酒，陽關無故人。」田子悽其以傷，恍忽若失。停杯脉脉，凝盼惺惺。嘆江水以何情，憐僕夫之無色。柳子卒為我歌入破第三疊焉：「浥輕塵，柳色新。一杯酒，無故人。」辭既促而易竭，響復咽而愈哀。句引魂搖，泣隨聲洴。訶喉珠之難貫，痛肌玉之頓銷。怨入落花，望迷芳草，古人墮淚之感，斷腸之圖，良有以也。於是田子滿釂一觥，勞歌一曲，曰：「馬蹄車轍欲生塵，無奈盈盈柳眼新。何事陽關方拚醉，江南江北未歸人。」柳子翠袖支頤，鳳鞋按拍，而賡之曰：「悲歌遮莫動梁塵，疊破《陽關》恨轉新。看取柳條和淚飲，今宵定是夢中人。」余不覺大駭，儁材深嗛，雅思流風罕婧，擊節奚酬？乃復報歌曰：「一聲一疊一翻新，君是揚州第一人。醉裏莫教憔悴盡，浮生何處不風塵。」蓋欲以少慰其懷云耳。踟躕既久，徒御難淹。斜照在山，歸鴉滿樹。乘醉別去，何日忘之？舟發丹陽，神留白下。孤蓬獨酌，鬱抱誰開？適有感於蒲東惜別之事，因作《車兒投東馬兒向西賦》，並綴以《楚詞》三絶云：「悲莫悲兮生別離，車輪東去馬西馳。窮途有酒無人勸，忍見風前弱柳垂。」「悲莫悲兮生別離，飛花如絮雨晴時。何由得似嚶嚶鳥，雙擲金梭織柳絲。」「悲莫悲兮生別離，暮春不見以秋期。歸來四六橋頭月，斷續簫聲聽與誰？」姑蘇有採蓮子者，聞余歌而善之，觴余永之，而遂和之曰：「悲莫悲兮生別離，伯勞東去燕西飛。多情化作鵜鶘侶，烟水雲林願不違。」相與抵掌笑曰：「此真揚州《柳枝詞》也。」至於五湖載月人，則直命之為《陽關依依三疊記》，且語余曰：輞川送客之作，議者以為妙絶古今，誠哉是言也。獨三疊之旨，秘而不傳，或傳而不精，協律者遺恨焉。乃今依依，特倡家婦耳，調結迴風，才凌咏雪。悟連環之隱訣，解織錦之玄機。近與吾子聯衡，遠俾右丞增價，謂之光分柳宿而譽掩隋堤也，不亦宜乎？章句學士有深慙矣。而吾子作詩，女史反殿倚玉於末簡，又豈麒麟閣畫子卿之意也哉？（同前）

五六　《陽關三疊》琴操：舊譜云：《陽關曲》始於王摩詰，而被之管絃。或云句句三疊，或云只用第三句三疊。今之為是詞者，如曰青山無數，白雲無數，淺水蘆花無數，是又一變而為詞中三疊也。

五七　陽關貫珠三疊：序曰：古之人取「陽關」之詩而播之絲桐，已不如肉矣。况舊譜出自俗手，雜亂寂寥，失三疊之真，終非神品也。余嘗授指法於勞叟，又訂正於王生，頗得勾剔之奥。乃於暇日披竹徑，坐玄樓，焚金顔，撫玉振。神交摩詰，思到陽關，欣然會心，製為此曲，曰淵客調者，取綃（當作鮫）人泣珠之義，所以調弦也。即本題而引之，惜其遺也。曰正序者，存右丞之正聲也。曰貫珠三疊者，樂之所謂纍纍如貫珠也。每句第減二字，則三五七言，自成其章，此又意外之妙也。且三疊以紀其實，四疊以盡其變，亦唐人之舊也。曰一串珠三疊者，既分一為四，復合四而為一，即唐人歌喉一串珠之謂。初不敢有所增損，以失右丞之本旨也。曲已闋而意不窮，於是為之餘弄焉。而珠泣玉盤者，既聞流水之操，必墮鮫人之淚。白太傅所云：「大珠小珠落玉盤。」非知音者不能形容之至於斯也，故總而命之曰陽關貫珠三疊焉。是雖不足以方《南風》之雅音，亦庶幾乎《白雪》之絶響矣。世有子期，當為傾耳也與？ 淵客調第一：「元子元子為王臣，為王臣。當致身送子，送子御君命，西入秦。馬蕭蕭，車轔轔。山遥遥，水粼粼。」第二調：「度金河，愁路頓望玉門。絶四鄰，苦辛兮苦辛。」第三調：「至安西，無交親。夢長安，斷音塵，酸辛兮酸辛。」第四調：「一杯酒，聊餞君。一首詩，聊贈君。行矣，行矣，慘神，慘神。去矣，去矣，慘神，慘神。」第五調：「元二，元二，賢哉，王臣，向異城，策奇勛。博望兮等倫，定遠兮絶群。知何年，還入秦。知何年，還入秦。」正序：「渭城朝雨浥輕塵，客舍青青柳色新。勸君更盡一杯酒，西出陽關無故人。」貫珠三疊第一：「渭城朝雨浥輕塵，朝雨浥輕塵，浥輕塵，客舍青青柳色新。勸君更盡一杯酒，西出陽關無故人。」第二疊：「渭城朝雨浥輕塵，客舍青青柳色新，青青柳色新，柳色新。勸君更盡一杯酒，西出陽關無故人。」第三疊：「渭城朝雨浥輕塵，客舍青青柳色新。勸君更盡一杯酒，更盡一杯酒，一杯酒，西出陽關無故人。」第四疊：「渭城朝雨浥輕塵，客舍青青柳色新。勸君更盡一杯酒，西出陽關無故人。陽關無故人，無故人。」（同前）

五八 《一串珠三疊》：「渭城朝雨浥輕塵，朝雨浥輕塵，浥輕塵。客舍青青柳色新，青青柳色新，柳色新。勸君更盡一杯酒，更盡一杯酒，一杯酒。西出陽關無故人，陽關無故人，無故人。」（同前）

五九 珠泣玉盤：「送元子，渭水濱。雨乍歇，净芳塵。柳青青，客館春。勸君酒，莫辭頻。君飲盡，

莫逡巡。陽關外，少行人。嗟嗟陽關外，無故人。持節歸來兮無忘故人，無忘故人。」（同前）

六〇 陽關琵琶：宋時一女子《題琵琶亭》詩云：「爺娘重利妾身輕，一曲琵琶萬里行。彈到《陽關》齊拍手，不知原是斷腸聲。」琵琶亭，今在九江府城西江濱，即白司馬送客湓城，聞商女琵琶，淚濕青衫之所也。序曰：「余嘗因琵琶亭之詩而推之，是四絃亦有《陽關》，而久矣其無傳矣。往有教坊楊氏，世習此藝，老大潯陽，終淪常調，然亦不過半面彈也。嗣後十年，有金臺齊一者，獨工正面琵琶，更加一絃，以備五音，此又大奇。盤桓西湖，遍騁其技。於是紬繹右丞之旨，摹寫《陽關》之情，爰製此曲。於時柳花正飛，漫天作雪，因名《飛花三疊》，即席授齊子，俾調素軫，以度新腔，頃刻之間，遂能神解。推却撚撥，咸極其精。且善歌詠，臨風一抹，歷歷心聲，旁水孤吟，泠泠指語，真雪兒口、曹綱手也。雖遊輞川，而挾史鬟，不啻過焉。雨歇渭城，雲消巫岫，餘音在耳，頻勞夢思。又十餘年，而楊氏之家有少女能傳其業。南人不尚四絃，遂中廢閣，惜乎，飛花徒付東流而已。聊附之以為譜云。」《陽關飛花三疊》第一：「渭城，渭城朝雨浥輕塵。客舍，客舍青青柳色新。勸君，勸君更盡一杯酒。西出，西出陽關無故人。」第二疊：「渭城朝雨，朝雨浥輕塵。客舍青青，青青柳色新。勸君更盡，更盡一杯酒。西出陽關，陽關無故人。」第三疊：「渭城朝雨浥輕塵，浥輕塵。客舍青青柳色新，柳色新。勸君更盡一杯酒，一杯酒。西出陽關無故人，無故人。」《飛花滾三疊》：「渭城朝雨，渭城朝雨浥輕塵，浥輕塵。客舍青青，客舍青青柳色新，柳色新。勸君更盡，勸君更盡一杯酒，一杯酒，西出陽關，西出陽關無故人，無故人。」絮沾泥：「一疊兮酒行頻，再疊兮淚沾巾，三疊兮腸欲斷，四疊兮摧

征輪。客邸誰相親，柳枝孤負春。要知巫峽猿啼苦，只聽陽關無故人。」（同前）

六一 《郎也娘》有序：吴女好歌，而歌竟，必唱「郎也娘」三字，以媚其音，蓋亦雙美之辭也。於是引約其意，以助春情，雖淫聲，非國風之所宜。而新詞，亦樂府之不棄，况下里？固知其多和。若大雅，益見其不群矣。郎，音浪也。音曖，如「欸乃」之乃。「桃花亂發李花香，是處能歌郎也娘。若箇逢春不遊蕩，輕紅淡緑鬭芬芳。」「少年娘見少年郎，惹得人歌郎也娘。野草閒花隨處好，任教蝶浪與蜂狂。」「寒食清明春正忙，麥青豆白菜花黄。方山頂上燒香去，此際宜歌郎也娘。」「鴨脚花開楊柳長，十家兒女九家狂。鶯鶯燕燕無拘束，不負人稱郎也娘。」（《香宇初集》「拾遺」）

六二 「種竹卍千個，閒吟千首詩。折憐楊柳曲樂府有《折楊柳》，屈笑柘枝詞柘枝舞曲有《屈柘詞》。澹薄真成趣，諸葛孔明曰：「非澹薄無以成趣。」棲遲獨背時。夢中誰倡和，白雪繫玄思。」《萬竹孤吟》刻成，坐卧長歌，寤寐同想。夜來夢將片紙隸書種竹止十個，閒吟十首，詩二句，忽一人羽衣鶴骨，甚瓌異，借筆將止字改作卍字，兩十字皆改作千字，余叩之，廼曰：「此萬千字也，君竹固不止此，詩亦不止此。」因惕然驚醒，泠然爽悟，惟悔不及請其姓名耳。枕上追慕玄風，足成此篇，附諸卷尾，以紀神遇。甲子八月二十三日聽玉主人書。（同前書續集卷三十一）

徐顯卿詞話

徐顯卿，字公望，一字高望，號檢庵，長洲（江蘇蘇州）人。隆慶戊辰進士，萬曆十五年繇詹事府詹事兼翰林院侍讀學士，掌院事，陞右侍郎，仍兼侍讀學士。著《天遠樓集》，此據《四庫全書存目叢書補編》影印明萬曆刻本録詞話一則。

一

《題東坡橘帖》：余既占籍荆谿，徐舍人出其先文靖公所摹刻《種橘帖》附《乞常州居住表》、《菩薩蠻》詞，恍然若逅長公。頃面銅官山，搆天遠樓，宴坐其中。邵氏故有天遠堂，不知此樓名也，非堂名也。尋欲於小東門别墅種橘千顆，作一亭，曰楚頌，為長公成一段勝事，殆亦前緣邪？吾不以此夸長公，長公當軒渠笑粲，神游其間乎？舍人博雅有致，屬余一言，并書《移居》詩八首畀之。（《天遠樓集》卷二十二）